Henrike Engel

Elbnächte

Die Lichter über Sankt Pauli

HENRIKE ENGEL

Elbnächte

DIE LICHTER ÜBER ST. PAULI

Roman

Ullstein

Wir verpflichten uns zu Nachhaltigkeit
- Papiere aus nachhaltiger Waldwirtschaft
  und anderen kontrollierten Quellen
- Druckfarben auf pflanzlicher Basis
- ullstein.de/nachhaltigkeit

MIX
Papier
FSC FSC® C083411

Originalausgabe im Ullstein Paperback
1. Auflage April 2025
© 2025 Ullstein Buchverlage GmbH, Friedrichstraße 126, 10117 Berlin
Wir behalten uns die Nutzung unserer Inhalte für Text und Data Mining
im Sinne von § 44b UrhG ausdrücklich vor.
Bei Fragen zur Produktsicherheit wenden Sie sich bitte an
produktsicherheit@ullstein.de
Umschlaggestaltung: bürosüd° GmbH, München
Titelabbildung: bürosüd°/ Midjourney, akg images
Satz: Savage Types Media, Berlin
Gesetzt aus der Stempel Garamond
Druck und Bindearbeiten: CPI books GmbH, Leck
ISBN 978-3-86493-263-2

Hamburg Sankt Pauli,
Sommer 1913

Kälte und Finsternis hielten ihren Körper im Klammergriff, lähmten ihr Hirn und krallten sich um ihr Herz. Alles in ihr fühlte sich taub an, taub und tot. Sie hielt die Brust des Toten umklammert, sein Kopf lag auf ihrer Schulter. Der Gestank, der von dem Mann ausging, war bestialisch. Louise kämpfte gegen die aufkommende Übelkeit an, sie atmete flach durch den Mund. Es gab kein Entkommen, nicht aus dem Keller, nicht aus der Situation – sie musste dem Fremden neben ihr helfen, die Leiche des Mannes, an dessen Tod sie beide schuldig waren, zu verstecken.

Noch vor drei Tagen hatte sie mit Viktor im gleißenden Sonnenlicht auf der Horner Rennbahn gestanden, eine glückliche Frau, reich beschenkt vom Leben, ausgestattet mit allem, was das Herz sich wünschte: Schönheit, Reichtum, Liebe.

Und jetzt …

Aber es half nicht, zu grübeln und zu fragen, Louise biss die Zähne zusammen, alles, was sie wollte, war, wieder an die Oberfläche zu kommen. Nicht nur aus dem Erdkeller zu fliehen, vor dem Toten und vor dem Mann, von dem sie nichts wusste, aber der sie wahrscheinlich vor Schlimmerem bewahrt hatte. Nein, nicht nur das, sie sehnte sich zudem danach, das Licht der Hoffnung zu sehen, Hoffnung auf ein unbeschwertes Leben, endlich wieder sorglos sein zu dürfen!

Stattdessen war sie tief gefallen. In kürzester Zeit hatte das Schicksal Louise von der Sonnenseite des Lebens in den dunklen Schatten getrieben. Viktor. Der einstmals geliebte Name war bitter wie Galle geworden. Viktor trug die Schuld daran! Sollte sie ihn jemals wiedersehen, würde sie Rache nehmen, schwor sich Louise.

Aber vorerst hatte sie keine Vorstellung davon, wie sie sich aus ihrer schrecklichen Lage befreien sollte.

Einige Tage zuvor

1.

Die Erde erzitterte. Der hölzerne Boden der Tribüne unter Louises Füßen vibrierte, alles versetzten die Pferdehufe mit ihrem donnernden Galopp in Schwingung. Louise sah den Schaum, der den Tieren von der Schnauze rann, um dann wie in Fetzen durch die Luft zu fliegen. Schweiß glitzerte auf dem Fell der mächtigen Gäule, sie sah das Weiß in ihren Augen. Die vor Anstrengung verzerrten Gesichter der Jockeys, ihre schmalen Körper, die sich aus den Sätteln hoben, sah, wie sie die Zügel umklammerten und die Reitpeitschen schwangen.

Ihr war egal, wer als Erster ins Ziel galoppierte, ihr ging es nicht um den Sieg – Louise wettete nicht, sie setzte auf kein Pferd –, was sie genoss, war das Spektakel drum herum.

Die Horner Rennbahn war an diesem Sonntag gut besucht, irgendein besonderes Derby fand heute statt, Viktor hatte ihr bestimmt gesagt, worum es ging, aber Louise hatte die unnütze Information sofort aus ihrem Kopf verbannt.

An diesem heißen Junitag brannte die Sonne unbarmherzig auf die Galopprennbahn, Louise aber stand mit Hunderten anderen auf der beschatteten Tribüne, die für Ehrengäste reserviert war. Sie trug ein traumhaft schönes Kleid aus heller Seide, die knisterte, als wäre sie elektrisch aufgeladen. Der Champagnerkelch in ihrer Hand war von der Kälte des perlenden Getränks darin beschlagen. Louise nippte und sah um sich herum

Frauen mit ausladenden Hüten, auf denen üppige Stoffblumen drapiert waren, weiße Sommerkleider, wogende Busen, die Männer trugen helle Dreiteiler und dazu Kreissägen aus Stroh. Lautstark feuerten die Herren ihre Favoriten auf der Rennbahn an, fröhlicher und ausgelassener konnte die Stimmung nicht sein.

Ein traumhafter, ein perfekter Sommertag. Louise warf einen Blick auf Viktor. Er bemerkte sie nicht, war vollkommen auf das Geschehen auf der Bahn konzentriert, und so konnte sie sein scharf geschnittenes Profil studieren, das sie über alles liebte. Seine Nase, die etwas zu groß geraten war, mit einem kleinen Höcker in der Mitte, der seinem ebenmäßigen und viel zu attraktiven Gesicht das Besondere, leicht verwegene Etwas verlieh. Den schwarzen Oberlippenbart, akkurat gestutzt und nach der Mode an den Enden keck nach oben gedreht. Seine hohen markanten Wangenknochen – ach, sie konnte sich nicht sattsehen. Seit zwei Jahren wachte sie jeden Morgen – also gut, fast jeden Morgen – neben diesem Mann auf, ihr erster Blick galt stets dem Gesicht, das Michelangelo nicht schöner hätte entwerfen können. Wie sehr liebte sie ihn!

Der jäh ausbrechende Jubel setzte Louises verliebten Schwärmereien ein Ende, Viktor riss sich den Strohhut vom Kopf und warf ihn triumphierend in die Menge. Louise bemerkte, dass sein Antlitz dem der Pferde nicht unähnlich war – auch bei ihm sah sie im Moment der ekstatischen Freude das Weiß der Augen riesig werden, die Schweißperlen, die ihm von der Stirn rannen, als er einen orgiastischen Jubelschrei ausstieß.

Sobald sich die Aufregung um das beendete Rennen gelegt hatte, wandte Viktor sich an sie. »Liebling, ich hole meinen Gewinn ab. Vergnüge dich ein wenig.«

»Aber …« Louise wollte einwenden, dass sie mit ihm kommen wollte, aber da hatte Viktor sich bereits von ihr entfernt, sie sah seinen schwarzen Schopf in der Menge davoneilen. Dann drehte er sich plötzlich noch einmal um und rief: »Ich finde dich!«

Louise nickte, winkte, nahm einen letzten Schluck von ihrem Champagner und stellte das Glas auf der Bank ab. Sie sah sich um. Ach, Hamburg, dachte sie, ach, dieses Leben! Endlich wieder im Kaiserreich, wie genoss sie es, jedes Wort, das in ihrer Nähe gesprochen wurde, zu verstehen. An welchen Ort auch immer sie in den vergangenen zwei Jahren gereist waren, stets waren sie fremd gewesen. Außer in Baden-Baden, aber ihr war, als würde dort mehr Russisch als Deutsch gesprochen. In Biarritz, in Zürich, in Triest, Marseille, Paris, kurz: An all den vielen Orten, die sie besucht hatten, waren sie fern der Heimat. Sie waren Reisende, nirgendwo hatten sie bis jetzt Wurzeln geschlagen, ihr gefiel dieses Leben, weil es Viktor gefiel. Manchmal lebten sie in Hotels, woanders mietete er möblierte Wohnungen für sie an, oder sie waren bei Bekannten von ihm zu Gast. Noch nie aber waren sie an einem Ort länger als zwei Monate geblieben.

Hamburg sagte Louise auf Anhieb zu, auch wenn sie noch nicht allzu viel von der Stadt gesehen hatte. Aber sie mochte das Vertraute, sie verstand die Menschen, die sie umgaben, sprach ihre Sprache, kannte die Gepflogenheiten. Auch wenn das Ausland sie faszinierte – wie wundervoll war es in Florenz gewesen! –, aber in den letzten Wochen und Monaten hatte sie gespürt, dass sie sich nach einem Zuhause sehnte. Nach Sesshaftigkeit. Zwei Jahre war es her, dass sie ihr Elternhaus mit Viktor verlassen hatte – Hals über Kopf geflüchtet, um ehrlich zu sein, Louise schob die Erinnerung von sich, verschloss sie tief in ihrem Herzen, das Unglück von damals brach ihr bis heute das Herz und trieb ihr Tränen der Verzweiflung in die Augen. Bloß nicht daran denken! Seither waren sie wie Vagabunden umhergezogen. Sie wechselten Orte und Kleider, Koffer und manchmal auch ihre Namen. Ein Spiel, Viktor liebte

Scharaden, sie machten sich einen Scherz daraus. Und auch wenn Louise mutmaßte, dass sich mehr dahinter verbarg als nur ein Spiel: Sie wollte es gar nicht wissen. Sie fand es prickelnd, als Gräfin Nathalie de Beaumarchais angesprochen zu werden oder als Contessa Antonia Valladio!

Louise spannte ihr besticktes Schirmchen zum Schutz vor der Sonne auf und wandelte zwischen den Besuchern der Galopprennbahn umher. Sie kannte kaum jemanden beim Namen, aber einige Gesichter kamen ihr von gesellschaftlichen Veranstaltungen der vergangenen Wochen durchaus bekannt vor. Sie sah den jungen Baron von Stetten mit seinem Freund Meinhard Tannenberg, man munkelte, ihre Freundschaft sei mehr als platonisch … Der Leiter einer Nervenheilanstalt mit Gattin war unter den Zuschauern ebenso wie eine Operndiva oder auch Albert Ballin, der bekannte Reeder.

Ein Grüppchen Damen stand beieinander, sie steckten die Köpfe zusammen, bestimmt tauschten sie den neuesten Klatsch und Tratsch aus, war die eine mit dem grau gelockten Haar nicht die Freifrau von irgendwas, bei der sie und Viktor letztens zur Soirée geladen waren? Louise wünschte, sie könnte bei dieser Gruppe stehen, inmitten ihrer Freundinnen, sich ihnen anvertrauen und Geheimnisse miteinander teilen. Wenn sie ihr Leben mit Viktor Revue passieren ließ, so war es das, was ihr am meisten fehlte: eine Freundin. Vertraute. Ihre beiden Schwestern. Andere Frauen, mit denen sie über das sprechen konnte, was sie bewegte. Gewiss, sie hatte Viktor, ihren Ehemann, und natürlich vertraute sie sich ihm an, aber sprach man mit seinem Gatten nicht doch etwas anders als mit einer Busenfreundin? »Weiberkram«, pflegte Viktor manchmal zu sagen, dann lachte er und küsste sie. Und wie er sie küsste! Und dennoch, da war ein nagendes Gefühl in ihrer Brust …

In diesem Moment blickte die grauhaarige Frau, deren Namen Louise entfallen war, auf und sah sie an.

Louise lächelte und grüßte stumm. Vielleicht würden die Damen sie heranwinken, sie bitten, sich zu ihnen zu gesellen?

Die Frau erwiderte ihren Gruß jedoch nicht, stattdessen zog sie die Brauen zusammen, beugte sich etwas tiefer in die Runde ihrer Freundinnen, die plötzlich wie auf ein Zeichen ihre Köpfe zu Louise drehten und sie musterten. Nicht eben freundlich, wie ihr schien. Aber warum?

Irritiert drehte Louise sich um und suchte in der Menge nach dem schwarzen Schopf ihres Mannes.

»Na, was sucht mein Püppchen denn?«

»Ich bin nicht dein Püppchen!«

Viktor ignorierte ihren Einwand, schlang seine Arme um sie und drehte sie zu sich herum. Seine braunen Augen strahlten einen fast unnatürlichen Glanz aus, es war ein Glanz, den Louise nur zu gut kannte: die Euphorie des Gewinnens. Und tatsächlich zog er aus der Innentasche seines Jacketts ein dickes Bündel Banknoten und wedelte ihr damit vor der Nase herum. »Komm, wir gehen.«

»Schon? Aber ich dachte … es hat doch eben erst begonnen?«

Viktor leckte sich über die Lippen und sah sich um. In der Ferne erkannte Louise zwei Männer, die sie noch nie gesehen hatte, die in ihre Richtung schauten, miteinander sprachen und sich dann eilig in Bewegung setzten – direkt auf sie zu. Viktor musste sie ebenfalls bemerkt haben, er ergriff Louises Hand und zog sie mit festem Griff hinter sich her. Sie wollte sich wehren, aber er war unerbittlich.

Vor dem Ausgang der Rennbahn standen Landauer, Vierspänner, Kraft- und Pferdedroschken dicht an dicht, die Fahrer bildeten Grüppchen und klönten, einige machten auf ihrem Bock ein Nickerchen, keiner jedoch rechnete jetzt schon mit Kundschaft, das Rennen war in vollem Gange. Viktor steuerte eine Kraftdroschke an, der Chauffeur sprang auf und öffnete ihnen den Verschlag.

»Spielbudenplatz«, befahl Viktor, Louise sah ihn fragend an. »Wir feiern den Gewinn, meine Prinzessin.«

Louise wollte einwenden, dass sie dies doch auf der Rennbahn hätten tun können, aber sie schluckte den Einwand herunter. Viktor tat, was er sich in den Kopf gesetzt hatte. Er war sprunghaft, und besonders sprunghaft war er dann, wenn er gewonnen hatte. Unzählige Male hatten sie überstürzt abreisen müssen, manchmal Hals über Kopf, sodass ihr Gepäck ihnen erst Tage später folgte. Sie hatte sich daran gewöhnt, denn wenn Viktor gewonnen hatte, war seine Laune stets überbordend gut, so wie auch in diesem Moment. Er pfiff ein Lied, streichelte ihre Hand, Schalk lag in seinen Augen, genießerisch lehnte er sich in die ledernen Polster der Droschke. Einmal, in den ersten Wochen ihrer Ehe, hatte sie ihn gefragt, ob er am Spieltisch sein Geld verdiene, aber Viktor hatte nur gelacht. Nein, er sei reisender Geschäftsmann und das Spiel lediglich ein entspannender Ausgleich zu den harten Geschäftsverhandlungen, die er führen musste.

Tatsächlich hatte er sie immer wieder für einige Stunden allein gelassen, im Hotel oder einmal, in Triest, da hatte sie geschlagene vier Stunden in einem Café auf seine Rückkehr gewartet. Meistens allerdings nutzte Louise die Zeit und frönte ihrer Leidenschaft: Sie besuchte für ihr Leben gern Museen und Gemäldegalerien, konnte sich, vor allem in Italien, nicht sattsehen an Tizian, Tintoretto oder Caravaggio. Wenn Viktor einen guten Geschäftsabschluss getätigt hatte, zeigte er sich außerdem stets spendabel, schenkte ihr Schmuck, führte sie in die Oper, kaufte teure Kleider.

Manchmal überwältigte sie allerdings das Heimweh nach Potsdam, und der Schmerz, nicht zu ihrer Familie zurückkehren zu können, nahm ihr den Atem.

Louise hatte Schuld auf sich geladen, und auch wenn eine Stimme tief in ihrem Inneren ihr sagte, dass es an der Zeit war, bei ihren Schwestern Abbitte zu leisten, ihre Mutter in die Arme zu schließen und um Vergebung zu bitten, war sie noch nicht so weit. Stattdessen fokussierte Louise sich auf Viktor – den einzigen Menschen, der ihr geblieben war.

Und außerdem: Mit wem außer ihm konnte sie dieses Leben führen? Wollte sie das Weibchen sein, das in irgendeiner Wohnung saß, wie ein Vogel in seinem Käfig, und darauf wartete, dass der Gatte am Abend ermattet von der Arbeit kam? Nein, fand Louise, sie hatte auf alle Fälle das große Los gezogen. Ihr Ehemann war berauschend schön, einfallsreich, wagemutig, und ihr gemeinsames Leben war eines im Überfluss, sie reisten kreuz und quer durch Europa, verkehrten mit wichtigen Leuten, und ganz en passant gelangte sie so zu einer universellen Bildung. Sie hatte den Louvre in Paris besucht, die Mailänder Scala und das Natural History Museum in London. Für nichts in der Welt hätte Louise ihr Leben eintauschen wollen.

Ermattet war sie dennoch.

»Mir gefällt es hier«, sagte sie und beobachtete die wie hingetupften hellen Segel auf der Alster, während sie in der Droschke rasch daran vorbeizogen. Der Chauffeur hatte erklärt, dass sie den kleinen Schlenker machen mussten, auf der direkten Route seien zu viele Baustellen und Sperrungen, die Innenstadt sähe aus, als hätte eine übergroße Maulwurfsfamilie alles umgegraben – der Bau der U-Bahn forderte seinen Tribut von den Hamburgern.

»Warum gehen wir nicht hierhin?«, fragte Louise und deutete auf den mondänen *Alsterpavillon*. Die rot beschirmten Baldachine vor dem Eingang funkelten im hellen Sonnenschein.

Viktor schnaubte missbilligend. »Banal«, urteilte er, »dort, wo wir hingehen, tobt das echte Leben.«

Louise fing den verwunderten Blick des Chauffeurs im Rückspiegel auf. Sie war gespannt.

Der Wagen hielt auf dem weiträumigen Platz. Viktor schmiss dem Droschkenkutscher einen Schein in den Schoß, stieg aus und half Louise aus dem Wagen. Die Gegend war nicht allzu belebt, an einem Sonntag wie diesem zog es die Städter nach draußen, in die grünen Vororte. Nach Flottbek oder nach Stade, in die Vier- und Marschlande oder gleich ans Meer. Die weniger Begüterten drängelten sich an einem der vielen Kanäle, am Elbstrand oder in den Parks. Wer in der Stadt geblieben war, flanierte durch die Alleen, am Jungfernstieg oder eben hier, weniger mondän, zwischen den Bäumen den Spielbudenplatz hinauf und hinunter. Louise sah mit einem Blick, dass die meisten Etablissements rund um den Platz noch geschlossen hatten. Hier drängten sich Gaststätten und Varietés, Lichtspielhäuser und Tanzhallen aneinander. Vor einigen der Läden drückten sich Anreißer herum und sprachen die Vorbeigehenden an, eher schaumgebremst, Louise vermutete, dass sie erst gegen Abend zu voller Form aufliefen – nach allem, was sie über Sankt Pauli gehört hatte.

Viktor beobachtete sie schmunzelnd. »Das ist keine Gegend, in der sich eine junge Lady wie du allein herumtreiben sollte«, sagte er, und die Enden seines schmalen Schnurrbarts zuckten. »Jedenfalls nicht nach Anbruch der Dunkelheit.«

»Ich finde, das sieht ganz manierlich aus. Außerdem unterschätzt du mich. Ich kann ganz gut auf mich selbst aufpassen.«

Viktor neigte den Kopf. »Das wage ich zu bezweifeln, mein Täubchen.«

Louise schwieg. Sie mochte es, dass Viktor sie auf Händen trug, aber die Kosenamen, die er ihr gab – Püppchen oder Täubchen –, zeugten nicht gerade von der Anerkennung, die sie sich wünschte. Dass die Frauen ihrer Zeit danach strebten, auf eigenen Füßen zu stehen und den Männern ebenbürtig zu sein, war auch an ihr nicht vorübergegangen. Und so bequem sie es fand, auf großem Fuß zu leben und Viktor die Sorge zu überlassen, woher das Geld für ihren Lebensstil kam, so wenig wollte sie zur bloßen Staffage degradiert werden. Sie wünschte sich Anerkennung und eine Partnerschaft auf Augenhöhe und wollte so gerne eine moderne, emanzipierte Frau sein.

Louise drehte sich zu den bodentiefen Fenstern der Gaststätte, vor der sie auf dem Trottoir standen. Die großen Scheiben reflektierten das Sonnenlicht, sodass sie das Innere nicht richtig erkennen konnte, sah aber große Kristalllüster und vorne an den Scheiben kleine Bistrotische mit Wiener Kaffeehausstühlen.

»Das ist mehr als manierlich. Das ist eine Sensation.« Viktor bot ihr seinen Arm, sie hakte sich ein, und gemeinsam betraten sie das Etablissement.

Louise verschlug es den Atem. Zwar war der Raum, der sich vor ihnen öffnete, weder besonders luxuriös noch extravagant. Eine gehobene Gaststätte, wie sie schon viele gesehen hatte: Der lang gezogene Raum vollgestellt mit Tischen, kleineren und größeren, um die geschwungene Holzstühle gruppiert waren, an der Decke hingen üppige Lüster aus Kristall. Am hinteren Ende spielte auf einer Empore eine Kapelle.

Nein, das Besondere an diesem Etablissement war zum einen die außergewöhnliche Länge des Tresens, der sich über die gesamte seitliche Wand erstreckte. Was mochten das sein: fünfzehn Meter, zwanzig? Aber nicht allein das beeindruckte Louise tief. Die Einzigartigkeit von *Piefo's Hamburg-Amerika-Bar* – so der Name der Gaststätte, wie Viktor ihr beim Betreten sagte – machten die Frauen hinter der Bar aus. Fünfzehn Damen, eine attraktiver als die andere, anständig gekleidet und sorgfältig frisiert, standen hinter dem langen Tresen und waren damit beschäftigt, Schüttelgetränke zu mixen! Viktor wollte Louise zu einem Tisch in der hinteren Ecke führen, aber sie nötigte ihn, an der Theke auf den davorstehenden hohen Stühlen Platz zu nehmen, sie wollte den Damen bei ihrer außergewöhnlichen Tätigkeit zusehen. Fasziniert verfolgte sie, wie jede der Frauen, die eine Bestellung entgegennahm, zielstrebig zu den hinter ihr stehenden Spirituosen im gläsernen Regal griff, einen Schuss hiervon und einen davon entweder direkt ins Glas gab oder in einen der blitzenden Cocktailshaker, die Louise bereits auf ihren Reisen in Hotelbars gesehen hatte. Große Behälter mit Eis, in Würfeln, aber auch zerkleinert, standen bereit, davon kam jeweils eine gute Handvoll ins Glas oder in den Shaker, und dann zeigten die Mixerinnen ihre Kunst. Da wurde nicht einfach geschüttelt, nein, es hob ein Ballett mit gleichzeitigem Konzert an, die Frauen vollführten regelrechte Choreografien – über ihren Köpfen zumeist – und demonstrierten auf das Schönste, woher sich der Name »Schüttelgetränk« ableitete. Die Cocktails wurden in völlig unterschiedlichen Gläsern serviert, mal zierte eine Orangenscheibe das Glas, mal ein Rand aus Zucker. Staunend beobachtete Louise, dass ein Getränk mit einer grünen Olive serviert wurde, für ein anderes quetschte die Barfrau grüne Zitronen aus. Was für ein außergewöhnliches Etablissement! Jetzt verstand Louise, warum Viktor den *Alsterpavillon* als »banal« bezeichnet hatte. Das Publikum war deutlich bürgerlicher, als die Lage der Bar erwarten ließ, und weniger hochnäsig als im Pavillon. Hier verkehrte weder die Haute Volée noch der Plebs, keine Seeleute oder Frauen, die ihre Körper in den Gassen des Viertels verkauften. Durchgängig gut gekleidete Männer und Frauen, die vielleicht von einem Ausflugsdampfer von den Landungsbrücken den Weg hierher gefunden hatten, um so wie sie die Bartenderinnen zu bestaunen. Die Atmosphäre war locker und ungezwungen und dem Sommertag entsprechend fröhlich. Die *Hamburg-Amerika-Bar* war eine vierundzwanzig Stunden geöffnete Sensation.

Viktor bestellte die erste Runde, dann entschuldigte er sich bei Louise, er müsse ein dringendes Ferngespräch erledigen.

In der Regel trank Louise Champagner, pur oder auf Eis, aber heute machte sie eine Ausnahme, Viktor hatte darauf bestanden.

Der erste Drink kam in einem eleganten Glas mit hohem Stiel, auf dem Boden des Kelchs lag eine eingelegte Kirsche. An den Namen des Getränks erinnerte sich Louise später genauso wenig wie an alle anderen, überhaupt blieb ihr von dem Abend kaum etwas im Gedächtnis – nur, dass die Dame hinter der Bar Viktor schöne Augen machte (oder er ihr?) und dass die Cocktails, die sie Louise servierte, einer köstlicher als der andere waren. Alles andere versank im Nebel.

Fast alles. Denn kurz bevor Viktor ihr vom Barhocker half und sie gleich darauf wie von Zauberhand ins Bett verfrachtet wurde, tauchte aus der Watte in ihrem Kopf noch das Gesicht eines Mannes auf. Eines Mannes, den sie nicht kannte, aber Viktor offensichtlich. Der Mann, groß und mit vor Aufregung gerötetem Gesicht, hatte versucht, Viktor am Kragen zu packen, die beiden hatten Streit, es war laut geworden, und ein paar andere Gäste aus der Bar hatten die beiden Männer voneinander getrennt. Hatte sie Viktor gefragt, wer der Mann gewesen war? Hatte Viktor ihr eine Antwort gegeben? Sie erinnerte sich nicht.

Louise erwachte am Morgen von der Sonne, die ins Zimmer fiel, versuchte, die Augen zu öffnen, aber das Licht fuhr ihr wie ein scharfes Messer in den Schädel. Sie nahm die seidene Schlafmaske von ihrem Nachttisch, streifte sie über und drehte sich noch einmal auf die andere Seite. Das Zimmer drehte sich mit ihr, die Schmerzen in ihrem Kopf waren schier unerträglich. Louise tastete nach ihrem Mann, doch seine Seite des Betts war leer. Viktor schien bereits aufgestanden zu sein.

Ein zweites Mal wurde sie nicht von der Sonne, sondern vom Klopfen an der Zimmertür geweckt. War das der Zimmerservice? Seit wann klopfte das Mädchen so frech? Und warum in drei Teufels Namen öffnete Viktor nicht die Tür?

Louise zog sich das Kissen über die Ohren, aber wer auch immer der impertinente Mensch war, der nun mit der Faust an die Tür zu hämmern schien, er kannte keine Gnade. Das konnte unmöglich der Zimmerservice sein, so etwas nahmen sich die Mädchen nicht heraus.

Nach einer halben Ewigkeit schälte sie sich stöhnend aus dem Bett, ein Konzert, geschrieben für siebzehn Hämmer und eine singende Säge, setzte in ihrem Kopf ein, sie schnappte sich den Morgenmantel und lief durch die Suite zur Tür.

Ein ihr gänzlich unbekannter Mann stand vor der Tür.

»Bitte?«

»Louise Dumont?« Der Unbekannte, ein Kerl von Ende zwanzig, anständig gekleidet, Louise sah eine goldene Uhrkette sowie eine diamantbesetzte Krawattennadel, machte ein zerknirschtes Gesicht.

Sie nickte. Oh, der Kopf! »Und Sie sind?«

»Das tut nichts zur Sache. Darf ich eintreten?«

Louise raffte den Morgenmantel vor ihrer Brust fester zusammen, zu dem Konzert gesellte sich nun eine weitere singende Säge hinzu. Ihr war flau, die Beine wollten unter ihr nachgeben, sie würde sofort wieder ins Bett gehen, sobald sie den Fremden abgewimmelt hatte.

»Auf gar keinen Fall. Ich kenne Sie nicht. Kommen Sie wieder, wenn mein Mann …«

»Um ihn geht es.« Der Unbekannte trat einen Schritt vor, es fehlte nicht viel, und er hätte seinen Fuß in die Tür gestellt, die Louise instinktiv weiter zuzog. »Ich bin gewiss, dass Sie nicht möchten, dass Ihre Nachbarn hören, was ich zu sagen habe.« Er zog seinen Hut, senkte den Kopf und flüsterte: »Ich muss Ihnen Mitteilung machen über den Verbleib Ihres bedauernswerten Gemahls.«

Diese Worte veranlassten Louise dazu, ihre Vorsicht über Bord zu werfen, sie zog die Tür auf, ließ den Mann eintreten und wich an die Wand zurück. »Wo ist Viktor? Ich dachte …«, … er wäre hier, vervollkommnete sie im Geist den Satz, sprach ihn jedoch nicht aus, denn welches Licht hätte das auf sie geworfen?

Wenige Sekunden später war ihr vollkommen gleich, in welchem Licht sie dastand, denn der Mann hatte ihr einen Zettel überreicht, *Totenschein* stand darauf in großen schwarzen Lettern geschrieben, und darunter erkannte sie den Namen ihres Mannes in gestochen scharfen Buchstaben. *Viktor Joseph Jacques Dumont, geboren am 7. August 1883, verstorben am 19. Juni 1913 um 4.25 Uhr an den Folgen einer Schussverletzung.*

Das konnte nur ein Scherz sein. Ein schlechter, ein rabenschwarzer Scherz.

Louise, deren Geist noch nicht imstande war, Zusammenhänge jedweder Art zu erkennen, geschweige denn, Schlussfolgerungen zu ziehen, stammelte nur. »Sie schulden mir eine Erklärung.«

Der Fremde wurde nervös. Er drehte seinen Hut in den Händen, leckte sich über die Lippen. »Ihr Mann hat sich heute früh duelliert. Leider hat die Kugel des Gegners ihn getroffen. Er war sofort tot. Der anwesende Arzt hat sein Ableben festgestellt und den Totenschein ausgefüllt.«

Louise hörte die Worte sehr wohl, aber sie setzten sich nicht zu einem sinnergebenden Ganzen zusammen. »Duelliert? Heute Morgen? Aber weshalb, mit wem? Und wo ist er jetzt?«

»Ich kann Ihnen nicht mehr sagen. Sie wissen, dass Duelle unter Strafe gestellt wurden. Um die Beteiligten zu schützen, haben wir Viktors Körper …« Er hielt inne, wusste anscheinend nicht weiter, und erst jetzt drangen seine Worte zu ihr durch. Tot? Schussverletzung? Sein Körper?

»Sie haben was?« Louise hörte, dass sie schrie, ihre Stimme überschlug sich. »Wo ist er?«

Sie packte den Mann an seinem Jackett, wollte ihn schütteln, so lange, bis er ihr sagte, was wirklich geschehen war, wo Viktor war, ihr über alles geliebter Viktor! Aber der Unbekannte wand sich wie ein Aal aus ihrer Umklammerung, riss die Tür auf und flüchtete ins Treppenhaus.

Louise brach vor der Zimmertür zusammen.

2.

Vorsichtig schob er den Ring über den Tisch. Matt funkelndes Silber auf dunklem Holz. Ein Vermögen hatte ihn der Ring gekostet, ein Monatsgehalt, er hatte sich jeden Pfenning vom Munde abgespart. Aber Paul hatte es gern getan, das Geld reute ihn nicht, alles hätte er für ihre Liebe geopfert. In einem gewissen Sinn tat er das auch jetzt. Er rettete ihre Liebe oder das, was von ihr noch übrig geblieben war, indem er darauf verzichtete.

Marie stand zum Fenster gewandt, sie warf nur kurz einen Blick über die Schulter auf das Ringlein zwischen ihnen, dann starrte sie weiter auf die gegenüberliegende Häuserfront. Sie sah ihn nicht an, ließ nicht erkennen, was sie dachte.

»Du bist frei«, sagte Paul mit rauer Stimme. Er wartete noch einen Moment auf ihre Reaktion, sah, wie ihre Schultern leicht zuckten, aber als er sicher war, dass keine weitere Geste kommen würde, kein erlösendes Wort, verließ er das Zimmer. Lief ein letztes Mal durch die kleine Wohnung, ihr Nest, hängte sich den Wäschebeutel über die Schultern, nahm seinen Koffer, ließ hinter sich die Tür ins Schloss fallen und ging mit schweren Schritten die Treppen hinab.

»Moin, Paul!«

Herr Habenschaden kam ihm entgegen. Paul nickte nur, kein Wort brachte er über die Lippen. Gern hätte er sich von Habenschaden verabschiedet, ihm gesagt, dass er niemals wiederkommen würde, dass er ihm nicht mehr helfen konnte, die Kohlen aus dem Keller in die dritte Etage zu tragen. Dass Habenschaden nun nie wieder hören würde, wie er morgens beim Rasieren ein

Liedchen pfiff. Obwohl, dachte Paul, das hatte seit Monaten kein anderer Mieter mehr von ihm gehört. Seit dem Unglück.

Sein Nachbar war schon außer Sicht, da hielt Paul dennoch inne. Er beugte seinen Kopf über das Treppengeländer. »Herr Habenschaden! Passen Sie ein bisschen auf Marie auf, ja?«

Der Kopf des Älteren ragte nun oben im Dritten auch übers Geländer. Fragender Blick.

»Ich komm nicht mehr«, Paul senkte seine Stimme. »Ist nicht gut gegangen.«

»Ach, Junge.« Habenschaden zog die Stirn in Falten. »Denn man tau.«

Paul nickte nur. Winken war nicht drin, der rechte Arm hielt den Koffer. Der linke … nun ja.

Der strahlende Sonnenschein, der ihn auf der Straße empfing, beleidigte ihn. Es war ein Wetter, Sonntagswetter zumal, wo alle Welt in bester Laune schöne Dinge zu machen schien. Die Kinder in der Gasse jagten kreischend einem Ball aus Lumpen hinterher. Drei alte Männer saßen auf den Stufen zum Hauseingang, rauchten Pfeife und klönten. Jemand sang, schief und krumm, aber er sang. Vor Paul liefen zwei junge Mädchen her, in ihren Sonntagskleidern, sie tuschelten miteinander, kicherten, ihr Gang war beschwingt.

Er bog um zwei Ecken, erreichte die Roosenstraße, und hier tobte das Leben. Kutschen, Automobile ohne Verdeck, Familien beim Sonntagsspaziergang, Frauen mit zierlichen Sonnenschirmchen, Leichtigkeit lag in der Luft, das ganze Hamburger Sommerleben wie eine einzige große Regatta. Nur er, Paul Klinker, schlich über das Pflaster, düstere Laune im Gepäck. Vor fünf Minuten hatte er sich von seiner Zukunft verabschiedet. Von allem, was ihm lieb und teuer war. Von Marie, von dem Wunsch, eine Familie zu gründen. Von Kindern. Davon, ein treusorgender Ernährer zu sein.

Vorbei.

Sein Leben lag in Trümmern, er war gerade einmal sechsundzwanzig.

Niemals hätte er geglaubt, dass die Liebe zwischen Marie und ihm endlich sein würde. Auf den ersten Blick hatten sie einander erkannt, hatten von einem gemeinsamen Leben mit Ehe, Kindern und einem kleinen Häuschen geträumt. Paul hatte es nicht für möglich gehalten, dass das feste Band zwischen ihnen brüchig werden konnte oder gar reißen würde, und doch war es so gekommen. Das Unglück, das niemand hatte voraussehen können, hatte einen Keil zwischen sie getrieben. Marie hatte sich bemüht um ihn, hatte ihm immer wieder zu verstehen gegeben, dass seine Verletzung ihrer Liebe keinen Abbruch tat. Aber er – er war bitter geworden. Zynisch. Hatte seine Frau abgewehrt, hatte ihr nicht mehr glauben können, dass sie ihn liebte, versehrt, wie er war. Unfähig, weiter seiner Arbeit nachzugehen, die so viel für ihn bedeutet hatte. Schleichend hatte sich das Gift zwischen ihnen ausgebreitet, und irgendwann hatte er es geschafft, dass Marie sich von ihm abwandte. Er musste mit anhören, wie sie heimlich weinte. Sah den Blick, mit dem sie ihn musterte. Ihr Mitleid hatte er nicht gewollt, dafür bekam er irgendwann ihre Kälte zu spüren. Sie sprachen nicht mehr von Kindern, nicht mehr von Zukunft. Oder gar Heirat. Paul erkannte, dass er Marie in seinen finsteren Abgrund riss, das hatte sie nicht verdient. Deshalb hatte er sich zu dem schweren Schritt entschieden und den Verlobungsring zurückgegeben. Noch war es für sie nicht zu spät. Marie war jung und schön, sie würde einen anderen finden, einen, der ihr das Glück zurückgab, das Paul ihr aus dem Herzen gesogen hatte wie ein düsterer Vampir.

Ein kleiner Junge baute sich vor ihm auf, versperrte ihm den Weg und riss ihn aus seinen Gedanken. »'n Groschen, der Herr?«

Paul blickte auf die kleine, völlig verdreckte Hand, die sich ihm entgegenstreckte. Sechs oder sieben, älter war der Wicht nicht. Eines von unzähligen armen Kindern, die in den Straßen der Großstadt bettelten.

»Wenn ich wüsste, dass du den Groschen behalten darfst, würde ich dir was geben.« Paul machte eine kleine Kurve um den Jungen, der ihn verdattert ansah. Noch vor wenigen Monaten hätte Paul ihn gepackt, den Arm auf den Rücken gedreht und in den Nacken geschaut. Hätte er die Tätowierung entdeckt, hätte er Bescheid gewusst und den Straßenköter ins Verhör genommen. Früher. Jetzt hatte er nicht mal eine Hand frei, um sich gegen den Bengel zu wehren. Er besaß ja nur noch eine.

»Ach, Junge«, sagte seine Mutter, genau wie Herr Habenschaden. Sie hatte ihm die Tür geöffnet und trat nun beiseite, damit er in ihr kleines Reich eintreten konnte. Der Duft von Linseneintopf empfing ihn, mit Speckschwarte, das konnte er riechen. Er stellte den Koffer ab, ließ den Wäschesack von der Schulter gleiten und umarmte seine Mutter. Ihm war zum Heulen zumute. Ein erwachsener Mann, der auf der ganzen Linie gescheitert war, hing wieder am Rockzipfel seiner Mutter. Zum Glück bekam sein Vater nichts mehr davon mit.

»Wie geht's Papa?« Er warf einen Blick in den Verschlag unter der Treppe. Das Behelfsräumchen hatte er damals gezimmert, es passte gerade mal das Bett hinein, außerdem hatte Paul einen Durchbruch in der Wand geschaffen und ein Fenster eingesetzt, so kamen Licht und Luft in den kleinen Verschlag. Ein Jahr war es her, damals war er ein kräftiger Mann gewesen, voller Tatendrang, ein begabter Handwerker, stolz auf seiner Hände Arbeit.

Sein Vater hatte die Augen geschlossen und schlief. Bei jedem Atemzug rasselte seine Lunge, es hörte sich an, als ob Kohlenhändler Franzke ein paar Tonnen Briketts in den Keller schüttete. Paul ging in die Küche, wusch sich die Hände, setzte sich an den Tisch und bekam die dicke Linsensuppe vor die Nase gestellt, über die er sich mit Heißhunger hermachte. Seine Mutter setzte sich dazu, ihre Hände, schwielige, rot geschrubbte Arbeiterhände, lagen gefaltet auf dem Tisch. Sie sprachen nicht, bis er aufgegessen hatte und den Teller von sich schob.

»Wie hat Marie es aufgenommen?« Martha Klinker löste ihre Hände voneinander und wischte verlegen über die Tischplatte, als glättete sie ein Tischtuch, das es nicht gab.

»Kein Wort.« Paul stand auf und tauchte den Suppenteller in das Spülwasser. »Kein Sterbenswörtchen.« Er goss sich eine Tasse Kaffeeersatz ein und setzte sich wieder. »Sie ist froh, dass sie mich los ist. Wer will schon einen Einarmigen.«

Seine Mama seufzte tief. »Ach, Junge«, wiederholte sie, »ach, Junge«, und Paul hätte sie am liebsten angeschrien, sie solle aufhören, ihn so zu nennen, er war kein Junge mehr, er war ein Mann! Ein erwachsener Mann, der sein Leben versaut hatte! Das war er. Eine verdammte Elendsgestalt. Aber das wäre nicht gerecht gewesen, seine Mutter hielt zu ihm, durch dick und dünn, er würde immer ihr Junge bleiben.

»Vielleicht wär sie mit dem einen Arm schon klargekommen.« Martha blickte konzentriert auf die Tischplatte. Paul ahnte, was jetzt kam. Er hörte es nicht zum ersten Mal. »Aber dass du keine Hoffnung hast. Deine düsteren Gedanken …«

Er schob den Stuhl vom Tisch weg, der ein hässliches Geräusch machte, stand abrupt auf und verließ die Küche. Nahm die Jacke vom Haken und öffnete die Tür. Dann hielt er inne. Es war nicht recht, einfach so zu gehen. »Ich suche Arbeit«, rief er in den dunklen Flur. »Wenn ich wiederkomme, kümmere ich mich um Papa.«

Eine Antwort wartete er nicht ab, zog die Tür ins Schloss und stand erneut im verhassten Sonnenlicht. Ihm schien, als vernähme er ein leises Echo: »Ach, Junge …«

Wenigstens waren ihm noch beide Beine geblieben, dachte Paul, als er nach einer Stunde Fußmarsch den Eingang zum Zentral-Schlachthof am Neuen Kamp erreichte. Seine Beine waren verschont geblieben – wenn es nach seinen Peinigern gegangen wäre, hätte die Stahlwalze ihn mit Haut und Haar verschlungen, nichts mehr wäre von ihm geblieben, seine Knochen feines Mehl, alles andere Matsch. Wie oft wünschte er sich, es wäre so. Und niemand hätte ihn »gerettet«. Glück gehabt – wie oft hatte er das nach dem Unfall gehört. Glück? Ihn hatte das größte Pech ereilt.

Auf dem weitreichenden Gelände kamen ihm Schlachter entgegen, stolze Männer mit blutigen Schürzen, sie führten ihre Rinder am Strick von den Ställen in den Schlachthof und präsentierten sie den Käufern. Schlachter, das war ein ehrbarer Beruf, man sah den Männern den Stolz an, ihre Kraft, die jede ihrer Bewegungen demonstrierte. Paul entgingen die Blicke nicht, die sie ihm zuwarfen. Was will der hier, der Versehrte? Paul konnte nicht anders, als den Blick senken. Gerne wäre er ihren Blicken mit stolz geschwellter Brust begegnet, allein, er schaffte es nicht.

»Paul!« Eugen hieb ihm kraftvoll auf die Schulter. »Schön, dass du mal vorbeikommst!«

Mit einer langen Fleischergabel spießte sein Vetter das Endstück von einem Roastbeef auf, das er gerade in feine Scheiben geschnitten hatte. Es war noch warm und so zart wie Butter.

Eugen Baumwald hatte seinen Metzgereibetrieb direkt am Schlachthof, ein stark frequentiertes Geschäft. Vom frühen Morgen an standen die Kunden Schlange – unter ihnen die Viehhändler und Schlachter, aber auch Köche und Haushälterinnen, die für ihre Restaurants oder Herrschaften frisches Fleisch und Wurstwaren besorgten. Eugen war einer der Ersten, die Paul nach dem Unfall Hilfe angeboten hatten. Kein Mitleid, keine aufmunternden Sprüche, sondern schlicht der Satz: »Wenn du Arbeit brauchst, dann komm zu mir.« Das rechnete Paul seinem Vetter hoch an. Sechs Monate hatte er gebraucht, um das Angebot anzunehmen, aber jetzt war er da, und Eugen, der fragte nicht und sagte nichts, machte keine Vorwürfe, sondern führte ihn in die Wurstküche und reichte ihm eine Schürze.

»Schlachtabfälle sortieren. Die guten ins Töpfchen, die schlechten ins Kröpfchen.« Er zeigte auf riesige Behälter, voll mit blutigen Fetzen und Knochen. Paul fragte sich, wie er das Schlechte vom Guten unterscheiden sollte, aber Eugen zog ihn schon weiter. »Würste abschneiden und ins Kochwasser. Und natürlich sauber machen. Jede Arbeitsfläche muss regelmäßig sauber gemacht werden. Genauso der Fleischwolf. Kannst du Messer schleifen?«

Paul schüttelte den Kopf.

»Egal, ist nicht so schwer. Kalle zeigt dir alles.«

Kalle war einer der Gesellen, ein maulfauler Riese mit gutmütigen Augen.

Paul hob den linken Stumpf. »Wird schwierig mit dem Messerschleifen. Alles andere müsste ich hinkriegen.«

Eugen kniff die Augen zusammen. »Tut mir leid. Man vergisst das glatt, wenn man dich so sieht.«

Ich nicht, dachte Paul, schwieg aber. Er war dankbar für die Aufgaben, die sein Vetter ihm zutraute. Mit Kalles Hilfe gelang es ihm, sich nicht vollständig wie ein Idiot anzustellen. Einige Arbeiten – wie das Abschneiden der Würste von der langen Kette, waren kompliziert mit nur einem Arm, anderes, wie das Sortieren der Schlachtabfälle, ging ihm gut von der Hand. Die Arbeit in der Wurstküche war hart, es roch nach Blut und Innereien, der Ton zwischen den Gesellen und ihren Lehrlingen war rau, körperlich anstrengend waren die Verrichtungen überdies.

Aber er war abgelenkt von seinem Elend und den finsteren Gedanken! Er hatte zu tun, wurde gebraucht, die Zeit verging wie im Flug. Paul stand in der Hierarchie ganz unten, aber die anderen behandelten ihn nicht schlecht, kein einziger der Männer verlor ein Wort über seine Verletzung. In der Mittagspause saßen sie gemeinsam draußen im Hof in der Sonne, es gab – natürlich – frische Brühwurst und Brot und ein Glas Bier. Obwohl er bis zum Ellenbogen in den Schlachtabfällen gewühlt und sich geekelt hatte, schmeckte die frische Wurst, Eugens Metzgerei hatte nicht umsonst einen exzellenten Ruf weit über die Grenzen des Schlachthofviertels hinaus.

Was Paul aber wirklich zu Herzen ging, war das Schreien der Tiere, das immer wieder über den Hof drang. Er hörte die Todesangst der armen Viecher, bevor man ihnen den Garaus machte, es war kaum auszuhalten. Niemals hatte Paul sich darüber Gedanken gemacht, dass Tiere Schmerzen erlitten, Nutztiere zumal. Aber seit dem Erlebnis mit der Walze, seit er wirklich wusste, was Schmerzen und Todesangst waren, hatte sich sein Blick und sein Empfinden für Leiden bei Mensch und Tier geschärft. Lebewesen, die Qualen erleiden mussten – er ertrug es nicht mehr. Früher, in der Zeit vor dem Unglück, war er stumpf dagegen gewesen, heute gelang es ihm nicht, sein Herz zu verschließen.

»Kannst morgen wiederkommen«, sagte sein Vetter bei Feierabend. Drückte ihm ein in Papier gewickeltes Paket in die Hand und nickte ihm zu. »Schöne Grüße an Tante Martha.«

Paul klemmte sich das Paket mit dem Fleisch unter die linke Achsel und machte sich auf den Heimweg. Seine Mutter würde sich freuen. Er hatte Arbeit. Und er brachte etwas zum Essen nach Hause. Das war das Mindeste, was er tun konnte, einen Zuschuss zur Miete hatte sie hartnäckig verweigert.

Seine Eltern lebten in Ottensen in einem kleinen Häuschen, das eher eine Hütte war. Es stand am Ende der Borselstraße, dort, wo die Straße in Wiesen und Felder mündete. Einfach war das kleine Heim, aber Paul, der dort zusammen mit seinem

Bruder aufgewachsen war, hatte es geliebt. Es war perfekt für zwei Lausbuben wie sie gewesen. Den ganzen Tag über waren sie draußen in der Natur, bauten Höhlen und kletterten auf Bäume, versteckten sich im Wald, schnitzten Schwerter. Die Brüder hatten eine unbeschwerte Kindheit verbracht; dass es zu Hause nur das Nötigste gab, hatte sie nicht beeinträchtigt – dafür überschüttete ihre Mutter sie mit Liebe. Bis auf einmal alles in Wanken kam. Michael, Pauls Bruder, verschwand unter nie geklärten Umständen, er war gerade einmal zwölf Jahre alt. Wenige Jahre später wurde der Vater schwer lungenkrank und konnte nicht mehr arbeiten. Damit das ganze Unglück nicht allzu schwer auf den Schultern seiner Mutter lastete, hatte Paul sofort eine Stellung gesucht und auch gefunden. Und tatsächlich: Die Arbeit passte zu ihm, er stellte sich gut an, erklomm Stufe um Stufe, wurde von seinen Vorgesetzten gelobt und befördert. Er lernte Marie kennen, es war Liebe auf den ersten Blick. Sie verlobten sich, und weil sie weder bei ihren noch bei seinen Eltern Platz fanden, die Pläne für eine baldige Heirat unumstößlich schienen und die Gelegenheit günstig war, zogen sie zusammen in die kleine Wohnung in Altona. Die Sterne waren ihnen wohlgesinnt, das Glück schien perfekt, bis …

Unversehens stieß Paul mit einem Passanten zusammen, sein Fleischpaket fiel zu Boden, das Zeitungspapier entfaltete sich, das Suppenfleisch für seine Mutter lag auf dem Trottoir.

»Pass bloß auf, Krüppel!« Feindselig starrte der Mann Paul an und schüttelte seine Faust.

Im Bruchteil einer Sekunde sah Paul rot. Der andere konnte gar nicht so schnell reagieren, wie er ihn an die Hauswand gedrückt hatte, mit dem gesunden Arm presste er ihm die Luft ab. »Nenn mich noch einmal so«, zischte er durch die Zähne, »und ich breche dir den Kehlkopf.«

Dem Mann traten die Augen aus den Höhlen, er tat einen röchelnden Laut, Paul drückte noch einmal nach, aber als er sicher war, dass von dem Kontrahenten nichts mehr kam, ließ er ab, sammelte Papier und Fleisch vom Bürgersteig und lief hastig weiter. Die Leute auf der Straße blickten ihm erschrocken hinterher.

Fast rannte Paul, nur weg von hier, er schämte sich, die Wut war so schnell über ihn gekommen, er hatte es nicht im Griff gehabt. Seit er den Arm und in der Folge auch seine Arbeit verloren hatte, geschah ihm das oft. Er sah einfach rot, manchmal waren es nur Lappalien. Verdammich, dachte er, wieso kannst du nicht Ruhe bewahren!

Er schlug Haken wie ein Hase, lief ziellos durch die Straßen Altonas, rannte vor seiner Wut davon. Irgendwann erreichte er die Gleisanlagen hinter dem Bahnhof. Hier blieb er stehen. Im Westen, dort, wo sich der Himmel leicht rötete, weil die Sonne langsam ihre Schlafenszeit antrat, stieg der Rauch der Fabriken empor. Die städtische Gasanstalt, *Roses Metallfabrik*, die Fischräucherei – so vertraut war ihm der Anblick der Schlote, der dicken grauen Wolken, die sie absonderten, dass er heimische Gefühle mit ihnen verband. Auch das Kreischen der Güterzüge, hier inmitten der Gleise und Weichen, der hohe Ton von Metall auf Metall, er wusste, er war zu Hause.

Ein Zug verließ den ein paar Hundert Meter entfernten Bahnhof und stieß ein Warnsignal aus.

Paul blieb stehen.

Er war nicht weit von den Gleisen entfernt. Vielleicht fünfzig Zentimeter. Ein großer Schritt und …

Das Signalhorn des Zuges ertönte erneut. Er hatte gerade Fahrt aufgenommen, war nur noch ein wenig von dem Mensch an den Gleisen entfernt. Bremsen war unmöglich auf die kurze Distanz.

Paul blieb wie angewurzelt stehen. Er schloss die Augen.

Der Zug rauschte an ihm vorbei, riss an seinen Kleidern, an

den Haaren, raubte ihm den Atem, brachte ihn aus dem Gleichgewicht, er wankte vor und zurück.

Dadadang, dadadang, dadadang, martialischer Lärm ließ seine Ohren fast taub werden.

Als der letzte Waggon an ihm vorbeizog, klopfte Pauls Herz bis zum Hals. Er taumelte, ließ sich auf den Boden fallen. Es wäre so einfach gewesen. Was hielt ihn ab?

Paul riss die Augen auf und sah zum Himmel. In zittrigem Weiß zeichnete sich eine dünne Mondsichel am Firmament ab, die Sonne daneben prall und satt. Er würde den Mond aufgehen sehen, dachte Paul. Und auch die Sonne am morgigen Tag. Und wieder von vorn. Nicht die Liebe hinderte ihn daran, sich das Leben zu nehmen. Der Liebe hatte er heute endgültig den Laufpass gegeben, und die Hoffnung auf eine zweite Chance hatte er nicht, sein Herz war eine harte dunkle Faust.

Auch nicht die Sorge um seine Mutter hielt ihn ab, obwohl der Verlust des anderen Sohnes sie den Verstand kosten würde.

Nein. Es war Rache, die ihn am Leben hielt. Er, Paul Klinker, der Versehrte, der Einarmige und Verzweifelte – er würde Rache nehmen. In seinem eigenen Namen, aber auch im Namen all jener, die Hinnerk Macke auf dem Gewissen hatte.

Zittere um dein Leben, schwor Paul, der am Bahndamm im Gras saß, ein schmutziges Pfund Fleisch in einer zerfledderten Zeitung unterm Arm, denn ich bin dir auf den Fersen, und ich jage dich so lange, bis ich dich sicher unter der Erde weiß.

Dann kann auch ich gehen.

3.

Die Scheine knisterten unter dem Mieder. Immer wieder glitt Ellas Hand dorthin, zu der Stelle über ihrem Zwerchfell, wo sie die Scheine eingenäht hatte. Ein bisschen Bares hatte sie im

Strumpfband stecken. Das war weniger gefährlich, niemand würde Verdacht schöpfen, alle Mädchen sammelten das Geld, das die Kunden ihnen extra zusteckten, in ihrem Strumpfband. Wenn die Luden das entdeckten, gab es Prügel, und das Geld wurde den Mädchen wieder abgenommen. Sie machten es trotzdem, alle, immer wieder. Denn ab und zu gelang es ihnen, etwas beiseitezuschaffen. So hatte auch Ella sich das Fluchtgeld mühsam erarbeitet. Von den Scheinen in ihrem Mieder wusste niemand, wäre es in den vergangenen Monaten aufgeflogen, hätte es grausame Konsequenzen gehabt, die sie möglicherweise nicht überlebt hätte.

Ella dachte an Katja. Katja hatte denselben Plan gehabt wie sie: entkommen. Wahrscheinlich war das der Plan aller Mädchen im Bordell, keine von ihnen war freiwillig dort oder in einem der vielen anderen Freudenhäuser. Freudenhaus, dachte Ella, falscher konnte eine Bezeichnung nicht sein. Leidenshaus, das traf es eher. Katja jedenfalls hatte es vor siebenundachtzig Tagen probiert. Mit Ella hatte sie ihren Plan geteilt, hatte ihr vertraut und war doch verraten worden. Nie würde Ella den Blick vergessen, den Katja ihr zugeworfen hatte, als die Männer sie hinter sich hergeschleift hatten. Es war der letzte Blick gewesen, den Katja ihr geschenkt hatte, ein bitterer Blick voller Enttäuschung. Ella hatte keine Gelegenheit gehabt, ihr zu sagen, dass ihr kein Sterbenswörtchen über die Lippen gekommen war. Die Madame oder die Männer, die die Strippen hinter allem zogen, mussten ihr anders auf die Schliche gekommen sein. Katja war in dem Glauben gestorben, dass sie, Ella, eine Verräterin war.

Jakub hatte Ella erzählt, dass Katjas Leiche in der Baugrube der neuen Synagoge gefunden worden war. Jeden Knochen im Leib hatten sie ihr gebrochen.

Das gleiche Schicksal würde sie erwarten, wenn ihr Plan heute schiefging. Das wusste Ella, aber sie hatte mit dem Leben so gut wie abgeschlossen, das hier war ihre einzige, ihre letzte

Chance auf ein Leben fernab von Bordellen und Freiern, von Schlägen und Erschöpfung.

Sie setzte alles auf diese Karte.

Principessa bellte. Drei Mal, kurz und hoch. Ellas Herz schlug bis zum Hals – jetzt!

Die Madame sah zu ihr hinüber und winkte müde mit einer Hand. Ihr Einsatz!

Ella erhob sich, warf sich einen Morgenrock über, nahm die Leine und den Mops und trat vor die Tür. Die Sonne schien grell, sie musste ein paarmal blinzeln, um mit der Helligkeit klarzukommen, im Bordell herrschte rund um die Uhr Dämmerlicht, damit die Kunden die blauen Flecken der Mädchen nicht sahen.

»Lauf, Principessa«, forderte Ella die Mopshündin auf, die sie auf den Boden gesetzt und angeleint hatte. Monatelang hatte sie sich das Vertrauen der Hündin erschlichen, hatte von ihren ohnehin mageren Essensportionen immer wieder etwas abgezweigt und versteckt, um die Hündin damit zu verwöhnen und von sich abhängig zu machen. Und hatte es geschafft – Ella war die Einzige, die von der kleinen Hündin nicht angeknurrt wurde, und deshalb war sie das einzige Mädchen, das mit dem Hund der Madame rausgehen durfte.

Die großen dunklen Augen der Hündin blickten zu ihr empor. Dir geschieht nichts, versuchte Ella ihr stumm mitzuteilen. Wenn du mithilfst, rettest du mein Leben.

Als hätte sie genau verstanden, richtete Principessa ihren Blick nach vorn und trippelte los. Langsam schlenderte Ella durch die Gasse, bemüht, sich ihre Anspannung nicht anmerken zu lassen. In der Regel verrichtete der Hund an der Ecke auf dem schmalen Grasstreifen sein Geschäft, und sie drehten wieder um. Heute aber …

Brav hockte der Mops sich hin, so wie er es gewohnt war. Ella sah sich um. Jakub hatte Wort gehalten! Der gute Junge! Er wartete mit seinem Eselskarren kurz hinter der Ecke, sodass man ihn aus der Gasse, in der das Bordell lag, nicht sehen konnte. Ella widerstand der Versuchung zurückzublicken, sie hätte gerne gewusst, ob die Luden, die rund um das Freudenhaus für Ordnung sorgten, sie beobachteten, aber das wäre zu auffällig gewesen, deshalb bog sie betont langsam in die Querstraße ein, in der ihr Fluchthelfer wartete. Kaum war sie außer Sichtweite, klemmte sie sich Principessa, die verdattert guckte, unter den Arm, rannte blitzschnell zu Jakubs Karren, erklomm den Bock und hatte sich noch kaum gesetzt, als der Junge schnalzte und der Esel sich in Bewegung setzte.

Ellas Hände umklammerten den Hund, sie zitterten. Bloß nicht zurücksehen!, ermahnte sie sich. Der Esel schien im Schneckentempo zu laufen, konnte der nicht wenigstens traben? Sie warf Jakub einen Seitenblick zu. Er strahlte, wie immer, stoische Ruhe aus. Obwohl seine Rolle als Fluchthelfer ihn das Leben kosten konnte – Ella war nicht müde geworden, ihm das einzuhämmern. Niemals hätte sie Jakub in Gefahr gebracht, aber er war wild entschlossen. Und das, obwohl sie ihm das Herz brach. Kein anderes der Mädchen würde ihn nehmen. Oder so behandeln, wie Ella ihn behandelte: mit Respekt.

Jakub war ihr Kunde. Ein Halbwüchsiger, Ella schätzte ihn auf siebzehn, vielleicht ein paar Jahre mehr. Sein rundliches Gesicht mit den dunklen, mandelförmigen Augen verlieh ihm etwas Kindliches, außerdem war er nicht ganz so wie andere junge Männer in dem Alter. Es fiel ihm schwer, deutlich zu sprechen, als wäre die Zunge in seinem Mund ein Fremdkörper. Die anderem im Bordell hielten ihn für einen Idioten, aber Ella wusste es besser. Jakub war nicht dümmer als andere, er war nur auf den Mund gefallen. Dafür hatte er ein Herz aus Gold! Er betete sie an, und wenn die Madame gewusst hätte, was sie beide machten, wenn sie allein waren – und wofür Jakub auch bezahlte –, hätte sie ihn zum Teufel gejagt. Ella und er lagen

Arm in Arm im Bett. Sie kuschelten sich aneinander. Jakub spielte mit ihren dicken dunklen Locken, und sie streichelte seinen Rücken. Mehr passierte nicht zwischen ihnen, mehr wollte er nicht. Manchmal spielten sie Karten oder legten eine Patience. Leise, niemand sollte hören, wie sie kicherten. Eine Stunde, dann ging er wieder. Einmal in der Woche kam er, dazwischen hatten sie keinen Kontakt. Er erzählte Ella nicht, woher er kam, wer seine Eltern waren oder ob er Geschwister hatte. Er war Jude, das war alles, was sie über ihn wusste. Und er erinnerte sie an ihre jüngeren Brüder.

Mit stoischer Ruhe lenkte Jakub den Eselskarren durch die Straßen Lembergs. Ella konnte kaum glauben, was sie sah. Seit Jahren, seit die Mädchenhändler sie in ihren Klauen hatten, war sie nicht mehr durch eine Stadt gefahren. Sieben Jahre! Seit sieben Jahren war sie nicht mehr allein draußen gewesen und unter Menschen. Unter Menschen, die sie nicht für käuflich hielten. Sieben Jahre, seit ihre Eltern sie verkauft hatten, im guten Glauben, dass der Mann, der ihnen die geforderte Summe hingeblättert hatte, Ella in eine Dienstbotenstelle vermitteln würde. Was glaubten ihre Eltern wohl, wo sie war und wie es ihr erging? Wunderten sie sich, dass sie von ihrer ältesten Tochter nie wieder etwas gehört hatten? Wohl kaum. Elf Kinder waren sie zu Hause gewesen, elf Mäuler, die zu stopfen waren. Ihre Eltern mussten daran glauben, dass Ella ihr Glück gefunden hatte.

Glück. Sie hatte vergessen, was das war.

Der leichte Morgenrock flatterte um ihre Schultern, Principessa saß neben ihr und machte große Augen, und Ella wagte es endlich, einen Blick über die Schulter zu werfen. Nichts! Niemand rannte dem Karren hinterher, und niemand schrie nach ihr. Die Sommersonne streichelte ihre blasse Haut, Wind fuhr ihr durch die Haare, und obwohl sie den Bahnhof noch nicht erreicht und sie in Sicherheit gebracht hatten, wurde Ellas

Herz leicht. Ihr war, als stiegen kleine Luftbläschen aus dem Bauch empor, es fühlte sich an, als hüpfte ihr Inneres, tanzte und sprudelte. Sie lachte. Jakub warf ihr einen Seitenblick zu, lächelnd. Ella konnte nicht an sich halten, sie lachte und lachte, ihr Kopf fiel in den Nacken, das Gesicht streckte sich der Sonne zu. Sie saß auf dem Bock eines Eselskarrens, halb nackt, mit einem Jungen neben sich, den alle für einen Idioten hielten, und bald mit den Häschern der Mädchenhändler auf den Fersen. Gab es einen Grund, fröhlich zu sein? Mitnichten! Doch die Fröhlichkeit kam aus ihrem tiefsten Inneren, strömte aus ihrem fülligen Körper, der davon durch und durch geschüttelt wurde.

Sie überquerten den weitläufigen Marienplatz, vorbei an der Mariensäule, drängten sich neben die Trambahn, deren Fahrgäste sich die Nasen an den Fenstern platt drückten, um die lachende Frau auf dem Eselskarren zu sehen.

Vier k. u. k. Soldaten hoch zu Ross kamen ihnen entgegen, sie pfiffen bewundernd, einer der Offiziere warf ihr eine Kusshand zu, ein anderer zwinkerte sie keck an.

Jakub rutschte auf seinem Sitz hin und her, er wusste augenscheinlich nicht, was er von der ganzen Sache halten sollte, schließlich sollte er Ella bei einer geheimen Flucht helfen, und nun blickte ihnen die ganze Stadt hinterher? Die Marktfrauen hinter ihren Obstständen, jüdische Orthodoxe mit Stirnlocken und Büchern unter dem Arm, Automobilisten, die sie überholten, flanierende Paare – alle starrten sie an, riefen ihnen etwas zu, lachten mit Ella oder applaudierten.

Principessa drückte sich tiefer in Ellas Schoß und sah mit staunenden Glubschaugen auf das turbulente Geschehen um sich herum. Auch der Hund war noch nie weit von dem Bordell weggekommen, dachte Ella, sie war ebenso eine Gefangene gewesen. Die Madame hatte wenig Interesse an ihren Mopshunden, sie wurden gefüttert und hatten ansonsten brav auf ihren Seidenkissen zu posieren. Wenn sie sich meldeten, wurden sie einmal um die Ecke geführt, das Geschäft erledigt und sobald das geschah, ging es schnurstracks wieder ins Bordell. Wurden die Hunde alt, krank oder anstrengend, verschwanden sie von heute auf morgen. Principessa war noch jung, ein Jahr alt, und verspielt, die Madame hatte wenig Geduld mit der kleinen Hündin. Ella hatte die Mopsdame ins Herz geschlossen und spielte mit ihr, damit sie bloß nicht jammerte und das Schicksal ihrer Vorgängerinnen teilte.

Sie hatten nun den Bahnhof erreicht, dessen stolze Fassade mit der Kuppel den Platz davor dominierte. Jakub lenkte seinen Karren aber am Entree vorbei und hielt an einem Seitenflügel, dort, wo keine Fiaker warteten und keine Droschken. Er sprang vom Bock und reichte Ella von der Ladefläche ein Kleid und einen Hut.

Sie sah ihn fragend an.

»Dadadamit dddu nicht aufff…«

Sie lächelte. »Ach, Jakub, an was du alles gedacht hast.«

Der Junge wurde rot. Er half ihr in das Kleid. Es war etwas verschlissen, aber ganz hübsch, dachte Ella, woher er das wohl hatte? Und es passte! Zwar bekam sie die Knöpfe nur mit Mühe zu, aber sie schaffte es. Der samtene Hut schillerte grün, so sah sie aus wie ein Papagei, aber ihr Äußeres war Ella vollkommen gleichgültig. Sie musste aussehen wie eine einfache Frau, die verreiste.

Jakub hielt Principessa im Arm und sah Ella zu. Als sie fertig angekleidet war, hieß es Abschied nehmen. Ella lüpfte die Röcke und nahm von dem Geld unter ihrem Strumpfband einen Schein, den sie ihm hinstreckte.

Er schüttelte energisch den Kopf.

»Doch, Jakub, du musst ihn nehmen! Was du für mich getan hast!«

Aber er verweigerte das Geld partout, stattdessen hielt er fragend den Hund in die Höhe.

»Wwas ist mmmit dem Huhu ...?«

Ella sah ihn an. Dann sah sie Principessa an. Die kleine Hündin hing elend in den Armen des Jungen, ihre schwarzen Glubschaugen blickten flehend zu Ella. Zumindest wirkte es auf sie so.

»Gib her«, sagte Ella. »Ich nehme sie mit.«

Jakub setzte die sichtlich erleichterte Principessa auf den Boden, dann ließ er sich von Ella fest in den Arm nehmen.

»Du bist ein guter Junge.« Ella nahm sein Gesicht in ihre Hände und küsste ihn. »Du hast mir das Leben gerettet, lieber Jakub. Jetzt pass bitte auf dich auf!«

Sanft lächelte er und blickte verschämt zu Boden. Ella brach es das Herz, ihren Retter so zurückzulassen, aber sie musste sich beeilen. Mittlerweile war ihr Fernbleiben und das der Möpsin bestimmt bemerkt worden, es würde nicht lange dauern, und die Häscher der Madame tauchten am Bahnhof auf. Sie nahm die Leine in die Hand und machte sich auf den Weg zu den Gleisen.

»Ella!«

Ihren Namen konnte Jakub unfallfrei aussprechen, das hatte Ella immer schon gerührt. Sie drehte sich um.

Der Junge hielt etwas in seiner Hand und winkte ihr damit zu. Ihr Billett! Das Wichtigste! Der Fahrschein in die Freiheit! Ella hatte ihm das Geld dafür schon vor einiger Zeit gegeben: ein Zugticket nach Kattowitz. Einfach. Von dort gingen Züge in alle Richtungen, Ella überlegte, nach Prag weiterzureisen, hatte sich aber noch nicht endgültig festgelegt.

Jakub war zu ihr gerannt, drückte ihr das Ticket in die Hand, und ein letztes Mal sagten sie einander Auf Wiedersehen. Oder vielmehr Lebewohl.

Ohne sich umzublicken, lief Ella zu den Gleisen. Jetzt aber schnell! Am liebsten wäre sie gerannt, bloß weg von hier, aber das wäre zu auffällig gewesen. Den Kopf hielt sie gesenkt, sie sah das Hinterteil von Principessa, die aufgeregt durch den Bahnhof wackelte. Es war ein Risiko, die Hündin mitzunehmen, dachte Ella plötzlich und hoffte, dass ihr dies nicht zum Verhängnis wurde. Bahnhöfe waren stets ein Tummelplatz für Mädchenhändler. Hier wurden die jungen Frauen, die sie von überall hergeholt hatten, meistens bitterarme Töchter kinderreicher Familien, so wie sie auch, übergeben an die Luden, die entschieden, in welches Bordell die Frauen kamen. Oder ob sie sie selbst behielten und auf die Straße schickten. An Bahnhöfen wurden aber auch allein reisende Frauen angesprochen und geködert. All das hatte sie am eigenen Leib erlebt, genau wie die vielen Mädchen, mit denen sie im Verlauf der letzten sieben Jahre in den verschiedensten Bordellen zu tun gehabt hatte.

Im Zug durfte Ella sich nicht in falscher Sicherheit wiegen. Oftmals reisten Schleuser mit ihren Opfern, angeblich ihren Verlobten, in den Westen, ins deutsche Kaiserreich, nach Österreich oder Frankreich, um sie dort zu verkaufen. Mädchenhandel war ein florierendes und einträgliches Geschäft. Von Lemberg über Krakau nach Kattowitz – das war die gefährliche Strecke. Denn Kattowitz war ein heißes Pflaster. Fast alle Mädchen, die Ellas Schicksal teilten, waren über Kattowitz und dort von einem Luden zum anderen gekommen oder verschwanden in der Stadt spurlos. Wenn Ella es bis dahin unentdeckt geschafft und Kattowitz hinter sich gelassen hatte, würde sie entspannter weiterreisen.

Menschen eilten kreuz und quer durch die große Empfangshalle des Lemberger Hauptbahnhofes, und erleichtert stellte Ella fest, dass ihr niemand einen prüfenden Blick zuwarf, noch genoss sie offenbar einen kleinen Vorsprung. Ein Blick auf die große Anzeigetafel bedeutete ihr, dass in weniger als zehn Minuten ein Zug in Richtung Prag fuhr. Umstieg in Kattowitz – dort würde sie ein neues Billett lösen. Aber darüber würde sie sich Gedanken machen, wenn es so weit war. Bis dahin müsste sie ein paar Stunden im Zug verbringen – hoffentlich unbehelligt!

Ella und Principessa ergatterten einen Platz in der Holzklasse, zusammen mit Bauern, die von einem Tag auf dem Lemberger Markt zurück in ihre Dörfer fuhren, einer orthodoxen jüdischen Familie, die sich nur flüsternd unterhielt und angstvoll umschaute – offenbar waren sie vor den Pogromen in ihrer Heimat geflüchtet. Ein paar müde Fabrikarbeiter und ein altes Ehepaar waren ebenso unter den Mitreisenden wie eine junge Frau ihr gegenüber mit vier kleinen Kindern. Die Frau war blass und mager, ihr fielen vor Erschöpfung die Augen zu. Wohin sie wohl fuhr, so ganz allein? Ella hatte sich den Platz bei ihr ausgesucht, weil sie so mit dem Rücken zur Zugwand saß – es war der letzte Waggon – und ihren Blick auf die Tür richten konnte, die zum nächsten Abteil führte. Rasch hatte sie erfasst, dass von den anderen Mitreisenden kaum Gefahr ausging – sie hatte mittlerweile ein Auge für Schleuser, Luden und Mädchenhändler, zu oft war sie mit ihnen in Berührung gekommen. In der Regel waren es Männer, nicht älter als dreißig, die sich den Anschein gaben, gesetzte Bürger zu sein, gerne trugen sie Dreiteiler – bei genauerem Hinsehen verschlissen und mehrmals geflickt –, Uhrketten – nur die Kette, ohne Uhr – und einen Gehstock mit Knauf – darin versteckt die Messerklinge. So einer war nicht unter ihren Mitreisenden, Ella erlaubte sich aufzuatmen. Kurz bevor der Zug sich in Bewegung setzte, bemerkte sie, dass auf dem Bahnsteig zwei Männer erschienen waren, die sie augenblicklich in Verdacht hatte, dass sie nach ihr Ausschau hielten. Brutale Typen, die aussahen, als würden sie sofort Gewalt anwenden, wenn eine nicht spurte. Einer der beiden warf prüfende Blicke in ihren Zug, während der andere die Bahnsteige beobachtete. Rasch drehte Ella den Kopf zur anderen Seite. Principessa saß gottlob zu ihren Füßen und konnte von draußen nicht entdeckt werden.

Ellas Herz klopfte, ihre Hände zitterten. Die junge Mutter warf ihr einen Blick zu, gleichmütig, aber Ella fühlte sich augenblicklich ertappt. Was, wenn einer der beiden in den Zug stieg?

Endlich stieß die Lokomotive ein hohes Signal aus, der Wagen ruckte an, draußen gellte die Pfeife des Schaffners, die alle vor der Ausfahrt des Zuges warnte. Einige Stunden würden sie bis Kattowitz unterwegs sein, doch seit Ella die Männer auf dem Perron gesehen hatte, war ihr klar, dass sie keine ruhige Minute haben würde, bis sie endlich im Zug nach Prag saß. Wie es dort für sie weitergehen würde? Sie hatte keinen Plan. Sie wusste nur eines: Nie wieder wollte sie ihren Körper verkaufen müssen. Sie wollte ein anständiges Leben führen, eines, das sie selbst bestimmen konnte, andauernd stellte sie sich vor, wie wohl das Gefühl war, wenn man am Ende einer Woche seinen Lohn ausgezahlt bekam – und diesen auch behalten durfte! In ihren Träumen sah sie sich ein Geschäft betreten und mit ihrem selbst verdienten Geld einkaufen. Wie sehr träumte sie von einer Wohnung, und wenn diese vielleicht nur so groß war wie eine Abstellkammer – ihr eigenes Reich! Ein Bett, das sie mit niemandem teilen musste, eine Tür, die sie hinter sich schließen konnte. Ein Raum, nur für sie.

Ella blickte nach unten. Und für Principessa natürlich. Unvermittelt hatte sie eine Partnerin an der Seite, sie trug künftig nicht nur die Verantwortung für sich selbst – was aufregend genug war –, sondern auch noch für die kleine Mopshündin.

Die Kinder der müden Frau waren fasziniert von Principessa, die Ella mittlerweile auf ihren Schoß geholt hatte. Das Kleinste hatte sich die junge Frau in einem Tuch vor den Oberkörper gebunden, die anderen drei reihten sich wie Orgelpfeifen auf. Ella schätzte sie auf zwei bis vier Jahre. Neugierig versammelten sie sich um sie, streckten ihre Hände aus und fuhren zaghaft über Principessas dunkelgraues Fell. Die Hündin ringelte sich fest zusammen und ließ sich nicht stören. Ella sah, dass der jungen Mutter immer wieder die Augen zufielen, gleichzeitig wollte sie ihre Kinder im Blick behalten, es schien ihr unangenehm zu sein, dass diese die fremde Frau mit dem Hund belagerten.

Ella beugte sich nach vorne. »Machen Sie die Augen zu. Ich achte auf Ihre Kinder.«

Und das tat sie. Wie lange war es her, dass sie so mit ihren jüngeren Geschwistern gespielt hatte! Aber sie erinnerte sich an Abzählreime, Lieder und Märchen, als wäre es gestern gewesen. Hungrig nach Ansprache scharten sich die Kleinen um sie und lauschten aufmerksam. Ella brachte ihnen einfache Lieder bei, die Mitreisenden blickten amüsiert auf die kleine Gruppe, niemand beschwerte sich.

Draußen zogen weite Felder vorbei, unterbrochen durch ein paar Bauernhöfe und kleine Wäldchen, hier und da krümmte sich sanft ein Flüsschen, wölbte sich ein Hügel, eine friedlich von der Junisonne beschienene Idylle.

Als der Zug in Jaroslau hielt, war vielleicht eine Stunde vergangen. Eine ruhige Stunde, die im Nu verflogen war in der Beschäftigung mit den kleinen Kindern, deren Mutter offensichtlich in den Tiefschlaf gefallen war. Beiläufig blickte Ella auf den Bahnsteig, sah Reisende aus- und einsteigen. Und sie sah einen Mann. Er war ihr nicht bekannt, und doch war sie augenblicklich auf der Hut. Er entsprach in allen Punkten dem Bild, das sie sich in den langen Jahren in den Bordellen Galiziens von Luden und Mädchenhändlern gemacht hatte. Machen musste. Sie hatte Angst. Instinktiv nahm sie die Hündin von ihrem Schoß und setzte sie auf den Boden. Empört schüttelte Principessa sich, aber Ella schob sie sanft mit dem Fuß zu der Frau, die ihr gegenüber schlief. Stattdessen setzte Ella sich eines der Kinder auf den Schoß.

Dass der Mann, der nun im Begriff war, in ihren Zug zu steigen, sie suchte, war sehr unwahrscheinlich, er müsste per Fernsprecher oder Telegramm von ihren Häschern beauftragt worden sein, und dass das geschehen war, glaubte Ella nicht. Dafür war sie nicht wichtig genug. Aber sie wollte sich auch keinem Risiko aussetzen.

Die junge Mutter war aufgewacht – vielleicht, weil der Zug hielt, vielleicht, weil eines ihrer Kinder auf Ellas Schoß saß. Sie blinzelte und sah sich um, ihr Blick begegnete dem Ellas. Was auch immer sie erkannt hatte – die Frau musste augenblicklich begriffen haben, dass Ella in Panik war. Der Mann vom Bahnsteig betrat nun sogar ihren Waggon und sah sich suchend nach einem freien Platz um. Rasch senkte Ella den Blick und verbarg ihr Gesicht. Sie schob Principessa noch ein Stück weiter von sich weg und hoffte, dass die kleine Möpsin, eingeklemmt zwischen all den Beinen und Kinderkörpern, nicht auffiel.

In dem Moment, als der Fremde ihre Sitzreihe erreicht hatte, ließ die Mutter der Kinder ihre Röcke über Principessa fallen, sodass diese ganz und gar verdeckt war.

Der unheimliche Reisende drehte sich um seine Achse, lief durch die Sitzreihen zurück und betrat wieder den Waggon, aus dem er gekommen war. Ella schickte ein Stoßgebet zum Himmel – er hatte keinen Sitzplatz gefunden.

Sie sah die Frau ihr gegenüber an und nickte dankbar. Diese verzog nur das Gesicht zu einem müden Lächeln, beugte sich hinunter, befreite den Hund aus ihren Röcken und hob ihn hoch.

»Tauschen wir?«

Erleichtert nahm Ella ihre Hündin entgegen – die Gefahr war gebannt, der Mann verschwunden – und das kleine Mädchen krabbelte von ihrem Schoß auf den seiner Mutter.

Der Zug setzte seine Reise fort, Ella spürte, wie müde sie plötzlich von all den Aufregungen war, gerne hätte auch sie die

Augen ein wenig geschlossen, aber das traute sie sich nicht. Zu gefährlich.

Drei Stunden später hatte sie ihren Entschluss gefasst. Die Sonne stand jetzt hoch am Himmel, die Hitze im Wagen war fast unerträglich, jemand hatte die hintere Tür geöffnet, sodass man den Poller und die Gleise, die der Zug hinter sich brachte, sehen konnte und ein wohltuender Luftzug Erfrischung brachte. Nicht mehr lange, dann würde der Zug in Krakau halten, die letzte Station vor Kattowitz. Dort müsste Ella einen Anschluss nach Prag suchen, aber sie traute sich nicht, auch nur eine Minute auf dem Kattowitzer Bahnhof zu verbringen, das Pflaster war ihr zu heiß. Die Mitreisenden machten sich schon bereit für den baldigen Ausstieg, Koffer und Säcke, Beutel und Taschen wurden bereitgestellt, belegte Brote eingepackt, der ordentliche Sitz von Hüten und Jacken überprüft. Das Oberhaupt der jüdischen Familie redete eindringlich auf seine Frau und Kinder ein, mit dem Erfolg, dass diese gleich noch ängstlicher dreinblickten.

Die kleinen Kinder der jungen Mutter, die Ella beigesprungen war, quengelten. Sie hatten Hunger, hatten die gesamte Zugfahrt, über vier Stunden, nichts gegessen oder getrunken, zwei der Kleinen hatten sich darüber in den Schlaf geweint.

Ella schob mit einer raschen Handbewegung ihre Röcke nach oben, griff unter ihr Strumpfband, holte Geld hervor und bedeckte sich wieder. Einen Schein steckte sie in ihren Ausschnitt, einen anderen gab sie der Frau und stand auf.

»Alles Gute für Sie.«

Überrascht sah die Frau sie an, nahm zögerlich das Geld, Ella lächelte, streichelte den Kindern über ihre Köpfe, schnappte sich Principessa und verließ den Wagen. Sie stellte sich hinten auf die schmale Plattform und wartete, bis der Zug an einer Weiche seine Fahrt verlangsamte. Fast kam er zum Stehen, den Moment nutzte sie, jetzt keine Angst, Ella, und sprang, den Hund vor die Brust gepresst.

Sie landete unsanft auf den Knien, rappelte sich aber sogleich auf und setzte den Mops auf die Erde. Beide blickten sie dem davonfahrenden Zug hinterher, in der Ferne zeichnete sich bereits die Silhouette von Krakau ab.

Die erste Etappe ihrer Reise war geschafft! Die nächste würde sie zu Fuß zurücklegen, von Krakau bis Kattowitz, dort an den Rändern der Stadt bis zum nächsten Bahnhof, der auf der Strecke lag. Vielleicht, so dachte Ella, würde es ein schönes Abenteuer werden. Sie hatte Zeit, nichts und niemand erwartete sie in Prag. Sie konnte es sich durchaus leisten, durch das sommerliche Schlesien zu laufen. Vielleicht würde ein Bauer sie in seiner Scheune übernachten lassen, vielleicht kehrte sie in einer kleinen Gartenwirtschaft ein, das Geld in ihrem Mieder ermöglichte es ihr, sich für ihre abenteuerliche Flucht zu belohnen. Ein kleines Bier, eine warme Mahlzeit, ach, wäre das nicht zum Heulen schön?

Leben, dachte Ella, während die Sonne auf ihr Haupt brannte und ein leichter Lufthauch ihre Wangen streichelte, das Leben, so fühlt es sich also an.

Und dann liefen sie los, eine füllige junge Frau mit grünem Hut und rotem Kleid, an der Leine einen fidelen Mops, miteinander auf dem Weg in die Freiheit.

4.

Bis Louise in der Lage war, sich aus ihrer Schockstarre zu befreien und aktiv zu werden, vergingen ein Tag und eine Nacht. So lange hatten sie Trauer, Verwirrung, Angst – und nicht zuletzt das schreckliche Katergefühl – ans Bett gefesselt, immer wieder war sie vor Erschöpfung in einen unruhigen Schlaf gefallen; kaum erwacht, packte eine kalte Faust ihr Herz, drückte es zusammen und boxte ihr in den Magen. Viktor, Viktor, Viktor, das war alles, was sie denken konnte, sie war außerstande, auch nur einen klaren Gedanken zu fassen.

Als der unbekannte Mann gegangen war und sie mit der schrecklichen Todesnachricht allein gelassen hatte, war sie auf dem Boden liegen geblieben, hatte nicht die Kraft aufgebracht, sich zu erheben. Rau spürte sie den Teppich an ihrer Wange, seltsamerweise drang der intensive Geruch von Schuhcreme in ihre Nase, alle anderen Sinne schienen taub. Ihr Blick fiel auf Viktors frisch geputzte Schuhe, bei ihrem Anblick wurde der Gedanke an ihn drängend und groß, erst in diesem Moment sickerte die Nachricht, die sie erhalten hatte, in ihr Bewusstsein. Viktor tot? Aber das konnte, das durfte nicht sein! Wie war das passiert – gerade erst hatten sie gefeiert, hatten sich geküsst, sie konnte seinen Arm, den er beim Verlassen der Bar um ihre Schultern gelegt hatte, deutlich spüren, roch den würzigen Geruch seines Parfüms, als stünde Viktor neben ihr.

Louise hatte ihre Stirn in den Teppich gedrückt und zugelassen, dass der Schmerz sie überrollte wie eine der haushohen Wellen, die sie in Biarritz gesehen hatte. Sie weinte, heulte, ihre Hände krampften sich um den Totenschein. Doch irgendwann versiegten ihre Tränen, Louise setzte sich unter Mühen auf, ihr Körper war vollkommen zerschlagen. Die Kehle war trocken, ihre Augen brannten, der Schädel drohte vom Schmerz zu platzen. Auf allen vieren kroch sie ins Badezimmer, richtete sich auf und trank das Wasser direkt aus dem Hahn. Es war eine Wohltat, Louise füllte ein großes Glas mit kaltem Wasser, kippte ein Tütchen Aspirinpulver hinein und trank auch dies in einem Zug aus. Erschöpft und betäubt ließ sie sich dann ins Bett fallen und schlief beinahe bis zum Abend.

Als sie aufwachte, warf die Dämmerung graues Licht ins Zimmer und sog alle Farben aus Tapete, Möbelstoffen und Teppichen. Ihr Kopf dröhnte noch immer, die Augen brannten.

Aber sie hatte keine Tränen mehr, ihre Verzweiflung war nacktem Entsetzen gewichen.

Es konnte nicht sein. Viktor war nicht tot. Sie durfte nicht um ihn trauern, denn das hieße, die Hoffnung aufgeben! Wie kam sie dazu, einem völlig Fremden ein derartiges Märchen zu glauben? Das konnte nur eine Räuberpistole sein!

Louise stand auf und holte das Stück Papier aus der Diele, das zu einem kleinen Ball zusammengeknüllt auf dem Boden lag. Sie nahm es, glättete es und betrachtete es genau. Kein Zweifel, es handelte sich um einen Totenschein, auch die Geburtsdaten Viktors und der Name stimmten. Aber schon beim Namen des Arztes, der den Wisch unterschrieben hatte, kamen ernste Zweifel auf. Dieser war partout nicht zu entziffern! Was sollte das Gekritzel heißen: Dr. Schultes? Schultheiß? Und überhaupt – konnte so ein Totenschein nicht gefälscht sein? Aber zu welchem Zweck? War Viktor etwa entführt worden, und schon bald träte man mit einer Geldforderung an sie, die trauernde Gattin, heran? War dies das Ziel?

Der Nebel in ihrem Kopf lichtete sich, auch der Schmerz trat zurück, Louise wiederholte die Medikation mit Aspirin, tat noch eine Messerspitze Kokain hinzu, dann raffte sie sich auf, wusch sich das Gesicht mit kaltem Wasser und lief aufmerksam durch die Suite. Vielleicht gelang es ihr, Hinweise zu finden. Hinweise darauf, dass Viktor vergangene Nacht, als sie ihren Rausch ausschlief, die Wohnung nicht freiwillig verlassen hatte. Denn so und nicht anders musste es sein, dieser Gedanke hielt Louise aufrecht. Wieso um alles in der Welt sollte Viktor sich duellieren?

Ganz genau musterte sie seine Garderobe und den Waschtisch. Durchsuchte die Wäscheschubladen, zählte seine Schuhe und Hüte durch. Zu guter Letzt kam sie zu dem Schluss, dass lediglich die Sachen fehlten, die er auch am Vortag getragen hatte: sein dreiteiliger Leinenanzug mit dem roten Binder, die leichten Budapester, der elegante Gehstock, den er immer bei sich führte. Dass Viktor jedoch in dieser doch eher saloppen Bekleidung zu einem Duell erscheinen würde, mochte nicht zu ihm passen. Er hätte unbedingt darauf geachtet, standesgemäß zu erscheinen. Gehrock, Zylinder, Lackschuhe – so etwas stellte sie sich vor. Etwas war faul an der Sache, eine andere Erklärung wollte sie nicht zulassen.

Louise streifte sich ein leichtes Hauskleid über, richtete notdürftig ihre Haare und verließ das Hotelzimmer. Sie würde sich an der Rezeption etwas zu essen bestellen, um sich zu stärken, die Kraft, im Restaurant zu dinieren, besaß sie noch nicht.

Der Rezeptionist nahm ihre Bestellung auf, aber noch während er schrieb, trat der Hoteldirektor aus seinem Büro und bat Louise um ein Gespräch.

»Ich möchte rasch wieder auf unser Zimmer«, wehrte sie ab, »ich fühle mich nicht gut.«

Der Mann musterte sie nicht eben freundlich. »Ich verstehe, gnädige Frau. Darf ich Sie bitten, Ihrem Gatten zu sagen, er möge sich mit mir in Verbindung setzen? Wir hätten etwas zu klären.«

»Mein Gatte …« Sollte sie gestehen, dass Viktor verschwunden war? Louise wog blitzschnell alle Möglichkeiten ab, entschied sich jedoch, die Wahrheit zu verschweigen. Sie hätte Hilfe benötigt, aber der Mann ihr gegenüber machte nicht den Eindruck, als wäre er der Richtige dafür. »Viktor ist auf einer Geschäftsreise.« Damit wandte sie sich ab und wollte zur Treppe nach oben, doch der Direktor trat ihr in den Weg.

»Eine Geschäftsreise also. Darf ich fragen, wie lange Ihr Gatte beliebt fortzubleiben?«

Sie fühlte sich in die Ecke gedrängt. Was für ein grauenvoller Mensch! »Nur ein paar Tage, dann ist er wieder da.« Damit schob sich Louise an ihm vorbei und lief hastig die Treppen empor.

Eine Portion Roastbeef mit Remoulade und Kartoffeln später fühlte Louise sich schon wesentlich besser und gestärkt. Ihre kleinen grauen Zellen arbeiteten auf Hochtouren, sie nahm das Dessert, eine bayerische Creme mit Himbeersoße, in Angriff und wusste, was zu tun war. Die Polizei musste ihr helfen. Viktor war in Gefahr, dessen war sie nun gewiss. Die beiden Männer auf der Rennbahn und der verärgerte Mann in der *Hamburg-Amerika-Bar* kamen ihr wieder in den Sinn. Das Telefonat, das Viktor geführt hatte und von dem er äußerst nervös zurückgekommen war – etwas lief hinter ihrem Rücken, und es lief nicht gut. Viktor war in Gefahr. Ihm musste etwas zugestoßen sein. Eine andere Möglichkeit gab es nicht. Zumindest weigerte sich ihr Verstand, sein angebliches Ableben zu akzeptieren.

Der Uniformierte hinter dem Wachtresen starrte auf den Totenschein, dann sah er ihr ins Gesicht. »Meine Dame, es tut mir leid, aber ich fürchte, ich kann Ihnen wenig helfen.«

»Was soll das heißen? Mein Mann ist verschwunden!« Louise umklammerte ihre kleine Tasche fester. »Betrüger tauchen bei mir auf und sagen mir, er sei beim Duell umgekommen – ohne Beweise!« Sie tippte auf den Totenschein, der zwischen ihr und dem Wachhabenden auf dem hölzernen Tresen lag. »Oder wollen Sie mir sagen, dass der Wisch echt ist?«

»Hören Sie, die Sache ist die.« Der Mann gab sich redlich Mühe mit ihr, das erkannte Louise sehr wohl. Er hatte sich ihre Geschichte angehört – die, wie sie selbst feststellte, reichlich wirr klang – und machte ein dem Anlass angemessenes Gesicht. Aber den Eindruck, er gedächte etwas zu unternehmen, erweckte er nicht.

»Ich möchte Ihnen nicht zu nahe treten, meine Dame. Selbstverständlich nehmen wir den Fall zu Protokoll, aber die Hamburger Polizei hat keine Kapazitäten, dem nachzugehen, solange kein deutlicher Hinweis auf ein Verbrechen vorliegt. Sie selbst glauben nicht an den Todesfall, das sei Ihnen unbenommen. Aber wir haben kaum Veranlassung, von etwas anderem auszugehen.«

Louise erkannte, dass sie hier nicht weiterkam. »Dann fordere ich Sie auf, nach der Leiche meines Mannes zu suchen. Auch wenn ich, ich wiederhole mich, nicht daran glaube, sondern der festen Überzeugung bin, dass ihm zwar etwas zugestoßen, er aber am Leben ist.« Sie wurde ärgerlich. »Das hier«, sie klopfte von Neuem auf den Totenschein, »habe ich mir nicht ausgedacht.«

»Was wir tun können, ist Folgendes.« Der Mann vor ihr holte tief Luft: »Bislang ist keine Meldung eingegangen, dass eventuell ein Duell stattgefunden habe, Schüsse im Morgengrauen oder sonst irgendetwas, das mit dem Verschwinden Ihres Mannes in Zusammenhang stehen könnte, eingegangen. Aber wir nehmen Ihre Vermisstenanzeige auf, und sollten sich Hinweise auf eine Gewalttat ergeben, hören Sie von uns.«

Ein langer, dünner Mann in Zivil war mittlerweile hinzugetreten, er beobachtete den Dialog zwischen ihr und dem Wachhabenden aufmerksam.

»Entschuldigen Sie, Jungblut, ich übernehme hier. Gnädige Frau, darf ich bitten?«

Louise atmete innerlich auf und folgte dem Mann. Er führte sie in ein kleines, karg eingerichtetes Zimmerchen, in dem lediglich ein winziger Tisch, zwei Stühle und etwas Schreibzeug standen. Er bot ihr einen Platz an und setzte sich ihr gegenüber. Louise musterte ihn. Der Mann, der sich ihr als Eduard Kalweit vorstellte, war in etwa so alt wie Viktor, ungefähr Ende zwanzig. Aber die beiden Männer könnten gegensätzlicher nicht sein. Der Kommissar war klapperdürr, trug ein dünnes goldumrandetes Brillengestell, hatte für sein Alter bereits auffallend schütteres Haar und war alles andere als ein attraktiver Mann. Aber als er seine Augen auf sie richtete, spürte sie Wärme und Tiefe und fasste augenblicklich Zutrauen zu ihm.

»Ich habe nur die Hälfte mitbekommen«, begann er das Gespräch und holte ein kleines Notizbuch aus der Jacketttasche. »Wenn Sie bitte noch einmal von vorne schildern würden, was geschehen ist, Frau …?«

»Dumont. Louise Dumont. Geborene Raché.« Die Gegenwart des Kommissars sorgte dafür, dass von Louise ein wenig Anspannung abfiel. Er wirkte ruhig und besonnen, sicher konnte er ihr helfen. Sie bemühte sich, das Geschehen, unterbrochen von seinen Nachfragen, so genau wie möglich zu schildern. Er fragte viel, auch Dinge, die sie nicht für wichtig erachtete – woher sie Viktor kannte, wo in Europa sie sich aufgehalten hatten, welche Geschäfte Viktor betrieb und ob sie seine Freunde, Familie oder Geschäftskontakte kannte. Ab und an schrieb er sich etwas auf, ansonsten hörte er ihr aufmerksam zu. Als sie endete, klappte er das Notizbuch zu und sah sie ernst an.

»Frau Dumont, zunächst möchte ich Ihnen versichern, dass ich von Herzen hoffe, dass Ihr Gatte schnellstmöglich wieder auf der Bildfläche erscheint. Gesund und munter.«

Louise hatte einen Kloß im Hals und nickte.

»Bedauerlicherweise muss ich Ihnen jedoch sagen, dass Ihr Fall keine besondere Priorität haben kann, dafür geschehen in unserer Stadt zu viele Verbrechen, die der Aufklärung bedürfen. Ihr Mann ist ein Erwachsener, im Vollbesitz seiner geistigen Fähigkeiten, die möglichen Erklärungen für sein Verschwinden können vielfältig, aber auch ganz harmlos sein.«

Sicher, dachte Louise, alle werden denken, er hat mich sitzen lassen. Aber ich weiß, dass das nicht stimmen kann. Keiner kennt Viktor so, wie ich ihn kenne.

»Ich würde Sie zunächst bitten, sich nach Hause zu begeben und alle Freunde, Bekannten und Verwandten anzusprechen, ob diese etwas von Ihrem Mann gehört haben. Ich muss mich einstweilen darauf beschränken, die Leichenhallen und Krankenhäuser zu fragen, ob seit gestern ein Leichnam aufgefunden wurde, auf den die Beschreibung Ihres Mannes zutrifft.«

Louise wurde übel. Sie stellte sich Viktor vor, grau und erstarrt, wie er unter einem Leichentuch auf kaltem Stein lag.

Der Polizist sah sie durch seine Brille aufmerksam an. »Bitte bringen Sie mir, wenn möglich, eine Fotografie, seine Ausweisdokumente, was immer Sie finden können, damit wir mehr Anhaltspunkte zur Person haben.«

Natürlich! Dass sie daran nicht gedacht hatte ... Louise zog den Totenschein wieder zu sich her. »Und das hier? Werden Sie nichts unternehmen?«

»Hamburg ist groß. Sollte er sich duelliert haben – wo sollten wir mit der Suche anfangen? Zumal der Besucher behauptet hat, dass der Körper versteckt wurde. Aber natürlich«, der Kommissar erhob sich, »wenn wir in der Zwischenzeit Hinweise erhalten, die auf ein Verbrechen schließen lassen, gehen wir dem nach. Bis wir andere Anhaltspunkte haben, gilt Ihr Mann als vermisst.«

Er führte sie hinaus, da fiel Louise noch etwas ein. »Gestern, auf der Rennbahn. Da waren zwei Männer. Ich kannte sie nicht, aber es wirkte ein bisschen so, als ob ... als ob sie Viktor folgten und er vor ihnen geflüchtet wäre.« Sie kam sich miserabel vor. War es richtig, diese Beobachtung zu teilen? Mit einem Polizisten?

Kommissar Kalweit runzelte die Stirn und erkundigte sich, ob sie eine Beschreibung der Männer liefern konnte, was ihr kaum möglich war. Schließlich verabschiedete sich der Kommissar mit einer kleinen Verbeugung. Ein höflicher Mann, geholfen hatte er ihr kein Stück.

Die Szene auf der Horner Rennbahn verfolgte sie seit dem Abend und auch das seltsame Gefühl, das sie dabei gehabt hatte. Es war ihr nicht fremd, schon manches Mal hatte sie den Eindruck, dass Viktor wirkte, als wäre er auf der Flucht vor irgendetwas. Oder irgendwem. Aber sie hatte diese Gedanken immer sofort beiseitegeschoben, denn sie wollte keinesfalls darüber nachdenken, was das über ihren geliebten Ehemann aussagte. Und über sie. Mit aller Macht hatte sie an der Illusion vom perfekten Leben festhalten wollen, sie hatte doch niemand anderen als Viktor auf dieser Welt. Ihre Schwestern wollten nichts mehr von ihr wissen. Freunde und Verwandte – sie hatte alles in Potsdam zurückgelassen. Eine Rückkehr war nicht möglich. Deshalb wollte sie Viktor so unbedingt glauben – war sie zu naiv gewesen?

Nachdenklich verließ Louise das Polizeipräsidium, überquerte die Stadthausbrücke und suchte sich ein Caféhaus, wo sie erst einmal frühstücken konnte.

Louises Magen knurrte, Hunger war ein gutes Zeichen, sie würde sich stärken und weiterhin darüber nachdenken, wo sie Viktor suchen konnte. Fragen Sie Freunde und Bekannte, hatte der Kommissar sie aufgefordert – aber an wen sollte sie sich wenden? Louise hatte nicht das Gefühl, dass irgendeiner der Menschen, die sie getroffen hatten, mit Viktor näher bekannt war. Soireen, Bälle, Opernbesuche, Casinos, die Rennbahn – mehr als oberflächliches Geplänkel tauschte man dort doch nicht miteinander aus, oder lag sie falsch?

Bei der Kellnerin bestellte sie ein üppiges Bauernfrühstück mit Speck und Eiern, dazu Kaffee. Zum Glück hatte sie in ihrem Portemonnaie noch etwas Geld gefunden, denn Viktor war, so wie es aussah, mitsamt seiner Brieftasche verschwunden. Natürlich, er führte sie stets bei sich. Irgendwo musste er aber noch Bargeld deponiert haben, schließlich war der Gewinn vom Pferderennen immens gewesen. Louise konnte sich nicht vorstellen, dass jemand mit dieser Menge an Scheinen draußen herumlief. Später würde sie die Suite durchsuchen müssen, ob sie sein Depot fand. Einen Tresor hatten sie nicht auf dem Zimmer, das hätte sie gewusst. Ob sie den Direktor danach fragen sollte? Aber eine innere Stimme sagte ihr, dass dies keine gute Idee war.

Tatsächlich, das dämmerte ihr erst jetzt, hatte sie keinen Schimmer, wo Viktor ihr Vermögen aufbewahrte. Sicher besaß er ein Bankkonto – aber hatte sie Zugriff darauf? Und wenn ja, bei welcher Bank? Oder legte er ihr Geld in Aktienpapieren an? In Gold?

Noch nie hatte sie sich Gedanken darüber machen müssen, Geld war immer zur Genüge vorhanden, Viktor hatte die Herrschaft darüber, er hatte ihr dann und wann etwas zugesteckt für den seltenen Fall, dass sie selbst Einkäufe machte oder sich die Zeit allein in der jeweiligen Stadt, in der sie sich aufhielten, vertrieb. In der Regel aber hatte er gezahlt. So gehörte es sich auch, der Mann verwaltete das Geld. Auch in ihrer Familie war es so geregelt. Nur dass Louise von Viktor kein Haushaltsgeld bekam, so wie ihre Mutter, denn sie hatte ja keinen Haushalt. Manchmal engagierte Viktor für ein paar Wochen ein Dienstmädchen oder eine Köchin, wenn sie länger an einem Ort verweilten. Aber auch das regelte er.

Louise seufzte, tupfte sich mit der Serviette den Mund ab und schaute durch die Fenster nach draußen auf den Rathausmarkt. Sie dachte an die Möglichkeit eines Duells. Es wollte so gar nicht zu dem Viktor, den sie kannte, passen. In all der Zeit ihrer Ehe hatte sie Viktor nicht ein einziges Mal mit einer Waffe gesehen, geschweige denn, dass er davon gesprochen hätte. Er war nicht tot, niemals, sie spürte es, mit der Sicherheit ihres Herzens. Womöglich lag er aber in diesem Moment blutend in einer dunklen Gasse, in einem Hinterhof, unfähig, selbst Hilfe zu holen! Louise zahlte und verließ das Café. Überquerte zielstrebig den Rathausmarkt mit seiner riesigen Baugrube und steuerte die Redaktion der *Hansepost* an. Dort gab sie eine Vermisstenanzeige auf. Ein Bild von Viktor hatte sie nicht zur Hand, beschrieb ihn aber detailliert und rief all jene, die glaubten, Viktor Dumont zwischen Mitternacht des 19. Juni und heute gesehen zu haben, dazu auf, sich bei ihr zu melden. Sie ließ die Adresse des Hotels in die Anzeige schreiben und eilte nach Hause. Die Zeitungsnotiz würde in der Abendausgabe erscheinen, bis dahin würde sie notwendige Erledigungen machen, um anschließend im Hotel auf mögliche Zeugen zu warten. Wenn die Polizei zu träge war, musste sie die Sache eben selbst in die Hand nehmen!

So bequem das Leben im Hotel war, Louise hätte nichts dagegen gehabt, sich niederzulassen, einen eigenen Haushalt zu gründen. Eine hübsche kleine Villa vielleicht, sie hatte tausend Ideen, wie sie die Räume gestalten würde, oftmals träumte sie davon. Vielleicht würden sie eines Tages sesshaft werden, Viktor könnte seine Geschäfte neu ordnen und bereit sein, sich mit ihr in einer europäischen Stadt niederzulassen. Hier in Hamburg würde Louise gerne länger bleiben, in Deutschland, im Kaiserreich, dem Land, in dem sie geboren war. Heimweh machte ihr das Herz schwer. In der verzweifelten Lage, in der sie sich jetzt befand, hätte sie dringend Trost, Hilfe und Zuspruch ihrer Familie gebraucht. Der Gedanke, dass sie das verstoßene Kind war, dass sie in ihrer Not keine Hilfe von ihren Liebsten erwarten konnte, schmerzte sie unbändig.

An der Ecke vor dem Hotel befand sich *Brinkmanns Delicatessen*, hier hatten sie sich oftmals eingedeckt, wenn sie keine Lust auf ein Restaurant hatten.

Das zarte Bimmeln der Ladenglocke und der Duft, der sie gleich darauf empfing, übten einen tröstenden Effekt auf Louise aus. Frisch gerösteter Kaffee, duftendes Weizenbrot, die vielfältigen Gerüche von Tee und Gewürzen, Käse und Geräuchertem hüllten sie wohlig ein und ließen sie an zu Hause denken. Louise nahm ein Körbchen und stellte sich brav in die lange Schlange, wartete geduldig, bis eine der weiß beschürzten Mitarbeiterinnen sich ihrer annahm. Doch es war der Chef höchstpersönlich, der sie bediente. Louise grüßte, lächelte und zeigte durch das Glas der Fleischtheke auf den gebeizten Lachs. Der von *Brinkmanns* war ganz hervorragend, sie würde ihn zum Abendbrot genießen, mit frischem Brot und der herrlichen hausgemachten Senfsoße.

»Können Sie bezahlen?«

Erschrocken sah Louise auf. Die Köpfe der anderen Kunden vor ihr drehten sich herum.

»Wie bitte?«

»Ich meine, ob Sie bezahlen können, Frau.«

»Entschuldigung, aber wie reden Sie mit mir?« Louise spürte, wie sie rot wurde, sie schwitzte – was war das für ein unverschämtes Benehmen? Noch peinlicher aber war, dass sie eben das nicht konnte. Sie hatte nur noch wenig Silbergeld in ihrer Börse, hatte es versäumt, in der Suite nach Bargeld zu suchen. Sie hatte also vorgehabt, anschreiben zu lassen, wie sie es gemeinhin taten. Sie beugte sich ein wenig zu dem Mann, senkte ihre Stimme. »Ich würde anschreiben lassen, wenn es recht ist.«

Herr Brinkmann verschränkte die dicken Arme vor der Brust, guckte grimmig drein und schüttelte den Kopf. »Ich bedauere, aber das ist nicht möglich.«

Es war Louise, als ruhten alle Blicke auf ihr. Welch hochnotpeinliche Situation! Am liebsten wäre sie sofort aus dem Geschäft gestürmt, aber so eine Konfrontation wollte mit Anstand bewältigt werden. Also blieb sie standfest – Kinn hoch! – und erwiderte den Blick des Mannes.

»Pardon, aber darf ich fragen, wieso? Wir sind gute Kunden, mein Mann und ich.«

»Das ist wahr!« Der Dicke lachte auf, freundlich klang es nicht, ging zum Kassenfräulein, ließ sich einen Zettel aushändigen und kehrte zu Louise zurück. »Sie sind regelmäßige Kunden.« Er schob ihr den Zettel hinüber. »Ob Sie gute Kunden sind, hängt davon ab, ob Sie die Rechnung bezahlen. Seit Wochen lassen Sie nur anschreiben, ich habe nach dem ersten Einkauf nie wieder auch nur einen Groschen von Ihnen gesehen.«

Louise wollte im Boden versinken. Wie konnte Viktor ihr das antun! Erst die Schmach im Hotel und nun auch noch hier! Wieso hatte er nicht bezahlt, wieso ihr nie einen Ton gesagt, sie hatten doch Geld, wie konnte das nur passieren? Und dieser ungehobelte Kerl hinter der Theke, was erdreistete er sich, sie vor allen Leuten derart bloßzustellen?! Hätte er sie nicht dezent darauf ansprechen können? Er würde sie als Kundin in jedem Fall verlieren, darauf konnte er Gift nehmen!

Wenige Minuten später verließ sie hoch erhobenen Hauptes, aber innerlich klein wie eine Maus das Geschäft mit einem Laib Brot und einem Liter Milch. Dafür hatte das Kleingeld in ihrer Börse gerade noch gereicht. Louise hatte diese peinigenden Minuten nur mit Mühe durchgestanden, aber nun zog es sie umso schneller ins Hotel. Sie wusste: Kaum war die Ladentür hinter ihr zugefallen, würde das Getuschel hinter ihrem Rücken losgehen. Nie zuvor hatte sie eine solch peinliche Situation erlebt, sie musste sich augenblicklich auf die Suche nach Geld in ihrer Suite machen – was hatte sich Viktor dabei gedacht, sie ohne Bargeld zurückzulassen? Nur mühsam unterdrückte sie den Ärger, der in ihr aufstieg.

Gerne hätte sie sich wieder ins Bett verzogen, tief in die Kissen vergraben, die Decke über dem Kopf. Schlafen, um beim Aufwachen festzustellen, dass alles nur ein böser Traum war.

Rasch durchquerte sie das Vestibül des Hotels, mit gesenktem Kopf, und gottlob hielt niemand sie auf, der Hoteldirektor war nirgendwo zu sehen. Sie war nach dem Vorfall bei *Brinkmanns* nun ganz sicher, dass der Mann Geld von ihr wollte – Geld, das sie nicht hatte. Louise steckte den Schlüssel ins Schloss des Hotelzimmers, klopfenden Herzens lauschte sie: Hörte sie Geräusche? War Viktor in ihrer Abwesenheit zurückgekehrt?

Würde er sie lachend begrüßen, die Arme weit ausgebreitet, Schalk in seinen braunen Augen, und ihr sagen, dass es für all das eine ganz einfache Erklärung gab? So war es doch immer gewesen! Entschlossen drehte sie den Schlüssel herum und stieß die Tür auf.

Die großen Zimmerfluchten waren ebenso leer und unbelebt wie noch vor wenigen Stunden, als sie das Hotel verlassen hatte. Sonnenlicht fiel durch die tiefen Fenster, streichelte den hellgrünen Seidenbezug der Chaiselongue, zeichnete eine helle Straße auf das Eichenparkett und funkelte auf dem Glas der großen Spiegel. Louise blinzelte, ließ ihren Blick schweifen, schön war es hier, und doch spürte sie, dass sie in den Räumen fremd war. Sie war eine einsame Frau, die hier nicht hingehörte. Sie schauderte.

Wut stieg in ihr hoch, bitter wie Galle. Wie eine Welle brandete das Gefühl in ihr auf, überrollte sie, ihr Herz glühte, Louise schmeckte Eisen auf der Zunge. Wie konnte er ihr das antun? Wieso wagte Viktor es, sie von sich zu stoßen und allein zu lassen? Und wieso war sie so ein dummes Huhn gewesen, hatte die Augen fest verschlossen vor allem, was vielleicht nicht in das schöne Bild, das sie sich von ihrem Leben hatte machen wollen, passte?

Sie schmiss das Brot auf den Beistelltisch, stellte die Flasche Milch daneben und holte erst einmal tief Luft.

Ein düsterer Abgrund tat sich auf und die Gewissheit, dass ihr über alles geliebter Viktor keineswegs ein Unschuldslamm war. Sonst wäre die Situation bei *Brinkmanns* nicht eskaliert. Viktor musste gewusst haben, dass sie in dem Geschäft keinen Kredit mehr hatten – warum sonst hatte er letztens behauptet, die Käseauswahl bei *Gottfried,* das Milchgeschäft ein paar Ecken weiter, sei weitaus besser? Wo noch, außer bei *Brinkmanns* und offensichtlich im Hotel, hatten sie Schulden? Was würden die kommenden Tage offenbaren? Und was war, wenn

Viktor tatsächlich verschwunden bliebe? War er vielleicht erpresst worden, war an unseriöse Geschäftsmänner geraten? Warum hatte er sich ihr nicht anvertraut? Wehe, er tauchte wieder auf! Dann würde er ihr Rede und Antwort stehen müssen!

Bis dahin musste sie die Suite erneut absuchen, dieses Mal gezielt nach Geld Ausschau halten. Von einem Brot und einem Liter Milch würde sie nicht lange zehren können – und ihre Börse war vollkommen leer. Und wenn sie die Schulden im Hotel nicht beglich, würde sie der Hoteldirektor nicht nur auf die Straße setzen, er würde sie anzeigen.

Also machte Louise sich an die Arbeit. Als Erstes nahm sie sich den Sekretär vor, hier erledigte Viktor seinen Papierkram. Bislang hatte sie sich dafür nicht interessiert, aber wo, wenn nicht hier würde man eine Geldkassette aufbewahren?

Auf dem Tisch lag eine lederne Kladde. Louise öffnete sie und blätterte durch die Papiere. Zahlen, nichts als Blätter mit Zahlen, davon verstand sie nichts. Viele handschriftliche Notizen, sie erkannte Viktors gleichmäßige zarte Schrift. Er hatte sich alle möglichen Posten notiert, wieder Zahlenkolonnen. Sie flog darüber: Kalif, Taifun, Prinzessin Ishtar – was bedeutete das? Sie hielt inne: Prinzessin Ishtar, war das nicht der Name des Pferdes gewesen, auf das Viktor gesetzt hatte?

Louise sank auf den Stuhl und sah sich das Blatt genauer an. Es schien ihr, als hätte Viktor sich akribisch Siege und Platzierungen von Rennpferden notiert. Leider verstand sie nichts davon, aber es schien ihr die einzig mögliche Interpretation. Warum hatte er sich die Mühe gemacht? Er hatte stets behauptet, er setze nur aus Spaß, rein intuitiv, aber würde man sich dann diese Arbeit machen? Ahnungsvoll betrachtete sie einige weitere Blätter in der Kladde. Wieder Namen und Zahlen. Namen, die ihr bekannt vorkamen, daneben hohe Summen. Hatte Viktor sich von diesen Menschen Geld geliehen? Gräfin Landau zum Beispiel, bei ihr waren sie in Zürich zu Gast gewesen, vier Tage, bevor sie – wieder einmal überstürzt – aufgebrochen waren.

Ihre Hände begannen zu zittern. Obwohl Louise nicht begriff, was ihr Viktors Notizen genau sagen wollten, so sickerte doch allmählich in ihr Bewusstsein, dass dies keine seriösen Geschäftspapiere waren. Hatte er gespielt? Ihr Vermögen bei Pferderennen verloren und gewonnen? Sich hoch verschuldet? Hastig blätterte sie die Papiere bis zum Ende der Kladde durch – und hielt jäh inne, als sie im hintersten Fach Ausweispapiere fand. Preußen, Italien, Frankreich ... ausgestellt auf verschiedenste Namen: Major Heinrich von Degernloch, Marquis Michel de Beaumarchais, Comte Stefano Valladio ... Aber die Beschreibungen der Körpermerkmale – Bart, Größe, Augenfarbe, besondere Kennzeichen – waren immer dieselben. Die, die auch auf ihren Viktor zutrafen.

Louises Knie wurden weich. Sie begriff augenblicklich, was sie in den Händen hielt: falsche Papiere.

Viktors falsche Papiere.

Die falschen Namen waren kein Spiel gewesen, keine Scharade, wie sie so gerne glauben wollte, sondern bittere Notwendigkeit, anders waren die gefälschten Pässe nicht zu erklären. Wozu die vielen Identitäten?

Offensichtlich hatte Viktor Geheimnisse vor ihr gehabt. Große Geheimnisse. Und er war nicht nur der, für den sie ihn gehalten hatte, sondern auch noch einige andere, die sie nicht kannte.

In dem Moment klopfte es an die Zimmertür. Nicht so impertinent wie der Bote mit der Todesnachricht geklopft hatte, aber auch nicht dezent. Louise erhob sich und öffnete. Der Direktor, natürlich. Er sah sie an und hob eine Zeitung hoch. Die *Hansepost*! Schreck fuhr in Louises Glieder: die Anzeige! Das hatte sie vollkommen vergessen!

»Geschäftsreise, sagen Sie?«

Louise stammelte herum. Was sollte sie sagen? Im Gegensatz zu Viktor war sie eine miserable Lügnerin. Aber sie kam gar nicht in die Verlegenheit, sich etwas ausdenken zu müssen. Der Hoteldirektor sprach einfach weiter.

»Sie haben nach den ersten zwei Wochen nicht mehr bezahlt, meine Dame. Sicher können Sie sich denken, dass die Rechnung mittlerweile schwindelerregende Höhen erreicht hat. Wenn Sie bis morgen die Rechnung nicht beglichen haben, sehe ich mich gezwungen, die Polizei zu verständigen.«

»Selbstverständlich. Es ist mir unangenehm, ich wusste nicht … Gleich morgen früh nehme ich Kontakt mit unserer Bank auf. Mein Mann hat …, er hat mich im Ungewissen gelassen.«

Der Blick des Mannes vor ihrer Tür wurde etwas milder. »Das tut mir natürlich sehr leid. Nichtsdestotrotz …«

»Sie bekommen Ihr Geld!« Louise bemühte sich um einen zuversichtlichen Gesichtsausdruck, der Direktor nickte und empfahl sich.

Sie schloss die Tür. Niemals würde sie die Rechnung begleichen können. Sie saß in der Falle.

5.

Hell blitzte die Klinge des Messers auf, dessen Schneide Kalle mit dem Daumen prüfte. Ein haarfeiner Schnitt blieb am Finger zurück, kaum zu sehen, kein Blut floss. Anerkennend nickte der Fleischergeselle und klopfte Paul auf den Rücken.

»Machst du gut.«

Es war so banal, ein Wort des Lobes, und schon wuchs er um zehn Zentimeter. Paul griff sich das nächste Messer und ließ es über den rotierenden Stein sausen. Aber wie lange war es her, dass ihn jemand gelobt hatte? Er konnte sich kaum daran erinnern. Stolz, das war ein Gefühl, das er lange nicht empfunden hatte, aber nun wärmte es sein Herz. Weil er es geschafft hatte, eine Messerklinge korrekt zu schleifen. Aber egal, was es war: Er lechzte nach Anerkennung, nach Bestätigung, nach einem Zeichen, dass er nicht so nutzlos war, wie er dachte.

Schon am frühen Morgen, als er sich von Altona aus auf zur Arbeit gemacht hatte, von der fürsorglichen Mutter ein Stullenpaket in der Tasche, hatte er sich vorgenommen, Eugen zu beweisen, dass er mehr konnte, als Fleischabfälle zu sortieren. Ehrgeizig war er. Immer gewesen, von Kindesbeinen an. Paul wollte weiter, immer weiter, mehr lernen, mehr wissen, der Beste sein. Michael, sein Bruder, war ganz anders gewesen. Der hatte eine laute Klappe und den Kopf voller Ideen, er konnte sich die dollsten Spiele und Streiche ausdenken, aber lernen und lesen, das war seine Sache nicht. Obwohl ein Jahr sie trennte – Paul war der Jüngere –, glichen sie einander äußerlich aufs Haar. Ihr Charakter aber hätte unterschiedlicher nicht sein können. Wie oft hatten sich die Brüder in die Wolle gekriegt, sich gestritten und gekloppt, und Paul hatte den Älteren mehr als einmal auf den Mond gewünscht. Als dieser dann aber tatsächlich verschwand, hätte er alles gegeben, um Michael wieder zurückzuholen. Ihm war seine zweite Hälfte abhandengekommen, seit dem Tag hatte er gespürt, dass er ohne seinen wilden Bruder nur ein halber Mensch war.

Und nun, dachte Paul bitter, während er das soeben geschliffene Fleischermesser sorgfältig trocken rieb, polierte, es zu den anderen, der Größe nach sortierten legte und das nächste in Angriff nahm, nun war er nur noch ein Viertel Mensch. Er feuchtete die Klinge an, trat mit dem rechten Fuß auf das Pedal, sodass der Gummiriemen, der das Lager des Wetzsteins antrieb, quietschte, und setzte den Stahl sachte, aber sicher an den rotierenden Stein. Leicht schräg, auf die Neigung kam es an, das hatte Paul schnell begriffen.

Zu genau erinnerte er sich an den Tag Anfang Juli, an dem Michael verschwunden war, dreizehn Jahre war es nun her. Es war heiß gewesen an dem Tag, sie waren barfuß quer durch Ottensen gelaufen, die beiden Brüder, wie immer Seite an Seite, zur Elbe hinunter, um dort zwischen Lagerhallen und Docks zu schwimmen. Es war nicht üblich, dass Kinder aus ihrer Schicht schwimmen konnten, aber auch das hatte Paul seinem Bruder zu verdanken – sie hatten sich diese Fertigkeit selbst beigebracht, weil Michael nicht Ruhe gab, bevor er den Kopf über Wasser halten konnte. Wie junge Hunde hatten sie an dem Tag im noch eisigen Wasser der Elbe geplanscht, waren nach Muscheln im sandigen Boden des Uferstreifens getaucht, die Mutter würde sich freuen! Doch der Sack mit den Muscheln hatte die heimische Küche niemals erreicht, er war in den Wirrungen des späteren Tages irgendwo verloren gegangen. Stunden nach Michaels Verschwinden hatte Paul den Beutel gefunden, die Muscheln tot und vertrocknet. Direkt vor dem Eingang zur künstlichen Tropfsteinhöhle, dort, wo er Michael das letzte Mal gesehen hatte.

»Feierabend!«

Ein kollektives Seufzen ging durch den Schlachtraum, die Lehrlinge und Fleischergesellen verrichteten letzte Handgriffe, ein jeder räumte seinen Arbeitsplatz ordentlich auf, Paul würde als Letzter bleiben und einmal rundherum für Sauberkeit sorgen, Boden und Schlachtblöcke mit dem Wasserschlauch abspritzen. Eugen hatte ihm gleich morgens zu Arbeitsbeginn einen Schlüssel für die Fleischerei ausgehändigt.

»Den vertraust du mir an?« Paul war verblüfft. Er war gerade einmal dreißig Stunden bei der *Fleischerei Baumwald*.

»Du gehörst zur Familie!« Eugen grinste breit. »Glaube kaum, dass du mich bestiehlst. Und wenn doch …« Er machte eine vielsagende Geste, wobei er sich mit dem Zeigefinger einmal quer über die Kehle fuhr. »… biste dran.« Dann lachte er fröhlich, als er Pauls aufgerissene Augen sah.

Nur allzu gut wusste Paul, dass das Vertrauen seines Vetters nicht nur daher rührte, weil sie verwandt waren. Nein, mit Sicherheit trug sein alter Beruf dazu bei, dass man ihm mehr vertraute als manch einem anderen. Die Erfahrung machte Paul oft – wenngleich nur er selbst wusste, dass er nicht mehr der war, der er noch in Zeiten seines Dienstes gewesen war.

Seinem Dienst als Polizeibeamter.

Eine Viertelstunde später schloss er gewissenhaft den Laden, die Vorratsräume und den Schlachtraum ab, steckte das Paket, das Eugen ihm hingelegt hatte, unter die Jacke und lief über den großen Platz zwischen den Hallen des Schlachthofes. Das Schreien der Tiere drang in den Sommerhimmel, Paul hoffte, dass die Viecher mit der untergehenden Sonne und dem Einbruch der Dunkelheit Ruhe finden konnten, nachts wurde nicht geschlachtet, die Kühe, Schweine und Pferde in den Stallungen mussten nicht das markerschütternde Geschrei ihrer Artgenossen hören. Diese Geräusche waren stetige Hintergrundbegleitung aller, die auf dem Schlachthof arbeiteten, und Paul fragte sich, ob er der Einzige war, der darunter litt wie ein Hund. Oder würde auch er sich eines Tages daran gewöhnen? Das Leid der sterbenden Tiere ausblenden können?

Im Paket von Eugen waren heute Würste. Sie waren am Morgen zubereitet worden, aber weil sie roh und noch nicht abgebrüht waren, rochen sie nach dem heißen Tag schon ein wenig streng. Paul wusste, wenn man sie einmal mit frischem Wasser abwusch und gut durchkochte, würden sie wieder herrlich duften und noch besser schmecken. Dazu gestampfte Kartoffeln – ihm lief das Wasser im Mund zusammen.

Früher wäre die Hilfsarbeit, die er bei seinem Vetter verrichtete, unter seiner Würde gewesen. Was hatte er sich darauf eingebildet, dass er im Polizeidienst war! Für Recht und Ordnung sorgen, das war seine Erfüllung. So war er erzogen worden, obwohl die Familie arm war, hatten Vater und Mutter stets darauf geachtet, dass die Kinder anständig blieben. Keine Lügen – damit hatte sich vor allem Michael schwergetan –, keine Verstöße gegen das Gesetz, und seien sie noch so gering. Gerechtigkeit und Hilfsbereitschaft jedem gegenüber. Das hatte Paul verinnerlicht, sodass sein Wunsch, zur Polizei zu gehen, schon von Kindesbeinen an in ihm wuchs.

Auch liebte er es, eine schmucke Uniform zu tragen, vor der die Leute Respekt hatten. Marie hatte das gefallen. Sie war furchtbar stolz auf ihn gewesen, immer wieder hatte sie ihn darauf hingewiesen, wie gut ihm die Uniform stand und wie sehr sie ihm im Viertel Respekt verschaffte. Wenn er vom Dienst nach Hause kam, die Uniform auszog und auf den Bügel hängte, dann hatte sich Marie sofort darum gekümmert. Staub abgebürstet, Flecken herausgewaschen, kleine Risse gestopft. Auch nach seinem Unfall hatte sie stets darauf geachtet, dass die Uniform tipptopp aussah, die auf einem Bügel im Schrank hing. Hatte sie gelüftet und dafür gesorgt, dass sie bereitlag, wenn er wieder zum Dienst gehen würde. Aber dazu war es nicht gekommen. Ein einarmiger Polizist? Wo gab es so was! Sie hatten ihm eine Versetzung angeboten, natürlich.

»So einen wie Sie lassen wir nicht ziehen«, hatte Thönnes gesagt, sein Vorgesetzter. Aber ins Archiv? Im Keller sitzen, ohne Licht und Luft, mit staubigen Akten als einziger Gesellschaft? Er hatte ausgeschlagen. Paul wollte sich weder dem Spott noch dem Mitleid der Kollegen aussetzen, wenn sie ihn im Keller aufsuchen würden, ihn, den einstigen Vorzeigebeamten. Vor seinem geistigen Auge hatte er sich gesehen: mit einem Ärmelschoner über dem Hemd, den linken leeren Ärmel hochgesteckt. Eine Brille auf der Nase, weil seine Augen unter dem künstlichen Licht ebenso gelitten hätten wie seine Haut, die nur noch fahl wäre und schlaff. Den lieben langen Tag auf seinen vier

Buchstaben sitzen? Doch nicht Paul Klinker! So hatte er damals noch gedacht, aber was war passiert? Er hatte in der kleinen Küche in ihrer Wohnung gesessen und den lieben langen Tag auf die Tischplatte gestarrt. Bis er irgendwann angefangen hatte zu trinken. Ein Bier zum Frühstück. So war es losgegangen. Und weil er Maries tiefes Seufzen und ihren Blick, durchtränkt von Vorwurf und Mitleid, nicht mehr ausgehalten hatte, war er zum Saufen in *Mo's London Tavern* gegangen. Bis nach Sankt Pauli! Dahin, wo ihn kaum jemand kannte, in das Pub, wohin sich garantiert kein Polizist, aber auch kein Ganove verirrte. Bei Mortimer Stackleton waren vor allem Seeleute, von ihnen hatte er ihre Sprache gelernt, ein paar Brocken Englisch. Keinen der Männer hatte er je wiedergesehen, sie lagen mit ihren Frachtern und Dampfern im Hamburger Hafen, bevor sie weiterzogen über die Weltmeere. Jeden Abend hatte er andere Trinkkumpane gefunden, das einzige Gesicht, das außer ihm immer dasselbe blieb, war das von Mortimer, dem Wirt. Eine Kanaille, unter anderen Umständen hätte Paul einen großen Bogen um den zwielichtigen Engländer gemacht, aber in seiner Verzweiflung kam ihm die Kaschemme gerade recht, um seinen Kummer in Guinness zu ertränken.

Doch auch damit hatte Paul abgeschlossen, genauso wie mit seiner Verlobten. Eines Morgens hatte er sich in einem der Fleete wiedergefunden. Blau geschlagen, verkatert und ausgeraubt. Was geschehen war, wusste er nicht. Hatte keinerlei Erinnerung an die Stunden davor. War er überfallen worden? Oder war er betrunken über das Geländer in den Fleet gestürzt, und dann erst hatte man ihn bestohlen? Die Erinnerung war ihm abhandengekommen. Was er in dem Moment mit aller Klarheit wusste: So durfte es nicht weitergehen. Wenn er sich unbedingt zugrunde richten wollte, dann ohne andere Menschen zu verletzen. Marie und seine Mutter – er wollte ihnen nicht das Herz brechen. Und nichts anderes hatte er wochenlang getan. Also war er aus dem Fleet herausgekrabbelt und hatte aufgehört zu trinken. Von heute auf morgen. Hatte seine Sachen gepackt, seine Mutter gefragt, ob er vorübergehend wieder einziehen konnte, die Verlobung gelöst und Arbeit gesucht. Das Einzige, was ihn noch an die schrecklichen Wochen im Rausch erinnerte, war ein langer Schuldenzettel bei Mortimer. Aber auch den würde er bald abgestottert haben. Eugen bezahlte ihn anständig, Paul gab einen Großteil davon seiner Mutter für Verpflegung, den Rest legte er zur Seite, um die Schulden bei Mortimer zu begleichen. Für sich selbst wollte er nichts behalten. Er brauchte nichts. Wünsche hatte er für sich nicht. Nur diesen: Er wollte Hinnerk Macke fangen und zur Strecke bringen.

Während Paul diesen Gedanken nachhing, hatte er nicht auf den Weg geachtet und stellte überrascht fest, dass ihn sein Unterbewusstsein nicht in die Borselstraße, sondern nach Hause gelenkt hatte. Zu der Wohnung, die nicht mehr sein Zuhause war, in der Nähe der Roosenstraße, dorthin, wo die Grenze zwischen Hamburg Sankt Pauli und Altona verlief. In seinen alten Kiez. Paul glaubte zu spüren, wie sein Herz ein wenig stolperte, kurz aus dem Takt geriet und sich wieder fing. Keine fünf Minuten, und er könnte bei Marie an die Tür klopfen. Nachsehen, wie es ihr erging. Sie würde ihn hereinbitten, ihm einen Kaffee anbieten, sie könnten an dem kleinen Tisch sitzen und reden. Irgendwann würde er seine Hand über den Tisch strecken, und Marie würde … Ach, träum weiter, Paul Klinker! Das hast du gründlich verbockt! Geh zu deinen Eltern, kriech in die kleine Kammer und halt die Schnauze.

Er lenkte seine Schritte nun wieder in Richtung Altona, als er einen kleinen Jungen bemerkte, der sich in einem der Hauseingänge herumdrückte und mit Adleraugen die vorübereilenden Passanten beobachtete. Der Abend dämmerte bereits, im

Zwielicht verwischten die Konturen, die Klarheit, die der helle Sommertag gebracht hatte, löste sich auf, Linien, Gesichter, Figuren, Ecken und Kanten verschwammen, wurden von der einbrechenden Dunkelheit weichgezeichnet. Die Zeit der Diebe und Ganoven begann. Paul blieb stehen und lehnte sich flach an eine Häuserfassade, den kleinen Verbrecher im Blick. Er war überzeugt, dass der Junge etwas ausbaldowerte. Die magere und zerlumpte Gestalt, der gerissene Blick – sicherlich eines der bedauernswerten Wesen aus dem Stall von Hinnerk. Wenn Paul Glück hatte, hätte er die Chance, den Wicht auf frischer Tat zu ertappen.

Er musste nicht lange warten. Ein Pärchen, Arm in Arm und in ein Gespräch vertieft, lief an dem Hauseingang, in dem der Kleine wartete, vorbei. Der Junge verließ seinen Posten, schlenderte ein paar Schritte hinter seinen Opfern her, griff plötzlich blitzschnell in die Tasche der Frau, drehte um und ergriff die Flucht in entgegengesetzter Richtung.

Genau in Pauls Arm. Dieser machte einen großen Schritt in die Mitte des Bürgersteigs und baute sich vor dem flüchtenden Dieb auf. Doch er hatte nicht mit der Wendigkeit des Kindes gerechnet – blitzschnell bückte sich der Junge durch seine Beine und gab Fersengeld.

Paul reagierte rasch und nahm die Verfolgung auf. Der Kleine vor ihm rannte wie ein Hase, schlug Haken, kreuz und quer. Gewiss war dies sein Kiez, er kannte sich aus, aber für Paul war es weiß Gott nicht die erste Verfolgungsjagd in seinem Leben. Er erinnerte sich zu gut daran, was Elmar Thönnes, der damals noch Kriminalkommissar für Bandenkriminalität und noch nicht Inspektor gewesen war, ihnen eingebläut hatte: Lauft nicht einfach hinter dem Täter her. Versucht, seine Richtung zu lenken! Lauft ihr rechts, wird er sich links halten, so treibt ihr ihn vor euch her. Daran hielt sich Paul jetzt, achtete nicht auf seinen pfeifenden Atem und die Stiche in der Lunge.

Er war nicht in Übung, seine Kondition hatte ordentlich nachgelassen. Aber er blieb dem Fratz auf den Fersen, ließ sich nicht abhängen. Die Leute auf der belebten Straße blickten ihnen überrascht hinterher, und auf Pauls »Haltet den Dieb!«-Rufe schlossen sich sogar zwei Männer seiner Verfolgungsjagd an. Zweimal unternahm der Kleine einen Versuch, in einen Hinterhof zu flitzen, aber zweimal hatte er Pech, und die Tore waren verschlossen. Beim dritten Mal jedoch verschwand er in einen Hof. Paul war dicht hinter ihm, er sah gerade noch, wie das Früchtchen auf eine Aschetonne sprang und von dort aus über die Mauer in den angrenzenden Hof flüchten wollte. Ein Bein hatte er bereits auf den Sims geschwungen, das andere bekam Paul zu fassen. Gnadenlos zog er mit einem kräftigen Ruck an dem mageren Jungsbein, der kleine Kerl krachte mit Schwung auf die Aschetonne zurück und fiel von dort auf den Boden wie ein Vogeljunges aus dem Nest. Er stieß einen Schrei aus, aber Paul kannte keine Gnade; obwohl er selbst vollkommen außer Atem war, packte er mit rechts einen Arm des Diebes und drehte ihn ihm auf den Rücken. Das Paket mit den Würsten klemmte unter seiner linken Achsel und wurde von seinem Stumpf festgehalten. Mittlerweile waren die beiden anderen Männer, die sich der Verfolgung angeschlossen hatten, auch im Hinterhof eingetroffen, aber als Paul ihnen bedeutete, dass die Jagd zu Ende und der Dieb gestellt war, drehten sie ab.

Der Junge jammerte, er wand sich unter Pauls festem Griff, Tränen liefen über seine Wangen. Aber Paul, der gewiss war, einen der Kerle aus Hinnerks Bande erwischt zu haben, war gnadenlos und ließ nicht locker.

»Hör auf zu jaulen«, zischte er und drehte den Jungen so, dass er ihm in den Nacken sehen konnte. Keine Tätowierung! Der Wicht arbeitete also auf eigene Faust und war keines der Bandenmitglieder, die er und seine Kollegen damals so verzweifelt gejagt hatten. Nun setzte sich Paul auf den Boden und ließ den Griff etwas lockerer.

»Bitte«, jammerte der Junge, »lassen Sie mich. Ich hab nichts getan.«

»Und das?« Paul machte mit dem Kinn eine Bewegung zu der Geldbörse, die auf dem Boden neben der Aschetonne lag. Es war eine Damenbörse, elegant, sicherlich hatte der Kleine sie gerade weggeschmissen, als er versucht hatte, über die Mauer zu klettern. Wenn der Kerl glaubte, er lasse ihn laufen, so hatte er sich geschnitten, dachte Paul, drehte den Arm des Jungen aber vom Rücken wieder nach vorne. Das Handgelenk ließ er jedoch nicht los.

»Kennst du Hinnerk Macke?«

»Was?« Der Kleine verzog das Gesicht. Sah glaubhaft aus.

»Wie alt bist du?«

»Acht!«

Das kam wie aus der Pistole geschossen. Paul kniff die Augen zusammen und guckte streng.

»Sieben.«

Auf den schmutzigen Wangen des Jungen hatten die Tränen helle Straßen hinterlassen, aber langsam versiegten sie. Der Blick, den der Kleine ihm zuwarf, war offen. Der Bengel hatte es faustdick hinter den Ohren, erkannte Paul, aber er hatte nichts Verschlagenes an sich. Vielleicht war noch was zu retten. Sieben Jahre jung. Und schon auf der schiefen Bahn. Das war ein Alter, in dem kleine Jungs spielen sollten. Verstecken, Fangen, Ball. Aber doch nicht Portemonnaies stehlen! Aber natürlich, Paul kannte das Leben auf Hamburgs Straßen. In den vielen Arme-Leute-Vierteln, wo sich zwei Familien manchmal ein Zimmer teilten. Wo der Schimmel die Wände schwarz färbte und sich in die Lungen der Bewohner schlich. Wo Wassersuppe und trocken Brot als einzige Mahlzeit am Tag für alle reichen mussten. Wie schnell kam ein pfiffiger Kerl da in Versuchung!

»Die Börse bringst du zur Wache.« Paul lockerte den Griff noch ein weiteres Mal, aber der Kleine machte keine Anstalten, stiften zu gehen. »Und wehe, wenn nicht, ich erfahre das. Und zieh dir den Hosenboden lang.«

Der Junge öffnete den Mund, besann sich dann aber doch eines Besseren.

»Ich war bei der Polizei«, fuhr Paul fort, und als der kleine Kerl auf seinen Stumpf guckte, nickte er. »Genau. Jetzt nicht mehr. So schnell kann es gehen.« Er ließ endlich die Hand vom Knöchel des anderen. Sie schwiegen.

»Weiß deine Mutter, dass du klaust?«

»Nee! Die macht mir das Leben zur Hölle! Bitte Herr … sagen Sie ihr nichts!«

»Wie heißt du?«

»August.«

»Und wie noch?«

Der Junge zögerte. Aber er war noch jung genug und zu wenig abgebrüht, um keinen Respekt zu haben. »Hörmann. August Hörmann.«

»Gut, August. Ich sag dir was. Heute lasse ich dich gehen und drücke beide Augen zu. Aber unter zwei Bedingungen.«

Helle Augen unter blondem Strubbelhaar starrten ihn an.

»Du bringst die Börse zurück.« Paul griff nach dem Portemonnaie und zählte das Geld. »Und zwar mit allem, was hier drin ist. Wenn du Glück hast, bekommst du von der Dame Finderlohn.«

Zögerliches Nicken.

»Und du suchst dir Arbeit. Botengänge. Frag bei Geschäften, ob sie dich brauchen können. Wenn ich dich noch einmal beim Klauen erwische, schleife ich dich zur Wache. Verstanden?«

»Verstanden.«

Der Junge wollte aufstehen, aber Paul hielt ihn zurück.

»Und wenn du diesen Namen hörst – Hinnerk Macke …«

August blickte fragend.

»Dann nimm die Beine in die Hand und geh stiften. Der schnappt sich kleine Jungen wie dich. Und dann schickt er dich los, mit 'ner Tätowierung im Nacken, weil du dann sein Eigentum bist. Und Diebstahl ist noch das Geringste, was er von dir verlangt.« Paul sah, dass der Kleine Angst bekam. Er wollte jetzt nur noch weg, aber Paul konnte nicht aufhören. Er hatte Jungen wie ihn gesehen, aus Mackes Bande. Er hatte gesehen, was sie taten, zu welchen Grausamkeiten sie fähig waren. Aber nur deswegen, weil sie noch Schlimmeres erwartete, wenn sie Macke nicht gehorchten. Wenn Paul August Hörmann jetzt und hier ordentlich Angst einjagen konnte, dann war es nur gut so. Das Schicksal, bei Hinnerk Macke zu landen, war weitaus schlimmer, als von der Polizei gefasst zu werden. »Und wenn du nicht tust, was er dir aufträgt, dann gnade dir Gott. Entweder landest du am Galgen oder mit gebrochenem Genick auf der Gasse.«

Die Augen des Siebenjährigen waren schreckgeweitet. Paul bildete sich ein, seine Zähne klappern zu hören. Du meine Güte, was war er für ein Unmensch, dem Kind einen derartigen Schrecken einzujagen! Aber er meinte es ja nur gut.

Paul stand auf, klopfte sich den Dreck von der Hose und gab August das Paket mit den Würsten. »Bring das deiner Mutter. Ist vom Schlachter.«

»Sind Sie jetzt Schlachter statt Polizist?« Zögerlich nahm der Junge das Wurstpaket.

»Nee. Aber ich arbeite da. Auf dem Schlachthof. Ehrliche Arbeit«, betonte Paul. »Und jetzt zisch ab.«

Das ließ sich der Junge nicht zweimal sagen. Er gab Fersengeld, in der Hand die Börse, unter dem Arm das Päckchen für die Mutter. Zweimal blickte er über die Schulter, Paul blieb stehen und sah ihm hinterher. Ob er eine Seele gerettet hatte?

6.

Sonnenstrahlen färbten das Licht hinter den Augenlidern rot. Ein Strohhalm stach in ihre Ohrmuschel. Und hingebungsvoll fuhr die raue Hundezunge Principessas über ihre Hände. Ella öffnete die Augen, die Möpsin bellte einmal kurz und hoch, robbte noch näher an sie heran und drückte ihre Schnauze an Ellas Halsbeuge. Ella drehte sich auf den Rücken und sah nach oben, unter das hohe Dach der Scheune. Geschäftig flogen Schwalben zwischen ihren Nestern an den Dachbalken und den freien Feldern draußen hin und her, einige vorwitzige Hühner pickten im Eingangsbereich der großen Scheune Körner. Ella streckte erst ihre Arme, dann die Beine aus, seufzte, gähnte und genoss das neue Gefühl unendlich. Sie hatte ausgeschlafen! Viele Stunden musste sie in einen tiefen und traumlosen Schlaf gefallen sein, denn das Letzte, woran sie sich erinnerte, war, dass die Bäuerin ihr den Platz gezeigt hatte, wo sie sich hinlegen konnte, und ihr eine Decke, einen Krug mit frischer Milch und Brot mit Speck gegeben hatte. All das für nur wenige Münzen. Die Köstlichkeiten hatten Ella und Principessa sich geteilt. Und dann? Es war noch nicht einmal richtig dunkel gewesen, da hatte Ella die Augen schon zugemacht. Und hatte sie geöffnet, als die Sonne bereits aufgegangen war und mit voller Kraft ihr goldenes Licht in den letzten Winkel der Scheune schickte.

Ella konnte sich nicht daran erinnern, wann sie das letzte Mal so lange, sicher und ungestört geschlafen hatte. Immer hatte jemand die Zimmertür aufgerissen, eines der Mädchen – in den meisten Bordellen schliefen sie gemeinsam im Bett oder aneinandergekuschelt auf dem Boden – herausgeholt, weil es Kunden gab, die nach ihnen verlangten. Tagsüber versuchten sie, zwischen zwei Freiern ein wenig Schlaf nachzuholen, schlummerten wenige Minuten, im besten Fall eine halbe Stunde oder

Stunde ein, aber Ellas Schlaf war all die Jahre von dem Wissen beherrscht, dass sie bereit sein musste, einem Mann zu Diensten zu sein. Immer. Rund um die Uhr.

Und jetzt? Ella drehte sich auf die Seite und knuddelte das kleine Fellpaket neben sich, das vor Freude quiekte wie ein Schweinchen, sich auf den Rücken drehte und den Bauch kraulen ließ. Sie waren frei! So richtig konnte sie ihr Glück kaum fassen, immer wieder hatte Ella sich am Vortag bei ihrem Marsch in das nächstgelegene Dorf, durch die Felder und Wäldchen dabei ertappt, wie sie über die Schulter blickte. Ob nicht doch ein Häscher hinter ihnen her war? Aber woher denn, schalt sie sich stumm. Sie war nur eines von vielen Mädchen. Und nicht einmal das kostbarste, dafür war sie schon zu lange dabei. Sie war zu alt für manch einen Kunden. Vierundzwanzig.

Alt genug, um endlich ein neues Leben zu beginnen, fand Ella, und immer, wenn ihr dieser Gedanke in den Kopf schoss, tat sie einen kleinen Hüpfer. Dass sie Principessa mit sich genommen hatte, erschien ihr jetzt, wo sie aus dem Wirkungsbereich der Lemberger Mädchenhändler und der Madame entflohen waren, eine gute Entscheidung. Seit sie mit der kleinen Mopsdame unterwegs war, spürte Ella bereits die tröstliche Wirkung eines tierischen Gefährten. Principessa wollte nichts anderes, als mit ihr zusammen zu sein! Ab und zu einen Schluck Wasser aus einem der Bäche, die sie überquerten, und einen Happen zu essen, den Ella großzügig teilte.

Als sie am Vorabend den Bauernhof erreicht hatten und um ein Dach für die Nacht baten, hatte niemand sie misstrauisch angesehen, Ella war eine Dame mit Hund, unterwegs in ein besseres Leben. Die Bauersleute waren es gewohnt, dass Reisende um Unterkunft fragten, und öffneten die Tür ihres Hofes großzügig. Natürlich hatte die Bäuerin sie neugierig gefragt, woher sie komme und wohin sie ginge, aber Ella hatte ehrlich Auskunft gegeben: Sie kam aus Lemberg und wollte nach Prag.

Sie suchte Arbeit. Viele zogen dieser Tage durchs Land, immer auf der Suche nach etwas, das besser war als das, was sie hatten. Die Bauersfrau und die Mägde hatten Ella freundlich und kein bisschen herablassend behandelt, das war etwas ganz Neues für Ella: Respekt. Dankbar und glücklich hatte sie sich für ein Lager in der Scheune entschieden. Sie hätte auch, für einen Aufpreis, eine Kammer für die Nacht haben können, aber Ella wollte sparen, und noch dazu fühlte sie sich draußen freier, in der hohen Scheune mit dem Tor, durch das sie Felder und Himmel sehen konnte. Lange, zu lange, war sie eingesperrt gewesen, sie ertrug noch keine vier Wände um sich herum.

Principessa hatte sich sofort an sie gekuschelt, als Ella sich auf ihr Nachtlager niedergelassen hatte, und wie wundervoll und beruhigend fand Ella es, ihre Hand auf den kleinen, warmen Hundekörper zu legen, zu sehen, wie der Hündin die Augenlider zufielen und wie sie rasch in einen Schlaf voller Hundeträume gefallen war. Vielleicht, dieser Gedanke war der letzte, der Ella vor dem Einschlafen durch den Kopf ging, vielleicht spürte auch der Hund, dass er aus furchtbarer Gefangenschaft befreit worden war und nun endlich, endlich frei sein konnte. Gemeinsam würden sie ihre Bestimmung finden.

Nachdem Ella sich nach dem Erwachen am Morgen aus dem Strohbett aufgesetzt hatte, ging sie durch den Hof zur Pumpe und wusch sich dort. Die Bäuerin war damit beschäftigt, den Hühnern in weiten Schwüngen Korn hinzustreuen, und winkte freundlich, als sie Ella und Principessa sah.

»Guten Morgen! Habt ihr gut geschlafen?«

Ella starrte die Frau ungläubig an, bis sie begriff, dass diese einfach nur freundlich war. Kein Hintergedanke. Hier war ein Mensch, so wie Jakub oder die Frau im Zug, der nett zu Ella war. Ein Geschenk! Jeder Tag sollte so anfangen: mit einer freundlich gemeinten Frage nach dem Befinden.

Ella lächelte breit und nickte. »Ganz herrlich. Wie ein Klein-kind!«

»Wenn du magst – es gibt frische Eier. Und Brot mit Butter. Kuhmilch, noch warm.«

Ellas Magen gab die Antwort – und ob sie mochte!

Wenig später stellte eine Magd ihr die Köstlichkeiten auf einen winzigen Holztisch unter einer Linde. Sogar Honig gab es! Die Bäuerin hatte nur wenige Groschen für das üppige Früh-stück verlangt, und Ella verstand erst jetzt den Wert des Geldes, das sie besaß. Ein Vermögen hatte die Madame ihr von ihrem Lohn abgezogen – für jeden Kanten Brot mussten die Mädchen bezahlen! Ella begriff, dass sie keine Ahnung gehabt hatte, wie viel Geld überhaupt wert war, und ganz bestimmt hatte sie keine Vorstellung davon, dass sie mit ihrem Körper den Zuhältern wahre Reichtümer verschafft hatte. Natürlich wusste Ella, dass es ihr ungleich schwerer fallen würde, mit redlicher Arbeit Geld zu verdienen. Zumal sie eine Ungelernte war, sie konnte wenig und hatte nicht die geringste Vorstellung davon, was es in der Welt da draußen für Möglichkeiten gab. Aber alles, wirklich alles, würde besser sein, als den eigenen Körper zu verkaufen. Und Ella konnte hart arbeiten. Sie hatte von Kindesbeinen an nichts anderes getan.

Ihr Vater war Schmied gewesen. In einem winzigen Dorf. Es gab nicht genug Kunden für ihn bei der armen Dorfbevölke-rung, also war er mit dem Eselskarren über die Dörfer gefahren und hatte seine Dienste angeboten. Er kümmerte sich um das Beschlagen der Pferde ebenso wie um das Schleifen der Messer. Er half dem Böttcher bei den Fässern. Er setzte instand und fasste mit an, wo er gebraucht wurde. Aber alles, was er damit nach Hause brachte, reichte nicht für mehr, als nicht zu verhun-gern. Sie hatten zu viele Mäuler zu stopfen. Heute fragte Ella sich, warum die Mutter, wo doch das Geld gar so knapp ge-wesen war, elf Kinder in die Welt gesetzt hatte. Als Hure hatte

Ella gelernt, wie man Kinder verhütete. Und wenn es doch ein Malheur gab – wie man sie wegmachte. Warum nur hatten ihre Eltern so viele Kinder bekommen?

Ella war die Älteste gewesen. Beinahe im Jahresabstand waren ihr die Geschwister gefolgt, und sie hatte sich schon früh, viel zu früh, kümmern müssen. Die Mutter hatte geschuftet bis zum Umfallen, hatte den mageren Acker hinterm Haus bewirtschaftet, Kartoffeln und krummes Gemüse gezogen. Die Ziegen gemolken. Den wenigen Hühnern die Eier abgeluchst. Aber sie hatte eben auch immer und immer wieder im Wochenbett gelegen. Oder hatte einen dicken Bauch, der verhinderte, dass sie so arbeiten konnte, wie sie arbeiten musste, um für alle und alles zu sorgen. Also war Ella eingesprungen. Sie erinnerte sich daran, dass sie vielleicht fünf Jahre alt war, sicher nicht älter, als sie ihre schreienden Brüder singend durch die Gegend schleppte, um sie zu beruhigen. Einen Zipfel Stoff in Honigwasser tunkte, um die Zwillinge, die nach ihr geboren wurden, daran nuckeln zu lassen. Sie wickelte, sie klaubte Steine aus dem Acker, sie kochte Suppe, da reichte ihr kleiner Kopf gerade einmal zur Tischplatte.

Während Ella daran zurückdachte, im Schatten der Linde, die wärmer werdende Luft um ihre Waden strich und der kornblumenfarbene Sommerhimmel einen heißen Tag versprach, wurde ihr schwer ums Herz, und sie hätte weinen mögen. Weinen um ihre Kindheit, die hart gewesen war, und doch hatte sie sich stets geborgen gefühlt inmitten ihrer Familie.

Sie wollte weinen um ihre Geschwister, die sie seit dem Tag, an dem ihr Vater sie verkauft hatte, nicht mehr gesehen hatte. Weinen um ihre Eltern, die einfältige Menschen waren und es nicht besser gewusst und sich an ihrer Tochter versündigt hatten.

Sie wollte darum weinen, dass sie endlich keine Sklavin mehr war, dass sie hier saß, in Frieden und in Freiheit, das köstliche

Essen genoss, die Sommersonne und den freundlichen kleinen Hund zu ihren Füßen.

Ja, dachte Ella, ich lasse all das hinter mir. Meine Familie, die Jahre in den Bordellen, die Schläge und die Demütigungen. Ich habe Hunger, solchen Hunger, auf das Leben und darauf, meine eigene Herrin zu sein!

Eine Stunde später waren sie auf der Landstraße nach Kattowitz unterwegs – die innere Stadt und den Bahnhof würden sie allerdings wohlweislich meiden. Den grünen Hut hatte Ella der Bäuerin überlassen, sie brauchte ihn nicht mehr. Er hatte dazu gedient, ihr wildes dunkles Lockenhaar zu verbergen, damit niemand sie auf dem Lemberger Bahnhof erkannte. Aber diese Gefahr war nun vorüber, Ella wollte den Wind, der durch ihre Haare fuhr, spüren und die Sonne, die ihr die Kopfhaut wärmte. Im Tausch gegen den Hut hatte die Bäuerin ihr zwei Leibchen und eine leichte Unterwäsche abgetreten. Principessa wackelte fröhlich vor ihr her, der kleine Ringelschwanz lag eingerollt auf dem Rücken, nur manchmal zuckte er vor Anspannung, wenn die Hündin etwas witterte oder einen ganz besonders großartig riechenden Grashalm entdeckt hatte. Die Leine, mit der Ella die Hündin vom Bordell aus um die Ecke geführt hatte, hing lose über Ellas Schulter. Auf dem weiten Land würde sie diese nicht benötigen, aber sobald sie in die Stadt kamen, war ihr wohler, wenn sie die kleine Hundedame sichern konnte. Allzu schnell könnte diese in einer Menschenmenge zwischen vielen Beinen verloren gehen.

Beschwingt schritt Ella aus, das rote Kleid leuchtete mit dem Mohn auf den Feldern um die Wette. Gedanken schossen ihr kreuz und quer durch den Kopf, während sie auf kleinen Feldwegen der nahen Stadt entgegenging.

Sie hatte keinen besonders guten Plan, das musste Ella sich jetzt eingestehen. Zwar hatte sie ihre Flucht von langer Hand und minutiös geplant, aber über die Zeit danach hatte sie nicht ausreichend nachgedacht. Sicher, sie wollte in eine große Stadt, wo sie unauffällig leben und sich Arbeit suchen würde. Prag oder Wien, das war ihr nicht wichtig, sie kannte nichts außer ihrem galizischen Dorf und den Bordellen von Lemberg. Sie hatte sich vorgestellt, dass sie in einer Fabrik eine Stellung würde finden können, die Mädchen erzählten davon. Einige hatte sie im Lauf der Jahre kennengelernt, die bereits in Fabriken – Margarine, Wolle, Stahl, alles wurde heute in Fabriken verarbeitet – gearbeitet hatten und über die harten Bedingungen und den kargen Lohn klagten. Aber als Hure zu arbeiten, das konnte keinesfalls besser sein. Fabrikarbeit war Ellas Notlösung, denn sie hatte gehört, dass man dort auf alle Fälle Arbeit fand, Frauen wurden besonders gern für leichtere Arbeit geholt, weil man ihnen weniger bezahlen musste als den Männern. Außerdem soffen und beschwerten sie sich nicht so häufig. Und weiß Gott, Ella würde sich nicht beschweren!

Nun war allerdings ein anderer Grund hinzugekommen, weshalb die Arbeit in einer Fabrik ihr weniger reizvoll erschien. Ella schaute mit Rührung auf Principessa, die sich ein Stück abseits des Wegs ins hohe Gras gesetzt hatte und ihre Pfötchen leckte. Wohin mit dem Hund, wenn sie zehn Stunden am Tag in einer Fabrik schuftete? Vielleicht sollte sie doch versuchen, als Näherin oder Wäscherin irgendwo unterzukommen? Ella setzte sich neben die Mopsdame und ließ sich hintenüber ins Gras fallen. Über ihnen tanzten die hellgrünen Blätter einer Linde, von irgendwoher erklang der Ruf eines Kuckucks, und es duftete nach reifem Weizen. Ein dicker Käfer mit grün schillerndem Panzer setzte sich auf Ellas Kleid und brummte sie empört an. Er reckte ihr seine kleinen Fühler entgegen, und Ella stupste ihn zart mit der Spitze des Zeigefingers an. Der Dicke spreizte seine Flügel und flog schwerfällig davon.

Gott, wie schön das Leben war! Ella drehte sich auf den Bauch und blickte über das Land. Ihr Land. War es denn wirklich nötig, ihre Heimat zu verlassen? Galizien war wundervoll, das dämmerte ihr jetzt, seit sie mit dem Zug von Lemberg aufgebrochen war. Ein Vielvölkerstaat, die Menschen hier feierten ihre galizischen Traditionen, gleichzeitig lebten Polen, Ruthenen, Armenier, Juden, Roma und Deutsche in leider nicht immer friedlicher Koexistenz nebeneinander, und jeder brachte seine Sprache, Kultur und Religion mit ein. Ella beherrschte drei Sprachen, obwohl sie nie eine Schule besucht hatte: Polnisch, Deutsch und Ruthenisch. Ihre Mutter war eine Deutsch-Galizierin, ihr Vater Pole mit ruthenischen Wurzeln. Zu Hause hatten sie ein Kauderwelsch aus allen drei Sprachen gesprochen, erst später, in den Bordellen, lernte Ella, die Sprachen zu trennen.

Die Mädchen in den Freudenhäusern waren allesamt ungebildet, aber meistens konnte eine etwas, das die anderen nicht konnten, und dann brachten sie es sich bei. Sprachen zuallererst. Aber auch Nähen oder Stricken, Schreiben und Lesen. Nichts davon beherrschte Ella auch nur annähernd perfekt, aber sie war stolz auf das Erlernte. Vieles hatte auch die Mutter ihr schon früh beigebracht. Wie man Kinder wickelte und Brei kochte, Ziegen molk oder Wolle spann. Manchmal packte Ella die Angst, dass sie vergessen hatte, was die Mutter sie gelehrt hatte, dass sie nur noch das eine konnte – einem Mann Befriedigung verschaffen. Aber dann kniff sie die Augen zu und rief sich die Bilder von zu Hause in Erinnerung, zwang sich, an die Handgriffe zu denken, an die Worte der Mutter, wie sie Ella korrigiert hatte, ihr Tricks und Kniffe beibrachte. Und dann war alles wieder da. Das Gefühl in den Händen, wenn sie die fettige Schafwolle in kleine Flocken riss, sie zwirbelte und über die Spindel laufen ließ. Sie wusste genau, wie sich die prallen und warmen Euter der Ziegen anfühlten und wie sie mit kraftvollen Fingern über die Zitzen glitt, damit diese Milch in den Eimer spritzte. Und sie erinnerte sich an die Mühsal, wenn sie versucht hatte, Buchstaben zu entziffern und den schwarzen Zeichen, die sie mit dem Finger über das Papier verfolgte, einen Sinn zu entlocken. Und an das magische Hochgefühl, wenn ihr dies gelang.

Ella wusste: Alles würde zurückkommen. Sobald sie ihr eigenes kleines Leben führte, würde sie sich an alles erinnern. Sie würde sich bemühen, Rechnen, Lesen und Schreiben zu beherrschen. Und ihre Sachen selbst ausbessern, nähen, stricken und flicken. Wie freute sie sich darauf!

Eine halbe Stunde mochte vergangen sein, vielleicht mehr, seit sie sich ins schattige Gras gelegt hatten, Ella verlor das Gefühl für Zeit. Sie hatte keine Eile, das Geld würde ihr eine ganze Zeit lang nicht ausgehen, jedenfalls nicht, solange sie auf dem Land unterwegs war. Galizien war bitterarm, es gab ein paar Bauern, mehr nicht. Ella hatte nie etwas besessen, falls ein Kunde ihr etwas schenkte, was selten genug vorkam, knöpfte die Madame es ihr ab. Aber das Geld, das sie über Jahre heimlich angespart hatte und das nun in ihrem Mieder steckte, war viel mehr wert, als sie erwartet hatte. Es verschaffte ihr Möglichkeiten. Gab ihr Freiheit. Jetzt nahm sie die Scheine aus ihrem Mieder, zählte sie, nahm einen heraus. Davon würde sie die kommenden Ausgaben tätigen, das restliche Vermögen ruhte sicher an ihrem Busen.

Seit dem Morgen machte sich in ihrer Brust ein Gefühl bemerkbar, das ihr fremd war. Lange fremd gewesen war, denn mit jedem Schritt, den sie in Freiheit tat, erinnerte sie sich ein bisschen mehr an Momente in ihrer Kindheit, in denen sie ähnlich empfunden hatte. Es war ein großes und warmes Gefühl, so, als würde die Sonne hinter den Rippenbögen aufgehen. Groß und rund und hell wärmte sie das Herz, weitete den Brustkorb und ließ Ella wachsen.

Sicherheit. Glück. Stolz.

So hatte sie sich als Kind gefühlt, wenn ihre Mutter sie lobte, ihr mit der Hand über Haar und Wange strich. Wenn in ihrem Bauch kein Hunger tobte – was selten war –, sondern sie satt, warm und schläfrig bei der Mutter im Bett lag, die kleinen Geschwister dicht an sie gedrängt.

Und jetzt fühlte sie es wieder. Ella erhob sich aus dem schattigen Gras, schnalzte mit der Zunge, und Principessa tat es ihr gleich, streckte die Vorderpfoten weit von sich und hob den kleinen Po in die Höhe. Sie gähnte, rosafarben streckte sich auch die Zunge, bevor sie sich im Maul einrollte. Dann waren sie bereit weiterzugehen.

Kattowitz erreichten sie am frühen Nachmittag. Ella wollte wie geplant die Stadt nicht durchqueren, sondern einmal außen herumlaufen, auch wenn sie länger unterwegs sein würden. Denn im Zentrum der Stadt würde es sein wie in Lemberg: voll, viel Verkehr, viele Menschen, vielleicht Taschendiebe und anderes Gesindel, vor dem sie sich in Acht nehmen musste. Außerdem wurden Essen und Waren teurer, je näher man in die wohlhabenderen Gegenden einer Stadt vordrang. Dorthin, wo edle Geschäfte und Bankhäuser, Restaurants und Hotels waren. Das war nicht ihre Welt, die Vorstellung, sich dort zu bewegen, machte Ella Angst. Ohnehin steuerte sie nicht den Bahnhof an – aus bekannten Gründen –, sondern erst den nächsten kleinen hinter Kattowitz. So umging sie das Drehkreuz der Mädchenhändler.

Bald erreichten sie die ausgefransten Ränder der Stadt, die einfachen geduckten Häuschen, Straßen aus gestampftem Lehm, gesäumt von kleinen Ständen, an denen Bauern aus dem Umland ihre mageren Erträge feilboten. Wassermelonen und helle kleine Brote, Ferkel in Käfigen, Käselaibe, rund und gelb wie der volle Mond. Der Duft des Sommers, der sie auf ihrer Wanderung übers Land begleitet hatte, wich dem Gestank der Kloaken, Fäulnis hing in der Luft, Rauch biss in die Nase. Bettler saßen an den ärmlichen Straßenzügen, und Ella spürte, wie sie unweigerlich ihre Schritte beschleunigte, sie fühlte, wie man sie anstarrte – das auffällige rote Kleid, ihre wilde Lockenmähne und zu allem Überfluss ein Mops. Sie war keine Bäuerin, das war gewiss, ihre Erscheinung rief Neugierde und Argwohn hervor. Bei einem Korbbinder erstand Ella einen kleinen Weidenkorb, in den sie Principessa hineinsetzte. Diese machte sich augenblicklich klein und schlief. Die weiten Strecken, die sie hatte laufen müssen, hatten die junge Hündin erschöpft, deren einzige Aufgabe es bislang gewesen war, dekorativ auf einem roten Samtkissen zu Füßen der Madame zu liegen.

Auch Ella war müde, und ihr taten die Beine weh, aber in dieser Umgebung wagte sie nicht zu ruhen. Als sie einen Gendarmen an einer belebten Straßenecke entdeckte, erkundigte sie sich bei ihm nach dem Weg – sie wolle das Stadtzentrum hinter sich lassen und den nächstgelegenen Bahnhof nach dem Kattowitzer Hauptbahnhof erreichen. Der Mann überlegte einen Moment, dann nannte er ihr eine Station, Königshütte, und wies ihr die grobe Richtung. Die Entfernung schätzte er zu Fuß auf weitere zwei bis drei Stunden. Ella biss die Zähne zusammen. Die Erschöpfung stülpte sich wie eine große Welle über sie, das Hochgefühl und die Kraft, die sie noch vor einer Stunde bei der Rast auf der Wiese empfunden hatte, verschwand. Lag es an der Stadt? An der Armut, den missmutigen Blicken? Oder verstand sie erst jetzt, welches Gepäck sie außer dem Weidenkorb mit Principessa eigentlich wirklich mit sich schleppte? All die Demütigungen, die Gemeinheiten, die unaussprechlichen Dinge, die Männer mit ihr getan hatten – all das kam ihr plötzlich in den Sinn und lähmte sie.

Weg hier, bloß weg! Ella lief wie eine Maschine, ein Bein vors andere, noch ein Schritt und noch ein Schritt und noch ein Schritt. Sie hatte die Ränder der Stadt fast hinter sich gelassen, in der Ferne sah sie kleine Gehöfte, wie achtlos weggeworfen lagen sie in der Landschaft verstreut. Die Straße war staubig, der Saum ihres Kleides hatte die Farbe von Sand. Ihre Kehle war trocken, auch Principessa hechelte. Wasser! Sie würde den nächsten Hof ansteuern und um Wasser für sich und den Hund bitten.

»Heho, wohin, junge Dame?«

Ella sah auf. Ein klappriger Esel hielt neben ihr, er war an einen Karren gespannt, auf dem ein Haufen Lumpen gestapelt war. Ein verknittertes Männlein saß auf dem Bock, es hatte ebenso wenig Zähne im Mund wie Haare auf dem Kopf, aber die Augen blickten freundlich und neugierig.

»Nach Königshütte.« Ella wies mit dem Kinn in die ungefähre Richtung, die der Gendarm ihr genannt hatte.

»Dann hopp!« Der Mann klopfte mit knorriger Hand neben sich. »Wir haben die gleiche Richtung.«

Ella ließ sich nicht lange bitten. Sie reichte dem Alten zuerst den Korb mit der Möpsin, dann kletterte sie neben ihn auf den Bock. Der Esel setzte sich auf ein Schnalzen in Bewegung, langsam einen Huf vor den anderen. Schneller würde Ella den Bahnhof dadurch nicht erreichen, aber sie musste nicht selbst laufen, ihre Füße waren schon jetzt zerschunden, sie spürte die wund gescheuerte Haut an Zehen und Ballen.

»Bist du auf Wanderschaft?« Die Augen des Alten blitzten neugierig.

»Kann man so sagen. Ich will nach Prag, Arbeit suchen.«

»Bloß nicht! Geh mir weg mit Prag! Da landen sie doch alle, die armen Schlucker.«

Ella ruckelte verunsichert hin und her. »Ich dachte, Prag ist eine Großstadt, und in einer Großstadt gibt es Arbeit.«

»Sicher, sicher.« Der Alte stieß ein meckerndes Lachen aus. »Ich war in Prag. Als junger Mann.« Er machte eine wegwerfende Geste. »Nichts für mich.«

Ella musterte ihn von der Seite und dachte bei sich, dass das wohl ein halbes Jahrhundert zurückliegen musste. »Die Zeiten ändern sich doch.«

»Ach, i wo! Geh nach Wien. Da sind die Habsburger. Die Reichen, in Wien gibt es Zuckerbäcker, die backen Torten, größer als Käselaibe.«

Nun brach Ella in Lachen aus. »Was will ich denn mit Torte? Die kann ich mir ja doch nicht kaufen.«

»Schöne junge Frauen wie du, die müssen Torte essen. Und natürlich sollst du dir die Torte nicht selbst kaufen, lass dich einladen. Such dir einen Galan.«

Ellas Miene verfinsterte sich. »Ganz bestimmt nicht. Ich traue keinem Mann. Nur mir selbst. Nein, nein, ich suche mir anständige Arbeit. In Prag.«

Der Lumpensammler lachte erneut, schnalzte mit der Zunge, und so ging die Fahrt bis Königshütte. Andrej, so hieß das hutzlige Männlein, erzählte Anekdoten aus seinem Leben, von denen höchstens ein Viertel wahr sein konnte, aber er brachte Ella zum Lachen. Ließ sie aus seinem Bocksbeutel sauren Wein trinken, und als er sie und Principessa am Bahnhof absetzte, durfte Ella sich für ein paar kleine Münzen aus seinem Berg Lumpen etwas heraussuchen. Sie fand zwei Röcke, eine Schürze, zwei Blusen, alles verknittert, nicht eben sauber und an manchen Stellen war der fadenscheinige Stoff bereits eingerissen. Aber das machte ihr nichts, sie würde die Sachen waschen und ausbessern, dann war alles wie neu. Aus einem Leintuch band sie sich einen Wäschesack, den sie über den Rücken warf, verabschiedete sich von Andrej und ging zum Schalter.

»Wann kommt der nächste Zug?«

»In einer Viertelstunde.« Der Beamte hinter der Glasscheibe gähnte. Hinter ihm hing eine Uhr, Ella sah mit Schrecken, dass es schon auf sechs Uhr am Abend zuging – wo war der Tag geblieben? War sie nicht eben erst in der Scheune erwacht?

»Und wohin fährt er?«

»Über Breslau, Frankfurt und Berlin nach Hamburg«, las der Beamte mit leiernder Stimme aus einem Kursbuch ab, das aufgeschlagen vor ihm lag.

Ella kannte keine dieser Städte. »Und wo liegt das? Ham …«

»Hamburg. Deutsches Kaiserreich.«

»Einmal dorthin. Dritter Klasse.« Ellas Stimme zitterte. Welcher Teufel ritt sie? Die Entscheidung war aus ihr hervorgebrochen, ohne nachzudenken. Aber als der Beamte die Städte aufzählte, hatte sie die Lust überfallen, so weit weg wie möglich zu fahren. In das größte Abenteuer!

Sie legte einen Schein in das Geldfach, erhielt im Gegenzug ein Billett aus Pappe, das sie sorgfältig verstaute.

Mit weichen Beinen ging sie durch die Wartehalle, setzte sich auf eine der Bänke. Behutsam hob sie Principessa aus dem Weidenkorb und küsste die pelzige runde Stirn.

»Wir fahren nach Hamburg. Ich weiß nicht, was uns da erwartet, meine Kleine. Aber du und ich – wir schaffen es überall.«

7.

Der Hoteldirektor bedachte Louise mit skeptischem Blick, als sie die Treppe hinunterkam. Einen kurzen Moment lang zögerte sie, ob sie einfach an ihm vorbeigehen sollte, aber dann entschied sie sich, den Stier bei den Hörnern zu packen.

»Ich habe jetzt einen Termin bei der Bank.« Louise setzte ihr gewinnendstes Lächeln auf, als sie an der Rezeption stand. »Es tut mir sehr leid, dass wir Ihnen diese Unannehmlichkeiten bereitet haben, und ich kann mich nur wiederholen: Ich hatte keine Ahnung davon, dass …« Sie machte eine vage Bewegung mit der Hand, gleichzeitig schlug sie ergeben die Augenlider nieder. Männer mochten das. Ergebenheit. Schwäche. Die hilflose Frau. Und tatsächlich, auch hier verfehlte ihre schauspielerische Darbietung ihr Ziel nicht.

Die Miene des Direktors hellte sich auf. »Verständlich, Frau Dumont. Ich möchte Ihnen keine Schwierigkeiten bereiten. Sie haben mein Mitgefühl, dass Ihr Mann ...« Er wusste nicht mehr weiter. »Also, dass Ihr Mann vermisst wird. Ich bin gewiss, dass wir unsere Angelegenheiten trotzdem zur beidseitigen Zufriedenheit regeln werden.«

Louise nickte huldvoll. Das glaube ich nicht, mein Lieber, dachte sie, schenkte ihm ein von tränenfeuchten Augen getrübtes Lächeln und verließ das Hotel. Am goldbetressten Portier vorbei lief sie die kleine Straße bis zum Ende und bog um die Ecke. Von der Seitenstraße aus konnte man den Hinterhof des Hotels über eine Einfahrt für Personal und Lieferanten erreichen. Vom Badezimmer ihrer Suite hatte sie das Treiben dort beobachten können, und als sie ihre Flucht plante, wusste Louise, dass ihr dieses Wissen von Nutzen sein konnte.

Sehr spät in der Nacht, als bis auf den Nachtportier alle im Hotel schliefen, hatte sie sich heimlich durch einen Hinterausgang in den Hof gestohlen und ihre Reisetasche dort versteckt. Niemals hätte der Hoteldirektor sie sehenden Auges mit Gepäck aus dem Haus gehen lassen, das wusste sie. Aber so – elegant gekleidet mit einer kleinen Handtasche – schöpfte er keinerlei Verdacht, dass sie sich aus dem Staub machte.

Trotz ihrer desolaten Lage konnte Louise sich ein Lächeln nicht verkneifen. Ihr ebenso waghalsiger wie raffinierter Plan war aufgegangen, sie hatte es geschafft und war entkommen!

Im Hof hinter dem Hotel herrschte reges Treiben, ein Pferdefuhrwerk nach dem anderen klackerte durch die Einfahrt, beladen mit Fässern und Kisten, mit Koffern oder Kartons. Wein und Bier, Milch, Eier, lebende Tiere, frische Wäsche, Gästegepäck – alles wurde hier angeliefert, niemand achtete auf die Frau, die ihre Reisetasche hinter einem kleinen Mäuerchen abgestellt hatte, diese nun an sich nahm und den Hof verließ.

Auf der Straße angekommen, setzte Louise sich in Bewegung, nur weg von hier, weg aus dem Innenstadtbezirk und dem Radius des Direktors. Die Sonne setzte die hellen Fassaden rund um den Jungfernstieg in ein grelles Licht, Louise schob ihren Sommerhut etwas tiefer über die Augen. Sie war keine zehn Schritte weit gekommen, als ihr auf der gegenüberliegenden Straßenseite zwei Männer entgegenkamen. Grimmig entschlossen sahen sie aus, liefen Schulter an Schulter, ohne ein Wort miteinander zu wechseln.

Die zwei von der Rennbahn! Louise bemühte sich, die Männer nicht allzu auffällig anzustarren, aber diese schienen sie nicht zu bemerken. Obwohl jetzt nichts wichtiger war, als möglichst rasch vom Hotel wegzukommen, konnte Louise der Versuchung nicht widerstehen, den beiden zu folgen. Sie war gewiss, dass es diejenigen gewesen waren, vor denen Viktor Reißaus genommen hatte, und glaubte nicht daran, dass ihr Erscheinen hier ein Zufall war. Sie musste wissen, was es damit auf sich hatte. Tatsächlich bogen sie in die Straße ein, in der ihr Hotel lag! In einiger Entfernung blieb Louise stehen und beobachtete sie. Die Männer wechselten rasch ein paar Worte miteinander – dann trennten sie sich und blieben in Abstand voneinander auf der gegenüberliegenden Straßenseite vom Hoteleingang stehen. Einer der beiden entfaltete eine Zeitung und versteckte sich dahinter, der andere lehnte lässig an einer Straßenlaterne. Louise wurde abwechselnd heiß und kalt: Kein Zweifel, diese zwielichtigen Typen hatten Beobachtungsposten eingenommen. Sie lagen auf der Lauer – aber wen verfolgten sie? Dachten sie, dass Viktor sich noch im Hotel befand? Oder hatten auch sie Louises Vermisstenanzeige in der Zeitung gelesen? Und auf was waren sie aus?

Louise hatte genug gesehen. Schnell verließ sie die Straßenecke und beeilte sich, außer Sichtweite zu kommen. Ihr wurde jetzt sonnenklar, dass sie mit ihrer Anzeige schlafende Hunde geweckt und einige seltsame Gestalten auf den Plan gerufen hatte.

Wer, um Himmels willen, war Viktor auf den Fersen? Was hatte er bloß getan, dass ihn Leute verfolgten? Auch das Gesicht des wütenden Mannes in der *Hamburg-Amerika-Bar* rückte wieder in ihr Bewusstsein. Hatte Viktor bei all diesen Leuten etwa Schulden, so wie bei *Brinkmanns* und im Hotel? Was wussten andere, das ihr verborgen geblieben war?

Vor allem: Wo steckte Viktor? Denn an seinen Tod glaubte sie keinesfalls. Hatte er gar das Land verlassen? Dieser Schurke!

Sie war so in ihren Gedanken verstrickt, dass sie wie eine Traumwandlerin die Straße überquerte. Ein Automobilist bremste in letzter Sekunde sein Fahrzeug, eine Frau, die hinter Louise ging, packte sie am Arm und zog sie zurück. »Fräulein! Sind Sie lebensmüde?«

Verdutzt blickte Louise die andere an. »Ich … danke! Ich war vollkommen in Gedanken.«

»Passen Sie auf, der Verkehr ist mörderisch.« Damit ließ die Frau ihren Arm los und ging kopfschüttelnd weiter.

Louise erkannte, dass sie in Richtung des Alsterufers gelaufen war, ohne es zu bemerken. Sie beschloss, sich auf einer der Bänke am Ufer niederzulassen. Die Reisetasche stellte sie neben sich auf die Bank, ließ den Blick über das Wasser schweifen und bemühte sich, ihre Gedanken zu ordnen.

Was mit Viktor geschehen war, würde sie allein kaum herausfinden.

Und die Polizei? Oh, wie sehr wünschte Louise, sie könnte sich an den freundlichen Herrn Kalweit wenden! Aber diese Möglichkeit hatte sie sich mit der Flucht aus dem Hotel und der entsprechend unbezahlten Rechnung selbst verbaut. Sie hatte sich in eine schreckliche Lage manövriert – oder nein, schoss es ihr durch den Kopf, Viktor hatte sie in diese Lage gebracht!

Ein Entenpärchen watschelte in ihre Richtung, neugierig und zutraulich. Louise öffnete ihre Handtasche und holte den harten Kanten Brot heraus. Sie schämte sich entsetzlich, dass sie sich genötigt gesehen hatte, den Rest mitzunehmen, aber ihr war klar, dass sie so schnell nichts Ordentliches zum Essen würde kaufen können. Doch als sie die Enten ansah, den Erpel mit seinem schmucken grün schillernden Kopf und das braun gescheckte Weibchen mit den hübschen Knopfaugen, brach sie kleine Bröckchen von dem harten Brot ab und warf es den beiden hin. Eine Zeit lang ging das so, Louise teilte ihr Brot und beobachtete die hübschen Tiere, während sie verstohlen ab und an selbst ein Stückchen Krume in den Mund schob.

So ein herrlicher Tag, die Sonne glitzerte auf der Wasseroberfläche der Binnenalster wie in einem der schönen Gemälde von Renoir, das sie in London gesehen hatte. Zwei Frauen in einem Ruderboot, die Wasseroberfläche ein funkelndes Mosaik in leuchtenden Farben. Auch auf der Alster waren jede Menge Ruderboote und Segler unterwegs. Tränen traten Louise in die Augen, so sehr wünschte sie sich, Teil der heilen Welt zu sein, die ihr direkt vor Augen geführt wurde und zu der sie bis vor wenigen Tagen noch gehört hatte. Es war ihr, als hätte sich eine dicke, unzerbrechliche Glasscheibe zwischen sie und die Welt geschoben, die sie noch betrachten, aber an der sie nicht mehr würde teilnehmen können. Sie würde Viktor erwürgen, wenn er ihr unter die Augen träte.

Im Geist ging sie ihre Optionen durch. Nüchtern betrachtet war ihre Lage so gut wie hoffnungslos. Sie war allein ohne Geld in einer Stadt, in der sie niemanden kannte. Ihr Mann war spurlos verschwunden, und sie würde vielleicht nie mehr erfahren, was geschehen war. Die Polizei konnte sie nicht um Hilfe bitten, weil sie sich mit der geprellten Rechnung straffällig gemacht hatte. Ihre Familie um Hilfe zu bitten, traute sie sich nicht. Noch nicht. Louise holte tief Luft. Aber ihre Mutter und ihre Schwestern – sie konnten unmöglich so hartherzig sein und ihr den Kontakt verweigern, wenn sie erfuhren, in welcher Situation sie war. Potsdam, ihre wunderschöne Geburtsstadt, die Villa in Babelsberg, in der sie aufgewachsen war, die Unbeschwertheit ihrer Kindheit, der Kokon aus Liebe, in den ihre Eltern sie eingesponnen hatten – dort lag ihre Rettung! Sie würde Schmuck versetzen, sich ein Billett kaufen und so bald als möglich in ihre Heimat zurückkehren. Vielleicht sollte sie vorher schreiben? Ihre Lage erklären? Sollte sie sich vielleicht Arbeit suchen, um die Zeit zu überbrücken?

Eine kleine Elendsgestalt drückte sich zwischen den Sitzbänken am Alsterufer herum, Louise beobachtete den Wicht seit geraumer Zeit. Ein abgemagertes Jüngelchen, ohne Schuhe, die kurze Hose und das Hemd zerschlissen. Eines der vielen Bettelkinder, wie sie in allen großen Städten unterwegs waren. Besonders viele von ihnen hatte sie in Italien gesehen, kleine Tagediebe, Viktor hatte sie ungnädig verscheucht wie lästige Fliegen. Ihr jedoch taten diese Kinder leid. War das Leben nicht furchtbar grausam? Sie hatte sich gar nicht vorstellen können, dass es auf der Welt so viel Elend gab – und nun war sie auf dem besten Wege, Armut am eigenen Leib zu erfahren! Dieser Junge drückte sich zwischen den gut gekleideten Passanten herum, nahm offensichtlich alles um sich genauestens wahr und hatte dabei wenig von einem unschuldigen Kind an sich. Er wirkte, als führte er etwas im Schilde. Louise ertappte sich dabei, wie sie den Kerl in Verdacht hatte, dass er nicht nur bettelte, sondern auch stahl. Sie ließ ihn nicht aus den Augen, bis er sich so weit entfernt hatte, dass er sich ihren Blicken entzog.

Unweigerlich zuckte ihre Hand zu ihrer Reisetasche. Dort hatte sie alles verwahrt, was sie von Wert in der Hotelsuite zusammensammeln konnte. Ein kleines Häufchen Schmuck –

Viktors Uhren und goldenen Manschettenknöpfe hatte sie ebenso wenig gefunden wie den Großteil ihrer eigenen Preziosen, was dem Gedanken, Viktor sei mit Geld und Gut auf und davon, leider nur Nahrung gab. All ihre Roben, Schuhe, Hüte, Taschen, Pelze und Tücher hatte sie zurücklassen müssen. Sei's drum, jetzt gehörten sie dem Hoteldirektor, vielleicht konnte er damit einen Teil der Summe decken, die sie und Viktor ihm schuldeten. Louise hatte lediglich Unterwäsche, zwei leichte Kleider, einen Rock und drei Blusen in die Tasche quetschen können, das war alles.

Und selbstverständlich hatte sie die Kladde mit Viktors Unterlagen mitgenommen. Leider verstand sie kaum etwas von dem, was ihr Mann an Aufzeichnungen hinterlassen hatte. Namen und Zahlen, Zahlen und Namen, schier endlos. Manchmal handelte es sich um Menschen, denen sie auf ihren Reisen begegnet waren, die meisten aber sagten ihr nichts. Manchmal tauchten Orte auf – Baden-Baden, Monaco –, manchmal die Namen, von denen sie annahm, dass sie zu Rennpferden gehörten. Aber diese Zahlenkolonnen ... Seltsamerweise fand Louise keinerlei persönliche Korrespondenz von Viktor, obwohl sie ihn oft hatte Briefe schreiben und versenden sehen, ebenso hatte er in jeder Stadt, in der sie sich aufhielten, postlagernde Sendungen erhalten. Sie hatte sich von Briefen Aufschluss darüber erhofft, welche Geschäfte Viktor betrieb und was seine Notizen bedeuteten. Das Einzige, was sie fand und dessen Bedeutung ihr auf Anhieb einleuchtete, war ein zerknitterter Schuldbrief. Ein gewisser Mortimer Stackleton hatte Viktor vor fünf Jahren die Hälfte eines Grundstücks mit Gastwirtschaft namens *Mo's London Tavern* in Hamburg überschrieben. Ihr kam das seltsam vor, was wollte Viktor mit einer Taverne? Und wieso Hamburg? Ihr gegenüber hatte er stets so getan, als wäre er noch nie zuvor in der Hansestadt gewesen. Aber da er ein Mann voller Geheimnisse zu sein schien, Geheimnisse, die sie niemals lüften würde, nahm sie auch das hin, ohne sich weitere Gedanken zu machen. Allerdings nahm sie sich vor, diesem Mr Stackleton einen Besuch abzustatten, möglicherweise konnte er etwas Licht ins Dunkel bringen. Im Moment schien der Mann der einzige Mensch zu sein, der etwas mehr über Viktor wusste.

Eine lange Zeit hatte sie auf der Bank verbracht, jetzt meldete sich – trotz der Brotstückchen – ihr Magen und sendete Hungersignale. Wenn sie essen wollte, brauchte sie Geld. Außerdem wollte Louise sich in einer kleinen und billigen Pension einmieten, auch dafür würde sie Bargeld benötigen. Hier kam ihr Schmuck ins Spiel. Viel war es nicht, was Viktor ihr gelassen hatte, aber ein paar warme Mahlzeiten, vielleicht auch eine oder zwei Nächte in einer günstigen Pension erhoffte sie sich von dem Erlös.

Sie stand auf und versuchte, sich zu orientieren. Hier am *Alsterpavillon* war die Droschke mit ihnen auf dem Weg in die *Hamburg-Amerika-Bar* vorbeigefahren. Ob sie den Weg zu Fuß auch finden konnte? Entschlossen machte Louise sich auf den Weg. Die Gegend um den Jungfernstieg mit den gehobenen Cafés, Konfiserien und Modegeschäften musste sie hinter sich lassen. Ab jetzt würde sie sich in die weniger betuchten Viertel wagen müssen. Dort, wo sich eine Lady nicht allein aufhalten sollte, wie Viktor zu ihr gesagt hatte. Nun denn, das Leben ließ einem manchmal keine Wahl.

Während Louise in Richtung Spielbudenplatz, Reeperbahn und Große Freiheit lief, legte sie sich ihren Plan für die nächsten Tage zurecht. Schmuck zu Geld machen. Eine Pension suchen, essen. Einen langen Brief an ihre Mutter und die Schwestern formulieren – mit der Bitte um Verzeihung, mit Reue und Demut und dem Hinweis auf ihre elende Lage. Sogleich wurde ihr leichter ums Herz. Nur wenige Tage, dann würde sie den Zug in die Heimat nehmen, ihre Familie in die Arme schließen und in ein sicheres und geordnetes Leben zurückkehren.

In einiger Entfernung erblickte Louise das Millerntor, sie erinnerte sich daran, dass der Droschkenkutscher dieses als das »Tor zu Sankt Pauli« bezeichnet hatte. Gleich dahinter lag der Spielbudenplatz, nahm sie mit Erleichterung wahr. Ob sie einen Kaffee in der *Hamburg-Amerika-Bar* trinken konnte?

Die Bar war bei Tag weniger aufsehenerregend als in der Nacht, aber Louise schätzte die besondere Atmosphäre, die von dem ausschließlich weiblichen Personal geprägt wurde. Heute hatte sie an einem der kleinen Tische am Fenster Platz genommen, mit Blick auf den Spielbudenplatz. Um Schüttelgetränke machte sie einen weiten Bogen, vor ihr auf dem kleinen Tisch stand eine Tasse Kaffee. Ein Pfandleihhaus war direkt um die Ecke, dort hatte sie eine goldene Brosche in Form eines fliegenden Kranichs versetzt, das Angebot des Händlers war weit unter ihren Erwartungen geblieben. Die meisten der Schmuckstücke waren nichts wert, hatte der Händler behauptet. Ihre Hoffnungen waren zerplatzt wie eine Seifenblase. Aber Louise hatte nicht die Energie, zu feilschen oder gar woanders hinzugehen, für heute musste sie mit dem Erlös zufrieden sein. Wo sie die Nacht verbringen sollte, würde sie sehen, Louise war groß darin, vor herannahenden Problemen die Augen zu verschließen – um ihr Nachtlager würde sie sich später kümmern.

Die Bar war um die frühe Zeit nicht gut besucht, die Damen hinter der Theke standen in Grüppchen zusammen, unterhielten sich, ab und an drang ein Lachen zu Louise an den Tisch. Sie beneidete die Thekenfräulein. Um ihre Arbeit, die schöne Atmosphäre in der Bar, um ihre Gemeinschaft. Sie waren etwas Besonderes, und die Frauen strahlten aus, dass sie darum wussten. Schon manches Mal hatte Louise sich Gedanken gemacht, ob es vielleicht auch Frauen guttat, einen Beruf auszuüben – wenn es denn der richtige Beruf war. Als Dienstmädchen oder Fabrikarbeiterin wurde man wohl kaum froh, aber hinter dem

Tresen stehen und sich bewundern lassen, wie man kunstvolle Schütteldrinks mixte, erschien ihr ähnlich befriedigend, wie als Primaballerina auf der Bühne zu stehen. Oder wie Asta Nielsen über die Leinwand zu flackern. Ob sie so etwas könnte?

Gedankenverloren nippte Louise an ihrem Kaffee und ließ den Blick nach draußen schweifen, auf den Spielbudenplatz. Hatte sie ein besonderes Talent? Welchen Beruf würde sie gern ergreifen? Von Haus aus hatte man sie nicht darauf vorbereitet, ihre Bestimmung war es immer gewesen zu heiraten. Eine gute Ehefrau, Hausfrau und eventuell auch Mutter zu sein.

Ich kenne mich gar nicht, durchzuckte sie der Gedanke, ein Gedanke, so neu und ungeheuerlich, dass sie schauderte. Ich weiß nicht, wo meine Fähigkeiten liegen, meine Neigungen. Was kann ich denn? Was will ich? Was könnte ich mir vorstellen?

Nie hatte sie die Fantasie von sich als einer berufstätigen Frau gehabt. Warum auch? Nur Frauen, die Geld brauchten, arbeiteten. Oder etwa nicht? Nein, gab sie sich die Antwort und dachte an Frauen wie Marie Curie, an Rosa Luxemburg, an Bertha von Suttner. Frauen eroberten die Hörsäle, um zu studieren, gründeten Parteien und Verbände, reisten um die Welt, steuerten Rennautos und sogar Flugzeuge. Und sie saß hier und war allein kaum überlebensfähig.

Ein lautes Lachen riss sie aus ihren düsteren Gedanken, Louise wandte sich um, blickte zur Theke und beobachtete die Frau, die so laut gelacht hatte. Fröhlich und selbstbewusst stand diese inmitten ihrer Kolleginnen, hatte den Kopf zurückgeworfen und lachte lauthals, ohne sich zu schämen oder den offenen Mund züchtig zu bedecken, wie man es Louise von Kindesbeinen an eingebläut hatte. So offen zu lachen war ordinär, sagte ihre Mutter. Aber ordinär wirkte die ausgelassene Heiterkeit der Bartenderinnen keineswegs. Die Frauen wirkten selbstbewusst, strahlten Stärke aus, als könnte nichts sie einschüchtern.

Louise kam sich vor wie eine dumme Gans.

Sie nahm den Brief an ihre Mutter, den sie angefangen hatte, aber mit dem sie nicht recht weitergekommen war, und riss ihn in kleine Fetzen. Nichts als Jammerei und Selbstmitleid troff aus den Zeilen. Sie ekelte sich vor sich selbst. War sie wirklich so unnütz, wie sie sich gab? War sie nicht in der Lage, ihr Leben in die eigene Hand zu nehmen? Konnte sie nichts anderes, als in Elend zu zerfließen, weil sich herausgestellt hatte, dass sie in blinder, dummer Liebe einem Mann ergeben war, der nichts Besseres zu tun hatte, als sie mit einem Haufen Schulden ohne eine einzige Mark sitzen zu lassen?

Du bist ein elendes, einfältiges Huhn, Louise Dumont, schimpfte sie mit sich, jetzt hoch mit dem Kopf, Ärmel hochgekrempelt und an die Arbeit! Nimm dein Leben in die eigene Hand!

Wenn dein neues Leben allerdings mit dieser Kaschemme beginnt, dann gute Nacht. Louise blickte auf den Eingang zu *Mo's London Tavern*. Ein heruntergekommenes Etablissement, ohne Frage. In einer winzigen Nebenstraße der Großen Freiheit fristete es sein düsteres Dasein, um ein Haar wäre Louise daran vorbeigelaufen. Der Weg vom Spielbudenplatz hierher hatte sie an unzähligen großen Vergnügungstempeln vorbeigeführt, die mit Varietédarbietungen, mit Shows und Kapellen in Hallen lockten, in denen drei- bis fünfhundert Menschen feiern konnten! In den Straßen links und rechts der Reeperbahn pochte nicht nur das sündige Herz der Hansestadt, hier zelebrierten die sonst so zugeknöpften Hamburger das Leben. Fasziniert hatte Louise die Ankündigungstafeln gelesen, das Hippodrom versprach Reiterdarbietungen, in einem Tanzpalast wurden Motto-Feste veranstaltet. In dieser Ecke Hamburgs kam niemand zu kurz, der sich amüsieren wollte – auch auf niveauvolle Art.

Doch die Kaschemme, auf deren schmuddelige Scheiben sie nun starrte, war aus einer anderen Welt. Das niedrige Haus, in dem die Taverne untergebracht war, lag etwas zurückgesetzt von der Gasse. Über der Gaststätte war lediglich ein einziges Stockwerk, das Gebäude musste ein Überbleibsel aus der Zeit vor dem Bau der Mietskasernen drum herum sein. Vielleicht war es einmal eine kleine Manufaktur gewesen, dachte Louise und erinnerte sich an die Kupferstiche im Büro ihres Vaters, die die familieneigene Porzellanmanufaktur in ihren Anfängen zeigten. Auch ihre Familie hatte zwei Jahrhunderte zuvor klein angefangen, wo einstmals ein kleines einstöckiges Gebäude die Herstellung beherbergte, war einige Generationen später ein lang gestrecktes Fabrikgebäude entstanden, in dem mehrere Hundert Arbeiter und viele Öfen untergebracht waren.

Dem kleinen, einstmals weiß getünchten, heute vom Ruß geschwärzten Backsteinhaus, vor dem Louise nun stand, war seine frühere Verwendung nicht mehr anzusehen, aber was jedem Betrachter sofort ins Auge sprang: Das Etablissement, das sich heute darin befand, war nicht vertrauenerweckend. Es war schmutzig, armselig, eine schreckliche Absteige.

Louise zögerte. Sie hatte sich vorgestellt, dass mindestens eine normale Schankwirtschaft sie erwartete, etwas, das ihr einen kleinen Start ermöglichen konnte. Auf dem Weg hierher hatte sie sich sorgfältig zurechtgelegt, was sie sagen würde, nachdem sie dem Wirt den Schuldschein vorgelegt hätte. Sie stellte sich eine Umsatzbeteiligung vor, eine wenn auch noch so geringe Einkommensquelle, immerhin etwas, auf das sie würde aufbauen können. Aber diese Bruchbude?

»Was gibt's zu sehen, Lady?«

Erschrocken wich Louise zurück. Aus einem der blinden Fenster über dem Gastraum blickte ein Mann auf sie herab. Wirres weißes Haar, ein vollkommen zerknautschtes Gesicht, das es unmöglich machte, sein Alter einzuschätzen. Louise sah zu ihm hinauf, und noch bevor sie antworten konnte, knallte der Alte das Fenster zu, um kurz darauf an der Tür zur Taverne zu erscheinen. Er schien noch wendig zu sein, denn es war kaum Zeit dazwischen vergangen.

Warum war sie geblieben? Später dachte Louise immer wieder an diesen Moment zurück, den Moment, an dem ihr weiteres Schicksal seinen Lauf genommen hatte. Erneut ein Wendepunkt, der so schnell auf den ersten – die Todesnachricht von Viktor – folgte und ihrem Leben eine unerwartete Richtung gab.

Anstatt wegzulaufen, sich einfach umzudrehen und die Vergeblichkeit ihres Vorhabens einzusehen, ging Louise ein paar Schritte auf den unansehnlichen Menschen zu. Vielleicht, weil dieser Mann das einzige Bindeglied zu Viktors Vergangenheit war. Vielleicht auch, weil sie hoffte, dass alles weniger vergeblich war, als es auf den ersten Blick aussah, vielleicht aber auch, weil sie an einem Punkt in ihrem Leben angekommen war, an dem es kein Zurück gab.

»Mortimer Stackleton?«

Sein Blick tastete sie misstrauisch von Kopf bis Fuß ab. »Wer will das wissen?«

»Louise Dumont. Sie kannten meinen Mann, Viktor.«

Der Gesichtsausdruck des Alten veränderte sich schlagartig. Sein Misstrauen wich Überraschung, ja, er begann zu lachen, ein knarzendes Kichern, dem Meckern einer Ziege gleich, nahm von seinem verhärmten Körper Besitz und schüttelte die ganze Elendsfigur ordentlich durch. Als er sich etwas beruhigt hatte, trat er einen Schritt beiseite und machte eine übertrieben devote Geste, um Louise in die Taverne zu bitten. »Treten Sie ein, Madame Dumont. Was immer Sie zu mir führt.«

Unsicher trat Louise über die Schwelle. Der Gestank von saurem Bier, von Rauch und Holzkohle empfing sie. Der Boden der Kneipe war starr vor Dreck, Kautabakklumpen klebten darauf, breitgetreten, als gehörten sie zum Bodenbelag. Der Gastraum war klein, vier Tischchen passten rein, die Theke aus schwarzem Holz bot Platz für höchstens sechs Gäste nebeneinander. Die Decke war niedrig, der kleine Holzofen in der Ecke hatte sie mit seinem Rauch dunkel eingefärbt. Um nichts in der Welt würde Louise hier etwas anfassen wollen, sie blieb mitten im Raum stehen, damit der unangenehme Kerl an ihr vorbeigehen konnte und ihr nicht den Weg zur Tür hinaus versperrte. Doch der Alte hatte die Eingangstür geschlossen und blieb auf der Schwelle stehen. Er hatte einen Lumpen in den Hosenbund gesteckt, an welchem er sich nun seine Hände rieb – sauber würden sie davon nicht werden, dachte Louise, höchstens trocken.

»Soso, der gute Viktor. Wie geht es denn meinem alten Freund?«

Freund? Louise sah ihn skeptisch an. Dann holte sie den Schuldschein aus ihrer Handtasche. »Er ist tot.« Sie legte den Zettel auf die verklebte Theke. »Und ich bin als Witwe berechtigt, Ihre Verpflichtung ihm gegenüber einzufordern.« Besser, sie drucktste nicht lang herum, sondern legte ihre Karten gleich auf den Tisch, dann würde sie diesen schrecklichen Ort rasch wieder verlassen können.

Doch Stackleton blieb völlig unbeeindruckt. »Mein Beileid. Allzu trauernd kommen Sie mir nicht vor.« Er trat einen Schritt näher, Louise wich zurück. Nervös schielte sie auf die Tür.

Der Wirt schnappte sich den Zettel vom Tresen, warf einen kurzen Blick darauf, lachte trocken, knüllte das Papier zusammen und warf es in eine Ecke. »Und Sie denken, Sie könnten hier auftauchen und mir meine Kneipe wegnehmen?« Er rückte ihr noch einen Schritt weiter auf die Pelle. Louise stieß mit dem Rücken an den Tresen, sie stand eingekeilt zwischen zwei Stühlen. Der ungepflegte Mann schob sein Gesicht so nahe an sie heran, dass sie seinen nach Friedhof stinkenden Atem roch. Widerlich.

»Ich sag Ihnen was. Ihr Mann war ein Betrüger. Ein Falsch-spieler. Der Wisch hat keinen Wert. Überhaupt keinen.« Er schnaubte. »Und selbst wenn, schauen Sie sich um. Wollen Sie einem nackten Mann in die Tasche greifen?«

Er packte ihr linkes Handgelenk, seine Krallenhand war kräftig, er tat ihr weh.

Louise versuchte, sich von ihm zu lösen, aber er kam noch näher an sie heran, drückte sie mit seinem Körper an den Tre-sen, sodass sie zwischen diesem und dem Mann eingeklemmt war.

»Na los doch, holen Sie sich, was Ihnen gehört.« Gewaltsam drückte er ihre Hand in seinen Schritt, Louise war starr vor Angst, noch nie im Leben war sie in eine ähnliche Situation geraten, sie schrie nicht, und sie kämpfte nicht, alles, was sie in ihrer Lähmung zustande brachte, war, sich weiter zurück-zubeugen und die Augen zu schließen. Sie spürte voller Ekel, dass sich das Geschlecht des Widerlings ihr entgegendrückte, mit der freien Hand presste sie gegen die Brust des Mannes. »Nicht!«

»Schrei doch, meine Kleine.« Stackleton war zäh und stark, er packte nun auch ihre andere Hand, drehte ihr diese mit einer schnellen Bewegung auf den Rücken.

Schmerz durchzuckte Louise, nahm ihr einen Moment den Atem, doch dann erwachte sie aus ihrer Lähmung. Sie versuchte, sich aus dem Griff zu befreien, drehte sich fort von dem Wider-ling, aber der Wirt war behände und nutzte diese Bewegung zu seinen Gunsten. Er riss ihren Arm auf dem Rücken noch etwas höher, als wollte er ihr die Schulter auskugeln, dabei drückte er ihren Körper – sie stand nun mit dem Rücken zu ihm – herun-ter. Ihre rechte Hand hatte er losgelassen und schob nun ihren Rock nach oben, Louise trat nach hinten aus wie ein Pferd.

Aber Stackleton lachte nur. »Mach nur, mein Pferdchen, wehr dich, ich mag es, wenn sie Temperament haben.«

In diesem Moment geschah alles gleichzeitig. Wie eine enorme Explosion, die alles mit sich riss, keinen Stein auf dem anderen ließ und das Gefühl für die Ordnung der Dinge auslöschte.

Louise schrie. Ein tierischer Laut drang aus ihrem Körper, ein Ton, den sie nie zuvor von sich gehört und von dessen Kraft sie keine Ahnung gehabt hatte.

Zugleich mit dem Schrei trat sie noch ein einziges Mal nach hinten, traf Stackleton empfindlich, der von ihr abließ, zurücktaumelte, geradewegs mit dem Rücken zur Tür, die sich im gleichen Moment geöffnet hatte.

Ein Mann stand in der Kaschemme, Louise nahm aus dem Zwielicht der Kneipe seine Umrisse gegen den hellen Tag vor der Tür wahr. Er packte den Wirt am Schlafittchen, dieser zauberte aus dem Nichts ein Messer hervor, es hatte vielleicht in seinem Stiefelschaft gesteckt, und stieß es in Richtung des Fremden, verfehlte ihn aber knapp. Louise rappelte sich indes auf und riss aus dem Regal hinter dem Tresen eine Flasche. Der Neuankömmling stieß Stackleton von sich, der taumelte, stolperte, stieß im Fallen mit dem Kopf an die Ecke des Tresens, was ein ebenso hässliches Geräusch erzeugte wie die Flasche, die Louise ihm zugleich auf den Kopf schlug.

Mit einem Ächzen fiel der Wirt zu Boden. Louise wandte sich ab, glaubte, sich übergeben zu müssen, ihr Kopf drohte zu platzen, die Kehle fühlte sich an wie aus Sandpapier, ihre Knie zitterten, und sie glaubte, sich kaum auf den Beinen halten zu können. Aus den Augenwinkeln beobachtete sie den Fremden, der neben dem am Boden liegenden Unhold kniete und zwei Finger an dessen Hals gepresst hielt. Jetzt erst fiel ihr auf, dass ihr Retter nur einen Arm hatte.

»Er ist tot.« Der Einarmige blickte zu ihr hoch. »Er ist tot«, wiederholte er, als könnte er es selbst nicht glauben.

Louise blickte auf den leblosen Körper von Mortimer Stackleton, sah eine Wunde an der Schläfe, aus der etwas Blut sickerte, das wirre weiße Haar, in dem kleinste Glasscherben glitzerten, den zur Fratze verzogenen Mund, die weißen Bartstoppeln, und sie spürte kein Bedauern. Kein Mitleid, ja, nicht einmal Schrecken. Alles, was sich in ihrem Brustkorb ausbreitete, war Kälte.

8.

Blut floss leise und rot aus der Schläfenwunde, ein kleines Rinnsal nur, bald würde es ganz versiegen, denn das Herz von Mortimer Stackleton pumpte kein Blut mehr, es stand still. Die glitzernden Glassplitter im Haar des Toten erinnerten Paul an eine gefrorene Schneedecke in der Sonne. Eine romantische Assoziation, die so wenig zu der Situation passen wollte.

Paul nahm die Finger vom Hals des Wirtes und schüttelte den Kopf. Die junge Frau starrte den Toten an, sie war von ihm abgerückt, presste sich mit dem Rücken an die Wand, ihre Augen geweitet. Ihr Gesicht war weiß, kreidebleich, aber der Ausdruck darauf ... Seltsam, Paul schien es, als betrachtete sie den Toten mit Kälte und Abscheu, nicht etwa mitleidig oder gar angstvoll. Er erhob sich und machte einen Schritt hinter die Bar, nahm zwei Gläser und goss Korn hinein. Einen Fingerbreit, ach nein, lieber zwei. Dann reichte er der Unbekannten das Glas.

»Trinken Sie. Das beruhigt die Nerven.«

Er setzte sein Glas an die Lippen, doch dann besann er sich eines Besseren, kippte das Zeug in den Ausguss. Er behielt besser einen klaren Kopf, außerdem wollte er dem Alkohol abschwören.

»War ich das? Habe ich ihn ... getötet?«

Er sah zu ihr hinüber. Ihre Hand, die das Glas hielt, zitterte. Eine hübsche Frau, jung, vielleicht in seinem Alter, nicht zu groß, nicht zu klein, schöne dunkelblonde Haare. Sie war weder zierlich noch stämmig, ihr Gesicht wohlgeformt, eher gefällig als außergewöhnlich. Auf der Straße wäre sie ihm nicht aufgefallen, doch bei genauerer Betrachtung war sie sehr apart. Ohne Zweifel kam sie aus einer anderen Schicht. Eine Bessergestellte, sie gehörte nicht hierher, in dieses Drecksloch. An ihrem schlichten, aber gut gearbeiteten Kleid, ihrem feinen Teint, der eleganten Hochsteckfrisur erkannte Paul, dass sie aus gutem Haus stammte.

Behutsam ging er vor ihr wieder in die Hocke. »Ich glaube nicht. Er ist gegen den Tresen gefallen. Es war ein Unglück. Wir müssen die Polizei rufen.«

»Nein!« Sie machte eine so heftige Bewegung mit der Hand, dass der Schnaps herausschwappte.

Paul zog fragend die Augenbrauen nach oben. Aber er entgegnete nichts, sah die Frau nur an. Wer war sie? Was tat sie in dieser schrecklichen Kaschemme, was hatte sie mit Mo zu schaffen? Und wieso hatte eine Frau wie sie Angst vor der Polizei?

»Keine Polizei, bitte, ich bitte Sie.«

Egal, was die junge, verängstigte Frau vor ihm auf dem Kerbholz hatte oder was sonst der Grund für ihre Furcht war – auch für ihn war die Lage verzwickt. Sein erster Instinkt als ehemaliger Polizeibeamter war selbstverständlich, in einer Situation wie dieser nach den Gesetzeshütern zu rufen. Doch je länger er darüber nachdachte, desto weniger hielt er selbst von der Idee, die Kollegen zu alarmieren. Auch wenn die Sache für ihn klar war – ein Unfall –, so war nicht gesagt, dass er und die Frau ungeschoren aus der Sache rauskommen würden. Er hatte mit Mortimer gekämpft, und auch wenn dieser ein Messer gezogen hatte – er hatte ihn von sich gestoßen, gegen den Tresen. Und die Frau hatte den Kerl niedergeschlagen. Überdies: Paul hatte ein Motiv! Den langen Schuldenzettel, den der Wirt irgendwo aufbewahrte. Wie sah das aus? Ein ehemaliger Polizist, der aus dem Dienst entlassen worden war und jeden Halt verloren hatte. Der soff, seine Frau verließ und sein Temperament nicht immer im Griff hatte. Nein, beschloss Paul, diese miserable Situation würde er anders lösen müssen.

»Sie müssen mir helfen.« Er streckte die Hand nach ihr aus, wollte sie vorsichtig berühren, aber sie wich kaum merklich vor ihm zurück. »Wir müssen ihn verschwinden lassen. Niemand vermisst ihn. Er hat hier keine Familie.« Und keine Freunde. Paul dachte an die Seemänner, mit denen er Abend für Abend getrunken hatte. Würden sie sich an den griesgrämigen Wirt erinnern oder ihn gar vermissen? Sicher nicht.

»Aber das ist ... nicht richtig.« Ihr Blick huschte von ihm zur Leiche und wieder zurück.

»Nein. Das ist nicht richtig. Aber Sie wollen keine Polizei. Und ich glaube auch, dass wir uns damit keinen Gefallen tun. Es ist nicht gesagt, dass uns irgendjemand Glauben schenkt, dass es ein Unfall war. Wir haben gekämpft, und das erkennt jeder Trottel auf den ersten Blick. Wir können ihn aber nicht einfach hier liegen lassen.«

Jetzt endlich kippte sie den Schnaps beherzt in einem Zug hinunter. Atmete tief aus und sah ihm direkt ins Gesicht. »Was haben Sie vor?«

Die Holzstiege in den Keller war steil und ausgetreten. Paul stand auf der vierten Stufe von oben, seinen gesunden rechten Arm hatte er unter die rechte Achsel des Toten geschoben, die Frau hielt die Beine an den Knöcheln gepackt. Paul warf einen Blick nach unten. Ein rabenschwarzes Loch gähnte ihm entgegen. Er hoffte, dass sie es mit der Leiche nach unten schafften. »Los geht's!«

Obwohl Mortimer Stackleton ein dürres Klappergestell war, schien er Tonnen zu wiegen. Paul hatte alle Mühe, das Gewicht des nach unten rutschenden Körpers zu halten, er stemmte sich mit aller Kraft dagegen. Die Frau konnte die Füße kaum halten, sie musste tief in die Hocke gehen, die Anstrengung stand ihr ins Gesicht geschrieben.

»So wird das nichts. Lassen Sie los, und kommen Sie zu mir. Wir ziehen ihn gemeinsam.«

Sie zwängte sich an Stackleton vorbei und kam zu Paul, schob ebenso wie er einen Arm unter die andere Achsel des Toten. Die Augen kniff sie zu, und er konnte merken, wie sie flach durch den Mund atmete. Der Tote stank. Er hatte zu Lebzeiten gestunken, nach ungewaschener Haut, nach Tabaksaft und billigem Fusel, und der Tod machte es nun nicht besser. Aber alle Achtung, dachte Paul, während sie in gemeinsamer Anstrengung die Leiche die Kellertreppe hinunterzogen, sie ist zäh und hart im Nehmen. Ihm verlangte diese Aktion einiges ab, an Kraft, an geistiger Stärke. Und er war ein Mann! Ein Polizist zudem, der bereits sehr schwierige und bedrohliche Situationen erlebt und durchgestanden hatte.

Er wusste nichts über sie, weder ihren Namen noch woher sie kam. Aber in wortlosem Einverständnis schien ihnen beiden klar, dass es besser war, einander fremd zu bleiben. Sie trugen beide Schuld am Tod des Mannes, und auch wenn sie nicht willentlich gemeinsame Sache gemacht hatten, so konnte man ihnen genau dies vorwerfen. Besser, sie blieben ohne Kontakt zueinander, dann würde auch niemals irgendjemand eine Verbindung zwischen ihnen herstellen. Geschweige denn, jemand würde die Leiche finden.

Paul hatte direkt nach seinem Entschluss, den toten Körper Mortimer Stackletons verschwinden zu lassen, einen Plan entwickelt. Er war gewiss, dass kein Mensch nach dem Wirt suchen würde. Mortimers »Geschlossen«-Schild hatte er an die Tür gehängt und diese sogleich von innen verriegelt. Alle Fensterläden zugeklappt, sodass niemand von draußen einen Blick auf ihr Treiben werfen konnte. Jetzt mussten sie den Körper loswerden, danach würde er im Schankraum die Spuren des Kampfes beseitigen.

Mortimer Stackleton besaß nicht nur die Räume, in der sich seine Taverne befand, auch die Wohnung darüber und der kleine Gewerbehof dahinter gehörten ihm. Das wusste Paul, denn der Verstorbene hatte sich oft genug damit gebrüstet, dass er es zu bescheidenem Wohlstand gebracht hatte. Was er eben als Wohlstand ansah. Von Familie – eine Frau hatte der Tote sicher nicht – war niemals die Rede gewesen. Und wenn – Stackleton stammte aus dem Vereinigten Königreich, niemand würde ihn dort vermissen. Wenn die Kneipe also vorerst geschlossen bliebe, würde keiner Verdacht schöpfen. Erst nach Wochen oder Monaten würde sich vielleicht einer der benachbarten Betriebe bei der Polizei melden, und dann würden die Behörden mit Sicherheit annehmen, Stackleton sei dorthin zurückgekehrt, wo er herkam: ins Königreich Großbritannien. Einzig der Brauerei würde auffallen, dass der Wirt keine Bierlieferung mehr annahm. Paul würde sich also darum kümmern müssen. Er würde der Brauerei einen Brief im Namen Stackletons schreiben, dass er bis auf Weiteres nicht im Lande sei. Nicht nur einmal hatte Paul beobachtet, dass Mortimer die Lieferungen jedes Mal an Ort und Stelle beglich, er hatte ein dickes Bündel Scheine in seiner Kasse, er erwartete also auch kein Problem mit eventuell nicht bezahlten Rechnungen.

Paul war in seine Gedanken verstrickt, sodass er die Anstrengung, die es ihnen bereitete, den leichenstarren Toten die Stiege hinunterzuwuchten, kaum wahrnahm, erst als sie auf dem feuchten Boden des Erdkellers angelangt waren und die Frau neben ihm erleichtert aufstöhnte, kehrte er wieder in die Realität zurück.

Der Erdkeller war finster und muffig. Feuchtigkeit kroch aus dem nicht befestigten Boden empor, ein schleifendes Geräusch ließ darauf schließen, dass Ratten an den Wänden entlangliefen und sich vor den menschlichen Eindringlingen in Sicherheit brachten.

Paul versuchte, sich in der Dunkelheit zu orientieren. Langsam zeichneten sich im Schwarz Regale und Fässer ab, er erkannte eine Petroleumlampe am Fuß der Treppe. Es musste hier noch einen anderen Zugang geben, die Brauerei lieferte die Bierfässer über den Hof an, von wo die Fässer in den Keller gerollt wurden und Stackleton sie auf diesem Wege auch wieder nach oben in den Schankraum brachte. Paul kramte in seiner Hosentasche. Zündhölzer hatte er immer dabei, eine Gewohnheit von ihm, obwohl er nicht rauchte. Aber ein kleines Klappmesser und die Möglichkeit, jederzeit irgendwo Licht oder ein Feuer zu machen, waren zur festen Ausrüstung geworden – das stammte noch aus Kindertagen, als Michael und er gemeinsam unbekanntes Terrain erkundet hatten. Den Gedanken an seinen Bruder schob Paul jetzt zur Seite, er klemmte sich die Schachtel unter den Stumpf, entnahm ihr ein Streichholz, das er entzündete und schließlich an den Docht der Lampe hielt. Er hob sie hoch und schwenkte sie einmal rundherum. Der mildgelbe Schein fiel auf das Gesicht der Unbekannten. Sie war ebenso wie er schweißüberströmt, aber sie wirkte weniger mitgenommen als vorhin. Er ließ sich vor ihr in der Hocke nieder, während sie sich auf die Stiege setzte.

»Sie sind sehr tapfer.«

Ihre Augen richteten sich auf ihn, sie wich seinem Blick nicht aus, er las Furcht und Unsicherheit darin, aber auch Neugier. Gegen jede Vernunft entschied er sich dafür, sie nicht in der Ungewissheit zu belassen. Sie hingen hier beide drin, sie hätte auch fliehen und ihn in dem Schlamassel sitzen lassen können. Aber sie war geblieben.

»Ich bin Paul.« Er versuchte ein Lächeln. »Vielleicht ist das kein guter Zeitpunkt, um sich vorzustellen, aber ich möchte Ihnen sagen, dass Sie keine Angst vor mir haben müssen.«

Leichter gesagt als getan, die Frau wäre beinahe vergewaltigt worden und saß nun mit einem Unbekannten und einer Leiche im düsteren Keller einer Kaschemme. Eine Situation, in der selbst ihm mulmig zumute wäre.

»Louise.«

Sie streckte ihm eine Hand hin. Er nahm sie und drückte sie sanft. Ihre Haut war eiskalt, obwohl sie schwitzte. Paul wusste nicht weiter. Was sollte er sagen? Mehr als seinen Vornamen wollte er nicht preisgeben.

»Was machen wir jetzt mit ihm?« Louise nickte zu Stackleton, gleichzeitig verzog sich ihr Mund angewidert.

»Lassen Sie das meine Sorge sein. Es ist besser, wenn Sie jetzt gehen. Ich kümmere mich darum.«

»Ja. Ich verstehe.«

Aber sie blieb sitzen und starrte auf die Leiche. Eine Zeit lang schwiegen sie. Obwohl das, was sie in der vergangenen halben Stunde miteinander erlebt und durchlitten hatten, schlimmer nicht sein konnte, spürte Paul eine seltsame Verbundenheit mit dieser Fremden, ja, er vertraute ihr, obwohl er keinen Anlass dazu hatte, er wusste nichts von ihr. Und sie ebenso wenig von ihm. Und dennoch floh sie nicht, sie schien ihm ebenfalls zu vertrauen. Jedenfalls zeigte sie keine Furcht vor ihm.

»Ich weiß nicht, wohin«, brach Louise schließlich das Schweigen. »Ich habe … ich bin in einer schlimmen Lage. Ich kann es Ihnen nicht erklären, aber mein Mann …« Tränen glitzerten in ihren Augenwinkeln. »Mein Mann ist verschwunden. Spurlos. Vielleicht ist er tot. Ich habe nichts.« Sie sah ihn an, wischte sich die Tränen aus den Augen, und dann sprudelte es nur so aus ihr heraus. Sie erzählte Paul, dass sie nur auf der Durchreise in Hamburg war, ein Fremder habe sie über den Tod ihres Mannes informiert, aber sie glaube, dieser sei nur untergetaucht. Dass sie niemanden kannte, dass sie Schulden im Hotel hatte und aus diesem geflohen war. Jetzt wusste sie nicht, wo sie in dieser großen, fremden Stadt bleiben sollte. Was für eine Räuberpistole, kam es Paul in den Sinn, konnte das stimmen? Aber Louise kam ihm nicht vor wie eine, die sich Hirngespinste ausdachte. War das eine Finte? Aber warum? Wieso sollte sie ihn aufs Kreuz legen wollen? Dafür gab es keinen Grund. Was auch immer die Wahrheit war, Louise – wenn das überhaupt ihr richtiger Name war – brauchte ohne Zweifel Hilfe. Sie war vollkommen durcheinander, und das offenbar nicht erst, seit Stackleton versucht hatte, ihr etwas anzutun, und dann ums Leben kam. Etwas im Leben dieser jungen Frau war ganz und gar aus dem Ruder gelaufen. Und wenn einer dafür Verständnis hatte, dann war er das, Paul Klinker.

In diesem Moment hörten sie von oben Stimmen. Jemand rüttelte an der Tür, wollte anscheinend nicht glauben, dass die Kneipe geschlossen war. Paul legte den Finger über seine Lippen, Louise nickte. Sie konnten die Schenke nicht einfach so verlassen. Nicht bei Tageslicht und nicht durch den Vordereingang. Wenn jemand sie sah – und das war in dieser belebten Gegend wahrscheinlich –, dann würde er sich auch an sie erinnern. Nein, beschloss Paul, ihnen blieb nichts anderes übrig, als bis zum Einbruch der Dunkelheit auszuharren. Louise schien ähnliche Gedanken zu haben, sie lauschte angestrengt und hielt Paul am Ärmel fest. Als sie sicher waren, dass die Männer sich entfernt hatten, verständigten sie sich flüsternd. Paul zeigte auf die Luke für die Bierfässer und erklärte Louise, dass er es für besser hielt, wenn sie erst im Schutz der Dunkelheit auf die Straße gingen. Dann, wenn sich die Straßen Sankt Paulis mit Vergnügungssüchtigen gefüllt hatten.

»Aber es wird frühestens in drei Stunden langsam dunkel.« Obwohl sie flüsterte, überschlug sich fast ihre Stimme. »Ich muss einen Platz für die Nacht finden. Auf keinen Fall werde ich mit dem Toten und den Ratten in diesem Loch sitzen bleiben.«

»Ich zwinge Sie zu gar nichts.« Paul verstand sie gut. Er hätte den Nachmittag auch gerne anders verbracht. Eugen hatte ihm heute früher freigegeben. Und er hatte gedacht, dass er einen Teil seiner Schulden bei Mo rasch bezahlen und sich danach erfreulicheren Dingen zuwenden konnte. Hinnerk Macke und seine jugendliche Diebesbande verfolgen zum Beispiel. Nun saß er hier fest und hatte ein übles Problem am Hals. »Aber ich rate Ihnen, vorsichtig zu sein. Niemand sollte Sie sehen, wie Sie hier rausgehen.«

Louise nagte an ihrer Unterlippe. »Ich muss hier weg.« Ihre Stimme erstarb.

Paul fasste sich ein Herz. »Ich lasse Sie raus.« Er zeigte auf die Schräge, die in den Hof führte. »Seien Sie vorsichtig.«

Sie nickte, wischte sich über die Augen, nahm ihre Tasche und stand auf. »Und Sie? Was machen Sie jetzt?«

»Fragen Sie nicht. Je weniger wir voneinander wissen, desto besser.« Und ich hoffe für dich, dass wir uns nie wiedersehen, fügte er im Stillen hinzu. Mit einem Stemmeisen brach er das Schloss auf, das die Hintertür versperrte. Es machte einen Höllenkrach, und Paul betete, dass niemand misstrauisch würde. Oben hatten sie noch mehr enttäuschte Gäste gehört, die versucht hatten, in die Kneipe zu kommen. Langsam nahm der Betrieb auf den Straßen rund um Reeperbahn und Große Freiheit Fahrt auf, die ersten Seeleute brachten ihre Heuer unters Volk. Paul öffnete die Luke einen Spalt. Der kleine Innenhof, der zu Mortimers Gewerbeeinheit führte, war leer. Paul warf einen Blick zu den benachbarten Mietshäusern. Aus den Fenstern von Seitenflügel und Rückgebäude hatte man beste Einsicht auf den Hof. Wenn die Frau hier rausging, war die Chance, entdeckt zu werden, nicht eben gering. Aber sie hatte sich dafür entschieden, und er wollte sie nicht aufhalten.

Er winkte sie zu sich. »Da rüber!« Er zeigte quer über den Hof. »Zwischen dem Gebäude und der Mauer ist ein kleines Tor, das zum Hinterhof der Nachbarn führt. Klettern Sie drüber, es ist nicht hoch. Dann schlendern Sie so unauffällig wie möglich raus. Sie landen auf der Großen Freiheit.«

»Auf Wiedersehen!« Sie reichte ihm die Hand, er schüttelte sie. Der förmliche Abschied war lachhaft – hatten sie nicht gerade gemeinsam einen Mann ums Leben gebracht? Und versucht, die Leiche zu verstecken?

»Ich sage lieber Lebewohl.« Paul drückte ihre Hand einmal fest, dann ließ er los. Konnte er in ihren Augen ein Lächeln erkennen? »Und eines noch: Gehen Sie zum Grünen Haus. Am Hafen. Dort bekommen Sie Hilfe. Ganz sicher. Fragen Sie nach Theresa.«

Er blickte ihr nach, sah, wie die schmale kleine Gestalt über den Hof lief und in der Ecke verschwand, die er ihr gezeigt hatte.

Sie drehte sich nicht um.

Sie hinterließ tausend Fragen in seinem Kopf.

Und ein winziges Loch in seinem Herzen, wie er erstaunt feststellte.

9.

Was für ein Treiben! Ella stand auf dem Perron und ließ die Menschen an sich vorbeiziehen. Sie brauchte ein wenig Zeit, um sich zu orientieren. Der Hamburger Hauptbahnhof war riesig, unübersichtlich, vorne Treppen, hinten Treppen, so viele Gleise nebeneinander. Züge fuhren schnaufend ein, andere verließen unter Dampf den Bahnhof. Reisende hasteten hierhin und dorthin, wie von einer geheimen Macht choreografiert.

Ella hatte keine Vorstellung von Hamburg gehabt, aber jetzt ahnte sie, dass sie nicht auf die Größe der Stadt vorbereitet war. Principessa saß in ihrem Weidenkorb, glubschte neugierig über den Rand und traute sich nicht heraus.

Endlich setzte Ella sich in Bewegung. Sie folgte aufs Gerate-
wohl einer Gruppe Reisender, die fröhlich plappernd, aber
zielstrebig in eine bestimmte Richtung lief, bevor sie doch wieder stehen blieb. Ellas Glieder waren steif von der langen Zugfahrt, fast eine Nacht und einen Tag war sie unterwegs gewesen, hatte viele Stunden auf der unbequemen Holzbank
ausgeharrt. Glücklicherweise konnte sie sich nachts darauf
hinlegen, dennoch hatte sie kaum ein Auge zugetan. Was weniger an der unbequemen Lage als vielmehr an ihrer Aufregung lag. Immer wieder setzte sie sich auf und linste durch die
Vorhänge nach draußen. Bestaunte jeden Bahnhof, an dem der
Zug hielt. Wie sich die Namen und die Landschaft, aber auch
die Passagiere veränderten! Von Galizien fuhren sie durch
Schlesien, Böhmen, Sachsen, Preußen einmal quer durchs
halbe Deutsche Kaiserreich, bis sie nun im hohen Norden gelandet war. Ein sehr netter Herr, der in Breslau zugestiegen
war und sich ihr als Herr Oberlehrer Speck vorstellte, erkannte, dass diese Orte, Länder und Landschaften für Ella
fremd waren, beinahe zu allem wusste er eine Geschichte, und
es schien ihm Spaß zu bereiten, sein Wissen mit Ella zu teilen,
die begierig jede neue Information aufsaugte. Gott, wie groß
die Welt doch war und wie unwissend sie! Schon als Mädchen
war es ihr größter Traum gewesen, zur Schule zu gehen, rechnen und lesen zu lernen, aber in ihrer dreizehnköpfigen Familie musste dies ein Wunschtraum bleiben. Ihre Bildung hatte
sie von anderen armen und ungebildeten Mädchen erhalten, sie
hatten ihr kleines Wissen weitergegeben und dadurch für jede
verdoppelt. Teilen konnte Ella, Rechnen bereitete ihr großes
Vergnügen. Und nun erfuhr sie also etwas über Geschichte,
über Länder und Landschaften, Herrscher und Politik. Atemlos hörte sie den Ausführungen des Lehrers zu und meinte
förmlich zu spüren, wie ihr Gehirn wuchs und seine Muskeln
anspannte.

In Berlin verließ der Mann den Zug, er lüpfte seinen Hut, deutete eine kleine Verbeugung an und sagte: »Gehaben Sie sich wohl, meine Dame.«

Meine Dame! Noch nie zuvor hatte jemand sie Dame genannt! Natürlich war sie keine Dame, aber vielleicht konnte sie eine werden? In Berlin hatte der Zug auch eine einstündige Pause gemacht, neue Waggons wurden angekoppelt, und Ella hatte die Zeit genutzt, um sich die Beine zu vertreten und für sich und Principessa Reiseproviant zu besorgen. Außerdem hatte der nette Lehrer Speck sie darauf aufmerksam gemacht, dass sie bei einer Wechselstube im Bahnhof ihre österreich-ungarischen Kronen gegen deutsche Mark umtauschen sollte. Das Geld in ihrem Mieder schmolz dahin, aber Ella war zuversichtlich, dass sie bald ihr erstes Geld verdienen würde, also machte sie sich nicht allzu große Sorgen.

Und nun war sie am unbekannten Ziel ihrer Reise angekommen – Hamburg. Stand in der imposanten Wandelhalle des Hamburger Hauptbahnhofs und staunte ob der Größe. Gusseiserne Streben ragten in luftige Höhen wie in einer Kathedrale und trugen das gewölbte Dach, zum Teil war es aus Glas und gab den Blick auf einen hellblauen Himmel frei. Tauben flogen dort oben von Querpfeiler zu Strebe, sanft gurrend, unten liefen die Menschen, warfen einen Blick auf große Anzeigetafeln, suchten eines der Restaurants auf, kauften Billetts, saßen auf Bänken, um auf ihre Züge zu warten, oder hasteten blicklos durch die Halle.

»Auf geht's, meine Kleine.« Ella warf sich resolut ihren Kleidersack über die Schulter, packte mit der freien Hand den Weidenkorb. Als würde sie sich von der Unerschrockenheit ihrer neuen Besitzerin anstecken lassen, hüpfte die Mopsdame aus dem Korb und wackelte ebenso entschlossen neben Ella her.

Sie verließen die große Halle an der westlichen Seite, und kaum waren sie aus dem Bahnhof getreten, empfing sie ein breiter Boulevard im gleißenden Sonnenlicht. In der Mitte der Straße, auf der mindestens zehn Gespanne nebeneinander Platz gehabt hätten, fuhren in beiden Richtungen Trambahnen. Daneben verkehrten Fußgänger, Fahrradfahrer – in Lemberg hatte es nicht so eine große Anzahl Radler gegeben, wunderte sich Ella –, Kutschen und natürlich Automobile. Obwohl alle kreuz und quer und durcheinanderliefen und -fuhren, herrschte keine Hektik. Manchmal hupte ein Kraftfahrer, oder ein Kutscher ließ die Peitsche knallen, doch insgesamt bestimmte friedliche Sommerharmonie das Bild. Am äußeren Rand flankierten Bäume den Boulevard, Ella wandte sich nach rechts und lief mit der Hündin im lichten Schatten auf dem hellen Kies. Die hellgrünen Lindenblätter flirrten leise im Wind und warfen zauberhafte Muster auf den Weg. Principessa wurde immer aufgeregter, sie schnüffelte hier und dort, Ella blieb an jedem zweiten Baum stehen, damit die kleine Hundedame alle Gerüche aufnehmen konnte. Das kam ihr entgegen, denn auch sie brauchte Zeit, um die fremde Umgebung in sich aufzusaugen und sich zu orientieren. Entlang der breiten Straße, die Glockengießerwall hieß, wie Ella einem Straßenschild entnahm, reihte sich ein majestätisches Gebäude an das andere. Die meisten von ihnen waren Restaurants und Lokale. *Klosterburg* las sie oder *Patzenberg, Café Central* und viele mehr. Elegante Menschen gingen hinein, Menschen, die augenscheinlich über deutlich mehr Vermögen verfügten als sie. Eines Tages, dachte Ella, kann ich mir das auch leisten. Ich werde in einem neuen Kleid, mit einem großen Hut, Principessa an der Leine in eines dieser Lokale führen, und dort werde ich einen Kaffee trinken. Oder zu Mittag essen! Ella strahlte. Seit sie dem Bordell entkommen war, sieben Jahre grauenvolle Knechtschaft hinter sich gelassen hatte, fühlte sie sich mit jedem Schritt, den sie in der Freiheit tat, besser, stärker, größer. Nichts machte ihr Angst! Sie war jung, sie war stark, sie konnte arbeiten und Geld verdienen. Vielleicht machte sie ihr Glück hier in dieser Stadt, vielleicht zog sie weiter. Ella fühlte sich unbesiegbar – ihre Zukunft war wie dieser Boulevard: Hell und breit lag sie endlos lang vor ihr, nur an den Rändern ein wenig beschattet.

Ella lief und staunte, sie passierte ein Gebäude, über dem in großen Lettern *Kunsthalle* stand. Darunter konnte sie sich gar nichts vorstellen, wunderte sich Ella, was sollte das sein, eine Kunsthalle? Wieder wurde ihr bewusst, dass ein großer Teil von ihr immer noch die Siebzehnjährige vom galizischen Land war, die nichts kannte außer ihrem Dorf. Was hatte sie schon von den Orten gesehen, durch die die Mädchenhändler sie geschleppt hatten? Kattowitz oder Lemberg waren ihr so fremd wie diese deutsche Stadt hier, Hamburg. Aber im Unterschied zu all den Jahren davor, in der andere, fast ausschließlich Männer, über sie bestimmt hatten, fühlte sie sich nicht mehr klein und unwissend. Sie war Ella, die ihr Leben in die eigenen Hände genommen hatte, der die waghalsige Flucht aus dem Bordell gelungen war – an dieser Stelle stolperte Ellas Herz, und sie dachte an Jakub und daran, dass ihm hoffentlich niemand auf die Schliche gekommen war – und sie hatte es bis hierher geschafft. Mit jeder Stunde in Freiheit war sie gewachsen, und es würde nicht lange dauern, da würde sie hoch erhobenen Hauptes die schwere Tür dieses Palastes, der sich *Kunsthalle* nannte, aufstoßen und sich neugierig umsehen.

Principessas helles Bellen riss sie aus ihren Gedanken, Ella blickte erst nach unten, dann folgte sie dem Blick der Hündin und erkannte, warum diese so aufgeregt war. Vor ihr breitete sich hell schimmernd, wie ein Teppich aus flüssigem Silber, ein Gewässer aus. Vor ihnen lag eine mächtige Brücke aus rotem Stein, links und rechts davon glitzerte der See, mit Booten wie hingetupft, weiße Segel, Ausflugsdampfer, voll besetzt, lang gezogene Ruderboote glitten darüber. An den Rändern des Gewässers flanierten elegante Menschen, Pärchen Arm in Arm, viele Frauen mit ausladenden Hüten oder weißen Sonnenschirmen, die Männer trugen Strohhüte auf dem Kopf. Über allem schien eine freundliche Sommersonne, strahlte die Szenerie hell an, sodass Ella davon geblendet ihre Augen mit der Hand beschirmte. Den Wäschesack hatte sie von der Schulter gleiten lassen, sie spürte ihr Herz bis zum Halse schlagen – die Hitze, die Anstrengung, die Aufregung –, in den Ohren summte ihr Blut.

Ella beugte sich nach unten, um die kleine Hündin sanft zu streicheln und zu beruhigen. »Ist das schön, Princi?«, flüsterte sie. »Habe ich dir zu viel versprochen?«

Zur Antwort leckte die Mopsdame ihrer neuen Besitzerin einmal über die Hand, eine kleine Weile blieben sie an Ort und Stelle hocken und besahen sich das sommerliche Treiben. Doch Ella wusste, je länger sie die hamburgische Idylle rund um das Gewässer betrachtete, dass sie gut daran tat weiterzuziehen. Hier war nicht der Ort, an dem sie verweilen konnte. Diese Gegend war den Wohlhabenden, den Bürgern und eleganten Damen vorbehalten. Sie musste ein Dach über dem Kopf suchen, eines, das sie auch für einen längeren Zeitraum bezahlen konnte, und auch wenn Ella über wenig Lebenserfahrung verfügte, wusste sie doch, dass sie in dieser Gegend bestimmt nicht fündig wurde. Ohne Hilfe käme sie hier gewiss nicht weiter. Ella warf sich ihren Wäschesack über die Schulter, packte die Hundeleine und steuerte eine Pferdedroschke an, deren Kutscher im Schatten der Alleebäume vor sich hin döste.

»Da musst du zu Renate«, riet ihr der ältere Mann, den sie aus seinem Schlummer geholt hatte, wie aus der Pistole geschossen. »Die hat alles. Richtige Zimmer oder nur ein Bett, für eine Nacht oder länger. Kostet nicht viel, und sauber ist es auch.« Seine Augen blickten freundlich auf die junge Frau mit der wilden Lockenmähne. »Eckernförderstraße, Sankt Pauli. Soll ich dich fahren?«

Ella bedankte sich und bedauerte, aber das Geld für eine Droschke wollte sie beim besten Willen nicht ausgeben. Sie war kräftig und ausdauernd, egal wie weit es war, sie würde laufen.

10.

Das Kamel sah sie an. Gleichgültig. Vermutlich war das Tier es gewohnt, angestarrt zu werden, es interessierte sich mehr für sein Futter, das es ausdauernd kaute, als für sie. Der mächtige Kiefer schob sich hin und her, Halme ragten rechts und links aus dem Maul, bis sie nach und nach verschwanden und genüsslich verspeist wurden.

Louise stand vor dem Gitterzaun, der den Zirkus abgrenzte. Kreuz und quer war sie gelaufen, getrieben und ziellos durch die Straßen gehetzt. Keine Zuflucht, nirgends. Sie hatte weggewollt von diesem Ort, von der Kaschemme, von dem Toten und von dem fremden einarmigen Mann, Paul. Aber wohin? Sie hätte sich hinsetzen, ausruhen, einen Ort zum Nachdenken finden wollen, aber die Straßen in Sankt Pauli füllten sich immer mehr, der laue Sommerabend lockte die Menschen auf die Straße. Lachen, Fetzen von Musik, die aus den geöffneten Türen der Tanzlokale drangen, die Rufe der Anheizer – all das hatte sich in ihrem Kopf zu einer schrillen Kakofonie vereinigt, sodass sie nicht in der Lage gewesen war innezuhalten.

Sie musste einen Unterschlupf für die Nacht finden, etwas Sicheres, Sauberes, etwas, wo sie sich waschen und sortieren konnte. Das Grüne Haus hatte Paul ihr empfohlen, aber wie sollte sie das finden?

Fragen wollte Louise niemanden. Nicht nach dem Grünen Haus, nicht nach einer günstigen Pension, sie wollte mit keiner Menschenseele sprechen oder um Hilfe bitten. Damit hatte sie in den letzten Tagen seit Viktors Verschwinden nicht eben die besten Erfahrungen gemacht. Alles, was sie brauchte, war ein klarer Kopf. Ruhe, um nachzudenken. Um die Ereignisse, aber auch ihre Gefühle sortieren zu können.

Irgendwann war sie hier gestrandet, in der Circusstraße, dem Gelände des *Circus Busch*. Seit geraumer Zeit stand Louise am Zaun und beobachtete die Tiere, aber auch die Artisten, die über das weitläufige Gelände rund um den Kuppelbau liefen. Die Ruhe und Gelassenheit, die das kauende Kamel ausstrahlte, übertrugen sich auf sie. Ihr pochendes Herz fiel vom Galopp wieder in den Trab und kam bald wieder in den Schritt. Louise konnte den Blick nicht von dem massigen und gelassenen Tier abwenden, von den schönen Augen, die ein dichter Wimpernkranz umrahmte. Das Kamel kümmerte sich keinen Deut um das, was um es herum geschah. Artisten liefen kreuz und quer über das Gelände, machten sich bereit für die demnächst stattfindende Vorstellung. Elefanten, festlich geschmückt, wurden über den Platz geführt, sie erkannte einen Mann im Cowboykostüm, Hand in Hand mit einer Squaw. Eine größere Gruppe chinesischer Artisten in eng anliegenden glitzernden Kostümen. Sie sah einen Mann in Frack und Zylinder, sicherlich der Direktor. Aus dem Zelt klangen erste Musikfetzen, die Kapelle probte. An den Kassenhäuschen begann der Betrieb, ein paar erste Zuschauer kamen, Paare, Familien, um Karten zu kaufen.

Louise löste sich vom Anblick des Kamels, es wurde Zeit für sie. Die hereinbrechende Dunkelheit machte ihr Angst. Bevor es Nacht wurde, musste sie ein Quartier gefunden haben, um nichts in der Welt wollte sie draußen übernachten müssen. Sie lenkte ihre Schritte wieder in Richtung Spielbudenplatz. Noch einmal würde sie die *Hamburg-Amerika-Bar* aufsuchen – nicht etwa, um dort etwas zu trinken, ihr weniges Geld war auf ein paar müde Groschen zusammengeschrumpft –, sondern um die Frauen, die hinter der Bar arbeiteten, um Hilfe zu bitten. Sie kannte keine der Fräulein, aber sie glaubte daran, dass Frauen einander im Unglück eher halfen, von Männern fühlte sich Louise ausgenutzt.

Noch bevor sie Platz und Bar erreichte, fiel ihr siedend heiß etwas ein. Der Schuldschein! Mortimer Stackleton hatte ihn zusammengeknüllt und weggeworfen – was, wenn die Polizei kam, was, wenn sie die Leiche fanden und daraufhin das Oberste der Kaschemme zuunterst kehrten, was, wenn sie den Wisch entdeckten? Die Spur zu ihr war leicht zurückzuverfolgen, sie hatte selbst Vermisstenanzeige gestellt!

Louise erstarrte. Der Schuldschein war ein Problem, ein riesiges Problem. Sie musste ihn wiederbekommen, koste es, was es wolle! Aber nicht im Moment, dachte sie und stieß die Tür zur *Hamburg-Amerika-Bar* auf.

11.

Die Stunden bis zur Dunkelheit verbrachte Paul mit Arbeit. Er schuftete bis zum Umfallen, denn das, was er tat, konnte man als Einarmiger kaum bewältigen. Aber statt eines zweiten Armes half Paul seine finstere Entschlossenheit. Er würde die Kaschemme und die Wohnung darüber in einen Zustand versetzen, dass jedermann glauben musste, der Besitzer habe sich verabschiedet. Er musste Kleider und Persönliches verbrennen, putzen, alles beseitigen, was den Eindruck, dass Mortimer Stackleton für immer nach Hause zurückgekehrt war, trüben konnte.

Alles, auch die Leiche.

Stunden später ging er langsam durch die Räume. Er war sicher, dass es zu Lebzeiten des Wirtes niemals so sauber und ordentlich ausgesehen hatte. Mortimer Stackleton war spurlos verschwunden. Paul hätte stolz auf sich sein können, wenn er nicht gerade eben damit beschäftigt gewesen wäre, ein Verbrechen zu begehen. Seit er die *London Tavern* heute Nachmittag betreten hatte, stand er endgültig auf der anderen Seite des Gesetzes. Er, der Vorzeige-Gendarm. Er, der mit Leib und Seele Hüter des Gesetzes gewesen war.

Bevor er die Kneipe endgültig verließ, warf er einen Blick auf den Zettel, auf den er beim Putzen des Bodens gestoßen war. Eine zusammengeknüllte Papierkugel, Louise musste sie bei der Rangelei mit Mortimer verloren haben. Es war ein Schuldschein, ausgestellt auf Viktor Dumont. Viktor Dumont – war er der verschwundene Ehemann von Louise? In Pauls Hinterkopf klingelte etwas bei dem Namen, aber im Moment fügten sich die Puzzleteile nicht zusammen. Aber er erinnerte sich daran, dass er diesem Namen im Rahmen seiner Tätigkeit im Polizeipräsidium schon einmal begegnet war. Er würde darüber nachdenken, wenn er erst einmal die Kneipe verlassen und eine Nacht darüber geschlafen hatte, dann würde die Erinnerung gewiss zu ihm zurückkommen.

Paul entschied sich, den Schuldschein, in dem Mortimer die Hälfte seiner Kneipe an Viktor Dumont überschrieben hatte, in das Kassenbuch zu legen. An die Stelle, an der er seinen eigenen langen Schuldenzettel gefunden hatte. Diesen hatte er an sich genommen und würde ihn bei der nächstbesten Gelegenheit verbrennen, nichts sollte darauf hinweisen, dass er den verstorbenen Wirt oder seine Taverne kannte.

Auf der Straße umfing ihn die laue Luft eines herrlichen Sommerabends. Der intensive Duft von Lindenblüten betäubte die Sinne, der Mond stand in einer klaren Sichel über den Dächern von Sankt Pauli. Die nahe Große Freiheit war erfüllt vom Gesumm Tausender Stimmen Vergnügungssüchtiger, Menschen flanierten erlebnishungrig auf der Straße, unzählige Glühlampen vor den Theatern und Bierhallen, den Varietés und Tanztempeln tauchten die breite Straße in helles Licht.

Paul kam sich vor wie Falschgeld inmitten der fröhlichen Menschen. Und er glaubte, dass jeder ihm an der Nasenspitze ansehen müsse, was er getan hatte.

Dabei war er auf dem besten Wege gewesen, sich aus eigener Kraft aus seiner schlechten Verfassung zu retten, die Arbeit bei Eugen auf dem Schlachthof gab ihm Hoffnung. Und nun steckte er Hals über Kopf in einem fürchterlichen Schlamassel. Paul senkte den Kopf, um niemanden ansehen zu müssen, und hoffte, dass seine Gegenwart auch keinem auffiel. So schnell wie möglich ließ er den Ort des Geschehens hinter sich und lief in Richtung seines Elternhauses. Vergiss, was passiert ist, sagte er sich, du bist niemals dort gewesen. Du kennst weder eine Louise noch Mortimer. Und lass dich nie wieder in eine miese Geschichte reinziehen!

12.

»Bedaure, aber das reicht nicht.«

Ella hatte soeben die Tür zu Renates Pension geöffnet und beobachtete nun die Szene, die sich in dem kleinen Seitenraum abspielte, der Büro und Rezeption zugleich zu sein schien. Eine nackte Glühbirne hing von der Decke und beleuchtete den Flur der Pension, von dem aus mehrere Türen abgingen sowie eine enge Holztreppe nach oben führte. In dem Büro saß eine Weißhaarige hinter einem wuchtigen Schreibtisch, hinter ihr ein Brett mit Schlüsseln, offensichtlich die Besitzerin der Pension, die der freundliche Droschkenkutscher ihr empfohlen hatte. Davor stand eine junge Frau, die Kopf und Schultern hängen ließ und verdrossen auf die Münzen starrte, die zwischen beiden auf der Tischplatte lagen. Sie war elegant gekleidet, viel zu elegant für die Umgebung, das sah Ella auf den ersten Blick. Der Rock schimmerte weich, es musste reine Seide sein, die helle Bluse war gut geschnitten und aufwendig mit Stickerei verziert. Auf dem Kopf trug die Dunkelblonde einen eleganten kleinen Sommerhut, das Haar hatte sie darunter zu einer hübschen Frisur hochgesteckt. Jetzt sammelte sie die Münzen ein, langsam, widerstrebend, nahm ihre Reisetasche vom Boden auf und wollte sich umdrehen, als die Zimmerwirtin sie zurückhielt.

»Sie können sich ein Bett im Zweierzimmer nehmen. Dafür reicht es. Für eine Nacht.«

Die junge Dame blickte auf, Ella sah die Erleichterung in ihrem Gesicht.

»Also gut, ich lass mich breitschlagen: zwei Nächte im Zweierzimmer.« Die Wirtin, Renate, nahm das Geld, das ihr Gast wieder auf den Tisch schob, und drehte sich zum Schlüsselbrett um.

»Ich nehme das andere Bett«, warf Ella rasch ein. Die junge Frau am Tresen war ihr sympathisch. Sie konnte sich vorstellen, mit ihr ein Zimmer zu teilen, denn auch sie musste sparen und wollte nicht das Geld für ein Einzelzimmer aus dem Fenster werfen. Zumal sie es gewohnt war, mit anderen Mädchen ein Zimmer und auch das Bett zu teilen. Die junge Frau war gepflegt und wirkte nicht, als hätte sie es darauf abgesehen, Ella auf die Nerven zu gehen. Eher im Gegenteil – Ella wurde den Eindruck nicht los, dass diese Frau vor ihr ein bisschen Aufmunterung gebrauchen könnte.

Tatsächlich hellte sich das Gesicht der Dunkelblonden auf, sie lächelte Ella an, und als ihr Blick auf Principessa fiel, nickte sie.

»Wunderbar. Zwei Fliegen mit einer Klappe.« Renate schob zwei Schlüssel über den Tisch, nahm Ellas Anteil und zeigte nach oben. »Erster Stock. Einmal den Flur nach hinten durch. Blick in den Hinterhof.«

Ella und das andere Mädchen nickten gehorsam, nahmen ihr Gepäck und folgten der Anweisung.

Ein winziges Zimmer, an jeder Wand stand ein schmales Bett, hinter der Tür ein altersschwacher Waschtisch, verdeckt von einem Paravent, der in einer anderen Zeit einmal farbig gewesen sein musste.

»Immerhin mit Fenster«, versuchte Ella sich in Zweckoptimismus, ließ sich auf das Bett fallen, nachdem sie den Wäschesack darunter verstaut hatte. Überrascht stellte sie fest, dass die Rosshaarmatratze weniger durchgelegen war, als sie erwartete, nur die Federn gaben ein jaulendes Quietschen von sich. Sie war in ihrem Leben schon deutlich schlechter gebettet gewesen, freute sich Ella und dachte an den gestampften Lehmboden, auf dem sie die Nächte ihrer Kindheit verbracht hatte. Lediglich mit einer dünnen Decke unter sich. Winzig war das Räumchen, die Möbel betagt, aber es schien sauber. Vom Holzfußboden stieg der durchdringende Geruch von Seife in Ellas Nase, das mochte sie.

Die Frau, mit der sie das Zimmer teilte, stand etwas verloren im Raum, setzte ihre Reisetasche ab und schob sie dann ebenfalls unters Bett. Mit langsamen Bewegungen setzte sie den Hut ab, zog die Jacke aus, hängte beides an einen Haken am Paravent und setzte sich aufs Bett. Sie sah müde aus. Nein, korrigierte sich Ella. Nicht müde. Nicht so, als ob sie nur eine Mütze voll Schlaf brauchte, und dann wäre alles gut. Diese Frau, vielleicht in ihrem Alter, sah zu Tode erschöpft aus. Als hätte sie alles verloren.

Stumm beobachtete Ella, wie ihre unbekannte Zimmergefährtin sich seitlich auf ihr Bett sinken ließ, die Beine zur Brust heranzog und sich Richtung Wand drehen wollte.

»Ella!« Sie wollte die andere nicht auslassen. »Mein Name ist Ella. Und das«, sie tätschelte dem Mops, den sie auf ihren Schoß gehoben hatte, den Kopf, »das ist Principessa.«

Sie hatte erreicht, was sie wollte – die Aufmerksamkeit der anderen. Die Frau blieb liegen, mit dem Gesicht zu Ella, und sah sie an. Tiefe Erschöpfung in ihrem Blick. Aber Interesse, das erkannte Ella. Also sprach sie rasch weiter. »Ich komme aus Lemberg. Direkt mit dem Zug. Wir sind heute erst angekommen.«

Die andere sagte immer noch nichts. Aber sie schien zuzuhören. Das war gut. Ella durfte jetzt nicht vorpreschen, nicht ins Plappern kommen, die andere überfordern. Weiterreden, vorsichtig, nichts fragen. Also erzählte Ella mit ihrer sanften Stimme von der Reise. Von ihrem spontanen Entschluss, von Oberlehrer Speck. Der harten Holzbank. Ihrer Neugierde. Was sie verschwieg: dass sie eine entlaufene Hure war. Dass sie Angst hatte, einem Mädchenhändler in die Arme zu laufen. Dass das Leben nicht gut zu ihr gewesen war. Ella wusste genau, auf welche Geschichten es jetzt ankam, denn wenn sie auch keine Ahnung hatte, was diesem armen Mädchen widerfahren war, so kannte sie doch die Symptome. Den zusammengekrümmten Körper. Das Abwenden. Den leeren Blick.

Beinahe wöchentlich hatten die Bordelle Nachschub bekommen, manchmal mehrere Mädchen. Junge, sehr junge. Alle hatten sie anfangs so dagelegen. In sich gekehrt und darum bemüht, nichts und niemanden an sich heranzulassen, an den verwundeten Körper und die geschundene Seele. Ella erinnerte sich kaum noch an ihre ersten Tage in der Gewalt der Luden. Sie hatte diese schmerzhafte Erinnerung tief in sich verwahrt, in ein kleines Herzenskämmerchen gesperrt und den Schlüssel weggeschmissen. Aber jedes Mal aufs Neue, wenn so ein verwundetes und verzweifeltes Mädchen gekommen war, war sie es gewesen, die sich zu dem armen Kind gesetzt hatte. Und geredet. Und irgendwann die Hand auf den Kopf der anderen gelegt und sie gestreichelt hatte. Und fast immer hatten die Mädchen ihr vertraut, sich an die warmen und weichen Schenkel Ellas gedrückt und sich trösten lassen. So wie schon all ihre zehn jüngeren Geschwister. Diese Fähigkeit, zu erkennen, was andere brauchten, und ihnen in dem Moment genau das geben zu können, war eine Kunst, die Ella von Kindesbeinen beherrscht hatte. Und die manch einer für sich ausgenutzt hatte, aber Ella konnte nicht anders, als für andere da sein.

»Und weißt du was?« Ella stand auf und setzte Principessa vorsichtig auf dem Bett der anderen ab. »Ich vertraue dir meine süße Principessa an und hole für uns Torte.«

»Torte?« Das war das erste Wort, das die Frau gesprochen hatte, seit sie sie unten an der Rezeption gesehen hatte. Ein Erfolg!

»Ja, Torte. Andrej hat gesagt, junge Frauen müssen Torte essen.« Ella strahlte. »Ich habe ihn ausgelacht, aber jetzt glaube ich: Er hatte recht!«

Torte hatte sie nicht mehr aufgetrieben, dafür war es zu spät. Aber Renate hatte ihr ein Café zwei Straßen weiter genannt, wo sie um diese Zeit vielleicht noch etwas bekommen konnte. Und tatsächlich, obwohl längst der Abendbetrieb lief und die Kellner Braten mit Kraut und Kartoffeln, Scholle in Butter oder Roastbeef mit Bratkartoffeln durch den Gastraum trugen – Ella lief das Wasser im Mund zusammen, und ihr Magen knurrte so laut, dass sie befürchtete, das ganze Lokal könnte es hören –, trieb der Wirt noch zwei Stück Streuselkuchen in der Küche für sie auf. Obwohl er behauptete, er gäbe ihr den Kuchen zu einem guten Preis, musste Ella erneut einen Schein aus ihrem Mieder hergeben, wie Wasser floss ihr das Geld durch die Hände. Ein Vermögen für zwei staubtrockene Kuchenstücke!

Als sie zurückkam, hatte ihre Zimmergenossin sich aufgesetzt und spielte mit der kleinen Hündin. Ein vorsichtiges Lächeln zeichnete sich auf ihren feinen Zügen ab, und Ella beglückwünschte sich zu ihrer Hartnäckigkeit, die Frau nicht ihrem Unglück überlassen zu haben. Sie packte den Kuchen aus, und die andere schien ebenso hungrig zu sein wie sie selbst.

Natürlich kam auch die Möpsin nicht zu kurz, und so saßen sie sich kauend gegenüber.

»Hach!« Ella wischte sich die Krümel vom Kleid, der Hund machte sich sofort darüber her. »Jetzt noch ein kleines Bier, das wäre schön. Aber man kann nicht alles haben.« Sie seufzte. »Das war ein guter, aber anstrengender Tag, ich werde gleich schlafen wie ein Bär.« Sie lächelte breit. »Ich hoffe, du schläfst auch gut …?«

»Louise.«

Ein wenig Farbe war in die Wangen von Louise zurückgekehrt, sie sah nicht mehr ganz so leichenblass aus wie vor einer Stunde, als sie sich kennengelernt hatten. Wär doch gelacht, dachte Ella, wenn meine Methode bei ihr nicht verfängt. Ich würde ihr nur zu gerne helfen.

»Ich weiß nicht, ob ich ein Auge zumachen kann«, fuhr Louise fort, dann senkte sie die Stimme und wandte den Blick wieder ab. »Ich glaube kaum.«

»Wenn das so ist – wir können uns einfach so lange unterhalten, bis du vor Müdigkeit umkippst.« Ella stand auf, zog die Vorhänge zu und entzündete die Petroleumlampe, die das Zimmer statt elektrischem Licht warm erhellte.

»Ich habe einen Mann getötet«, hörte sie die Stimme Louises in ihrem Rücken.

Ella drehte sich um. Hatte sie richtig gehört?

Louise sah ihr in die Augen. »Ich kann es nicht für mich behalten. Ich kann nicht. Ich weiß nicht mehr weiter.«

Ella musste einen Würgereiz unterdrücken, der Streuselkuchen, den sie viel zu schnell heruntergeschlungen hatte, drohte wieder hochzukommen. Ihre Knie wurden weich, sie setzte sich auf ihr Bett und starrte das unschuldig wirkende Wesen an. Konnte sie sich so täuschen? Hatte sie in der Wahl ihrer Zimmergenossin einen schrecklichen Fehler gemacht?

War diese Frau tatsächlich eine Mörderin?

13.

»Ich bin keine Mörderin«, beeilte sich Louise zu versichern, als sie den schockierten Blick der Lockigen sah. Selbst die kleine Mopshündin schien sie empört anzusehen. »Es war ein Unfall, ich schwöre es!«

Ihre Zimmernachbarin holte tief Luft, zog den Hund näher zu sich heran, aber in ihrem Blick lag jetzt weniger Furcht als vielmehr Neugier.

»Wäre ich nicht zu ihm gekommen, dann würde er noch leben«, wollte Louise sich erklären, merkte aber, dass ihre Ausführung weiter zur Verwirrung beitrug. Also schwieg sie und musterte ihre Zimmernachbarin. Die Frau war ungefähr in ihrem Alter, hatte eine ungeheure dunkle Lockenmähne, runde, vollkommen schwarze Augen, von fein gewölbten Brauen und dichten, langen Wimpern umgeben. Es waren die Augen, zu denen Louise sofort Zutrauen gefasst hatte, Augen, die warm und vertrauensvoll leuchteten. Sie sprach deutsch mit einem kleinen, sehr entzückenden Akzent, rollte weich ihr R, weil sie aus dem Osten stammte. Überhaupt schien Ella ein richtiger Gemütsmensch zu sein, sie strahlte aus jeder Pore Innigkeit und gute Laune aus – nur in diesem Moment nicht. Ungläubig sah sie Louise an, als hätte sie sich verhört.

Am liebsten hätte Louise ihren Kopf auf die weichen runden Oberschenkel der anderen gelegt und sich von Ella in den Schlaf singen lassen. Eine vollkommen Fremde, sie kannten sich gerade einmal etwas über eine Stunde, und trotzdem saß Louise hier, in diesem winzigen Zimmer, der erste Mensch gegenüber, dem sie sich voll und ganz anvertrauen wollte. Zwar hatte sie schon Paul, dem Einarmigen, gebeichtet, in welcher Zwickmühle sie steckte, aber das war ihr eher aus Versehen passiert, der Schock über die grauenvolle Situation, in der sie

126

sich gemeinsam befanden, hatte sie wider besseres Wissen zum Reden gebracht. Und erleichtert war sie nach dieser Zufallsbeichte auch nicht, vielmehr machte sie sich Gedanken, was der Fremde, den sie mit einer Leiche zurückgelassen hatte, mit dem Wissen über sie anfangen konnte.

Aber Ella hier, in ihrem roten Kleid, die beim Lachen den Kopf in den Nacken legte wie das Barfräulein, und deren üppiger Körper dabei bebte, flog ihr Herz zu.

»Du kannst mir vertrauen.« Ella ließ den Hund los und legte beide Hände über Kreuz auf ihre Brust. »Ich kenne niemanden in dieser Stadt. Nicht einmal in diesem Land. Ich bin weit, weit weg von zu Hause, ich habe nur Principessa – und ich schwöre dir, die kann schweigen wie ein Grab.«

Trotz ihrer Verzweiflung musste Louise lächeln. Diese zwei – Ella und Principessa –, niemals zuvor war sie so einem Pärchen begegnet. Sie war drauf und dran, Ella ihr Herz auszuschütten, aber sie hielt sich zurück. Bei allem, was ihr in den vergangenen Tagen geschehen war, sollte sie nicht allzu vertrauensselig sein und jedem, dem sie begegnete, von ihren, nun ja, sie musste es beim Namen nennen, von ihren Straftaten erzählen.

»Ich erzähle dir meine Geschichte.« Ella machte es sich auf ihrem Bett bequem. Sie rutschte mit dem Rücken an die Wand, kreuzte die Beine zum Schneidersitz – Himmel! Keine Dame setzte sich so hin, schoss es Louise durch den Kopf –, Principessa rollte sich in dem entstandenen Nest gemütlich zusammen, und Ella begann, von sich zu erzählen.

Louise vergaß in der Stunde darauf alles. Mit offenem Mund hörte sie der Geschichte des Mädchens zu, als erzählte ihr diese ein grausames Märchen. Elf Kinder! Verkauft an fremde Männer! Sieben Jahre Arbeit in verschiedenen Bordellen! Und dann erst die atemberaubende Flucht – welch ein Mut! Louise konnte nicht fassen, was sie da hörte, und vor allem brachte sie die Erzählung der erlittenen Grausamkeiten nicht zusammen mit der warmen Art, wie Ella darüber berichtete. Sie hatte kaum ein Wort der Wut übrig, weder für ihre Eltern noch für die Freier, für die sie manchmal sogar Mitleid zu empfinden schien, das diese nach Louises Dafürhalten nicht verdient hatten. Einzig die Zuhälter – hier kannte Ella kein Halten mehr und fand sehr deutliche Worte für deren widerwärtiges Treiben. Dass es in Europa einen florierenden Mädchenhandel gab, war Louise bis eben nicht bewusst gewesen. Eine völlig fremde Welt tat sich da auf, sie begriff in aller Deutlichkeit, welch privilegiertes Leben sie geführt hatte – und in was für einer Gefahr sie sich als junge und mittellose Frau in einer fremden Stadt befand. Mortimer Stackleton hatte bereits versucht, ihre missliche Lage auszunutzen, und er würde nicht der Letzte sein.

Dunkel formte sich in ihrem Hinterkopf ein hässlicher Gedanke. Hätte ihr das auch passieren können? Schließlich hatte Viktor als Fremder um ihre Hand angehalten, sie hatten nicht sehr viel über den schneidigen Hugenotten (heute fragte sie sich, ob er überhaupt ein Hugenotte war oder diese Identität nicht auch vorgetäuscht hatte, um sich in das Herz ihrer Familie zu stehlen?) gewusst, als dieser von einem Tag auf den anderen in der Potsdamer Gesellschaft aufgetaucht war. Niemand hatte ihn gekannt, aber alle lagen ihm binnen kürzester Zeit zu Füßen. Louise hatte sich Hals über Kopf in ihn verliebt und seinem Werben schnell nachgegeben. Einzig ihr Vater hatte sich gegen die Verbindung gesperrt. Er warnte Louise – zu Recht, wie sich nun herausstellte! Sie war auf einen Betrüger, einen Hochstapler hereingefallen, und sie hatte schmerzlich begreifen müssen, dass er nur so lange bei ihr geblieben war, solange sie ihm von Nutzen war. Gemeinsam hatten sie ihre Mitgift durchgebracht, und sie sorgte an seiner Seite dafür, dass er als Ehemann einer Tochter aus gutbürgerlichem Hause einen besseren Leumund hatte. Pfui, dachte Louise, während sie Ellas Geschichte lauschte, pfui Viktor Dumont, du hast mich ins Elend gestoßen, und solltest du mir jemals wieder unter die Augen treten, schwöre ich finstere Rache!

»Aber um Jakub mache ich mir Sorgen«, schloss Ella ihre Erzählung in dem Moment, zog die Schultern bis zu den Ohren hoch und ließ sie resigniert wieder fallen.

»Bestimmt ist er pfiffig genug, einen Bogen um das Bordell zu machen«, versuchte Louise sie zu trösten. »Warum bist du nicht nach Hause zu deinen Eltern gegangen? Sie müssten dich doch nicht mehr durchfüttern, du hättest ihnen helfen können.«

»Dort suchen die Zuhälter zuerst.« Ein Schatten huschte über Ellas Gesicht. »Damit haben sie uns Tag und Nacht gedroht. Wehe, ihr versucht, nach Hause zurückzugehen! Wir finden euch! Und dann Gnade euch Gott.«

Sie schwieg. Louise wollten die Augen vor Müdigkeit zufallen. Der Tag war lang und überaus ereignisreich gewesen. Obwohl unzählige Fragen auf ihren Lippen brannten, würde sie sich jetzt hinlegen müssen, morgen war auch noch ein Tag. Ella gähnte ebenfalls, legte ihr Kleid ab und kuschelte sich mit Principessa unter die Decke, nachdem sie die Lampe gelöscht hatte.

Der Mond warf einen silbernen Schimmer auf den Boden zwischen ihren Betten. Louise hörte das leise Schnaufen der Mopshündin und Ellas gleichmäßige Atemzüge. Und obwohl sie zum Umfallen erschöpft war, obwohl sie nicht wusste, wie es mit ihr weitergehen sollte, obwohl sie weder Geld noch einen Plan hatte, fühlte sie in der Gegenwart des seltsamen Gespanns im anderen Bett Friede in ihr Herz ziehen.

»Danke, Ella«, flüsterte sie.

»Zugesperrt.« Ella rüttelte an der Kneipentür. Ein Zettel war mit einem Nagel daran geheftet: *Auf unbestimmte Zeit geschlossen. MS*

Louises Herz krampfte sich zusammen, sie wusste, dass der Wirt den Zettel unmöglich selbst geschrieben haben konnte.

Der Einarmige musste ihn vorsorglich angebracht haben, um all jene zu beruhigen, die sich wunderten, warum *Mo's London Tavern* geschlossen blieb. Neugierige Nachfragen wurden dadurch im Keim erstickt, vorerst jedenfalls. Louise sah sich um. Der Himmel heute blieb bedeckt, ein kräftiger Wind blies von der Elbe her das Wasser in die Fleete und frische Luft in die engen Gassen. Die Lokale an der Großen Freiheit und auf der Reeperbahn waren noch geschlossen, es war Vormittag, all jene, die in den umliegenden Etablissements arbeiteten, hatten noch den Mond unter- und die Sonne aufgehen sehen und lagen demnach sicher in den Federn. Zwei Straßenkehrer liefen mit ihren Besen durch die Straße, den Blick nach unten gerichtet, fegten sie in beruhigend monotonem Takt über das Katzenkopfpflaster.

Um keinen Preis der Welt hatte Louise hierher zurückkehren wollen. Aber Ella hatte es geschafft, sie zu überreden, indem sie Louise beipflichtete: Sie musste unbedingt ihren Schuldschein wiederbekommen. Außerdem schien sie neugierig zu sein. Louise hatte sie gewarnt: Im Keller könnte der Tote liegen, falls der Einarmige sein Versprechen nicht gehalten hatte.

Denn natürlich hatte sie sich ihrer Zimmergenossin am Morgen offenbart und ihre Geschichte erzählt. Sie konnte nicht anders, Ella hatte sie warmherzig begrüßt, Principessa war auf Louises Bett gesprungen und hatte wie am Vorabend ihre weiche Schnauze in ihre Halsbeuge gedrückt, und trotz ihrer misslichen Lage herrschte fröhliche Stimmung in dem kleinen Zimmerchen.

Bei einem gemeinsamen Frühstück, das Renate all ihren Pensionsgästen für einen Aufpreis anbot, hatten sie ihren Hunger gestillt. Mit Appetit verschlang Louise zwei Scheiben Brot, spülte diese mit mehreren Tassen Kaffee herunter und merkte, wie ihre Energie zurückkam und sie sich deutlich kräftiger fühlte als am Vortag. Sie erkundigte sich bei Ella nach deren

Plänen. Ella hatte mit den Schultern gezuckt, Louise breit angestrahlt und ihr offenbart, dass sie fest vorhabe, sich von nun an mit ihr zusammenzutun.

Louise fiel ein Stein vom Herzen. Sie würde sich nicht allein durchkämpfen müssen, mit dieser gut gelaunten und vor Kraft strotzenden Frau an ihrer Seite fühlte sie sich bedeutend besser. Auch wenn ihre Standesunterschiede enorm waren – was spielte das für eine Rolle! Sie würden miteinander auf Arbeitssuche gehen und sich um eine Unterkunft kümmern. Ella ließ durchblicken, dass ihr Angespartes es ihnen ermöglichte, ein paar Tage in der Pension zu bleiben, bis sie etwas Günstigeres gefunden hatten oder ein wenig Geld verdienen konnten. Dieses großzügige Angebot hätte Louise furchtbar gern abgelehnt – schließlich wusste sie, wie schwer verdient jeder Groschen Ellas war, aber ihre finanzielle Misere ließ dies nicht zu. Alles, was sie tun konnte, war, vollkommen aufrichtig zu ihrer neuen Gefährtin zu sein. Also beichtete sie. Alles. Von dem Moment an, als Viktor in ihr Leben getreten war, bis zu dem Punkt, als sie mit dem Fremden namens Paul im Keller der *London Tavern* saß. Mit der Leiche von Mortimer Stackleton.

Ella blieb gelassen. Sie hörte sich aufmerksam an, was Louise ihr erzählte, schüttelte dann und wann verwundert ihre Lockenmähne, und als Louise ihr sagte, dass sie sich Sorgen mache wegen des Schuldscheins, der noch irgendwo in der Kneipe sein musste, stand sie auf. »Dann holen wir ihn.«

Deshalb fanden sie sich nun hier vor der *London Tavern* wieder – am helllichten Tag, wo jedermann sie sehen konnte.

»Niemand wird annehmen, dass die Mörderin an den Tatort zurückkehrt«, hatte Ella eingewandt.

»Ich bin keine Mörderin!«

»Du weißt, wie ich es meine.« Ella drückte ihre Nase an einer Scheibe der Kneipe platt und versuchte, ins Innere zu schauen.

Aber drinnen war es finster wie in einem Höllenschlund, die Scheiben waren schmutzig und blind, es war kaum möglich zu erkennen, wie es im Schankraum aussah.

»Gibt es noch einen anderen Eingang?«

Louise nickte und führte Ella in den Hof. Dort waren zwar keine Passanten, der Hof gehörte zu Stackletons Grundstück, aber von den Fenstern der umliegenden Mietshäuser hatten die Anwohner den besten Blick auf alles, was sich im Hof zutrug.

Natürlich standen sie auch hier vor einer verschlossenen Tür. Eine Kette mit Vorhängeschloss versperrte den Hintereingang. Louise fragte sich, was Paul mit den Schlüsseln gemacht hatte. Ohnehin hätte sie nicht gewusst, wo sie ihn in der riesigen Hansestadt hätte finden können, sie wusste weder, wie er mit Nachnamen hieß, noch, wo er wohnte oder arbeitete.

»Stell dich so hin, dass man mich nicht sehen kann.« Louise zog zwei Haarnadeln aus ihrer Frisur.

Ellas Augen weiteten sich überrascht, aber sie tat, worum sie gebeten wurde.

Es dauerte ein wenig, Louise nestelte herum, aber schließlich hatte sie das Schloss geknackt, was sie selbst wohl am meisten wunderte. Dass ihr dieses Wissen, von dem sie dachte, dass sie es im wahren Leben niemals benötigen würde, eine Hilfe sein konnte, war nicht vorhersehbar gewesen. Mit bittersüßem Gefühl dachte sie daran, als Viktor ihr gezeigt hatte, wie einfach man ein Schloss knacken konnte. Es war in Saint Paul de Vence gewesen, einem winzigen Bergdorf im Hinterland der Côte d'Azur. Sie waren dort bei Graf Vargas zu Gast gewesen und bei einem ihrer Spaziergänge auf eine verschlossene Gartenpforte gestoßen. Der dahinterliegende Park sah aus wie ein Märchenland – hohe Pinien und Palmen beschatteten Beete, die in allen Farben leuchteten, die Luft duftete nach den dort wachsenden Zitronen- und Orangenbäumen, Bougainvilleen fielen kaskadenartig von Mäuerchen, künstliche Brunnen und Wasserfälle plätscherten beruhigend. Louise hatte es bedauert, dass der Park versperrt war, aber Viktor hatte behauptet, dass dies keine Hürde darstellen sollte. Mit einer raschen Geste hatte er eine Nadel aus ihren Haaren gezogen und ihr gezeigt, wie sie das Schloss knacken konnte. Es war einfach gewesen, und auch wenn Louise Angst hatte, dass man sie entdeckte, hatte sie sich kurz darauf Viktor in dem verwunschenen Garten hingegeben – der Reiz des Verbotenen war übermächtig.

Jetzt schlüpften Louise, Ella und der Mops rasch in den dunklen Keller, Louises Herz klopfte bis zum Hals, sie erwartete, über den toten Wirt zu stolpern, doch nachdem sie mit zitternden Händen die Petroleumlampe entfacht hatte, leuchtete sie alle Ecken aus – von Stackleton keine Spur. Louise zwang sich, tief und ruhig zu atmen, damit sie das hier durchstand und nicht die Beine unter ihr nachgaben. Hinter ihr tastete sich Ella vorsichtig nach vorne, den Mops hatte sie auf den Arm genommen. Principessas schwarze Augen traten fast aus den Höhlen, die Hündin fühlte sich offensichtlich nicht weniger unwohl als sie selbst.

»Wir gehen hoch.« Louise schwenkte die Lampe in Richtung der hölzernen Treppe. Voll Schaudern dachte sie daran, wie sie und der Mann, der sich Paul nannte – war das überhaupt sein richtiger Name? –, den Körper des Wirts dort hinuntergezogen hatten. Schnell verbannte sie die Erinnerung und erklomm die Stufen. Im Schankraum angekommen, wunderte sie sich – so hatte es nicht ausgesehen, als sie hier gewesen war! Alles war blitzblank geputzt, die Zapfanlage glänzte im Licht der Lampe, der Fußboden roch nach Kernseife, keine Spur mehr von Kautabak und Bierlachen. Die Stühle waren kopfüber auf die Tische gestellt worden, alle Gläser gespült. Der einarmige Mann hatte gehalten, was er versprochen hatte – er hatte sich um alles gekümmert. Und wie. Niemand, der das Lokal betrat, würde daran zweifeln, dass Stackleton sich abgesetzt hatte und in sein Heimatland England verschwunden war.

Von der Leiche keine Spur. Was um Himmels willen hatte er … Nicht darüber nachdenken, mahnte sich Louise, das willst du gar nicht wissen.

»Hier ist kein Toter.« Ella setzte Principessa auf den Boden und lief durch den Raum. »Und es sieht gar nicht mal schlecht aus. Ich habe es mir schlimmer vorgestellt.«

»Es war schlimmer!« Louise suchte mit den Augen den Boden ab. Aber natürlich lag der Schuldschein nirgendwo – Paul hatte gründlich sauber gemacht, er hätte das zusammengeknüllte Papier niemals übersehen. Was hatte er damit gemacht? Hatte er das Dokument verbrannt? Mitgenommen? Konnte er sie damit erpressen? Musste sie sich weiterhin Sorgen machen?

»Hier ist er!« Ella wedelte mit einem Zettel. Sie war hinter die Theke getreten und hatte dort das Kassenbuch aufgeschlagen.

Louise trat zu ihr – tatsächlich, das war der Schuldschein, den Mortimer Stackleton ihrem Mann ausgestellt hatte. Säuberlich geglättet und abgelegt. Rasch faltete Louise ihn zusammen und steckte ihn ein, zutiefst erleichtert.

Währenddessen blätterte Ella interessiert durch das Kassenbuch. »Die Kneipe hat ordentlich was abgeworfen.«

»Ich verstehe nichts von Zahlen und Bilanzen.« Louise wollte nur noch verschwinden, jede Minute, die sie hier herumstanden, brachte sie der Gefahr näher, entdeckt zu werden.

»Solltest du aber.« Ellas Zeigefinger fuhr an den Zahlenkolonnen entlang. »Gerade Menschen wie wir, die nichts haben, müssen rechnen können.«

»Lass uns gehen, komm!« Louise zog Ella hinter dem Tresen hervor, und gemeinsam kletterten sie die Treppe wieder hinab, Louise löschte die Lampe, und schnell standen sie wieder draußen, im Innenhof.

»Vielleicht hätten wir nichts anfassen dürfen«, fiel ihr ein, während sie das Schloss wieder an die Kette hängte. »Ich habe gehört, dass die Polizei mittlerweile Täter anhand ihrer Fingerabdrücke überführen kann.«

Ella starrte sie verwundert an, und Louise erklärte ihr, was es damit auf sich hatte, während sie mit Principessa auf die Gasse traten. Louise zwang sich, nicht zu rennen, sie hatte es eilig, von dem Ort wegzukommen, und genau wie am Vortag hoffte sie, nie wieder dorthin zurückkehren zu müssen.

Sie waren noch nicht in die Große Freiheit eingebogen, als sie die Rufe hörten. »Mörder!«, schrie jemand, »Haltet ihn!«, ein anderer.

Louises Herz machte einen Satz, ihre Hand krallte sich in Ellas Arm, in der ersten Sekunde glaubte sie, man sei ihr auf die Schliche gekommen. Die Rufe wurden lauter, in der Ferne hörten sie das Bimmeln von Feuerwehr oder Polizei, und war das nicht ein Schuss? Plötzlich sahen sie, wie ein Junge über eine Mauer setzte, ihnen geradewegs vor die Füße sprang. Ein mageres Kerlchen, die Augen schreckgeweitet. Sein helles Haar verfilzt, seine Kleider zerlumpt, die nackten Füße starr vor Dreck. Alles in allem eine beklagenswerte Figur. Für den Bruchteil einer Sekunde standen sie sich gegenüber, starrten einander an, jeder von ihnen überfordert von der Situation. Die Rufe wurden lauter, und bevor Louise reagieren konnte, hatte Ella den Jungen geschnappt, zog ihn am Arm hinter sich her – aber nicht etwa, um ihn festzuhalten und seinen Häschern auszuliefern, sondern sie verschwand mit ihm dahin, wo sie und Louise hergekommen waren: in den Hof der Kneipe.

Principessa kläffte aufgeregt, Louise, deren Beine unter ihr nachgeben wollten, hob die kleine Möpsin gerade hoch, als der erste Gendarm in der Gasse erschien, hinter ihm zwei weitere Uniformierte. Die Männer rannten auf Louise zu, die zitternd, aber geistesgegenwärtig in die Richtung zeigte, in die der Junge nicht gelaufen war. Der erste tippte kurz an seinen Helm, dann nahm er die Verfolgungsjagd wieder auf.

Louise war übel. In was für einen Schlamassel war sie nun wieder geraten?

14.

»Extrablatt!« Der kleine Zeitungsjunge rannte atemlos mit einem Stapel dünner Blätter auf dem Schlachthofgelände umher. Eugen winkte ihn heran. Die Metzger saßen vor der Tür und machten Mittagspause.

»Juwelier ermordet! Flüchtiger Täter!« Der Junge schmiss eine Ausgabe auf den Tisch, steckte Eugens Groschen ein und rannte weiter.

Paul verspürte den Stich in seiner Magengrube, den er jedes Mal bekam, wenn er von Verbrechen in der Stadt hörte oder las. Dass er nicht mehr dabei sein konnte, dass er das Fieber der Jagd nicht mehr empfinden durfte, nicht mehr mit den Kollegen die Köpfe zusammenstecken, wenn sie über einen Fall berieten. Die Ansprachen Gustav Roschers im großen Saal des Präsidiums, wenn Hunderte Uniformierte instruiert wurden, wenn ein Großaufgebot von Gendarmen sich aufmachte, um die Stadt nach Übeltätern zu durchkämmen – ihm fehlte sein Polizeialltag noch immer. Und unvergessen, die Erregung, die sie alle ergriff, wenn Berthold Rheydt, der legendäre Mordermittler und spätere Inspektor, seine Leute aufstellte und zum Einsatz einteilte.

Die Metzger beugten sich über die Sonderausgabe zum Mittag. *Juwelier Mauss am Spielbudenplatz getötet*, lautete die Schlagzeile, im Artikel darunter wurde das Geschehen, das sich vor wenigen Stunden ereignet hatte, geschildert. Kopfschüttelnd kommentierten die Männer, doch als die Pause vorüber war, drehten sich die Gespräche bereits um andere Themen. Nur Paul blieb einen Moment sitzen und las aufmerksam, was über den Vorfall bekannt war. Viel war es nicht: In den Morgenstunden kam eine Angestellte des Juweliers zum Geschäft, verwundert, dass die Tür offen stand. Im Innenraum entdeckte sie sofort den Toten sowie eine Person, die sich über diesen beugte. Die Frau erschrak und schrie, woraufhin sich der Täter, ein ungefähr dreizehnjähriger Herumtreiber, aus dem Staub machte. Die anschließende Verfolgungsjagd, an der drei zufällig in der Nähe anwesende Gendarmen teilnahmen, verlief erfolglos, in der Pfeiffergasse verloren sie seine Spur. Es folgte eine Beschreibung des mutmaßlichen Täters, wobei sowohl der Journalist als auch die Polizei davon ausgingen, dass der Flüchtige auch der Mörder sein musste. Schließlich steckte die Tatwaffe, ein Messer, noch in der Brust des Opfers. Die Beschreibung des Jungen – verwahrlost, ohne Schuhwerk, schmutzig, mager und hochgewachsen – traf auf jeden zweiten Straßenjungen zu.

Sie würden ihn nicht kriegen, war der erste Gedanke, der Paul durch den Kopf schoss. Er war felsenfest davon überzeugt, dass es sich hier um einen der Jungen aus Hinnerk Mackes Bande handelte, und er wusste, dass seine Kollegen, allen voran Inspektor Thönnes, das auch dachten. Diese Jungs waren schnell und geschickt, sie verfügten über ein Netz von Unterstützern, kannten die geheimsten Verstecke und Schleichwege. Hamburg oder zumindest weite Teile der Neustadt, Altstadt, Sankt Georgs, des Hafens und Sankt Paulis waren fest in der Hand von Hinnerk Mackes Kinderbande.

Der andere Gedanke, der sofort präsent war, kaum hatte er den kurzen Bericht gelesen: die Pfeiffergasse! Das war die kleine Gasse, in der auch *Mo's London Tavern* lag. Und in dieser … Paul schob den Gedanken an das, was dort geschehen war, beiseite. Du hast nichts verbrochen!, versuchte er sich zu beruhigen, du hast getan, was getan werden musste. Aber dass die Pfeiffergasse innerhalb eines Tages zum zweiten Mal mit einem

Verbrechen in Verbindung stand, irritierte ihn. War das ein Zufall? Der Mord an Juwelier Mauss hatte am Spielbudenplatz stattgefunden, dass der Junge durch die Gasse geflohen war, musste in keinem Zusammenhang mit der Kneipe stehen. Trotzdem würde er sich besser fühlen, wenn er nach der Arbeit nicht sofort nach Hause ging, sondern einen Schlenker durch Sankt Pauli machte.

In der verbliebenen Schicht war Paul fahrig, nicht recht bei der Sache, um ein Haar hätte er eines der Fleischermesser beim Schleifen versaut, zum Glück war es ihm noch rechtzeitig aufgefallen.

Er mochte seine Arbeit. Er mochte vor allem die Kollegen. Ruhige Männer, die konzentriert ihrer Arbeit nachgingen, keine Querulanten und Angeber, die das Maul zu voll nahmen. Manchmal flachsten sie, aber nie hatte Paul das Gefühl, das schwächste Glied in der Kette zu sein, der Umgang war respektvoll. Was er von seiner Arbeit bei der Polizei nicht immer sagen konnte. In der Truppe war es an der Tagesordnung, dass eine strikte Hackordnung herrschte, die Polizeianwärter wurden auch mal schikaniert, und es herrschte die Auffassung, die Jungen sollten beizeiten lernen, etwas auszuhalten, damit sie nicht verweichlichten. In den Ermittlungsgruppen um Rheydt oder Thönnes, der Berthold Rheydts Nachfolge antrat, als dieser nach Wien ging, war es anders gewesen, erst dort hatte Paul das Gefühl gehabt, als Mensch wahrgenommen zu werden. Das war selten, umso mehr schätzte er nun, wie sein Vetter den Betrieb führte.

An diesem Spätnachmittag hatte Paul es besonders eilig, mit dem Putzen der Räume fertig zu werden, er sperrte die Metzgerei ein wenig früher ab und lief im Zickzack über den Pferdemarkt durch Sankt Pauli, überquerte die Kieler Straße und hielt erst inne, als er die Ecke Kleine Freiheit/Pfeiffergasse erreicht hatte. Die Straßen und Gassen füllten sich langsam, Menschen, die von der Arbeit nach Hause eilten, andere, die sich aufmachten, um ihren Lohn in Bier und einen Teller Braten umzusetzen, waren an diesem Sommertag unterwegs. Die Wolken hatten sich verzogen, der starke Südwestwind hatte sie ins Landesinnere getrieben, und wie so oft in Hamburg war der frühe Abend leuchtend klar. Die Sonne pinselte mattes Gold auf die Dächer des Viertels, Katzen saßen auf den von ihr erwärmten Mäuerchen und putzten sich vor der nächtlichen Mäusejagd. Ein Idyll, könnte man meinen, wenn man nicht – so wie Paul – allzu vertraut mit den dunklen Seiten des Viertels war.

Sein Herz klopfte, als er die *London Tavern* von Weitem sah. Er bemühte sich zu schlendern, hierhin und dorthin zu gucken, um ja nicht aufzufallen. Aber niemand achtete auf ihn, auch war kein Uniformierter zu sehen. Die Kneipe Stackletons lag so ruhig und verlassen da, wie er sie am Vortag zurückgelassen hatte, auch das Schild, das er in die Tür gehängt hatte, war noch da.

Auf unbestimmte Zeit geschlossen. MS – von wegen! Paul schauderte. Wie lange würde es dauern, bis jemand merkte, dass der Wirt die Kneipe nie wieder öffnete? Und was passierte dann? Ob auch nur eine Menschenseele argwöhnte, dass hier etwas nicht mit rechten Dingen zuging? Wohl kaum, hoffte Paul, bog am Ende der Straße in die Große Freiheit und lief über Umwege zum Spielbudenplatz.

Dort allerdings waren jede Menge Blauröcke zu sehen. Das Juweliergeschäft war weiträumig abgesperrt, ein paar Gendarmen achteten darauf, dass sich keiner der vielen Schaulustigen dem Geschäft näherte. Paul stellte sich in eine lose Gruppe Neugieriger, schämte sich jedoch. Er mochte die Sensationsgier bei Verbrechen nicht, keinesfalls wollte er mit solchen Leuten in einen Topf geworfen werden, er hoffte lediglich, einen Kollegen zu entdecken, dem er eventuell das ein oder andere Detail aus den Rippen leiern konnte.

Er sollte das nicht tun.

Er sollte sich von der Polizeiarbeit fernhalten.

Er musste seinen Wahn, Hinnerk Macke zu überführen, ein für alle Mal begraben!

Allein, er konnte nicht. Schon vor dem Unfall war er von den Verbrechen des Bandenführers besonders gefesselt gewesen. Vielleicht, weil dieser kleine Kinder für seine Schandtaten missbrauchte und manipulierte, der Bruder, den Paul in so jungem Alter verloren hatte, hatte eine Wunde hinterlassen, die nicht heilen wollte. In jedem dieser kleinen Jungen, die Macke rekrutiert hatte, die er mit durchlaufenden Buchstaben als sein Eigentum brandmarkte und die er wie ein Zuhälter auf den Verbrechensstrich schickte, sah Paul seinen Bruder Michael. Was natürlich vollkommener Unsinn war, dessen war er sich bewusst, schließlich wäre Michael wie er heute ein erwachsener Mann.

Und nach dem Unfall, der in Wirklichkeit kein Unfall, sondern ein Attentat auf ihn gewesen war, als die minderjährigen Handlanger Mackes ihn überwältigt und in die Metallpresse gedrückt hatten, wobei er seinen Arm – gottlob nur einen Arm und nicht sein Leben! – verlor, war er besessen von Macke und seiner Bande.

Aus dem Juweliergeschäft trat nun ein junger Mann mit weizenblondem Haar, akkurat gescheitelt, unter der Nase einen gepflegten Schnauzbart, die hellen Augen blitzten blau – Paul erkannte Willy Brenner sofort!

Brenner hatte mit ihm bei der Polizei angefangen, allerdings in einer anderen Abteilung, und hatte das Glück, gleich an Berthold Rheydt geraten zu sein, der ihn sehr gefördert hatte. Mittlerweile hatte Willy die Kommissarslaufbahn eingeschlagen, er würde demnächst vom Anwärter zum vollwertigen Kommissar ernannt werden. Paul freute sich für den Freund und Kollegen. Kaum jemand hatte diese steile Karriere so verdient wie Willy, der zudem glücklich verheiratet und Vater eines kleinen Mädchens war. Mit Willy würde er ein paar Takte reden können, dachte Paul und wollte sich gerade abwenden, da fiel der Blick des Freundes auf ihn in der Menge. Brenner zwinkerte, und Paul nickte – er wusste sofort, wo sie sich treffen konnten.

Das Grüne Haus am Hafen war nicht nur ein wichtiger Zufluchtsort für Frauen in Not, vor drei Jahren von der Ärztin Anne van der Zwaan gegründet, es war auch die zweite Heimat Theresa Brenners. Die engagierte junge Frau leitete das Haus, es war ein Ableger vom Frauenhaus in der Paulstraße und ursprünglich dafür gedacht, all jene weiblichen Wesen aufzufangen, die in der Gegend rund um den Hamburger Hafen strandeten. Da waren zum einen die Prostituierten, die nicht nur im Dovenfleet und seinen Seitengassen den Matrosen für wenige Groschen zu Diensten waren, sondern auch auf den Schiffen, in den Lagerhallen und auf den Kais ihren Geschäften nachgingen. Der Hamburger Hafen hatte überall dunkle Ecken, und viele der Frauen, die dort ihren Körper verkauften, erfuhren üble Gewalt. Gewalt von Männern, die nicht zahlten. Die von den Frauen Leistungen einforderten, die diese nicht erbringen wollten, aber schließlich mit Gewalt dazu gezwungen wurden. Die Probleme waren vielfältig, Sucht, Obdachlosigkeit und Armut trieben Frauen in die Verzweiflung – oder in die Arme Theresas im Grünen Haus. Dort warteten starker Tee oder Kaffee, Waschmöglichkeiten, warmes Essen und eine Kleiderkammer auf sie. Und wer mochte, holte sich tröstende Worte und tatkräftige Unterstützung von Theresa und ihren Unterstützerinnen. Dass Theresa die Arbeit auch noch fortsetzte, als sie Mutter geworden war, nötigte Paul Respekt ab – auch für ihren Mann Willy, der die Arbeit seiner Frau immer unterstützte. Aus seiner sozialdemokratischen Auffassung machte Willy Brenner keinen Hehl, Paul bewunderte den Gleichaltrigen dafür.

»Wie geht's dir, Paul?« Willy stellte zwei Emaillebecher mit Tee auf den Tisch, schob einen davon Paul hin und setzte Grete auf seinen Schoß, die Zweijährige.

Sie saßen draußen, vor dem Grünen Haus, das direkt am Magdeburgquai lag. Vor ein paar Jahren war dies hier eine Schmuddelecke des Hafens gewesen, nach der Explosion des Gasometers gegenüber war lange nichts passiert, doch in der jüngsten Vergangenheit war der Hafen gewachsen, und auch hier waren neue Lagerhäuser und Werften entstanden. Die Sonne blinzelte durch die schmalen Backsteinbauten, kleine Wellen plätscherten an die Kaimauer, und von den Booten drangen helle Geräusche herüber, wenn die Takelage leise an die Masten schlug.

»Hab Arbeit gefunden.« Paul drehte den Becher in seinen Händen. Es fiel ihm schwer zu sagen, dass er nun Gehilfe in der Metzgerei war, er kam sich schäbig vor. Schließlich waren sie beide als hoffnungsvolle junge Polizisten an den Start gegangen. Ach, dachte er, was solls? Die wissen doch sowieso alle, wo ich stehe. »Bei meinem Vetter in der Schlachterei.«

Willys blaue Augen ruhten auf ihm, kein Mitleid, kein Spott lag darin. Nur Sympathie und Interesse. »Freut mich«, sagte er, und Paul wusste, dass es aufrichtig gemeint war. »Aber du kannst es nicht lassen, was? Erzähl mir nicht, dass du zufällig am Spielbudenplatz warst.«

Paul schüttelte den Kopf. »Du weißt doch, warum.«

»Lass es, Paul. Ist nicht gut für dich.«

Er ignorierte den Rat. »War er es? Macke und seine Bengel?«

»Erstens darf ich nicht mit dir darüber sprechen.« Grete zwirbelte mit ihren kleinen Fingerchen die Enden des väterlichen Schnurrbartes, aber Willy sprach einfach weiter, als störte ihn dies nicht. »Und zweitens ist es zu früh, darüber zu spekulieren.«

Er wusste es ja, Paul wusste, dass er zu weit ging, indem er sich nach den Details des Falls erkundigte. Aber er konnte nicht davon lassen.

Willy musterte ihn, seufzte und setzte Grete von seinem Schoß herunter. »Lauf zu Mama.« Er senkte seine Stimme und lehnte sich näher zu Paul über den Tisch. »Otto Mauss wurde erstochen. Kurz bevor die Angestellte ihn gefunden hat. Wahrscheinlich war er gerade in den Laden gekommen, wenig später hätte er aufgemacht. Ein gezielter Stich mit dem Messer. Nur ein einziger Stich! Die Frau, die ihn gefunden hat, sagt, dass der Junge neben dem Mann kniete und die Hand noch am Messer hatte. Offensichtlich hat sie ihn auf frischer Tat ertappt, deshalb ist auch nichts gestohlen worden. Rein gar nichts.«

»Also nicht wie bei Holzner und Jungnickel?«

Willy sah ihn überrascht an. Karl Holzner und Eberhard Jungnickel waren ebenfalls Juweliere, auch sie waren überfallen worden, aber beide mit dem Leben davongekommen. Allerdings hatten die Täter sie gefesselt und beraubt. In beiden Fällen waren die Räuber Minderjährige gewesen – natürlich Hinnerk Mackes Leute. Der erste Überfall bei Holzner in Winterhude hatte stattgefunden, kurz bevor Paul die Sache mit dem Arm passiert war, und war ein weiterer Grund, warum die Polizei so verbissen auf der Jagd nach Hinnerk Macke war. Vom zweiten Raubüberfall, Jungnickel in Ottensen, hatte Paul dann nur in der Zeitung gelesen, sich aber einen Reim darauf gemacht. Und nun hatte es Otto E. Mauss getroffen. Es schien, als hätte Hinnerk Macke sich darauf verlegt, Juweliergeschäfte zu berauben.

»Und der Junge? Habt ihr Anhaltspunkte?«

Willy schüttelte den Kopf, lehnte sich zurück und trank einen Schluck Tee. »Du weißt ja, wie's ist. Die Beschreibung trifft auf jeden armen Jungen in Hamburg zu. Lumpengestalt, verfilzte Haare, keine Schuhe, starr vor Dreck.«

»Keine Spur?«

»Fingerabdrücke. Wir haben natürlich seine Fingerabdrücke auf dem Messer. Registriert sind die allerdings nicht, Carl hat sie schon im Archiv abgeglichen.«

Theresa kam und setzte sich zu ihnen, sie wechselten das Thema, und schließlich verabschiedete sich Paul. Nachdenklich wanderte er am Hafen entlang, gelangte über die Landungsbrücken nach Altona. Ein langer, langer Fußweg, aber er erlaubte ihm, seine Gedanken zu sortieren. Etwas war an der ganzen Sache faul. Für Paul – und er war überzeugt, dass es seinen Kollegen im Präsidium ebenso ging – reihte sich der Überfall auf den Juwelier am Spielbudenplatz nicht in die Einbruchserie auf Juweliere ein. Der Überfall hatte am Morgen stattgefunden, kurz bevor das Geschäft geöffnet wurde. Jeder Dieb musste damit rechnen, dass Angestellte und Käufer kamen. Die beiden anderen Raubüberfälle hatten in den Abend- und Nachtstunden stattgefunden. Die Diebe – nach Aussage der Opfer waren es in beiden Fällen mehrere Kinder gewesen – hatten die Geschäfte aufgebrochen, ausgeraubt und waren geflohen, als Zeugen sie ertappten. Hier aber war ein Junge bei seinem Opfer sitzen geblieben und dann ohne Beute getürmt. Und der wichtigste Punkt, der Paul stutzig machte: Welcher Halbwüchsige schaffte es, einem erwachsenen und kräftigen Mann von vorne ein Messer so in den Brustkorb zu rammen, dass dieser kampflos zu Boden ging und starb? Das konnte nicht sein. Die Geschichte war faul, von vorne bis hinten.

Und wo war der Junge abgeblieben? Warum verlor sich seine Spur ausgerechnet in der Pfeiffergasse? Paul nahm sich vor, sich doch noch einmal dort umzusehen, obwohl er gewiss war, dass die Polizei bereits alles abgesucht hatte.

Es dämmerte, als er das kleine Haus seiner Eltern erreichte. Ein dünner Rauchfaden schlängelte sich aus dem Schornstein in den Abendhimmel, über den Wiesen hinter dem Haus lag ein

Hauch von Nebel, der aus dem nahen Wald gekrochen war. Eine Gruppe Wild graste friedlich, über ihr zog ein Mäusebussard seine letzte Kontrollrunde. Eine Idylle, die nichts gemein hatte mit der Hafengegend, aus der er gerade kam, dachte Paul und blieb noch einen Moment vor der Tür stehen, um die Stimmung in sich aufzunehmen, bevor er die Klinke herunterdrückte und in den dunklen Vorraum eintrat. Das rasselnde Husten seines Vaters begrüßte ihn, es schien, als würde es von Tag zu Tag schlimmer.

Am Bett des Vaters saß seine Mutter, hatte heiße Wickel auf der Brust ihres Mannes ausgebreitet und flößte diesem geduldig Teelöffel für Teelöffel Zwiebelsud ein. Aber das half alles nichts, so aufopfernd sie sich auch um ihn kümmerte. Vielleicht würde Vater noch länger leiden, dachte Paul traurig, während er seiner Mutter die Hand auf die Schulter legte und ihr bedeutete, dass er jetzt übernehmen würde, aber er würde sterben. Sein Körper war innerlich aufgefressen, der Krebs hatte ganze Arbeit geleistet.

»Erbseneintopf steht auf dem Herd.« Seine Mutter strich ihm leicht über die Wange.

»Danke. Ich hol mir nachher was.« Paul setzte sich ans Bett des Vaters. Aus der Hosentasche nahm er das Extrablatt vom Mittag und begann, dem Vater vorzulesen. Ob er noch zu ihm durchdrang? Niemand konnte das sagen, Heinrich Klinker zeigte schon seit Langem keine Reaktion mehr auf seine Umwelt. Aber Paul und seine Mutter wollten nicht aufgeben, wollten glauben, dass er sie hörte und begriff, was sie zu ihm sagten.

Plötzlich begann Pauls Vater zu würgen, das Husten wurde heftiger, er schien sich verschluckt zu haben. Paul griff unter die Kissen, auf denen der Oberkörper lag und hob alles an, um seinen Vater in eine aufrechtere Position zu bringen. Das half, nach einigen Minuten beruhigte sich der Atem Heinrich Klinkers, und Paul beschäftigte sich damit, Matratze und Kissen etwas auszuklopfen und gerade zu rücken. Dabei fiel sein Blick durch die Sprungfedern auf den Holzboden unter der Bettkonstruktion. Dort lagen Briefumschläge. Mehrere Umschläge, viele, durcheinander, als hätte jemand das Bettgestell als Briefkasten benutzt. Irritiert griff Paul hinunter und fischte einen der Umschläge nach oben. Er bettete seinen Vater wieder in die Horizontale, dann öffnete er den Umschlag. Ein Zwanzigmarkschein fiel ihm entgegen. Paul drehte sich, um seine Mutter zu fragen, was es damit auf sich habe, aber dann unterließ er es. Sie musste davon wissen. Sie war die einzige Person außer ihm, die die Umschläge dort versteckt haben konnte. Stattdessen hob er die Matratze noch einmal an und griff nach drei weiteren Umschlägen. In allen befand sich dasselbe: ein Zwanzigmarkschein.

Was zum Teufel hatte das zu bedeuten?

15.

Ellas Herz tat einen Satz, als sie auf die schmutzigen Fußsohlen blickte – gottlob, er war noch da! Der arme kleine Tropf, dachte sie und schlüpfte leise durch die Hintertür in den Erdkeller. Der Junge hatte sich zwischen die Vorratsregale gelegt, in die finsterste Ecke in diesem finsteren Keller. Zusammengekrümmt wie ein Fuchsjunges lag er da, die Arme um die mageren Knie geschlungen, und schlief. Behutsam breitete Ella die Decke über seinen Körper und zog sich dann zurück. Der Boden des Erdkellers war feucht und kalt, nicht festgetreten wie üblich, die Erde lose und aufgewühlt, wenn sie nicht geahnt hätte, dass der Kleine schon schlimmere Schlafplätze kannte, hätte sie sich große Sorgen gemacht, dass er sich auf der nackten Erde den Tod holte. Aber in dem Zustand, in dem er war, schmutzig, verlaust und stinkend, hatte er schon so manche Nacht in düsteren Ecken verbracht. Auch die Ratten, die an den Wänden entlanghuschten, kümmerten ihn nicht.

Auf Zehenspitzen schlich Ella weiter nach oben in den Schankraum. Sie hatte Louise gesagt, dass sie die Nacht hier verbringen würde, falls der Junge noch da war. Und das war er, also würde sie ihr Versprechen halten und ihn nicht im Stich lassen. Vielleicht redete er ja doch noch irgendwann.

Behutsam öffnete Ella ein Fenster der Kneipe nach dem anderen und schloss die hölzernen Fensterläden, die bislang noch offen gestanden hatten. Vielleicht bemerkten Nachbarn die Veränderung, vielleicht auch nicht. Sie bezweifelte es. Es hatte nicht den Anschein, als kümmerte sich irgendjemand in dieser nicht gerade gut beleumundeten Gegend darum, was der Wirt in seiner lausigen Kneipe trieb. Und war es nicht viel glaubwürdiger, dass Stackleton auch die Fensterläden schloss, wenn er vorhatte, für lange Zeit, wenn nicht gar für immer fortzugehen?

Auf der Pfeiffergasse tobte nicht das Leben, so wie in den anliegenden Querstraßen Große und Kleine Freiheit. Aber da es ein Montagabend war, hielt sich im Vergnügungsviertel der Betrieb ohnehin in Grenzen. Die großen Häuser wie das *Hippodrom* hatten geschlossen, in der Pfeiffergasse hatte nur das kleine *Caféhaus Nicola* geöffnet, Ella war gerade noch an den Fenstern vorbeigelaufen, aus denen mildes gelbes Licht in die Nacht strahlte. Einige wenige Gäste hockten dort vor ihrem Bier oder Kaffee, der Barmann polierte hinterm Tresen in aller Seelenruhe Gläser.

Ella warf nun einen vorsichtigen Blick aus dem dunklen Schankraum auf die Straße, bevor sie ein Fenster weit öffnete, sich hinauslehnte, die hölzernen Laden zu beiden Seiten griff und zuklappte. Kurz bevor diese sich zur Gänze schlossen, atmete sie noch einmal tief ein. Seltsam roch diese Stadt. Ein Duft oder manchmal auch Gestank, den sie nicht kannte. Sie meinte, die Nähe zum Meer riechen und das Salz auf ihrer Zunge schmecken zu können. Sie hatte noch niemals das Meer gesehen oder gar gerochen, aber Louise hatte ihr davon erzählt. Alles, was Ella kannte, war das kleine Flüsschen nahe ihrem Dorf. Dort hatten sie Wasser geholt, in ihrer Hütte gab es nicht den Luxus von fließendem Wasser.

Nach Salz also und nach Fluss roch die Stadt. Aber auch nach Ruß und nach Steinen, beißend und trocken. Nach dem Unrat aus den Fleeten, nach Vermodertem. Aber ein kleines bisschen auch nach dem Parfüm der Damen, nach den Waren in den Lagerhäusern, nach aromatischem Tee und bitterem Kaffee, nach Leder, Teer und Teppichen. Stickige enge Gassen, in denen die Luft stand, im Gegensatz dazu diese Weite auf den Boulevards, ein hoher heller Himmel und immer eine frische Brise, das war ihr erster Eindruck von Hamburg.

Am Ende der Gasse erschien nun ein Pärchen, und Ella schüttelte ihre wilden Spekulationen über den Geruch der Stadt ab und schloss leise die Läden. Finster war es um sie herum, sie wusste nicht, ob sie es wagen sollte, die Petroleumlampe, die unten im Keller neben der Treppe stand und einen schwachen Widerschein hinauf in das Lokal warf, nach oben zu holen. Würde man das Licht eventuell durch die Läden sehen?

Ella holte die Lampe trotzdem hoch, nicht ohne einmal in die Ecke zu schwenken, wo der schlafende Junge lag.

Heute Morgen hatte sie gehandelt, ohne zu überlegen. Louise hatte ihr Vorwürfe gemacht, ihr aufgezählt, in welchem Schlamassel sie beide steckten (im Grunde genommen steckte nur Louise im Schlamassel, Ella konnte von sich sagen, dass sie jeglichen Schlamassel hinter sich gelassen hatte und voll Freude und Zuversicht nach vorne blickte, aber sie wollte in dem Moment, als Louise ihre Wut rausließ, nicht unnötig kleinlich sein). Aber dann war auch Louise verstummt, nämlich nachdem sie sich das Häuflein Elend eingehender betrachtet hatte.

Ella hatte den Jungen aus dem Blickfeld der Polizisten gezogen und war mit ihm um die Ecke verschwunden, in den Keller, aus dem sie mit Louise gerade gekommen war. Louise indes hatte den Gendarmen die Richtung gewiesen, in welche sie den Flüchtigen angeblich hatte rennen sehen, und war danach zu ihr und dem zitternden Jungen gekommen. Er saß zwischen ihnen, zusammengekauert, und beide konnten sie ihm ansehen, dass er am liebsten nicht da gewesen wäre. Schürfwunden zogen sich über Arme und Beine. Blaue Flecken. Zitterte wie Espenlaub, auf seinen schmutzigen Wangen zeichneten sich helle Spuren von Tränen ab. Irgendwann war Louises Zorn verebbt, und sie hatten schweigend neben dem Jungen gesessen. Ella hatte mehrfach versucht, ihn anzusprechen, hatte ihn gefragt, was geschehen war, und wollte ihre Hand beruhigend auf seinen Rücken legen.

Doch der Junge sah seine Retterinnen nicht an, vor Berührungen scheute er zurück, nur zweimal murmelte er: »Ich war es nicht.«

»Wir können unmöglich hier sitzen bleiben«, hatte Louise irgendwann beschlossen, und Ella gab ihr recht. Aber raus konnten sie auch nicht. Sie konnten den Kleinen nicht allein dort sitzen lassen. Ella holte schließlich einen Schein aus dem Strumpfband – so, dass der Junge es nicht sah, denn weder wollte sie ihn beschämen, noch wollte sie vor ihm zeigen, wo sie einen Teil ihres Geldes versteckte – und bat Louise, etwas zu essen zu besorgen. Wasser gab es oben in der Kneipe, sogar Soleier und eingelegte saure Gurken. Aber eine Scheibe Brot dazu würde nicht schaden.

Während Louise ihrer Bitte nachkam, auch wenn sie versicherte, dass sie danach nie, aber auch wirklich nie wieder einen Fuß in diesen widerwärtigen Keller setzte, harrte Ella bei dem Jungen aus.

Stunden um Stunden in dem Erdkeller. Immerhin, er aß und er trank. Louise hatte außerdem eine Zeitung mitgebracht, die

Extraausgabe vom Mittag. Die Informationen waren spärlich, aber immerhin wussten sie nun, was geschehen war, denn ihr Schützling redete ja nicht. Als Ella las, welcher Tat er verdächtig war, wusste sie, dass sie instinktiv richtig gehandelt hatte. Nie und nimmer hatte dieses zitternde Bündel einen erwachsenen Mann erstochen! Und was wäre, wenn die Polizisten den Jungen in die Finger bekommen hätten – sie hätten mit ihm kurzen Prozess gemacht. Über kurz oder lang hätte der Halbwüchsige wohl sein Leben im Kerker verbracht.

»Ich bringe dich zur Polizei, wenn ich glaube, dass du es warst«, sagte sie zu ihm und zeigte ihm das Extrablatt.

Die Augen des Jungen weiteten sich, er starrte Ella an und schüttelte den Kopf.

»Du kannst das lesen?«

Zögerliches Nicken.

»Seit wann können Straßenjungen lesen?«

Er schwieg beharrlich, obwohl Ella hätte schwören können, dass er kurz davor war, mit ihr zu sprechen.

»Warst du in der Schule?«

Er überlegte, dann nickte er kaum merklich.

Ella musterte ihn. Irgendetwas an ihm war seltsam. Er sah aus wie ein Rotzbengel von der Straße – und doch wieder nicht. Er hatte feine Züge, gute Zähne. Und er hatte Manieren. Sein Essen schlang er nicht gierig hinunter. Er konnte lesen – sie war fest davon überzeugt, dass er in dieses Leben nicht hineingeboren worden war. Dieser Junge hier kam aus einem zumindest anständigen Haushalt. Aber wie war er dann in einen solch erbärmlichen Zustand geraten? Ellas Herz schlug für die Armen, für die Einsamen, Versehrten und Verletzlichen, und dieser Junge hier war alles zusammen. Festhalten konnte sie ihn nicht, aber vielleicht schaffte sie es, dass er ihr sich anvertraute. Allerdings schien es bis dahin noch ein weiter Weg …

Auch wenn der Junge den gesamten Tag über mit ihr in dem Keller saß – einmal hörten sie draußen Männerstimmen, wahrscheinlich waren das Polizisten, die die Gegend nach dem kleinen Kerl durchkämmten – er blieb in sich gekehrt. Blieb zusammengekauert und frierend, die Arme um die Knie geschlungen, hocken. Principessa allerdings konnte selbst er nicht widerstehen. Die kleine Möpsin fühlte sich nicht besonders wohl in diesem Kellerloch – wie Ella im Übrigen auch –, aber sie harrte brav neben Ella und dem Jungen aus. Sie schnüffelte an ihm, zart und vorsichtig, wie es ihre Art war, und irgendwann stupste sie ihn mit der Schnauze an. Der Junge lächelte, ganz leicht, und streckte Principessa einen Finger hin. Sie leckte an dem Finger, schließlich ließ sie zu, dass er sie streichelte. Ella saß ruhig daneben und überließ Principessa die Kontaktaufnahme. Und die machte ihre Sache gut. Es war wie bei den Kindern im Zug und auch wie bei Louise – den runden Glubschaugen und dem freundlichen Wesen der Mopsdame konnte niemand widerstehen!

Eine Zeit lang beschäftigte sich der Junge mit dem Hund, und Ella glaubte, sogar den Anflug eines Lachens zu erkennen, aber dann machte die Möpsin deutlich, dass sie ihr Geschäft erledigen musste. Ella war es ganz recht, von den Stunden im Keller war sie durchgefroren, und das an einem Sommertag. Den Jungen überließ sie sich selbst und sagte ihm, dass sie ihn nicht einsperre. Er war frei, jederzeit zu gehen, wohin er wolle. Eine Nacht noch würde sie bei ihm bleiben, vorausgesetzt, er war einverstanden, aber wenn er sich bis dahin ihr nicht anvertraute, müsse sie ihrer Wege gehen. So ließ sie ihn zurück. Eine gute Stunde später war sie wiedergekommen, mit der Decke – und hatte ihn schlafend vorgefunden.

Jetzt saß sie mit Principessa im Schankraum und überlegte, wie es weitergehen konnte. Sie musste Arbeit suchen, in Hamburg schmolz ihr Geld dahin wie Schokolade in der Sonne. Die Hansestadt war nicht Galizien, ihre paar Groschen reichten nicht. Und vor allem reichten sie nicht auch noch für Louise und den Jungen. Und einen kleinen Hund, der zwar anspruchslos war, aber fressen musste auch er.

Arbeit finden, Ellas drängendste Aufgabe. Sie war aus Lemberg weggegangen, um sich zu befreien, aber sie wusste: Je länger sie in ungeordneten Verhältnissen verharrte, weder eigenes Geld mit ehrlicher Arbeit verdiente, noch eine eigene Wohnung hatte oder ein Zimmerchen zumindest, umso stärker würde die Versuchung sein, auf das zurückzugreifen, was sie konnte: ihren Körper verkaufen. Nein, das durfte keinesfalls passieren! Sie war hierhergekommen, um neu anzufangen. Doch plötzlich fand sie sich in der Gesellschaft zweier Menschen wieder, die, in welcher Form auch immer, mit dem Tod eines dritten in Verbindung standen. Und das Schlimmste: Ella brachte es nicht übers Herz, sich von ihnen abzuwenden. Sie hatte Louise, die so anders war als sie, bereits fest ins Herz geschlossen. Und diesen verlorenen Jungen? Zehn jüngere Geschwister hatte sie, um die sie sich gekümmert hatte. Und dieser arme kleine Mensch rührte so tief an ihr Herz, an ihr Verantwortungsgefühl, sie konnte nicht anders, als helfen zu wollen. Bei dem Gedanken, dass dieser Junge sich allein in der großen Stadt herumschlagen musste, verkrampfte sich ihr Herz.

Ella seufzte, dann fiel ihr Blick auf die Zapfanlage, und das unwiderstehliche Verlangen nach einem kühlen herben Bier mit schöner Schaumkrone überkam sie. Ob sie es wagen sollte?

Nach einigen Versuchen hatte sie es geschafft: Ein großes Glas mit kaltem Bier stand vor ihr! Für einen Moment überkam sie ein schlechtes Gewissen. Der Wirt, der eigentlich hier hinter dem Tresen stehen sollte, war tot. War es unmoralisch und verwerflich, dass sie von seinem Unglück profitierte? Dass sie sich einfach nahm, was ihr nicht gehörte?

Aber mit dem ersten Schluck schob Ella die Zweifel beiseite. Sie hatte ihn nicht gekannt. Er hatte versucht, sich an Louise zu vergreifen, und außerdem war sein Tod ein Unfall gewesen. Und überhaupt – wo war er jetzt? Sollten die guten Sachen hier verrotten? Ella angelte sich noch eine Gewürzgurke aus dem großen Glas hinter der Theke.

Sie wollte gerade davon abbeißen, als ihr der Schreck in die Glieder fuhr: In ihrem Blickfeld war ein Geist erschienen! Principessa bellte einmal kurz und lief dann schwanzwedelnd auf den Geist zu. Natürlich war nicht der Wirt von den Toten auferstanden, es war der Junge. Er stand auf der obersten Treppenstufe, die Decke hatte er um sich gewickelt.

Ella atmete tief aus und hielt ihm die Gurke hin. Er kam zu ihr, nahm sie und knabberte schüchtern darauf herum.

»Bekomme ich auch eines?«

»Ein Bier?« Ella lachte. »Kommt nicht infrage!« Aber die Enttäuschung in seinem Blick stimmte sie milde. Ihre Mutter hatte den Babys sogar in Bier getränkte Tücher gegeben, damit diese sich in den Schlaf nuckelten. Und vielleicht lockerte ein kleiner Schluck die Zunge des Jungen. Sie zapfte ein kleines bisschen in ein Glas und reichte es ihm über die Theke.

Er bedankte sich so artig, dass Ella sich in ihrer Annahme, dass dieser Junge nicht aus schlechtesten Verhältnissen stammte, bestätigt sah. Jetzt keinen Fehler machen, dachte sie. Er fasste langsam Vertrauen. Nichts fragen!

»Nimm dir einen Stuhl.« Sie deutete auf die Stühle, die allesamt hochgestellt auf Tischen standen.

Der Junge drehte sich gehorsam um, hob einen der Stühle herunter. Dabei rutschte die Decke von seinen Schultern, und Ella sah im Nacken eine Tätowierung. Ein tätowiertes Kind? Wo gab es denn so etwas? Sie wusste, dass die tätowierten Freier, die zu ihr gekommen waren, entweder Seemänner waren, ganze Weltkarten hatten sich manche auf ihre Körper stechen lassen, oder Kriminelle. Viele zeigten ihr voller Stolz nackte Frauen, die ihre männlichen Körper zierten, was Ella im besten Fall geschmacklos fand. Manche hatten exotische Malereien und Muster auf der Haut, schöne Blüten, Schiffe oder Tiere, das gefiel ihr. Aber die Tätowierung des Jungen war grob und hässlich. Was sollte das sein? Ein Buchstabe? Sie konnte es im schwachen Schein der Petroleumlampe nicht gut erkennen und scheute sich, ihn zu fragen.

Die Zeit schlich dahin, floss zäh wie frischer Teer. Ella stand hinter dem Tresen und nippte an ihrem Bier, der Junge saß ihr gegenüber und tat dasselbe. Principessa stellte sich auf ihre Hinterbeine und schnupperte. Dann hüpfte sie mit einem Satz auf seinen Schoß, blickte triumphierend und stolz zu Ella und ließ sich den Rücken kraulen.

»Sie heißt Principessa. Das ist Italienisch und heißt Prinzessin.«

Der Junge streichelte weiter den grau glänzenden Pelz des Tieres.

»Ich heiße Ella. Das bedeutet … einfach nur Ella.«

Er lachte. Er lachte! Weiter so, Ella!

»Sie mag es, wenn du sie so streichelst.«

»Wir hatten auch einen Hund.« Erschrocken sah der Junge auf und biss sich auf die Lippen. Das war ihm aus Versehen über die Lippen gekommen. Ella wusste, wenn sie jetzt nachhakte – Wer ist wir? Wo sind deine Eltern, was ist mit dem Hund? Wieso lebst du auf der Straße, wie heißt du? – dann würde er sich wie eine Auster verschließen. Also vorsichtig jetzt.

»Hatte er auch einen Namen?«

»Lord.« Es kam wie aus der Pistole geschossen. Du meine Güte, dachte Ella, der Junge wollte reden. Er wollte so gerne etwas erzählen, aber er war verängstigt und eingeschüchtert. Wer oder was hatte ihm das angetan?

»Hast du ihn gerngehabt, deinen Lord?«

Jetzt traten Tränen in seine Augen, schnell senkte er den Kopf und konzentrierte sich ganz und gar darauf, den Mops zu streicheln. Er nickte nur.

Ella zapfte sich noch ein Bier. Sie war nervös. Kunden zum Reden bringen, das konnte sie. Es war ihre Gabe. Sie hatte gemerkt, dass Freier, die mit ihr sprachen, die ihr etwas aus ihrem Leben erzählten, ihr weniger zusetzten. Wer sich ihr geöffnet hatte, schlug seltener zu. Oder verlangte weniger oft Dinge von ihr, zu denen sie freiwillig nicht bereit war. Aber dieser Junge hier – das war etwas anderes. Sie wollte nichts kaputt machen. Sein Vertrauen nicht enttäuschen, ihn nicht noch mehr verletzen.

Sie sah sich im Regal um, wo die Schnapsflaschen standen, und fand, was sie gesucht hatte – einen Sirup. Sie gab einen Fingerbreit in ein Glas, ließ Wasser dazulaufen, kam hinter dem Tresen vor und stellte es dem Jungen hin. Sie selbst ging in die Hocke und streichelte Principessa ebenfalls, die sofort ihren runden Kopf in Ellas Hand schmiegte.

»Du hast ihn gesehen, nicht wahr?« Es war eine Eingebung, aber der Körper des Jungen versteifte sich sofort, und Ella wusste, dass sie ins Schwarze getroffen hatte. »Du hast gesehen, wer den Mann erstochen hat.«

Er schwieg, und das war Ella Antwort genug.

»Ist er hinter dir her? Hast du Angst vor ihm?«

Der Junge öffnete den Mund, und im selben Moment hörten sie ein Geräusch von der Tür. Alles ging ganz schnell: Jemand sperrte die Tür zur Gastwirtschaft auf. Der Junge sprang auf, das Saftglas fiel zu Boden, Principessa landete auf ihren kleinen Beinen und quietschte, Ella verlor das Gleichgewicht und purzelte hintenüber. Ein Mann kam zur selben Zeit in den Schankraum, als der Junge versuchte, über die Kellertreppe zu türmen. Der Mann – er hatte nur einen Arm – hechtete ihm hinterher, Ella rappelte sich auf, sie hörte, wie der Mann einen Namen rief, dann polterte es schrecklich, und eine Tür fiel ins Schloss.

Ella war endlich wieder auf die Füße gekommen, packte die Lampe, lief zur Kellertreppe und leuchtete hinunter. Der einarmige Mann saß auf dem Boden und hielt sich den Kopf, neben ihm ein umgestürztes Regal, alles, was sich darin befand – leere und volle Flaschen, Weckgläser, Kartons –, lag um ihn herum verstreut. Er drehte sich herum, Ella leuchtete ihm ins Gesicht.

»Wer sind Sie?«, fragten sie einander gleichzeitig.

16.

Paul war vollends verwirrt. Er starrte die Fremde an, sie starrte zurück.

»Was machen Sie hier?« Er rappelte sich auf. Joshua war weg, es hatte keinen Sinn, ihm hinterherzurennen, der Kleine war längst über alle Berge. Der Junge hatte das Regal hinter sich zum Umfallen gebracht und Paul damit schachmatt gesetzt, bevor er aus dem Hinterausgang gewetzt war.

»Das Gleiche könnte ich Sie fragen!« Die Frau hielt noch immer die Lampe hoch und leuchtete ihm ins Gesicht. Von ihr konnte er nur die Umrisse erkennen, sie war füllig, also handelte es sich nicht um Louise. »Wer sind Sie? Und warum haben Sie einen Schlüssel?«

Sie ließ die Lampe etwas sinken, und Paul sah ihr ins Gesicht. Eine dunkle Lockenmähne umrahmte ein rundes und angenehm anzusehendes Gesicht. Ihre Augen waren groß, rund und nussbraun wie Kastanien im Feuer. Erst jetzt sah Paul den Hund, der hinter ihr stand und ihn anglotzte.

»Sie haben ihn vertrieben!«

»Joshua?«

Die Frau trat näher. Sie war überrascht. »Joshua also ... Sie kennen ihn?«

»Sie offensichtlich auch, weshalb sonst sitzen Sie hier mit ihm in der geschlossenen Wirtschaft? Wie sind Sie hier reingekommen?«

»Hab's Schloss aufgebrochen. Mit einer Haarnadel.«

»Sie tragen doch gar keine Haarnadel.«

»Darum.«

Ihm entfuhr ein Lachen, unfreiwillig, die Situation war alles andere als komisch.

»Bitte sagen Sie mir, wer er ist. Und wer Sie sind, natürlich.«

»Ich bin zu gar nichts verpflichtet! Sie sind nicht berechtigt, sich hier aufzuhalten.« Paul ärgerte sich, dass er hier derjenige sein sollte, der Rechenschaft über sein Tun und seine Anwesenheit ablegen sollte. In Wirklichkeit ärgerte er sich allerdings darüber, dass er erwischt worden war. Er hätte sich besser von der Kneipe ferngehalten. Andererseits: Jetzt hatte er Gewissheit darüber, dass der unter Mordverdacht stehende Junge sich hier aufgehalten hatte. Dass es aber Joshua war, der ... Das war doch unmöglich!

»Ich bin nicht berechtigt, mich hier aufzuhalten?« Die Frau kam näher und musterte ihn. Angst schien sie keine zu haben. »Das gebe ich gerne zu! Ich habe mich um den Jungen gekümmert. Aber auch wenn Sie einen Schlüssel haben ... Sie sehen ertappt aus. Und schuldbewusst. Sie machen mir jedenfalls nicht den Eindruck, als hätten Sie hier etwas zu sagen. Sind Sie der Wirt?«

Sie war furchtlos und keineswegs dumm, wie Paul feststellen musste. Sah ganz so aus, als hätte sie ihn durchschaut. Ob sie von Stackleton wusste? Das konnte nicht sein, er hatte die Leiche so gut verborgen, niemand würde sie finden. Aber was hatte sie mit der *London Tavern* zu tun? Er war sicher, dass er sie hier noch nie gesehen hatte. Sie wäre ihm aufgefallen.

»Ich habe die Schlüssel von Mortimer«, log er. »Ich soll in seiner Abwesenheit nach dem Rechten sehen.«

Sie kniff die Augen zusammen. Ob sie ihm die Lüge abnahm?

Paul hatte sich aufgerappelt und klopfte die Erde von der Hose. Das verschaffte ihm Zeit, seine Gedanken zu sortieren. Er wollte der Unbekannten nicht mehr als unbedingt nötig über sich erzählen, andererseits war er neugierig – wer war sie? Was hatte sie mit Joshua zu schaffen? Und in welcher Beziehung stand sie zu Mortimer Stackleton?

»Mein Bier wird warm.« Die Lockige drehte sich um und ging in den Schankraum zurück, der Mops allerdings behielt ihn im Blick. Als Paul einen Schritt in Richtung Treppe machte, knurrte der Hund.

»Können Sie Ihren Zerberus zurückrufen?«

»Was ist ein Zerberus?«

Er hörte Gläser klirren. Was machte sie da? Es schien, als fühlte sie sich in der verlassenen Kneipe ganz und gar zu Hause.

»Principessa, komm her«, hörte er ihre Stimme. Der kleine graue Hund warf ihm einen giftigen Blick zu, dann trottete er gehorsam zu seiner Besitzerin, während Paul die Stufen erklomm.

»Wollen Sie auch eines? Wäre doch schade, wenn es verkommt.« Sie hob ein Glas hoch, die Flüssigkeit darin perlte goldgelb, und Paul merkte, dass ihm das Wasser im Mund zusammenlief. Er nickte und ließ sich auf dem einen Hocker nieder, den jemand vom Tisch heruntergestellt hatte. Auf dem Boden lag ein zerborstenes Glas, die Flüssigkeit hatte sich über die Holzdielen ausgebreitet. Er verkniff sich die Bemerkung, dass er gerade erst geputzt hatte – natürlich durfte das niemand wissen.

Sie folgte seinem Blick. »Der Junge«, sagte sie. »Er ist erschrocken, als Sie aufgesperrt haben.«

Dann kam sie hinter dem Tresen hervor, reichte ihm ein Bierglas und schmiss einen Lappen auf den Boden. Paul musterte sie. Alles an ihr schien weich – ihre Brüste unter der dünnen

Bluse, die runden Arme, ihre Wangen, sogar das lockige Haar. Ihre Haut war weiß, aber an Armen, Dekolleté und Nase gerötet, als wäre sie zu lange der Sonne ausgesetzt gewesen. Über der Oberlippe sah er winzige Schweißtropfen, weiß blitzten ihre Schneidezähne zwischen den Lippen hervor, sie lächelte ihn an, und dabei vertieften sich die Grübchen in ihren Wangen.

Ihm wurde heiß.

Rasch nahm er einen tiefen Schluck von dem Bier. Er war fest entschlossen zu schweigen, das brachte andere meist dazu, mehr zu reden, als sie wollten. Allerdings stellte er schnell fest, dass die Frau – sie stellte sich als Ella vor – ihr Herz auf der Zunge trug und nicht vorzuhaben schien, allzu viel zu verbergen.

»Ich musste den Jungen retten«, erzählte sie freimütig, während sie sich einen Stuhl nahm und auf den Boden stellte. »Und da bin ich auf die Idee gekommen, dass wir uns hier verstecken.«

»Der Junge wird von der Polizei gesucht. Als mutmaßlicher Mörder.«

Ella setzte sich, kniff die Augen zusammen und schob ihr Gesicht näher an ihn heran. Auf dem Nasenrücken hatte sie zarte Sommersprossen, Paul wich leicht zurück.

»Du kennst den Jungen«, sagte sie und wechselte vertraulich vom Sie zum Du. »Jetzt sag mir nicht, dass du glaubst, er war es.«

Paul schwieg.

»Du sagst mir auf der Stelle, wer er ist und woher du ihn kennst. Sonst gehe ich zur Polizei und erzähle, dass du die Leiche von dem Wirt versteckt hast.«

Um ein Haar fiel Paul das Bierglas aus der Hand, erschrocken starrte er die Fremde an. Woher wusste sie davon? Louise, natürlich! Er hätte es wissen müssen. Frauen konnten keine Geheimnisse für sich behalten! Paul lehnte sich etwas zurück und schwieg weiter. Sein Kopf arbeitete auf Hochtouren. Wenn diese Frau von Louise wusste, dass er die Leiche Stackletons hatte verschwinden lassen, wusste sie hoffentlich auch, dass sein Tod ein Unfall gewesen war. Sicher sein konnte er sich jedoch nicht. Eines war klar: Wenn die Frauen ihm ans Leder gewollt hätten, wären sie schon bei seinen Kollegen gewesen und hätten ihn verpfiffen. Ihr Druckmittel war also keines.

»Der Junge heißt Joshua Weixelbaum.«

Sie atmete tief aus, lehnte sich wieder zurück und ließ den Hund auf ihren Schoß hopsen.

»Ich kenne ihn, weil ich ihn vor über einem Jahr ins Waisenhaus gebracht habe.« Er suchte ihren Blick, weil er wissen wollte, wie viel er verraten konnte. Ihre dunklen Augen waren tiefe schwarze Brunnen, und kaum hatten ihre Blicke sich gefunden, spürte Paul, wie er darin versank. »Seine Familie ist bei einem Brand ums Leben gekommen. Es war schrecklich. Er hat alles verloren. Ich kann mir nicht erklären, warum er sich herumtreibt. Er sollte eigentlich in der Einrichtung sein.«

»Etwas stimmt nicht.« Ellas Stimme hörte sich brüchig an. »Er hat schreckliche Angst. Der Mord – das war er nicht. Ich lege meine Hand für ihn ins Feuer.«

»Kennen Sie ihn denn?«

Sie schüttelte den Kopf. »Nein. Aber mein Herz.« Sie legte eine Hand auf ihre Brust. »Ich habe es gespürt. Was ich glaube …« Sie stockte und schien zu überlegen, wie sehr sie ihm vertrauen konnte.

Paul dachte daran, wie er sich mit Michael in einem eiskalten Winter auf das Eis im nahen Weiher gewagt hatte. In der Mitte war der Weiher nicht ganz zugefroren gewesen, und sie hatten ein waghalsiges Spiel gespielt: Wer traute sich am weitesten auf die Eisfläche? Natürlich hatte sein Bruder gewonnen. Aber das Gefühl, das er damals gespürt hatte, das kam jetzt wieder zu ihm zurück. Er spielte ein Spiel mit dieser Frau – wer wagte sich am weitesten vor? Er wusste, er würde auch heute verlieren.

»Ich glaube, er hat gesehen, wie der Mann erstochen wurde.«
Ruckartig setzte Paul sich auf. »Hat er das gesagt?«

»Nein. Er hätte es mir gesagt – aber dann bist du gekommen.
Er hatte solche Angst.«

»Tut mir leid. Ich konnte ja nicht wissen … Ich habe von
draußen Licht gesehen und wollte nachschauen.«

»Du musst ihn finden.«

Erstaunt sah Paul sie an. »Warum kümmert Sie der Junge so
sehr?«

»Ich habe ein weiches Herz.« Das sagte sie voller Ernsthaftigkeit.

Noch niemals war Paul einer so seltsamen Person begegnet –
Louise vielleicht ausgenommen, die ihm gerade einmal vierundzwanzig Stunden zuvor eine schwer zu glaubende Räuberpistole
erzählt hatte.

»Ich komme aus Galizien«, fuhr Ella fort. »Ich kenne diese
Stadt hier nicht, ich weiß nicht, wo er sein könnte. Aber ich
weiß, wie arm er dran ist. Glaub mir, ich weiß, wovon ich rede.
Er hat schreckliche Dinge erlebt, und er ist halb tot vor Angst.«

Paul nickte nur. Er verstand sie. Wenngleich er wenig Mitleid
mit den Rotzbengeln hatte, die in Hinnerk Mackes Bande mit-
liefen, aber so einer wie Joshua …

»Joshua kommt aus einer wohlhabenden Familie. Aus Rotherbaum. Als der Brand geschah, war er mit seinen Eltern im
Haus. Er konnte sich retten, sich und seinen Hund. Die Eltern
kamen beide ums Leben. Danach wollte ihn niemand haben.
Sein Onkel nicht und auch nicht andere Verwandte. Er kam ins
Heim.« Paul räusperte sich. Die Geschichte von Joshua Weixelbaum war ihm damals an die Nieren gegangen, und die Zeit
hatte nichts daran geändert. Der arme Junge.

Ella sah ihn betroffen an. »Aber wenn er im Heim war –
warum lebt er jetzt auf der Straße?«

»Lebt er auf der Straße?«, fragte Paul sie.

»Ganz bestimmt. Du hättest ihn sehen sollen. Halb verhungert. Verlaust, schmutzig – er hat nicht nur ein paar Nächte draußen verbracht.«

Sie schwiegen beide, bis Ella ihre Worte wiederfand. »Vielleicht ist er abgehauen? Aus dem Heim?«

»Das ist die einzige Erklärung. Ich werde mich dort nach ihm erkundigen.« Es war das Franziskusheim in Flottbek, Paul erinnerte sich daran, als wäre es gestern gewesen. Der Junge hatte seine Hand nicht loslassen wollen, als er und die Frau von der Fürsorge ihn in die Obhut des Heimleiters gegeben hatten.

»Da war so eine Tätowierung.« Ella fasste sich in den Nacken. »Woher hat er die? Es sieht hässlich aus.«

Paul starrte sie an. Eine Tätowierung? Joshua sollte einer von Mackes Bengeln sein? Nie und nimmer! »Sind Sie sicher?«

Sie nickte.

Paul beschloss, ihr nichts über die Kinderbande und ihren grausamen Anführer zu erzählen, aber die Tatsache, dass Joshua sich nicht mehr in Obhut befand, stattdessen Teil der kriminellen Bande war, brachte ihn aus der Fassung. Nichts davon passte zu dem feinsinnigen Jungen, den er damals kennengelernt hatte. Joshua war schüchtern. Natürlich, er hatte alles verloren, war in Schock und Trauer gewesen, und trotzdem traute Paul sich so viel Menschenkenntnis zu, dass er gespürt hätte, wenn der Junge ein Ausreißer und Draufgänger gewesen wäre. Joshua Weixelbaum vergrub sich in Bücher – im Leben würde er nicht freiwillig mit einer Horde krimineller Kinder durch Hamburg ziehen!

»Ich muss gehen.« Er erhob sich und stellte sein leeres Bierglas auf den Tresen.

»Gib mir den Schlüssel.«

»Warum das?« Überrascht sah er sie an. Der Alkohol hatte ihre Wangen zart gerötet, und wieder wurde Paul von einer Wärmewelle erfasst.

»Warum willst du ihn behalten? Genauso gut könnte ich ihn behalten.«

Natürlich hatte sie recht, aber Paul sträubte sich dagegen, der Fremden den Schlüssel auszuhändigen.

»Wir suchen ein Versteck. Dann wissen nur wir beide, wo er ist.«

Kurz darauf schlichen sie sich gemeinsam aus dem Vordereingang heraus, nicht ohne sich vergewissert zu haben, dass niemand sie beobachtete. Die Gläser hatten sie abgespült, den Boden sauber gemacht, und Paul hatte sich Mühe gegeben, alles, was er angefasst hatte, mit einem Lappen abzuwischen. Erneut. Jetzt standen sie vor dem alten Gemäuer. Das Haus, das die *London Tavern* beherbergte, war deutlich älter als die anderen in dieser und den umliegenden Straßen. Ein geducktes Fachwerkhaus, Paul würde sich nicht wundern, wenn es schon seit dem Mittelalter dort stand. Im Gemäuer fanden sie einen Ziegel, von dem ein Stückchen abgebrochen war, man konnte ihn lösen, in den entstehenden Spalt schob Paul den Schlüssel. Plötzlich packte Ella sein Handgelenk und hielt es fest.

»Du musst ihn finden. Wenn du Joshua hast oder etwas weißt – leg mir einen Zettel hierhin.«

Ihre Augen brannten sich durch die Dunkelheit, Paul fühlte, wie sie ihn mit dem Blick festhielt, und als sie sein Handgelenk losließ, konnte er ihre Wärme noch lange Zeit auf seiner Haut spüren.

Er wagte es nicht, ihre Forderung abzulehnen.

Er hätte es auch nicht gewollt.

Er wusste lediglich, dass er sich danach sehnte, sie wiederzusehen.

Auf dem Heimweg fiel ihm in der Lohmühlenstraße, Ecke Große Johannistraße eine kleine Gestalt auf, die ihm sofort bekannt vorkam. Das beruhte wohl auf Gegenseitigkeit, denn

der Knirps machte, kaum hatte er Paul erblickt, einen zöger-
lichen Versuch, Reißaus zu nehmen – überlegte es sich aber doch
anders.

»Ich hab's zurückgebracht! Ich schwör's, bei allen Heili-
gen!«

Paul konnte nicht anders, als zu lächeln. Der kleine August
Hörmann trieb sich zu einer Zeit hier herum, wo Kinder seines
Alters im Bett liegen sollten.

»Ich glaube dir.« Paul strubbelte dem Jungen einmal durchs
Haar. »Und was tust du um die Zeit hier draußen? Du solltest
längst in den Federn liegen.«

»Is doch langweilig.«

Der Junge lief neben Paul her. Er musste zwei Schritte tun,
wo der erwachsene Mann einen machte.

»Was sagt deine Mutter dazu?«

»Die arbeitet.«

Paul verkniff sich die Frage, welcher Tätigkeit die Mutter des
Jungen nachging. »Und dein Vater?«

August zuckte mit den Schultern. »Gibt's nich.« Er blieb stehen und legte feierlich eine Hand auf sein Herz. »Aber ich hab
nichts mehr gemopst! Hoch und heiliges Ehrenwort!«

»Hat sich deine Mutter über die Würste gefreut?«

»Und wie! Aber erst mal hab ich 'ne Tracht Prügel bekommen, weil sie gedacht hat, ich hätt se gestohlen.«

Paul dachte an seine Mutter. Geschlagen wurden er und
Michael nur selten, aber das ein oder andere Mal war ihr doch
die Hand ausgerutscht – meistens dann, wenn sie annahm, ihre
Söhne lögen sie an. »Ich habe letztens einen Jungen gesehen, viel
älter als du war der nicht. Der hat Zeitungen ausgetragen. Wär
das nichts für dich?«

Der Kleine zuckte mit den Schultern. »Werd ich davon reich?«

»Na, reich wohl nicht, aber besser als ins Kittchen wandern,
oder?«

»Na gut.« Augusts Stimme wurde feierlich. »Ich kann's ja mal probieren.«

»Die *Hansepost* ist gleich hier um die Ecke. Das ist eine große Zeitung, ich fresse einen Besen, wenn die niemanden suchen.« Paul beschrieb dem kleinen Hörmann, wie er zum Redaktionsgebäude der Zeitung kam, und hoffte inständig, dieser möge seinem Rat folgen. Es gab einen Weg heraus aus dem Elend, er selbst war das beste Beispiel. Gewesen.

»Jetzt aber ab nach Hause. Ich will dich um die Zeit nicht mehr draußen sehen.«

Der Junge nickte und wollte auf der Stelle davonsprinten, da fiel Paul noch etwas ein. Er rief ihn zurück. »Du hast doch bestimmt von der Sache mit dem Juwelier gehört?«

Hörmann machte große Augen. »Hab ich.«

»Der Junge, den die Polizei sucht ...«

»Der Mörder?«

Paul kniete sich vor August hin und fasste ihn sanft bei den Oberarmen. »Das, was ich dir sage, bleibt unter uns, in Ordnung?«

August Hörmann leckte sich nervös die Lippen.

Paul wusste sehr wohl, dass es zweifelhaft war, den Bengel auf diese Weise zu benutzen, aber er wusste auch, dass es nur mit ihm eine Chance gab, Joshua zu helfen. Der kleine Hörmann kannte seinen Kiez wie seine Westentasche. Sollte Joshua sich hier verstecken – über kurz oder lang würde August davon Wind kriegen. »Er heißt Joshua. Und er ist ein ganz armer Wicht. Er hat Mauss nicht getötet, da kannst du Gift drauf nehmen.«

»Und was soll ich tun?«

»Nichts. Tun sollst du gar nichts. Aber die Ohren aufhalten. Wenn du spitzkriegst, dass er sich auf Sankt Pauli versteckt, dann hältst du die Füße still – und sagst mir Bescheid.«

Der blonde Schopf nickte heftig.

»Du weißt, wo du mich findest?«

»Aufm Schlachthof.«

»Ganz genau. Bei der *Metzgerei Eugen Baumwald*.«

Noch bevor die Sonne aufging, war Paul auf den Beinen. Zu viele Dinge waren ihm in der Nacht im Kopf herumgegangen, hatten an ihm gezerrt und ihn gepiesackt, sodass er kaum ein Auge zugemacht hatte. Wer war Ella? In welchem Verhältnis stand sie zu der Frau, die sich Louise nannte? Spielten die beiden ein Spiel, und falls ja – warum und wieso? Wer hatte etwas davon, ihn hinters Licht zu führen, ihn, einen ehemaligen Polizeibeamten, einen Metzgersgehilfen ohne Vermögen? Woher stammten die Geldumschläge unter der Matratze seines Vaters? Und vor allem: Wie konnte es sein, dass Joshua, das Waisenkind, in den Mord an Juwelier Mauss verwickelt war, und wie um alles in der Welt war er in die Krallen von Hinnerk Macke geraten?

Paul hatte sich am Brunnen hinter dem Häuslein seiner Eltern kalt gewaschen, von Kopf bis Fuß hatte er sich abgeschrubbt, als wollte er jede Pore seines Körpers vom Schlick und Schlamm seines jämmerlichen Lebens befreien, um gereinigt in den neuen Tag zu gehen, bereit, sich jeder Aufgabe zu stellen. Er schlüpfte in ein frisch gewaschenes Hemd und eine gebügelte Hose, die seine Mutter ihm bereitgelegt hatte. Dann zog er los. Nicht zum Schlachthof, dafür war es noch zu früh. Er nahm die Tram nach Flottbek hinaus, von dort lief er zwanzig Minuten durch den Wald. Langsam kämpfte sich die Sonne über die Wipfel, Nachtigallen verstummten, und Lerchen übernahmen ihre Schicht im Vogelkonzert. Frisch war die Luft hier, roch nach Feuchtigkeit und Morgentau. Spinnen hingen satt in ihren filigranen Netzen, Eichhörnchen machten ihre Morgengymnastik und schwangen sich von Ast zu Ast über Pauls Kopf. Das Grau der Stadt war dem satten Grün der Natur gewichen.

Nach einiger Zeit öffnete sich der Wald und gab den Blick frei auf einen hohen Zaun, der ein weitläufiges Grundstück begrenzte. Paul trat dicht heran, fasste mit der Hand einen gusseisernen Stab und blickte hindurch.

Wie eine Burg lag das Franziskusheim vor ihm, grau und behäbig, Erker und Zinnen wehrhaft in die Höhe gereckt. Stumm stand es da, kein Leben regte sich, kein Licht hinter den Fenstern, keine Wagen in der Auffahrt. Eine Trutzburg, dachte Paul. Kein Entkommen gab es dort hinaus, außer man wurde adoptiert. In diesem düsteren Kasten lag die Antwort auf eine seiner Fragen, und Paul würde nicht eher ruhen, bis er wusste, was mit Joshua Weixelbaum geschehen war.

Tage später

17.

»Hier Amt, was beliebt?«

Immerhin, dieser Satz ging ihr inzwischen flott über die Lippen. Aber dann wurde es kompliziert: B-Teilnehmer merken, Klinke stöpseln, Zeit notieren. Sich nicht ablenken lassen von den Gesprächen links und rechts neben ihr, schließlich saßen dreißig Telefonistinnen in einem Raum.

Louises Hände zitterten, während sie die Klinke stöpselte und hoffte, dass sie den A-Teilnehmer richtig verbunden hatte.

»Anker 3208«, meldete sich eine Stimme.

»Jetzt kommt ein Gespräch für Sie.«

»Verstanden.«

Louise atmete auf und warf einen schnellen Blick über ihre linke Schulter, dorthin, wo der Aufseher saß. Sie befand sich mit den anderen Frauen in einem lang gezogenen Raum im Postamt, in der Fernmeldeabteilung. An beiden Wänden des fensterlosen Raumes standen die Glühlampenschränke, ein jeder der Arbeitsplatz jeweils einer Telefonistin. Am Glühlampenschrank zeigten einhundert Lämpchen pro Platz an, ob ein Gespräch einging, das es dann richtig zu verbinden galt. Louise trug, wie alle anderen auch, eine Uniform – ein graues Kostüm aus steifem Stoff, das die Post zur Verfügung stellte. Auf dem Kopf hatte sie Kopfhörer, harte runde Dinger, die schon nach kürzester Zeit auf den Ohren schmerzten. Auf ihrer Brust ruhte das schwere Mikrofon. Außerdem gehörte zur Ausstattung eine Stoppuhr und ein Notizbuch, in welches sie die jeweilige Gesprächslänge pro Teilnehmer notierten, damit später mit den Fernsprechinhabern die Gespräche ordnungsgemäß abgerechnet wurden.

Es war Louises dritter Arbeitstag, heute arbeitete sie zum ersten Mal selbstständig, nachdem sie an den ersten beiden Tagen noch angelernt worden war. Wären die Bedingungen der Arbeit nicht so großartig gewesen und die Bezahlung dergestalt, dass sie sich damit gut über Wasser halten konnte, Louise hätte schon nach der ersten Stunde hingeschmissen. Ihr dröhnte der Kopf – von den Geräuschen in den Kopfhörern, es war ein ständiges Rauschen und Sirren und Fiepen. Außerdem war die Arbeit anstrengend, sie musste ohne Pause konzentriert sein, durfte sich keinen Fehler leisten, die natürlich dennoch laufend passierten. Eine falsche Verbindung sorgte für Ärger beim Anrufenden, dem A-Teilnehmer, aber auch bei den irrtümlich Angerufenen, den B-Teilnehmern. Zu viele verkehrte Verbindungen durften den Telefonistinnen auch deshalb nicht unterlaufen, weil die Post diese Gespräche nicht abrechnen konnte, es war also verschwendete Arbeitszeit.

Oder man vergaß, die Gesprächszeiten zu notieren, ein Fehler, der Louise häufig passierte, sie war zu nervös, um daran zu denken, die Anfangszeit eines Gesprächs festzuhalten. Doch da auch das bare Münze war, ging sie dazu über, zu schummeln und die Gesprächszeit zu schätzen. Sie konnte nur hoffen, dass die Anrufer, die für die Gespräche bezahlen mussten, die Zeiten nicht akribisch mit denen auf ihrer Telefonrechnung verglichen. Besonders bei Ferngesprächen war diese Gefahr groß!

Aber Louise biss die Zähne zusammen und war fest entschlossen, diesen Arbeitsplatz zu behalten, komme, was wolle. Alle hatten sie dazu beglückwünscht! Und auch wenn sie an den

vergangenen zwei Abenden völlig zerschlagen in ihr Pensions-
bett gefallen war – wie stolz war sie auf sich! Nur noch wenige
Tage, und sie würde ihre erste Lohntüte in der Hand halten! Sie
wusste auch sofort, was sie damit machen würde – verjubeln.
Nicht alles natürlich, aber sie wollte unbedingt in ein Restaurant
gehen, zusammen mit Ella, der sie jetzt schon so viel verdankte.
Und für Principessa würde sie feines Fleisch kaufen, vielleicht
Tartar.

Ella hatte ihr die Arbeit verschafft oder, besser gesagt: Sie
hatte sie darauf aufmerksam gemacht. In den wenigen Tagen,
die sie einander kannten – etwas über eine Woche war erst vergangen, seit sie sich in der *Pension Renate* zusammengefunden
hatten –, durfte Louise Ellas großes Talent bewundern, jeden
für sich einzunehmen. Ella war die Sonne, die alles, was sie
berührte, zum Strahlen brachte. Menschen und Tiere flogen ihr
zu, bereits nach drei Tagen wusste Ella von jedem Pensionsgast
und von allen Nachbarn rundherum die Namen, Schicksale und
Träume. Und so hatte sie von einem jungen Mädchen, das im
Haus nebenan mit ihren Eltern wohnte, erfahren, was diese von
Beruf war: Fräulein vom Amt. Voller Stolz hatte Margarethe,
so hieß das junge Ding, gerade einmal zwanzig Jahre alt, davon
erzählt. Und hatte Ella anvertraut, welche Qualifikation man
mitbringen musste, um eine der sehr begehrten Stellen zu er-
gattern: Die Damen sollten wortgewandt, höflich, aus gutem
Haus und ledig sein. Die Kenntnis einer Fremdsprache war von
großem Vorteil.

»Für mich fällt die Arbeit leider aus«, hatte Ella bedauert.
»Ich bin nicht aus gutem Haus. Aber du könntest es versuchen.«

Louise wollte einwenden, dass sie nicht ledig, sondern verheiratet war, doch dann fiel ihr ein, dass Viktor offiziell für tot
erklärt worden war, und in der Tat hatte der Totenschein, den
sie dem Beamten zeigte, der für ihre Einstellung verantwortlich
war, Tür und Tor geöffnet. Er war vor Mitleid für die junge

schöne Witwe zerflossen, und nachdem er ihr zuvor schon mitgeteilt hatte, dass die Post im Moment keine Telefonistin einstellte, hatte er seine Meinung schnell geändert. Louises Kenntnisse der englischen und französischen Sprache sowie der Hinweis, dass sie die Tochter eines Potsdamer Porzellanherstellers war, räumten auch seine letzten Bedenken beiseite. Pro forma musste sie zwei Einstellungstests über sich ergehen lassen, doch diese meisterte sie mit Bravour und durfte bereits am nächsten Tag zur Probearbeit erscheinen. Ein geregelter Acht-Stunden Tag, eine Festanstellung mit Krankenversicherung sowie ein Anrecht auf Urlaub boten paradiesische Aussichten! Was war das im Vergleich zur Arbeit in einer Fabrik oder gar als Hausangestellte! Wo man jederzeit ohne Angabe von Gründen auf die Straße gesetzt werden konnte, keinen Feierabend und kein Anrecht auf Urlaub hatte, von guter Bezahlung ganz zu schweigen. Nein, Louise wusste, dass sie das große Los gezogen hatte. Abgesehen davon, dass sie sich in ihrem bisherigen Leben nicht hatte vorstellen können, auch nur einen Finger krumm zu machen …

»Hier Amt, was beliebt?«

Schon leuchtete das nächste Lämpchen, und noch bevor Louise die Verbindung hergestellt hatte, blinkten zwei weitere. Zeit zum Nachdenken bot ihr ihre Arbeit jedenfalls kaum. Auch sorgte der Aufseher, der einzige Mann im Raum, dafür, dass die Telefonistinnen sich nicht unterhielten. Tuschelei war untersagt! Umso gesprächiger war die Mittagspause, und nach Arbeitsschluss wurde geredet. Louise erfuhr einiges über ihre Kolleginnen, sie selbst hielt sich bedeckt. Ihre Biografie und die Tatsache, dass sie es geschafft hatte, innerhalb weniger Tage in Hamburg ihren Leumund komplett zu ruinieren, musste sie nicht in die Welt hinausposaunen. Aber es gefiel ihr, Teil dieser Gruppe zu sein. Sie empfand jetzt das, wonach sie sich in der *Hamburg-Amerika-Bar* noch gesehnt hatte: die Freiheit einer berufstätigen Frau, die Geborgenheit von Gleichgesinnten. Sie gehörten zu einem exklusiven Klub, so empfand sie es, von Frauen, die unabhängig waren. Die meisten ihrer Kolleginnen waren modern – schließlich waren sie alle unverheiratet, sonst hätten sie die Arbeitsstelle nicht antreten dürfen. Sie waren auf einer Stufe mit Sekretärinnen und Lehrerinnen, wie gut sich das anfühlte!

»Was ist das?« Louise blickte auf den großen Korb mit Gemüse, der mitten im Zimmer stand. Ein Kopf Salat leuchtete grün neben einem Blumenkohl, Selleriestangen, Gurken, Karotten, Erdbeeren und ein paar Stangen Rhabarber.

»Ich habe heute auf dem Markt geholfen.« Ella lag auf dem Rücken auf ihrem Bett und grinste.

Hatte Louise sie jemals schlecht gelaunt gesehen? Sie konnte es sich nicht vorstellen. »Und neben meinem Lohn durfte ich das hier mitnehmen.« Sie zeigte auf den Korb.

Louise nahm eine Erdbeere und genoss die süße Explosion im Mund. Wie lange war es her, dass sie etwas Frisches gegessen hatte? Seit Viktors Tod ernährten sie und Ella sich von Brot. Brot mit Wurst, Brot mit Käse, Brot mit nichts darauf.

»Es ist ein Jammer.« Ella setzte sich auf und schob Principessa, die zusammengerollt neben ihr lag, sanft ein Stückchen zur Seite. »Hätten wir eine eigene Küche, könnte ich daraus etwas zaubern.«

»Kannst du kochen?«

»Ist schon lange her.« Ella zuckte mit den Schultern. »Aber zu Hause musste ich meine Geschwister versorgen. Mit dem, was der Acker und unser Hof hergaben. Viel war's nicht.« Sie nahm sich auch eine Frucht. »Aber im Juni, jetzt zu dieser Zeit, habe ich oft Milchgraupensuppe gemacht. Meistens mit der Milch unserer Ziegen. Und dazu Beeren, die wir im Wald gesammelt haben.«

Louise lief das Wasser im Mund zusammen. Sie wusste kein bisschen, wie man eine Mahlzeit zubereitete. Woher auch? Zu Hause hatten sie eine Köchin gehabt, mit Viktor hatte sie auswärts gespeist. Vielleicht würde sie ein Spiegelei zustande kriegen, bei einem weichen Ei musste sie bereits passen. Zu gerne hätte sie sich von Ella bekochen lassen.

»Was machen wir dann damit? Zum Wegschmeißen ist es zu schade.«

»Wegschmeißen!« Ella schlug die Hände zusammen. »Ich verkaufe es an Renate. Aber wenn wir eine Wohnung hätten ...«

Eine Wohnung. Seit Tagen, eigentlich seit Ella aus der *London Tavern* zurückgekommen war, lag sie Louise damit in den Ohren. Sie war der Überzeugung, die teure Zimmermiete sei herausgeschmissenes Geld.

»Ach, Ella.« Louise setzte sich neben ihre neue Freundin. »Woher sollen wir denn eine Wohnung zaubern?«

»Wir werfen unser ganzes Geld Renate in den Rachen. Wir müssen für alles, was wir essen, bezahlen. Wenn wir eine Wohnung hätten ...«

»Ich bin froh, dass ich Arbeit habe. Und dass mich die Polizei noch nicht verhaftet hat.« Dass sie im Hotel die Zimmerrechnung geprellt hatte, lag Louise schwer im Magen. Auch wenn sie fand, dass Viktor der eigentliche Zechpreller war. »Du hast außerdem keine Papiere. Wer soll uns beiden eine Wohnung vermieten? Und wenn überhaupt, dann landen wir in einem dieser schimmligen Löcher. Du musst dich doch nur umsehen.«

Die Gegend, in der ihre Pension lag, war bei Weitem nicht so schlimm wie die engen Gassen in den Hafenvierteln, in der Neustadt und im Gängeviertel. Trotzdem würde Louise so nicht wohnen wollen. Die mehrstöckigen Mietshäuser mit ihren vielen Höfen, die von Hof zu Hof immer dunkler und dreckiger wurden, wo die Menschen wie Vieh zusammengepresst hausten, sich Schichtarbeiter oftmals die Zimmer und die Betten teilten –

nein, da waren sie in der *Pension Renate* besser aufgehoben. Auch wenn das seinen Preis hatte.

»Ich gehe morgen zum Amt.« Trotzig schürzte Ella die Lippen. »Ich will Papiere. Und wenn ich die habe, will ich eine Wohnung. Wo ist egal, Louise, ich verspreche dir, wir können es überall schön haben. Ich kann putzen und kochen und nähen. Ich nähe uns Vorhänge und Tischdecken ...«

Louise hörte kaum noch zu. Sie sah ihre Zimmergefährtin an und fragte sich, woher diese ihren grenzenlosen Optimismus nahm. Ella kam von ganz unten, hatte Schreckliches erlebt – und ließ sich von nichts und niemandem unterkriegen. Sie sollte sich daran ein Beispiel nehmen. Louise zeigte es Ella nicht, aber wenn sie abends im Bett lag, kamen ihr die Tränen über ihre missliche Lage. Sie konnte nichts anderes denken als daran, dass sie über Nacht in einem Leben gelandet war, in dem sie sich nicht auskannte. Sie fühlte sich wie im freien Fall, der einzige Mensch, der ihr die Hand ausgestreckt hatte und an den sie sich klammerte, war Ella. Aber Louise verstand trotz ihrer Verzweiflung glasklar, dass sie sich nicht erneut von einem einzigen Menschen abhängig machen durfte – das letzte Mal war es grandios schiefgegangen. Sie musste lernen, auf eigenen Beinen zu stehen.

Noch bevor sie die Stelle als Telefonistin bekommen hatte, hatte sie sich durchgerungen und einen Brief an ihre Familie geschrieben. Hatte ihre Lage geschildert und um Hilfe gebeten. Eine Antwort hatte sie bis heute nicht erhalten.

»... könnten wir sogar ein Bett bekommen. Er hat gesagt, er würde es mir für ein paar Groschen verkaufen.«

Louise schüttelte verwirrt den Kopf. Sie wusste nicht, wovon ihre Freundin sprach, vermutete aber, dass es Ellas Träumereien von einer besseren Zukunft waren. Sie malte sich ständig aus, wie sie dies besorgen und das organisieren würde. Ella hatte niemals ein eigenes Zimmer, geschweige denn eine Wohnung besessen, und Louise, die sich von Geburt an um nichts hatte sorgen müssen, begriff, dass dies Ellas größter Traum war: eine Tür, die sie hinter sich schließen konnte.

»Wir schaffen das, Ella, ganz gewiss.« Louise lenkte ein. »Lass uns nur ein bisschen Geld einsammeln. Dann sehen wir uns nach einer Wohnung um.«

Ella juchzte und warf die Arme in die Luft, aber Louise fühlte sich schlecht. Glaubte sie selbst an ihre Worte? Was war, wenn ihre Mutter ihr schrieb, dass sie ihr verzieh und Louise rasch nach Potsdam, nach Hause, kommen sollte? Würde sie Ella und Principessa zurücklassen? Louise drückte sich um eine ehrliche Antwort.

»Hast du Nachricht von Paul?«

Ella schüttelte den Kopf. Auch das war ein Thema, über das Louise nicht gerne sprach. Dieser kleine Junge, Joshua, war Ellas größte Sorge. Sie hatte sich in den Kopf gesetzt, dem armen Tropf zu helfen, und war dabei ausgerechnet an diesen Einarmigen geraten! Den Mann, mit dem Louise dieses schreckliche Erlebnis teilte. Jetzt lief Ella jeden Tag aufs Neue zu der Kneipe und sah nach, ob Paul eine Nachricht für sie hinterlassen hatte. Louise fand, sie sollten sich nicht in etwas einmischen, das sie nichts anging. Himmel, ein Junge, der wegen Mordes von der Polizei gesucht wurde! Hatten sie nicht genug Sorgen? Und überdies traute Louise diesem Einarmigen nicht über den Weg. Was hatte er schon wieder in der Kaschemme zu suchen gehabt? Sein wiederholtes Auftauchen konnte kein Zufall sein.

Außerdem investierte Ella jeden Morgen in die *Hansepost* und sah nach, ob es etwas Neues im Fall des getöteten Juweliers gab, dabei wäre es Louise lieber gewesen, sie vergaßen den Mordfall.

Und mit dieser Zeitung in der Hand erwartete Ella Louise, als sie am nächsten Tag das Hauptpostamt zum Feierabend verließ.

Louise entdeckte die beiden sofort auf der gegenüberliegenden Straßenseite, Ella mit ihrer Lockenmähne und dem Mops war nicht zu übersehen. In einer Hand hielt sie die Leine, in der anderen eine Zeitung. Ihr Gesicht war so ernst, wie Louise es nicht von ihrer Freundin kannte.

»Ihr holt mich ab?« Sie hatte die Straße überquert und erreichte nach einem Slalom durch Radfahrer, Droschken und Automobile die beiden.

»Louise«, Ella stockte. Statt weiterer Worte hielt sie ihr die aufgeschlagene *Hansepost* hin. Louise überflog die Nachrichten und verstand erst nicht, aber am Ende der geöffneten Seite fiel ihr Auge auf die Schlagzeile *Gesuchter Hochstapler tot aufgefunden.*

Ihre Knie gaben unter ihr nach, sie wusste sofort, dass es sich um Viktor handelte, auch ohne die mageren Zeilen darunter gelesen zu haben. Ella griff geistesgegenwärtig nach Louises Arm und stützte sie. Louise taumelte, der Boden kam ihr entgegen.

»Es tut mir so leid«, hörte sie Ella sagen.

Lange genug hatte sie unter der Bettdecke gelegen. Ella hatte bei ihr gesessen, ihr Tee gekocht und über die Haare gestrichelt, während Principessa sich an ihre Füße kuschelte. Wie eingefroren war Louise, lang gestreckt, bewegungslos, während in ihrem Kopf ein Gewitter tobte. War Viktor tot? Bei einem Duell getötet worden? Durfte sie Abschied nehmen? Trauerte sie? Was bedeutete das für sie, wer würde Viktor begraben, wer ihn betrauern? Was war geschehen? Die Fragen stürmten auf sie ein, Fragen, die sie marterten, Fragen, auf die sie allein keine Antwort finden würde. Es sei denn …

Jetzt war es genug, entschied Louise. Sie schlug die Bettdecke zurück und setzte sich auf. »Ich gehe zur Polizei.«

»Soll ich dich begleiten?«

Louise wollte zunächst ablehnen, aber sie wusste: Sie würde jeden Beistand brauchen.

Ella und die kleine Mopsdame würden an der Stadthausbrücke warten, während Louise mit wackeligen Beinen auf den Eingang zum Präsidium zuging. Der Weg von der Brücke über den Hof des Präsidiums kam ihr endlos vor, im Geiste stellte sie sich immer wieder vor, was sie dort erwarten würde. Der Leichnam ihres Mannes? Louise fehlte die Vorstellungskraft dafür, auch fühlte sie sich nicht bereit. Immerhin, sie kannte die Wache nun schon, und sie wusste auch genau, mit wem sie sprechen musste.

»Zu Herrn Kommissar Kalweit, bitte.«

Der Wachhabende hinter dem Tresen guckte skeptisch. »Um was geht es denn?«

Louise nahm ihre Kraft zusammen, sie wollte sich nicht wieder abwimmeln lassen. »Sagen Sie ihm, Louise Dumont möchte ihn sprechen. Er weiß Bescheid.«

Und tatsächlich kam der schlaksige blonde Mann kurze Zeit später aus einer Tür hinter dem Tresen. Er nickte Louise nur zu und bat sie, ihm zu folgen.

»Sie haben die Zeitungsnotiz gesehen?« Er lief einen schmalen Gang vor ihr her.

Louise wunderte sich, dass er ihr nicht sofort sein Beileid aussprach, stattdessen erkundigte er sich, nachdem sie seine erste Frage bejaht hatte, danach, ob sie Viktors Leiche identifizieren könne.

»Ich … ist er hier?« Louise war überrumpelt. »In der Zeitung stand, Sie haben Viktors Leiche gefunden, dann wissen Sie doch, dass er es ist?«

»Er hatte seine Papiere bei sich.« Der Kommissar wartete ihre Antwort nicht ab, stattdessen hielt er ihr eine Tür auf, die zu einem Treppenhaus führte, und bat sie, ihm nach unten zu folgen. Sie liefen durch einen nur spärlich beleuchteten Gang, die

Luft war schlecht, kaum auszuhalten, und je weiter sie liefen, desto mehr Unbehagen verspürte Louise. Schließlich blieb Kommissar Kalweit vor einer großen schweren Stahltür stehen. Er zog ein Taschentuch aus seiner Brusttasche und reichte es ihr. »Sie werden es brauchen.«

Der Raum, den sie betraten, war ein Schock. Ein Saal eher als ein Zimmer, die Decken waren sehr hoch für ein Kellergeschoss. Fenster gab es nicht, lediglich schmale Oberlichter, Schlitze, die nur wenig Luft und Licht hereinließen. Der Boden war aus glattem, grauem Stein, die Kälte kroch von unten durch die Kleider den Körper empor. In dem Raum waren in zwei Reihen Tische angeordnet, aus demselben Stein wie der Fußboden.

Und auf den Tischen lagen Leichen.

Louise krallte eine Hand in den Arm des Kommissars, sie wusste nicht, wohin sie ihren Blick richten sollte, wurde magisch angezogen von den bleichen nackten Menschen, aber kaum geriet einer der Körper in ihren Fokus, schaute sie weg, sie sah geronnenes Blut und schwarz gezackte Nähte, sah offene Münder und Haut, die aussah wie von Schimmel überzogen. Junge Frauen, alte Männer, ein Kind. Noch bevor sie umdrehen und aus dem Raum flüchten konnte – der Gestank war unerträglich, sie musste den Würgereiz mit aller Macht unterdrücken –, blieb Kalweit neben einem Mann im weißen Kittel stehen, der am Kopfende eines der Tische auf sie wartete. Als sie neben ihn traten, sah er Louise betrübt an, der Kommissar sagte etwas, wahrscheinlich stellte er sie einander vor, aber Louise hörte nichts und verstand nichts, sie wollte nicht hier sein. Sie begriff, was die Männer von ihr erwarteten: Dass sie sich den Körper ansah, der auf dem Steintisch vor ihr lag.

Ein nackter Mann.

Sie zwang sich, in sein Gesicht zu blicken.

Und sah sofort weg.

»Er ist es nicht.«

Die Männer wechselten einen Blick.

»Kennen Sie den Mann? Es ist nicht Ihr Ehemann, Viktor Dumont?«

»Bitte, können wir woanders …?« Nicht noch einmal in dieses Gesicht blicken. Nicht länger die Luft atmen. Raus, raus, nur raus.

Mit großen Schritten lief Louise zur Tür, riss sie auf und rannte ein paar Schritte den Gang hinunter, bevor sie stehen blieb und sich zwang zu atmen.

Der junge Kommissar folgte ihr und stellte sich neben sie. Er sagte kein Wort, Louise reichte ihm das Taschentuch. Sie keuchte. »Könnte ich vielleicht ein Glas Wasser bekommen?«

»Gehen wir in mein Büro.«

Dort bat er sie, Platz zu nehmen, er saß ihr an seinem Schreibtisch gegenüber, betrachtete sie ernst durch seine Goldrandbrille, die Hände lagen gefaltet vor ihm. Er verhielt sich seltsam, fand Louise. Bei ihrem letzten Besuch hatte sie ihn als mitfühlend und zuvorkommend erlebt, warum trat er ihr heute so schroff entgegen?

Louise trank das Wasser in kleinen Schlucken, schließlich hatte sie sich so weit beruhigt, dass sie sich in der Lage sah, mit dem Kommissar zu sprechen. »Das ist nicht Viktor. Wie kommen Sie darauf, dass er es ist?«

»Der Mann trug die Brieftasche Ihres Mannes in der Jacke. Samt der Ausweispapiere.«

»Aber Sie wussten, dass es nicht Viktor ist?«

Der Kommissar bedachte sie mit einem langen Blick. »Ja, wir wussten es. Die Beschreibung in den Papieren trifft gar nicht auf Ihren Mann zu. Außerdem wissen wir, wie Viktor Dumont aussieht, auch wenn er sein Aussehen wechseln konnte wie seine Schuhe. Aber natürlich bedarf es einer offiziellen Bestätigung, ich werde Sie also bitten müssen, zu unterschreiben, dass es sich bei der Leiche, die Sie in Augenschein genommen haben, nicht um Ihren Ehemann handelt.«

Louise war verwirrt über die Aussage, Viktor hätte sein Aussehen verändert – seit sie ihn kannte, hatte er das nicht getan. Aber sie wunderte sich langsam über nichts mehr, und dass Viktor nicht der gewesen war, für den sie ihn gehalten hatte, war mittlerweile wirklich bei ihr angekommen.

»Ich kenne den Mann trotzdem. Nicht seinen Namen, ich weiß nicht, wer er ist. Aber ich habe ihn schon mal gesehen.«

Eduard Kalweit hob die Augenbrauen, diese Information hatte er wohl nicht erwartet.

»Er hat mir die Botschaft vom Tod meines Mannes überbracht.«

Herr Kalweit machte sich eine Notiz. Dann blätterte er in seinen Unterlagen. Er hatte ihre Aussage zum Verschwinden ihres Mannes vorliegen und fragte sie, ob das von ihr genannte Datum und die Uhrzeit, zu der sich der Tote vor ein paar Tagen bei ihr gemeldet hatte, richtig war. Louise bestätigte es.

»Dann ist er vermutlich wenig später ums Leben gekommen. Unser Leichenbeschauer hat den ungefähren Todeszeitpunkt bestimmt, und das deckt sich mit Ihren Angaben.«

Der Gedanke kam so überraschend, dass Louise kurz den Atem anhielt: Der Mann hatte sie über Viktors vermeintlichen Tod informiert und war danach selbst gestorben? Hatte Viktor damit zu tun? Hatte er ihn angeheuert, ihr die falsche Nachricht zu überbringen, und ihn dann … nein! Das konnte nicht sein! Viktor mochte vielleicht ein Betrüger und Hochstapler sein, aber ganz gewiss kein Mörder.

»Wie ist er gestorben?«

»Das kann ich Ihnen nicht sagen.«

Jetzt öffnete sich die Tür des Büros, und ein Mann trat ein, er fragte nicht um Erlaubnis, musterte Louise unverhohlen und stelle sich hinter Eduard Kalweit. Mit verschränkten Armen und einem süffisanten Lächeln.

»Das ist Inspektor Thönnes«, stellte der Kommissar ihn vor. »Er war lange Jahre Leiter der Abteilung Bandenkriminalität und hat Ihren Mann im Visier gehabt.«

»Oh.« Was sollte sie dazu auch sagen?

»Wir glauben, dass Ihr Mann noch lebt, Frau Dumont. Und ich habe den Eindruck, dass es Ihnen ebenso geht, nicht wahr?«

»Woraus schließen Sie das?«

»Sie tragen kein Schwarz.« Der Inspektor lächelte jetzt breiter. Er hatte wässrige Augen, himmelblau, mit denen er sie scharf ins Visier nahm, sein Blick stand im Kontrast zu dem Lächeln in seinem Gesicht. Er war ein eindrucksvoller und gut aussehender Mann, hatte allerdings etwas Verwegenes an sich, das Louise nicht mochte. Zu seiner Unterstellung schwieg sie.

»Ich möchte aus meinem Herzen keine Mördergrube machen.« Dieser Thönnes nahm sich einen weiteren Besucherstuhl und setzte sich rittlings darauf. Für Louises Geschmack etwas zu nah an ihr, sie roch sein Kölnisch Wasser. »Aber ich jage Ihrem Mann schon so lange hinterher, ich möchte so kurz vorm Ziel nicht aufgeben.«

»So kurz vorm Ziel?«

»Ihr Mann ist in Hamburg. Er muss in Hamburg sein. Wir glauben, dass er etwas sucht, und wenn wir schnell sind, dann hat er es noch nicht gefunden.«

»Ich gestehe, dass ich Ihnen nicht folgen kann.« Was der Wahrheit entsprach, Louise konnte sich auf das Gerede keinen Reim machen.

»Viktor Dumont oder besser Reinhard Pagel, als solcher wurde er vor dreißig Jahren in Oldenburg als Sohn eines Besenbinders geboren, weiß, dass ich ihm auf den Fersen bin. Es ist also nicht ganz ungefährlich für ihn, nach Hamburg zurückzukommen. Aber ich weiß, weshalb er hier ist, und ich setze alles daran, dass er mir nicht wieder durch die Lappen geht.«

Reinhard Pagel? Sohn eines Besenbinders? Wie demütigend! Louise glaubte, auf der Stelle aufspringen und irgendetwas kurz und klein hauen zu müssen. Wie konnte sie so einem Menschen auf den Leim gehen? Von wegen Dumont, von wegen Hugenotte! Sie war nach Strich und Faden von Viktor alias Reinhard belogen worden!

»Und Sie werden mir dabei helfen.« Thönnes grinste jetzt breit.

»Ich wüsste nicht …«

»Sie sind mein Lockvogel.«

Louise lachte laut auf. »Sie glauben doch nicht im Ernst, dass Sie Viktor – oder Reinhard – mit mir anlocken können? Er hat mich sitzen lassen! Ohne Geld, mit einem Haufen Schulden, er hat mein Erbe durchgebracht, dafür gesorgt, dass ich mich mit meiner Familie entzweit habe, und als er alles von mir hatte, was er wollte, hat er mich weggeworfen und mich glauben lassen, dass er gestorben ist. Ich bin Geschichte für ihn! Verstehen Sie das nicht?«

»Nicht, wenn er davon ausgeht, dass Sie Zugang zu etwas haben, das er so dringend sucht.«

Louise verstand nicht, worauf der Inspektor hinauswollte. Kalweit ergriff das Wort. »Ihr Gatte und ein Mann namens Mortimer Stackleton« – Louise erstarrte innerlich –, »haben vor einigen Jahren ihre kriminelle Karriere mit illegalen Glücksspielen begonnen. An allen möglichen Orten haben die beiden temporäre Spielhöllen für Begüterte …«

»Sehr Begüterte«, ergänzte Thönnes, und Kommissar Kalweit rückte seine Brille zurecht, bevor er fortfuhr.

»… angeboten. Roulettetische, Kartenspiele, was das Spielerherz begehrt. Sobald wir einen Ort ausheben konnten, waren sie bereits verschwunden und woanders hingezogen. Die Orte der privaten Casinos wurden nur per Flüsterpost verbreitet, streng geheim.«

Jetzt übernahm wieder der Inspektor. »Dumont und Stackleton haben an der Spielsucht der oberen Zehntausend blendend verdient. Irgendwann aber, vor ungefähr drei Jahren, war Schluss. Wir hatten einen Mann eingeschleust, deshalb wissen wir, dass es einen richtig großen Coup gab. Plötzlich verschwand Ihr Mann von der Bildfläche, und Stackleton blieb zurück. Er kaufte das Anwesen in der Pfeiffergasse. Das Wohnhaus mit der Kneipe und dem Gewerbe hintendran. Es sah nicht aus, als hätte er das große Geld gemacht, aber ich schätze, das war Absicht.«

»Stackleton war nicht der Champagnertyp.« Kalweits Blick schien sich in ihren Kopf zu bohren, Louise hatte das Gefühl, er könne jeden einzelnen ihrer sehr verworrenen Gedanken lesen. Am lautesten hämmerte diese eine Frage in ihrem Kopf: Wussten die Polizisten, was mit Stackleton geschehen war? Was *sie* mit Stackleton getan hatte? War das eine Falle? Stimmte es, was die Männer ihr erzählten? Und wenn ja, warum taten sie es?

»Mortimer Stackleton ist ein seltsamer alter Kauz. Vermutlich ist er ein Geizhals, ihm ging es nicht darum, mit dem ergaunerten Geld etwas zu tun oder es gar für sich auszugeben. Ihm genügte es, zu wissen, dass er reich war.«

»Nicht so Ihr Mann.« Die beiden Polizisten warfen sich die Bälle nur so zu, Louise konnte ihnen nur mit Mühe folgen. »Er verschwand aus Hamburg und tauchte vor ein paar Wochen mit Ihnen wieder hier auf. Wir wissen nicht genau, wo er in der Zwischenzeit überall war, aber da werden Sie uns weiterhelfen können.«

»Bitte erstellen Sie uns eine Liste all der Orte, an denen Sie und Ihr Mann sich aufgehalten haben, das ist doch bestimmt möglich? Frau Dumont?«

Louise starrte Thönnes an. »Eine Liste?«

»Einiges ist uns durchaus bekannt.« Der Inspektor griff nach einem Blatt auf Kalweits Schreibtisch und hielt es hoch. »Ihr Aufenthalt an der Côte d'Azur beispielsweise.« Er reichte Louise den Wisch.

Sie erstarrte. Als Hugenottin war sie selbstverständlich zweisprachig erzogen worden, und so hatte sie keine Mühe, zu verstehen, um was es sich handelte. Es war ein Haftbefehl. Ausgestellt von der Gendarmerie in Nizza. Er lautete auf ihren Mann. Aber nicht allein. Auch ihr Name stand dort, schwarz auf weiß. Sie blickte auf, ihr Herz schlug bis zum Hals.

»Sie werden gesucht. In Frankreich. Wir müssen Sie nicht ausliefern, es ist kein internationaler Haftbefehl erfolgt, aber natürlich könnten wir den Kollegen in Nizza behilflich sein.«

»Aber wir haben uns anders entschieden.« Kommissar Kalweit sah sie ernst an. »Sie nützen uns in Hamburg mehr.«

Thönnes stand auf, streckte sich und tigerte in dem kleinen Büro hin und her. Mit seinen langen Beinen genügten drei Schritte, um von der einen Wand zur anderen zu gelangen, er machte Louise nervös. »Ihr Mann hat sein Geld verjubelt. Er kommt zurück nach Hamburg, um zu sehen, ob sein alter Kumpel noch etwas von der gemeinsamen Beute hat. Sicherlich, um es sich unter den Nagel zu reißen. Er täuscht seinen Tod vor, um erstens Sie loszuwerden und zweitens – noch viel wichtiger – zu verhindern, dass die Polizei ihn verfolgt.«

Louise griff nach dem Wasser. Mund und Kehle waren vollkommen ausgetrocknet. Ihr Herz galoppierte wie auf der Horner Rennbahn und wäre gewiss noch vor Prinzessin Ishtar ins Ziel gegangen.

»Nun ist aber Mortimer Stackleton auch von der Bildfläche verschwunden.« Thönnes holte einmal tief Luft. »Er hat seine Kneipe auf unbestimmte Zeit geschlossen. Das kann nun zwei Gründe haben: Entweder hat er spitzgekriegt, dass sein ehemaliger Gaunerkumpel in der Stadt ist und sich sein Geld holen will. Da hat er sich in sein Heimatland verdünnisiert.«

»Oder«, Kalweit übernahm wieder, »Ihr Mann hat kurzen Prozess mit ihm gemacht.«

Nein, schoss es Louise durch den Kopf. Das war ich. Ich habe kurzen Prozess mit ihm gemacht. Und erst als sie den Gedanken dachte, wurde ihr klar, dass die beiden Ermittler nichts davon wussten. Sonst hätten sie sich das Theater gespart. Sie hatten keine Ahnung. Jetzt durfte sie nur nicht die Nerven verlieren.

»Und wie stellen Sie sich das vor?«

»Sie gehen zurück ins Hotel. Mit dem Direktor haben wir alles geklärt. Sie nehmen Ihr gesellschaftliches Leben wieder auf. Geben Geld aus, gehen auf Empfänge, zeigen sich mit der Hautevolee. Ihr Mann wird neugierig werden, schließlich weiß er, dass er Sie ohne einen Groschen zurückgelassen hat.«

»So, wie wir ihn einschätzen, wird er sich bemerkbar machen. Reinhard Pagel alias Dumont wird von Geld angezogen wie die Motten vom Licht.«

»Woher soll das Geld kommen? Ich habe jedenfalls keins.«

»Machen Sie sich keine Sorgen. Wir regeln das. Auf Staatskosten. Und natürlich bekommen Sie kein Geld von uns. Es reicht, wenn es so aussieht, als ob.«

Die Idee, in ihr altes Leben zurückzukehren, war reizvoll. Um ein Haar hätte Louise sofort zugesagt. Aber etwas in ihr hielt sie zurück. Es fühlte sich nicht richtig an. Sie erhob sich. »Wie lange habe ich Bedenkzeit?«

»Eigentlich gar nicht.« Inspektor Thönnes klopfte mit dem Finger auf den französischen Haftbefehl. »Aber weil Sie es sind, gebe ich Ihnen achtundvierzig Stunden. Und kommen Sie nicht auf die Idee zu verschwinden. Das macht Ihre Lage noch schlimmer.«

In der Tür drehte Louise sich noch einmal um. »Da ist noch etwas: Die zwei Männer, die mir und Viktor gefolgt sind und die das Hotel beobachtet haben – gehören die zu Ihnen?«

Die Polizisten sahen sich überrascht an und verneinten. Ein weiteres Rätsel also. Seit Louise in die Hansestadt gekommen war, tat sich ein Abgrund nach dem anderen auf.

18.

Ella konnte ihrer Freundin ansehen, dass der Besuch bei der Polizei sie sehr mitgenommen hatte. Mit Principessa hatte sie auf der Stadtbrücke auf Louise gewartet und beobachtet, wie die Sonne auf dem Wasser des Kanals bunte Mosaike malte, bevor sie sich den glühend roten Schlafrock anzog und über der Neustadt in ihrem Bett versank. Der Verkehr, der anfangs noch vor ihrer Nase vorbeirauschte, die Passanten, die in höchster Eile von hierhin nach dorthin hetzten, waren weniger geworden. Je näher der Abend kam, desto ruhiger und langsamer wurde das Tempo der Stadt.

Der schwere Duft von Lindenblüten stieg in Ellas Nase, sie musste die Augen schließen, um den wundervollen Geruch, der so viele Erinnerungen in ihr weckte, vollkommen in sich aufzunehmen. Lindenblüten – so roch der Sommer! Das kleine Häuschen, in dem sie mit ihrer Familie gelebt hatte, stand unweit einer Lindenallee, die zu einem benachbarten Gutshof führte. Wenn im Juni die Bäume blühten und alles rundherum mit ihrem warmen Duft einhüllten, wurden die größeren Kinder am frühen Morgen, kaum war der Tau der aufsteigenden Hitze gewichen, mit einem Korb zum Einsammeln der Blüten geschickt. Die Mutter legte die Blüten, zusammen mit denen von Holunder oder Gänseblümchen, auf Leintücher aus. Die getrockneten Blüten mischte sie schließlich zu einem Tee, den die Kinder bekamen, wenn sie fieberten oder sonst wie unwohl waren. Manchmal hatte Ella um den Tee gebeten, obwohl sie gesund war, denn der aromatische Dampf, der von dem heißen Getränk aufstieg, duftete nach Sommer, sie musste nur die Augen schließen und egal, wie eisig es in der kleinen Stube war, sie sah vor ihrem inneren Auge die in voller Blüte stehende Lindenallee, das rote Leuchten von Mohn auf den Feldern und spürte die warme, festgetretene Erde unter nackten Füßen.

Und so war es auch jetzt, Tausende Kilometer von ihrer Heimat entfernt – der Lindenduft trug Ella nach Hause. In ein anderes, früheres Leben, zu ihren Eltern und Geschwistern.

Ob Vater und Mutter noch lebten? Was wohl ihre Brüder machten? Sehnsucht schlich sich in ihr Herz und presste es aus. Ella musste sich sehr zusammennehmen, um nicht vor allen Passanten loszuheulen. Sie hob Principessa hoch und drückte das weiche warme Fellbündel an ihren Busen. »Irgendwann kann ich wieder zurück, mein Schatz. Ein oder zwei Jahre, dann haben mich die bösen Männer vergessen.« Und dann bringe ich Vater und Mutter Geld, bringe ihnen alles, was ich für sie zur Seite legen kann. Für ein neues Bett und dicke Strümpfe, warme Decken und ein Pfund Kaffee. Ach was, ein Pfund! Einen ganzen Sack Kaffee sollen sie haben!

So hing Ella ihren Gedanken nach, als Louise über den Platz vom Präsidium auf sie zusteuerte. Alle Farbe war aus ihrem Gesicht gewichen, um den Mund zeigte sich ein harter Zug, den Ella von Louise nicht kannte.

»Er war es nicht.« Louise lief fast an Ella und Principessa vorbei, so sehr schien sie in Fahrt zu sein.

»Er war es nicht? Aber … wer war es dann? Wieso steht in der Zeitung, dass …«

»Der Tote hatte Viktors Papiere bei sich.« Louise blieb endlich stehen und schob eine Haarsträhne, die sich gelöst hatte, unter ihren Hut. »Aber ich habe den Mann schon einmal gesehen.« Damit lief sie mit energischen Schritten weiter. Ella bemerkte, dass Louise die Fäuste geballt hatte – sie hatte mit allem gerechnet. Trauer darüber, dass ihr Mann gestorben war, Erleichterung, dass man ihn gefunden hatte. Aber Wut? Und dass es gar nicht Viktor war? Was für eine verdrehte Geschichte!

Wenig später saßen sie in einer kleinen Eckkneipe in der Eckernförderstraße unweit ihrer Pension, jede vor einem kleinen Glas Absinth. Louise kippte das Getränk herunter wie Saft, Ella war vorsichtiger, vor der giftgrünen Flüssigkeit hatte sie höchsten Respekt. Währenddessen erzählte Louise, hastig, ohne Pause, sie war seit dem Besuch im Präsidium außer sich. In Frankreich wurde sie per Haftbefehl gesucht! Ella staunte mit offenem Mund. Louise konnte ihr in Sachen abenteuerliches Leben durchaus das Wasser reichen, obwohl sie noch immer wie die Tochter aus gutem Hause wirkte. Ihre aschblonden Haare glänzten weich, Teint und Zähne makellos. Ihren Händen sah man an, dass diese niemals schwere Arbeit verrichtet hatten, Louise war immer wie aus dem Ei gepellt. Kein Wunder, dachte Ella, dass ihre Freundin auf Anhieb die Arbeit als Telefonistin bekommen hatte. Sie sah Louise ins Gesicht, während diese erzählte, was ihr bei der Polizei widerfahren war, staunte und wunderte sich, gleichzeitig aber beglückwünschte sie sich, dass sie sich vor Tagen ein Herz gefasst und Louise zu dem Zwei-Bett-Zimmer in der Pension überredet hatte. Dass sie in ihr eine Freundin gefunden hatte, ja mehr noch, eine Seelenverwandte. Trotz all ihrer Gegensätzlichkeit.

»Die Polizisten glauben allen Ernstes, dass sie mit mir Viktor anlocken können.« Louise schüttelte den Kopf.

»Wieso denken sie das?«

»Weil Viktor anscheinend noch eine Rechnung mit …« Louise flüsterte jetzt. »… Mortimer Stackleton offenhatte! Deshalb der Schuldschein. Allerdings geht es gar nicht um die Kneipe.« Sie wurde noch leiser, sodass Ella sich weit über den Tisch streckte, um zu verstehen. Ihre Locken berührten Louises Hut, und sie spürte deren Atem an ihrem Ohr. »In Wirklichkeit geht es darum, dass Viktor sich Zugriff auf Mortimers Anteil sichern wollte. Wahrscheinlich hat der das Geld gehortet und nicht verjubelt. Die Polizei glaubt, Mortimer könnte damit abgehauen sein. Wir wissen es besser.« Louise lehnte sich wieder zurück und holte tief Luft. »Jedenfalls haben sie mir angeboten, dass ich ins Hotel zurückgehen soll. Und so leben wie zuvor. Viktor würde das misstrauisch machen, er würde wissen wollen, woher ich das Geld habe, und er käme zurück. Und dann schnappt die Falle zu.« Sie lachte einmal bitter auf. »Ich glaube das nie und nimmer. Viktor ist über alle Berge. Der schert sich nicht mehr um mich.«

Ella sah Louise an und konnte den Schock, den ihr das soeben Gehörte versetzte, nur schwer verbergen. »Du … gehst wieder ins Hotel?« Bei dem Gedanken, Louise verlieren zu müssen, wurde sie schlagartig traurig.

»Ich denke nicht daran!« Louise sah sehr entschlossen aus. »Ich habe einen besseren Plan.« Jetzt schlich sich ein verschmitzter Zug in ihr ernstes Gesicht. »Aber ich muss erst darüber schlafen. Morgen erzähle ich dir mehr.«

Ella war schon lange vor Louise wach und aufgestanden. Die Nacht war unruhig gewesen, Louises Geschichte und noch viel mehr ihre Pläne, über die sie noch nicht sprechen wollte, trieben Ella um. Außerdem war sie seit Tagen auf der Suche nach einer Anstellung und würde erst ruhen, wenn sie etwas in Aussicht hatte. Bislang hatte sie zwar immer eine Möglichkeit zum Geldverdienen gefunden, aber das waren nicht mehr als Gelegenheitsarbeiten. Das Treppenhaus putzen hier, auf dem Markt Kisten schleppen da. Feste Stellen schien es nur in den Fabriken zu geben, aber das war Ellas letzte Option. Den ganzen Tag ohne Tageslicht verbringen? Das hatte sie lange genug in den Bordellen gehabt. Nein, seit sie aus Lemberg geflohen war, war eines für sie klar: Sie brauchte Abwechslung! Von morgens bis abends auf ein und derselben Stelle sitzen und die immer gleiche Tätigkeit verrichten, das konnte sie sich nicht vorstellen. Hart arbeiten, kräftig zupacken, das machte ihr nichts aus. Am liebsten würde sie sich allerdings in einem Geschäft anstellen lassen. Verkäuferin – ihr Lebenstraum! Sie stellte es sich herrlich vor, mit den verschiedensten Menschen zu tun zu haben, außerdem wäre es großartig, von Waren umgeben zu sein, Dingen, die sie sich selbst nicht kaufen konnte, aber dennoch würde sie sie anfassen und anpreisen. Ella hatte erst in Hamburg zum ersten Mal ein Geschäft betreten. Als Kind hatte sie weit entfernt von Kaufmannsläden gelebt, das Einzige, was sie kannte, waren fahrende Leute gewesen. Besenbinder oder der Barbier, der auch Zähne zog und Wundermittel verkaufte. Danach war sie sieben Jahre in Gefangenschaft. Auf ihrem Weg durch die Dörfer und in Kattowitz hatte sie Geschäfte gesehen, aber niemals gewagt, eines zu betreten. Das hatte sich in der Hansestadt gründlich geändert! Und was es für Geschäfte gab! Kolonialwaren, Delicatessen, Möbel, Lederwaren, Schmuck, Eisenwaren – Hamburg war eine Handelsstadt, das spürte sie an jeder Ecke. Ella schien, als gäbe es nichts, was man nicht in dieser Stadt erwerben konnte. Ein Grund dafür, dass sie kaum noch Geld im Mieder hatte, war ihre überbordende Freude daran, ein Geschäft zu betreten und etwas zu kaufen. Dabei ging es gar nicht mal zu sehr darum, etwas zu besitzen. Aber die Tatsache, dass sie in einen Laden gehen konnte, eine riesige Auswahl hatte, ganz gleich, ob es sich um Brote oder Schuhe handelte, versetzte sie in einen Rausch. Das musste ein Ende haben! Und deshalb hatte Ella die Läden auf Sankt Pauli im Visier und hoffte, dass jemand ein Schild aushängte, worauf stand: *Verkäuferin gesucht.*

Lieferbursche gesucht, war nicht ganz das Gleiche, aber es könnte ein Schritt auf dem richtigen Weg sein. Ella band Principessa vor dem Bäckerladen an, wo das Schild mit in Kreide geschriebenen Buchstaben stand, und trat ein. Der köstliche Duft frisch gebackener Rundstücke stieg ihr in die Nase, in den hölzernen Regalen standen noch dampfende Rosinenstuten und Schwarzbrotlaibe dicht an dicht. Die ältere Dame hinter der Theke nickte Ella müde zu. Sicherlich war sie schon ein paar Stunden auf den Beinen, dachte Ella und setzte ihr freundlichstes Gesicht auf.

»Guten Tag, ich habe Ihr Schild gesehen.« Sie zeigte durch die gläserne Ladentür.

Die Frau folgte ihrem Finger, musterte Ella und zog die Stirn in Falten. »Sind Sie ein Bursche?«

»Das nicht. Aber ich bin kräftig wie ein Pferd.«

Jetzt lachte die mürrische Frau. »Eins zu null für Sie.« Ihr Blick wanderte einmal über Ellas stämmigen Körper, dann nickte sie. »Wir suchen Auslieferer für die Bestellungen. Jeden Morgen, früh um fünfe. Erst recht am Wochenende. Am Mittag ist Feierabend.«

»Ich stehe früh auf. Was muss ich können?«

»Rechnen, lesen, Fahrrad fahren.«

»Oh.« Nun war es an Ella, die Mundwinkel sinken zu lassen. »Rechnen und lesen ist kein Problem. Aber Rad fahren ... nein.«

»Dann tut's mir leid. Zu Fuß können Sie das nicht machen, da kommen Sie nicht weit genug rum. Aber mit dem Lastenrad – wir liefern bis Ottensen.«

»Schade!« Enttäuscht schickte sich Ella an, das Geschäft zu verlassen.

»Sie können es üben!«, rief die Frau ihr nach. »Ist nicht schwer. Und dann kommen Sie wieder.«

Ella drehte sich um und winkte von draußen. Die Bäckersfrau nickte, nun sehr viel freundlicher.

Fahrrad fahren, dachte Ella, warum nicht? Ich muss ein Rad finden. Dann übe ich. Und irgendwann fahre ich Brötchen aus, wäre das nicht großartig? Dieser Gedanke gab ihr Auftrieb, sie lief weiter und weiter durch die morgendlichen Straßen Sankt Paulis, bis hinunter zu den Landungsbrücken. Am Hafen lenkte sie ihre Schritte heute aber nicht nach Altona, sie wollte einmal in die andere Richtung gehen, dorthin, wo sie noch nicht gewesen war. Der Hafen faszinierte sie in seiner Vielfalt. Neugierig beobachtete sie die riesigen Passagierdampfer an den Landungsbrücken, das Gewusel der Menschen, Automobile und Droschken, die aus den Ausgängen des Elbtunnels strömten, die Arbeiter, die Waren auf Schiffe hievten, Möwen, die schreiend über ihrem Kopf kreisten.

Doch neben den vielen Eindrücken, die der Hafen ihr bot – Schiffe in allen erdenklichen Größen und Formen, vom Ewer zum Transatlantikdampfer mit drei Schornsteinen, runde Lastenkräne, die Ähnlichkeit mit den kleinen Mühlen ihrer Heimat hatten, riesige Speicher, Arbeiter, Seemänner –, fielen ihr irgendwann die Frauen auf. Je tiefer sie ins Herz des Hafens vordrang, sich auf den Kais bewegte und nicht mehr an den großen Straßen entlang der Hafenkante, desto mehr von ihnen bemerkte sie. Frauen, wie sie selbst eine gewesen war. Prostituierte. Huren. Bordsteinschwalben. Leichte Mädchen und was der Bezeichnungen mehr war. Ella wusste, sie sollte umdrehen, weggehen, sich fernhalten von dem Milieu, das sie jahrelang zu einer Gefangenen gemacht hatte. Aber sie wurde magisch angezogen, beobachtete, wie die Frauen auf Kundenfang gingen. Manchen sah man ihre Profession nicht auf Anhieb an. Sie waren besser gekleidet als die armen Mädchen, die sich in dunklen Häusernischen herumdrückten, präsentierten sich offen, gaben sich als Spaziergängerinnen aus. Aber bei genauerem Hinsehen bemerkte Ella, dass die Frauen den Männern eindeutige Blicke zuwarfen, und wenn einer sie ansprach, wurde kurz verhandelt, bevor man sich gemeinsam auf den Weg machte. Der Mann in einigem Abstand zur Frau, wahrscheinlich gab es in direkter Nähe eine Absteige, die Zimmer stundenweise vermietete.

Auf der Straße hatte Ella nie anschaffen müssen. Sie hatte die Männer immer nur in Zimmern empfangen, aber sie kannte die Erzählungen von anderen. Die Huren auf den Straßen arbeiteten so gut wie nie auf eigene Rechnung, immer lauerte irgendwo ein Lude, der seinen Mädchen das Geld abknöpfte. Der sie antrieb und schlug, wenn sie nicht so viel Geld erwirtschafteten, wie er sich erhofft hatte. An ihren Körpern bedienten sich die Zuhälter gratis, schließlich waren die Frauen nichts weiter als eine Ware.

Ella schauderte, wenn sie daran zurückdachte. Gleichzeitig schlich sich ein furchtbarer Gedanke in ihren Hinterkopf. Was wäre, wenn … nur einmal, zweimal. Für ein wenig Bares auf die Hand. Aber nein! Ella sah an sich herab, bis ihr Blick an der kleinen Mopsdame hängen blieb. Wer sie heute war! Eine freie und starke Frau. Mit einem entzückenden Hund. Nie mehr sollte ein Mann gegen ihren Willen ihren Körper besitzen. Die Freiheit, die sie sich so bitter erkämpft hatte, wollte sie nicht mehr hergeben. Im Grunde genommen konnte sie sich überhaupt nicht mehr vorstellen, sich mit einem Mann zusammenzutun. Sie hatte Principessa, das Kuscheln mit dem warmen Hundekörper gab Ella genug Geborgenheit. Und sie hatte Louise, eine Freundin, mit der sie gemeinsam in die Zukunft blicken konnte.

Falls diese nicht doch das Angebot der Polizei annahm und in ihr altes Leben zurückkehrte. Ohne Ella. Louise hatte ihr noch nicht offenbart, was ihr Plan war – Ella war aufgestanden, da hatte ihre Freundin noch geschlafen, und wenn sie zurückkehrte, würde Louise bereits im Postamt sein.

Zwei junge Mädchen liefen vor Ella her, noch keine zwanzig Jahre alt, ihre Aufmachung ließ keinen Zweifel an ihrer Profession zu. Die beiden unterhielten sich lebhaft, Ella wurde wie von einem unsichtbaren Faden gezogen und folgte den beiden, die schließlich ein kleines Häuschen, zwischen zwei Lagerhäuser aus Backstein gepresst, ansteuerten. Verwundert blieb Ella stehen. Das Haus sah aus wie ein Wohnhaus – mitten im Hafen? Es war von auffällig grüner Farbe, unter den Fenstern hingen Kästen mit bunten Sommerblumen. Vor dem Haus waren auf einer kleinen Freifläche ein paar einfache Tische, Stühle und Bänke aufgebaut, überall saßen Frauen, aßen, tranken, unterhielten sich. Ella trat näher, keine der Frauen schenkte ihr Beachtung. Was war das hier? Ein Gasthaus? Ella nahm an einem der Tische Platz und beobachtete das Geschehen genauer. Ihr fiel eine blonde junge Frau auf, sie lief zwischen den anderen hin und her, aufmerksam, legte hier einer Frau die Hand auf die Schulter, stellte dort eine Frage. Offenbar war sie die Wirtin? Bedienung gab es jedenfalls nicht, die Frauen schienen sich Kaffee oder Suppe selbst im Inneren des Hauses zu holen. Nach und nach begriff Ella, dass der fröhliche Anschein trog. Alle Frauen, die hier saßen, waren in manchmal mehr, manchmal weniger schlechter Verfassung. Blaue Flecken, schmutzige oder löchrige Kleider, verlauste Haare, schlechte Zähne – nur die Blonde bildete eine Ausnahme. Anscheinend handelte es sich hier um so etwas wie die Bahnhofsmission, begriff Ella, die auf ihrer langen Zugreise diese Einrichtung erst kennen- und schließlich schätzen gelernt hatte. Die junge Frau, die sie fälschlicherweise für die Gastwirtin gehalten hatte, kümmerte sich um die Frauen. Prostituierte wahrscheinlich oder Obdachlose. Auf alle Fälle Menschen, die Hilfe brauchten. Ella blickte in einen Abgrund, einen Abgrund, in dem auch sie enden könnte. Und auch Louise, wenn sie jetzt falsche Entscheidungen treffen würden.

Und dann kam ihr Joshua in den Sinn. Ob ihm jemand half? Er hatte Mutter und Vater verloren, der Rest seiner Familie hatte ihn nicht gewollt. Wen hatte der Junge? Würde außer Ella irgendeine Menschenseele sich des Kindes annehmen? Er konnte nicht wie die Frauen hier in der Sonne sitzen und etwas essen, ein paar Minuten Pause vom Elend machen. Niemand strich ihm übers Haar, keiner kümmerte sich um seine Wunden. Ob Paul sich wirklich dahinterklemmte, den Jungen zu finden, so wie er es versprochen hatte? Tag für Tag sah Ella in dem Mauerspalt der *London Tavern* nach einem Zettel, einer Botschaft, aber immer war sie enttäuscht worden. Konnte sie dem Einarmigen trauen?

Warum saß sie hier tatenlos herum? Schlug die Zeit tot? Ella stand auf. Sie nickte den Frauen, die an ihrem Tisch saßen, freundlich zu. Wünschte ihnen alles Gute. Und ließ das Grüne Haus hinter sich. Sie war entschlossen, aktiv zu werden.

»Ich kann übermorgen anfangen.«

Die Bäckersfrau blickte Ella ungläubig an. »Und das Radfahren?«

»Lerne ich. Sie haben selbst gesagt, das ist nicht schwer.«

»Na gut.« Frau Wiese kam hinter der Theke hervor, wischte sich die Hände an ihrer Schürze ab und reichte Ella eine Hand. »Probieren wir's.«

Ella schlug ein. Frau Wiese hatte einen Händedruck wie ein Handwerker, mit Sicherheit kam das vom Teigkneten, überlegte Ella.

»Aber wenn Sie nicht schnell sind …«

»Ella.«

»Wenn du nicht schnell bist, Ella, dann fliegst du sofort wieder raus. Herbert!« Sie rief in die Backstube.

Kurz darauf kam ein schwerer Mann die Treppe heraufgepoltert. Er war mit Sicherheit an die sechzig und so breit wie hoch. Ella fragte sich, wie der Bäckermeister es fertigbrachte, sich über die schmale Treppe zu fädeln. Herbert Wiese sah noch müder aus als seine Frau, schwere graue Tränensäcke hingen unter den blauen Augen.

»Unser neuer Laufbursche. Ella.«

»Ein Weib?« Wiese starrte Ella an, dann brach er in dröhnendes Lachen aus, jede Wulst seines dicken Körpers bebte. »Das gefällt mir!« Er schüttelte Ellas Hand ebenso fest wie seine Frau zuvor. »Du bist wenigstens nicht mehr grün hinter den Ohren.« Er sah sie verschmitzt an. »Bist du mit achtzig Groschen für täglich sieben Stunden einverstanden?«

Das war nicht übel, aber Ella kniff misstrauisch die Augen zusammen. »Aber was ist, wenn ich schneller bin und vor dem Mittag alles ausgeliefert habe? Bekomme ich dann weniger Lohn, als wenn ich langsam bin?«

»Die gefällt mir.« Wiese wollte sich ausschütten vor Lachen, stieß seiner Frau einen Ellenbogen in die Seite und ging wieder zurück in die Backstube.

Mit einem weiteren Handschlag besiegelte Ella die Vereinbarung mit der Bäckersfrau, am übernächsten Tag würde sie um fünf Uhr bereitstehen für ihre erste Lieferfahrt. Und bezahlt würden ihr sieben Stunden, egal, wie lange sie dafür brauchte.

Auf dem Heimweg teilte Ella sich mit Principessa eine Wurst und ein Rundstück, sie war guter Dinge. Sie musste sich nur noch ein Fahrrad leihen, mit dem sie üben konnte, damit wäre der nächste Tag schon ausgefüllt. Ein kleiner Schlenker noch in die Pfeiffergasse, um zu sehen, ob Paul ihr eine Nachricht hinterlassen hatte.

Natürlich nicht, was hatte sie auch erwartet. Tag für Tag schaute sie in den Mauerspalt, aber nichts tat sich. Sie überprüfte die *Hansepost*, las jede noch so kleine Meldung, weil sie immer damit rechnete, etwas über Joshua zu lesen. Ihre Gedanken waren immer bei dem Jungen. Sie hatte ihre Brüder verlassen müssen, hatte Jakub zurückgelassen – und nun hatte sie auch dem Jungen nicht geholfen. Aber im Gegensatz zu den anderen war er noch hier, irgendwo in dieser Stadt. Und wartete auf Hilfe. Ihre Hilfe, da war Ella sicher. Sie war so nah

dran gewesen, dass er sich ihr öffnete. Wäre Paul nicht herein-
geplatzt.

In der *Pension Renate* wartete Louise bereits auf sie. Ella wollte
ihr aufgeregt erzählen, dass sie Arbeit hatte, aber Louise sah
ernst aus. »Ich habe lange genug gegrübelt«, beschied sie Ella.
»Und hier ist mein Entschluss: Wir beide holen uns die Beute.
Stackleton kann sie uns nicht mehr streitig machen, und Viktor
soll es nur versuchen. Ich denke gar nicht daran, ihm das Geld
zu überlassen.«

Das war eine neue Louise, dachte Ella überrascht. Es schien
fast so, als würde ihre Freundin stärker, je größer sich die Probleme über ihr auftürmten.

»Und ich weiß auch genau, wie wir es anstellen.« Louise
lächelte. »Inspektor Thönnes hat mir achtundvierzig Stunden
gelassen. Nun, mein Entschluss steht fest. Ich lasse ihn nur noch
ein wenig zappeln.«

»Egal, was du vorhast«, strahlte Ella, »ich bin dabei.«

19.

Die Arbeit ging ihm von Tag zu Tag leichter von der Hand. Paul
schätzte die Tätigkeiten in der Schlachterei, seine Aufgaben
waren in den vergangenen Tagen erweitert worden, manchmal
half er beim Wursten, würzte das Brät.

»Ein Jammer«, hatte Eugen gesagt und auf den linken
Armstumpf geschaut, »an dir ist ein guter Schlachter verloren
gegangen.«

Auch wenn sein Vetter es als Lob verstanden wissen wollte,
war das Kompliment eine bittere Pille für Paul. Sein Stumpf.
Der ihn zu einem halben Mann gemacht hatte. Stand ihm immer
und überall im Weg. Aber sei's drum – Metzgergeselle hätte er

ohnehin nicht werden wollen. Auch wenn er die Arbeit gerne verrichtete – von morgens bis abends das Geschrei der Tiere hören, das würde er nicht ein Leben lang aushalten. Bei jedem Schweinefuß und Pferdekopf, Ochsenschwanz und Hühnerflügel an das Viech denken, das gerade noch gelebt hatte. Das die Sonne auf dem Pelz und das Stroh unter den Hufen gespürt hatte. Nein, Paul konnte auch das Schlachten nicht mit ansehen, nicht wie die Schweine am Bauch aufgeschlitzt und die Hühner geköpft wurden. Im Moment, für diese Zeit, war die Arbeit bei Eugen gerade richtig für ihn. So lange, bis er sich aufgerappelt hatte. Und vielleicht etwas anderes fand, eine Arbeit, für die man Köpfchen brauchte, Hirnschmalz und keine Muskeln.

Das war neu, noch vor wenigen Tagen hatte er mit dem Gedanken gespielt, sich vor den fahrenden Zug zu werfen. Aber dann war sein Lebensmut wiedergekommen. Er würde Hinnerk Macke kriegen. Und den kleinen Joshua finden. Jetzt erst recht, wo er wusste, dass Macke sich diesen armen Wicht gekrallt hatte. Aber wie nur? Wie war der Junge in Mackes Fänge geraten? Paul spürte den Kitzel des Jagdeifers, sein Blut kribbelte, als hätte er Stromleitungen statt Adern. Die Arbeit bei Eugen verging ihm nicht schnell genug, er musste wieder raus nach Flottau, zu dem Waisenhaus. Dreimal hatte er sich nach Feierabend dort auf die Lauer gelegt, aber nichts Verdächtiges beobachten können. Und dennoch hatte er so ein Gefühl. Es rumorte in seinen Eingeweiden, wenn er das düstere Anwesen ausspionierte. Still war es dort, vielleicht zu still. Sollten nicht Kinderstimmen zu hören sein? Lichter an- und ausgehen? Immer und immer wieder kehrte dieser Moment in seinen Kopf zurück, der Moment, als er und die Frau von der Fürsorge Joshua dort abgegeben hatten. Der Junge hatte seine Hand gehalten, und als er dem Leiter des Heimes übergeben werden sollte, wollte er Pauls Hand nicht loslassen. Es war ein winziger Moment nur, aber jetzt, viele Monate danach, kehrte er zurück. Und Paul erinnerte sich daran, dass er sich nicht wohlgefühlt hatte. Eisig war es ihm vorgekommen. In dem Haus war kein Leben, und wenn er in der Dunkelheit im Schutz des Waldrandes im Gras lag und das Gebäude betrachtete, bildete er sich ein, die frostige Atmosphäre wieder zu spüren. Sei kein Knallkopp, Paul Klinker, rief er sich dann zur Ordnung. Werd nicht sentimental wie ein Weib. Du bist zu weich, seit du nur noch einen Arm hast!

Aber ganz abschütteln konnte er das Gefühl nicht.

Er sah auf die Uhr. Kurz vor fünf. Bald war Feierabend. Die Gesellen räumten ihre Arbeitsflächen, legten Paul ihre Messer und anderen Werkzeuge hin, damit er sie putzen und schärfen sollte. Einer nach dem anderen verabschiedete sich, und zum Schluss blieben nur noch Eugen und er übrig. Sein Vetter hockte nebenan über der Abrechnung, Paul ließ ein letztes Mal den Schleifstein rotieren und zog die Messer kurz ab. Dabei fiel sein Blick auf den Boden neben dem großen Hackklotz. Der Griff eines Messers ragte darunter hervor, es schien einem der Schlachter heruntergefallen zu sein. Paul war gewiss, dass es nicht ihm passiert war, er hätte das Geräusch bemerkt, sein Gehör war immerhin noch intakt. Paul bückte sich und hob das Messer auf. Die Klinge war dunkel verklebt und hatte bereits etwas Rost angesetzt. Es musste schon länger dort unter dem Hackklotz gelegen haben. Ein schönes Messer in mittlerer Größe, schmale Klinge. Es lag gut in Pauls Hand. Er säuberte das Messer, dann begann er, es zu schärfen.

»Paul! Mach Feierabend! Ich bezahl dir keine Überstunden!«

Paul ließ einmal prüfend den Daumen über die Klinge fahren. Ein feiner Schnitt entstand, aber kein Blut drang aus der Wunde. Paul grinste. Perfekte Schärfe! Er wickelte das Messer in ein Tuch und steckte es ein.

Paul richtete sich auf seinem Beobachtungsposten ein. Er hatte einen Hochsitz gefunden, der gut verborgen am Waldrand lag und von dem aus man einen perfekten Blick über die große Wiese hatte, hinter der sich das dreistöckige Franziskusheim erhob. Er packte seinen Proviant aus, aus der Erfahrung der ersten beiden Nächte hatte er gelernt. Obwohl es Sommer war und tagsüber die Temperaturen fast bis an die dreißig Grad kletterten, war es hier draußen, am Wald und in Elbnähe, frisch. Die Mutter hatte ihm eine Thermoskanne Tee aufgebrüht, eine alte Gewohnheit aus seiner Zeit bei der Polizei, wenn er Nachtschicht hatte. Auch ein Paket mit belegten Broten hatte sie ihm in den Rucksack gesteckt. Paul hatte vorgegeben, sich für Sternenkunde zu interessieren, eine neue Beschäftigung, um seine Schlaflosigkeit zu bekämpfen. Der Blick, mit dem seine Mutter ihn bedachte, sprach Bände, aber sie schwieg. So hatten sie also beide ihre Geheimnisse, dachte Paul. Sie die Umschläge mit Zwanzigmarkscheinen, er Detektivarbeit.

Einige Stunden saß er bereits hier, er kam bei Einbruch der Dunkelheit und verließ seinen Posten erst weit nach Mitternacht. Paul wurde nicht müde. Das hier, das war seine Arbeit. Das, was er am besten gekonnt hatte: Polizeiarbeit. Beobachten. Zusammenhänge herstellen. Entlarven. In den drei Nächten, in denen er hier Wache geschoben hatte, hatte er sich wieder gespürt. Er war ein guter Jäger. Ruhe bewahren, Geduld haben und das Vertrauen darauf, irgendwann für die Ausdauer belohnt zu werden.

Und das wurde er. Paul zog seine Taschenuhr hervor, die Uhr, die sein Vater ihm zum Abschluss seiner Zeit als Polizeianwärter geschenkt hatte, und warf einen Blick darauf. Wenige Minuten nach Mitternacht. Ein Wagen rollte lautlos auf das Waisenhaus zu. Ein auffälliger Wagen, Paul glaubte, auf die Entfernung einen dunkelroten Mercedes zu erkennen, ein Knight-Modell mit geschlossenem Verdeck. Der Knight wurde wegen seiner nahezu geräuschlosen Fahrweise gelobt, hier klapperten keine

Ventile mehr. Auch der Fuhrpark der Polizei besaß dieses Modell, Paul hatte darauf seine Autolenkerprüfung abgelegt. War heute auch für die Katz, dachte er bitter, doch diesem Gedanken konnte er nicht länger nachhängen, denn am Waisenhaus tat sich etwas. Jemand öffnete dem Wagen das Tor, dieser rollte bis nah an die Freitreppe heran, ein Mann stieg aus.

Paul hielt die Luft an. Er konnte auf die Entfernung keine Details erkennen, dazu hätte er ein Fernglas benötigt, aber so eines besaß er nicht. Also kniff er die Augen zusammen und beugte sich vor. Der Mann hatte ungefähr seine Statur, das Gesicht konnte Paul nicht erkennen. Aber er meinte, eine Augenklappe zu sehen, eine schwarze Melone, und dass der Typ eine Weste ohne Hemd darunter trug. Was für eine abenteuerliche Verkleidung! Schon betrat der Unbekannte das Waisenhaus – um Mitternacht? Welcher seriöse Besuch kam um Mitternacht? Paul kletterte die wackelige Holzleiter hinab und lief gebückt mit raschen Schritten im Schutz der Dunkelheit näher an den Zaun heran. Etwa hundert Meter davor legte er sich auf den Bauch und robbte durchs hohe Gras. Er wusste, dass zwei Wachhunde auf dem Gelände waren, er musste vorsichtig sein und durfte kein Aufsehen erregen. Aber er wollte einen Blick auf den nächtlichen Besucher werfen!

Seine Geduld wurde nicht allzu lang auf die Probe gestellt. Der eigenartig gekleidete Mann trat aus der Tür des Waisenhauses, aber er kam nicht allein. In seiner Begleitung war ein Junge, Paul war zu weit entfernt, um einen genauen Blick auf die Gesichter werfen zu können, aber nah genug, um zu sehen, dass der Junge zwischen zwölf und vierzehn Jahre alt war. Er hatte den Kopf gesenkt, die Schultern hingen resigniert herunter, der Mann mit der Melone jedoch hatte eine Hand in den Nacken des Jungen gelegt und schob diesen vor sich her zum Auto. Irgendjemand musste in der Tür stehen geblieben sein, Paul hatte keine Sicht darauf, aber er hörte, dass der Unsichtbare und der

Melonenmann ein paar Worte miteinander wechselten. Dann schob der Besucher den Jungen ruppig auf den Beifahrersitz des Wagens. Er drehte sich noch einmal zur Tür und rief demjenigen, der dort stehen musste, etwas zu. Um besser erkennen zu können, wer dort stand, robbte Paul ein paar Zentimeter zur Seite, versehentlich übersah er dabei einen morschen Ast, der sich im hohen Gras verborgen hatte.

Der Ast knackte, der Mann am Auto sah alarmiert in seine Richtung – und dann ertönte ein schriller Pfiff. Die Hunde! Paul sprang auf und rannte, so schnell er konnte, zurück in Richtung Wald. Die Hunde kläfften in höchster Erregung, ihre heiseren Stimmen überschlugen sich. Jemand warf den Motor des Wagens an, plötzlich wurde es hell, Scheinwerfer erfassten ihn, sein Schatten war riesengroß und lang gezogen, Paul rannte seiner eigenen dunklen Silhouette hinterher. Er erreichte den Rand des Waldes, noch bevor die Hunde ihn einholten. Er hatte sich einen Vorsprung geschaffen, bis die Viecher von der Kette gelassen worden waren. In einiger Entfernung neben ihm auf der Straße jagte der Mercedes entlang, bis der Fahrer direkt in die Wiese lenkte und die Verfolgung von Paul aufnahm.

Seine Lunge pfiff, in der Seite stach es, die Beinmuskeln brannten, aber er ließ nicht an Tempo nach. Als Erster erreichte er das Unterholz – zumindest der Wagen würde hier nicht mehr fahren können. Aber die Hunde waren ihm auf den Fersen! Auf den Hochsitz konnte er sich nicht retten, die Tölen würden japsend darunter stehen und so lange anschlagen, bis man ihn dort herunterpflückte. Paul hörte eine Autotür zuschlagen – der Fahrer des Mercedes hatte also ebenfalls vor, seine Spur aufzunehmen. Paul setzte über einen Baumstamm, schlug sich durchs Unterholz, zerriss sich Hose und Hemd an Brombeerranken – bis er die Rettung vor Augen hatte. Die Parks und Wälder in Elbnähe waren durchzogen von kleinen Flüsschen und Teichen, ein solcher lag nun vor seiner Nase. Er musste nicht lange überlegen, er bremste ab und watete ins flache Wasser, bemühte sich darum, keine Geräusche zu verursachen, und als ihm das Wasser bis zu den Knien ging, legte er sich bäuchlings hinein und robbte ins Tiefe. Er konnte lange die Luft anhalten – noch etwas, wofür sein Bruder verantwortlich war, kaum hatten sie sich das Schwimmen beigebracht und tauchten nach Muscheln, hatten sie Wettkämpfe veranstaltet, wer von ihnen länger unter Wasser aushielt. Paul gewann immer.

Mit langen Zügen schwamm er nun unter der Wasseroberfläche entlang – etwas ungewohnt war es mit nur einem Arm, aber es ging –, drehte sich schließlich auf den Rücken und wagte es, vorsichtig mit dem Gesicht nach oben zu kommen, damit er Luft holen konnte. Rund um den Teich war es stockfinster, ein verhangener dürrer Mond warf fahles Licht in den Wald, aber vom Ufer, da, wo er jetzt die Hunde winseln hörte, weil sie seine Fährte verloren hatten, würde man ihn nicht erkennen können. Er drückte sich ins hoch aufragende Schilf. Paul merkte, dass seine Füße den schlammigen Boden berührten, er stellte sich hin und atmete flach. Hörte die Hunde und erkannte, dass ein Mensch bei ihnen war. Höchstwahrscheinlich wusste sein Verfolger, dass er sich im Wasser befand, aber er würde ihn nicht sehen. Und nicht hören, denn Paul bewegte sich keinen Millimeter. Er musste lange stehen, lauschte den Geräuschen, nahm an, dass der Unbekannte mit den Hunden einmal den Teich umrundete. Es war still im Wald, ein paar Frösche quakten, Zikaden geigten ihr monotones Lied. Mücken umtanzten Pauls Gesicht, aber er wagte nicht, sich zu rühren, stand still und ließ zu, dass sie sein Blut tranken. Stirn, Nase, Ohren – überall zapften die Viecher ihn an. Er begann zu frieren, obwohl das Wasser nicht sehr kalt war, aber die Erschöpfung kam in Wellen, der Adrenalinschub ließ nach, er war müde, und er fürchtete sich.

Schließlich herrschte Stille. Paul konnte nicht sagen, wie viel Zeit vergangen war, seinem Empfinden nach eine halbe Ewigkeit. Und dann die Erlösung: Der Motor des Mercedes wurde angelassen, jemand pfiff nach den Hunden, und nach einiger Zeit wagte Paul es und verließ das Wasser. Erschöpft sank er am sandigen Ufer zusammen und blieb liegen, bis er eingeschlafen war.

Noch vor Tagesanbruch wurde er wach. Durchgefroren, Ameisen krabbelten über seinen Körper, die Wunden, die er sich bei seiner Flucht in die Haut gerissen hatte, brannten wie Feuer. Zerschlagen setzte er sich auf, brauchte eine Zeit lang, bis er sich orientieren konnte. Graue Schleier lagen über dem Boden, wie tausend Spinnennetze, zwischen den Bäumen schimmerte das matte Licht des untergehenden Mondes. Der neue Tag klopfte an, in wenigen Stunden musste Paul zur Arbeit gehen, Zeit, dass er noch ein, zwei Stunden in seinem Bett schlafen konnte. Trotzdem wollte er versuchen, den Hochsitz zu erreichen, wo er seine Sachen hatte – den Rucksack mit der kostbaren Thermoskanne. Der Waldrand war näher, als er glaubte. In der Nacht hatte er das Gefühl gehabt, kilometerweit geflüchtet zu sein, tatsächlich waren es höchstens fünfhundert Meter.

Gottlob, der Rucksack war noch da! Seine Sachen lagen unberührt an Ort und Stelle. Paul machte, dass er schnell wieder in die Deckung des Wäldchens kam, packte mit Heißhunger eines der belegten Brote aus, schenkte sich Tee ein – noch immer heiß! – und machte sich auf den Weg zur Flottbeker Chaussee, vielleicht fuhr um diese frühe Zeit schon eine Trambahn.

An der Straße entlangzulaufen, wagte er nicht, fand stattdessen kleine Trampelpfade und spürte, wie trotz der anstrengenden Nacht seine Kräfte zurückkamen. Er tastete nach der Taschenuhr – das Glas war beschlagen, die Zeiger bewegten sich nicht mehr. Dafür hielten sie die Zeit fest, an der er in den Teich gesprungen war. Null Uhr siebenunddreißig. Paul würde sich zu Hause Notizen machen, alles aufschreiben, was er in dieser

Nacht erlebt hatte. Für ihn gab es keinen Zweifel: Der seltsame Besucher mit der Melone und dem Mercedes musste Hinnerk Macke gewesen sein. Oder einer seiner Handlanger. Wer sonst besuchte in der Nacht ein Waisenhaus, um einen Knaben abzuholen?

Die ganze Sache stank zum Himmel.

Paul grübelte, wie er vorgehen sollte. Sein Pflichtgefühl sagte ihm, dass er seine Beobachtungen mit den Kollegen, den ehemaligen Kollegen, teilen sollte. Allerdings schämte er sich, wenn er gestehen müsste, wie er an die Information gelangt war. Er hätte zugeben müssen, dass er Detektiv gespielt hatte, und überdies von Joshua erzählen. Und von Ella. Er würde ihr damit Probleme aufhalsen – immerhin hatte sie einen flüchtigen Verdächtigen vor der Polizei versteckt! Nein, das konnte er keinesfalls tun.

Ella. Manchmal schlich sich diese Frau, von der er nichts wusste, in seinen Kopf. Dann sah er ihre Locken vor sich, den üppigen Mund, ihren weichen Körper. Und schob diese Gedanken panisch von sich, wie auch jetzt. Konzentrier dich, Paul, verdammich! Behinderte er die Arbeit von Inspektor Thönnes, wenn er mit dem, was er wusste, hinter dem Berg hielt? Was hatte er schon außer einer seltsamen Beobachtung und wilden Spekulationen? Nein, entschied sich Paul. Er würde weiterhin auf eigene Faust ermitteln. Sobald er aber über Fakten verfügte, würde er sich damit an Elmar wenden.

Endlich zu Hause angekommen, stellte Paul fest, dass es zu spät war, um sich aufs Ohr zu hauen. Er versteckte seine zerrissenen Kleider unter dem Bett, wusch sich am Brunnen, und als er in die Küche kam, stand seine Mutter bereits am Herd und brühte frischen Kaffee auf.

»Du guckst also nachts in den Himmel«, sagte sie, als sie ihm einen Becher hinstellte und sich zu ihm an den Tisch setzte.

Lügen war zwecklos.

»Ich habe mich auf die Lauer gelegt«, gestand Paul.

»Dieser Hinnerk? Immer noch?« Sie seufzte. »Paul, Paul. Deine Leute sind doch dran.«

Er hätte sagen können, dass er näher dran war. Mehr wusste. Dass er es nicht lassen konnte. Dass er den Schweinehund persönlich fassen musste, er und kein anderer. Weil er eine Rechnung mit ihm offenhatte. Er hätte sagen können, dass er Hinnerk für sein verpfuschtes Leben verantwortlich machte. Aber Paul schwieg. Es war für seine Mutter ohnehin alles schwer genug, warum sie belasten?

Ebenso wenig wollte er sie nach den Briefen fragen. Immer, wenn er sie ansah, lag ihm die Frage auf der Zunge, aber dann schluckte er sie doch hinunter.

»Gestern wurde noch was abgegeben für dich.« Die Mutter fasste in die Tischschublade und schob ihm eine Karte zu.

»Von Willy«, las Paul überrascht. Brenner feierte seine offizielle Ernennung zum Kriminalkommissar und lud Paul zum Umtrunk ins Präsidium. Ausgerechnet, dachte Paul. Aber er musste sich dort sehen lassen, Willy zuliebe.

»Kann sein, dass ich heute später komme.«

Die Mutter nickte nur, er küsste sie auf den Scheitel und machte sich auf den Weg.

»Was willst du wissen?«

Sie standen in der Sonne vor dem Redaktionsgebäude, Max steckte sich eine Zigarette an und hielt Paul die Packung hin. Der lehnte dankend ab.

»Wie kommst du darauf, dass ich was will?«

»Na, hör mal!« Max lachte und schob sich die Schiebermütze aus der Stirn. »Wir haben uns seit fast einem Jahr nicht mehr gesehen, und dann erscheinst du plötzlich bei mir in der Redaktion und möchtest dich nur mal melden? Erzähl das deiner Großmutter.«

Paul wusste genau, wann er den jungen Journalisten zum letzten Mal gesehen hatte. Es war genau vor zehn Monaten im Krankenhaus gewesen. Max Lauritzen saß an seinem Krankenbett, den Notizblock auf den Knien, und hatte sich angehört, wie Paul das Drama seines Lebens schilderte. Wie es zum Verlust seines Arms gekommen war. Eine große Geschichte hatte Max daraus gemacht, für ein paar Tage war der junge Polizeibeamte Paul Klinker der tragische Held der Hansestadt gewesen. Bevor andere Geschichten seine überholt hatten.

»Also gut. Ich bin da einer Sache auf der Spur ...«

»Du bist doch nicht mehr bei der Polizei?« Skeptisch kniff der Journalist die Augen zusammen.

Paul druckste herum. »Ist 'ne private Sache.«

»Lass hören.«

»Das Franziskusheim. Weißt du etwas darüber? Egal was. Wer betreibt es, wer leitet es ...«

»Kann ich dir aus dem Kopf sagen.«

Sie liefen ein paar Schritte nebeneinanderher. Gleich um die Ecke vom Redaktionsgebäude verlief eine kleine Gasse am Kanal, hier war keine Menschenseele. Der Fleet lag ausgetrocknet da, in seinem Bett zu Stein getrockneter Schlamm, Ratten liefen auf der Suche nach Fressbarem herum, Fäulnisgeruch hing in der Luft.

»Das Franziskusheim hat einen staatlichen Träger. Es wird direkt von der Bürgerschaft betrieben, oberster Schutzherr ist Doktor Gerber. Er steckt auch jede Menge eigenes Kapital in die Fürsorge. Waisenkinder sind sein Steckenpferd, ohne sein Engagement würden noch viel mehr von diesen Lausebengeln auf unseren Straßen herumlungern.«

»Über jeden Zweifel erhaben also.«

Max nickte. »Das Heim leitet seit Jahrzehnten die Bruderschaft vom Weißen Orden, ein katholischer Bund von Priestern.«

Seltsam, dachte Paul. Das alles hörte sich überaus seriös an – ob die Glaubensmänner oder der Senator wussten, dass in der von ihnen geleiteten Institution etwas nicht mit rechten Dingen zuging?

Doktor Gerber, der Name war ihm natürlich bekannt. Aus der Zeitung, er war einer der Lenker der Hansestadt, ein einflussreicher Politiker, beinahe wöchentlich wurde in den Zeitungen über ihn berichtet. Meistens über seine Wohltaten. Er war einer der konservativen kaisernahen Politiker, die der Auffassung waren, man dürfe die soziale Frage nicht den Sozis überlassen, er setzte sich für staatliche Wohlfahrtspflege ein und stellte sich gleichzeitig energisch den freien Verbänden, die für Arbeiter- und Frauenrechte kämpften, entgegen.

Aber bei dem Namen klingelte noch etwas anderes in Pauls Hinterkopf, er hatte es in den Untiefen seiner Gehirnwindungen versteckt und vermochte nicht, es ans Licht zu befördern.

»Ich spiel mal Detektiv.« Max blieb stehen und paffte eine letzte Rauchwolke über den Fleet ins Sonnenlicht, bevor er seine Kippe mit dem Fuß austrat. »Waisenhaus, Waisenkinder, arme Kinder, Kinderbande ...« Er drehte sich zu Paul und grinste ihm ins Gesicht. »Da bin ich doch ganz schnell wieder bei unserem Freund Hinnerk. Stimmt's, oder hab ich recht?«

»Behalt's für dich. Thönnes weiß nicht, dass ich immer noch rumschnüffle.«

Max schwieg, und Paul war ihm dankbar dafür. Er las aus dem Schweigen Verständnis. »Du hilfst mir sehr, wenn du noch ein bisschen weiterbohrst. Ich hab's im Urin, irgendwas stimmt nicht in dem Heim.«

»Gerne.« Max warf einen Blick auf Pauls leeren Hemdärmel. »Es bleibt unter uns. Aber, Paul, wenn es brenzlig wird ...«

»Hol ich die Kollegen ins Boot. Ist doch klar. Was kann ich allein schon ausrichten, als Einarmiger?« Paul grinste jetzt auch. Etwas schief. Sie verabschiedeten sich, und Paul fragte sich, ob er sein Versprechen auch halten würde. Wenn es brenzlig wird – dann würde er alles auf eine Karte setzen. Das stand fest.

Der Geruch von Bratwurst zog über den Hof des Präsidiums. Eugen hatte für Willys kleines Fest geliefert, war natürlich Ehrensache, dass dafür nur die Metzgerei infrage kam, bei der Paul jetzt arbeitete. Paul war nervös. Er befürchtete, dass die Kollegen Fragen stellten, Fragen, die ihm unangenehm waren. Nach Marie und wann er sie endlich heiratete. Oder ob er noch andere Pläne hatte, als bei seinem Vetter zu arbeiten. Andererseits konnte er nicht verhehlen, dass er sich über die Einladung gefreut hatte. Es schmerzte ihn, mit seinen Kollegen zusammen zu sein, er war kein Teil der Truppe mehr, er würde es niemals mehr sein. Aber er mochte sie alle, unverändert. Und wenn er die Ohren spitzte, konnte er eventuell aufschnappen, wie weit sie mit dem Fall des Juweliers Mauss waren. Vielleicht hatten sie Joshua bereits aufgespürt?

Im Hinterhof des Präsidiums waren ein paar Bänke aufgebaut, ein großes Fass Bier und ein langer Rost, auf dem Eugens Ware brutzelte. Fett tropfte in die Holzkohle, der Geruch erinnerte seinen Magen daran, sich mal wieder bemerkbar zu machen.

Der Empfang durch die Kollegen war herzlich, Paul wusste sofort, wie es sich angefühlt hatte, mitten unter ihnen, Teil der Truppe zu sein. Nach dem zweiten Bier vergaß er beinahe, dass er der Einarmige war, der Ehemalige. Er gratulierte Willy von Herzen, obwohl es auch seine Beförderung hätte sein können, aber in der Beziehung kannte Paul keinen Neid.

»Sag mal, Paul.« Elmar Thönnes faltete seinen großen Körper zusammen, um sich neben Paul auf die Bank zu quetschen. »Ich habe läuten hören, dass du einige Zeit Stammgast bei Stackleton in der *London Tavern* gewesen bist.«

Paul schoss augenblicklich die Röte ins Gesicht, es gelang ihm nur schlecht, seine Erschütterung vor seinem ehemaligen Boss zu verbergen. »Das war in meinen miesen Zeiten. Das ist vorbei.«

»Darum geht's doch gar nicht. Du weißt doch, dass ich kein Kind von Traurigkeit bin.«

Allerdings. Alle wussten das. Elmar Thönnes sprach nicht nur dem Alkohol und Kokain zu, er hatte auch einen Hang zum Glücksspiel und zu leichten Mädchen. Dennoch hatte er nach dem Weggang von Berthold Rheydt, der in jeder Hinsicht die weißere Weste hatte, dessen Nachfolge antreten dürfen. Einfach weil er ein brillanter Ermittler war. Allerdings musste er dem Polizeipräsidenten Gustav Roscher versprechen, dass ab dem Zeitpunkt der Beförderung Schluss mit dem lockeren Leben war. Und tatsächlich, seitdem war Thönnes kein einziges Mal mehr derangiert zur Arbeit erschienen, kein Skandal drang jemals wieder ans Licht.

»Ich will von dir wissen, ob dir was bei Stackleton aufgefallen ist. Ob er nervöser war als sonst. Vielleicht Andeutungen gemacht hat, dass er sich verfolgt fühlt, so etwas.«

Worauf wollte der Inspektor hinaus? Wussten die, dass der Wirt nicht mehr am Leben war? Aber das war doch unmöglich! Paul hoffte, dass es ihm gelang, möglichst unaufgeregt die Frage zu beantworten. »Nein. Mir ist nichts aufgefallen.« Und das entsprach durchaus den Tatsachen.

»Und dass er zurückgeht, nach England? Seine Kneipe dichtmacht?«

Paul schüttelte den Kopf. »Ich war zuletzt nicht mehr da. Hab versucht, mit dem Saufen aufzuhören.«

Der Inspektor nickte und klopfte ihm auf die Schulter. »Besser ist das. Ich weiß, wovon ich rede.«

»Inspektor Thönnes?« Alsterloh, der Wachhabende, stand hinter ihnen. »Da ist eine Frau, die verlangt Sie zu sprechen. Sie sagt, Sie hätten eine Abmachung diesbezüglich.«

Thönnes drehte sich um, Paul ebenfalls. Ihm wollte das Herz

stehen bleiben. In einigen Metern Entfernung wartete eine Frau neben dem Polizeigebäude. Paul hatte gehofft, sie nie wiederzusehen, und ihrem ungläubigen Blick entnahm er, dass es ihr ebenso ging: Es war Louise.

War es ein Zufall, dass sie hier erschien? Just in dem Moment, als Thönnes ihn nach Mortimer Stackleton ausfragte? Dem Mann, der sein Leben lassen musste, weil sie beide mit ihm gestritten hatten?

Pauls Hand begann zu zittern. Stumm sah er mit an, wie der Inspektor sich erhob und auf Louise zuging.

Würde sie ihn ans Messer liefern?

20.

Im ersten Moment entglitt ihr das Gesicht. Was suchte der Einarmige da? Bei der Polizei? Zumal er genauso fassungslos aussah, wie sie sich fühlte. Für einen Moment trafen sich ihre Augen, dann schauten beide weg. Louises Handinnenflächen wurden sofort schweißnass, sie musste alle Willenskraft aufbringen, sich vor Inspektor Thönnes und Kommissar Kalweit, der ebenfalls auf sie zukam, nichts anmerken zu lassen. Würde ihr gewagtes Spiel jetzt auffliegen? Wussten die beiden von Paul, dass Mortimer Stackleton mitnichten abgereist, sondern tot und seine Leiche irgendwo versteckt war? Ging ihr schöner Plan, soeben gefasst, bereits in Luft auf?

Aber dann sah sie, wie der Einarmige leicht den Kopf schüttelte. Und erkannte die Panik in seinem Blick, auch wenn sie nicht sofort begriff, was er ihr damit sagen wollte.

Aber er hatte ebensolche Angst vor ihr wie sie vor ihm.

»Ich habe Ihnen eine Liste mit den Reisen zusammengestellt, die mein Mann und ich unternommen haben.« Louise legte ihre

Hände auf Viktors Kladde, sie erkannte, dass der Inspektor es nicht abwarten konnte, diese an sich zu nehmen, und genoss das Gefühl, ihn auf die Folter zu spannen.

Vor achtundvierzig Stunden hatte sie hier in diesem Büro gesessen, mit ebendiesen beiden Männern. Verlassen hatte sie diesen Raum wütend und mutlos, war sich gedemütigt und an die Wand gedrückt vorgekommen. Aber heute, das hatte sie beschlossen, würde sie die Oberhand behalten!

Sie war gewachsen. Vielleicht sogar: erwachsen geworden. Quasi über Nacht, und das fühlte sich gut an. Louise erkannte, dass sie eine dumme Gans gewesen war. Als naives Mädchen hatte sie ihre Familie verlassen und war mit Viktor gegangen. Wie mondän sie sich vorgekommen war! Wie eine Grande Dame! Dabei war sie nichts anderes als eine blinde Kuh gewesen, die sich von Viktor an der Nase hatte herumführen lassen. Aber so etwas würde ihr nie wieder passieren! Vielleicht musste sie ihrem betrügerischen Gatten für diesen Erkenntnisgewinn sogar dankbar sein. Wäre sie ohne sein Verschwinden jemals aufgewacht?

»Sie müssen mir verzeihen, ich kann mich nicht an alle genauen Daten erinnern. Aber die Abfolge stimmt. Und ich habe die Gastgeber notiert. Wo wir gewohnt, wen wir getroffen haben.« Sie hob die Kladde an, Thönnes streckte die Hand danach aus.

»Ausgezeichnet. Sie spielen also mit.«

Louise ließ die Hand wieder sinken und legte die Kladde auf ihren Schoß. »Da ist noch etwas.« Sie öffnete die Mappe. »Ich habe Aufzeichnungen meines Mannes gefunden. Zahlen, Namen – ich werde daraus nicht schlau.« Lange hatte sie überlegt, ob sie den Polizisten die Notizen übergeben sollte. Aber dann hatte sie beschlossen, dass es gar nichts schadete, sie auf Viktors Spur zu hetzen. Sollten sie doch daraus schlau werden! Und wenn sie ihn dadurch fassten – sie hatte nichts dagegen.

Louise holte ein paar Seiten heraus und reichte sie über den Schreibtisch. Inspektor und Kommissar warfen begehrliche Blicke darauf.

»Und noch etwas habe ich gefunden.« Ach, wie sie es genoss, ihre Triumphe Stückchen für Stückchen auszuspielen! Die Herren hingen an der Angel, das spürte Louise deutlich. Mit unschuldiger Miene reichte sie Inspektor Thönnes den Schuldschein. »Als Sie nach diesem Stackleton gefragt haben, hat irgendetwas bei mir geklingelt, aber ich wusste nicht was. Dann sah ich die Unterlagen meines Mannes durch und habe das hier gefunden.«

»Interessant.« Kommissar Kalweit beugte sich über die Schulter des Inspektors. »Was sollte Viktor Dumont mit diesem Drecksloch?«

»Ich glaube nicht, dass es wirklich um die Kneipe geht«, sagte Thönnes. »Hier steht ausdrücklich, dass ihm die Hälfte des Anwesens und aller darauf befindlichen beweglichen Güter zufällt.«

»Hat Viktor es darauf abgesehen? Auf das Grundstück?«, fragte Louise, obwohl ihr die Antwort längst klar war.

»Auf die Kneipe ist er bestimmt nicht erpicht, Sie kennen solche Kaschemmen nicht, Frau Dumont.«

Wenn du wüsstest, dachte Louise bei sich, bemühte sich aber, sich nichts anmerken zu lassen. »Wenn dieser Mister Stackleton, wie Sie sagen, noch immer etwas von dem gemeinsam ergaunerten Geld hat, das mein Mann haben will, dann würde Viktor doch zuerst dorthin kommen, meinen Sie nicht?«

Dieser Thönnes hatte einen schrecklichen Röntgenblick. Seine blauen Augen schienen ein Loch in ihre Stirn zu brennen, Louise glaubte, dass er jeden ihrer Gedanken lesen konnte. War sie zu weit gegangen?

»Wir stellen jemanden dort ab. Im Moment ist das alles Spekulation. Wir wissen weder mit Sicherheit, ob Ihr Mann noch lebt, noch wissen wir, wo Stackleton ist.«

»Und wenn ich Anspruch erhebe?« So, sie hatte den Köder ausgeworfen, jetzt kam es darauf an, dass sie glaubhaft machen konnte, keine tieferen Absichten zu verfolgen. »Ich meine, offiziell ist mein Mann verstorben. Es existiert ein Totenschein. Und demnach bin ich seine Erbin. Ergo …«

»Gehört die Hälfte von Stackletons Gelände Ihnen.« Kommissar Kalweit sah entsetzt aus, aber der Inspektor lachte.

»Das mag wohl so sein, meine Dame, aber Sie sind einen anderen Standard gewöhnt. Vom *Hotel Regent* in die *London Tavern* – das ist wie eine Fahrt vom Himmel in die Hölle.«

So, Louise, jetzt nicht zu rasch vorangaloppieren, immer schön langsam. »Herr Thönnes. Ich habe das Hotel nicht aus freien Stücken verlassen. Sondern buchstäblich aus Not. Ich bin über Nacht eine arme Frau geworden. Ich habe nichts.« Louise setzte ihren unschuldigsten Blick auf. »Natürlich täte ich nichts lieber, als in mein wohlbehütetes Leben zurückzukehren. Aber wenn ich erfahre, dass Viktor mir doch etwas hinterlassen hat, etwas, das mir niemand streitig machen kann – dann glauben Sie mir, nehme ich lieber den Spatz in der Hand als die Taube auf dem Dach.«

Die beiden Kommissare sahen sie unschlüssig an.

»Sie müssen sich mit Stackleton einigen. Und der ist spurlos verschwunden.« Kalweit hob bedauernd die Schultern.

Verdammt! Das hatte Louise in ihrer Rechnung nicht bedacht. Kein Notar der Welt würde ihr ohne Beteiligung Stackletons einfach so die Hälfte des Grundstücks überschreiben. Sie brauchte also die Leiche, um den Tod des Wirts festzustellen. Dann müsste nach Erben gesucht werden – wie viel Zeit würde all das beanspruchen? »Ich nehme das Anwesen in Augenschein. Und dann sehen wir weiter. Sie haben sich bei meinem letzten Besuch unmissverständlich ausgedrückt: Ich soll den Lockvogel für Viktor spielen. Das mache ich gern in der *London Tavern*. Voilà!«

Zweifel standen dem Inspektor ins Gesicht geschrieben. Aber schließlich holte er tief Luft und reichte ihr seine Hand über den Tisch. »Abgemacht.«

Louise schlug ein. »Eines möchte ich von Ihnen wissen: Haben Sie Grund zu der Annahme, dass Viktor sich in Hamburg befindet?«

Kommissar Kalweit antwortete ihr. »Vollkommen sicher sind wir nicht. Aber wir glauben, dass der Tod des Mannes, der Ihnen den Totenschein überbracht hat, auf sein Konto geht. Direkt oder indirekt.«

Direkt oder indirekt – diese Worte schwirrten noch in Louises Kopf, als sie das Büro verließ. Zum ersten Mal kam ihr der Gedanke in den Sinn, dass Viktor gefährlich sein könnte. Ob er sogar ihr etwas antun könnte, wenn es seinen Zwecken dienlich war?

»Was machen Sie hier?«

Paul hatte ihr aufgelauert, damit hatte Louise gerechnet und sich von dem Moment, als sie das Präsidium verlassen hatte, beständig nach ihm umgesehen. Noch bevor sie den Alten Steinwall erreichte, von wo aus sie die Trambahn in die Eckernförderstraße nehmen wollte, hatte der Einarmige sie eingeholt.

»Ich bin in Kontakt mit der Polizei wegen meines Mannes! Das können Sie sich doch denken! Schließlich habe ich Ihnen reinen Wein eingeschenkt. Wohingegen ich von Ihnen nichts weiß. Gar nichts! Sind Sie ein Spitzel?« Der Mann bekam die volle Wucht ihrer Erregung zu spüren, und tatsächlich trat er einen Schritt zurück und sah sie perplex an.

»Entschuldigen Sie. Ich habe eine ebenso gute Erklärung für meine Anwesenheit bei der Polizei.« Er hatte sich schnell aufgerappelt. »Mein Name ist Paul Klinker. Ich bin Polizeibeamter. Gewesen. Bis das hier passiert ist. Jetzt arbeite ich als Gehilfe auf dem Schlachthof. Tiefer Fall.« Er zupfte am leeren Hemdsärmel. Dann warf er einen Blick über die Schulter. »Lassen Sie uns ein paar Schritte gehen. Wir sind zu nah am Präsidium.«

Louise war einverstanden, und so liefen sie nebeneinanderher in Richtung Sankt Pauli. Der Sommerabend brachte einen leichten Wind mit sich, der alles Schwüle und Schwere aus den hafennahen Straßen und Gassen vertrieb. Louise spürte den angenehmen Lufthauch durch ihre dünne Bluse und im Gesicht, er vertrieb ihre Anspannung, je länger sie neben Paul Klinker durch die Stadt lief. Wie anders er doch war, draußen, unter Leuten, ohne eine Leiche in ihrer Mitte und Ratten, die durch den feuchten Keller krochen. Paul Klinker sprach anfangs noch unwillig über sich, erzählte ihr von seinem Unfall und wer daran schuld war. Er wurde lockerer, und Louise stellte fest, dass er ein angenehmer Gesprächspartner war, einfach und geradeheraus. Keine Worthülsen, kein gestelztes Drumherumreden. Er war ein waschechter Hanseat, wie sich herausstellte, sein weizenblondes Haar und die blauen Augen, das spitze »St« ließen ohnehin keinen Zweifel zu.

Sie liefen jetzt an den Landungsbrücken entlang, ein kleiner Stich ließ ihr Herz stolpern – vor einigen Wochen war sie hier mit Viktor angelandet, direkt aus Nizza. Louise vermied den Blick auf die Passagierdampfer, stattdessen musterte sie Pauls Profil. Ein gut aussehender Mann, das fiel ihr jetzt erst auf – natürlich, bei ihrem ersten Zusammentreffen hatte sie ihr Augenmerk auf andere Aspekte gerichtet als auf das Aussehen des Mannes, der sie vor Stackletons Übergriff gerettet hatte.

Aber jetzt sah Louise Paul auch an, dass eine tief sitzende Traurigkeit sich wie ein Schleier über ihn gelegt hatte.

»Danke, dass Sie so offen sind.« Louise blieb stehen und zwang ihn, ihr ins Gesicht zu sehen. »Ich bin einigermaßen überrascht, dass Sie Polizeibeamter sind – waren. Das, was wir getan haben, war nicht eben …«

»Gesetzestreu?«

Sie nickte. Das war das Wort, das sie gesucht hatte. »Ich kann mir vorstellen, dass die Gedanken daran, was geschehen ist, Sie ebenso wenig loslassen wie mich.«

»Ich wünschte, es wäre anders ausgegangen. Aber ich weiß auch nicht, was ich hätte tun sollen. Meine Kollegen zu rufen – das hätte furchtbare Probleme für uns verursacht.« Er fuhr sich durch die Haare und strich die lange Strähne, die ihm bis in die Augen hing, zurück. »Ich denke ständig daran, was an dem Tag passiert ist. Und ich bin ganz gewiss nicht stolz darauf.«

Das war ihr Stichwort. Louise hatte sich schon überlegt, wie sie ihm am besten beibrachte, was sie von ihm wollte. »Ich brauche die Leiche.«

»Sie … was?« Entsetzen stand ihm ins Gesicht geschrieben. »Das geht nicht.« Er zog sie mit sich, vom Bürgersteig hinunter, sie überquerten die große Straße und liefen westlich am Hafenkrankenhaus vorbei. Paul bugsierte sie zu einer kleinen Grünfläche mit Bänken. Er flüsterte. »Was reden Sie da?«

Mit gesenkter Stimme erklärte Louise ihre Situation. Und ihren Plan.

Paul Klinker schüttelte ungläubig den Kopf. »Das kann nicht gut gehen!«

»Es muss! Zeitlich passt es hervorragend. Ungefähr zur gleichen Zeit wie Mortimer Stackleton ist auch der Unbekannte umgekommen. Die Polizei glaubt, dass Viktor dahintersteckt. Warum sollte man ihm den Mord am Wirt nicht auch noch anhängen?«

Paul starrte sie an. »Er ist Ihr Mann.«

»Nicht mehr. Nach allem, was er getan hat. Was er mir angetan hat.« Louise sah ihm in die Augen. »Ich muss an mich denken. Und meinen Hals aus der Schlinge ziehen.«

»Ich kann nicht noch mal an den Ort. Um keinen Preis der Welt grabe ich ihn wieder aus.« Paul schüttelte den Kopf. »Ich kann es nicht. Tut mir leid.«

»Sie wollen mir also nicht helfen?«

»Nein. Ich habe Ihnen einmal geholfen. Mein Part ist damit erledigt. Den nächsten Schritt müssen Sie selbst gehen.«

Er sagte es ohne jede Härte, war nicht barsch oder abweisend, und Louise verstand ihn. Warum sollte er sich in Gefahr begeben? Die Einzige, die einen Nutzen davon haben würde, wenn der tote Wirt wieder auftauchte, wäre sie selbst. Für Paul Klinker war sie eine Fremde. Warum sollte er also ein unnötiges Risiko eingehen?

Sie begriff, dass sie auf sich allein gestellt war. Nun, nicht ganz auf sich allein, denn da gab es ja noch Ella!

Louise legte Paul eine Hand auf den unversehrten Arm. »Darf ich Sie bitten, mit niemandem darüber zu sprechen? Was ich Ihnen gesagt habe, war im Vertrauen.«

»Wir sind noch immer durch diesen einen Vorfall aneinandergekettet«, antwortete er ihr. »Daran hat sich nichts geändert. Fällt einer von uns, fällt der andere auch.«

»Sie wissen, wo Sie mich zukünftig finden. Wenn alles gut geht.«

Sie erhoben sich beide von der Bank und gaben sich die Hand. »Dann trennen sich unsere Wege hier.« Louise lächelte.

»Nicht ganz. Ich habe noch immer eine Abmachung mit Ihrer Freundin. Ella. Wegen des Jungen.«

Sah sie richtig, und er errötete leicht? »Was sagen denn Ihre Kollegen?«

»Die halten sich bedeckt, wenn ich dabei bin. Aber sie haben ihn immerhin noch nicht gefunden.«

»Glauben die tatsächlich, dass er den Juwelier umgebracht hat? So ein kleiner Kerl?«

Paul Klinker zuckte mit den Schultern und reichte ihr die Hand. »Auf Wiedersehen! Und alles Gute mit Ihrem … Vorhaben.«

»Tut mir leid, aber so kann ich Sie nicht gehen lassen.« Louise hielt seine Hand fest. »Sie müssen mir schon verraten, wo ich ihn finde. Sie wissen schon, wen ich meine.«

Er beugte sich vor und flüsterte es ihr ins Ohr. Dann drehte er sich um und lief zu einer Trambahnhaltestelle. Sie sah ihm nach. Mit seiner schmalen, aber muskulösen Gestalt und seiner einfachen Kleidung – eine Arbeitshose, Hosenträger und ein simples blaues Baumwollhemd, über dem gesunden Arm bis zum Bizeps hochgekrempelt – wirkte er wie ein Junge und nicht wie ein gestandener Mann. Sie mochte ihn, merkte Louise. Und würde sich freuen, wenn dies nicht ihre letzte Begegnung bliebe.

In der Straße vor der *Pension Renate* erwartete sie eine Überraschung. Viele Kinder, aber auch ein paar Erwachsene, darunter einige Pensionsgäste und Renate selbst, standen Spalier und beobachteten amüsiert, was sich vor ihren Augen inmitten der Straße abspielte, als wäre es eine Zirkusnummer.

Ella fuhr Fahrrad!

Sie saß auf einem Drahtesel, der etwas zu niedrig für sie war, mit geschürzten Röcken, und wirkte wie ein Affe auf dem Schleifstein. Mit weit abgespreizten Knien, die Zunge vor Konzentration zwischen die Zähne geschoben, fuhr sie die Straße auf und ab. Hinter ihr lief laut kläffend Principessa. Jedes Mal, wenn es Ella gelang, unfallfrei zu wenden, applaudierte und johlte das Publikum. Und Ella zeigte, was sie schon beherrschte! Sie klingelte, fuhr Schlangenlinien, einmal nahm sie sogar, sehr gewagt, eine Hand vom Lenker!

Louise reihte sich amüsiert zwischen den Zuschauern ein und musste neidlos anerkennen, dass Ella alles, was sie anpackte, auch zur Freude anderer machte. Niemals zuvor war Louise einem Menschen begegnet, der so sehr die Gabe besaß, jeden in seinen Bann zu schlagen. Ella und Principessa – ein unschlagbar charmantes Duo!

Das Spektakel fand schließlich ein natürliches Ende, als die

Sonne endgültig hinter den rot glühenden Dächern Sankt Paulis verschwand. Das Publikum zerstreute sich, und Ella, die nur einmal gestürzt war, nämlich, als sie in einem Anfall von Selbstüberschätzung versucht hatte, freihändig zu fahren, übergab das Fahrrad seiner Besitzerin – ein spilleriges Mädchen aus dem Nebenhaus – und kehrte mit vor Anstrengung hochrotem Gesicht in die Pension zurück.

Louise erkundigte sich neugierig nach dem Grund für die Darbietung, und Ella verkündete, dass sie eine Arbeitsstelle an Land gezogen hatte – Brötchenkurier für die *Bäckerei Wiese*!

Louise lachte in sich hinein. Wenn es sie nicht schon gäbe, einen Menschen wie Ella müsste man erfinden. Ein wahres Stehaufmännchen.

»Ich habe auch eine Überraschung für uns. Wir haben vielleicht bald ein Dach über dem Kopf.«

Ella kriegte sich kaum ein vor Freude, Louise musste ihre Freundin allerdings ein bisschen bremsen. »Leider hängt alles von ein paar Faktoren ab, die nicht so einfach zu bewältigen sind ...«

Und dann weihte sie Ella in ihren Plan ein. Dass sie beschlossen hatte, sich vom Notar mit Viktors Totenschein als seine Erbin beglaubigen zu lassen. Es existierten weder Kinder noch Verwandte – jedenfalls nicht, was »Viktor Dumont« betraf; dass dieser in Wirklichkeit Reinhard Pagel hieß, würde der Notar schwerlich erfahren. Sie hatte Viktors Passkarte, eine falsche Geburtsurkunde, ihren Trauschein und den Totenschein – also alle Dokumente, die sie benötigte. Sobald dies gelungen war, würde sie Anspruch auf das halbe Besitztum von Mortimer Stackleton stellen.

Ella unterbrach Louise. »Du willst die Kneipe haben?«

»Und die Wohnung. Den Hof und die Gewerbeeinheit.«

»Warum das? Für mich würde sich ein Traum erfüllen, aber du? Warum du, was willst du damit?« Ella zog ihre rabenschwarzen Brauen so eng zusammen, dass sie beinahe eine durchgehende Linie bildeten.

»Weil ich die Beute haben will.«

Und dann offenbarte Louise ihr, was die Polizei glaubte. Dass ein Teil von dem Geld, das Viktor und Mortimer vor Jahren mit dem Casino-Betrug ergaunert hatten, noch irgendwo auf dem Grundstück zu finden war, und Viktor, mittlerweile pleite und von Gläubigern gejagt, deshalb seinen Tod vorgetäuscht hatte. Er war untergetaucht, um sich im entscheidenden Moment das Geld von Stackleton zu holen.

Ellas Augen wurden rund und immer runder. »Glaubst du das?«

Louise zuckte die Schultern. »Ich weiß gar nicht mehr, was ich glauben soll. Es spielt auch keine Rolle, was ich glaube – schließlich bin ich Viktor zwei Jahre auf den Leim gegangen. Aber einen Versuch ist es wert.«

»Aber was machst du, wenn Viktor wirklich auftaucht? Anscheinend ist er nicht so harmlos, wie du dachtest.«

Louise, die auf die Frage nur gewartet hatte, holte tief Luft. »Ich habe einen Plan. Und dafür brauche ich dich.«

Ella starrte auf den dunklen Kellerboden. »Das kann ich nicht.«

»Wir sind zu zweit. Wir schaffen das.« Louise glaubte ihre Worte selbst nicht. Sie hatte gehofft, dass Paul Klinker diese schmutzige Arbeit übernahm, aber natürlich verstand sie, dass er sich weigerte. Einen Toten wieder ausbuddeln war schließlich kein eben kleiner Gefallen.

»Seit wann bist du so kaltblütig?«

»Seit das Leben mich dazu zwingt.« Louise sah Ella an. Suchte in der Dunkelheit des Kellerraums ihr Gesicht. Es flackerte unheimlich, Ella wurde von der am Boden stehenden Petroleumlampe nur halb beleuchtet. Sie hatten den Docht so weit heruntergedreht, dass es gerade ausreichend hell genug war, um den Kellerboden aufzuhacken – den Paul, nachdem er Stackleton vergraben hatte, so sorgfältig zugeschüttet hatte.

»Keine Sorge«, beschwichtigte Louise sie. »Wir müssen ihn nicht ganz rausholen. Es genügt, wenn die Polizei stutzig wird und selbst an der Stelle sucht.«

Und dann machten sie sich an die Arbeit. Je tiefer sie kamen, desto mehr breitete sich Fäulnisgestank aus, sie waren mehrfach kurz davor, sich zu übergeben, bis Louise befand, sie sollten es gut sein lassen. Es war ein halbes Grab, eine schlampig vergrabene Leiche. Ganz so, als wäre der, der die Tat begangen hatte, gestört worden. Sie wischten, so wie Paul ihr geraten hatte, alles, was sie berührt hatten, sorgfältig ab, löschten die Lampe und machten sich daran, die *London Tavern* im Schutz der Dunkelheit wieder zu verlassen. Bevor Louise hinter Ella die Kellertreppe nach oben kletterte, legte sie Viktors Armbanduhr auf eines der Kellerregale. Sicher war sicher, dachte sie, es konnte nicht schaden, Inspektor Thönnes und seine Leute mit der Nase darauf zu stoßen, wer den bedauernswerten Mortimer Stackleton aus Habgier getötet und schließlich hier verscharrt hatte.

21.

Dass die Straßen von Sankt Pauli so himmlisch ruhig sein konnten! Ella lief mit Principessa um zwei Straßenecken zur Bäckerei Wiese, es war kurz vor fünf. Außer ihr huschten noch ein paar Nachtgestalten dem Tag davon, einige andere waren wie sie auf dem Arbeitsweg.

Ella zog ihre Strickjacke enger vor der Brust zusammen, sie fröstelte. Sicher auch, weil es so früh am Morgen und in der Dunkelheit noch frisch war, aber vor allem, weil sie schlecht geschlafen hatte und ihr die abendliche Aktion mit Louise in den Knochen steckte. Es hatte ihr ganz und gar nicht behagt, den Toten wieder auszugraben. Zum einen war es eklig gewesen, der Geruch steckte ihr noch immer in der Nase, aber zudem hatte Ella großen Respekt vor dem Tod und allem, was damit zusammenhing. Man störte nicht einfach so die Totenruhe!

Andererseits, so versuchte sie sich zu beruhigen, war der Keller einer Kneipe auch keine würdige Ruhestätte, und wenn die Polizei den toten Wirt fand, bekam er vielleicht die Chance auf ein ordentliches Begräbnis. So oder so: Die ganze Aktion behagte ihr nicht, und sie konnte nur hoffen, dass Louises Plan aufging.

Principessa wackelte fröhlich vor Ella her, sie betrachtete den niedlichen runden Hundepopo mit seinem Kringelschwanz. Der Mops war mit Feuereifer dabei gewesen, als sein Frauchen in der Erde wühlte, auf der Suche nach alten Knochen, das fand die kleine Hündin großartig. Wenn Ella sie nicht zurückgehalten hätte – Principessa hätte die Leiche wohl ganz alleine freigelegt.

Ach, Principessa, dachte Ella, und gleich wurde ihr etwas leichter ums Herz, was bist du für ein Sonnenschein. Ein fröhlicher kleiner Hund, nicht länger im Bordell zum Stillsitzen verdammt. Was täte ich ohne dich?

»Mit dem Hund?« Frau Wiese guckte streng und stemmte die Arme in die Hüfte. »Na, wenn das mal gut geht.«

Principessa blickte mit ihren großen schwarzen Augen zu der Bäckersfrau empor und machte Männchen, sie gab sich alle erdenkliche Mühe, sich lieb Kind zu machen.

Die Bäckersfrau konnte sich ein Lächeln nicht verkneifen. »Zeig mal, was du kannst«, forderte sie Ella auf.

Diese setzte sich auf den Sattel des Lastenrades und trat in die Pedale. Hach, wie schnell sie durch die Straße fegte! Wieder lief die Mopsdame kläffend hinter dem Rad her, wer bislang noch nicht aufgewacht war, der stand jetzt im Bett. Ella wendete formvollendet und fuhr strahlend auf Frau Wiese zu.

»Alle Achtung!« Sie reichte Ella eine Liste mit den Kunden, die diese zu beliefern hatte, und rief etwas in die Bäckerstube hinunter. Jaschek, der Geselle, kam mit einer großen Kiepe nach oben in den Verkaufsraum. Der Duft von Frischgebackenem überwältigte Ella, sie konnte sich kaum beherrschen, nicht auf der Stelle gierig über die appetitlichen Rundstücke, Franzbrötchen und Rosinenbrötchen herzufallen.

Frau Wiese legte ihr einen Stapel Papiertüten hin und wies Ella an, die Bestellungen abzupacken und mit Nummern zu markieren. Sie erklärte ihr, dass die Lieferliste ebenfalls nummeriert war – allerdings nicht nach einer bestimmten Route, wie bei den Briefträgern, sondern nach Priorität. Hotels und Restaurants kamen zuerst dran, wenn sie die beliefert hatte, würde sie wieder in die Bäckerei kommen müssen und Nachschub holen – für die Privathaushalte. Eine knappe Stunde benötigte Ella für das Abpacken, ihr stand der Schweiß auf der Stirn noch bevor sie losgefahren war, denn nun drückte von draußen der Sommertag Wärme in den Laden, während von unten aus der Backstube heiße Luft aufstieg. Principessa hatte es sich auf der Schwelle zum Geschäft gemütlich gemacht und bewachte mit Argusaugen, was Ella da trieb. Vielleicht fiel ja doch mal etwas Leckeres zu Boden …

Dann schließlich ging es los. Ella, die sich nicht auskannte, hatte von Frau Wiese einen gefalteten Stadtplan in die Hand gedrückt bekommen und versuchte nun, sich zu orientieren – aber dazu musste sie jedes Mal anhalten, den Plan auseinanderfalten, die richtige Adresse suchen, den Plan wieder ordentlich zusammenfalten, losfahren – das alles nahm viel zu viel Zeit in Anspruch! Ella ging einfach dazu über, sich durchzufragen. Das ging sehr viel schneller, und es fiel ihr leichter, sich die Orte, die sie beliefern musste, einzuprägen. Sie fuhr kreuz und quer durch Sankt Pauli, Altstadt, Neustadt und angrenzende Bezirke. Ella genoss den Wind um die Nase und dass sie miterlebte, wie die Stadt erwachte. Die Sonne kletterte heute mit Leichtigkeit den hellblauen Himmel empor, das Katzenkopfpflaster bekam einen goldenen Schimmer, die Tram bahnte sich bimmelnd einen Weg durch Pferdedroschken, Fußgänger, Automobilisten und jede Menge Radfahrer. Sogar das meist graubraune Wasser der Elbe schimmerte bläulich, wie frisch gewaschen.

Einzig Principessa litt. Die kleine Mopsdame gab schnell auf, Ella hinterherzurennen, ihre kurzen Beinchen bewältigten die langen Strecken nicht, die Zunge hing ihr weit aus dem Maul, und sie schnaufte mitleiderregend. Ella hatte rasch ein Einsehen, dass sie das Hündchen nicht die gesamte Route auf die Art begleiten konnte, deshalb hielt sie bei einem Lebensmittelgeschäft an und erbat sich eine leere Gemüsekiste. Der Ladenbesitzer half ihr, die Kiste auf dem Gepäckträger festzuzurren, dorthinein wurde Principessa gesetzt. Erleichtert rollte sich der kleine Hund zusammen, steckte die Nase ins Fell und verschlief erschöpft den weiteren Vormittag.

Als sie zum ersten Mal zur Bäckerei zurückkehrte, zeigten sich die Wieses überrascht – Ella war nicht besonders schnell gewesen, aber für den ersten Tag war ihre Zeit enorm.

Die zweite Tour, bei der sie Privathaushalte beliefern sollte, führte sie nicht aus dem Viertel heraus. Hier war sie direkt in der Nachbarschaft unterwegs. Es waren auch bei Weitem weniger Kunden – wer konnte sich auf Sankt Pauli schon leisten, jeden Tag frische Brötchen zu essen? Meistens lieferte sie an kleine Geschäfte, Varietés oder Handwerksbetriebe, die Brote und Rundstücke für die Mittagspause ihrer Angestellten liefern ließen.

Am Spielbudenplatz hatte Ella zwei Kunden. Eines davon war ein kleines Theater, direkt neben dem Juweliergeschäft von

Otto E. Mauss gelegen. Neugierig blickte Ella durch die Scheibe des geschlossenen Geschäfts, in dem der Mord stattgefunden hatte.

»Da gibt's nichts mehr zu sehen.«

Ertappt schreckte Ella zurück. Neben ihr stand ein Mann, der ihr gerade einmal zum Bauchnabel reichte.

»Angenehm, John.« Er reichte ihr seine Hand. John hatte ebensolche Locken wie sie, dunkle, fast schwarze Augen und ein Lächeln, dem man kaum widerstehen konnte.

Ella reichte ihm ebenfalls ihre Hand und machte einen scheuen Knicks. »Ella.«

»Und das ist?« Er zeigte auf die Obstkiste.

»Principessa.«

»Angenehm. Ihr liefert jetzt für Wiese?«

»Genau.« Ella suchte nach der Tüte, die für das Theater reserviert war, und übergab sie John. Der verschwand ins Innere und kam kurz darauf mit dem Brötchengeld wieder heraus. Ella nutzte die Zeit, wieder ihre Nase am Schaufenster des Juweliers platt zu drücken. Aber sosehr sie sich bemühte, es gab nichts Interessantes zu entdecken.

»Macht das Geschäft wieder auf? Übernimmt das jemand?«

Der Theatermann schüttelte nur den Kopf und presste die Lippen aufeinander. »Wohl kaum. Er war ja allein.«

»Hatte er keine Familie?«

»Nein. Er war ein schrecklicher alter Mann, und ich kann nicht sagen, dass ich ihn betrauere.«

Ella fuhr erschrocken zurück. John hatte das mit solcher Abneigung gesagt, dass sie ihn verwundert ansah. »Du kanntest ihn?« Er hatte sie ungefragt geduzt, also tat sie es ihm gleich.

John schnaubte. »Wir waren Nachbarn. Seit vielen Jahren. Da kennt man sich irgendwann besser, als einem lieb ist.« Sein so freundliches Gesicht war vollkommen verwandelt. Er war wütend, aber das war es nicht allein.

Ella überlegte, ob sie sich zu ihm hinunterbeugen sollte, aber dann schien es ihr unhöflich. »Was war er für ein Mensch?«

»Ein furchtbarer. Ein böser und gemeiner, verbitterter und schmieriger alter Mann.«

»Keine traute Nachbarschaft also?«

»Warum fragst du?« Plötzlich schlich sich zur Verärgerung noch Misstrauen in Johns Stimme.

»Mich interessiert der Fall, weil …« Ella überlegte. Wie viel konnte sie John anvertrauen? »Ich kenne jemand, der darin verwickelt ist.«

»Aha.« Der Mann verschränkte die Arme vor der Brust. Sie waren kurz, standen in keinerlei Proportion zu seinem verhältnismäßig langen Oberkörper. Wahrscheinlich hatte er in dem kleinen Theater die Rolle des Clowns inne, aber sein Gesichtsausdruck sagte deutlich, dass er alles, was seinen ermordeten Nachbarn betraf, ganz und gar nicht zum Lachen fand.

»Joshua.« Ella entschloss sich zur Flucht nach vorne. Sie würde nicht verraten, dass sie versucht hatte, den Jungen vor der Polizei zu verstecken, aber sie konnte doch wohl gefahrlos behaupten, dass sie ihn kannte. »Joshua Weixelbaum.«

»Oh! Der arme Junge. Ausgerechnet.«

»Der arme Junge? Dann glaubst du also auch nicht, dass er es war, der …«

»Nie und nimmer!« So, wie John im Brustton der Überzeugung geantwortet hatte, fiel Ella ein Stein vom Herzen. Sie war also nicht die Einzige, die glaubte, dass Joshua unschuldig war!

»Der Junge war das Bauernopfer. Glaubt die Polizei im Ernst, dass dieser Junge einen Erwachsenen kaltblütig ersticht und dann bei der Leiche wartet, bis man ihn verhaftet?« John schüttelte seine Locken. »Dieser Mauss hatte eine Menge Feinde, die ihm ans Leder wollten. Außerdem gab es handfesten Streit – ich habe lautstarke Diskussionen gehört, und da war keine Kinderstimme dabei, das kannst du mir glauben.«

»Hast du das der Polizei gesagt?«

Jetzt verschloss sich das Gesicht des kleinen Mannes. »Polizei«, brummte er nur und machte eine wegwerfende Handbewegung.

»Ich suche Joshua.« Ella senkte die Stimme. Sie spürte, dass sie noch mehr Informationen aus John herausbekommen könnte, aber er schien entschlossen, das Gespräch zu beenden.

»Es hat mich gefreut, dich kennenzulernen, Fräulein Ella.« Er machte eine tiefe Verbeugung. »Wir sehen uns morgen früh.«

Dann schlüpfte er rasch durch den blutroten Samtvorhang seines Etablissements und blieb verschwunden.

Ella überlegte kurz, ob sie ihm einfach folgen sollte, aber sie musste noch einige Tüten ausliefern und wollte nicht gleich an ihrem ersten Arbeitstag Ärger bekommen. Also schwang sie sich auf ihr Lastenrad und beendete ihre Liefertour.

Frau Wiese schien zufrieden, Ella erhielt ihre Groschen und durfte am nächsten Tag wiederkommen. Da noch der halbe Tag vor ihr lag, beschloss Ella, sich aufs Ohr zu legen, um den verpassten Nachtschlaf aufzuholen. Louise war bei der Arbeit, in der Pension war es ruhig, einzig zwei dicke Fliegen brummten in ihrem Zimmer umher. Eine Zeit lang beobachtete Ella, wie Principessa versuchte, die Brummer zu schnappen, doch irgendwann fielen erst ihr, dann der Hündin die Augen zu.

Später marschierte Ella mit dem Mops los in Richtung der Pfeiffergasse. Sie hatte genug Tage verplempert, immer darauf gewartet, dass Paul ihr eine Nachricht über Joshua hinterlassen würde. Aber nichts war passiert, kostbare Stunden und Tage verstrichen, ohne eine Spur von dem Jungen! Er war in grauenvollem Zustand gewesen, als Ella ihn aufgegabelt hatte – besser würde es ihm bestimmt nicht gehen. Nein, sie würde jetzt aktiv werden. Ella hatte eine Idee, wo sie mit der Suche beginnen könnte, aber dafür brauchte sie Informationen von Paul. Sie hoffte nur, dass er ihren vereinbarten heimlichen »Briefkasten« nutzte, und ihre Botschaft, die sie ihm gleich hinterlassen würde, fand. Außerdem wollte sie mit ihm darüber sprechen, was John ihr erzählt hatte. Was hatte es mit dem Juwelier wirklich auf sich? Angeblich hatte er Feinde, und einen Streit hatte der kleine Theatermann ebenfalls gehört. Damit würde man doch etwas anfangen können?

Im *Caféhaus Nicola* ließ sie sich einen Zettel geben und bemühte sich, in schönster Schrift eine Nachricht für Paul zu schreiben. Sie hatte keine Übung im Schreiben von Worten, musste mehrmals ansetzen. Zahlen fielen ihr weniger schwer, die konnte sie im Nu notieren und zusammenrechnen. Aber Schreiben ging alles andere als flüssig. Sie brauchte eine halbe Ewigkeit, um den kurzen Satz aufzumalen. Dann machte sie sich auf und steckte den Zettel in den Mauerspalt. Mittlerweile dachte sie nicht mehr daran, sich zu verstecken, wenn sie sich an dem losen Ziegel zu schaffen machte, die kleine Gasse war am späten Nachmittag belebt, niemand achtete auf sie.

Wenige Schritte entfernt blieb Ella stehen. Ihr fiel etwas ein. Sie wusste von Louise, dass Paul im Schlachthof arbeitete. Ein Einarmiger auf dem Schlachthof? Der würde doch wohl zu finden sein! Sie konnte schließlich nicht davon ausgehen, dass er in den nächsten Tagen ihre Botschaft erhielt, und wenn der Prophet schon nicht zum Berg kam, würde der Berg eben zum Propheten kommen!

Vorsorglich nahm Ella Principessa an die Leine. Sie musste unbedingt verhindern, dass diese sich auf dem riesigen Areal selbstständig machte, schließlich gab es für einen Hund auf dem Schlachthof eine Menge reizvoller Entdeckungen. Ella schritt energisch durch das Backsteinportal am Neuen Kamp. Vor ihr öffnete sich ein riesiger Platz, der umgeben war von verschiedenen Gebäuden. Stallungen, wie man unmissverständlich hören konnte, aber auch Schlachtbetriebe. Der Geruch von Blut lag in der Luft, Tiere schrien, aber der helle Sonnenschein, der über der Szenerie lag, nahm dem Schlachthof ein wenig von seinem Grauen. Hier waren nur Männer unterwegs, Ella war das einzige weibliche Wesen weit und breit, von Principessa einmal abgesehen, und das ließen die Männer sie spüren. Jeder ihrer Schritte wurde beobachtet, Ella kannte taxierende Blicke aus ihrem traurigen Vorleben und ließ sich nicht einschüchtern. Männer mit weißen, blutbeschmierten Gummischürzen kreuzten ihren Weg, an einer Ecke fand eine Auktion statt. Bestimmt zehn Ochsen standen in einem Pferch, auf einem Podest schrie ein Hemdsärmeliger, pries die Tiere an, nannte ihre Maße und ihr Alter, nahm Gebote aus dem Publikum an. Männer zückten dicke Geldbündel, fassten den Ochsen in die Mäuler, schauten ihre Klauen an und fuhren prüfend mit ihren Händen über die Körper.

Ella durfte gar nicht hinschauen, sie hatte Mitleid mit den zum Tod Geweihten. Sie sah die Augen der Tiere, ihre langen Wimpern und die vergeblichen Blicke. Stattdessen sprach sie einen Mann an, der ihr mit einem Gaul am Halfter entgegenkam.

»Der Einarmige? Der schafft bei Baumwald. Da drüben!«

Was für ein Glück! Der Mann wusste auf Anhieb, wen sie meinte. Ella überquerte den sonnenbeschienenen Platz und steuerte die Metzgerei an.

Der Laden war gut besucht, Principessa zog an ihrer Leine, die kleine Hündin hatte gewiss die Absicht, sich in die Schlange einzureihen, ihr troff der Geifer aus dem Maul. Ella wollte sich gerade anschicken, das Geschäft zu betreten, als direkt neben dem Laden ein Mann aus einer Tür trat. Es war Paul, der mit seiner einen Hand einen großen Metalleimer hinter sich herschleifte. Augenblicklich stürzten sich Fliegen auf ihn, nicht nur zwei, wie in Ellas Pensionszimmer, nein, ein ganzer Schwarm schien nur darauf gewartet zu haben. Paul schüttelte unwirsch den Kopf, er hatte keine freie Hand, um die Fliegen zu verscheuchen. Dabei fiel sein Blick auf Ella und die Möpsin, überrascht blieb er stehen. Der Fliegenschwarm stürzte sich auf die Tonne, aus der ein intensiver Gestank von verderbendem Fleisch drang.

»Sie?«

»Können wir uns unterhalten?« Ella machte einen Schritt auf ihn zu, aber sein unwirsches Gesicht ließ sie innehalten.

»Wir machen gleich zu. Wenn Sie warten wollen?« Er griff in die Tonne und zog ein Stück rohes Fleisch hervor, rot, durchzogen von weißen Sehnen, das er dem Hund vor die Schnauze warf. Dann setzte er seinen Weg fort, offenbar entsorgte er irgendwo Fleischabfälle. Principessa stürzte sich auf das Stückchen Fleisch, um das auch dicke Brummer summten, was sie jedoch kein bisschen störte. Hastig schlang sie den Bissen in sich hinein, so feine Sachen gab es für sie wahrlich nicht täglich zu fressen.

Ella sah sich um und entdeckte vor einem benachbarten Gebäude steinerne Treppenstufen, die angenehm im Schatten lagen. Dorthin zog sie sich zurück, um auf Paul zu warten. Sie beobachtete, wie irgendwann keine Kundschaft mehr in der Metzgerei stand, wie ein Mann die Tür absperrte und ein Gitter vor dem Laden herunterließ, wie andere Männer, vermutlich Kollegen von Paul, die Metzgerei durch den Nebeneingang verließen und wie schließlich Paul zusammen mit einem anderen Mann ebenfalls dort herauskam. Er verabschiedete diesen mit Handschlag, dann gingen sie in unterschiedliche Richtungen davon. Paul sah sich um, entdeckte sie und kam auf Ella zu. Zum ersten Mal fiel ihr auf, dass er ein gut aussehender Mann war. Schlank und gut gewachsen. Er hatte einen festen und geraden Gang, war muskulös, sein helles Blondhaar war akkurat geschnitten und sein Gesicht ebenmäßig. Auf den ersten Blick fiel kaum auf, dass sein linker Hemdsärmel leer war. Hätte Ella sich

232

für das andere Geschlecht interessiert – Paul hätte ihr gefallen. Aber durch ihre Vorgeschichte hatte sie Männern abgeschworen.

Je näher er kam, desto weniger grimmig blickte er drein, und als er schließlich vor ihr stand, rang er sich sogar ein kleines Lächeln ab.

»Wie haben Sie mich gefunden?«

»Kannst du dich denn gar nicht überwinden, Ella zu mir zu sagen?«

Wurde er rot? Er schien verlegen. »Also gut, Ella. Wie hast du mich gefunden?«

Sie grinste breit. »Mein kleines Geheimnis.«

Ella stand auf, sie wurde ernst. Es ging um Joshua. »Du hast mir keinen Zettel hinterlassen. Aber wir müssen endlich etwas tun! Joshua ist allein unterwegs, wir müssen ihn finden.«

»Ich habe getan, was ich konnte. Hamburg ist eine große Stadt. Er könnte sich überall befinden.«

»Aber ich habe eine Idee, wo er sein könnte.«

22.

Sie konnte recht haben. Himmel, warum war er nicht selbst darauf gekommen? Wer war hier der Polizist, er oder sie? Paul schielte zu Ella hinüber, die neben ihm lief. Ihr Blick war entschlossen, das Kinn hatte sie vorgereckt. Ihre weichen Wangen zart gerötet, rasch wandte Paul den Blick ab. Diese Frau … Es geschah etwas mit ihm, wenn sie in seiner Nähe war. Die Zeichen waren deutlich, so hatte es sich auch angefühlt, als er Marie kennengelernt hatte. Seine Marie. Es waren die Anzeichen von Verliebtheit, aber das wollte er vor sich nicht zugeben. Ella war eine Fremde, und er, er war ein zutiefst verletzter Mann. Gefühle erlaubte er sich nicht. Und doch. Sein Herz pochte, wann immer sie ihre Kastanienaugen auf ihn richtete, seine Handinnenflächen wurden feucht, und eine warme Welle trug ihn fort. Sein Kopf verbot ihm diese Gefühle, aber sein Körper setzte sich darüber hinweg.

Ob sie fühlte, was er fühlte? Wohl kaum. Oder sie verbarg es gut. Besser für dich, Paul, schlag dir diese Flausen aus dem Kopf! Liebe ist abgesagt, für heute und vielleicht für immer. Wer wollte sich schon mit einem Versehrten zusammentun? Einem, der tief gefallen war? Eben.

»Wohin?« Ella zeigte mit dem Kinn voraus. Vom Neuen Kamp, wo der Schlachthof lag, zur Alten Rabenstraße, der Straße in Rotherbaum, wo die Familie Weixelbaum gelebt hatte, war es nicht weit. Vor ihnen lag jetzt die weitläufige Anlage des Zoologischen Gartens. Er dirigierte Ella in die Rentzelstraße, sie warf neugierige Blicke auf das parkähnliche Gebiet hinter dem Zaun. Als sie an der Rückseite des Zebuhauses entlangliefen, hörten sie Geräusche, Röhren oder Muhen, wahrscheinlich wurden die Tiere gefüttert oder waren sonst wie in Aufregung.

Wie angewurzelt blieb Ella stehen und starrte auf den Zaun. »Was ist das?«

»Na, der Zoo.«

Der Blick, den sie ihm zuwarf, drückte vollkommenes Unverständnis aus.

»Das ist der Zoo«, wiederholte Paul. »Ein zoologischer Garten, mit Tieren aus aller Welt.«

Ella runzelte die Brauen, schüttelte leicht den Kopf und schien noch immer nicht zu verstehen. »Tiere aus aller Welt?«

»Sag bloß, du weißt nicht, was ein Zoo ist?« Er lachte. »Wo hast du denn gelebt? Das kennt doch jedes Kind.«

Flammende Röte zog sich über ihre Wangen bis in den Haaransatz. »Ich bin vom Land. Bei uns in Galizien, da, wo ich herkomme, gibt es nur die Tiere, die wir halten oder die dort zu Hause sind. Ich kenne so etwas nicht ... Zoo.«

Augenblicklich bereute Paul, dass er sich über sie lustig gemacht hatte. Aber für einen Hamburger Jungen, einen, der in
der Stadt aufgewachsen war, war so etwas wie der Zoo oder
der *Circus Busch,* all die Theater oder Varietés, Ausstellungen
mit exotischen Menschen und Tieren, nichts Außergewöhnliches. Nicht, dass er all diese Orte als Junge besucht hätte!
Dafür reichte das Geld seiner Eltern nicht. Aber wenn
Hagenbeck's eine neue Attraktion hatte, wenn der Zoo Eis-
bärennachwuchs bekam oder Artisten aus Amerika bei *Busch*
gastierten – ja, davon hörten sogar die armen Kinder. So etwas
war Stadtgespräch! Und dann liefen sie hin, drückten sich die
Nasen am Zaun platt, immer in der Hoffnung, einen Blick zu
erhaschen. Mit Michael war er manches Mal zum Zoo gelaufen, immer rundherum, sie hatten versucht, ihre kleinen Körper durch die Gitterstäbe zu zwängen, vergeblich natürlich,
oder gar über den Zaun zu steigen. Wobei sie noch jedes Mal
erwischt worden waren – aber von Weitem konnten sie die
Raubkatzen und auch Elefanten bestaunen. In der Zeitung, die
der Vater früher, als er noch arbeitete, nach Hause brachte,
waren Bilder gewesen. Von Jongleuren, von Wasserrutschen,
von Flamingos. Berichte über Menschen, Tiere, Sensationen in
der Hansestadt! Dass es Leute gab, die hinter den Bergen bei
den sieben Zwergen lebten und nichts von alledem wussten,
erschien ihm kaum vorstellbar. Um seinen Fauxpas wiedergut-
zumachen und Ella die Scham über ihr Unwissen zu nehmen,
dirigierte er sie zum oberen Eingang. Dort hing ein Plan des
Areals aus, der darüber Auskunft erteilte, wo auf der Anlage
sich welche Tiere befanden. Ella staunte, und auch Paul staunte,
über ihre Unwissenheit. Von den meisten Tieren, die der Zoo
beherbergte, wusste sie nicht einmal, dass diese existierten.
Paul beschrieb die Tiere, so gut er konnte, aber dann schlug er
ihr der Einfachheit halber vor, dem Zoo einen Besuch abzustatten.

»Da kannst du Gift drauf nehmen.« Ihre grimmige Entschlossenheit entzückte ihn, und nur mit Mühe konnte er sich zurückhalten, sie in den Zoo einzuladen. Das hatte er mit Marie gemacht, lange darauf gespart, es war eines ihrer ersten, richtig großen Rendezvous gewesen. Aber mit Ella hatte er keine romantische Beziehung, und er würde sie auch nie haben.

Er zog sie weiter, bis sie die Tiergartenstraße verließen und die Gleise unterquerten. Zwei kleine Jungen kamen ihnen entgegengelaufen, Schmuddelkinder mit grimmigen, für ihr Alter zu grimmigen Gesichtern. Paul hätte Gift darauf nehmen können, dass es sich um Mitglieder von Hinnerks Bande handelte, aber erstens bewegten sie sich weit außerhalb ihres Reviers, was eigentlich nicht vorkam, und zweitens war er mit Ella unterwegs, die er nicht beunruhigen wollte. Aber er blickte ihnen misstrauisch nach, und tatsächlich drehte sich auch eines der Früchtchen in der Unterführung nach ihm um und streckte ihm die Zunge heraus. Lausejungen.

An der Grindelallee kamen sie wieder aus der Unterführung, Paul bog mit Ella in die Moorweidenstraße ein. Die ganze Zeit erzählte er ihr etwas über exotische Tiere, über Länder wie Indien oder Afrika, Länder, die er selbst auch nur aus Büchern kannte und von Abbildungen. Sie lauschte interessiert und stellte viele Fragen, er musste sich sehr wundern, dass sie offenbar fern jeder Schulbildung aufgewachsen war. Danach fragen wollte er nicht, er hatte sie gerade schon beschämt, also schwieg er dazu und freute sich, dass er sein Wissen mit ihr teilen konnte.

Der Abend war lau, die Luft roch verheißungsvoll nach Lindenblüten, in den Gärten und Grünanlagen überboten sich Sommerblumen mit farbiger Blütenpracht, gelbe Färberkamille, rosafarbene Stockrosen und blauer Rittersporn bildeten wahre Blütenpolster, Alleebäume beschatteten die Straße des Viertels mit lichtem Grün, und an der Heimhuderstraße wackelte eine stolze Entenmutter mit sechs flauschigen Küken über den Damm. Hamburger und Hamburgerinnen flanierten in Richtung der Alster, manche trugen Picknickkörbe bei sich, die Damen elegante Sommerschirmchen. Heiter war die Stimmung, und fast vergaß Paul, weshalb er hier mit Ella an seiner Seite unterwegs war.

Fast. Bis sie an der Alten Rabenstraße vor der Lücke standen, die die abgebrannte Villa der Familie Weixelbaum in die Straßenbebauung riss, wie ein hohler Zahn im Kiefer. Die verkohlten Grundmauern waren zum Glück entfernt worden, doch auch so wirkte die Leerstelle unheimlich. Am Tor hing noch ein Briefkasten, man konnte sehen, dass der Garten, jetzt verwildert, einstmals gepflegt worden war. Weiter hinten auf dem Grundstück hing eine verlassene Kinderschaukel vom Ast einer großen Eiche herab.

»Was weiß man über den Brand?« Ella umklammerte mit beiden Händen die gusseisernen Stäbe des Gartenzauns und starrte auf das Grundstück.

»Nicht viel. Nur dass es blitzschnell ging. Laut den Nachbarn brannte das Haus innerhalb weniger Minuten lichterloh. Die Fassade bestand aus Holzschindeln. Die Feuerwehr konnte feststellen, dass sich der Brand vom Erdgeschoss ausgebreitet hatte, vermutlich vom Kamin aus.« Paul blickte zu der Stelle, an der die Villa gestanden hatte. Er erinnerte sich wie heute an den Moment, als er und seine Kollegen die Unglücksstelle erreicht hatten. Joshua stand mit seinem Hund auf dem Arm an der Seite, ein Nachbar musste ihn festhalten, er schrie und weinte und deutete immer wieder nach oben. Dorthin, wo sich seine Mutter zuletzt am Fenster gezeigt hatte. »Die Eltern sind nicht verbrannt. Sie sind erstickt. Sie standen noch am Fenster des Schlafzimmers, als die Feuerwehr kam.« Pauls Stimme brach. »Er konnte ihnen von draußen beim Sterben zusehen.«

Ella presste sich die Hand auf den Mund. In ihren Augen standen Tränen. »Wie grausam! Wieso lässt der liebe Gott das zu?«

Paul schwieg. Er könnte antworten, dass er schon lange nicht mehr an Gott glaubte. Und dass das Schicksal, das die Familie Weixelbaum ereilt hatte, nicht einmal eines der grausamsten war, die ihm in seinem Leben begegnet waren.

»Hat jemand den Brand gelegt?«

»Wohl kaum. Es war jedenfalls nichts nachzuweisen. Bei einem solch verheerenden Brand verbrennen die Spuren.« Paul öffnete das Gartentor, und sie traten ein. »Es gab keinen Hinweis auf irgendwelche Feinde. Keine Drohungen. Die Weixelbaums waren eine unbescholtene und in der Nachbarschaft angesehene Familie. Er war Anwalt, hatte sein Büro hier im Haus. Sie engagierte sich in der Fürsorge.«

»Und der Hund? Lord?«

Paul war überrascht. Er blieb wie angewurzelt stehen. »Woher wissen Sie ... weißt du von dem Hund?« Es fiel ihm noch schwer, sie so vertraulich anzusprechen.

»Er hat es mir erzählt. Er hat sich gleich für Principessa interessiert.«

»Den Hund hat irgendjemand genommen. Ich weiß es nicht.« Paul hatte im hintersten Teil des weitläufigen Grundstücks ein Gartenhäuschen entdeckt. Er legte den Finger auf den Mund und bedeutete Ella, leise zu sein. Sollte Joshua sich dort verstecken, würde er sie hören können – falls er sie nicht schon längst entdeckt hatte. Sie liefen nicht direkt über die Rasenfläche auf den Schuppen zu, sondern näherten sich ihm vorsichtig am Rand der Büsche.

Kurz bevor sie das Gartenhäuschen erreichten, blieben sie stehen und lauschten. Kein Laut drang heraus. Sie warteten einige Minuten, aber nichts geschah. Paul beschloss, sich allein vorzuwagen, er trat an das von Spinnweben verklebte schmutzige Schuppenfenster und versuchte, einen Blick ins Innere zu werfen. Ella stellte sich in die Nähe der Tür – falls Paul Joshua aufschreckte und dieser versuchte zu fliehen, würde sie sich ihm in den Weg stellen. Aber es sah nicht danach aus, als wäre der Junge dort drin. Allerdings: Der Schuppen war nicht versperrt, und als Paul die Tür vorsichtig öffnete, bemerkte er, dass ihre Scharniere frisch geölt sein mussten.

Und tatsächlich: Zwischen all den Harken und Schaufeln, Sensen, Tongefäßen und dergleichen Gartengerätschaften mehr hatte sich jemand ein kleines Lager gemacht.

»Er war hier.« Ella stand hinter ihm in der offenen Tür. »Lass uns gehen. Wenn er uns bemerkt, kommt er nie wieder.«

Sie hatte recht. Paul schloss die Tür des Schuppens, und sie zogen sich ins Gebüsch zurück. Ella war unruhig und sah sich ständig um, als befürchtete sie, Joshua könnte jederzeit auftauchen. Dort, wo sie sich befanden, war ein kleines Türchen im Gartenzaun, es führte zu einem überwucherten Hohlweg, der hinter den Gärten all der Villen entlangführte. Dies war mit Sicherheit der Weg, auf dem Joshua ungesehen in seinen Unterschlupf gelangte. Wenn er in den nächsten Minuten kam, würde er über sie stolpern und danach vielleicht nie wieder auftauchen. Sie mussten weg, sofort.

»Ich habe Herzklopfen.« Ella legte eine Hand auf ihre Brust und atmete schwer.

Paul vermied es hinzusehen, er hatte sie ohnehin schon zu viel angeschaut. Sie saßen auf einer Bank am Ufer der Außenalster, unweit der Anlegestelle Rabenstraße. Der Abend kündigte sich an, langsam ging die Sonne in ihrem Rücken unter, mit letzter Kraft legte sie einen Hauch von Gold über das gegenüberliegende Ufer, über Walhalla und Schöne Aussicht. Schwanenpaare zogen mit ihrem Nachwuchs über das glitzernde Wasser, suchten einen ruhigen Platz für die Nacht. Boote glitten über die Alster, als führen sie auf Kufen, kleine Wellen plätscherten müde ans Ufer, das Leben verlangsamte sich, wurde leiser, dafür intensivierten sich die Gerüche. Wäre er ein anderer Mann in einer anderen Situation, hätte er es gewagt, Ellas Hand zu fassen, mit dem Daumen sanft über ihren Handrücken zu fahren.

»Ich lege mich auf die Lauer.« Er wagte einen raschen Seitenblick. »Jede Nacht, wenn es sein muss.«

»Wir können uns abwechseln.«

»Das kommt nicht infrage! Du bist eine Frau.«

Sie lachte. »So ein Unsinn! Joshua würde mir vertrauen. Wenn er dich sieht … Er ist schon einmal vor dir geflohen.«

»Weil er dachte, ich will ihn festnehmen.«

»Wir könnten ihm einen Zettel hinterlassen. Dass wir ihm helfen wollen«, schlug Ella vor.

Aber Paul machte ihr klar, dass dies keine gute Idee war. Joshua würde immer glauben, dass es eine Falle war. Er vertraute niemandem. Ein einsamer Junge auf der Flucht, der Schlimmstes erlebt hatte – nein, um ihn zu fassen, müsste er ihn überwältigen, anders ging es nicht. »Ich muss dir etwas beichten. Joshua versteckt sich nicht nur vor uns. Oder der Polizei.«

Sie sah ihn an, ihre Augen wurden noch größer.

»Er versteckt sich vor Hinnerk Macke.« Und dann begann Paul zu erzählen. Von Hinnerk Macke und seiner kriminellen Kinderbande, die Elmar Thönnes nun schon so lange jagte. Dass er, Paul, bei dieser Jagd in einem Hinterhalt seinen Arm verloren hatte und seitdem auf Rache sann. Dass die Tätowierung im Nacken von Joshua nichts anderes war als ein Brandzeichen, mit dem Macke seine Jungs als sein Eigentum brandmarkte – immer dem Alphabet nach und wenn er den letzten Buchstaben erreicht hatte, fing er wieder von vorne an. Vor allem aber berichtete Paul von seinem Verdacht, weil Ella ihm von Joshuas Tätowierung erzählt hatte.

»Ich bin sicher, dass er nicht freiwillig bei Macke mitmacht. Entweder konnte er aus dem Franziskusheim fliehen und Mackes Bande hat ihn irgendwie in die Finger bekommen. Oder ...« Paul berichtete von seiner beunruhigenden Beobachtung. Davon, dass mitten in der Nacht ein seltsamer Mann mit einem roten Mercedes ein Kind aus dem Heim geholt hatte. »Ich glaube, es war Hinnerk Macke. Und ich glaube, er hat sich Nachschub besorgt.«

Ella fuhr sich durch die Haare. Mittlerweile lag die dunkelblaue Decke der Nacht über dem Wasser, von der anderen Seite blinkten Lampen. Ihr Licht brach sich auf der Alster, tausend kleine Reflexe tanzten auf dem Wasser. Im Uferschilf leuchteten Glühwürmchen um die Wette, der Mond plusterte sich zu einer ernst zu nehmenden Kugel auf. »Das Waisenhaus überlässt seine Kinder einem Verbrecher? Wie kann das sein?«

»Ich kann es nicht erklären. Ich weiß, das klingt ungeheuerlich. Vor allem – es sind fromme Männer, die das Heim leiten. Mönche. Vielleicht wissen sie nichts davon?« Paul kratzte sich am Kopf. Wieder und wieder hatte er sich das Gehirn zermartert, wie seine Beobachtung zu deuten war. »Und vielleicht ist Joshua auch auf diese Art an Macke geraten. Dass ihn jemand ausgeliefert hat. Deshalb brauche ich ihn. Ich brauche ihn als Zeugen. Nur er kann mir sagen, wo sich Macke befindet. Und wie er aussieht.«

Ella runzelte die Stirn und rückte ein Stückchen von ihm ab. »Du willst Joshua gar nicht helfen? Du willst, dass er dir hilft?«

Paul kratzte verlegen mit dem Schuh im Sand. So hatte er es noch nicht betrachtet, aber Ella traf den Nagel auf den Kopf. »Eine Hand wäscht die andere«, gab er trotzig zurück. »Natürlich würde ich ein gutes Wort für ihn bei den Kollegen einlegen.«

»Nein. Wir müssen erst beweisen, dass er unschuldig ist.«

»Wie willst du das anstellen?«

»Ich spreche noch einmal mit John. Er weiß noch mehr.«

»John?« Paul runzelte die Stirn.

»John arbeitet in dem Theater neben dem Juwelier«, erläuterte Ella. »Er hat mitbekommen, dass Mauss sich lautstark mit anderen Männern gestritten hat. Und er ist unserer Meinung, er glaubt nicht, dass Joshua den Juwelier getötet hat.« Sie stand auf. »Du musst mir versprechen, dass du Joshua nicht auslieferst. Er kommt zu mir und nicht zur Polizei.«

Auch Paul erhob sich. Konnte er ihr das versprechen? Nicht guten Gewissens. Der Junge wurde gesucht. Es wäre ein böser Gesetzesverstoß, wenn er Joshua helfen würde unterzutauchen. Ella streckte eine Hand aus und hielt sie ihm hin. Zögerlich schlug er ein.

Gemeinsam machten sie sich auf den Heimweg und liefen zur nächstgelegenen Trambahnstation. Dazu steuerten sie den Bahnhof Dammtor an.

»Warum wisst ihr nicht, wie dieser Macke aussieht?« Ella hatte Principessa auf den Arm genommen, die kleine Hündin hatte die Augen geschlossen, und Paul musste zugeben, dass er sie ganz entzückend fand. »Wenn ihr ihm doch schon so lange auf den Fersen seid?«

»Er tritt nicht selbst in Aktion. So viel wissen wir. Er schickt seine Bande. Die übt die Verbrechen aus. Schlägereien, Überfälle, Diebstähle. Mord stand bis jetzt nicht auf dem Zettel, aber Totschlag durchaus. Die Kinder gehen äußerst brutal vor.«

»Warum tun sie das? Es sind Kinder!«

»Weil das, was ihnen blüht, wenn sie nicht tun, was er ihnen aufträgt, noch schlimmer ist.« Paul dachte an die leblosen Körper der jugendlichen Bandenmitglieder, die sie schon gefunden hatten. Entweder wollten sie auspacken oder abhauen, vielleicht hatten sie Macke einfach nicht den erwarteten Gehorsam gezollt – auf alle Fälle waren sie ums Leben gekommen. Und immer zeigten ihre Körper Spuren von grausamen Misshand-

242

lungen. Er schauderte. Macke hetzte seine Jungs auch gegeneinander auf, er schreckte vor nichts zurück.

»Niemand hat ihn gesehen, wir haben nur vage Beschreibungen. Die Jungen, die wir fassen, schweigen eisern. Einige sind unter dem Fallbeil gelandet. Ohne vorher auszupacken. Er hat sie fest im Griff.«

»Auch Joshua?«

»Offensichtlich nicht. Sonst wäre er zur Bande zurückgekehrt. Dass er sich hier allein versteckt, spricht viel eher dafür, dass er sich absetzen will.« Was nicht verwunderte. Paul hatte den zarten, klugen Jungen immer wieder vor Augen. Ein Büchernarr. Kein Schläger.

»Ich lege mich morgen auf die Lauer«, versprach er. »Heute muss ich nach Hause, mich um meine Eltern kümmern. Ich bin zu selten da, sie brauchen meine Hilfe.«

Ella nickte. »Auch wenn es mir schwerfällt, ihn nicht sofort zu holen, aber vielleicht ist er hier in Sicherheit. In seinem alten Zuhause.«

»Hoffen wir es.«

Paul wies Ella den Weg, zusammen würden sie die Ringbahn nehmen, er musste zur Holstenstraße, sie stieg eine Station vorher an der Sternschanze aus und fuhr mit der Trambahn weiter. Ella war fasziniert, auch moderne Verkehrsmittel waren ihr fremd, sie ließ sich von Paul genau erklären, wo sie einsteigen musste und wie man eine Fahrkarte beim Schaffner löste, was man machte, wenn man die Bahn verlassen wollte. Paul wurde immer neugieriger auf ihr Vorleben. Er wusste nichts von ihr, außer dass sie vom Land kam. Aber was hatte sie dort gemacht? Hatte sie Familie? Warum war sie von Galizien nach Hamburg gekommen? Er beobachtete ihr Profil, während Ella aus dem Fenster der hoch über den Straßen fahrenden Ringbahn hinausblickte, staunend wie ein Kind die hellen Lichter Hamburgs in der dunklen Nacht besah. Wie gerne hätte er die Hand ausgestreckt, sie berührt, sanft nur. Und vielleicht hätte sie sich zu ihm umgedreht, hätte ihn angelächelt, und die Sonne wäre aufgegangen.

An der Station Sternschanze öffnete sich die Tür, Ella sprang heraus, winkte kurz und eilte mit ihrem Hund den anderen Fahrgästen hinterher. Paul blieb zurück und spürte, wie einsam er war.

Tage später

23.

Überaus zufrieden verließ Louise die Kanzlei des Notars. Obwohl sie ihm schnell klargemacht hatte, dass sie keine großen Vermögenswerte aus dem Nachlass ihres Mannes erwartete, im Gegenteil, vielleicht müsse sie das Erbe auch ausschlagen, um nicht mit seinen Schulden belastet zu werden, war der Mann äußerst zuvorkommend. Sie stellte immer wieder fest, dass eine junge schöne Witwe das männliche Herz schnell erweichen konnte, es gefiel ihr, diese Klaviatur zu bedienen. Sie übte auf diese Weise Macht aus, so empfand sie es. Es war an der Zeit, den Spieß umzudrehen. Männer waren so leicht zu manipulieren – das begriff sie Tag für Tag besser, nachdem Viktor sie zwei Jahre als seine Marionette benutzt hatte.

Louise hatte dem Notar alle Unterlagen übergeben, die ihr zur Verfügung standen, jetzt ging es seinen Gang. Und wenn der Notar herausfand, dass Viktor ein Betrüger war – auf dem Papier waren sie trotzdem verheiratet und sie die einzige Erbberechtigte, egal ob von Reinhard Pagel oder Viktor Dumont oder Graf XY. Und darauf kam es an. Sie wollte sich das Grundstück von Mortimer Stackleton überschreiben lassen, zumindest die Hälfte, auf die sie Anspruch hatte. Danach würde sie weitersehen. An wen fiel Stackletons Besitz? Konnte man einem Toten seinen Besitz abkaufen?

Beschwingt lief Louise zur *Pension Renate* zurück. Erstaunlich, wie schnell sie sich in ihrem neuen Leben eingerichtet hatte. Zwar kamen nachts oft Albträume, dann bekam sie keine Luft, der Schweiß trat aus allen Poren, ihr Mund war ausgetrocknet. In der Stille der Nacht dachte sie immer wieder daran, was Viktor ihr angetan hatte, aber auch, zu was er allem Anschein nach darüber hinaus fähig war. Ob er tatsächlich den Unbekannten, der ihr den Totenschein gebracht hatte, getötet hatte? War er so kaltblütig?

Und was waren die zwei Jahre Ehe wert, welche Gefühle hatte er für sie gehabt?

Die Erinnerung an all die schönen Momente mit ihrem Mann drohten zu verblassen. Wenn sie an ihn dachte, an seine sanften Hände, die sacht über ihre Haut fuhren, seine langen dunklen Wimpern, die sie so gern betrachtet hatte, wenn sie sich erinnerte, wie sie Hand in Hand durch die Straßen von Antibes gelaufen waren, in Paris am Montmartre gesessen und hinunter auf die Dächer geblickt hatten – Küsse, Zärtlichkeiten ausgetauscht … War alles nur gespielt? Das konnte nicht sein, sie glaubte zu wissen, dass Viktor tiefe Gefühle für sie gehabt hatte. Aber was half dieses Wissen? Er hatte sie belogen und war verschwunden. Nein, sie musste sich all das aus dem Herzen reißen. Das war bei Weitem schwerer, als mit den finanziellen Einbußen umzugehen. An ihr spartanisches Zimmer in der Pension hatte sie sich schon gewöhnt, sie schätzte die Wirtin sowie all die anderen Pensionsgäste, und allen voran machten ihr Ella und Principessa das Leben so viel leichter.

Sie würde es schaffen! Sie würde sich, ohne die Gunst eines Mannes, aus eigener Kraft aus der misslichen Lage befreien. Louise dachte an den Brief, der unter ihrem Kopfkissen lag. Ihre Mutter hatte geantwortet. Mit vielem hatte sie gerechnet – dass die Familie noch Zeit bräuchte, ihr zu vergeben, dass sie ihr sofort Tür und Tor öffneten, alles! Aber nicht mit diesem schroffen und herablassenden Ton, mit dem die Mutter ihr geantwortet hatte. Sie solle es nicht wagen, sich in Potsdam blicken zu lassen. Louise habe die Familie zerstört durch ihre Heirat mit dem Hochstapler. Man wolle sie nicht mehr sehen.

Ihre erste Reaktion auf das Schreiben war Verzweiflung, aber dann, nach und nach, begriff Louise, dass sie auch die harsche Reaktion der Familie nur Viktor zu verdanken hatte. Irgendetwas war damals in Potsdam hinter ihrem Rücken geschehen. Sie wusste nicht, was es war, bis zur Hochzeit herrschte eitel Sonnenschein. Aber schon wenige Tage später hatte der Vater sie zu sich gerufen, ihr eröffnet, dass er ihr ihren Erbanteil vorzeitig auszahle, unter der Bedingung, dass sie sein Haus noch am selben Tag verlassen sollte. Umgehend, keine Diskussion. Begründet hatte er sein Diktum nicht, sie war am Boden zerstört gewesen, aber Viktor hatte ihre Tränen weggeküsst und eine Hochzeitsreise nach Italien in Aussicht gestellt und ihr eingeredet, sie würde sich mit ihrer Familie schon wieder aussöhnen.

Dann waren sie gefahren. Das war das letzte Mal, dass sie Vater, Mutter und die Schwestern gesehen hatte. Immer war es Viktor gelungen, ihr Heimweh im Keim zu ersticken und sie abzulenken. Mit Geschenken, mit Zärtlichkeit, mit der nächsten Reise. Oh, was für ein dummes Huhn sie gewesen war!

Mit diesen Gedanken bog sie von der Wilhelminer- in die Eckernförderstraße ein und stutzte. Vor der Pension auf der gegenüberliegenden Straßenseite entdeckte sie zwei Gestalten, die ihr nur allzu bekannt vorkamen: Es waren die beiden Männer von der Rennbahn! Die, die auch vor ihrem Hotel aufgetaucht waren. Und die, wie sie jetzt wusste, nicht zur Mannschaft von Thönnes und Kalweit gehörten.

Die ersten beiden Zusammentreffen konnte man mit viel gutem Willen noch als Zufall abtun. Aber dass die beiden nun hier erschienen und Position vor ihrer Unterkunft bezogen – das musste Absicht sein. Niemand konnte wissen, wo sie jetzt wohnte, die beiden hatten sie also gesucht und irgendwie aufgespürt. Kein Zweifel: Sie wurde beschattet.

Instinktiv drückte sich Louise in einen Hauseingang und beobachtete die Männer. Sie waren auffällig unauffällig. Beide trugen einfache Anzüge mit Weste, helle Hemden und weiche graue Hüte, die sie tief in die Stirn gedrückt hatten, sodass sie die Gesichter nicht erkennen konnte. Bartlos waren sie, ungefähr Mitte zwanzig bis höchstens Anfang dreißig. Durchschnittliche Größe, durchschnittliche Figur. Männer, deren Beschreibung auf jeden x-beliebigen Herrn Müller zutreffen konnte. Perfekt, wenn man nicht auffallen durfte.

Gute zehn Minuten harrte Louise in ihrer Position aus, aber da es rein gar nichts zu sehen gab, die Männer standen da und gaben vor, Zeitung zu lesen, kehrte sie um und lief zum Hinterhof der Pension, den man von der Seilerstraße aus erreichte.

Ella lag wie ein Baby mit angezogenen Knien auf der Seite und schlief. Principessa hatte sich an ihren Bauch gekuschelt und hob nur müde ein Augenlid, als Louise ins Zimmer kam. Dafür wedelte ihr kleines Ringelschwänzchen umso mehr.

Louise setzte sich seufzend auf ihr Bett. Eigentlich war sie nach dem Arbeitstag im Hauptpostamt und dem Besuch beim Notar erschöpft, aber sie wollte unbedingt Teil zwei ihres Plans umsetzen, also würde sie noch einmal aufbrechen müssen, nachdem sie sich umgezogen hatte.

Schwer atmend drehte sich Ella auf die andere Seite, sie war wach geworden, sah Louise an und lächelte breit. Die Sonne ging auf, dachte Louise. Wie schaffte es ein Mensch mit dieser Vergangenheit, immer gute Laune zu haben?

»Ella, ich werde beobachtet.«

Erstaunt setzte ihre Freundin sich auf und hörte sich aufmerksam an, was Louise ihr berichtete. Ihr Fenster ging zum Hof hinaus, deshalb lief Ella auf den Flur und warf von dort einen Blick hinunter auf die Straße. »Die beiden mit den Hüten?«

Louise bejahte. »Kannst du mich begleiten? Ich möchte ins Präsidium.«

Wenig später meldete Louise sich am Tresen und verlangte, Herrn Kommissar Kalweit zu sprechen. Ihre Verfolger hatten sich tatsächlich an ihre Fersen geheftet, Ella und Louise hatten so getan, als merkten sie nichts. Als sie aber in den Hof des Präsidiums einbogen, waren die beiden Herren nicht mehr zu sehen.

Ella wartete dieses Mal nicht an der Stadthausbrücke, sondern war mit hineingegangen – und kam sofort mit den Polizisten dort ins Gespräch, wie sollte es auch anders sein. Ihr Hund wurde bewundert und gestreichelt, im Nu war die dunkellockige Sonne umringt von blau Uniformierten.

»Ich mache gleich Feierabend«, begrüßte der Kommissar Louise in seinem Büro. »Wenn es länger dauert, würde ich Sie an einen Kollegen verweisen.« Dennoch bot er ihr einen Platz an.

»Ich werde beschattet«, fiel Louise mit der Tür ins Haus. »Eigentlich wollte ich mir diese *London Tavern* einmal ansehen, mit meiner Freundin zusammen, aber nun trauen wir uns nicht.«

Kalweit zog die Brauen nach oben. »Beschattet?«

»Ob es schon Viktor ist, der mich beobachten lässt? Es sind zwei Männer, Sie erinnern sich, dass ich Sie letztens gefragt habe, ob die zu Ihnen gehören. Sie haben verneint – und nun mache ich mir Sorgen, denn die Herren lauern mir auf.«

Der junge Kommissar nahm nun auch wieder hinter seinem Schreibtisch Platz und machte sich Notizen, während Louise ihm erzählte, wann und wo sie den Männern bislang begegnet war.

»Sind sie Ihnen bis hierher gefolgt?«

»Ja. Aber als sie gesehen haben, dass wir ins Präsidium wollen, sind sie schnell verschwunden.«

»Ich bespreche mich mit dem Inspektor, bin gleich wieder da.«

Louise holte einmal tief Luft. Der nächste Schritt würde weitaus schwieriger sein. Sie musste sehr gut schauspielern. Ob sie dazu in der Lage war?

Kommissar Kalweit kam wieder in das Büro zurück und nahm sein Jackett vom Haken. »Ich begleite Sie zu der Kneipe. Wir holen noch einen Uniformierten dazu. Der Inspektor ist der Meinung, dass wir nicht sicher sein können, ob Ihre Verfolger nicht doch im Auftrag Ihres Mannes handeln.« Gemeinsam verließen sie das Büro und liefen den Gang hinunter zur Wache. »Denn obwohl er auf der Rennbahn vor den Männern Reißaus genommen hat, könnten sie mittlerweile gemeinsame Sache machen. In Ganovenkreisen wechseln die Allianzen schnell.« Nervös schob der Blonde immer wieder seine Brille auf der Nase nach oben. In Ganovenkreisen ... Louise wurde ein bisschen übel bei dem Gedanken daran, dass sie sich dort mittlerweile bewegte: in Ganovenkreisen.

In der Wachstube war Ella umringt von Polizisten, und Louise erkannte auf Anhieb, dass sie nicht wenige der Männer in ihren Bann gezogen hatte. Sie tat das offensichtlich ohne Hintergedanken, Ella flirtete nicht, ja, Louise wusste, dass Ella gar nicht daran interessiert war, Männerbekanntschaften zu machen. Aber vielleicht war es außer ihrem überaus charmanten und strahlenden Wesen gerade das Absichtslose, das sie für das andere Geschlecht so anziehend machte. Ella war, wie sie war: echt und unverfälscht. Fröhlich, freundlich, unbeschwert.

Kommissar Kalweit wählte einen Polizisten aus der Runde aus, und gemeinsam nahmen sie ein Automobil in Richtung Sankt Pauli. Ella wurde ganz hibbelig, es war ihre erste Autofahrt, wohingegen Louise bereits unzählige Male mit einem motorisierten Fahrzeug unterwegs gewesen war. Natürlich –

außer für Rennpferde hatte Viktor auch ein Faible für schnelle Wagen gehabt. Während sie hinten neben Ella saß, der Kommissar vorne neben dem Polizisten, der lenkte, dachte Louise darüber nach, dass sie, wenn ihr Leben wieder in geordneten Bahnen verlief, gerne einen Autolenkerschein machen würde. Das stünde ihr gut zu Gesicht! Mit Karacho über die Straßen brausen – wie elegant und modern das war! Aber Moment, ermahnte Louise sich, als ihre Wunschträume mit ihr davongaloppierten, erst einmal hast du alle Hände voll zu tun, dich aus diesem Schlamassel herauszupauken.

»Was wollen Sie denn an der *Tavern*?« Kalweit drehte sich nach hinten zu ihr um.

»Ich glaube noch immer, dass mein Plan der bessere ist.« Louise bemühte sich um einen harmlosen Gesichtsausdruck. »Ich würde gerne meinen Anspruch geltend machen und mich mit Mortimer Stackleton einigen. Mir gehört die Hälfte – warum sollte ich darauf verzichten? Es ist nur recht und billig, wenn ich meinen zukünftigen Besitz in Augenschein nehme.«

»Vielleicht haben Sie Ihren Mann schon angelockt.« Kalweit machte ein ernstes Gesicht. »Sie sind sich dessen bewusst, dass Sie möglicherweise in Gefahr sind? Reinhard Pagel oder meinetwegen Viktor Dumont schreckt vor nichts zurück.«

Jetzt hielt der Wagen in der Kleinen Freiheit, den Rest des Weges mussten sie zu Fuß zurücklegen, die Pfeiffergasse war schmal, die Polizisten fürchteten um ihr nagelneues Automobil.

Die *London Tavern* lag im Dämmerlicht da, wie sie sie verlassen hatte, stellte Louise erleichtert fest. Die Fensterläden geschlossen, auch oben in der darüber befindlichen Wohnung. Selbst der Zettel *Auf unbestimmte Zeit geschlossen, MS* hing nach wie vor an der Tür.

»Ich habe Ihnen gesagt: Stackleton ist verschwunden.«

»Deshalb kann ich mir das doch trotzdem ansehen, oder nicht?«

»Genau genommen betreten Sie unerlaubt Privatbesitz.« Kalweit blieb an der Kneipentür stehen, während Louise tat, als würde sie zögern weiterzugehen. Schließlich musste sie den Anschein wahren, dass sie das Grundstück nicht kannte.

Louise warf ihm ein scheues Lächeln zu. »Ich habe nicht viel zu verlieren. Wie Sie wissen.« Dann wagte sie ein paar Schritte in den Hinterhof und blickte sich neugierig um.

Ella traute sich nicht, Louise hinterherzulaufen, aus gutem Grund. Sie hatte sich in der letzten Zeit zu oft hier herumgetrieben, Louise hatte ihr eingeschärft, so zu tun, als wäre ihr all das fremd. Keinesfalls durften die Polizisten erfahren, dass sie beide mehrfach hier gewesen waren. Mit einer Leiche und einem von der Polizei gesuchten Jungen.

Louise konnte es kaum erwarten, den Kommissar mit der Nase auf die nun nicht mehr ganz so gut versteckte Leiche zu stoßen, aber sie durfte jetzt keinen Fehler machen, sich nicht verraten. Schauer jagten ihr Rückgrat rauf und runter, ihr Körper vibrierte vor Spannung, während sie auf die Gewerbeeinheit am hinteren Hofende zusteuerte. Sie rüttelte an der Tür, natürlich verschlossen, und versuchte, einen Blick auf das Innere zu erhaschen. Hier war sie noch nicht gewesen, und ihre Neugier auf das, was sich hinter dem großen Tor verbarg, war echt. Was bewahrte Mortimer Stackleton dort drin auf? Sobald sie über das Grundstück verfügen konnte – hier würde sie zuerst suchen, nahm Louise sich vor.

»Herr Kommissar?« Sie winkte ihm, damit sie sichergehen konnte, dass er bei ihr war, wenn sie entdeckte, dass der Keller offen war.

Der junge Beamte steuerte auf sie zu, und als Louise sein angestrengtes Gesicht sah, tat er ihr fast leid. Dieser Kalweit war sehr bemüht, alles richtig und korrekt zu machen, er behandelte sie zuvorkommend, und sie spielte ein nicht sehr vornehmes Spiel mit ihm.

»Sagen Sie, suchen Sie denn nach diesem Stackleton?«

»Er hat nichts verbrochen«, gab der Kommissar zurück. »Gegen ihn liegt im Gegensatz zu Ihrem Mann nichts vor. Zwar sind wir sicher, dass er die Glücksspielgeschäfte mit Ihrem Mann gemacht hat, aber wir konnten ihm nie etwas nachweisen. Die Geschädigten haben auch keine Anzeige erstattet, natürlich, wer gibt schon gerne zu, dass er sich in verbotenen Casinos herumgetrieben hat? Ihr Mann hat weitergemacht. Hat Leute erpresst und Geld unterschlagen. Stackleton dagegen hat sich bedeckt gehalten – und diese Kneipe geführt.«

Gemeinsam liefen sie nun über den Hof wieder zurück.

»Ich müsste mit ihm sprechen. Heute war ich bereits beim Notar, weil ich Anspruch als Erbin meines Mannes erhebe. Hoffentlich erreiche ich Herrn Stackleton und kann mich mit ihm einigen.«

»Das dürfte nicht einfach werden.« Irritiert beobachtete Kommissar Kalweit, wie Louise nun auf die Kellertür zusteuerte. Sie rüttelte daran – und plötzlich öffnete sich die hölzerne Tür.

»Oh!« Louise tat überrascht. »Hier ist nicht abgesperrt.«

Mit einem Satz war Kalweit bei ihr und rief den zweiten Beamten zu sich. »Nichts anfassen! Und gehen Sie bitte nicht da rein.«

Der Schupo war nun bei ihnen, und er und der Kommissar verständigten sich über ihr Vorgehen.

Der Schupo klopfte laut an die Tür und rief: »Polizei! Wer dort?«

Nachdem sie keine Antwort erhalten hatten, öffneten sie die Türe zur Gänze und warfen einen vorsichtigen Blick in den dunklen Keller.

»Wir brauchen eine Lampe.« Der Kommissar schickte den Uniformierten wieder los zum Wagen. Mittlerweile war auch

Ella mit dem Mops um die Hausecke gekommen und sah sorgenvoll zu Louise.

Kalweit tastete sich nun langsam in die Dunkelheit des Erdkellers vor, immer wieder rief er »Hallo?« oder »Wer da?«, aber niemand antwortete.

Als der Schupo mit einer Karbidlampe zurückkehrte, leuchteten sie den Raum aus, dem auf den ersten Blick nichts anzumerken war, Louise gab sich neugierig und blieb hinter Kalweit. Die beiden Polizisten leuchteten in die Ecken. Schließlich bückte sich der Kommissar und bat seinen Untergebenen, auf den Boden zu leuchten. Vorsichtig strich er mit der Hand darüber, runzelte die Stirn und nahm schließlich eine Handvoll Erde in die Hand.

»Seltsam. Der Boden ist hier aufgelockert. Gefällt mir nicht.«

»Kommissar?!« Der Schupo deutete auf Hacke und Spaten. Beides hatten Louise und Ella absichtlich schlecht hinter einem Regal versteckt, eine Plane darübergelegt, die die beiden Gerätschaften aber nicht zur Gänze verdeckte.

Louises Herz klopfte bis zum Hals. Es brauchte nicht mehr viel, und Kalweit würde ahnen, was sich im Boden versteckte. Da, er drehte sich bereits zu ihr um! Mit sorgenvollem Gesicht.

»Frau Dumont, ich muss Sie bitten, den Keller zu verlassen. Bitte warten Sie draußen. Hier stimmt etwas ganz und gar nicht.«

»Was meinen Sie?«

»Ich vermute, wir haben hier einen Tatort.« Er zeigte auf den lockeren Erdboden. »Wir müssen Verstärkung rufen.«

Sanft legte er ihr eine Hand auf den Rücken und schob sie in Richtung Tür. Dabei streifte der Schein seiner Karbidlampe die Stelle des Regals, an der Louise die Armbanduhr von Viktor platziert hatte.

Sie sog scharf die Luft ein und blieb wie angewurzelt stehen. »Da!«

Sie hatte schon die Befürchtung, übertrieben zu haben, es war doch eine rechte Räuberpistole, die sie hier aufführte, aber der Polizist schien nichts zu bemerken.

Louise zeigte auf die Uhr. »Das ist … das ist Viktors Uhr.«

Kalweit blickte auf die Uhr, dann sah er sie an, schließlich drehte er sich zum Schupo um. »Wir brauchen Verstärkung. Müssen alles absperren. Ich denke, wir haben Mortimer Stackleton gefunden.«

Dann schob er Louise in den Hof. »Warten Sie in der Straße. Wir brauchen später Ihre Aussage. Aber erst einmal müssen wir mehr Leute hier haben.«

Louise musste sich keine Mühe geben, erschüttert zu wirken, sie konnte kaum glauben, dass ihr Plan aufgegangen zu sein schien. Der Tod von Mortimer Stackleton würde schon bald auf das Konto von Viktor gehen. Und sie konnte triumphieren.

24.

Mit großem Unbehagen beobachtete Ella die Szenerie. Immer mehr Menschen tauchten auf, Uniformierte, die den Fundort sicherten, Zivilpolizisten, die jede Ecke untersuchten, ein Fotograf mit langem Stativ, der mithilfe eines Assistenten seine schwere Kamera mal hierhin, mal dorthin richtete und alles Mögliche auf seine Platten bannte. Neugierige, die sehen wollten, warum das Grundstück abgesperrt wurde, Nachbarn, die auf Polizisten einredeten, und neben ihr Louise, die ihre Freude darüber, dass ihr Plan aufgegangen war, kaum verbergen konnte.

»Freu dich nicht zu früh.« Ella beobachtete, wie eine Frau, anscheinend aus dem an den Hof angrenzenden Nachbarhaus, auf einen Polizisten einredete, der sich Notizen machte. Immer wieder blickten die beiden zu ihr hinüber, zu Ella. »Mir gefällt das nicht, Louise. Du spielst mit dem Feuer.«

»Was bleibt mir anderes übrig?«

»Nichtstun?! Zu deiner Arbeit gehen und dich nicht mit Viktor beschäftigen. Und seinen krummen Geschäften.«

»Aber du warst doch ganz versessen darauf, hier einzuziehen? Immer wieder hast du mir in den Ohren gelegen, dass man aus der Kneipe etwas machen könnte.«

Das stimmte allerdings. Ella hatte die kleine Kaschemme lieb gewonnen und hätte sich auch gerne einmal oben in der Wohnung des Wirts umgesehen. Ja, es stimmte durchaus, was Louise gesagt hatte, Ella hatte nicht nur einmal mit dem Gedanken gespielt, dort oben einzuziehen. Ohne die Leiche im Keller allerdings, von der sie zum Zeitpunkt ihrer Träumereien nichts gewusst hatte. Sie hatte sich eigentlich gar keine Gedanken darüber gemacht, wohin Paul den Verstorbenen geschafft hatte, sie wollte sich damit nicht beschäftigen, bis Louise sie dazu gezwungen hatte, die Leiche auszubuddeln, und Ella hatte die böse Ahnung, dass dies noch ein Nachspiel haben würde.

Kommissar Kalweit steuerte auf sie zu.

»Sie können jetzt nach Hause gehen, wir tun hier unsere Arbeit, und ich melde mich, wenn ich noch etwas von Ihnen wissen möchte.«

Als sie vom Präsidium hierher gefahren waren, hatte der junge Mann ihr kaum Aufmerksamkeit geschenkt, aber jetzt musterte er Ella unverhohlen. Sein Blick war ziemlich forschend – ob das mit der Nachbarin zusammenhing und dem, was sie dem Uniformierten in den Notizblock diktiert hatte? Ella wollte es nicht darauf ankommen lassen. Sie verabschiedete sich höflich, aber bestimmt, und zog Louise mit sich.

Die war aufgekratzt, sie wähnte sich ihrem Ziel, der Übernahme des Grundstücks und ergo der angeblich dort gelagerten Beute, nahe.

Aber Ella warnte. »Niemand weiß, ob von dem Geld noch etwas da ist. Vielleicht hat dieser Stackleton sein Geld angelegt?

An der Börse. Oder er hat sich etwas davon gekauft, von dem niemand etwas ahnt. Ich verstehe nicht, warum du auf Geld spekulierst, das nichts als ein Gerücht ist.«

Sie lagen mittlerweile in ihren Betten, Ella war todmüde, in wenigen Stunden würde sie sich aufs Lastenrad schwingen müssen, und auch Principessa schien in den letzten Tagen von all den Aufregungen mehr als erschöpft. Oftmals erbarmte sich Ella und trug die kleine Möpsin herum, wenn sie merkte, dass deren kurze Beine die langen Strecken nicht zurücklegen wollten. Die Sache mit der Gemüsekiste allerdings gefiel Principessa ausnehmend gut. Während Ella Backwaren auslieferte, lag die Hündin hinten in ihrer Kiste, die Ella sehr gemütlich ausgepolstert hatte, und schlummerte. Ab und an bekam sie ein Stückchen Brot oder Rundstück, manche Kunden freuten sich schon, wenn Ella und ihr Hund ankamen, und hielten etwas Wurst oder Käse für Principessa bereit.

»Ich glaube an die Beute, weil Viktor darauf scharf ist.« Louise stützte sich auf einen Arm und machte ein ernstes Gesicht. »Der Mann hat einen untrüglichen Riecher für Geld. Wenn er glaubt, dass es bei Stackleton etwas zu holen gibt, dann glaube ich das auch.«

»Hast du keine Angst vor ihm?«

Louise schwieg. Ihre Augen verdunkelten sich leicht, das war Ella Antwort genug.

»Pass bitte auf, Louise. Wir sind noch nicht lange hier, und was ist uns schon alles begegnet? Tod und Gewalt. Mir gefällt das alles nicht. Ich habe gerne ein ruhiges Leben.«

»Dann sind wir wahrscheinlich in der Stadt falsch.« Louise schwang sich aus ihrem Bett und hockte sich vor Ella. Sie ergriff deren Hand und hielt sie fest.

»Auch wenn das Geld nicht da ist – stell dir nur vor, Ella, uns gehört dann etwas! Wir haben Eigentum! Die Wohnung, das Grundstück – das ist mehr, als wir hatten, als wir uns getroffen haben. Ich konnte noch nicht einmal das Zimmer hier bezahlen! Und jetzt – schau uns an.« Sie strahlte.

Ella legte ihre Hand auf die ihrer Freundin. »Du hast recht. Wir haben Arbeit. Und wir haben uns.« Dass das künftige Eigentum nicht ihres war, sondern das von Louise, darüber schwieg Ella. Sie wollte Louise nicht unnötig vor den Kopf stoßen. Aber sie wusste auch, dass sie alles dafür tun würde, um Louises Großzügigkeit zu vergelten.

»Alles wird gut. Vertrau mir.« Louise schlüpfte wieder in ihr Bett.

Sie löschten das Licht, und eine Zeit lang lag Ella noch wach. Ihre Gedanken wanderten von Louises Plänen zu Joshua. Immer wieder hatte sie das kleine Lager im Schuppen vor sich. Ihr Herz wollte brechen, wenn sie an den einsamen kleinen Kerl dachte, der vollkommen auf sich allein gestellt war. Noch hatte Paul ihn nicht erwischt, vielleicht war Joshua gerissener, als sie dachten. Paul konnte sich auch nicht rund um die Uhr auf die Lauer legen, schließlich musste er arbeiten und sich um seine Eltern kümmern. Ihr hatte er mehr oder weniger verboten, das Grundstück zu überwachen – Joshua würde sie schnell bemerken, es wäre zu gefährlich, und Principessa würde sie obendrein verraten. Dem vermochte Ella nicht zu widersprechen.

Der kleine Mops fiepste ein wenig und drückte seine Schnauze gegen Ellas Bauch, bat um Streicheleinheiten. Ella kam der Bitte nur zu gerne nach und fiel darüber in den Schlaf.

Behutsam schob Ella den dunkelroten Samtvorhang zur Seite. Ihre Augen mussten sich erst an die dahinterliegende Dunkelheit gewöhnen. Sie machte schemenhaft ein kleines Foyer aus, in der Ecke ein Kassenhäuschen hinter Glas, um diese frühe Uhrzeit noch geschlossen. Eine große Figur dominierte den Vorraum, es war ein Mann im Frack mit Zylinder, der den Zuschauern den Weg in den Zuschauerraum weisen sollte, ein Zauberer oder Theaterdirektor aus Pappmaché, nahm Ella an.

»Guten Morgen! Frisches Brot!«, rief sie in die Dunkelheit. Sie musste nicht lange warten, da erschien John, er hatte nasses Haar, ein frisches weißes Hemd, das er offen trug, und eine gebügelte Anzughose an, er kam wohl direkt von der Morgentoilette.

»Die Sonne geht auf«, sagte er und strahlte Ella an.

Sie reichte ihm die Tüte mit Brot und Brötchen, sie wusste, dass er sie für die Artisten und Bühnenarbeiter seines Theaters zum gemeinsamen Frühstück bestellte. Jeden Morgen hatten sie eine kleine Unterhaltung geführt, meist hatte Ella ihn über das Varieté und das Leben hinter den Kulissen ausgefragt. Heute aber wollte sie nicht länger um den heißen Brei herumreden. Joshua lief die Zeit davon.

»Ich muss dich etwas fragen«, fiel sie auch sogleich mit der Tür ins Haus.

»Geht es um den Juwelier?«

Ella nickte nur und betrachtete ihre Schuhe. »Es tut mir leid, dass ich dich piesacke. Du willst nicht über ihn sprechen, aber …«

»Wegen des Jungen?«

John sah Ella lange ins Gesicht. Sein Gesichtsausdruck spiegelte Besorgnis. »Also gut. Für dich. Aber kein Wort zur Polizei.«

»Ich verspreche es, aber …«

»Warum?« John breitete die Arme aus. »Wir sind Varietékünstler. Fahrendes Volk. Hol die Wäsche rein, die Artisten kommen! Haben die Leute immer schon gerufen. Sie kommen zu uns in die Vorstellung, aber trauen uns keinen Meter über den Weg.« Er ging vor ihr her durch einen längeren Gang, der hinter die Bühne führte. Fasziniert betrachtete Ella, wie es hinter den Kulissen aussah – schwarze Tücher verhängten hölzerne

Kulissenteile, in einer Ecke waren Requisiten gestapelt, Tische, Stühle, Kerzenständer, Koffer, verschiedene Lampen. Lange Seile hingen überall von der Decke herab, gerne hätte sie die Zeit gehabt, sich eindringlicher mit alldem zu beschäftigen. Als sie den Kopf in den Nacken legte und nach oben schaute, erkannte sie jede Menge Lampen, sogar einen Kronleuchter, die an Seilzügen unter der hohen Decke des kleinen Theaterraums festgezurrt waren. Eine faszinierende Welt!

»Und so ist es auch mit der Polizei,« fuhr John fort. »Ich habe versucht, mit einem von ihnen zu reden und ihm von unserer Beobachtung zu erzählen, aber der hat mir nicht zugehört. Und wenn, dann wären am Ende Samantha und ich verdächtig, darauf kannst du Gift nehmen.«

»Samantha?«

»Meine Schwester.« Sie blieben vor einer Tür stehen. »Lass mich reden«, bat John. »Es ist nicht einfach für sie.«

Dann öffnete er die Tür, und Ella glaubte im ersten Moment, sie wäre im Himmel. So stellte sie es sich vor! Helles Licht, Flügel, Lampen, Glitzer, Spiegel! Und mittendrin eine zarte blonde Person, die ihr den Rücken zudrehte. Sie saß an einem Schminktisch vor einem großen Spiegel, aus dem heraus sie jetzt die Besucher ansah. Das Erste, was Ella bemerkte, waren die großen Augen. Langsam drehte sich das Mädchen herum, und wenn Ella geglaubt hatte, eine Zwölfjährige vor sich zu haben, so wurde sie bei einem Blick in das Gesicht der zarten Fee eines Besseren belehrt. Es war das Antlitz einer Frau, einer Erwachsenen. Erste Falten zeichneten sich um den Mund herum ab, Samantha musste älter sein als sie.

»Sam, das ist Ella«, stellte John sie vor.

»Wie könnte es anders sein?« Die Frau lächelte fein und bat Ella mit einer eleganten Handbewegung, auf einem Sessel Platz zu nehmen, der in der Ecke ihrer Garderobe stand. »Und wer bist du?« Sie beugte sich zu Principessa hinunter, fuhr sanft über das runde Köpfchen, und der Mops stellte sich sofort auf die Hinterbeine. Samantha lachte. »Du bist ein Zirkushund! Du kannst gleich bei uns mitmachen.«

Ella traute ihren Augen kaum, Principessa machte nicht gerne Kunststücke und wenn, dann nur, wenn man ihr Leckereien vor die Nase hielt. Aber sie schien Samantha auf Anhieb zugetan, jetzt drehte sie sich sogar ein kleines Stückchen auf ihren Hinterbeinen.

John unterbrach die Vorstellung. »Sam, Ella muss weiter ausliefern, aber ich weiß, dass ihr ein paar Fragen auf den Nägeln brennen. Es geht um ... unseren Nachbarn.«

Samantha wurde augenblicklich ernst und sah Ella an. Sie hatte ein schönes Gesicht, aber es sah seltsam aus, dass der Kopf einer Erwachsenen auf dem zarten Körper eines Kindes saß. Die Artistin trug ihre blonden Haare streng zurückgebunden mit einem Knoten im Nacken, ihr schmaler Körper wurde von einem kurzen Seidenkimono kaum verhüllt. Sie war noch kleiner als ihr Bruder, hatte dünne Arme und Beine und kleine, mädchenhafte Brüste. Ihr Blick war ernst, aber auch traurig, und Ella hatte augenblicklich das Gefühl, Samantha schützen zu müssen, sie war eine so zarte Person!

John erzählte in wenigen Sätzen, dass Ella sich um Joshua sorgte und nicht glauben wollte, dass dieser der Mörder von Otto E. Mauss war. Sie suche etwas, das ihn entlasten würde.

»Natürlich war er es nicht! Diese dummen Polizisten.« Samantha spuckte das letzte Wort fast aus. Sie holte tief Luft und strich sich mit beiden Händen über die Haare. »Es gab Streit. Früh am Morgen. John und ich sind davon wach geworden, also muss es sehr früh gewesen sein.« Sie sah jetzt unverwandt ihren Bruder an, als suchte sie Halt in seinem Gesicht. »Zwei Männer, das konnte man deutlich hören, wir sind hier Wand an Wand.« Sie klopfte einmal gegen die Zimmerwand, was sich tatsächlich nicht besonders massiv anhörte. »Dann war es still, und wir sind wieder eingeschlafen. Ich habe mir eingebildet, dass ich einen Wagen gehört habe, bin mir aber nicht sicher.«

»Das Nächste war schließlich der Schrei von Wilhelmina.« John hatte übernommen. »Das ist die Angestellte von Mauss. Sie kam zur Arbeit, aber die Tür des Ladens war nicht versperrt. Drinnen hat sie dann den Jungen über der Leiche gesehen – alles Weitere weißt du.«

»Und der Streit? Das kann nicht Joshua gewesen sein?«

»Keinesfalls.« Samantha zog den Kimono vor der Brust zusammen. »Das waren die Stimmen zweier Männer. Einer war unser Nachbar, der andere – ich weiß es nicht.« Sie sah wieder zu John. »Aber das war nicht ungewöhnlich. Es gab manchmal Turbulenzen bei dem feinen Herrn Juwelier.«

»Turbulenzen?«

Die Geschwister sahen sich an, und John nickte Samantha leicht zu, woraufhin diese sich erneut Ella zuwandte und erzählte. Sie berichtete, dass Mauss allein lebte. Seit über zehn Jahren waren sie Nachbarn. Nach außen hin war er ein unbescholtener Geschäftsmann, aber hinter verschlossener Tür schien er keineswegs ein Saubermann zu sein. Er empfing immer wieder Männer – die in Begleitung junger Frauen zu ihm kamen.

»Sehr junge Frauen«, wiederholte Samantha für den Fall, dass Ella nicht verstanden hatte, was sie ihr damit sagen wollte. Aber Ella verstand nur zu gut. Sie hatte es erlebt. Sieben Jahre lang. Sie kannte die furchtbaren Gelüste einiger Freier. Ihr Magen zog sich zusammen, Bilder kehrten zurück, Bilder, die sie seit ihrer Flucht erfolgreich verdrängt hatte.

»So einer also«, sagte sie, und Samantha nickte.

»Ich hatte Angst vor ihm. Er hat mich bedrängt. Nicht nur einmal. Immer wieder.« Die Stimme der Artistin wurde leise, sie flüsterte fast und sah zu Boden. »Er kam einmal hierher, als John nicht da war. Ich konnte mich nicht wehren, er war stark. Er hat gesagt, es gefällt ihm, dass ich wie ein Mädchen aussehe.«

Ella schloss die Augen. »Du musst es mir nicht erzählen«, unterbrach sie.

»Einer unserer Bühnenarbeiter kam zum Glück. Er hat das Schlimmste verhindert. Aber seitdem … John hat ihn nicht aus dem Auge gelassen.« Samantha lächelte ihren Bruder an.

»Und ihr glaubt, dass der Streit mit den besonderen Vorlieben zu tun hatte?«

»Ganz sicher.« John ballte die Fäuste. »Er war ein Drecksack, und er hat mit Drecksäcken verkehrt. Ich weiß nicht, wie der Junge ins Bild passt, aber wenn du mich fragst, hat er Mauss bestimmt nicht auf dem Gewissen. Das ist unmöglich.«

Ella fiel es schwer, ihre Arbeit ordentlich fortzusetzen, sie war unkonzentriert, nicht bei der Sache. Das Gespräch mit Samantha hatte sie aufgewühlt – aus vielerlei Gründen. Da war einmal die Tatsache, dass sich die Polizei sehr früh auf Joshua festgelegt hatte – nicht ganz ungerechtfertigt, schließlich hatte die Angestellte des Juweliers ihn neben dem Toten sitzend mit der Hand an der Tatwaffe gefunden! Aber der Streit musste eine Rolle spielen und die Vorgeschichte des Juweliers ebenfalls. Ella würde dringend mit Paul sprechen müssen, er hatte Verbindung zu seinen ehemaligen Kollegen, er konnte vielleicht dafür sorgen, dass diese ihre Ermittlungen wieder aufnahmen. Und sie mussten Joshua finden! Er war der Einzige, der erzählen konnte, was wirklich geschehen war.

Außerdem hatten Samanthas Schilderungen zu viele schreckliche Erinnerungen wieder hochgespült. Ja, Ella war ein heiterer Mensch. Eine, die Schlechtes nicht sehen oder auch nur denken wollte. Sie war eine Meisterin darin, Schlimmes zu vergessen und zu verdrängen. So war es vor vielen Jahren gewesen, als die Männer sie gekauft und zur Prostitution gezwungen hatten. Schon damals hatte sie ihren Blick nach vorne gerichtet, versucht, ihr Schicksal zu erdulden und nicht immer an ihre Familie, die sie verloren hatte, zu denken. Sie hatte sich bemüht, immer freundlich zu allen zu sein, weil sie sehr schnell merkte, dass ihre Freundlichkeit sie schützte. Ihr positives Wesen war der Panzer, den sie in den vergangenen Jahren um sich gelegt hatte.

Aber nicht immer hatte ihr das geholfen. Und diese Momente traten jetzt wieder vor ihr geistiges Auge. Die Misshandlungen, die sie über lange Zeit erleiden musste, und die entsetzlichen Schicksale vieler, vieler Mädchen, die sie in den Bordellen hatte kommen und verschwinden sehen. Ihre Tränen. Ihre Verzweiflung. Nicht wenige hatten versucht, sich das Leben zu nehmen.

Weil Männer ihnen ihre Kindheit genommen hatten. Ihre Körper entwürdigt. Ihre Seelen zerstört.

Ella trat in die Pedale, immer wieder legte sie eine Hand auf die Brust, dorthin, wo die Enge saß, der Schmerz. Diese dunkle Wolke ihres Lebens huschte immer wieder mal vorbei, und sie hatte es bislang stets geschafft, sie zu vertreiben. Beiseitezuschieben wie eine lästige Fliege. Aber als sie Samantha angesehen und ihr zugehört hatte, meinte sie, denselben seelischen Schmerz bei der ihr fremden Frau zu spüren. Und dieses Gefühl der Verbundenheit durch erlebte Schmerzen hatte sie tief erschüttert.

Als Ella von ihrer Auslieferungsschicht, für die sie länger als für alle anderen bislang gebraucht hatte, zur *Pension Renate* zurückkehrte, war sie erschöpft und hatte nur einen Wunsch: augenblicklich in den Schlaf zu fallen und ohne ihre Albträume aus der Vergangenheit wieder aufzuwachen.

Renate sprang aus ihrem winzigen Büro, als sie Ella mit dem Mops erblickte. »Die Polizei ist da!«

Und noch bevor Ella fragen konnte, wieso und weshalb, traten zwei Uniformierte aus dem Dunkel des Flurs auf sie zu.

»Ella Tomaczowa? Wir möchten Sie bitten, uns auf das Präsidium zu begleiten. Wir haben ein paar Fragen.«

25.

»Also, überleg's dir.«

Eugen schlug einmal mit der flachen Hand auf den Tisch, stand auf, und damit war die Mittagspause beendet. Die anderen Gesellen und Lehrjungen erhoben sich ebenfalls, einer nach dem anderen ging zu Paul, klopfte ihm auf die Schulter oder sagte etwas Aufmunterndes. Paul blieb noch einen Moment sitzen, um dem Vorschlag seines Vetters nachzuspüren. Er war geschmeichelt. Eugen hatte ihm angeboten, ihn zum festen Bestandteil seiner Mannschaft zu machen. Er könne eine Lehre machen, natürlich mit mehr Privilegien, als ein normaler Lehrbub hatte, schließlich war Paul erwachsen und bereits ausgebildeter Polizist. Die Lehrjahre würden schnell vergehen, dann wäre er Geselle. Es gab allerdings eine Bedingung: Er bräuchte eine Prothese. Denn als Einarmiger würde er die Aufgaben, die der Beruf mit sich brachte, nicht meistern können.

Wenn es nur die Prothese wäre, dachte Paul bei sich. Dagegen hatte er nichts. Sicher, er konnte sich kaum vorstellen, dass an seiner linken Seite ein schweres mechanisches Teil baumelte, aber wahrscheinlich würde er sich genauso rasch daran gewöhnen wie daran, dass er nur noch den rechten Arm zur Verfügung hatte. Eugen hatte sogar angeboten, einen Teil der Kosten zu übernehmen!

Aber Paul wollte nicht. Er konnte sich niemals vorstellen, sein Leben lang im Metzgerberuf zu verweilen. Aber wie brachte er das seinem Vetter schonend bei, der seinen Beruf und das Geschäft über alles liebte? Niemals würde Paul Eugen vor den Kopf stoßen wollen. Aber wenn er ehrlich war – ein Leben zwischen totem Fleisch und geronnenem Blut, Fett und Knochen? Niemals. Manchmal wurde Paul bei der Arbeit übel, aber er gab sich alle Mühe, das nicht zu zeigen. Auf der anderen Seite bewunderte er das Handwerk der Kollegen – aus totem Tier so schmackhafte Dinge zu zaubern. Die Würste, die Eugen Baumwald herstellte, waren legendär, der Sauerbraten, die Sülze – all das schmeckte köstlich. Vielleicht war er einfach noch nicht so weit, dachte Paul und wusch seinen Teller ab. Er würde die Antwort an Eugen noch etwas hinauszögern.

Im Kopf war er ohnehin nicht bei der Sache. Es war ein Wunder, dass den Kollegen nicht auffiel, wie unkonzentriert und halbherzig er seine Arbeit absolvierte. Eigentlich war es untypisch für ihn, Paul war ein Perfektionist, bei allem, was er tat. Aber seit sein Leben aus den Fugen geraten war, hatte er alle Hände voll zu tun, die Scherben seines Selbst zusammenzukehren, und war mit dem Kopf nie bei der Sache, die er gerade verrichtete.

So war er auch nach der Mittagspause ständig damit beschäftigt, darüber nachzudenken, wie er im Fall Joshua weitermachen sollte. Dem Jungen auflauern und versuchen, ihn einzufangen, wie er es die vergangenen zwei Abende getan hatte? Ohne Erfolg – der Junge war nicht zu seinem Lager im Schuppen zurückgekehrt.

Oder sollte er doch noch einmal zum Waisenhaus fahren und sich dort auf die Lauer legen? Ob der Mann, den er für Hinnerk Macke hielt, wiederkommen würde? Paul hatte ausreichend Zeit gehabt, darüber nachzudenken. Und er legte mittlerweile die Hand dafür ins Feuer, dass es genauso mit Joshua gewesen war. Der Junge war ins Heim gebracht worden, aus dem ihn Hinnerk Macke herausgeholt hatte – um ihn seiner Kinderbande einzuverleiben. Zu gerne wollte Paul noch einmal zum Franziskusheim und es genauer unter die Lupe nehmen. Sollte er um einen Termin mit den Brüdern vom Weißen Orden bitten und ihnen von seiner Beobachtung berichten? Es konnte doch nicht sein, dass die Kinder mit dem Wissen der Mönche in die Fänge von Macke gerieten! Und wenn doch? Auch der Name von Doktor Gerber, der das Heim unter seine persönliche Protektion gestellt hatte, spukte noch immer in seinem Kopf, aber Paul konnte keinen Zusammenhang herstellen. Eine dumpfe Erinnerung, mehr verband er nicht mit dem Namen. Noch nicht.

Aber vermutlich musste das Franziskusheim warten – Ella wäre tief enttäuscht, wenn er Joshua nicht bald zu ihr brächte. Sie schrieb jeden Tag einen Brief, in dem sie nach ihm fragte, machte sich große Sorgen.

Auch Paul tat der Junge leid, andererseits – das Leben bei Hinnerk Macke war bestimmt schlimmer gewesen, als sich allein in Hamburg herumtreiben zu müssen.

Paul bog gerade ins Alster Glacis ein, als er sie sah. Vier Jungen, ältere, vielleicht schon fünfzehn, sechzehn. Paul erinnerte sich daran, als er mit Ella hier gewesen war und ihnen in der Unterführung die zwei kleinen Racker entgegengekommen waren, von denen der eine ihm die Zunge herausgestreckt hatte. Der erste Gedanke, der ihm durch den Kopf geschossen war, war der an Hinnerks Bande gewesen. Und dass die Jungs sich weitab von ihrem Revier bewegten.

Natürlich konnte es Zufall sein, aber er glaubte nicht an Zufälle. Diese vier sahen aus wie Kanaillen, sie waren auf dem Weg vom Bahnhof in Richtung Neue Rabenstraße, und plötzlich wurde ihm klar, dass sie auf dem Weg zu Joshua waren. Nicht nur er war hinter dem Jungen her – auch Hinnerk! Der Teufel hatte den gleichen Gedanken gehabt wie Ella, er wusste, wo Joshua zu Hause gewesen war. Er hatte die beiden Kleinen geschickt, um ihn auszuspionieren, und jetzt kamen die Schläger, um ihn zu holen.

Verdammt, Hinnerk Macke war ihm schon wieder eine Nasenlänge voraus.

Er heftete sich an die Fersen der Kerle. Noch hatten sie ihn nicht bemerkt. Die vier schienen nicht nur grimmig entschlossen, sie waren auch bester Laune. Alberten herum, lachten und machten eher den Eindruck, als wären sie auf dem Weg zu einer kleinen Feier anstatt zu einer Schlägerei. Denn dass sie vorhatten, Gewalt einzusetzen, erkannte Paul an ihrer Ausstattung. Einer der Jungs trug einen ordentlichen Knüppel in der Hand. Auf den ersten Blick war es nur ein Ast, aber Paul bemerkte, dass in ein Ende Nägel eingeschlagen waren. Ein anderer trug ein Messer unterm Strumpf, der Griff zeichnete sich ab, was dem geschulten Blick des ehemaligen Polizisten nicht verborgen blieb.

Paul blieb immer einige Meter zurück, verbarg sich hinter den Straßenbäumen. Wahrscheinlich hätte er für alle sichtbar in der Mitte der Straße laufen können – die vier vor ihm waren vollauf mit sich beschäftigt, sie kamen gar nicht auf die Idee, dass jemand sie verfolgen könnte.

Kurz vor dem Grundstück der Familie Weixelbaum jedoch teilte sich die Gruppe, was Paul vor ein Problem stellte. Wem sollte er folgen? Zwei Jungen verschwanden wieselschnell im Garten einer benachbarten Villa, die beiden anderen liefen in schnellem Schritt in den Magdalenenweg. Paul entschied sich, diesen zu folgen, denn er ahnte, wo sie hinwollten: in den Hohlweg, der hinter dem Gartenzaun verlief. Sie planten also, Joshua von zwei Seiten auf die Pelle zu rücken.

Behände setzten die zwei Jungen über einen Gartenzaun, Paul zögerte, er wollte nicht am helllichten Tag dabei erwischt werden, wie er in Privatbesitz eindrang, da hörte er bereits Rufe. Hinnerks Jungs hatten mehr Glück, als er die vergangenen Abende gehabt hatte – offenbar hatten sie Joshua bereits aufgespürt. Oder wussten, wo er ein weiteres Versteck hatte. Paul setzte gerade zum Sprung über den Zaun an, als er sah, wie Joshua ein paar Häuser weiter aus einem der Grundstücke flitzte, er rannte, als wäre der Teufel hinter ihm her, quer über die Straße auf die gegenüberliegende Häuserzeile zu. Hinter ihm tauchte schon der erste der Kerle auf. Paul ahnte, dass er sie nicht einholen konnte, wenn er sich an ihre Fersen heftete, er beschloss, gleich zum Harvestehuderweg zu rennen. Er vermutete, dass Joshua versuchte, das Elbufer zu erreichen, vielleicht hoffte er, seinen Verfolgern schwimmend zu entkommen.

Paul hatte Glück. Oder den richtigen Riecher. Sein Polizisteninstinkt war noch immer da. Keine zweihundert Meter vor ihm kamen nun die fünf Jungen aus einer Einfahrt heraus, Joshua vorneweg, er steuerte die Grünanlage an. Die Kerle hatten deutlich aufgeholt, es sah nicht gut aus für Joshua, der nun in Richtung Fähranleger sauste. Büsche und Bäume versperrten Paul den Blick, aber er rannte, so schnell er konnte, hinter dem Quintett her. Als er die Stelle erreichte, an der alle fünf Halbwüchsigen aus seinem Blickfeld verschwunden waren, blieb er stehen. Er entdeckte sie nirgends. Vor ihm lag eine große Rasenfläche, die zum Uferweg hin abfiel, ein paar Spaziergänger flanierten, und Menschen saßen auf der Wiese, die es sich zum Picknick gemütlich gemacht hatten. Keine Jungen. Er blieb stehen, sein Brustkorb hob und senkte sich, er hatte kaum noch Puste. War verdammt aus der Übung, das halbe Jahr ohne Sport machte sich bemerkbar.

Dann sah er sie. Die Verfolger Joshuas stöberten durch das Gebüsch. Geduckt, sie hatten sich verteilt. Paul entnahm dem, dass es Joshua gelungen war, sich irgendwo zu verstecken. Gut so, das verschaffte ihm Zeit. Er sondierte die Lage und entdeckte den Kerl, der ihm am nächsten war. Der Halbwüchsige war voll darauf konzentriert, durch die Büsche zu streifen und Joshua aufzuspüren, sein Blick war auf den Boden geheftet. Paul nahm das aus der Metzgerei gestohlene Fleischermesser, das er wohlweislich mitgenommen hatte, in die Hand, duckte sich tief und schlich sich an. Der Junge bemerkte nichts. Als er ihm den Rücken zudrehte, setzte Paul zum Sprung an, warf den Jungen von hinten zu Boden.

Der Kerl erstarrte und machte keinen Mucks. Pauls Überrumpelungstaktik hatte gewirkt.

»Keinen Laut!«, zischte er. Der Junge unter ihm wollte sich nicht so schnell geschlagen geben und machte einen Versuch, sich unter Paul wegzudrehen, aber Paul zog sein Messer, hielt es dem Kerl kurz vor die Augen und setzte es schließlich an dessen Hals. Es brauchte nicht viel, und ein sauberer Schnitt wäre die Folge. Nicht tief, nicht gefährlich, aber es reichte, um dem Jungen Angst zu machen. Das war ein Fleischermesser und nicht irgendein Taschenmesser mit halb stumpfer Klinge.

»Ein Wort, und du bist Schabefleisch.«

Die Augen des Jungen wurden groß, er fürchtete sich.

»Verzisch dich! Und zwar ohne einen Mucks. Verstanden?«

Der Kerl nickte. Fast tat er Paul leid, aber er wusste, dass die von Hinnerk Macke Ausgesandten mit Joshua auch keine Gnade haben würden. Er zeigte ihm noch einmal das Messer.

»Du weißt, was dir blüht.« Dann ließ Paul das Messer sinken, der Junge kam auf alle viere und krabbelte davon, so schnell er konnte. Nun waren es nur noch drei Gegner, dachte Paul zufrieden.

Ein gellender Pfiff zerriss die Luft. Paul war sofort auf den Beinen. Er sah, dass sich auch einer der Jungs erhoben hatte, er musste den Pfiff ausgestoßen haben. Offenbar hatte er Joshua erwischt. Jetzt nahm Paul keine Rücksicht auf seine Deckung, er musste dem Kleinen zu Hilfe kommen, und zwar sofort, sonst würden die ihn fertigmachen. Er nahm die Beine in die Hand und steuerte auf den Jungen zu, der den Pfiff ausgestoßen hatte. Unglücklicherweise war es der am weitesten von ihm entfernte, und Paul musste mit ansehen, wie er und die beiden anderen Joshua mit sich zerrten – in das Kanalrohr, das von den Grundstücken am Harvestehuderweg zur Alster verlief. Keiner der Menschen im Park kümmerte sich um das Geschehen, das sich in der Deckung des hohen Gebüschs abspielte. Paul über

270

legte kurz, ob er um Hilfe rufen sollte, aber dann würde auch sofort die Polizei auf den Plan gerufen werden – und Joshua verhaftet. Also unterließ er es – jetzt kam es darauf an, ob ein Einarmiger es mit drei zu aller Brutalität entschlossenen Jugendlichen aufnehmen konnte.

Paul erreichte den Eingang des Kanalrohrs und hörte, wie die Drecksbande über Joshua herfiel. Den dumpfen Laut ihrer Tritte, das verzweifelte Stöhnen des Opfers. Außer sich vor Wut stürzte Paul sich in die Dunkelheit, das Messer fest mit der Rechten umklammernd. Und er brüllte. Er brüllte wie ein Stier, um sich Mut zu machen, um bedrohlicher zu wirken, als er das vielleicht war, um die Wucht seines Angriffs zu unterstützen. Sein Gebrüll hallte von den Wänden des Kanals wider und dröhnte in seinen Ohren. Er sah rot und hörte nur seine eigene mächtige Stimme, die ihn anfeuerte.

Als er die Gruppe erreicht hatte, stieß er zu. Ohne im Zwielicht genau darauf achten zu können, wen er wo verletzte, zielte er jedoch weder auf Kopf noch Oberkörper. Der erste Junge, den er traf, brach sofort schreiend zusammen. Die beiden anderen ließen sich zunächst nicht davon abhalten, weiter nach dem am Boden liegenden Joshua zu treten, der Knüppel mit den Nägeln aber war nirgendwo zu sehen, Paul mutmaßte, dass dieser bei der Verfolgungsjagd verloren gegangen war. Ihm gelang es, einen weiteren Jungen zu verletzen – er rammte ihm das Messer in die Wade, es drang mühelos durch das Fleisch, für eine Schrecksekunde starrten der Junge und Paul einander an, bevor der Halbwüchsige schreiend auf allen vieren das Feld räumte.

Der Letzte der vier, der nun noch übrig blieb, schaute zunächst ratlos seinem verletzten Kumpel auf der Flucht hinterher, dann sah er Paul an und entschied offenbar, dass er es sich zutraute, es mit einem Einarmigen aufzunehmen. Er zauberte nun ebenfalls ein Messer hervor, eines mit kurzer, breiter Klinge, und stach dabei in Richtung von Paul. Einen Moment lang standen sie sich gegenüber, drohten einander, einer bewegte sich hierhin, der andere folgte. Dann entschied sich der Junge zum Angriff, er wagte einen Hechtsprung, aber Paul war schneller, duckte sich zur Seite, sodass der Angreifer ins Leere sprang. Dieser fiel, rollte sich ab und versuchte, wieder auf die Beine zu kommen, doch Paul trat geistesgegenwärtig gegen den Arm, dessen Hand das Messer hielt. Der Junge schrie auf, ließ die Waffe fallen, Paul kickte sie beiseite. Der Kerl versuchte daraufhin, Pauls Fuß zu fassen zu bekommen, was ihm nicht gelang, dennoch verlor Paul das Gleichgewicht, denn der Boden des Kanalrohrs war nicht eben, sondern gewölbt. In der Mitte befeuchtete ein kleines Rinnsal altes Laub, es war glatt. Paul lag auf dem Rücken, der Junge warf sich auf ihn, doch Paul, als Polizist erfahren im Nahkampf, während der Halbwüchsige nur ein unbeholfener Kämpfer war, nutzte den Schwung des anderen, stemmte im Liegen beide Beine nach oben, traf den Kerl in der Körpermitte, der ächzend und schwer wie ein Sack auf dem Boden aufprallte. Paul war wieder auf den Beinen, drehte dem sich Krümmenden einen Arm auf den Rücken, sodass es in dessen Schulter krachte. Der Junge schrie schmerzerfüllt.

Paul beugte sich zu ihm. »Sieh zu, dass du Land gewinnst. Ich will deine Visage nicht mehr sehen. Und schöne Grüße an Hinnerk. Wenn er es mit mir aufnehmen will, muss er früher aufstehen.«

Dann ließ er los, versetzte dem Jungen noch einen Tritt und sah ihm nach, wie dieser panisch das Weite suchte.

Paul atmete schwer und beugte sich über Joshua. Der Junge lag regungslos da, gerade hatte er sich noch unter den Tritten und Schlägen seiner Verfolger gekrümmt, aber jetzt schien er bewusstlos. Paul sprach ihn an, bekam aber keine Reaktion. Er fühlte an der Halsschlagader nach dem Puls und legte sein Ohr auf die Brust des Jungen. Er lebte, gottlob! Das Herz schlug schwach, wie die Flügel eines Schmetterlings am Ende des Sommers. In der Dunkelheit konnte Paul sich kein Bild von den Verletzungen machen, aber ihm war klar, dass Joshua sofort in fachkundige Hände gehörte. Nicht ins Krankenhaus, auch dort würde man die Polizei verständigen. Und Paul war sich mit Ella einig: Sie würden Joshua erst ausliefern, wenn sie seine Unschuld beweisen konnten. Am besten war, er würde Joshua mit nach Hause nehmen. Seine Mutter war keine Ärztin, beileibe nicht, aber sie hatte Erfahrung in der Pflege. Als die Cholera in Hamburg wütete, hatte sich seine Mutter zur ärztlichen Helferin ausbilden lassen und geholfen, die Seuche einzudämmen, indem sie sich in den »Pestzelten« um die Erkrankten gekümmert und die Ärzte unterstützt hatte. Sie war bewandert in Wundheilung, sie wusste, welches Mittel wogegen half, und nicht zuletzt pflegte sie Pauls Vater, seitdem er an einer schweren Lungenkrankheit litt. Zwar war in der kleinen Hütte, die Paul sein Zuhause nannte, kein Platz mehr für eine weitere Person, aber seine Mutter würde niemals einem Verletzten ihre Hilfe verweigern. Dann würden sie eben zusammenrücken.

Aber erst einmal musste Paul wieder zu Atem kommen und einen Plan entwickeln. Sie hatten einen weiten Weg vor sich. Von dort, wo sie waren, Rotherbaum, bis nach Hause in Ottensen musste man quer durch die gesamte Stadt. Zu Fuß unmöglich – er konnte den Jungen nicht tragen, und Joshua war außerstande, auch nur einen Fuß vor den anderen zu setzen. Er brauchte Hilfe. Aber woher und von wem? Paul konnte Joshua keinesfalls hier allein liegen lassen. Ella und ihr Lastenrad – das wäre hilfreich. Aber auch sie konnte er nicht verständigen, abgesehen davon gehörte ihr das Fahrrad gar nicht.

Joshuas Augenlider flatterten, aus seinem Mund kam ein leises Stöhnen, das holte Paul aus seinen Grübeleien. Er hatte keine Zeit! Er musste jetzt sofort etwas tun. In seinen Hosentaschen grub er nach Geld. Ein paar Münzen klimperten in seiner Hand – genug, um eine Droschke zu nehmen.

Paul schlang seinen einen Arm um die schmale Brust des Jungen und zog ihn vorsichtig aus dem Kanalrohr. Er schaffte es, halb ziehend, halb tragend, mit ihm zum Harvestehuderweg, wo immer Droschken standen, und winkte eine herbei. Der Kutscher blickte misstrauisch, aber Paul zeigte ihm das Geld.

»In die Borselstraße, Ottensen. Dort bekommen Sie noch mal etwas – für Ihr Schweigen.« Der Mann zögerte, war aber schließlich einverstanden und half Paul, Joshua auf die Sitze zu hieven.

»Mein Bruder«, erklärte Paul. »Ist in eine ordentliche Keilerei geraten.«

Diese halbgare Erklärung schien dem Kutscher zu genügen. Er trieb seinen Gaul an, und schon eine halbe Stunde später bogen sie in die Borselstraße ein.

Martha Klinker musste aus dem Küchenfenster geblickt haben, denn sie kam sofort auf die Straße gelaufen, als sie Paul mit dem Jungen sah.

»Hol einen der Geldumschläge«, wies Paul sie an.

Ihre Augen wurden groß, aber sie sagte nichts, fragte auch nicht danach, woher er ihr Geheimnis kannte, stattdessen lief sie ins Haus.

Paul übergab dem Kutscher einen der Briefumschläge mit einem Zwanzigmarkschein – ein gutes Monatsgehalt! »Sie haben nichts gesehen. Diese Fahrt hat nie stattgefunden.«

Der Mann nickte, dann gab er seinem Pferd die Peitsche und fuhr davon.

Mithilfe seiner Mutter brachte Paul den Jungen ins Haus. Sie legten ihn vorerst zum Vater ins Bett, Kopf an Fuß, bevor sie sich Gedanken darum machten, wo der Junge bleiben sollte. Der Vater merkte ohnehin nichts davon, und es war das breiteste und sauberste Bett im Haus.

»Ach Gott«, sagte seine Mutter fortwährend, »ach Gott!« Aber sie holte augenblicklich eine Schüssel mit heißem Wasser, goss etwas von ihren Tinkturen hinein, zog Joshua Hemd und Hose aus und begann, die Wunden zu säubern.

Anfangs stand Paul noch dabei und sah ihr zu, doch irgendwann hielt er den Anblick des mageren geschundenen Körpers nicht mehr aus und ging hinaus. Er lief zunächst in den Hof, aber seine Beine wollten nicht aufhören zu laufen, er ging und ging, bis zum Ende der Straße, über die große Wiese, wo Rehe standen und ihn vorsichtig beäugten, bis in den Wald hinein. Dort sank er auf die Knie und fing an zu weinen.

Er weinte um den Jungen, der seine Familie und sein Zuhause verloren hatte, der gegen seinen Willen aus dem Heim geholt und zu einem Teil der Kinderbande gemacht worden war – Ella hatte recht gehabt, in Joshuas Nacken prangte unverkennbar die Tätowierung eines Buchstabens, in seinem Fall ein »W« –, dem darüber hinaus ein brutaler Mord in die Schuhe geschoben werden sollte und der nun, als wäre all das nicht schon genug für ein Kinderleben, furchtbar verprügelt worden war.

Paul weinte aber auch um seinen Bruder, den er nie betrauert hatte, weil er, der Überlebende, für seine Eltern stark sein musste.

Er weinte um sein verpfuschtes Leben, um Marie, auf deren Liebe er nicht vertraut hatte, und um seinen geliebten Beruf, den er nicht mehr ausübte.

Er weinte, weil er zu stolz war, um seine Trauer zu zeigen, und weil er niemals um Hilfe bitten konnte.

Paul Klinker weinte, weil er nicht mehr wusste, wie es weitergehen sollte.

26.

Wie ungewohnt es sich anfühlte, so ganz ohne Ella in dem Pensionszimmer. Immer wieder schaute Louise hinüber zu dem Bett, in dem ihre Freundin sonst lag. Nun hielt dort Principessa die Stellung. Natürlich hatte Louise der Möpsin angeboten, bei ihr zu schlafen, doch dann war die Kleine doch hinübergehopst, hatte sich hundertmal um ihre eigene Achse gedreht, die Schnauze tief in Laken und Bettdecke vergraben, um den Geruch ihres Frauchens aufzunehmen, und war schließlich mit einem Seufzer zusammengesackt. Jetzt lag sie dort allein im Bett, ein kleiner grauer und trauriger Kringel.

An Ella durfte Louise gar nicht denken, sie wurde sofort von Schuldgefühlen gepackt, wenn sie sich vorstellte, wie Ella wohl die Nacht verbringen musste. Und sie war schuld! Wegen ihrer unseligen Idee, die Polizei die Leiche finden zu lassen. Nun stand Ella im Fokus der Ermittlungen, weil eine Nachbarin sie angeschwärzt hatte. Die Frau hatte offenbar mehrfach beobachtet, dass Ella sich an der Kneipe aufgehalten hatte. Ob sie auch gesehen hatte, dass Ella und Louise den Keller durch den Hinterausgang verlassen hatten? Louise konnte nur beten, dass das nicht der Fall war, aber vermutlich wäre sie sonst schon auf dem Präsidium.

Sie hatte mit dem Feuer gespielt, und nun wandte sich ihr tollkühner Plan gegen sie. Inspektor Thönnes und Kommissar Kalweit hatten auch Louise verhört. Sie wollten vor allem wissen, in welchem Verhältnis sie zu Ella stand, woher sie sich kannten, ob Ella mit ihr unter einer Decke steckte oder gar mit Viktor! Natürlich sprach alles gegen Ella, denn statt anständiger Personalpapiere hatte Ella lediglich den gelben Schein vorweisen können. Das war ein offizielles Dokument, aus dem hervorging, dass Ella als Prostituierte geführt wurde. Zuhälter händigten ihren Mädchen den gelben Schein aus. Damit waren die Mädchen dazu verpflichtet, sich regelmäßigen Untersuchungen durch das Gesundheitsamt zu unterziehen. Ohne dieses Papier durfte keine Frau in einem Bordell arbeiten. Diesen gelben Schein also hatte Ella bei sich geführt – und damit die Polizisten misstrauisch gemacht. Was tat eine Lemberger Prostituierte hier in Hamburg, hatten die Polizisten immer wieder gefragt, sich aber mit Louises aufrichtiger Antwort nicht zufriedengegeben. Aber Louise konnte ihnen nur sagen, was Ella ihr erzählt hatte – dass sie vor der schrecklichen Sklavenarbeit in die Sicherheit geflüchtet war –, und verstand nicht, dass den Polizisten das nicht Antwort genug zu sein schien.

Über alles andere hatte Louise geschwiegen. Nichts hatte sie darüber erzählt, dass Ella Joshua abgefangen hatte, und natürlich auch mit keinem Sterbenswörtchen Paul erwähnt – das wäre schließlich auf sie zurückgefallen.

Immerhin, sie hatten Louise schließlich nicht nur gehen lassen, sondern Kommissar Kalweit hatte sie hinausbegleitet und ihr einen Tipp gegeben. »Besorgen Sie Ihrer Freundin einen Anwalt«, hatte er geraten. Und ihr einen Namen genannt, einen Mann, der mehrfach Frauen aus der Frauenbewegung vertreten hatte: Ferdinand Reimers.

Auch wenn Louise keinen Schimmer hatte, wie sie einen Anwalt bezahlen sollte, sie würde morgen früh sofort die Kanzlei aufsuchen. Ihre Schicht begann an diesem Tag erst um zehn Uhr.

»Nein, das mache ich nicht, auf keinen Fall.«

Renate verschränkte die Arme vor der Brust und setzte ihr grimmigstes Gesicht auf. »Ihr fliegt sowieso hier raus. Die Polizei in meinem Haus! Die Nachbarn haben es alle gesehen, alle!«

»Renate, bitte. Glauben Sie mir doch, Ella hat nichts getan. Wirklich nichts. Sie war einfach nur zur falschen Zeit am falschen Ort.«

Aber die Pensionswirtin ließ sich nicht erweichen. Louise hatte sie gebeten, auf Principessa aufzupassen, während sie in der Arbeit war, doch Renate weigerte sich standhaft.

Louise wollte keine unnötige Zeit verschwenden, sie musste um neun Uhr in Winterhude in der Kanzlei des Anwalts sein –

aber wohin mit Principessa? Diese konnte unmöglich bis zum Abend allein im Zimmer bleiben, und wer wusste schon, wann Ella freikam? Dann fiel Louise ein, was Ella ihr erzählt hatte.

»Aber natürlich kann sie hierbleiben!«

Louise atmete auf. »Ich will nicht unhöflich sein, aber ich muss mich beeilen, ich hole sie um halb sieben wieder ab.«

Der schwarz gelockte Mann strahlte sie an, während Principessa sofort bereitwillig auf seinen Arm hüpfte. »Das ist wunderbar, unsere Vorstellung beginnt um acht, passt also. Bis dahin wird es ihr bei uns gut gehen.«

Impulsiv beugte Louise sich zu dem Kleinwüchsigen hinunter und umarmte ihn kurz. »Ich bin Ihnen so dankbar!«

»Wir tun es für Ella.« Ein Schatten huschte über Johns Gesicht. »Hoffentlich kommt sie schnell wieder frei.«

Ella hatte Louise erzählt, dass John und seine Schwester Samantha vom Varieté ihr in wenigen Tagen ans Herz gewachsen waren, das schien auf Gegenseitigkeit zu beruhen.

Louise tätschelte den Mops und lief zur nächsten Tram, die den Spielbudenplatz ansteuerte. Noch einmal drehte sie sich im Laufen um und warf einen Blick auf das kleine Theater zurück: *Varieté Romeo* stand in geschwungenen Buchstaben darüber, und Louise nahm sich vor, in ruhigen Zeiten einmal eine Vorstellung mit Ella zu besuchen.

Ruhige Zeiten. Ob sie die jemals erleben würde? Louise stieg in die Trambahn, löste ein Billett und ergatterte einen Fensterplatz. Während Hamburgs Straßen an ihr vorbeizogen, rekapitulierte sie die letzten Wochen. Ihr Aufenthalt an der Côte d'Azur mit Viktor lag keinen Monat zurück, und doch konnte sie sich kaum daran erinnern. Es war ein anderes Leben, das lag hinter ihr. Ebenso wie ihre Kindheit und Jugend in Potsdam. Was bewog ihre Mutter, derart grausam zu ihr zu sein? Zu ihrer eigenen Tochter! Etwas musste vorgefallen sein, und es hing mit

Viktor zusammen, dessen war Louise ganz gewiss. Zu gegebener Zeit würde sie dem auf den Grund gehen müssen, denn ein lebenslanges Zerwürfnis mit ihrer Familie – das würde sie nicht hinnehmen. Und auch nicht aushalten. Was hatte sie für eine wunderschöne und behütete Kindheit gehabt! Wie wild sie gewesen waren, sie und ihre Schwestern. Louise erinnerte sich an Sommertage, als sie in den Bäumen ihres Gartens saßen und Kirschen futterten, bis die Bäuche platzten. Oder im Tiefen See schwammen. Ihre Eltern, obschon großbürgerlich, hatten den drei Töchtern eine liebevolle Erziehung angedeihen lassen. Der Vater hatte sich einen Jungen gewünscht, der die Nachfolge der Manufaktur übernehmen sollte. So war es leider nicht gekommen, aber er hatte den Töchtern Freiheiten gewährt, die sonst nur ihre männlichen Freunde genossen. Es war ein freies und wildes Kinderleben gewesen, und ein wenig fühlte Louise sich jetzt wieder so: frei und wild. Trotz der seelischen Belastung, die sie spürte, durch Schulden, durch eine mögliche Gefahr durch Viktor, trotz der Trauer und Wut über seinen Verrat. Aber diese Ausgelassenheit des Herzens – die schimmerte in manchen Momenten durch, und dann war Louise stolz auf ihre Stärke. Und sogar ein wenig glücklich. Dieses Gefühl war ein kostbarer kleiner Schatz, den Louise sich um jeden Preis bewahren wollte. Und sie wusste: Mit Ella an ihrer Seite würde sie dieses Gefühl immer öfter und immer leichter hervorrufen können. Gesucht hatten sie sich nicht, aber gefunden. Louise war bereit, alles einzusetzen, um Ella in ihrer Situation zu helfen.

»Das ehrt Sie sehr.« Ferdinand Reimers lächelte Louise über seinen Schreibtisch hinweg freundlich und aufmerksam an. Er trug eine dunkle Hornbrille, hatte schwarzes Haar und einen dichten Schnurrbart, seine Schläfen ergrauten bereits.

Schon beim Betreten des Büros hatte Louise Vertrauen zu ihm gefasst. Und sehr rasch hatte sie ihm nicht nur gebeichtet, in welcher Lage sich Ella befand – auch die Zwickmühle, in der sie selbst steckte, hatte sie dem freundlichen Anwalt geschildert. Unter Auslassung der Tatsache, dass sie am Unfalltod von Mortimer Stackleton beteiligt gewesen war, immerhin so geistesgegenwärtig war sie gewesen.

»Nun, Frau Dumont, in Anbetracht all dessen, was Sie mir soeben geschildert haben, darf ich davon ausgehen, dass weder Ihnen noch Ihrer Freundin ausreichend Geldmittel zur Verfügung stehen, um meine Dienste zu bezahlen.«

Louise öffnete den Mund, sie wollte sagen, dass sie arbeitete und Ella ja eigentlich auch oder vielleicht doch nicht mehr und dass sie einen Schatz finden würden – oder auch nicht.

Sie machte den Mund wieder zu.

»Nun denn, das habe ich mir gedacht.« Ferdinand Reimers nahm seine Brille ab, blickte kritisch hindurch, nahm ein Seidentuch aus seiner Jacketttasche, putzte die Brillengläser und setzte die Brille wieder auf. »Damit wäre unser Termin eigentlich beendet.«

Louise nickte und wollte aufstehen.

»Wäre! Sagte ich. Bitte bleiben Sie sitzen.« Er seufzte. »Wir Anwälte übernehmen nicht selten auch Fälle pro bono. Entweder weil sie uns interessieren, fachlich, oder weil wir Klienten vertreten, die sich keinen Rechtsbeistand leisten können. In Ihrem Fall oder besser dem Ihrer Freundin kommt das beides zusammen, aber noch mehr.«

Louise sah, dass der Mann ihr gegenüber berührt war.

»Der Junge, Joshua. Ich verfolge seine Geschichte, seine Flucht, weil ich ihn kenne.« Er holte tief Luft. »Sein Vater David Weixelbaum war mein Kollege. Und er war mein Freund. Das Unglück damals, dieser schreckliche Brand … Es hat mich und meine Frau sehr mitgenommen.«

»Dann sind Sie bestimmt auch unserer Meinung und denken, dass er den Juwelier nicht ermordet haben kann?«

»Als Privatmann, als Vater, bin ich davon überzeugt. Als Anwalt jedoch muss ich jede Möglichkeit zulassen. Es gilt die Unschuldsvermutung, bis das Gegenteil bewiesen wurde. Beweise also, nicht Glauben, helfen uns weiter.« Er klopfte mit einem Stift auf die Schreibtischplatte. »Kurz und gut. Ich übernehme den Fall Ihrer Freundin pro bono. Lassen Sie uns besprechen, wie wir vorgehen.«

Louise wäre ihm beinahe um den Hals gefallen – wie schon gerade dem Varietékünstler, was war nur mit ihr los?

Sie kam in der letzten Sekunde noch pünktlich zur Arbeit, war dort aber denkbar unkonzentriert. Noch nie hatte sie in einem einzigen Dienst so viele falsche Klinken gestöpselt und konnte nur hoffen, dass der Aufseher nichts davon mitbekam. Die durchdringenden Geräusche in den Kopfhörern brachten sie fast um den Verstand, und sie glaubte, dass ausgerechnet an diesem Tag ganz Hamburg zum Fernsprecher griff – es war die Hölle. Der einzige Lichtblick am Feierabend war die Lohntüte. Es war Zahltag, das versöhnte Louise ein klein wenig.

Während sie auf wackeligen Beinen zum Spielbudenplatz lief, um Principessa abzuholen, betete sie, dass Ella heute Abend fröhlich auf ihrem Bett in ihrem gemeinsamen Zimmer saß, mit den Beinen schlenkerte, wie sie es immer zu tun pflegte, und auf sie wartete.

»Ich bin ein bisschen spät dran«, entschuldigte sie sich, als John mit Principessa auf dem Arm vor ihr stand. Er war wie verwandelt! Trug einen Frack, darunter allerdings kein weißes Hemd, sondern ein Leibchen, das in allen Farben glitzerte. Sein Gesicht war geschminkt, die Haare mit Pomade gebändigt und aus dem Gesicht gekämmt. Er trug Lidschatten wie eine Frau, was seine schönen Augen zur Geltung brachte, Louise aber auch etwas irritierte.

Überhaupt hatte sich das kleine Varieté gewandelt. Der Vorraum mit dem Kassenhäuschen war übervoll mit erwartungsfreudigen Besuchern, Menschen in Abendgarderobe, einige hatten bereits Eintrittskarten, andere standen Schlange, um welche zu erwerben. Überall strahlten Lichter, moderne Glühlampen, die Luft war prickelnd wie Champagner, erfüllt von Erwartung und dem Duft teurer Damenparfüms. Louise verspürte plötzlich Sehnsucht dazuzugehören, sie dachte an das große Galopprennen auf der Horner Rennbahn, das letzte gesellschaftliche Ereignis, an dem sie teilgenommen hatte. Wie elegant sie gewesen war, und wie wenig sie geschätzt hatte, Teil des Rummels sein zu dürfen. Damals wusste sie nicht, dass es das letzte Mal für sehr lange Zeit sein würde, vielleicht für immer. Jetzt stand sie am Rand und guckte über den Zaun, wann würde sie wieder ein Theater oder ein Varieté besuchen, in die Oper gehen oder auch nur in ein gehobenes Restaurant?

John schien ihrem Blick die Sehnsucht abzulesen, denn er fragte sie, ob sie die Vorstellung besuchen wolle. Louise musste nicht nach ihrer schmalen Lohntüte tasten, um zu wissen, dass die Münzen darin für eine Eintrittskarte nicht ausreichen würden, eine weitere Woche in der Pension und obendrein etwas zu essen.

Sie schüttelte den Kopf. »Danke, nein, ich bin müde.«

»Sie müssen keinen Eintritt bezahlen«, sagte John und lächelte fein. »Wir halten immer einen winzigen Katzentisch für Freunde frei. Ganz hinten, mit schlechter Sicht.« Er strich der kleinen Mopsdame über das runde Köpfchen. »Dort dürfen Sie sogar mit Principessa sitzen. Wenn sie keinen Radau macht.«

»Das kann ich nicht annehmen«, entgegnete Louise wie aus der Pistole geschossen, sie wollte keine Almosen, nicht von Menschen, die sie kaum kannte.

»Und warum nicht?« John nahm ihre Hand und führte sie

durch einen Gang, der nicht für das Publikum bestimmt war, hinter die Bühne.

Hier waren einige Menschen eifrig dabei, sich auf die anstehende Vorstellung vorzubereiten. Einige Musiker stimmten ihre Instrumente, ein Mann mit Klarinette übte eine melancholische Melodie, dunkel gekleidete Bühnenarbeiter huschten herum, prüften Scheinwerfer, schleppten Requisiten. Ein Mann kam ihnen entgegen, in einem Morgenmantel, er war riesig, Louise reichte ihm gerade einmal bis zur Achsel. Er beachtete sie gar nicht, war vollauf damit beschäftigt, Tonleitern rauf und wieder runter zu üben. Ein Mädchen lief auf Händen, und eine Frau im Artistenkostüm war damit beschäftigt, einen weißen Königspudel mit glitzerndem Puder einzustäuben. Die Kakofonie der Töne, Stimmen und Geräusche, der Geruch von Schminke und Puder, Parfüm und Schweiß, das Gefühl, hinter den Kulissen zu sein und etwas zu sehen, das den Zuschauern vorne verborgen bleiben würde, elektrisierte Louise, und sie ließ sich widerstandslos von John auf ihren Platz im Zuschauerraum bringen. Dieser war noch leer, sie und Principessa waren die Ersten, die dort saßen, halb hinter einer Säule verborgen, ganz am Rand. Eine junge Frau in einem knappen Kostüm sortierte ihren Bauchladen, in dem sie Zigaretten, Zigarren und Zigarillos mit den dazugehörigen Streichhölzern anbot. Überall auf den Tischen standen kleine Glasvasen mit je einer weißen Rose darin. Der dunkelrote Samtvorhang, der die Bühne verbarg, war zugezogen. John verabschiedete sich und wünschte ihr viel Vergnügen.

Um sieben Uhr auf die Minute öffneten sich die Türen des Zuschauerraums, und ein Oberkellner geleitete die Menschen zu ihren Plätzen. Noch eine Stunde bis Vorstellungsbeginn, Aufregung und Vorfreude lagen in der Luft. Louise überlegte kurz, ob sie nicht besser in der Pension auf Ella warten sollte, falls diese heute Abend noch kam, aber dann beschloss sie, das unverhoffte Geschenk von John ohne schlechtes Gewissen anzunehmen. Sie würde den Abend genießen, schließlich waren die letzten Tage strapaziös gewesen. Immerhin hatte sie Ella heute einen Anwalt besorgt und war sicher, dass ihre Freundin empört wäre, wenn sie hörte, dass Louise Johns Einladung ihretwegen ausgeschlagen hatte. Louise bestellte eine kleine Gulaschsuppe mit Brot, von der sie Principessa heimlich etwas abgab. Sie würde einen kleinen Betrag aus ihrer Lohntüte opfern und den Abend genießen! Auch wenn sie sich wie ein hässliches Entlein vorkam, sie war die einzige Frau im Publikum, die weder Abendgarderobe trug noch eine kunstvolle Frisur. Aber niemand beachtete sie, und als die Vorstellung begann, war Louise viel zu abgelenkt, um über sich und ihre vermeintlich unpassende Kleidung nachzudenken.

Punkt acht Uhr ertönte ein ohrenbetäubender Trommelwirbel, Principessa sprang vor Schreck auf Louises Schoß, im Zuschauerraum erloschen alle Lichter, während John vor den geschlossenen roten Vorhang trat – jetzt mit Zylinder zu seinem Frack. Er richtete ein paar einleitende Worte ans Publikum, der Vorhang öffnete sich, und die Vorstellung begann. Was für eine wilde Reise! John fungierte als Conférencier, aber er trat auch in einigen Nummern selbst auf, einmal als Zauberer, ein anderes Mal gemeinsam mit dem Riesen, der nun die Uniform eines Gardemajors trug, und mit John, den ein angeklebter Kaiser-Wilhelm-Bart als diesen ausweisen sollte, eine obszöne Szene spielte. Eine Anspielung auf die Freundschaft des Kaisers zu dem in homosexuellen Kreisen verkehrenden Fürst zu Eulenburg. Louise blieb angesichts der expliziten Handlungen, die die beiden Männer auf der Bühne andeuteten, der Atem weg, aber das Publikum war außer Rand und Band. Es feuerte die Männer an, johlte und applaudierte. Eine Nummer wechselte rasant die nächste ab, neben harmlosen Darbietungen wie die der Frau mit dem glitzernden Pudel, der angeblich sprechen konnte, weil er auf Fragen aus dem Publikum antwortete, indem er mit seiner Nase auf an einem Rad angebrachte Buchstaben stupste, oder die einer Soubrette, die zur Begleitung des Quintetts im Orchestergraben Schlager sang, wurden auch Nummern präsentiert, die zumindest erotisch, wenn nicht gar explizit waren.

Der Höhepunkt des Abends erfolgte nach der Pause – John kündigte den Liebestanz der Königin von Saba an.

Eine schmale Frau betrat die Bühne, ihr Körper glänzte golden, auf dem Kopf trug sie einen voluminösen Aufsatz aus weißen Federn und dazu einen Hauch von – nichts. Lediglich ihre Scham und ihre Brustwarzen waren bedeckt, mit goldfarbenen Muscheln. Ein Raunen ging durch das Publikum, und Louise ahnte, dass viele der Zuschauer genau wegen dieser Nummer heute Abend hier waren.

Die Frau bewegte sich lasziv, aber überaus stolz und würdevoll zu der hypnotisierenden Melodie der Klarinette – Louise hatte die Melodie schon vorhin hinter der Bühne gehört. Die Tänzerin – vermutlich Johns Schwester Samantha, von der Ella erzählt hatte – schlang ihre Arme um sich, verknotete sie, machte sich zu einem kleinen Paket, streckte die Beine aus, beugte sich hintenüber, nahm den Kopfputz ab und verhüllte damit ihr Intimstes – die Nummer war das Erotischste, was Louise jemals gesehen hatte, gleichzeitig war nichts daran billig oder obszön. Die Frau beherrschte die Kunst, ihre Zuschauer zu betören, der Liebestanz der Königin von Saba hypnotisierte, es blieb während der gesamten Zeit, die die Tänzerin auf der Bühne war, mucksmäuschenstill, als hielten die Zuschauer den Atem an. Als die Klarinette mit einem letzten lang gezogenen, wimmernden und wehmütigen Klang die Darbietung beendete, erlosch quälend langsam das Licht, bis zuletzt nur noch ein Hauch von Gold, der über dem am Boden zuckenden Frauenkörper hing, zu sehen war. Dann wurde alles schwarz, einen

Atemzug lang herrschte Stille, bevor schließlich zusammen mit dem Saallicht frenetischer Applaus aufbrandete und die Erlösung brachte.

Louise klatschte, bis ihre Handflächen brannten, sie stand, wie alle anderen Zuschauer auch, auf und zeigte den Darstellern und Darstellerinnen ihre Begeisterung. Was für ein Abend! Was für eine Vorstellung!

Als sie mit dem Publikum und Principessa nach draußen strömte, empfing sie warmer Sommerregen, der in der Schwüle Erlösung brachte, auf ihr erhitztes Gesicht fiel und ihre Erregung, die sie in den vergangenen zwei Stunden gepackt hatte, abkühlte. Louise lief noch einige Meter am Rand des Spielbudenplatzes entlang, auch an den hell erleuchteten Fenstern der *Hamburg-Amerika-Bar* vorbei, wo sie durch die beschlagenen Fenster die Barkeeperinnen erahnte, und bog schließlich in die Große Freiheit ein. In den Fahrbahnrinnen gurgelte das Regenwasser, schwemmte Lindenblüten und den Staub des Tages hinfort, Louise spürte die Nässe angenehm durch die Kleider auf ihrer Haut. Leben, dachte und fühlte sie, das ist das Leben! Und auch wenn sie nicht sagen konnte, woher dieses plötzliche Glücksgefühl kam, das sie packte und mit sich riss, wusste sie doch, was sie sich für die Zukunft wünschte. Abenteuer! Erregung! Fantasie! Erotische Scharade! Musik, Tanz, prickelnde Begegnungen.

Und sie hatte plötzlich eine Eingebung. Wusste, was sie tun konnte, um all das wahr zu machen. Für sich und, wenn sie wollte, auch für Ella.

27.

Ella fielen vor Müdigkeit fast die Augen zu. Die Gesichter der Männer, die ihr gegenübersaßen, verschwammen, wurden unscharf, erschienen doppelt. Sie rieb sich die Augen, schüttelte den Kopf, trank ein wenig Wasser. Dann ging es wieder. Der große blonde Mann, der sich als Inspektor Thönnes vorgestellt hatte, sah sie unverwandt an, sein Blick bohrte sich in ihren Kopf.

»… dann sind wir hier fertig, die Herren?«, hörte sie ihren Anwalt sagen.

Ihren Anwalt! Ella hatte nicht gewusst, dass es solche Leute gab, ja, dass es Menschen gab, die andere vor Gericht vertraten oder aber, wie Herr Reimers, ihnen halfen, ihre Unschuld zu beweisen. Sie war wirklich einfältig, dachte Ella. Als der Mann heute vor der Arrestzelle stand, sich als Ferdinand Reimers, Anwalt, vorgestellt und sie herausgeholt hatte, waren ihr vor Erleichterung die Tränen gekommen.

Die Polizisten hatten sie nicht schlecht behandelt, dennoch war der Aufenthalt im Präsidium eine ungeheure Belastung für sie. Vor allem, weil sie im Unklaren über ihr Schicksal gelassen worden war. Gleich nachdem die Uniformierten sie am Vortag aus der Pension abgeholt hatten, war sie befragt worden. Ein junger blonder Mann mit Schnurrbart, er hatte sich als Kommissar Brenner vorgestellt, hatte sie zu den Vorwürfen verhört. Ob sie Mortimer Stackleton kannte, was sie bei der *London Tavern* zu schaffen hatte, ob sie wusste, wer Viktor Dumont sei, warum sie sich mit dessen Frau Louise zusammengetan hatte, was es damit auf sich hatte, dass sie von Lemberg nach Hamburg gekommen war. Ob sie in der Hansestadt als Prostituierte arbeitete und dergleichen mehr. Ella hatte alle seine Fragen so gut sie vermochte und vor allem sehr gewissenhaft beantwortet.

Allerdings merkte sie sehr schnell, dass die Polizei nicht viel mehr wusste als das, was die Nachbarin ausgesagt hatte. Offenbar hatte die Frau sie beobachtet, als sie nach Nachrichten von Paul suchte. Aber weder fragte der Polizist nach diesem, noch kam Joshua in der ganzen Geschichte vor.

Die Befragung war also ergebnislos verlaufen, man hatte sie in eine Zelle gebracht, »zur späteren Untersuchung«, wie es hieß, aber niemand hatte sie mehr gefragt oder aus der Zelle geholt – bis endlich der Anwalt gekommen war. Die eine Nacht und der daran anschließende Tag im Arrest hatten Ella schreckliche Angst gemacht. Sie hatte sich ständig gefragt, ob man sie vergessen hatte. Keine Nachricht von niemandem, weder von Paul noch von Louise. Keine Aussage darüber, was nun mit ihr passieren sollte. Stattdessen war sie mit fünfundzwanzig anderen Frauen in diesem kalten, kahlen Raum untergebracht, einem Raum, in dem es einen Eimer für die Notdurft von ihnen allen gegeben hatte.

Ein Raum mit sechs Liegen – alle anderen liefen herum, saßen, kauerten oder lagen auf dem kalten Steinboden. Ein Raum, dessen eine Wand aus Gitterstäben bestand, sodass die Polizisten, die draußen Wache schoben, sie jederzeit beobachten konnten, beim Schlafen oder Wasser lassen. Ein Raum voller Angst, Verzweiflung, Niedertracht und Gewalt. Ella fragte die anderen nicht, weswegen sie sich in Arrest befanden, aber sie hatte mehr Zeit, als ihr lieb war, um sich darüber Gedanken zu machen. Da waren die Diebinnen. Zwei junge Mädchen. Mager, fast verhungert. Mit Lumpen am Leib statt Kleidern, verfilzten Haaren und stumpfen Augen. Schwestern, glaubte Ella, die beiden kauerten eng aneinandergeschmiegt, sie sprachen mit niemandem, starrten auf den Boden, und als man ihnen am Morgen hartes Brot und dünne Suppe in die Zelle brachte, fielen sie darüber her, als hätten sie seit Tagen nichts gegessen.

Die alte Bettlerin. Eine Frau, die trotz der sommerlichen Temperaturen mehrere Röcke, Blusen und Jacken übereinander trug. Langes weißes Haar lugte unter dem verschlissenen Strohhut hervor, das Gesicht darunter halb verborgen. Die Alte hockte an der Zellenwand, wiegte sich vor und zurück, vor und zurück, murmelte dabei Unverständliches und streckte von Zeit zu Zeit eine Hand aus, als bettelte sie ihre Zellengenossinnen an.

Prostituierte. Von den fünfundzwanzig Inhaftierten waren vermutlich zwanzig Frauen, die anschafften. Einige kannten sich, plauderten miteinander, sie schienen auch die Polizisten zu kennen und nicht zum ersten Mal einzusitzen. Die Huren kümmerten sich nicht um ihre Zellengenossinnen, sie waren denkbar unterschiedlich in Alter, Figur und dem Grad der Verwahrlosung, es waren welche darunter, die aussahen, als schafften sie seit vielen Jahren auf der Straße an, andere wiederum erschienen fast elegant oder mondän. Alle einte, dass sie weder jammerten noch Verzweiflung zeigten. Es kam Ella vor, als wäre das Inhaftiertsein ein notwendiges Übel ihrer Profession. Die Frauen wussten, dass sie jederzeit von den Polizisten einkassiert werden konnten – genauso war ihnen klar, dass sie schnell wieder freigelassen werden würden.

Und dann waren noch zwei Frauen in der Zelle, die Ella Angst machten. Eine von ihnen, eine strenge Mittfünfzigerin mit einem straffen grauen Haarknoten im Nacken in einem hochgeschlossenen Schürzenkleid, saß auf einer der Liegen, hoch aufgerichtet, die Hände gefaltet in den Schoß gelegt. Sie rührte sich kaum, zur Nacht schloss sie lediglich die Augen, blieb aber kerzengerade sitzen. Ihr Blick war gefühllos, wenn sie Ella musterte, lief es dieser eiskalt den Rücken herunter. Alle machten einen Bogen um sie, niemand richtete das Wort an die Frau, die Ella für sich nur »die Giftmörderin« nannte.

Und dann war da noch die Verzweifelte. Ohne Frage hatte sie den Verstand verloren. Die Frau mochte nur etwas älter als Ella sein, aber ihre im Wahn verzerrten Züge ließen sie gleich doppelt so alt wirken. Sie schrie und heulte, raufte sich die Haare, riss daran, ganze Büschel flogen auf den Zellenboden. Sie rüttelte an den Zellstäben und schrie nach ihren Kindern, manchmal packte sie die ein oder andere Mitinsassin und schrie sie an, bettelte um Hilfe. Ella glaubte, dass der Armen so Schreckliches widerfahren war, dass sie auf der Stelle den Verstand verloren hatte, aber es war unmöglich, ein normales Wort mit ihr zu wechseln, was vielleicht hilfreich hätte sein können, und alle, auch Ella, waren erleichtert, als die Verrückte noch vor der Nacht von den Polizisten aus der Zelle geholt wurde.

Ella hatte sich irgendwann auf dem kalten Boden zusammengerollt und zu schlafen versucht, gelungen war es ihr nicht.

Das war die Situation, als endlich Ferdinand Reimers mit einem Polizisten an der Arrestzelle stand und nach »Frau Ella Tomaczowa« fragte. Sie hatte sich zu erkennen gegeben, der Polizist hatte den dicken Schlüsselbund hervorgeholt, die Zelle aufgesperrt, und Ella empfand ein ähnliches Gefühl wie damals, als sie mit Principessa im Morgenmantel um die Straßenecke gebogen war und Jakub auf seinem Eselskarren entdeckt hatte.

Herr Reimers war mit ihr in ein kleines Zimmer gegangen, draußen bewachte ein Uniformierter die Tür, und hatte ihr die Lage erklärt. Louise hatte sich an ihn gewandt – ach, Louise, meine Gute!, hatte Ella gedacht –, und er würde ihren Fall übernehmen. Anschließend wollte er von Ella noch einmal ihre Version der Geschichte hören, die Louise ihm bereits erzählt hatte. Dann riet er Ella, aufrichtig zu den Polizisten zu sein und möglichst nichts zu verschweigen – sie brauche sich aber auch nicht selbst zu belasten.

Und so hatte er sie am späten Abend noch in eine Vernehmung durch Inspektor Thönnes geführt, obwohl Ella vor Müdigkeit nicht mehr geradeaus schauen konnte.

Der Inspektor wiederholte alle Fragen, die Kommissar Brenner ihr gestellt hatte, Ella antwortete das Gleiche wie zuvor – mit einer großen und entscheidenden Ausnahme. Sie gab zu, den flüchtigen Jungen vor dem Zugriff der Polizei gerettet zu haben.

»Wussten Sie, dass er des Mordes verdächtig war?«

»Nein, natürlich nicht. Aber ich wusste, dass die Polizei hinter ihm her war, die haben ja gerufen.«

»Warum haben Sie so reagiert?«

»Aus Mitleid. Ich habe sechs kleine Brüder.«

An dieser Stelle brach Ella plötzlich in Tränen aus, es war nicht absichtsvoll, aber die Erinnerung an Joshua, die Verzweiflung und Angst in seinem Gesicht, der Gedanke an ihre geliebten kleinen Geschwister, die sie so lange nicht gesehen hatte, und dazu ihre Überforderung und Müdigkeit hatten die Tränen laufen lassen. Inspektor Thönnes reichte ihr ein Taschentuch, und zum ersten Mal erkannte Ella so etwas wie aufrichtige Wärme in seinem Blick. Danach befragte er sie, warum sie sich mit Joshua in den Hinterhof der *Tavern* geflüchtet hatte (weil es das einzig mögliche Versteck war), wie sie ins Innere der Kneipe gelangt waren (die Hintertür war offen) und ob sie wusste, wo sich der Junge jetzt befand (er ist geflohen, ich schwöre, ich weiß nicht, wohin, und ich weiß auch jetzt nicht, wo er ist).

Endlich erklärte ihr Anwalt das Gespräch für beendet, Ella sollte etwas unterschreiben, Herr Reimers fasste sie behutsam am Arm und führte sie nach draußen.

Der Hamburger Nachthimmel hatte seine Schleusen geöffnet, in Schüben fiel das Wasser vom Himmel, warmer Sommerregen, auf dem Platz vor dem Präsidium bildete sich bereits ein kleiner See, am Straßenrand schwemmten Rinnsale den Schmutz des Tages hinfort. Klar war die Luft, und Ella trat einen Schritt hinaus, schutzlos, reckte ihr nacktes Gesicht in den schwarzen Himmel, an dem dunkle Regenwolken wie Fetzen eines Vorhangs im Wind vorüberzogen. Ihr war, als spülte der Regen auch von ihr den Schmutz der vergangenen dreißig Stunden ab, es war ein herrliches, ein befreiendes Gefühl.

»Soll ich Ihnen eine Droschke rufen?«

Sie drehte sich um. Der Anwalt sah schrecklich müde aus. Es war nach Mitternacht, sicherlich wäre er jetzt gerne zu Hause bei seiner Familie.

»Vielen Dank!« Ella fasste nach seiner Hand und drückte sie. »Vielen Dank für alles, was Sie für mich getan haben, Herr Reimers!« Er lächelte. »Aber eine Droschke brauche ich nicht. Ich muss frische Luft haben.«

»Sie melden sich bitte in den nächsten Tagen bei meiner Kanzlei. Wir müssen einiges klären. Ausgestanden ist die Sache noch nicht, Sie haben eine Falschaussage gemacht und einem möglichen Straftäter zur Flucht verholfen, das wird leider Konsequenzen haben. Auch müssen wir Ihren Aufenthalt in Hamburg legalisieren. Sie können nicht mit dem gelben Schein unterwegs sein und immer dem Verdacht ausgesetzt, dass sie hier als Prostituierte arbeiten.«

In Ellas Kopf drehte sich alles. Sie konnte nur nicken, aber das, was der Anwalt sagte, vermochte sie nicht zu verarbeiten, sich gar nicht vorstellen, was auf sie zukam.

Ferdinand Reimers winkte einer Pferdedroschke, die langsam über die Stadthausbrücke trabte. Das gleichmäßige Klackern der Hufe hallte durch die menschenleeren Straßen. »Außerdem ist mir an dem Jungen gelegen. Ich möchte, dass wir ihn finden.«

»Ich auch. Ich möchte nichts lieber.« Ella zögerte. Sollte sie ihm anvertrauen, dass sie und Paul Joshuas Lager gefunden hatten? Sie fühlte sich schlecht, wenn sie Geheimnisse vor Ferdinand Reimers hatte. Aber vielleicht sollte sie vorher mit Paul reden. »Aber jetzt möchte ich erst einmal schlafen.«

Sobald sie durch die Tür der Pension getreten war, hörte sie, wie Principessa aufgeregt kläffte und winselte, Ella beeilte sich, zu ihrem Zimmer im ersten Stock zu kommen, damit die kleine Mopshündin nicht alle anderen Pensionsgäste aus dem Schlaf holte. Auf den Treppen und im Gang hinterließ sie kleine Pfützen, sie war durchnässt bis auf die Knochen. Principessa zwängte sich durch den schmalen Spalt, sobald Ella die Tür öffnete, sprang an ihr hoch und schleckte ihr über die Hände, als Ella in die Knie ging, um den vor Freude bebenden Hundekörper zurück ins Zimmer zu drängen. Die Petroleumlampe verströmte warmes Licht, und Ella sah, dass Louise sich aufrichtete.

»Ella! Gott sei Dank!«

»Bist du mir böse, Louise, wenn ich jetzt nicht reden kann? Ich bin halb tot.«

Stöhnend riss Ella sich ihre pitschnassen Kleider vom Leib, wrang sie über der Waschschüssel aus, hängte sie über ihre improvisierte Wäscheleine, eine Schnur, die sie längs durchs Zimmer gespannt hatten, und fiel erschöpft in ihr Bett. Vier Stunden Schlaf blieben ihr, höchstens, wollte sie pünktlich bei den Wieses sein. Ob die ihr verziehen? Schließlich war sie heute nicht aufgetaucht, unentschuldigt. Ella hatte große Angst, dass sie die schöne Arbeit, kaum begonnen, schon wieder verloren hatte.

Louise stand auf, kniete sich neben Ellas Bett und umarmte sie. »Ich bin nur froh, dass du wieder da bist.«

Ella erwiderte die Umarmung und zog sich die Decke über die Nase, Principessa rollte sich schnaufend in ihre Kniebeuge. »Morgen erzähle ich dir alles. Morgen wird hoffentlich ein ruhiger Tag.«

»Dass du dich traust!« Frau Wieses Gesicht lief hochrot an, als Ella in den Laden stolperte. »Jaschek musste einspringen. Der fehlte natürlich in der Backstube. So ein Durcheinander! Was hast du dir gedacht?« Sie musterte Ella. »Gott, Mädchen, wie siehst du aus? Wie einmal durch die Mangel gedreht.«

»Es tut mir so leid, Frau Wiese. Ich konnte nicht Bescheid geben, ich bin verhaftet worden.«

»Verhaftet?«

Ella drehte sich um, nun stand auch Bäcker Wiese in der kleinen Verkaufsstube.

»Haben wir etwa eine Kriminelle eingestellt?«

»Ich kann es erklären. Es tut mir so leid, es kommt nicht wieder vor, aber bitte, bitte, nehmen Sie mir nicht die Arbeit weg.«

»Nana, nu beruhig dich mal.« Frau Wiese kam hinter der Theke hervor und nahm Ella in den Arm. »Das haben wir doch gar nicht vor. Wir sind doch keine Unmenschen.«

»Die Kunden haben dich vermisst.« Herbert Wiese klopfte Ella jovial auf den Rücken. »Eigentlich wollte ich dich hochkant feuern, aber Jaschek hat erzählt, dass die Kunden nach dem netten Mädchen mit ihrem Hund fragen. Die Leute mögen dich.«

Unendlich erleichtert löste Ella sich aus der Umarmung der Bäckersfrau. »Ich möchte es Ihnen trotzdem erklären. Ich habe einem Verdächtigen zur Flucht verholfen.« Und dann beichtete sie, weswegen die Polizei sie vorübergehend in Gewahrsam genommen hatte.

Die Wieses hörten ihr geduldig zu, aber als Ella mit ihrer Geschichte endete, zuckte der Bäcker nur einmal mit den Schultern, drehte sich um und ging wortlos die Treppe wieder hinab in seine Backstube, während Frau Wiese Ella lediglich die Tüten hinlegte, in die Hände klatschte und mahnte, sie solle sich beeilen.

Erleichtert machte Ella sich auf den Weg, aber die Schicht zog sich hin wie Harz, das aus der Baumrinde floss, die Sommersonne nahm an Kraft und Stärke im Lauf des Morgens zu, brannte ihr auf den Scheitel, machte, dass jeder Tritt in die Pedale zur Qual wurde. Bei den Kunden, die sie größtenteils erfreut begrüßten, musste sie sich große Mühe geben, freundlich ein paar Worte zu wechseln, sogar mit John fiel ihr ein Gespräch schwer.

Aber sie bekam ihren Lohn ausgezahlt, ihr fiel ein Mühlstein vom Herzen, dass die Wieses ihr verziehen hatten, dann machte sie sich mit Principessa auf den Weg zur Pension. Ihre Beine fühlten sich an wie aus Blei, sie musste dringend Schlaf nachholen, erst dann konnte sie darüber nachdenken, wie es für sie weitergehen sollte. Der Anwalt hatte recht, sie brauchte Papiere, auch darüber hatte Ella bislang nicht nachgedacht. Erst jetzt, in den letzten Tagen in der großen Stadt, fiel ihr auf, dass ihr ein großes Stück vom Leben fehlte. Weder hatte sie eine Schule besucht, noch wusste sie etwas über das Leben allgemein. Sie kannte keinen Zoo, keine Tiere wie Flamingos oder Nashörner. Wusste nichts über ferne Länder, was Paul ihr erzählte, hatte sich angehört wie aus dem Märchen. Auch wenn Louise von ihrem Leben mit Viktor berichtete, staunte Ella, weil sie all das nicht kannte. Oper und Theater. Galopprennbahnen, Hotels, Badeurlaube, Galerien. Und was erst in der Zeitung stand! Männer kämpften sich durchs Eis und eroberten den Südpol – Ella hatte nicht einmal gewusst, dass dieser existierte. Sie flogen durch die Lüfte, erfanden Apparate, mit denen man die Knochen unter der Haut sehen konnte. Frauen kämpften für ihre Rechte, es gab Politiker und Parteien, Dampfer, auf denen man nach Amerika reisen und wie in einem Haus wohnen konnte.

Ihr war bewusst geworden, dass sie siebzehn Jahre auf dem galizischen Dorf fernab jeder Kultur und Bildung verbracht hatte. Und danach sieben Jahre in Gefangenschaft. Es war ein Wunder, dass sie heute hier durch die Straßen Hamburgs lief, dass sie eine Freundin hatte, einen Hund und eine Arbeit. Aber so konnte und wollte sie nicht weiterleben. Sie wollte nicht dumm und ungebildet sein. Wie Paul sie angesehen hatte, als er begriff, dass sie nichts von dem kannte, wovon er ihr erzählte. Ella hatte sich niemals zuvor minderwertig gefühlt, nicht einmal, wenn sie von Männern erniedrigt und benutzt wurde, weil sie tief in ihrem Herzen stets wusste, dass sie ein guter Mensch war, dass sie Kraft hatte, lieben und geliebt werden konnte. Aber jetzt, als ihr ihr beschränkter Horizont vor Augen geführt wurde, fühlte sie sich klein.

Und weil sie dieses Gefühl ganz und gar nicht mochte, hatte sie beschlossen, sich zuerst ordentliche Papiere zu beschaffen und danach zur Schule zu gehen. Sie würde alles an Bildung nachholen, was ihr fehlte. Sie wollte Paul und Louise und allen anderen ebenbürtig sein, nicht nur leidlich lesen, rechnen und schreiben können, nein, sie wollte die Welt kennenlernen! Dicke Bücher lesen! Eine klügere Frau werden, als sie jetzt war.

Vor der Pension bemerkte sie einen kleinen Jungen, der sich herumdrückte. Ob das einer von der Bande war, von der Paul ihr erzählt hatte? Eigentlich wirkte er nett und manierlich. Als der Kleine sie entdeckte, lief er auf sie zu.

»Sie müssen Ella sein.«

»Das bin ich, aber woher …«

»Paul schickt mich. Ich soll Ihnen etwas ausrichten.« Er kniff die Augen zusammen, als müsste er sich besonders konzentrieren. »Ich habe ihn. Heute Abend Borselstraße sieben.«

Ella starrte den Jungen an. »Das sollst du mir ausrichten?«

Er nickte. »Ja, er hat mich geschickt, weil er ja arbeiten muss, und gestern habe ich schon den ganzen Tag gewartet, aber Sie sind nicht gekommen.«

Ella holte aus ihrer Schürze ein paar Pfennige und drückte sie dem Jungen in die Hand. »Das hast du gut gemacht. Aber bevor du dich verdrückst, sagst du mir deinen Namen.«

»August Hörmann«, rief er, und dann gab er auch schon Fersengeld.

Ella blickte ihm nach – keine Tätowierung im Nacken! Es schien zu stimmen, was der Junge erzählt hatte, und wenn das stimmte, dann bedeutete es, dass Paul Joshua gefunden hatte! Jetzt war es umso wichtiger, eine Mütze voll Schlaf zu bekommen, dachte Ella mit klopfendem Herzen, denn so wie es aussah, würde der Abend ereignisreich.

28.

Wie eine dunkle Sonne, das war der erste Gedanke, der ihm durch den Kopf schoss, als er die Tür öffnete. Ellas Locken standen wie Strahlen von ihrem Kopf ab, füllten den gesamten Türrahmen aus. Diese dunkle Sonne schien warm, schickte ihr Leuchten direkt in sein Herz. Paul hätte sie am liebsten an sich gezogen und geküsst, seine Lippen auf ihre gepresst, seinen sehnigen Körper an ihren weichen gedrückt, wäre so gerne in sie hineingekrochen. Stattdessen öffnete er ihr die Tür weit, trat zur Seite und ließ sie und den Hund eintreten.

»Du hast Joshua gefunden?« Ellas nussbraune Augen drückten gleichermaßen Besorgnis wie freudige Erwartung aus.

Paul nickte nur und zeigte auf die Tür zur kleinen Kammer. Sie öffnete sie vorsichtig und warf einen Blick auf den Jungen.

Er lag unverändert da, genauso, wie Paul ihn am Vortag umgebettet hatte. Still und schmal und weiß, das Leintuch bis zur Nase hochgezogen. Paul machte Ella ein Zeichen, sie solle die Tür schließen und ihm folgen. Er führte sie in die Küche, wo seine Mutter damit beschäftigt war, gleichzeitig eine Suppe zu kochen, ein Baumwolltuch mit heißen Kartoffeln zu füllen – das war der Brustwickel, den der Vater jeden Abend bekam, um die Schmerzen beim Husten zu lindern – und verschiedene Blätter und Kräuter im Mörser zu zerquetschen, aus denen sie eine Paste für die Wundheilung fertigte.

»Meine Mutter, die Kräuterhexe«, stellte Paul sie vor. »Mama, das ist Ella, ich habe dir von ihr erzählt.«

Ella holte eine Tüte hervor, die sie auf den Tisch legte. »Ich habe mir erlaubt, ein Brot mitzubringen. Rosinenstuten von Wiese.«

»Ach, das wär doch nicht nötig gewesen, Fräulein Ella.«

Paul sah, mit welch neugierigem Blick seine Mutter die Frau, die er ins Haus schleppte, bedachte. Sie konnte seine Bekanntschaft nicht einschätzen, er wusste, dass sie noch immer darauf hoffte, dass er und Marie wieder zusammenkommen würden. Marie. Viel zu selten dachte er an sie. Er hatte sie so sehr geliebt, sie war sein Leben, noch als er ihr den Ring auf den Tisch gelegt und sie freigegeben hatte, war sein Herz in tausend Stücke gesprungen, weil er glaubte, nicht ohne sie sein zu können. Und jetzt? War sie nur mehr eine schwache Erinnerung, überstrahlt von dieser Frau, die nun in der Küche stand und ihn ganz und gar in ihren Bann geschlagen hatte.

»Möchtest du ein Glas Bier? Wir können uns in den Hof setzen, und ich erzähle dir, was passiert ist.«

Der Hof hinter ihrem Haus gehörte nicht allein zu ihrem Grundstück, sie teilten ihn sich mit drei weiteren angrenzenden Häusern. In der Mitte des Hofes wuchs eine große Kastanie, deren Blätter angenehmen Schatten spendeten. Die Hühner von Nachbar Kraus liefen noch frei herum und pickten, gleich würde er sie in ihren Käfig bringen, damit sie nachts vor den Füchsen aus dem angrenzenden Wald in Sicherheit waren. Vor dem niedrigen Haus der Familie Klinker stand eine Holzbank, darauf setzten sich Paul und Ella jetzt, Principessa legte sich zwischen ihre Füße, sie genossen die Strahlen der Abendsonne, und Paul erzählte von der abenteuerlichen Suche nach Joshua.

»Genau genommen hätte ich ihn in ein Krankenhaus bringen müssen«, schloss er seinen Bericht. »Aber meine Mutter hat Zauberhände. Er hat einige Prellungen, offene Wunden, zwei Rippen sind gebrochen. Ansonsten geht es ihm gut.«

Ella bedachte ihn mit einem Seitenblick. »Gut?«

Paul sah zu Boden. »Körperlich jedenfalls. Mama sagt, sie glaubt nicht, dass irgendwelche Organe verletzt sind.«

Ella schwieg. »Glaubst du, sie hätten ihn totgeschlagen?«

Für die Antwort musste Paul sich Zeit lassen. Diese Frage stellte er sich beinahe stündlich, seit er Joshua vor dem Angriff der Bande gerettet hatte. Wollten ihm die Jungs in Hinnerks Auftrag lediglich einen Denkzettel verpassen? Oder waren sie darauf aus gewesen, Joshua tatsächlich umzubringen?

»Ich weiß es nicht. Ich kann mir keinen Reim darauf machen.«

»Ich glaube, er weiß, wer den Juwelier getötet hat. Und deshalb soll er sterben.«

»Wenn Hinnerk Macke der Täter war, ist es ihm egal, ob man weiß, dass er es war. Er hat so viel auf dem Kerbholz, und gefasst hat ihn die Polizei bis jetzt nicht – ich glaube, er schert sich nicht darum, ob er für den Mörder gehalten wird oder nicht. Außerdem: Wer glaubt schon einem Waisenjungen aus seiner Bande.«

Paul trank von seinem Bier, Ella hatte ihres noch nicht angerührt. »Ich glaube, da ist noch etwas anderes.«

»Ich hatte dir doch von den Nachbarn des Juweliers erzählt. Die beiden vom Varieté, John und Samantha.«

»Von dem Streit, den sie in der Nacht gehört haben?«

Ihre dunklen Augen suchten sein Gesicht, tasteten es ab, als prüfte Ella, ob sie ihm trauen konnte bei dem, was sie ihm offenbaren wollte. Ihre Blicke fühlten sich an wie Berührungen. Paul wendete den Blick ab, ihm wurde warm, und er hoffte nur, dass sie nicht bemerkte, wie verlegen er wurde.

»Es war nicht nur der Streit. Dieser Mauss war … Er hatte schlimme Vorlieben. Und anscheinend hatte er deswegen manchmal zwielichtigen Besuch. Die beiden glauben, dass der Streit und der Mord damit zu tun haben.«

Das war es! Paul sprang von der Bank hoch. Noch konnte er es nicht greifen, noch war die Vorstellung zu vage, aber er ahnte, dass sich hier die wahre Geschichte verbarg. Von vornherein hatte er nicht daran geglaubt, dass dieser Mord an dem Juwelier mit den beiden anderen Überfällen auf Juweliergeschäfte zu tun hatte. Zu unterschiedlich waren die Methoden. Und dass

Hinnerk Macke hinging, um einen Mann kaltblütig zu ermorden, und die Tat schließlich einem seiner Jungs in die Schuhe schob, schien ihm ebenfalls nicht stimmig zu sein. Das hatte ein Mann wie Macke nicht nötig.

Aber wenn dieser Otto E. Mauss selbst eine befleckte Weste hatte – wenn es außer Diebstahl ein anderes Motiv für die Tat gab, wenn etwas Persönliches dahintersteckte, eine Rachegeschichte, Erpressung, dann konnte es gut sein, dass Hinnerk Macke den Mord zwar ausgeführt hatte, aber dass es Hintermänner gab. Hier musste man ansetzen! Ob die Kollegen in dieser Richtung ermittelt hatten? Oder hatten sie sich auf Joshua als Täter festgelegt? Wenn er doch mit jemandem sprechen könnte …

»Was sagt denn der Junge?«

Paul drehte sich zu Ella um. »Entschuldige bitte. Aber was du gesagt hast – meinst du, ich kann mich noch einmal mit den Leuten vom Varieté unterhalten?«

»Ich glaube, sie sind nicht erpicht darauf, von der Polizei vernommen zu werden. Aber mit dir würden sie vielleicht sprechen.«

Paul setzte sich wieder neben Ella auf die Bank. »Joshua hat noch kein Wort gesagt. Zuerst einmal hat er fast durchgehend geschlafen. Bis heute Morgen.«

»Hat er versucht zu flüchten?«

»Nein. Ich glaube, er vertraut meiner Mutter. Sie kümmert sich wunderbar um ihn. Sie hat alle seine Wunden versorgt, ihn gewaschen, gefüttert, ihm zu trinken gegeben. Ich habe mich bis jetzt zurückgehalten und kein Wort mehr als nötig mit ihm gesprochen. Ich hatte Angst, ihn einzuschüchtern.«

»Hat er mit deiner Mutter geredet?«

»Kein Wort. Er wirkt, als wäre er ganz woanders.«

»Ich möchte es versuchen.« Ella stand auf, sie nahm ihren kleinen Mops auf den Arm. Gemeinsam gingen sie zurück ins

Haus, und Paul ließ Ella in die kleine Kammer eintreten. Er selbst blieb draußen im Gang, bei geöffneter Tür.

Als Ella eintrat, flackerten kurz die Augen des Jungen, er schien Ella zu erkennen.

»Hallo, Joshua!« Ella nahm auf der Bettkante Platz. »Erinnerst du dich an Principessa?« Sie setzte den Mops auf die Bettdecke, und das kleine graue Tier begann sofort, am Gesicht des Jungen zu schnuppern und wedelte mit dem Schwanz. Joshuas Hände kamen unter der Bettdecke hervor, er tastete behutsam nach dem kleinen Hundekörper und begann, das Tier sehr sanft zu streicheln. Ella rückte nach hinten, lehnte sich mit dem Oberkörper an die Wand, sodass sie möglichst weit von dem Jungen entfernt saß.

Joshua warf Paul einen kurzen Blick zu, und daraufhin schloss Ella die Tür vor dessen Nase.

Paul setzte sich zu seiner Mutter in die Küche.

»Wer ist die Frau?« Martha Klinker hatte mittlerweile ihre Kräuterpaste mit etwas Fettigem verrührt, sodass sich eine Salbe gebildet hatte, die sie nun in ein Glas füllte.

»Habe ich dir doch erzählt. Sie hat den Jungen vor der Polizei gerettet.«

Seine Mutter lächelte in sich hinein. »Das meine ich nicht. Ich meine, woher du sie kennst. Ich kann sehen, wie du sie anschaust.«

Paul schwieg. Er schüttelte leicht den Kopf. War es so deutlich? Konnte man ihm so einfach ansehen, dass er sich bis über beide Ohren verliebt hatte? Vielleicht nicht jedermann, aber seine Mutter konnte schon immer in sein Herz blicken.

Sie setzte sich ihm gegenüber. »Was machen wir mit dem Jungen? Er kann nicht hierbleiben, Paul.«

»Das weiß ich.« Paul atmete tief aus. Die Frage hatte er sich fortwährend gestellt. Er konnte Joshua nicht einfach dem Zugriff der Kollegen entziehen. Wenn der Junge nicht sprach, dann würde es umso schwerer sein, seine Unschuld zu beweisen.

Über kurz oder lang mussten sie ihn der Polizei übergeben. »Ich muss wissen, wer ihn aus dem Waisenhaus geholt hat. Wieso er Teil von Hinnerk Mackes Bande war. Und was im Juweliergeschäft geschehen ist.«

»Warum hältst du dich nicht raus? Du bist kein Polizist mehr. Du gerätst da in etwas rein, das ist nicht gut.«

»Willst du mir jetzt endlich verraten, was es mit dem Geld unter Papas Bett auf sich hat?«

Seine Mutter sah ihn überrascht an. Es war alles andere als nett von ihm, dem Gespräch diese Richtung zu geben. Seine Mutter hatte recht, er war kein Polizist mehr, er sollte sich raushalten, aber er wollte all das nicht hören. Viel zu tief steckte er in dem Fall, viel zu nah war er an Hinnerk Macke dran. Der Moment der Rache war in greifbare Nähe gerückt, das wusste Paul instinktiv. Das Waisenhaus, Joshua Weixelbaum, der Mord an Otto E. Mauss – er hielt alle Fäden in der Hand, er musste sie nur noch verbinden! Auf gut gemeinte Ratschläge pfiff er. Er hatte nicht die Absicht, seine Mutter zu verletzen, Paul war ihr so sehr zu Dank verpflichtet, auch jetzt wieder, was den Jungen anging, aber er konnte es nicht ausdrücken. Und er wehrte sich mit Händen und Füßen gegen ihre Fürsorge. Stattdessen ging er zum Gegenangriff über. Das war nicht fein.

»Wieso fragst du mich jetzt danach?«

»Ich hätte dich schon längst fragen sollen.«

Seine Mutter wollte gerade antworten, da stand Ella in der Tür. »Er schläft wieder.« Sie lächelte seine Mutter an. »Sie haben ihn mit Kampfersalbe behandelt, nicht wahr? Ich habe den Geruch sofort erkannt, meine Mutter hat sie auch selbst gemacht.«

Das Gesicht seiner Mutter wurde sofort weich, sollte sie Vorbehalte gegen Ella gehabt haben – diese hatten sich soeben in Luft aufgelöst. Stattdessen stand sie auf und zeigte Ella die frisch angerührte Salbe, die beiden Frauen fachsimpelten ein wenig, dann erzählte Ella.

»Er ist wirklich sehr durcheinander und mitgenommen. Ein paar Worte hat er mit mir geredet, aber nur, weil Principessa da war. Er hat gesagt, wie sehr er seinen Hund vermisst.«

»Das ist alles?« Paul spürte, dass er seine Ungeduld kaum im Zaum halten konnte. Mensch, warum redete der Junge denn nicht? Musste man ihm alles aus der Nase ziehen! Begriff er denn nicht, dass er es für sich nicht einfacher machte?

Ella und seine Mutter bedachten ihn mit einem seltsamen Blick.

»Ach, Junge …« Martha Klinker schüttelte nur den Kopf, stand auf und machte sich wieder am Herd zu schaffen.

»Joshua hat viel Schreckliches durchgemacht.« Ella setzte sich auf den Platz der Mutter. Die kleine Hündin machte Männchen und bekam von Martha einen Wurstzipfel. »Es wird dauern, du musst Geduld haben.«

Pauls Faust sauste auf den Tisch. »Wir haben keine Zeit, verdammt!« Gläser klirrten, und die beiden Frauen fuhren erschrocken zusammen. In derselben Sekunde tat Paul sein Ausbruch leid, er strich sich die Haare zurück und entschuldigte sich.

Ella stand auf, bereit zu gehen. Pauls Herz stolperte, wie gerne hätte er sie gebeten, noch zu bleiben. Er hatte mit seinem Jähzorn alles verdorben, nicht zum ersten Mal. Immer wieder hatte er sich nicht im Griff, auch Marie hatte ihn auf diese Art angesehen, wenn er wütend geworden war. Als hätte er sie verletzt. Dabei war er nur laut geworden, aber Paul verstand, dass die Frauen in diesem Moment Angst vor ihm bekamen.

»Ich würde gerne wiederkommen.« Ella hatte sich an seine Mutter gewandt. »Ich glaube, dass es dem Jungen guttut, mit dem Hund zu spielen.«

Paul stand auch auf. »Ich begleite dich.«

»Danke, das ist nicht nötig. Ich kann auf mich selbst aufpassen.«

»Kommt nicht in die Tüte.«

Es war ein weiter Weg zurück nach Sankt Pauli, Paul wollte Ella auf keinen Fall allein gehen lassen. Die ersten Minuten liefen sie stumm nebeneinanderher, er suchte nach Worten, fand aber keine. Paul, Junge, dachte er, früher warst du doch auch nicht so verstockt. Ja, früher. Früher, da hatte ich auch noch zwei gesunde Arme, hielt er Zwiesprache mit sich selbst.

»Einen netten kleinen Boten hast du mir geschickt.«

Paul war Ella dankbar, dass sie das Schweigen brach. Die ersten Laternen flackerten auf, die Sonne hatte sich hinten bei Finkenwerder in ihr Bett gelegt, der Mond kletterte unternehmungslustig hinter den Dächern empor und strich die Silhouetten der Häuser silbern an. Wie gerne hätte Paul nach Ellas Hand gegriffen, aber er hielt sich zurück.

»August Hörmann«, antwortete er ihr stattdessen. »Anscheinend ist auf ihn Verlass.«

»Er hat zwei Tage auf mich warten müssen. Die Polizei hat mich mitgenommen.«

Paul blieb stehen und sah sie entgeistert an. »Dich? Aber warum? Das sagst du erst jetzt?«

Ella erzählte ihm von dem Abend, als Louise die Polizisten zu Mortimer Stackletons Leiche geführt hatte, und dass eine Anwohnerin sie erkannt hatte. Paul wurde heiß und kalt, während Ella erzählte, von vornherein war er kein Freund von Louises Plan gewesen. Die Toten sollte man ruhen lassen! Was, wenn die Nachbarin auch ihn gesehen hätte? Ein Einarmiger war schnell identifiziert, im Nu hätten seine ehemaligen Kollegen bei ihm an die Tür geklopft.

Ella versicherte ihm, dass sie über ihn kein Wort verloren hatte, offenbar hatten die Polizisten ihr auch geglaubt, dass sie nichts über die Leiche im Keller wusste. Louises Plan schien aufgegangen zu sein. Aber wenn Thönnes sich auf eine Spur gesetzt hatte, ließ er nicht locker, er war ein guter Ermittler, und

Paul wusste, dass der Köder, den Louise ausgeworfen hatte, noch lange nicht geschluckt war.

Sie hatten die Eckernförderstraße erreicht, Ella blieb vor der *Pension Renate* stehen.

»Da sind sie wieder.«

»Wer?« Paul folgte Ellas Blick und entdeckte zwei Männer auf der anderen Straßenseite. Sie standen zusammen und rauchten, ab und zu warf einer von ihnen einen Blick auf die Pension. Jetzt nahmen sie Ella und Paul ins Visier, aber als sich die Blicke von einem und Paul kreuzten, sah dieser Mann schnell weg.

»Sie beobachten Louise«, erklärte Ella. »Von der Polizei sind sie nicht.«

»Kann ihr Ehemann etwas mit ihnen zu tun haben?«

»Das glauben wir. Ja.« Ella reichte ihm die Hand. »Gute Nacht, Paul! Ich komme morgen wieder.«

Paul hielt ihre Hand länger als nötig. »Es tut mir leid. Vorhin. Ich wollte nicht … Ich bin ungeduldig. Es geht mir nicht schnell genug.«

Ella entzog ihm ihre Hand nicht, dieses Gefühl von Haut auf Haut, menschliche Wärme – Paul genoss jede Sekunde. Wie gut ihm das tat. Wie lange er das hatte vermissen müssen. Es war nur ihre Hand, wie schön wäre es, ihren Körper zu spüren, sanft diese Kurven zu berühren …

»Ich weiß, dass wir keine Zeit haben.« Ella zog ihre Hand zurück. »Aber Joshua muss von selbst erzählen wollen. Anders geht es nicht.« Sie lächelte. »Auf Wiedersehen!«

Er blickte ihr nach, wie sie zur Tür der Pension ging, ihr gerader Gang, der stolz aufgerichtete Rücken, die dunkle Haarmähne, die wie elektrisch vom Kopf stand – er würde alles darum geben, sie für sich zu gewinnen.

Anstatt nach Hause zu gehen, lenkte Paul seine Schritte zum Spielbudenplatz. An den beiden Männern, die Ella ihm gezeigt hatte, ging er vorbei, ohne sie allzu auffällig zu mustern, sie sollten nicht glauben, dass er sich um sie scherte. Tatsächlich aber prägte er sich ihre Gesichter genau ein. Wer wusste schon, wozu das gut sein konnte.

Das *Varieté Romeo* lag hell erleuchtet da, wahrscheinlich lief im Moment noch die Vorstellung. Paul betrachtete die Plakate in den Schaukästen, trat dann aber ein paar Schritte zurück, um sich ein Bild von den Häusern am Platz zu machen. Der Juwelier-laden von Otto E. Mauss – dunkel und versperrt, die Auslagen waren natürlich leer geräumt, um zu verhindern, dass das Geschäft geplündert wurde – bildete zusammen mit den beiden angrenzenden Häusern, dem Varieté auf der einen und einem Tabakgeschäft auf der anderen Seite, eine Einheit – die Bauten waren durch ein gemeinsames Dachgeschoss verbunden.

Paul setzte sich auf eine Bank unter den Bäumen des Platzes und wartete. Er hatte einen Plan und wollte nicht bis morgen warten, ihn umzusetzen.

Er konnte sich nicht gedulden, bis der Junge redete. Wer wusste schon, wann es so weit war? Vielleicht niemals! Wenn es etwas gab, was man tun konnte, um den Mord an dem Juwelier aufzuklären und damit Hinnerk Macke zu überführen, dann wollte Paul es tun. Jetzt sofort.

»Auf den Dachboden? Um diese Zeit?«

Der kleinwüchsige Mann sah skeptisch zu ihm auf. Die Varietévorstellung war beendet, Paul hatte so lange gewartet, bis auch der letzte Zuschauer das Theater verlassen hatte, und war dann hineingegangen, um sich John vorzustellen.

»Ella schickt eine Menge interessanter Leute zu uns.« John schmunzelte. »Von mir aus können Sie auf unseren Dachboden, aber ich würde gerne wissen, zu was das dienlich sein soll?«

In dem Moment trat ein Mädchen aus dem Hintergrund zu ihnen, eine Erscheinung wie eine Fee, goldglänzend, zart und ätherisch. Mit großen Augen sah sie Paul an, und er erkannte jetzt erst, dass er einer erwachsenen und nicht mehr ganz so jungen Frau gegenüberstand. Das musste Johns Schwester Samantha sein.

»Sie suchen nach etwas, das die Tat erklärt, nicht wahr? Einem Motiv. Die Polizei hat das nicht getan.« Ein bitterer Zug zeigte sich um ihren Mund. »Gehen Sie nur. Suchen Sie. Ich bin sicher, Sie finden etwas. Etwas, das Ihnen erzählt, was für ein schrecklicher Mensch er war.«

»Sam ...«, John legte eine Hand auf ihren Arm, aber sie schüttelte ihn unwirsch ab.

»Alle sollen es wissen. Finden Sie etwas, und sorgen Sie dafür, dass seine Gemeinheiten ans Licht kommen. Es kann nicht sein, dass ein kleiner Junge für etwas büßen soll, das er nicht getan hat. Und dass dieser Mensch von allen als beklagenswertes Opfer angesehen wird!« Mit diesen Worten drehte sie sich um und verschwand in der Dunkelheit des Flurs, in dem Paul und John standen. Ein schwacher goldener Schein folgte ihr.

»Also dann.« Der Kleinwüchsige wies Paul den Weg, gemeinsam liefen sie durch das Treppenhaus in den zweiten Stock, von dort führte eine wackelige Holzstiege zum Dachboden hinauf. John zeigte Paul eine Petroleumlampe und gab ihm einen Schlüssel zu der Dachbodentür. »Wenn Sie gehen, schlafen wir vielleicht schon. Am besten, Sie verlassen unser Haus durch den Hinterhof, vorne schließe ich ab.«

»Vielen Dank – wie kann ich mich erkenntlich zeigen?«

»Überführen Sie den wahren Mörder. Und denken Sie an die Worte meiner Schwester.«

Paul stand auf dem dunklen Dachboden und orientierte sich. Wie überall befanden sich auch hier oben einige hölzerne Verschläge, kreuz und quer waren Wäscheleinen durch den hohen Raum gespannt. Trockener Holzgeruch stieg Paul in die Nase, ein Marder trippelte übers Gebälk. Paul schwenkte die Lampe in Richtung des mittleren der drei Häuser, welches das Juweliergeschäft und im ersten Stock die Wohnung von Otto E. Mauss beherbergte. Im zweiten Stock wohnte ein altes Ehepaar, beide schwerhörig, wie John ihm gesagt hatte. Trotzdem musste er vorsichtig sein, sollte ihn jemand hören, würde sofort die Polizei benachrichtigt. Die Tür zum Treppenhaus des Nachbarhauses war offen, auf Zehenspitzen schlich er die Treppe hinunter in den ersten Stock.

Über der Wohnungstür klebte ein papiernes Siegel, Paul löste es mit seinem Taschenmesser. Das Türschloss öffnete er im Handumdrehen mit seinem kleinen Satz Dietrichen, es gab kein zweites Schloss oder einen Riegel.

Millimeter für Millimeter drückte Paul die Klinke herunter, kaum stand die Tür einen Schlitz offen, schlüpfte er hindurch. Zu seinem Glück wohnten die alten Leute über und nicht unter dem Juwelier, so lief er nicht in Gefahr, dass sie seine Schritte hörten.

Die Wohnung wirkte fast so, als wäre ihr Besitzer im Urlaub und nicht jäh aus dem Leben gerissen worden. Die Räume peinlich sauber, nichts lag herum, an der Garderobe hingen ein Sommer- und ein Wintermantel auf Bügeln, darunter wie Soldaten aufgereiht, blank geputzte Schuhe und Stiefel, darüber Hüte, einer neben dem anderen. Kein Flöckchen Staub.

Das Wohnzimmer empfing Paul freundlich, eine Garnitur polierter Ebenholzstühle am passenden Tisch, darauf ein Spitzendeckchen. Verschiedene Gläser und feines Teeporzellan in der Anrichte, Rauchzeug neben dem Ohrensessel – es sah aus wie nie benutzt, verschiedene Zeitungen gebügelt auf einem Stapel.

Im schmalen Schlafzimmer war das Bett gemacht, was Paul verwunderte, war der Juwelier nicht in den frühen Morgenstunden gestorben, beziehungsweise hatten die Nachbarn nicht mitten in der Nacht Streit gehört? Hieß das, der Mann war noch nicht zu Bett gegangen, oder aber hatte eine übereifrige Haushälterin nach seinem Tod alle Spuren etwaigen Lebens beseitigt und die Wohnung aufgeräumt und geputzt? Fast wirkte es so. Mit zunehmender Enttäuschung suchte Paul die Wohnung ab, suchte nach etwas, das ihn stutzig machen würde. Irgendeinen Hinweis darauf, dass Otto E. Mauss nicht der Saubermann war, für den ihn alle – mit Ausnahme seiner Nachbarn – hielten. Aber er wurde nicht fündig. Sogar die Unterlagen im Sekretär durchsuchte er, fand aber bis auf wenig aufregende Geschäftsunterlagen nichts, das ihm seltsam vorgekommen wäre.

Paul wollte die Wohnung bereits verlassen, als er sich doch noch einmal umdrehte und seinen Blick durch die leeren, dunklen Räume schweifen ließ. Etwas stimmte nicht, er spürte es tief in seinen Eingeweiden. Aber was war es, das ihm Unbehagen bereitete? Noch einmal lief er durch die Räume, ließ seine Blicke über Regale, Schränke, Buchrücken, Lampen, Teppiche gleiten. Dann fiel es ihm wie Schuppen von den Augen: der Grundriss! Das Schlafzimmer hätte breiter sein müssen, zwischen der Mauer, an der der Kleiderschrank stand, und dem entsprechenden Stück in der Diele betrug der Unterschied ungefähr zwei Meter. Es musste noch einen Raum hinter der Wand geben! Paul öffnete den Kleiderschrank, schob die darin befindlichen Anzüge zur Seite und tatsächlich, in die Rückwand des Möbels war eine Geheimtür eingearbeitet. Er drückte sie auf.

Eine Dunkelkammer. Zugleich ein Fotostudio. Eine kleine Liege stand an der Wand, daneben ein Tisch, davor ein Fotoapparat auf Stativ. Dazu alle möglichen Utensilien, Platten, Entwicklerflüssigkeiten. Auf dem Bett fand er Requisiten wie ein Mieder, eine Reitgerte, eine Uniformjacke, Ballett-Tutu und anderen Tand, der Rückschlüsse darauf zuließ, welche Art von Bildern in dem winzigen Atelier gemacht wurden.

In einem kleinen Schränkchen entdeckte Paul ein Spritzbesteck sowie mehrere kleine braune Fläschchen mit Morphium.

Was Paul allerdings nicht fand, waren Bilder. Keine Negative, keine Platten, nichts, was bewiesen hätte, dass sich der Juwelier als Fotograf von anstößigen Bildern betätigt hätte.

Trotzdem war Paul gewiss, dass er eine Spur gefunden hatte.

29.

»Er passt!«

Mit leuchtenden Augen drehte Louise den Schlüssel im Schloss des hinteren Gebäudes und stieß vorsichtig die schwere Doppeltür auf. Kaum zu glauben, wie unvorsichtig Mortimer Stackleton mit seinem Hab und Gut umging – ein einziger Schlüssel, der zu allen Türen seines Anwesens passte. Vorder- und Hintertür der Kneipe, Wohnung und Rückgebäude, alle mit demselben Schloss ausgestattet, wie fahrlässig, dachte Louise und gleichzeitig welch Glück für sie!

Ella hielt sich hinter ihr, doch Principessa drängte schnüffelnd durch den Schlitz in den großen Raum. Eine Halle öffnete sich dem Hund und den beiden Frauen, Staub drang ihnen in Wolken entgegen, ein leicht muffiger Geruch breitete sich aus. Mildes Licht schimmerte durch die halb blinden Fenster, Staub tanzte im Schein des Sonnenstrahls über den Fliesenboden. Verheißung, Abenteuer, der Reiz des Verbotenen – all das verspürte Louise jetzt, es setzte ihren Körper unter Strom und ließ ihr Herz eine Polka tanzen.

Noch in der Nacht hatte sie beschlossen, dass sie sich nehmen würde, worauf sie Anspruch erhob, ohne abzuwarten, bis der Notar alle Papiere bereithielt. Wer sollte ihr schon in die Parade fahren? Stackleton war tot, Viktor galt als tot. Sie hatte keine Geduld, stattdessen Energie, Neugier und einen Plan. Wer wollte sich beschweren? Wer konnte sie aufhalten? Bis irgendjemand reagieren konnte, hätte sie schon Fakten geschaffen, so sah sie das. Und ihre Pläne waren zu schön, um sie auf die lange Bank zu schieben.

Ella war an ihrer Seite, allerdings war sie mit dem Kopf ständig bei dem kleinen Kerl. Joshua. Dem offensichtlich von einigen Seiten Gefahr drohte, nicht nur von der Polizei, so wie Louise verstand. In was für ein Wespennest waren sie nur hineingeraten, hatten sie sich noch gestern Nacht gefragt, als sie nebeneinander in ihren schmalen Pensionsbetten lagen. Louise hätte niemals für möglich gehalten, dass sie aus nächster Nähe mit Totschlag, Erpressung oder Bespitzelung zu tun haben würde! Nun war es Teil ihres neuen Lebens. Aber anstatt vor Angst wie gelähmt zu sein, schien es ihr, als setzte all dies neue Lebensgeister in ihr frei. Ihr Blut prickelte wie Champagner. Sie wollte nicht mehr zurückblicken, nie wieder das »Püppchen« ihres Mannes sein. Nein, Louise Dumont würde sich selbstständig machen, ihre eigene Herrin werden und sich eine Lebensumgebung schaffen, die schillernd und geheimnisvoll, sinnlich und fern jeder Bösartigkeit sein sollte. Umso dringlicher erschien es ihr, das, was ihr vorschwebte, so schnell als möglich in Angriff zu nehmen.

Von außen besehen war die Gewerbehalle unscheinbar, jetzt, wo die beiden Frauen in das Innere vorgedrungen waren, erschien sie groß wie eine Kathedrale. Die westliche Mauer schloss fensterlos an die Brandmauer des Nachbargrundstücks an. In die östliche Längsseite jedoch waren hohe, schmale Fenster im gotischen Stil eingelassen, erneut musste Louise an die Porzellanmanufaktur ihrer Eltern denken, vor zwanzig Jahren erbaut. Sie vermutete, dass auch dieses Gebäude einmal ähnlich genutzt worden war – jetzt aber schien es nur noch eine riesige Rumpelkammer zu sein.

»Wir brauchen Jahre, um das alles zu durchsuchen«, hörte sie Ella in ihrem Rücken.

Louise pflichtete ihr bei. Dieser Engländer musste ein seltsamer Kauz gewesen sein, was hatte er alles angesammelt? Gerümpel stapelte sich bis unter die hohen Decken, Möbel, verborgen unter weißen Leintüchern, Koffer, Kisten, Lampen, Teile eines Karussells, Spiegel, Bilder und was nicht noch alles. Es war unmöglich herauszufinden, was sich in dem riesigen Haufen alles verbarg. Ein Leben, mutmaßte Louise. Das Leben Mortimer Stackletons steckte darunter verborgen, der Gedanke, kaum gedacht, jagte ihr einen Schauer über den Rücken, das Bild des Unholds mit den weißen Stoppeln im Gesicht und dem wirren Haar, der versucht hatte, ihr unter die Röcke zu greifen und Schlimmeres, trat wieder vor ihr geistiges Auge.

Mäuse huschten aufgeschreckt über den Boden, wahrscheinlich hatten sie jahrelang ein ungestörtes Leben in dieser Halle gefristet. Principessa nahm ihre Fährte auf, sprang mal hierhin, schnupperte dort und versuchte, unter die weißen Tücher zu gelangen.

Ella aber zog die Hündin zurück und nahm sie an die Leine. »Ich befürchte, wenn ich an einer Stelle ziehe, fällt alles in sich zusammen«, sagte sie und kratzte sich ratlos am Kopf.

»Aber wir müssen irgendwo anfangen.« Louise lief einmal um den Stapel herum. An einer Stelle stand ein großer Kleiderkoffer, sie öffnete ihn und staunte nicht schlecht: weiße gestärkte Hemden, Fracks und Zylinder waren darin untergebracht, ohne Zweifel die Garderobe eines gut situierten Gentlemans! Der Brite war, als sie mit ihm zusammentraf, alles andere als das. Sanft ließ Louise ihre Hand über ein Revers gleiten. Sie dachte daran, wie gut ein Frack an Viktor ausgesehen hatte. Nun denn, diese schöne Erinnerung war eine Fata Morgana, ein Trugbild. Ob Mortimer Stackleton in jungen Jahren ein ebenso schöner

Mann gewesen war wie Viktor? Kaum vorstellbar. Hatte er Frauen bezirzt? War er verliebt gewesen, vielleicht sogar verlobt? Hatte er gelacht, getanzt, Liebesbriefe geschrieben? Was blieb am Ende eines Lebens, wenn sich niemand an einen erinnerte?

Louise klappte den Schrank zu und wagte einen Blick unter eines der großen Tücher. Ein Billardtisch verbarg sich darunter. Der grüne Samt wie neu, das polierte Holz glänzte, als wäre erst gestern darauf gespielt worden.

»Ella, schau doch mal!« Louise schlug das Leintuch weiter zurück und legte den schönen Tisch frei.

Ella kam zu ihr, in der Hand einen großen schwarzen Koffer. »Ich habe auch etwas gefunden.« Sie klappte den Koffer auf, und das Erste, was Louise sah, waren Haare. Graue, blonde, braune, schwarze. Sie wich zurück, doch Ella griff grinsend hinein und zog ein Haarteil in die Höhe. »Perücken«, rief sie, »und falsche Bärte! Augenbrauen, Brillen.« Ella hielt sich einen Schnurrbart unter die Nase, und sie brachen zusammen in Lachen aus. Was war das hier? Ein Kostümfundus? Louise fragte sich, was sie noch alles zutage fördern würden. Sie war jetzt richtig in Fahrt und überlegte, wie sie systematisch vorgehen konnte und den Berg an Dingen langsam abtragen. Und wer weiß – vielleicht würden sie schon bald auf das stoßen, was sie sich erhoffte: das Geld, hinter dem Viktor her war. Das Geld, das Mortimer Stackleton mutmaßlich versteckt hatte. Das Geld, das aus betrügerischen Geschäften stammte. Geld, das ihr und Ella einen Neustart ermöglichen würde.

»Kann ich dich allein lassen?«

Sie hatten vielleicht eine Stunde in der Lagerhalle verbracht und die unglaublichsten Dinge zutage gefördert – Roulettes, Zauberutensilien, zwei riesige Kristalllüster, eine Registrierkasse, diverse Koffer, die sie ungeöffnet ließen, Folianten –

nichts wollte zueinanderpassen, das Vorleben Stackletons wurde immer rätselhafter.

Louise lief der Schweiß aus den Haaren, Staub zwickte in Hals und Lunge, doch sie vergaß alles um sich herum, so gefangen war sie von den Entdeckungen. Dass Ella sie nun verlassen wollte, war bedauerlich, aber Louise verstand, dass ihre Freundin sich auch ihrer anderen Aufgabe – Joshua – widmen wollte. Ja, sie verstand Ella nur zu gut, Joshua war ein Mensch aus Fleisch und Blut, während Louise einer Idee hinterherjagte, einem Hirngespinst.

»Geh nur. Ich mache hier noch ein wenig weiter, aber keine Sorge, ich verbringe die Nacht nicht hier.«

Ella lächelte und umarmte Louise fest. Sie erwiderte die Geste nur zu gern. Seit sie ihr Bett nicht mehr mit Viktor teilte, fehlte ihr menschlicher Kontakt. Eine Umarmung. Eine kleine zärtliche Geste wie das Händehalten. Berührungen spendeten ihr Trost, und Ella sparte nicht daran. Sie war ein sinnenfreudiger Mensch, trotz ihrer Vergangenheit, sie berührte Menschen, mit denen sie sich unterhielt, flüchtig am Arm oder an der Schulter, drückte Louise jedes Mal an sich, wenn sie sich verabschiedeten und auch wenn sie sich wiedersahen. War Louise traurig, strich Ella ihr über die Wange. Louise genoss jede noch so kleine Berührung – große hätte sie vielleicht gar nicht ertragen.

Ella war schon fast aus der Tür, als Louise sie zurückhielt.

»Morgen musst du dir nach der Arbeit ein bisschen Zeit nehmen.«

Ella drehte sich fragend zu ihr um.

»Wir müssen umziehen.« Louise konnte ein breites Grinsen nicht unterdrücken. Wie sehr hatte sie sich auf diesen Moment gefreut!

Ella fielen fast die Augen aus dem Kopf, so ungläubig starrte sie Louise an. »Wir ziehen um? Hierher? In die Wohnung? Gehört dir denn schon alles?«

»Ach was, das ist nur noch eine Formalität. Wen sollte es stören? Stackleton liegt im Keller des Polizeipräsidiums und kann keinen Einspruch mehr erheben.«

Das schien Ella nicht zu beruhigen. Sie runzelte die Stirn. »Was ist, wenn wir Ärger bekommen? Ist es nicht besser zu warten, bis alles geregelt ist?«

»Wir ziehen ein. Morgen.« Louise verlieh ihren Worten Nachdruck. Sie wollte Nägel mit Köpfen machen. »Ich bin auch bereit, Miete zu zahlen, wenn jemand darauf Anspruch erhebt. Aber wir ziehen ein. Das alles …« Sie breitete die Arme aus und drehte sich einmal um die eigene Achse. »… wird von niemandem mehr genutzt. Die Kneipe ist dicht, die Wohnung steht leer, die Halle verstaubt. Wir nehmen das alles in Betrieb. Hauchen dem Leben ein. Wir ziehen morgen in die Wohnung.«

30.

Sein Gesicht hatte sogar etwas Farbe! Joshua saß wie am Vortag im Bett, aber er hielt sich gerader, die Arme lagen über der Bettdecke. Und er sah sie direkt an, als Ella die winzige Kammer betrat.

Freudig sprang Principessa auf das Bett und ließ sich von dem Jungen liebkosen. Der fröhliche kleine Hund hatte Zauberkräfte, dachte Ella, und ihr Herz wurde warm. Wer auch immer mit der Möpsin in Berührung kam, musste unwillkürlich lächeln, der graue Hundekörper mit den kleinen Speckröllchen vibrierte vor purer Freude! Ella hatte darauf gehofft, dass der Hund der Schlüssel zu Joshuas Herz war, und tatsächlich ging ihre Rechnung auf.

»Ich habe etwas für sie, darf ich es ihr geben?«

Ella nickte nur, ihre Freude darüber, dass der Junge redete, kaum dass sie mit Princi das Zimmer betreten hatte, war groß.

Joshua holte unter seinem Kissen ein speckiges Papier hervor und wickelte eine kleine Markknochenscheibe daraus aus. Principessas Augen wurden groß – noch größer und noch runder. Das roch ja köstlich! So etwas hatte sie noch nie bekommen! Vorsichtig beschnupperte sie den Knochen, den Joshua ihr auf dem Papier hinschob. Leckte skeptisch daran, vermutlich traute sie dem Braten nicht. Aber nachdem niemand ihr den Leckerbissen streitig machte, traute sie sich, schnappte ihn sich und sprang vom Bett. Dann verzog sie sich in die hinterste Ecke und machte sich genüsslich darüber her.

»Hat Paul den von der Arbeit mitgebracht?«

Joshua nickte und ließ rasch die Arme wieder unter der Bettdecke verschwinden. Ella waren die blauen Flecken und Schnitte nicht verborgen geblieben. Was musste Joshua erlitten haben …

»Ich habe dir auch etwas mitgebracht.« Ella holte aus ihrem Korb ein Heft und Stifte. Sie hatte die Dinge am Morgen besorgt, als sie auf ihrer Tour unterwegs gewesen war. Neben einer Wäscherei in der Schmuckstraße, die sie belieferte, befand sich ein Papierwarenladen. Sie hatte sich daran erinnert, was Paul ihr über den Joshua Weixelbaum, den er kennengelernt hatte, erzählt hatte: Einen Bücherwurm hatte er ihn genannt. Einen Jungen, der lieber las und lernte, als draußen herumzutoben. Nun, ein Buch zu kaufen, hatte Ella nicht gewagt. Nicht einmal, einen Buchladen auch nur zu betreten. Bücher machten sie verlegen, ihre mangelnde Bildung hinderte sie daran, selbstbewusst durch so ein Geschäft zu stöbern (ein Grund mehr, sich zu bilden, denn Ella wurde von Büchern geradezu magisch angezogen). Aber ein Papierwarenladen, das war kein Problem.

Für den Jungen hatte sie ein schönes Heft mit Linien gekauft, verschiedenfarbige Buntstifte, einen Radiergummi und zwei Bleistifte. Für sich selbst erstand sie ein in bedrucktes Papier gebundenes Notizbuch – darin wollte sie gewissenhaft ihre Ein- und Ausgaben notieren. Das Geld in ihrem Mieder war bedenklich zusammengeschmolzen, aber seit sie die Arbeit bei Wieses hatte und jeden Tag etwas verdiente, was sie nicht zur Gänze ausgab, hegte Ella die Hoffnung, etwas ansparen zu können. An Louises Schatz glaubte sie nicht. Sie wollte auch nicht darauf hoffen, denn dieses Geld war keines, das sie selbst redlich verdient hatte. Und Ella wollte erstens niemals wieder von ihrem eigenen Verdienten etwas abgeben müssen, so wie es im Bordell gewesen war, noch wollte sie zweitens vom Geld anderer profitieren. Diese eiserne Regel würde sie streng befolgen. Und seit Louise ihr vorhin eröffnet hatte, dass sie gemeinsam in eine eigene Wohnung ziehen würden, war sie davon überzeugt, dass ihr Geld nicht nur ausreichte, um ihren und Principessas Bedarf zu decken, sondern sie auch Monat für Monat einen kleinen Betrag ansparen konnte. Auf ihren morgendlichen Touren registrierte sie aufmerksam, wo es günstige Angebote gab, sei es bei Lebensmitteln oder anderen Dingen des täglichen Bedarfs. Sie belieferte zum Beispiel eine Seifensiederei – dort konnte man Seifenstücke, die nicht in den Handel kamen, fast für umsonst erstehen. Oder in der Stoffmanufaktur und Weberei in der Roosenstraße – im angegliederten Ladengeschäft wurden Stoffreste stark reduziert angeboten. Am Ende eines Markttages musste man schnell sein, die Händler gaben Obst und Gemüse zu Schleuderpreisen her oder verschenkten Ware mit Druckstellen. Hier tummelten sich all jene, die zum Leben zu wenig hatten, Kinder und Frauen bettelten oder warteten nur darauf, dass ein Händler seine Kiepe ablud. Auch wusste Ella, wo es Bruchbriketts günstiger gab oder wo man unter Umständen Tauschgeschäfte machen konnte. Die Wieses überließen ihr jedes Mal nach der Schicht Brot oder auch Rundstücke, wahrscheinlich würde sie, solange sie dort arbeitete, nie wieder Backwaren kaufen müssen. Und Ella setzte darauf, dass sie und Louise ein Heidengeld sparen würden, wenn sie nicht mehr auf das kostspielige Außer-Haus-Essen angewiesen waren. Ja, sie hatte auch gehört, dass es in Hamburg einige Armenspeisungen gab, aber sie war sich mit Louise schnell einig gewesen, dass diese Speisungen den Menschen vorbehalten sein sollten, die nicht in der Lage waren, ihr Geld mit Arbeit zu verdienen.

Während sie mit den Gedanken abschweifte, hatte Joshua bereits das Heft geöffnet und die Stifte ausprobiert. Er malte kleine bunte Kästchen in sein Heft und beachtete Ella nicht weiter. Sie beobachtete ihn. Wie sollte sie vorgehen? Ihn zu drängen, würde nicht von Erfolg gekrönt sein, dessen war sie sicher. Aber Paul hatte recht: Die Zeit lief ihnen davon. Hinnerk Macke hatte seine Bande ausgeschickt, und auch die Polizei suchte den Jungen. Ohne es zu merken, stieß sie einen tiefen Seufzer aus, Joshua hob den Kopf und sah sie an.

»Du weißt, warum ich hier bin, nicht wahr?«

Er senkte den Kopf, und Ella bemerkte, wie die Knöchel seiner rechten Hand, mit der er den Stift umklammert hielt, weiß wurden. Die Mine schwebte über dem Blatt, ohne es zu berühren, zitterte leicht. Ella hielt die Luft an. War sie zu vorschnell gewesen?

»Die Bilder.«

Die Worte wurden so leise geflüstert, Ella hatte Joshua kaum verstanden. Sie erwiderte nichts, wollte ihm Zeit geben, seine Antwort zu präzisieren, aber es kam nichts mehr. Dafür blätterte der Junge in seinem Heft eine Seite um und begann, etwas zu zeichnen.

»Ich schau mal, was Pauls Mutter macht«, sagte Ella und stand auf. »Ich komme gleich wieder.«

Joshua antwortete nicht, er kritzelte wie besessen in sein Heft. Principessa war noch immer mit dem Markknochen beschäftigt, also ging Ella allein hinaus und suchte Paul.

Er saß im Hof und reparierte ein Fahrrad, seine rechte Hand war ölverschmiert, und eine kleine Weile beobachtete sie ihn. Wie geschickt er mit nur einer Hand war. Völlig versunken in seine Tätigkeit. Die strohblonden Haare fielen ihm ins Gesicht, ihn schien es nicht zu stören. Sein Anblick rührte an ihr Herz, aber Ella hätte nicht sagen können, welches ihrer Gefühle geweckt wurde. War es Mitleid? Sympathie? Oder gar ein klitzekleines bisschen Romantik?

Paul blickte auf, er hatte sie nicht bemerkt. Ella nahm neben ihm auf der Bank Platz. Sie war gern in seiner Nähe. Das war alles. Punktum. »Ich habe ihn gefragt, warum die anderen hinter ihm her waren.«

»Und?« Anspannung zeigte sich in Pauls Gesicht. »Hat er etwas gesagt?«

»Ja. Aber es ist ein bisschen seltsam. Er sagte: die Bilder.«

Paul fiel der Schraubenschlüssel aus der Hand. »Die Bilder?«, wiederholte er und stand auf. »Natürlich! Die Bilder!«

Ella verstand ihn nicht, aber Paul wurde aufgeregt, er wischte sich die Hand an einem Lappen ab. »Kannst du mehr aus ihm herausbekommen? Wo sind die Bilder jetzt? Hat er sie noch?«

»Wovon sprichst du? Was für Bilder denn?«

Paul wurde ernst. »Ich habe bei diesem Mauss ein Fotoatelier gefunden. Ein verstecktes. Alles war da – aber keinerlei Fotos. Keine Platten, nichts.«

»Und jetzt denkst du …?«

»Es muss Fotografien geben. Etwas ist darauf zu sehen, was niemand sehen soll. Deswegen musste Mauss sterben, und deshalb ist Hinnerk hinter dem Jungen her.«

Nun fiel der Groschen, und auch Ella begriff die Tragweite des Ganzen. »Ich schaffe das. Er wird es mir erzählen.«

Sie erhob sich, Paul fasste ihre Hand, trat näher an sie heran, vielleicht näher, als es schicklich war, und wollte etwas sagen, aber Ella entzog sich ihm sanft und ging zurück ins Haus. In der Küche, deren Tür zum Hinterhof offen war, drehte sie sich noch einmal um. Paul stand noch am selben Fleck, und der Blick, mit dem er sie ansah, ließ keinen Zweifel zu – er sah sie an mit dem Blick eines Mannes, der eine Frau liebt. Sehnsucht und Verlangen lagen darin. Und eine große Verletzlichkeit.

Ella lächelte ihm zu. Was sollte sie damit anfangen? Sie war nicht bereit für große Gefühle. Nicht jetzt – und vielleicht nie wieder. Zum Glück hatte sie eine Aufgabe, der sie sich widmen konnte. Sie musste Joshua sein Geheimnis entlocken.

31.

Paul trat fest in die Pedale. Wie gut, dass er Kalle das Fahrrad abgeschwatzt hatte! Der hatte ihm den Drahtesel schlussendlich sogar geschenkt, nur weil der ein bisschen rostig war und die Kette nicht in Ordnung. Aber Paul hatte alle Teile abgebürstet und geölt, hier und da geschraubt, die Bremsen erneuert, und jetzt fuhr das Rad wie ein neues und trug ihn schneller an alle Ziele, die es zu erreichen galt. Dass er nur mit einem Arm den Lenker halten konnte, machte die Sache mühsamer, aber nicht unmöglich. Er gewöhnte sich schnell daran.

Zum Glück war er mit der Reparatur gerade fertig geworden, als Ella ihm die Karte brachte. Joshua hatte etwas gezeichnet, wie eine Schatzkarte von Piraten, wo er die Bilder versteckt hatte. Alles war genauestens beschriftet: die Schaukel im Garten seiner Eltern, das Gartenhaus, in dem er sein Lager eingerichtet hatte, die Gärten der Nachbarn – und die Stelle, wo er die Bilder vergraben hatte. Nicht auf dem Grundstück seiner Eltern, der Junge war gewieft. Zwei Häuser weiter wohnte der Karte nach eine Familie Staudt, in deren Garten sich eine Vogelvoliere befand. Zwischen dieser und einem Baum, *Eiche* hatte Joshua gewissenhaft danebengeschrieben, war eine Linie gemalt und exakt auf der Hälfte derselben ein Kreuz markiert. Für Paul bestand kein Zweifel daran, dass er, wenn er an dieser Stelle suchte, fündig werden würde. Kaum hatte er die Karte in Händen gehalten, hatte er sich auf das Rad geschwungen und war losgestrampelt in Richtung Rotherbaum. »Pass auf dich auf«, hatte Ella ihm zum Abschied gesagt – machte sie sich Sorgen um ihn? Lag ihr sein Wohlergehen am Herzen? Paul wagte kaum, so etwas zu hoffen, aber er spürte noch jetzt ihre leichte Berührung an seiner Schulter, als sie sich von ihm verabschiedet hatte.

Seine Mutter war richtiggehend aus dem Häuschen gewesen, dass Ella es geschafft hatte, dem Jungen ein paar Worte zu entlocken, ihr lag das geschundene Würmchen bereits am Herzen. Ihrer Fürsorge war es zu verdanken, dass die äußerlichen Wunden des Jungen verheilten, und Paul sang ein Loblied auf die holde Weiblichkeit. Mit Männern hatte der Junge die denkbar schlimmsten Erfahrungen gemacht, wäre er mit ihm allein gewesen, er hätte nichts zu dessen Gesundung beitragen können, geschweige denn, ihn zum Reden zu bringen.

Der Weg von Ottensen bis Rotherbaum war weit, die Sonne bereits untergegangen, es wäre viel vernünftiger gewesen, die Sache heute auf sich beruhen zu lassen und morgen nach der Arbeit dorthin zu fahren. Dann hätte er sich die Hälfte des Weges sparen können, vom Schlachthof im Neuen Kamp war es nicht mehr weit zur Alten Rabenstraße. Aber Paul war besessen, mehr denn je, da er glaubte, die Lösung zum Fall des toten Juweliers in den Händen zu halten. Er hätte vor Aufregung in der Nacht kein Auge zugemacht, also konnte er genauso gut durch die ganze Stadt radeln.

Am Bahnhof Dammtor glaubte er in der Ferne einen roten Mercedes zu sehen. Dieser fuhr in Richtung Mittelweg – war das der Wagen von dem Mann, den er für Hinnerk Macke hielt? Hatte dieser das gleiche Ziel wie er? Das konnte doch kaum sein, zumindest war ausgeschlossen, dass Macke etwas über den Ort wusste, an dem Joshua die kompromittierenden Bilder – denn dass es sich um nichts anderes handeln konnte, davon war Paul felsenfest überzeugt – versteckt hatte.

Dort, wo der Mittelweg an die Neue Rabenstraße stieß, befand sich eine kleine Grünanlage. Hier suchte Paul ein sicheres Versteck für sein Fahrrad. Er wollte sich an sein Ziel anpirschen, zu groß war die Gefahr, bei seinem Vorhaben ertappt zu werden. Hinnerks Schlägertrupp hatte er zwar in die Flucht geschlagen, aber die Jungs wussten jetzt, dass er Joshua gerettet hatte, er, der Einarmige. Gut möglich, dass Hinnerk Macke einen Spähposten am Grundstück der Familie Weixelbaum installiert hatte. Der würde ihn erkennen, und dann saß er in der Falle – oder aber sie setzten sich auf seine Spur und folgten ihm nach Hause in die Borselstraße. All das durfte keinesfalls geschehen, Paul musste mit allergrößter Vorsicht zu Werke gehen.

Gebückt pirschte er sich an sein Ziel heran. Wie früher beim Indianerspielen mit seinem Bruder Michael, so fühlte er sich. So hatte er sich schon in der Ausbildung gefühlt, als sie gelernt hatten, wie man ein Haus umstellt oder einen Flüchtigen einkreist. Geschickt suchte er die Stellen, die nicht von den Straßenlaternen erleuchtet wurden, lief unter den tief hängenden Ästen großer Bäume, suchte Trampelpfade durch Gebüsche, kletterte von Gartenzaun zu Gartenzaun.

Schließlich hatte er das richtige Grundstück erreicht. Paul warf noch einmal einen Blick auf Joshuas Karte, obwohl er sie sich fest eingeprägt hatte. Er hockte auf einem winzigen Pfad, der hinter den Gärten entlanglief, nur wenige Hundert Meter von der Stelle, an der sich auch der hintere Garten der Weixelbaums mit der Gartenhütte befand.

Paul atmete flach, wartete ab, bis sich sein Herzschlag beruhigt hatte. Durch eine schmale Lücke in der Rhododendronhecke erkannte er eine große Voliere. Sie war nicht zugedeckt, die Vögel durften die duftgeschwängerte Luft der Sommernacht genießen. Sehen konnte er sie nicht, er war zu weit weg. Im Haus der Familie Staudt brannte nur mehr im ersten Stockwerk Licht, Paul vermutete, dass man sich bereits in die dort gelegenen

Schlafzimmer begeben hatte. In seiner Funktion als Polizeibeamter hatte er viele Häuser von Vermögenden besucht, überall jedoch war die Raumaufteilung die gleiche: Im Erdgeschoss befanden sich Salons und repräsentative Räume, im ersten Stock private Zimmer und im obersten die Kammern der Dienstboten. Nun hoffte er, dass die Familie sich bald zu Bett begeben und das Licht löschen würde.

Nachdem er also die Lage sondiert hatte, schlich er zurück zu Joshuas Gartenhaus. Er musste nicht einmal über den Zaun klettern, es gab ein kleines Türchen in den Garten. Dort würde er sich einen Spaten besorgen, damit er an der eingezeichneten Stelle graben konnte.

Die Sachen des Jungen, die er und Ella dort gefunden hatten, waren verschwunden. Wer mochte sie beseitigt haben? Hinnerks Jungs? Aber warum? Darüber jedoch musste er nicht länger grübeln, Joshua war in Sicherheit, für ihn wurde gesorgt, die alten Lumpen würde er nicht mehr brauchen.

Paul fand mehrere Spaten, er entschied sich für einen kleinen Feldspaten und lief zurück zu seiner Beobachtungsposition am Grundstück der Nachbarsfamilie. Noch brannte Licht, jetzt hieß es warten.

32.

Sie hatte es für eine gute Idee gehalten, hatte sich gar nichts dabei gedacht, aber nun, da sie sich fühlte, als durchbohrten die anderen Gäste sie mit ihren Blicken, wusste Louise, dass sie einen Fehler begangen hatte. Eine Frau abends allein in einer Bar! Dieser Anblick war unerhört, Louise war nah daran, aufzustehen und die *Hamburg-Amerika-Bar* gleich wieder zu verlassen. Der Weg von der Eingangstür zu einem Platz so weit hinten am Tresen, dass sie fast am Zugang zu den Toiletten und der Küche saß, war hochnotpeinlich gewesen. Louise fühlte alle Blicke auf sich gerichtet, es hatte sie ein Maximum an Kraftaufwand gekostet, weiter voranzugehen, anstatt auf dem Absatz kehrtzumachen.

Aber nun saß sie. Und sie würde auch etwas bestellen. Damit sie ihre Würde bewahren konnte.

Die Barmixerin reichte ihr eine Karte und lächelte sie an. »Champagner?«

Ach, wie gerne würde sie jetzt »Ja« sagen, aber Champagner war eindeutig über dem, was sie sich leisten konnte. Sie schaute ratlos auf die Flaschen hinter der Frau und wollte schon nach einer Karte fragen, als diese ihr einen Martini Dry anbot.

»Ich glaube mich zu erinnern, dass Sie den beim letzten Mal auch getrunken haben.«

Louise glaubte, sich verhört zu haben. »Sie erinnern sich an mich?«

Die Dame hinter der Theke lächelte. »Aber sicher. Sie und Ihr Mann sind ein auffälliges Paar. Und sie hatten an dem Abend eine hohe Rechnung, an so etwas erinnert man sich.«

Jetzt fiel es auch Louise ein. Sie erinnerte sich an so wenig von diesem Barbesuch, alle darauffolgenden Ereignisse hatten die Erinnerung daran verschüttet, aber nun kam ihr auch das Gesicht der Frau bekannt vor. Sie hatte damals den Eindruck, die Bartenderin mache Viktor schöne Augen, jetzt stellte sie allerdings fest, dass die Frau sie mindestens genauso offen und freundlich behandelte wie seinerzeit ihren Mann. Natürlich, diese freundliche Zugewandtheit war Bestandteil ihrer Arbeit.

»Ich weiß nicht mehr besonders viel«, gestand Louise. »Ich hatte zu viel getrunken. Mein Mann musste mich fast ins Hotel tragen.«

»Es war wohl weniger die Menge als das Durcheinander.« Die Frau hinter der Theke nahm einen silberglänzenden Cocktailshaker, schaufelte zerstoßenes Eis hinein, nahm ein, zwei Flaschen aus dem Regal, goss in hohem Bogen daraus etwas in einen kleinen Messbecher und ließ die Flüssigkeiten von diesem in den Shaker rollen. »Ihr Mann hat Ihnen zu viel zugemutet, das war jedenfalls mein Eindruck.«

Sie schob Louise ein elegantes Glas hin, darin eine kristallklare Flüssigkeit mit einer Olive. Dann wandte sie sich einem anderen Gast zu, und Louise kam durch die Bemerkung ins Grübeln. *Ihr Mann hat Ihnen zu viel zugemutet* – was bedeutete das? Hatte Viktor versucht, sie betrunken zu machen, damit ihm seine Flucht aus dem Hotel unbemerkt gelingen würde? War alles von langer Hand geplant? Dieser infame Lügner!

War Louise anfangs noch zerrissen gewesen von Trauer um Viktors Fernbleiben, von Angst um ihren Mann, dass ihm etwas zugestoßen oder er tatsächlich ums Leben gekommen war, sowie von Sehnsucht nach ihrem gemeinsamen Leben, überwog seit einiger Zeit die Wut. Immer wieder stellte Louise sich vor, was sie Viktor entgegenschleudern wollte, wenn sie ihn jemals wiedersah. Sie hatte sogar das sehr wenig damenhafte Bedürfnis, ihn zu schlagen!

Sie nippte an ihrem Getränk, immer noch den aufwühlenden Gedanken an Viktor nachhängend, als sich ein Herr neben sie stellte. Unwillkürlich wich Louise etwas zurück, aber der Mann beugte sich näher zu ihr. »Meine Dame, ich möchte Sie bitten, unsere Gaststätte unverzüglich zu verlassen.«

»Ich verstehe nicht?« Louise glaubte, sich verhört zu haben.

»Dies ist ein anständiges Etablissement, ich muss Sie auffordern, Ihren Geschäften woanders nachzugehen.«

Hatte sie sich verhört? Hielt der Mann sie etwa für eine Professionelle? Louise war unfähig, darauf zu reagieren, sie spürte, wie der Herr ihren Arm nehmen wollte, aber sie entzog ihn ihm – sie ließ sich doch nicht abführen wie ein kriminelles Subjekt!

»Was erlauben Sie sich, ich bin keine …« Hilfe suchend sah sie nach der Bardame, aber die tat, als bekäme sie nicht mit, was geschah. Louise wurde bewusst, dass sie nur zwei Möglichkeiten hatte – entweder protestierte sie und machte einen Aufstand, oder sie fügte sich wortlos. Sie entschied sich für Letzteres, jedwede zusätzliche Aufmerksamkeit wäre ihr äußerst unangenehm.

Sie legte einen Schein auf den Tresen, ohne auf das Wechselgeld zu warten, und nahm einen letzten Schluck von ihrem Getränk. »Sie täuschen sich gewaltig, mein Herr.« Dann verließ sie die *Hamburg-Amerika-Bar* – mit hochrotem Kopf, aber geradem Rücken.

Louise zitterte am ganzen Körper, als sie auf den Spielbudenplatz hinaustrat. In ihr kämpften die widersprüchlichsten Gefühle – sie fühlte sich unendlich gedemütigt durch die Unterstellung des Mannes, aber sie war auch wütend auf sich selbst, dass sie es gewagt hatte, ohne Begleitung eines Herrn zu später Stunde eine Bar aufzusuchen. Natürlich, das tat man nicht! War sie am Ende selbst schuld, dass sie für eine Lebedame gehalten wurde? Jeder anständige Mensch würde das bejahen, aber Louise empfand Wut und Enttäuschung über diese Ungerechtigkeit. Warum war Frauen so etwas verwehrt? Ein Mann konnte tun und lassen, was er wollte! Sie war weiß Gott keine Frauenrechtlerin, aber seit sie männerlos durch diese Welt ging, hatte sich ihr Blick darauf verändert. Am Abend der Einsamkeit entfliehen und inmitten anderer Menschen ein Getränk zu sich nehmen – das sollte doch selbstverständlich sein! Und nicht übel beleumundet. Dass sie regelrecht hinausgeworfen wurde! Und zugleich war sie enttäuscht von der Bardame, die den Irrtum mit einem Wort hätte aufklären können.

Energisch schritt Louise aus, und in ihrem Kopf formte sich ein Entschluss: Sie würde sich nicht noch einmal auf diese impertinente Art verscheuchen lassen, von nirgendwo, einfach nur, weil sie eine Frau war, die nicht an der Seite eines Mannes auftauchte. Der Inhaber von *Brinkmanns Delicatessen* war so respektlos mit ihr umgesprungen, wie er es wahrscheinlich mit keinem Mann getan hätte. Ebenso der Hoteldirektor. Und nun musste sie sich aus der Bar hinauskomplimentieren lassen und wurde für eine Bordsteinschwalbe gehalten! Nie wieder, dachte Louise, nie wieder würde sie solch ein Verhalten widerspruchslos hinnehmen!

Sie hatte diesen Gedanken kaum zu Ende geführt, als ihr plötzlich ein Mann den Weg versperrte. Er trat hinter einer Hausecke hervor, stellte sich so dicht vor Louise, dass sie fast gegen ihn geprallt wäre. Vor Schreck trat sie einen Schritt zurück – doch hinter ihr hatte bereits ein anderer Mann Stellung bezogen. In der Schrecksekunde purzelten ihre Gedanken kreuz und quer durch den Kopf, sie erkannte die Männer, es waren die, die sie bespitzelt hatten, sie wollte um Hilfe schreien, aber einer der beiden hielt ihre Handgelenke fest, während der andere ihr einen Lappen aufs Gesicht presste. Die Beine gaben unter ihr nach, sie verlor das Bewusstsein.

33.

Auf Sankt Pauli waren die Straßen selten menschenleer. Vor allem nicht um diese Zeit am Abend. Ella fragte sich, ob die Menschen nicht wie sie am Morgen zur Arbeit aufstehen mussten, gerade im Sommer drängten sich die Vergnügungssüchtigen bis spät in die Nacht auf der Großen und Kleinen Freiheit und der Reeperbahn. Aus jedem Lokal drangen Musikfetzen der verschiedensten Kapellen. Sie hörte amerikanischen Jazz ebenso wie Polka, Walzer oder das schräge Gefiedel der Klezmergruppen. Alle Lokale waren hell erleuchtet, die Luft warm und weich wie Honig, aber die fröhliche Stimmung des Sommerabends erreichte Ella nicht, ihr Kopf war voller Sorgen. Um Paul, der zu dieser späten Stunde noch zu Joshuas Haus gefahren war.

Sie hatte versucht, ihn aufzuhalten, aber er war wie von Sinnen. Ihr machte sein Wahn, diesen Hinnerk Macke zu überführen, Angst, denn obwohl er ein stiller und nachdenklicher Mann zu sein schien, ging manchmal sein Temperament mit ihm durch, wenn es um diesen Verbrecher ging. Noch mehr allerdings sorgte sie sich um Louise. Wo war sie abgeblieben? Dass ihre Freundin nicht in der Pension war, als Ella von den Klinkers zurückkehrte, war ungewöhnlich. Eine Stunde hatte Ella gewartet, angezogen, sie wollte sich nicht ins Bett legen, hatte keine Ruhe im Leib. Die einzige Erklärung war, dass Louise noch immer in der Halle von Stackleton war, sie schien ähnlich fixiert darauf wie Paul auf Hinnerk Macke. Die beiden einte eine Form von Besessenheit, die Ella vollkommen fremd war. Sie selbst tat manche Dinge gern, manche weniger, sie hatte sich Ziele für ihre Zukunft gesteckt, aber sie klammerte sich an nichts. In ihrem Leben hatte sich gezeigt, dass alles immer anders kommen konnte als gedacht. Sie hatte die große Gabe, sich auf alles einstellen zu können.

Irgendwann hielt Ella es nicht mehr aus und war mit Principessa noch einmal losgezogen. Sie lief zur Pfeiffergasse, um Louise abzuholen, doch auch dort keine Spur ihrer Freundin. Das gesamte Anwesen lag still und ruhig da, alle Türen versperrt. Nun bekam Ella es mit der Angst zu tun. Sollte sie die Polizei verständigen? Aber dann erinnerte sich Ella daran, was Louise erzählt hatte: Bevor nicht eine gewisse Zeit, mindestens vierundzwanzig Stunden, vergangen waren, nahm die Polizei gar keine Vermisstenanzeige auf. Sie war also auf sich allein gestellt.

Mutlos und mit Angst im Herzen kehrte Ella zur Pension zurück. In der Rendsburgerstraße, einer dunklen Querstraße, glaubte sie, eine Frau zu sehen, die ein Kleid trug, das dem von Louise ähnlich war, aber die Frau hatte rechts und links je einen Mann untergehakt, das konnte wohl kaum ihre Freundin sein.

Es blieb ihr nichts übrig, als sich hinzulegen und zu hoffen. Sollte Louise bis zum Morgen nicht gekommen sein, so nahm Ella sich vor, würde sie sich auf ihrer Liefertour umhören und danach die Wache in der Davidstraße verständigen.

34.

Er war eingeschlafen! Ruckartig wachte Paul auf, als ihm etwas über den Arm strich – grüne Augen starrten ihn an, dann rieb das Wesen seinen Kopf an ihm, es war eine streunende Katze. Paul schüttelte sich und versuchte, sich zu orientieren, rundherum umschloss ihn Dunkelheit. Wenige Sekunden nur, dann wusste er wieder, wo er war – vor dem Haus mit der Vogelvoliere. Dieses lag nun in vollkommener Dunkelheit da, die Bewohner schienen schlafen gegangen zu sein. Er wartete einige Atemzüge, aber dann schritt Paul zur Tat. Auch er wollte in sein Bett – davor stand eine knappe Stunde Wegzeit mit dem Rad. Er buddelte also besser rasch die Bilder aus und sah zu, dass er fortkam.

Pauls Gelenke knackten, als er sich erhob – wie lange mochte er in dieser unkomfortablen Stellung geschlafen haben? Seit er seine Uhr beim Sprung in den Teich ruiniert hatte, hatte er kein Zeitgefühl. Noch immer lag sie in ihren Einzelteilen auf der Fensterbank zu Hause.

Er kletterte über den Zaun und maß die Strecke zwischen der Eiche und der Vogelvoliere aus. Zählte sechzehn Schritte, ungefähr auf der Hälfte würde er anfangen zu graben.

Joshua machte ihm die Sache leicht – Paul fiel gleich auf, dass an einer Stelle die Grassoden nicht mehr angewachsen und deshalb braun waren, hier also musste der Junge vor wenigen Tagen die Bilder versteckt haben. Tatsächlich stieß er bereits wenige Zentimeter unter der Erde auf etwas Hartes. Eine flache Schatulle! Hektisch scharrte Paul die Erde zur Seite, er vermied tunlichst jedes Geräusch, legte den Spaten zur Seite. Bekam das Kästchen zu fassen und machte sich nicht mehr die Mühe, das Loch wieder zuzuschütten, stattdessen stieg er rasch wieder über den Zaun, um vor Entdeckung geschützt zu sein. Nur noch schnell den Spaten in das Gartenhaus der Familie Weixelbaum bringen, dann würde er sich aufs Rad schwingen und nach Hause fahren.

Aber dann war er doch zu neugierig. Er stellte den Spaten in den Schuppen und lief – weniger vorsichtig als auf dem Hinweg – in Richtung der Grünanlage, wo sein Fahrrad auf ihn wartete. Im Schein der ersten Straßenlaterne, die er auf dem Mittelweg erreichte, öffnete er mit vor Ungeduld zitternden Händen die Schatulle. Wie er angenommen hatte, befanden sich darin Bilder. Pornografische Fotografien. Nichts, was auf den ersten Blick die Aufnahmen vom üblichen Schund unterschied, in seiner Polizeiarbeit waren sie immer wieder mit derartigem Schmutz konfrontiert gewesen. Ein Mann und eine Frau, ein Mann mit zwei Frauen, zwei Männer mit einer Frau, das waren so die üblichen Konstellationen. In verschiedenen Posen und Kostümen. Die Frauen waren jung, vielleicht zu jung. Aber Paul konnte nicht verstehen, warum wegen dieser Durchschnittsware Menschen sterben mussten.

Bis er ihn erkannte. Natürlich! Scharf sog Paul die Luft ein. Das war explosiver Sprengstoff. Wenn eines dieser Bilder in die Öffentlichkeit gelangte, wäre der Mann erledigt. Doktor Gerber, Senator und einer der obersten Politiker in Hamburg, wichtiger Unterstützer sozialer Projekte – und nicht zuletzt Schirmherr des Franziskusheims mit heruntergelassenen Hosen.

Paul klappte die Schatulle zu, im selben Moment spürte er eine Klinge an seiner Kehle. Heiß drang der Atem des Mannes hinter ihm in sein Ohr.

»Danke, dass du den Schatz gehoben hast, jetzt gehört er mir.«

Paul erstarrte. Er war so gut wie wehrlos – unter seinen rechten Arm hatte er die Schatulle geklemmt, der linke war ein nutzloser Stumpf. Seine Situation war so gut wie aussichtslos. Jede noch so kleine Bewegung seinerseits würde dazu führen, dass ihm das Messer die Kehle aufschlitzte.

»Hinnerk?«

Der Mann hinter ihm lachte lautlos. »Kluges Kerlchen.«

Der Bruchteil einer Sekunde hatte genügt. Sein Angreifer war einen winzigen Moment lang unaufmerksam gewesen, das nutzte Paul, er rammte seinen Kopf nach hinten, gegen Hinnerks Nase, der schrie auf und senkte die Hand mit dem Messer an Pauls Hals. Dieser drehte sich augenblicklich weg. Zwar konnte er der Klinge nicht ganz entkommen, aber der Schnitt war nicht tief – Hinnerk Macke hatte gelacht, anstatt die Spannung zu halten. Jetzt ging dieser in die Knie, griff sich an die Nase, aus der das Blut strömte, setzte aber gleich darauf zum Sprung an – einen Mann wie ihn setzte man nicht so schnell schachmatt. Er warf sich auf Paul, und eine Sekunde später waren sie ineinander verkeilt, der eine hatte sein Messer verloren, der andere seine Schatulle. Paul war im Nachteil; während der Verbrecherkönig mit beiden Fäusten auf ihn losging, hatte er nichts weiter als eine Faust, Schnelligkeit und List auf seiner Seite. Sie kämpften erbittert, und vielleicht hätte Paul eine Chance gehabt, wenn Hinnerk Macke nicht Hilfe zuteilgeworden wäre. Paul sah, dass drei Halbwüchsige über den Rasen aus der Dunkelheit auf sie zuliefen, es war zu spät, um zu fliehen, schon hatten die drei Jungs sie erreicht, fielen über Paul her und hatten ihn fix schachmatt gesetzt.

Keuchend erhob sich Hinnerk Macke, wischte sich Blut von der Lippe, wo Paul ihm einen empfindlichen Treffer versetzt hatte, und griff sich das Messer.

Paul hätte um sein Leben fürchten sollen, doch daran verschwendete er keinen Gedanken. Stattdessen starrte er seinen Kontrahenten an. Es war der Mann, den er auch am Waisenhaus gesehen hatte, kein Zweifel. Die Melone, die ihm während des Kampfes vom Kopf gefallen war, trug er ebenso wie eine Weste ohne Hemd darunter. Muskelbepackt und über und über tätowiert. Doch das war es nicht, was ihm einen Schauer über den Rücken laufen ließ. Viel schlimmer war, dass er seinen Kontrahenten erkannte.

»Michael?«

Hinnerk Macke erstarrte in der Bewegung. Stumm formten seine Lippen den Namen seines Bruders. Die Jungen, die Paul festhielten, wurden unruhig.

»Haut ab, verzischt euch, ich werde selbst mit dem fertig.« Hinnerk Macke machte eine Bewegung, als verscheuchte er lästige Fliegen.

Sie waren allein. Unfähig, etwas zu sagen oder zu tun, Hinnerk, der totgeglaubte Michael Klinker, und Paul. Tausend Gedanken schossen durch Pauls Kopf, aber er war nicht in der Lage, auch nur eine Frage zu formulieren.

»Scheiße!« Michael fand als Erster seine Sprache wieder. »Dein Arm.«

»Das wart ihr.« Paul spuckte die Worte aus.

»Ich hab nicht gewusst …«

»Ist egal. Ist egal, ob du gewusst hast, dass ich es war oder nicht. Man versucht nicht, einen Menschen in einer Walze zu töten, scheißegal, wer es ist.« Wut kochte in ihm hoch, er spürte sie heiß und brennend, er schrie sich seine Enttäuschung vom Leib, all die Jahre Trauer um den verlorenen Bruder brachen aus ihm hervor, Paul hatte Tränen der Wut in seinen Augen. »Weißt du, was du Mama angetan hast? Weißt du das? Du Scheißkerl, du …« Er hätte sich am liebsten auf den Mann gestürzt, der vor ihm auf die Knie gesunken war. Aber es war nicht mehr Hinnerk

Macke, der da vor ihm kniete. Der furchtbare Verbrecher, skrupelloser Anführer einer Kinderbande. Es war sein Bruder, der nun die Schultern hängen ließ und Paul anstarrte, mit vor Erstaunen offenem Mund.

»Paul. Du weißt nicht ... Es ist nicht so.«

Aber Paul wollte nichts hören. Er wollte nicht hier sein, sein Leben hatte sich in diesen Minuten erneut um hundertachtzig Grad gedreht, schon wieder wusste er nicht, wo oben und unten war, er musste raus, raus, raus aus dieser Hölle. Er wollte nach der Schatulle greifen, aber sein Bruder war schneller.

»Nicht!« Michael sah Paul an, nichts Brutales lag in seinem Blick, sondern Zärtlichkeit. »Vergiss, was du gesehen hast. Ich sage es dir im Guten, misch dich da nicht ein. Der Gegner ist ein paar Nummern zu groß.«

Paul starrte ihn an. Er konnte nicht darauf reagieren, stattdessen floh er Hals über Kopf, rannte zu seinem Rad und fuhr in rasender Geschwindigkeit nach Ottensen. Er brauchte nur die Hälfte der Zeit, die er auf dem Hinweg gebraucht hatte, aber sein Kopf war dadurch nicht klarer geworden, er schmiss sich ins Bett und zitterte am ganzen Leib, als hätte er Fieber.

Hinnerk Macke, sein größter Feind. Michael, sein geliebter Bruder. Er begriff nicht, wie das zusammenging. Aber eines wusste Paul ganz gewiss: Seine Mutter durfte nie davon erfahren.

35.

Das Erste, was sie sah, als sie die Augen aufschlug, waren ihre Entführer. Die beiden Männer, die schon Viktor und danach sie verfolgt hatten. Ruckartig setzte Louise sich auf, prompt schoss ein Schmerz durch ihren Kopf, scharf wie ein Messer. Louise wollte protestieren, um Hilfe rufen, aber Mund und Kehle waren ausgetrocknet.

»Haben Sie keine Sorge, Ihnen wird nichts geschehen. Ich möchte mich nur unterhalten. Das ist alles.«

Verwirrt sah Louise sich um. Ihre Entführer hatten nicht gesprochen, sie standen vor einem Paravent, der den Raum, in dem sie sich befand, trennte, die Arme vor der Brust gekreuzt, ihre Mienen grimmig und undurchdringlich. Hinter dem Paravent musste noch jemand sein, begriff Louise. Jemand, der nicht gesehen werden wollte. Ein Mann.

Sie lag auf einer Chaiselongue, vor ihr stand ein Tisch, darauf eine Karaffe Wasser und ein Glas. Das Zimmer war exquisit eingerichtet, seidenbespannte Wände, eine hohe Palme, auf dem Boden edle Teppiche sowie ein Leopardenfell. Der dazugehörige Kopf des Raubtiers hing an der Wand und zeigte seine gefährlichen Zähne. Spiegel und ein Grammofon trugen zusätzlich zu einer gemütlichen Atmosphäre bei, ein hübsches Boudoir für eine Dame. Wäre sie nicht auf so ungewöhnliche wie rabiate Weise hierher gelangt, hätte Louise durchaus Gefallen an ihrer Umgebung finden können.

»Das Zimmer meiner Frau. Leider kann sie es nicht mehr nutzen.«

»Beobachten Sie mich? Warum können Sie mich sehen, aber ich Sie nicht?«

»Ich bleibe gerne im Verborgenen.«

»Ich nicht minder. Vor allem werde ich nicht gerne verschleppt. Gegen meinen Willen.«

Verspürte sie Angst? Keineswegs. Obwohl sich Louise allein mit drei fremden Männern in einem Raum befand, von dem sie nicht wusste, wo dieser war – war sie in Hamburg? Wie viel Zeit war zwischen ihrer Entführung und dem Aufwachen vergangen? –, sagte ihr Instinkt ihr, dass sie nicht um ihre körperliche Unversehrtheit bangen musste. Man hatte sie auf die Chaiselongue gelegt und ihr Wasser hingestellt, sie war nicht gefesselt, es sah nicht danach aus, als ob ihre Entführer ihr etwas antun wollten.

»Weiß Ihre Frau, dass ich hier bin?«

Schweigen. Louise meinte, ein leises Seufzen zu vernehmen.

»Weder meine Frau noch meine Person tun etwas zur Sache.«

Wieder das Seufzen. »Ich möchte Ihnen ein Geschäft vorschlagen.«

»Ein Geschäft, das Sie mir nur vorschlagen können, indem sie mich erst bespitzeln lassen und dann entführen – was für ein Geschäft soll das sein? Sicherlich eines, welches das Tageslicht scheut.«

»Ich entschuldige mich in aller Form. Aber ungewöhnliche Geschäfte erfordern ungewöhnliche Maßnahmen. Meine Männer sind Detektive. Pinkertons. Keine Verbrecher. Ich hoffe, sie haben Ihnen nicht wehgetan.«

»Wie man es nimmt. Nicht körperlich. Aber auf offener Straße von zwei Fremden bedrängt und betäubt zu werden, ist nichts, was ich gleichgültig hinnehme.«

»Pardon.«

Der Unbekannte hatte Manieren, keine Frage. Und er hatte Geld, schloss Louise. Er konnte es sich leisten, wochenlang zwei Männer auf sie anzusetzen, ja, vermutlich lief die Observation schon viel länger, denn zunächst waren die Männer offensichtlich hinter Viktor her gewesen.

»Genau genommen benötige ich Ihre Zustimmung nicht. Aber ich möchte Ihnen dennoch ein Angebot unterbreiten.«

Louise goss sich von dem Wasser ein, roch daran, hielt es für unbedenklich und trank.

»Es geht um Ihren Mann.«

Nun war es an ihr zu seufzen. Natürlich ging es um Viktor. Was hatte sie erwartet? Es würde Louise nicht wundern, wenn noch mehr Ratten aus den Löchern kämen, Viktor hatte in seinem relativ jungen Leben eine breite Spur der Verwüstung und entsprechend viele Geschädigte zurückgelassen. Eigentlich wunderte es sie keineswegs, dass er seinen Tod vorgetäuscht hatte, er hatte offensichtlich keine andere Möglichkeit gesehen, all seine Verfolger und Gläubiger abzuschütteln.

»Da Sie mich beobachten lassen, wissen Sie, dass ich keinen Kontakt mit ihm habe. Offiziell wurde er für tot erklärt.«

»Das glaubt weder die Polizei, noch glauben Sie dieses Märchen. Und ich ebenso wenig. Eine Finte, so wie es typisch ist für ihn. Er hat noch jedes Mal einen Weg gefunden, seinen Kopf aus der Schlinge zu ziehen.«

»Was wollen Sie von ihm?«

»Ich will nichts *von* ihm. Ich will *ihn*.«

Die Männerstimme war scharf geworden, Louise fröstelte augenblicklich.

»Und was spiele ich für eine Rolle?«

»Sie sind der Lockvogel.«

Sie brach in Lachen aus – wie schon bei der Polizei. »Genau das hat Inspektor Thönnes gesagt. Und ich sage Ihnen jetzt, was ich ihm damals geantwortet habe: Viktor wollte mich loswerden. Er hat mich nicht eingeweiht, sondern mir einen Berg von Schulden hinterlassen und seine Gläubiger auf meine Fährte gesetzt. Er schert sich nicht um mich, wenn Sie ihn fassen wollen, müssen Sie klüger vorgehen.«

»Ich bin der gleichen Meinung wie der Inspektor: Viktor braucht Geld. Er ist am Ende. Und er vermutet, dass es bei seinem Komplizen noch etwas zu holen gibt ...«

»Sie kannten Stackleton?«, fiel Louise ihm ins Wort.

»Eine Ratte. Erschlagen von seinem Rattenkönig, die beiden haben einander verdient.«

Diese Kälte. Louise erkannte, dass mit dem Mann auf der anderen Seite des Paravents nicht zu spaßen war.

»Sie wollen Rache?«

»Ich will, dass er büßt.«

Also Rache. Aber Louise war klug genug, um zu schweigen.

»Dies ist mein Angebot. Sie wollen sich eine Existenz aufbauen. Eine Frau wie Sie wird nicht glücklich als Telefonfräulein. Ich unterstütze Sie bei Ihrem Vorhaben, dafür geben Sie sich Mühe, Ihren Mann glauben zu lassen, dass Sie gefunden haben, wonach er sucht: das Geld von Mortimer Stackleton.«

»Und dann?«

»Das lassen Sie meine Sorge sein.«

»Wie viel Bedenkzeit habe ich?«

»Sobald Sie einverstanden sind, bringen meine Männer Sie zurück in die Pension.«

Im Umkehrschluss bedeutete das wohl, dass sie, falls sie nicht einverstanden war, hier ausharren musste, bis sie schwarz wurde.

»Also dann.« Louise erhob sich. »Fahren wir. Ich locke Viktor an. Das verspreche ich.«

»Sie sind eine Frau von Verstand, Louise Dumont. Oder soll ich Sie bei Ihrem Mädchennamen nennen? Raché?«

Er wusste zu viel von ihr, wie unheimlich. »Ich finde, Witwe Dumont hat einen wunderbaren Klang. Au revoir.«

Sosehr sie sich auch anstrengte, konnte sie hinter dem Paravent niemanden erkennen, zu gerne hätte sie einen Blick auf den Mann geworfen, der Viktor an den Kragen wollte. Was hatte er ihm um Himmels willen getan? Sie würde sich hüten, zu viele Fragen zu stellen, mahnte sich Louise, während ihr einer der beiden Männer, die sie entführt hatten, eine schwarze Binde um die Augen legte. Sie wurde also nicht mehr betäubt, immerhin. Stattdessen führte man sie aus dem Boudoir, eine lange geschwungene Treppe hinunter, dann standen sie in der frischen Nachtluft. Einige Schritte über Kies, anschließend half man ihr in eine Kutsche. Louise spürte die Anwesenheit der geheimnisvollen Herren, einer nahm ihr gegenüber Platz, der andere neben ihr. Sie schwiegen die gesamte Fahrt über, Louise versuchte, die Minuten zu zählen, aber sie verlor mittendrin den

Faden. Als die Kutsche vor der *Pension Renate* hielt, ihr die Augenbinde entfernt wurde und sie aussteigen durfte, waren ihrer Schätzung nach ungefähr fünfzehn Minuten vergangen. Aber vielleicht täuschte sie sich auch, es war schwer zu sagen, wenn man eines seiner Sinne beraubt war.

Ella saß sofort kerzengerade im Bett, als Louise das Zimmer betrat. »Louise! Oh, zum Glück bist du da! Ich bin vergangen vor Sorge.«

Louise begrüßte den Mops, dann nahm sie Ella kurz in den Arm. »Meine Liebe – heute geht es mir genau wie dir letztens: Ich muss auf der Stelle ins Bett. Ich bin vollkommen erschlagen.«

Natürlich hatte Ella für alles Verständnis, Louise hatte nichts anderes erwartet. Sie wusch sich flüchtig, kleidete sich für die Nacht um und drehte sich zur Wand. An Schlaf jedoch war nicht zu denken. Stattdessen entwarf Louise einen Schlachtplan.

36.

Schwer lag der Schlüssel in Ellas Hand. Es war ein großer Moment, ein Moment der Erfüllung, ein Moment voller Hoffnung – gewürzt mit einem Tropfen Wehmut. Louise hätte hier mit ihr sein sollen, schließlich war dies ein Augenblick, den sie gemeinsam erleben wollten. Ella hielt den Schlüssel zu ihrer Zukunft in der Hand.

Sie steckte den Schlüssel ins Schloss der Wohnung von Mortimer Stackleton. Drehte zweimal um, das Schloss sprang auf, und Ella öffnete die Tür einen Spalt. Sie warf einen Blick auf den kleinen grauen Hundekörper zu ihren Füßen, der vor Anspannung bebte, das dünne Ringelschwänzchen zitterte erwartungsvoll.

»Das wird unser neues Zuhause«, verkündete Ella, Principessa blickte zu ihr empor und legte den Kopf ein klein wenig schief, als verstünde sie jedes Wort.

Nun stieß Ella die Tür ganz auf. Im ersten Moment sah sie nichts, wurde geblendet von der Sommersonne, die hoch über den Dächern der gegenüberliegenden Straßenseite stand, sodass ihre Strahlen durch die vorderen Fenster in die Wohnung fielen und das Zimmer mit sanftgoldenem Schimmer bepinselten. Hell war es, sommerhell, dieser erste Eindruck würde sich für immer in Ellas Herz brennen: Wie warm und freundlich die sonnendurchflutete Wohnung sie und Principessa empfangen hatte.

Mortimer Stackleton war für Ella ein Unbekannter, und alles, was Louise über ihn erzählt hatte, war grässlich. Aber Ella fühlte sich in seinen Räumen wohl, die stillgelegte Kneipe, der riesige Lagerraum, der vollgestopft mit den absonderlichsten Dingen war, und nun diese Wohnung. Sie wusste, weil Paul es ihr erzählt hatte, dass er hier oben Ordnung geschaffen hatte, schließlich sollte (bevor Louise dafür sorgte, dass die Leiche auftauchte) alles so aussehen, als wäre Stackleton nach Großbritannien zurückgegangen. Paul hatte ganze Arbeit geleistet, stellte Ella fest. Nur ein wenig Staub hatte sich auf die Oberflächen gelegt, ansonsten war die Wohnung picobello. Natürlich, es war eine Junggesellenbude, wenn sie Frauen sich hier wohlfühlen wollten, würden sie einiges verändern müssen. Hübsche Vorhänge anbringen. Teppiche auf den Boden legen. Tischdecken. Überhaupt – sie mussten ein zweites Schlafzimmer einrichten, ach, Ellas Fantasie ging mit ihr durch!

Während sie langsam durch die Räume lief und alles in sich aufnahm, malte sie sich im Geiste aus, was sie verändern würde. Groß genug war die Wohnung. Es gab eine Wohnküche mit Speisekammer, ein Schlafzimmer, so etwas wie einen kleinen Salon und eine weitere Kammer. Die Kammer war wie gemacht für sie und den Hund, dachte Ella verzückt. Durch ein kleines Fenster konnte man in den Hof sehen. Noch stand die Kammer voll mit Gerümpel, aber vor ihrem geistigen Auge malte Ella sich aus, wie die wenigen Quadratmeter ihr Bett und ihre Habseligkeiten beherbergten. Gemütlich und kuschlig könnte es sein.

Sie stellte ihren Koffer und den Weidenkorb ab, lief dann ins größere Schlafzimmer, wo sie Louises Sachen auf das Bett legte. Es war nicht bezogen, darum würde sie sich kümmern, bis Louise kam, die Arme hatte zu viel durchgemacht und würde sicherlich froh sein, wenn Ella die Wohnung bereits ein wenig hergerichtet hatte.

Ella hatte sehr wohl gemerkt, dass Louise nicht geschlafen hatte. Sie selbst hatte lange wach gelegen und Gedanken gewälzt. Ob nun alles gut würde? Ob Paul die Beweise fand, wegen derer Joshua verfolgt wurde? Ob dies, ob das. Als sie am Morgen in die Bäckerei aufbrach, hatte Louise allerdings doch noch geschlafen, Ella hatte ihr vorsichtig die gerunzelte Stirn glatt gestrichen. Als sie von der Arbeit zurückkehrte, war Louise wach und hatte ihr von den schockierenden Erlebnissen der Nacht berichtet. Jetzt war ihre Freundin unterwegs zu einem Schlosser, sie wollte alle Schlösser erneuern lassen. Anschließend konnte sie ihren Erbschein beim Notar abholen. Louise war wild entschlossen, die Dinge zu ihren Gunsten zu klären. Sie wollte endlich, endlich alle Angelegenheiten, die mit ihrem Mann zu tun hatten und die unerfreulicher Natur waren, aus ihrem Leben verbannen. Wer konnte es ihr verdenken? Insbesondere nach dem Erlebnis vergangener Nacht. Ella schauderte. Sie wusste sehr wohl, was einer Frau geschehen konnte, die sich in der Gewalt von Männern sah, ihnen schutzlos ausgeliefert. Louise konnte von Glück sagen, dass ihr kein Haar gekrümmt worden war, sah man von der Betäubung einmal ab.

Dass Louise das alles für sie beide tat – oder vielmehr für sie drei, denn Principessa war unverzichtbarer Bestandteil ihrer innigen Freundschaft –, machte Ella froh, und sie wollte alles tun, es ihrer Freundin mit gleicher Münze zu vergelten. Im Rahmen ihrer Möglichkeiten. Sie ergänzten sich hervorragend, Louise war weltgewandt und gebildet, aber ihr fehlten einfach praktische Fähigkeiten. Ella dagegen kannte nichts von der Welt, aber sie hatte von Kindesbeinen an für ihre Geschwister die Ersatzmutter sein müssen. Sticken, stricken, ausbessern, nähen, kochen, einlegen und backen – damit würde sie ein gemütliches Heim gestalten. Und, so hoffte Ella, nach und nach konnten die Fähigkeiten der einen auf die andere übergehen.

In den darauffolgenden zwei Stunden war Ella vollauf damit beschäftigt, jeden Schrank, jede Schublade und jeden Karton im Anwesen von Stackleton zu öffnen und abzuwägen, ob der Inhalt nützlich für sie wäre oder nicht. Sie inspizierte alles, stieg auch auf den Dachboden. Zum Schluss stapelten sich im Hof der Liegenschaft all die Dinge, die nicht zu gebrauchen waren. Männerkleidung, vergammelte Lebensmittel, angestoßenes Geschirr. Ein Nachttopf, Federbetten, die Ella nur mit spitzen Fingern anfasste, Waschzeug, alte Teppiche. Das Zeug musste weg. Am besten, man verbrannte es gleich im Hof.

Aus der Lagerhalle zog sie Leintücher von den Möbeln, diese würde sie auskochen und damit die Betten beziehen. Die vom Tabak vergilbten Vorhänge nahm sie ebenfalls ab, um sie zu waschen, und so arbeitete sie sich vor. Sie legte eine säuberliche Liste an mit allem, was sie sich anschaffen mussten – nicht zuletzt polsterte Ella den Weidenkorb, den sie in Kattowitz erstanden hatte, mit einem Kissen aus und positionierte ihn in der Küche.

»Du bist die Erste, die hier ein Bett hat«, sagte sie zu Principessa und säbelte eine Scheibe von dem fetten Speck ab, den sie in der Speisekammer gefunden hatte und der noch einwandfrei war. Die Speckscheibe schmiss sie in das Körbchen, die kleine Mopshündin sprang hinein, schlang in Windeseile den Leckerbissen hinunter und ringelte sich zufrieden ein.

Das würde ich auch am liebsten tun, dachte Ella neidisch, aber sie hatte noch etwas vor. Wie all die anderen Abende wollte sie wieder nach Ottensen zu Paul fahren, sie war zu neugierig, was dieser herausgefunden hatte. Gab es das Versteck, das Joshua gezeichnet hatte? Und was befand sich darin?

Paul wartete bereits vor der Haustür auf sie. Anders als sonst lächelte er sie nicht an, sein Gesichtsausdruck war verschlossen und ernst.

»Ich habe es nicht geschafft«, begrüßte er sie. »Ich habe die Bilder nicht.«

Ella zuckte mit den Schultern. »Ist das so wichtig? Dann hast du eben keine Beweise in der Hand. Aber ich finde, es ist wirklich Zeit, mit deinen Kollegen …«

»Nein.« Brüsk schnitt er ihr das Wort ab. »Das macht alles noch schlimmer. Ich kann nicht zur Polizei. Es … es geht nicht.« Er schwang sich auf sein Fahrrad.

»Wohin willst du? Paul? Was hast du vor?«

Sie konnte ihm ansehen, dass er ihr etwas verschwieg, aber er schüttelte nur den Kopf, fuhr los und verschwand schnell um die nächste Straßenecke.

Ella sah ihm hinterher, verharrte noch ein paar Minuten auf der Straße. Was war nur los mit ihm?

»Er ist nicht er selbst.« Martha Klinker stellte Ella eine Tasse hin, sie hatte das Sonntagsgeschirr hervorgeholt, stellte Ella gerührt fest. »Das geht schon seit Monaten so, seit er den Arm verloren hat. Ich erkenne ihn kaum wieder. Er ist in sich gekehrt und jähzornig.«

Pauls Mutter schenkte ihnen Tee ein, setzte sich zu Ella an den Tisch und rang die Hände. Eigentlich war sie noch nicht alt, dachte Ella bei sich. In den Vierzigern, schätzte sie. Aber eine schlohweiße Haarsträhne zeigte sich auf ihrer linken Kopfhälfte inmitten der dunkelblonden Haare. Kein Wunder, Martha Klinker hatte so viel Schreckliches durchmachen müssen. Das eine ihrer Kinder spurlos verschwunden. Der Mann unheilbar erkrankt, jetzt benötigte er Tag und Nacht ihre Pflege. Und nun auch noch Paul, der erst einen Arm verloren hatte, seine Arbeit und seine Verlobte aufgab und nun auch noch seinen Verstand zu verlieren drohte.

»Aber als er gestern Nacht nach Hause kam – so habe ich ihn noch nie gesehen. Ich mache mir große Sorgen um den Jungen.«

Martha schob Ella den Teller mit dem Nusszopf hin, selbst hatte sie wohl keinen Appetit. »Ich mache mir Sorgen um beide Jungen. Was soll nur aus Joshua werden? Er kann nicht ewig hierbleiben. Ich weiß nicht, wie Paul sich das vorstellt.«

Ella kaute an ihrem Kuchen. Sie wusste auch nicht, was Paul vorhatte, aber sie erkannte ebenfalls, dass es so nicht weiterging. Es war Paul unbenommen, einen persönlichen Rachefeldzug gegen diesen Hinnerk Macke zu unternehmen. Etwas anderes aber war es, wenn er Menschen aus seinem Umkreis mit hineinzog. Für seine Mutter war die Situation eine Belastung, das sah Ella deutlich. Und auch für Joshua musste eine Lösung gefunden werden. Sie selbst hatte all die Geheimniskrämerei auch satt. Sie war ein aufrichtiger Mensch, geradeaus, sie hasste alles, was ungesagt blieb, im Verborgenen bleiben musste. Schlimm genug, dass sie mitansehen musste, wie Louise sich in einem Spinnennetz aus Lügen und Geheimnissen verheddert hatte – aber hier, in dieser Sache, konnte sie etwas ausrichten.

Ella fasste die Hände von Pauls Mutter und drückte sie sanft. »Ich kümmere mich jetzt darum. Ganz gleich, was Paul davon hält. Ich glaube nicht, dass er gerade weiß, was er anrichtet.«

Dann öffnete sie die Tür zu Joshuas Kämmerlein, der kurz den Kopf hob und sie anlächelte. Von Besuch zu Besuch gefiel er ihr mehr. Frau Klinker schien ihm die Haare geschnitten zu haben, er hatte eine saubere Frisur und sah auch sonst rosig und frisch geschrubbt aus. Neben ihm stand ein Tellerchen mit Nusszopf, dazu ein großes Glas Milch. Auf der Bettdecke lagen ausgebreitet die Stifte, der Junge malte in sein Heft.

»Ist das Lord?« Ella zeigte auf einen Hund mit Ball im Maul, der auf einer großen Wiese stand.

Joshua nickte. Mit einer Mischung aus Wehmut und Stolz betrachtete er das Bild.

»Kann ich dich bitten, ein bisschen auf Principessa aufzupassen?«

Ella setzte die Möpsin auf Joshuas Beine. Der Ringelschwanz schlug Kapriolen, der Junge legte sofort sein Malzeug weg und widmete sich dem Tier. Ella wusste, sie konnte guten Gewissens eine kleine Weile fortbleiben und das erledigen, was sie sich vorgenommen hatte.

Jetzt würde sie das Ruder übernehmen.

»Selbstverständlich können Sie hier ein Gespräch führen.« Der Herr hinter dem Schalter in der großen Wandelhalle des Bahnhofs Altona zeigte auf die Fernsprechkabinen. »Es sind einige Kabinen frei.«

Ella schwitzte. Sie war nervös, niemals zuvor hatte sie ein Telefonat geführt! »Ich weiß nicht, wie das geht«, gestand sie. »Es ist das erste Mal, dass ich einen Fernsprecher bedienen muss.«

Der Schalterbeamte lächelte. »Es ist kinderleicht. Die meiste Arbeit hat das Fräulein vom Amt, sie müssen kaum etwas tun.« Er erhob sich, stellte ein *Vorübergehend geschlossen*-Schild an sein Kassenhäuschen und kam nach vorne zu Ella. »Ich zeige es Ihnen.«

Tatsächlich hörte es sich kein bisschen kompliziert an. Ella musste lediglich das Sprachrohr abheben, dem Fräulein die Nummer desjenigen sagen, den sie zu sprechen wünschte, und warten. Bezahlt wurde anschließend am Schalter des netten Beamten.

»Woher weiß ich, welche Nummer ich nennen muss?«

»Dafür gibt es Telefonbücher.«

Ella schaute fasziniert auf das große Buch, das auf einer Konsole lag. Wie viele Seiten es umfasste!

»Hamburg hat die meisten Telefonanschlüsse auf der ganzen Welt.« Der Beamte warf sich stolz in seine Brust, die Enden seines Schnurrbarts zuckten vergnügt. »Und nun, viel Erfolg, meine Dame!«

Meine Dame – an diese Anrede musste Ella sich immer noch gewöhnen. Sie genoss es, so respektvoll behandelt zu werden, das half ihr, den Mut aufzubringen, ihr Vorhaben in die Tat umzusetzen. Ihr erstes Gespräch durch einen Fernsprecher! Aber zunächst musste sie die Nummer suchen. Reimers, Ferdinand. Ziemlich weit hinten. Rasch wurde sie fündig: Arosa1871 war die Kennnummer.

Entschlossen hob Ella das Sprechrohr ab. Sie hörte die Stimme des Fräuleins vom Amt und stellte sich vor, es wäre Louise, mit der sie sprach. Was schwerlich sein konnte, denn diese hatte längst Feierabend. Auch ihr Anwalt würde jetzt Feierabend haben, dachte Ella beschämt, aber in dem Moment hörte sie, wie das Fräulein »Ich verbinde« sagte, und gleich darauf meldete sich Ferdinand Reimers.

Ella brauchte eine Sekunde, um sich zu sortieren, doch dann brachen alle Dämme, sie erzählte, was geschehen war, seit sie aus der polizeilichen Verwahrung gekommen war.

Der Anwalt unterbrach sie mit keinem Wort, er stellte keine Frage, hörte sich alles geduldig an. »Wo ist der Junge jetzt?« Das war alles, was er dazu sagte.

»Bei Frau Klinker. Pauls Mutter. Borselstraße sieben.«

»Ich bin in einer halben Stunde bei Ihnen.«

Er kam fast auf die Minute genau. Frau Klinker hatte ihre gute Sonntagsbluse übergestreift, sie war sichtlich nervös, dass so hoher Besuch in ihr bescheidenes Haus kam. Aber Ferdinand Reimers benahm sich formvollendet, er ließ sich keine Sekunde anmerken, dass er »etwas Besseres« war, er behandelte Ella und Pauls Mutter mit größtmöglicher Höflichkeit. Dann bat er darum, Joshua sehen zu dürfen.

»Joschi!«

Der Junge starrte den Besucher zunächst ungläubig an, doch dann schob er die Bettdecke zur Seite, stand mit wackeligen Beinen auf und umarmte seinen Besucher.

Ella, die ein paar Schritte hinter dem Anwalt geblieben war, beobachtete gerührt, dass der Junge sein Gesicht an dessen Schulter vergrub und zu schluchzen begann. Es war offensichtlich, dass er den Mann gut kannte und Ferdinand Reimers nicht übertrieben hatte, als er sich als guten Freund der Familie Weixelbaum bezeichnete.

Einige Minuten blieben die beiden so stehen, schließlich half der Anwalt Joshua wieder zurück ins Bett. Er sagte nichts, aber Ella sah ihm an, dass er schockiert über den Zustand des Jungen war, dessen Blessuren noch nicht verheilt und schmerzlich sichtbar waren.

»Ich habe von deiner Retterin …« Reimers drehte den Kopf und nickte zu Ella. »… gehört, was passiert ist. Aber ich möchte es gerne noch einmal von dir selbst hören. Meinst du, du bist dazu in der Lage?«

Eine Antwort fiel dem Jungen schwer. Er starrte nach unten auf seine Hände, die wieder begonnen hatten, Principessa zu streicheln. Unter seinen liebevollen Gesten drehte sich die kleine Hündin genüsslich auf den Rücken und streckte alle viere in die Luft.

Der Anwalt lachte. »Du hast offensichtlich eine neue Freundin.« Joshua lächelte. »Und da ist es gut, dass ich dich endlich sehe, ich habe Neuigkeiten für dich. Lord lebt. Und ich weiß auch, wo er ist.«

Diese Worte hatten eine erstaunliche Wirkung auf den Jungen. Er sprach! Und er hörte kaum auf zu sprechen. Er löcherte Ferdinand Reimers mit Fragen, und es stellte sich heraus, dass der Anwalt bereits vor Monaten herausgefunden hatte, dass Lord zunächst in einem Tierheim gelandet war. Wenige Wochen nach dem verheerenden Brand seines Zuhauses war der herrenlos herumirrende Hund von einer wohlmeinenden Seele gefunden und ins Tierasyl gebracht worden. In der ehemaligen Nachbarschaft der Weixelbaums hatte es sich herumgesprochen und war schließlich auch der Familie Reimers zur Kenntnis gelangt. Eine Tochter des Anwalts hatte sich erbarmt und den Hund zu sich genommen.

»Es geht ihm gut, und ich bin sicher, dass er sich genauso über dich freuen wird wie du über ihn.«

»Kann ich ihn sehen? Jetzt gleich?«

»Morgen. Es ist schon sehr spät heute, Schlafenszeit. Wir beide unterhalten uns, und morgen sehen wir weiter.«

Joshua zog einen Flunsch, aber er sah wohl ein, dass es das Beste war, und fügte sich.

Dann schloss Ferdinand Reimers die Tür hinter sich und unterhielt sich unter vier Augen mit dem Jungen.

Ella setzte sich zu Mutter Klinker in die Küche, die ihr bereits einen selbst gemachten Schlehenlikör eingegossen hatte. Sie prosteten sich zu.

»Was mein Junge wohl dazu sagen wird?«, sorgte sich Martha.

»Es ist nicht mehr seine Angelegenheit. Herr Reimers wird sich darum kümmern, dass die ganze Sache ihren geordneten Weg geht. Der Junge muss endlich zur Ruhe kommen. Er braucht ein Zuhause. Es muss jetzt alles aufgeklärt werden.«

»Natürlich. Aber mein Paul, wird er Ärger bekommen?«

Wie gern hätte Ella ihr die Last genommen, aber sie schaffte

es nicht. Sie mochte nicht lügen, aber sie konnte sich auch beim besten Willen nicht vorstellen, dass Paul unbeschadet aus all dem Schlamassel hervorgehen würde. All seine Alleingänge …
Trotzdem: Jetzt stand das Wohl des Jungen im Vordergrund.

Wenig später betrat der Anwalt die Küche und setzte sich zu den zwei Frauen. Martha Klinker bot ihm ebenfalls einen Schlehenlikör an, aber er winkte ab. »Danke, nicht für mich.« Er sah Ella an. »Sie haben alles richtig gemacht. Es war höchste Zeit, etwas zu unternehmen. Joshua hat mir nicht alles anvertraut, dessen bin ich gewiss. Es fiel ihm schwer, darüber zu sprechen, was ihm …« Er räusperte sich. »Was ihm seit dem Tod seiner Eltern zugestoßen ist. Aber er hat mir ziemlich genau erzählt, was sich im Haus des Juweliers zugetragen hat.«

»Darf ich es wissen?«

»Warum nicht. Er hätte es Ihnen über kurz oder lang auch erzählt.« Ferdinand Reimers lächelte beide Frauen an. »Er vertraut Ihnen beiden. Sie haben sich wunderbar um ihn gekümmert, vielen Dank!«

Und dann erzählte er, dass Hinnerk Macke Joshua und einen anderen Jungen eines Nachts zum Haus des Juweliers Mauss mitgenommen hatte. Sie hatten den Auftrag bekommen, dessen Fotoatelier zu plündern, alle Bilder, die sie fanden, mitzunehmen. Macke setzte derweil den Juwelier unter Druck. Worum genau es ging, wusste Joshua nicht, aber er hatte gesehen, was auf den Fotografien abgebildet war. »Schweinereien«, wie er sagte. Schließlich war es zum Streit zwischen Macke und Mauss gekommen, Hinnerk Macke hatte den Jungen zugerufen, dass sie abhauen sollten, so schnell als möglich. Der andere Junge hatte dem Folge geleistet und war mit Hinnerk Macke geflüchtet, Joshua aber bemerkte, dass der Juwelier noch lebte, kniete sich neben ihn und versuchte, dem Mann zu helfen. Dabei fasste er auch den Griff des Messers an, das in Mauss' Brust steckte. In dem Moment war das Ladenmädchen gekommen, hatte Alarm geschlagen, und Joshua suchte das Weite. Der Rest war Ella nur zu gut bekannt.

»Ich halte es für das Beste, wenn der Junge sich heute noch bei Ihnen ausschläft, Frau Klinker.«

Pauls Mutter zeigte sich einverstanden.

»Morgen hole ich ihn ab, wir fahren ins Präsidium und lassen seine Aussage dort aufnehmen. Ich würde Sie bitten, Frau Tomaczowa, uns als Zeugin zu begleiten.«

Ella hatte Angst. Wieder ins Präsidium? Und gestehen, dass sie der Polizei den Aufenthaltsort des Jungen verschwiegen hatte? Konnte sie deshalb nicht schon wieder Ärger bekommen?

»Sie sind doch heute erst hierher zu Besuch gekommen, nicht wahr?« Ferdinand Reimers lächelte fein. »Sie haben Joshua angetroffen und mich sofort verständigt. War es nicht so?«

Ella schluckte. Eine Lüge? Oder eher eine Notlüge? »Ja. So war es.«

»Gut. Ihnen kann nichts passieren. Dem Jungen auch nicht. Er wird den Beamten den Unterschlupf der Bande verraten und gilt nicht weiter als verdächtig. Wir müssen eine Pflegefamilie für ihn suchen. Denn in dieses dubiose Heim kann er auf keinen Fall zurück.«

»Was wissen Sie darüber?«

»Nichts. Er hat jedenfalls nichts darüber gesagt. Aber dass es da nicht mit rechten Dingen zugeht, liegt wohl auf der Hand.«

Plötzlich wusste Ella, wohin Paul aufgebrochen war. Sie hoffte nur, er beging keine Dummheit.

37.

Er war nicht so dumm und lag an der gleichen Stelle wie beim letzten Mal, als sie ihn fast erwischt hatten. Heute hatte Paul an der anderen Seite des Waisenhauses Position bezogen, aber ebenfalls am Waldrand. Das Fahrrad lag gut verborgen unter ein paar Zweigen. Gut zwei Stunden musste er warten, dann war auch das letzte Licht im Franziskusheim erloschen, genau wie am Vorabend vor der Villa in Rotherbaum, allerdings war er heute kein bisschen in Gefahr einzuschlafen. Adrenalin rauschte durch seinen Körper, Paul fühlte sich rastlos, lauernd, Gedanken zuckten wie Blitze durch seinen Kopf.

Wie konnte es sein, dass Michael lebte? Wo hatte er in den vergangenen dreizehn Jahren gesteckt? Wie wurde er zu Hinnerk Macke? Wie bringe ich es Mutter bei? Hat er gewusst, dass er schuld daran ist, dass ich meinen Arm verloren habe? Hat er es auf mich abgesehen? Wieso macht Michael den Ausputzer für Doktor Gerber? Und welche Rolle spielt Doktor Gerber für das Franziskusheim? Warum wurde Joshua dort herausgeholt? Wussten die Mönche, wem sie den Jungen übergeben?

Paul tastete nach dem Messer. Er hatte eine lederne Hülle dafür gefunden, jetzt steckte es in seiner hinteren Hosentasche. Er hatte ein schlechtes Gewissen, schließlich hatte er es sich einfach angeeignet, aber bis jetzt schien niemand das Messer zu vermissen. Gestern hatte er es nicht eingesteckt, und vielleicht war das Vorsehung gewesen. Denn sosehr er Hinnerk Macke auch hasste – seinen Bruder wollte er nicht verletzen. Trotz allem. Nicht bevor dieser ihm seine Fragen beantwortet hatte.

Dass er nach der Keilerei und der Entdeckung, dass sich hinter Hinnerk Macke sein Bruder Michael versteckte, Hals über Kopf geflohen war, bereute Paul zutiefst. Aber er war in der Situation nicht fähig gewesen, auch nur einen klaren Gedanken zu fassen, und erst recht nicht, sich mit Michael-Hinnerk zu unterhalten!

Erst nachdem er durch die Nacht gefahren war, als wäre der Teufel hinter ihm her, hatten sich seine Gedanken wieder brav in eine Reihe gestellt. Und jetzt, da er wusste, dass sein Bruder lebte, würde er eine neue Gelegenheit suchen, um ihm all die Fragen zu stellen, mit denen er sich herumschlug.

Michael. Paul sah das überraschte Gesicht seines Bruders vor sich, als er ihn erkannt hatte. Es war ihm so vertraut ... nichts Hassenswertes lag in seinen Zügen, obwohl Hinnerk Macke lange Pauls schlimmster Albtraum gewesen war.

War er es noch?

Wollte er ihn der Polizei ausliefern?

Wohin mit seinen Rachegefühlen?

Paul ging im Geiste noch einmal seinen Plan durch. Für die Hunde hatte er eine Tüte Fleischabfälle dabei. Zunächst hatte er daran gedacht, Happen mit Rattengift zu präparieren, aber das ließ seine Tierliebe nicht zu. Das würde er nicht übers Herz bringen. Also hoffte er darauf, dass die Hunde ihn hineinließen, wenn er sie auf seinem Weg vom Tor bis zum Eingang beständig fütterte. Für den Rückweg musste er sich dann die andere Hälfte aufheben. Als er Joshua damals mit der Frau von der Fürsorge im Franziskusheim abgegeben hatte, waren sie in ein Büro gegangen. Er erinnerte sich deutlich an den großen Aktenschrank, der Heimleiter hatte damals eine für Joshua angelegte Akte, die die Frau von der Fürsorge ihm gegeben hatte, hineingelegt. Dieser Schrank war Pauls Ziel. Er hatte außer Messer und Fleischabfällen seine Dietriche dabei sowie einen Kerzenstumpen, Streichhölzer und seine lederne Arbeitstasche, mit der er früher, in seinem Leben als gesunder Mann mit zwei Armen, zum Dienst gegangen war. Darin würde er die Unterlagen, die er hoffentlich finden würde, mitnehmen.

Nun war ausreichend Zeit vergangen, und Paul pirschte sich an. Als er sich dem Zaun auf fünfzig Meter genähert hatte, hob einer der Hunde den Kopf und witterte, aber er schlug nicht an. Paul lief rasch näher an den Zaun und warf den ersten Fetzen Fleisch hinüber. Der Hund sprang sofort auf und machte sich schnüffelnd auf die Suche nach der Beute. Sehr gut! Interessiert kam das zweite Tier hinzu, auch ihm schmiss Paul einen Brocken hin. So schaffte er es an das Tor, ohne dass einer der Hunde anschlug. Paul warf die Futterbrocken möglichst weit, die Hunde warteten jetzt schon darauf und liefen erwartungsvoll zu ihrer Beute. Kaum hatten sie diese verschlungen, kehrten sie wieder zu Paul zurück, schwanzwedelnd, sie freuten sich, für sie war es ein Spiel. Schließlich hatte Paul das Tor erreicht, das mit einem großen Vorhängeschloss gesichert war. Er war erleichtert – die meisten Menschen saßen dem Irrtum auf, dass ein Schloss nur groß genug sein musste und die Kette dick, dann würde es besonders schwer zu knacken sein. Das Gegenteil war der Fall! Die meisten Schlösser dieser Art waren im Handumdrehen mit einem Dietrich zu knacken, und so war es auch hier. Er hielt die Luft an. Würden die Hunde ihn passieren lassen? Der erste kam bereits auf ihn zugerannt. Ein schwerer Rottweiler, Speichel floss ihm aus den Lefzen. Paul angelte nach einem weiteren Leckerbissen, der Hund konzentrierte sich nur auf das Fleisch. Paul warf – und der scharfe Wachhund hatte nichts Besseres zu tun, als freudig nach der Beute zu hechten. Genauso hielt er auch das zweite Tier von sich ab und erreichte unbehelligt die Eingangstür. Hier gestaltete sich die Situation schwieriger, die Tür war nicht nur mit einem Türschloss, sondern von innen zusätzlich mit zwei Riegeln gesichert. Paul konzentrierte sich darauf, möglichst rasch und lautlos seine Einbrecherarbeit zu machen, sodass er für einen Moment die Hunde vergaß. Einer von ihnen brachte sich ihm in Erinnerung, indem er seinen heißen Atem in Pauls Ohr blies. Paul erstarrte. Langsam drehte er den Kopf und blickte in zwei blutunterlaufene Hundeaugen. Der Hund hechelte, Paul schaute direkt auf das beachtliche Gebiss. Er traute sich nicht, auch nur die kleinste Bewegung zu machen.

In dem Moment streckte der Hund die Zunge aus der Schnauze und fuhr einmal damit quer über Pauls Gesicht.

Obwohl der Rottweiler aus dem Maul roch und Paul die Liebkosung alles andere als angenehm war, lächelte er. »Du willst Nachschub, was?«, flüsterte er.

Der Hund winselte leise, setzte sich ab und hob eine Pfote. Paul warf einen Bissen, auch für den zweiten Hund, und kurz darauf hatte er die Tür geöffnet und schlüpfte hinein. Einen Moment lang lehnte er sich mit dem Rücken an die Tür und atmete geräuschlos aus. Das war unerwartet gut gegangen! Er war gewiss, dass die Hunde für ihn auch beim Verlassen des Hauses keine Gefahr darstellen würden.

Vorsichtig lauschte er in die Stille des großen Hauses. Obwohl, wie er wusste, an die hundert Waisenjungen in der Einrichtung untergebracht waren, zusätzlich Angestellte des Hauses, Lehrer und Erzieher, hörte er nichts als seinen Atem. Es war still wie in einer Gruft, dachte er und erschrak über seinen morbiden Gedanken. Aber die Stille machte ihn auch traurig, sie erschien ihm weniger friedlich als bedrückend. Aber vielleicht, so schalt er sich und tastete sich durch die Dunkelheit in die Richtung vor, in der er das Büro vermutete, entsprangen diese Gedanken seinem Gehirn nur, weil das Franziskusheim und alles, was damit zusammenhing, ihm unheimlich erschien.

Paul musste mehrere Räume öffnen und vorsichtige Blicke hineinwerfen, bis er das Büro des Heimleiters fand. Es war verschlossen, wie sollte es auch anders sein, Paul entzündete seinen Kerzenstumpen und las in dessen schwachem Schein das Schild neben der Tür. *Pater Gabriel, Leitung.* Sollte er es wagen und die Kerze angezündet lassen? Im flackernden Licht sah er seinen Schatten, lang gezogen an der Wand des Flurs, an dessen Ende er sich nun befand. Sein dunkles Pendant war das eines Monsters – mit überlangen Gliedmaßen zuckte es unruhig hin und her, Paul wurde flau. Er spürte Angst.

Rasch blies er die Kerze aus. Um das Schloss zu knacken, brauchte er kein Licht. Im Büro konnte er die Kerze wieder entzünden, ohne Angst vor Entdeckung haben zu müssen.

In dem Zimmer von Pater Gabriel roch es eigenartig, Paul brauchte eine Zeit, bis er die Gerüche identifiziert hatte: eine Mischung aus Mottenkugeln und Weihrauch. Er schüttelte sich. Mit beidem verband er keine angenehmen Erinnerungen. Kirche – das war für ihn der Religionsunterricht in der Schule, wo es nur Gebete oder Stockhiebe gegeben hatte, zumeist beides.

Mottenkugeln – das war der vorherrschende Geruch in der Villa Donner gewesen, in die er und Michael aus Übermut eingedrungen waren. Alle Räume hatten intensiv danach gerochen, es steckte ihm noch heute in der Nase, scharf und süß zugleich, nach Verrottetem roch das und billigem Parfüm. Die Villa war damals zum Zeitpunkt ihres Eindringens unbewohnt, aber möbliert. Überall verdeckten Leintücher Möbel, Spiegel und Gemälde, und diese Leintücher waren über und über mit Mottenpulver bestäubt.

Wenn dieser ekelerregende Gestank Paul begegnete, kamen ihm unwillkürlich die Bilder aus der unbelebten Villa in den Sinn. Wie sie Verstecken gespielt hatten und Michael auf einmal unauffindbar gewesen war. Mehrere Minuten, dann eine Stunde. Paul hatte Angst bekommen, war durch die Räume und den Garten gelaufen, hatte nach seinem Bruder gebrüllt, bis er keine Stimme mehr hatte. Aus einer Stunde waren vier geworden, da hatte er schließlich das Netz mit den Flussmuscheln gefunden, das sie der Mutter zurückbringen wollten. Vor der künstlichen Tropfsteinhöhle, in die er sich aber nicht hineingetraut hatte. Stattdessen hatte er das Netz mit den Muscheln gepackt und war, so schnell er konnte, nach Hause gerannt, wo er unter Tränen erzählte, was geschehen war.

Von diesem Nachmittag an hatte er keinen Bruder mehr gehabt.

Bis gestern.

Paul zwang sich, diese Gedanken beiseitezuschieben, er hatte eine Mission. Geschickt öffnete er das Schloss des Rolladenschranks. Er war vollgestopft mit Aktenmappen, allerdings waren diese säuberlich beschriftet und geordnet. Zunächst nach Jahreszahlen und in jeder Abteilung alphabetisch. Er musste zurück zum Frühjahr 1912. Hastig flogen seine Finger durch die Akten, er suchte von hinten, und da hatte er sie schon: die Kladde mit dem Namen Joshua Weixelbaum. So gern er auch sofort einen Blick hineingeworfen hätte, es war zu gefährlich. Er musste raus hier. Doch dann überlegte Paul einen Moment. Was, wenn Joshua kein Einzelfall war? Was, wenn Hinnerk Macke – oder Michael – wiederholt Waisenjungen hier herausgeholt und sie für seine Bande rekrutiert hatte? Erneut griff er in den Schrank und nahm wahllos aus mehreren Jahren jeweils zwei oder drei Kladden mit und steckte sie in seine Mappe. Bevor er den Schrank wieder schloss – es war besser, wenn die Mönche nicht so schnell merkten, dass ein Einbruch stattgefunden hatte –, hatte er eine Eingebung. Seine Augen wanderten zum Jahr 1900. Unter Klinker wurde er nicht fündig. Er blätterte alle Namen hastig durch. Dann hielt er den Atem an. Die letzte Akte trug den Vermerk *Namenlos*. Paul schlug sie auf. Ein Junge war eingeliefert worden, im Juli. Die Beschreibung traf auf seinen Bruder zu, und schließlich blieben Pauls Augen an einem Wort hängen: *Gedächtnisverlust*.

Er steckte die Akte zu den anderen und machte, dass er fortkam.

»Hast du sie noch alle?« Der hellblonde Schopf des Inspektors lehnte sich weit aus dem Fenster. Zu jeder anderen Tageszeit hätte Elmar Thönnes ihn zusammengebrüllt wie ein preußischer Feldwebel, aber zu dieser Stunde, um Mitternacht, dämpfte er seine Stimme. Dass er stinkwütend war, war dennoch nicht zu überhören. Kein Wunder, Paul hatte so lange Kiesel gegen das Fenster geworfen, bis er seinen ehemaligen Vorgesetzten aus dem Bett geschmissen hatte.

»Es ist dringend.« Paul hob die Schultern, ließ sie wieder fallen, dann klopfte er auf seine Aktentasche. »Ist wegen Hinnerk. Ich bin da was Großem auf der Spur.«

»Du bist doch besoffen!« Elmar wischte sich übers Gesicht. »Komm rauf.«

Paul atmete auf. Als er vor etwa einer Stunde nach Hause kam, wartete seine Mutter auf ihn. Sie erzählte, was Ella getan hatte und dass Joshua am nächsten Tag mit dem Anwalt zur Polizei gehen und aussagen würde. Im ersten Moment war Paul verärgert, dass Ella diesen Schritt gemacht hatte, ohne sich mit ihm abzusprechen. Aber bei längerem Nachdenken war auch ihm klar, dass sie richtig gehandelt hatte. Es war an der Zeit, mit offenen Karten zu spielen. Und er hatte überdies Beweise in der Hand. Zwar war er nicht im Besitz der kompromittierenden Fotografien, aber er hatte die Akten aus dem Franziskusheim. Diese musste er den Kollegen übergeben, denn nur die waren in der Lage, zu überprüfen, was daran faul war.

Elmar Thönnes hatte die Tür zu seiner Wohnung offen stehen lassen, Paul brauchte nur einzutreten. Er war nervös. Elmar war ein hohes Tier, er war Inspektor, Paul ging nicht nur ein großes Risiko ein, indem er inoffiziell mit ihm sprach, er beging im Grunde auch eine ungeheure Respektlosigkeit. Viel lieber hätte er Willy Brenner aus dem Bett geholt, den er noch immer als Freund betrachtete, aber dann hätte er auch Theresa und die kleine Grete geweckt, das konnte Paul nicht verantworten. Thönnes jedoch war Junggeselle, und selbst wenn er in der Nacht nicht allein in seinem Bett gelegen hätte – Paul hätte keine familiäre Nachtruhe gestört.

Obwohl Elmar Thönnes eine hohe Position im Präsidium bekleidete und sich durchaus etwas Gehobeneres hätte leisten können, lebte er noch immer in der gleichen Wohnung in Altona, in der er bereits als junger Mann gelebt hatte. Vor ein paar Jahren hatte er seine Truppe zum Umtrunk zu sich nach Hause eingeladen, und sie hatten sich alle darüber gewundert, dass ihr Vorgesetzter – damals noch Kommissar – sich mit diesem einfachen Standard und Umfeld wohlfühlte. Eine simple Zweizimmerwohnung, nur mit dem Nötigsten ausgestattet, kein Tand, kein Pomp. Elmar Thönnes war ein Typ mit Bodenhaftung, auch noch als hohes Tier bei der Polizei. Nur deshalb wagte es Paul, bei ihm anstatt bei Willy Brenner aufzuschlagen. Zumal Thönnes nicht weit von der Borselstraße wohnte.

Paul drückte die Tür auf, trat ein und ging dem Licht nach in die Küche.

Thönnes stand dort in einem weißen Nachthemd und schenkte Klaren in zwei Gläser. Stöhnend ließ er sich auf einen Stuhl fallen, der unter dem Gewicht des Zwei-Meter-Mannes ächzte. »Junge, ich warne dich, deine Geschichte muss richtig gut sein.«

Paul nahm an dem kleinen Holztisch Platz. Zögerlich betrachtete er die durchsichtige Flüssigkeit in seinem Glas, dann schob er dieses etwas von sich. »Danke, aber ich trinke nichts Hartes. Nicht mehr.«

Elmar kniff die Augen zusammen, dann schnappte er sich das Glas, trank es in einem Zug aus, goss klares Wasser aus einer Karaffe hinein und schob es Paul erneut hin. »Schieß los.«

Und Paul redete. Wenn er sich noch auf dem Weg durch die Nacht seine Worte zurechtgelegt und Strategien ausgedacht hatte, so war all dies plötzlich hinfällig. Es war, als wäre ein Damm gebrochen. Er redete und redete, und Elmar Thönnes hörte zu und trank Schnaps. Paul erzählte von Ella, die er zufällig getroffen und wie er bei dieser Gelegenheit Joshua Weixelbaum erkannt hatte. Wie er am Franziskusheim auf der Lauer gelegen und dort seltsame Dinge beobachtet hatte. Das geheime

Fotoatelier des Juweliers schilderte er und was es mit den versteckten Fotografien auf sich hatte. Seinen Kampf mit den vier Jungen aus der Bande ließ er genauso wenig aus wie die Prügelei mit Hinnerk Macke, und er machte auch keinen Hehl daraus, dass er vor wenigen Stunden in das Waisenhaus eingebrochen war. Über zwei Dinge allerdings schwieg er: Mortimer Stackleton und über die Tatsache, dass er in Hinnerk Macke seinen Bruder Michael erkannt hatte.

Thönnes starrte ihn an, als Paul endlich fertig war und ihm die Akten über den Tisch schob. »Scheiße, da hast du dich ganz schön reingeritten.«

»Deshalb bin ich hier. Ich hätte auch morgen ins Präsidium kommen können, aber …« Paul drückte sich davor, den Satz zu beenden.

»… aber da wärst du dran gewesen.« Mit beiden Händen fuhr Elmar sich übers Gesicht. »Ich bin nicht im Dienst, trotzdem kann ich nicht einfach beide Augen zudrücken, Paul. Irgendwas wird hängen bleiben. Einbruch, Diebstahl, das sind dicke Bretter.«

Paul schwieg. Es stand Spitz auf Knopf. Hatte er sich endgültig diskreditiert oder zählte, was er herausgefunden hatte?

Elmar Thönnes zog die Akten zu sich heran und schlug die von Joshua auf. Er überflog, was darinstand. »Familie Becker hat den Jungen adoptiert? Soso.«

»Ich vermute, die gibt es nicht. Aber das könnt ihr leichter ermitteln als ich.«

»Ach, immerhin das gestehst du uns zu?« Thönnes schüttelte den Kopf. »Verdammich, Paul. Ich weiß nicht, ob ich dir 'nen Orden verleihen oder dich mit einem Fußtritt vor die Tür befördern soll.«

»Leider habe ich die Bilder nicht.« Paul ärgerte sich schwarz, schließlich waren die Aufnahmen ein handfestes Beweisstück. »Ich glaube, das ist alles ein großes Ding, Elmar.«

»Doktor Gerber? Mannomann, Paul, dass du dich da nicht verhebst. Der Mann ist unantastbar.«

»Jetzt vielleicht nicht mehr.«

»Ich spreche mit dem Präsidenten. Du verschwindest jetzt. Ich überlege mir, was ich damit machen kann, und spreche morgen mit dem Chef.«

Paul stand auf. »Danke!«

»Danke mir nicht zu früh. Wenn Roscher deine Rübe will, dann hast du nichts zu lachen.«

»Ich halte das aus. Schlimmer kann es nicht mehr kommen. Dass ich nicht mehr Teil der Truppe bin …« Paul hatte einen Kloß im Hals. »Ich will wenigstens mithelfen, dass den Schweinen da draußen das Handwerk gelegt wird. Vor allem Hinnerk Macke.«

Mein Bruder, ergänzte er im Geiste. Daran hatte sich nichts geändert: Michael war schuld daran, dass er seinen Arm verloren hatte. Und er befehligte eine Bande von Kindern, Waisenkindern, die er für alle möglichen kriminellen Delikte abgerichtet hatte. Damit musste Schluss sein.

»Du bist auf einem Rachefeldzug, mein Junge.« Elmar brachte ihn zur Tür. »Das ist nie gesund. Glaub mir, ich weiß, wovon ich rede.« Er klopfte Paul auf die Schulter. »Wir sehen uns morgen auf dem Präsidium. Nach deiner Arbeit. Ich will sehen, was ich für dich tun kann.«

»Danke! Und gute Nacht!«

»Hm.«

Der Inspektor schloss die Wohnungstür, und Paul trabte die Treppe hinunter. Plötzlich fühlte er sich leicht, fast beschwingt. Die Kollegen würden sich um den ganzen Drecksfall kümmern. Um das Franziskusheim und Doktor Gerber, die Schmuddelbilder und Hinnerks Jungsbande.

Ihm allein war es überlassen, das Rätsel um seinen Bruder aufzuklären.

38.

Kleine Insekten tanzten im flackernden Schein der Kerzen. Louise hatte alle Fenster in der Wohnung weit geöffnet, um die drückende Hitze, die sich über Tag in den Räumen breitgemacht hatte, zu vertreiben. Die Temperaturen in der Stadt kletterten unaufhörlich, in der engen Pfeiffergasse staute sich die Wärme. Wie angenehm war nun der nächtliche Luftzug, sie und Ella genossen die frische Nachtluft. Beide trugen sie nur Unterwäsche, damit ihre Körper sich abkühlten. Das elektrische Licht hatten sie gelöscht, aber ein paar Kerzen angezündet. Louise hatte im *Caféhaus Nicola* eine eisgekühlte Flasche Rheinwein besorgt, die leerten sie gemeinsam und genossen die neue Freiheit einer eigenen Wohnung.

Als Louise am späten Nachmittag die Räume betreten hatte, staunte sie, was Ella in den wenigen Stunden bereits geschafft hatte. Wie viel Gemütlichkeit sie mit ein paar Handgriffen geschaffen hatte! Es war noch genug für sie beide zu tun, aber Louise erkannte, wie ihr Heim einmal aussehen konnte. Noch vor wenigen Wochen hätte sie die Wohnung für eine »ärmliche Behausung« gehalten. Weil sie nichts anderes als ihre großbürgerliche und vornehme Umgebung kannte. Jetzt aber, da sie erfahren musste, dass vieles nur Fassade war, sah sie in der kleinen Wohnung ein Heim, das ihr und Ella Geborgenheit schenken konnte. Nichts wünschte sie jetzt mehr als das: Sicherheit. Eine schützende Hülle. Vielleicht kam die Zeit wieder, in der sie sich an Bällen, Empfängen und Opernbesuchen erfreuen konnte, sicherlich sogar. Auch an ihre aufwendigen und edlen Kleider, die sie im Hotel zurückgelassen hatte, dachte Louise mehrmals am Tag sehnsüchtig. Champagner würde für immer ihr Lieblingsgetränk bleiben – aber im Moment zählte all das nicht. Jetzt brauchte sie ein stabiles Fundament, auf dem sie ihr eigenes, ganz und gar selbstbestimmtes Leben aufbauen konnte. Hatten die Frauenrechtlerinnen mit ihren Parolen den Nagel auf den Kopf getroffen, wenn sie forderten, dass Mann und Frau gleichberechtigt sein sollten? Überzeugt war Louise nach wie vor nicht davon. Sie hätte es weitaus lieber gehabt, einen starken und fürsorglichen Mann an ihrer Seite zu wissen, der die Dinge für sie regelte. Aber da ihr erster Versuch in dieser Richtung ein vernichtender Misserfolg gewesen war, wollte sie sich nicht mehr auf einen Mann verlassen. Vorerst. In ihrer Situation war es besser, die Dinge selbst geradezurücken. Und danach? Würde sie weitersehen. Vielleicht klopfte die Liebe noch einmal bei ihr an die Tür, und vielleicht würde sie ihr anders begegnen, weniger unbedarft. Sie schloss nichts aus. Nun aber zählte, es aus eigener Kraft aus der Misere zu schaffen.

Louise goss Wein nach, Mitternacht war weit überschritten, Ella gähnte beständig, hatte es aber noch nicht ins Bett geschafft. Sie schien noch immer aufgewühlt eingedenk dessen, was der neue Tag für Joshua bringen würde.

Aus der Straße stiegen nächtliche Geräusche zu ihnen empor. Das Kreischen einer Katze. Schritte auf dem Pflaster. Das perlende Lachen einer Frau.

»Denkst du manchmal an dein altes Leben zurück, Ella?«

Überrascht sah die Freundin sie an und schüttelte den Kopf. »Nicht an dieses Leben. Nicht an Lemberg und die Zeit als …« Ella strich ihren Unterrock glatt, als wollte sie noch einmal bekräftigen, dass sie eine anständige Frau war. »Aber an meine Kindheit. An meine Familie. Ja, an sie denke ich. Oft.« Sie tat einen tiefen Stoßseufzer. »Und an Jakub denke ich auch. Ich wünschte, ich wüsste, wie es ihm geht.«

Louise spürte einen kleinen Stich in ihrem Herzen. Sie dachte ebenfalls an ihre Familie. Es waren die einzigen Menschen, von denen sie gerne gewusst hätte, ob sie wohlauf waren, aber das beruhte nicht auf Gegenseitigkeit. Wenn Louise darüber nachdachte, wen sie neben ihrer Familie fest in ihrem Herzen trug, fiel ihr außer Ella, die sie gerade erst kennengelernt hatte, niemand ein. Umgekehrt fragte sie sich, wem sie am Herzen lag. Und die Antwort war wieder: Ella.

Ein einziger Mensch, der sie lieb hatte und dem sie nicht gleichgültig war.

Schlagartig fühlte Louise sich einsam. »Und von was träumst du?«, fragte sie Ella, um nicht allzu lange bei diesen traurigen Gedanken zu hängen.

»Du hast mir gerade einen Traum erfüllt.« Ella strahlte unter ihrer dunklen Lockenmähne. »Mehr wünsche ich mir nicht.«

»Nein, ich meine, von was träumst du in der Zukunft? Irgendeinen großen Traum hat jeder Mensch, oder etwa nicht? Etwas, das sich vielleicht nie erfüllt, aber von dem du denkst: Ach, wenn ich jemals das und das hätte. Oder werden würde. So einen Traum. Den ganz, ganz großen Traum.«

»Ich möchte eine gelehrte Frau sein.«

Um ein Haar wäre Louise ein Lachen entfahren, aber sie sah die Ernsthaftigkeit im Gesicht ihrer Freundin, und das Letzte, was sie wollte, war, Ella zu beleidigen. Gelehrsamkeit und Ella, das passte in ihren Augen nicht zusammen, aber wer weiß! Warum eigentlich nicht?

»Jetzt lachst du über mich.«

»Nein, Ella. Deine Antwort hat mich nur überrascht. Aber wenn du eine gelehrte Frau sein möchtest, dann schaffst du das. Du bist der Hölle entkommen. Das gelingt nur wenigen. Du bist stark. Und klug.«

Jetzt strahlte Ella. Dann gähnte sie. Das war das Zeichen, ins Bett zu gehen, Louise trank ihren Wein aus und wollte die Gläser wegräumen, als Ella sie aufhielt. »Aber jetzt musst du mir auch eine Antwort geben! Wovon träumst du?«

Louise überlegte. Aber nur kurz, denn eigentlich wusste sie die Antwort sehr genau. »Ich will frei sein, Ella. Kein Haftbefehl, keine Bespitzelung, keine alten Gläubiger. Keine Leiche im Keller, kein toter und kein lebender Ehemann. Ich will mich von allem befreien. Und herausfinden, wer ich bin und was die Welt mir noch zu bieten hat.«

Ihre Freundin lächelte.

»Und ich weiß, dass ich es schaffe. Mit deiner Hilfe. Wir sind so weit gekommen. Schau uns an! Zusammen sind wir nicht aufzuhalten.«

Louise blickte hinunter in die Gasse. An einem Ende glaubte sie, einen der Pinkertons zu sehen, der sie entführt hatte. Natürlich, sie stand weiterhin unter Beobachtung. Der Mann, der ihr das »Geschäft« vorgeschlagen hatte, würde genau wissen wollen, was sie tat, so lange, bis sie ihm Viktor geliefert hatte.

Sie schloss resolut die Fenster und zog die Vorhänge zu. Auch das sollte aus ihrem Leben verschwinden!

»Eine Sache muss ich noch erledigen, Ella. Ich ganz allein. Das ist eine Sache zwischen Viktor und mir. Erst dann bin ich frei.«

»Sei vorsichtig, Louise, bitte versprich mir das. Überlass Viktor der Polizei.«

»Das kann ich nicht versprechen. Aber es wird bald vorbei sein. Ich habe die nächsten Schritte schon in Angriff genommen.«

Louise sagte es ohne Zittern in der Stimme, sie wollte Ella keine Sorgen bereiten. Aber als sie sich kurz darauf in ihr Bett legte, auf die silbrige Spur blickte, die der Mond an der Decke zeichnete, und nächtliche Stille sie umfing, spürte sie, wie ihr Herz vor Furcht laut gegen die Rippen klopfte.

39.

Ella hatte sich von Louise eine schöne Bluse ausgeliehen und die Haare zu einer manierlichen Frisur hochstecken lassen. Louise tupfte ihr ein wenig Rouge auf Wangen und Lippen, trat dann einen Schritt zurück und begutachtete lächelnd ihr Werk.

»Du bist wunderschön, Ella.«

»Ach was!« So etwas wollte Ella gar nicht hören. »Ich muss nicht schön sein, ich möchte nur anständig aussehen. Es steht viel auf dem Spiel.«

»Ihr werdet das gut machen. Lass den Anwalt reden.«

Ella war dennoch nervös. Sie musste schwindeln, die Polizei anschwindeln. Das ging gegen ihre Prinzipien, und sie hoffte, man sah ihr nicht an der Nasenspitze an, dass sie nicht die ganze Wahrheit sagte. Immer und immer wieder hatte sie es sich vorgesagt: Dass sie am Vortag von Paul Klinker eine Nachricht bekommen hatte, mit dem Inhalt, dass der Junge bei ihm sei, sie könne ihn besuchen.

Nein, sie kannte Paul Klinker nicht näher. Sie hatten sich zufällig am ehemaligen Grundstück der Weixelbaums getroffen, beide auf der Suche nach dem Jungen. Damals hätten sie sich versprochen: Wer Joshua zuerst ausfindig macht, sollte den anderen benachrichtigen. Gestern nun habe sie Nachricht erhalten.

Daraufhin sei sie in die Borselstraße gefahren, habe sich davon überzeugt, dass es sich bei dem Jungen tatsächlich um Joshua Weixelbaum handelte, und es für das Beste gehalten, umgehend den Anwalt zu verständigen.

Diese Version hatte Ferdinand Reimers vorgeschlagen, Martha Klinker sollte es ihrem Sohn so weitergeben, damit sie sich nicht widersprachen. Ella war alles andere als wohl bei der Schwindelei – wer sollte ihnen das Märchen abnehmen?

Ob Paul einverstanden war, wusste Ella nicht. Als sie sein Elternhaus verließ, war er noch nicht wieder zu Hause. Sie hoffte inständig, dass er keine Probleme bekam, aber sie konnte auch nicht alle schützen, das ging über ihre Kraft. Paul war ein Erwachsener, ein ehemaliger Polizeibeamter obendrein, er würde selbst wissen, was das Richtige war.

Jetzt ging es darum, Joshua vom Verdacht des Totschlags reinzuwaschen und ihn endlich in Sicherheit zu bringen – was spielten ihre Bedenken da schon für eine Rolle!

Ferdinand Reimers wartete bereits vor dem Eingang zur Wache auf sie. »Meine Frau ist mit Joshua drinnen. Auch eine Dame von der Fürsorge ist dabei. Wir müssen uns vorher noch besprechen. Es gab eine unvorhergesehene Planänderung.«

Ella nickte und wischte sich die Hände ab. Ihre Nervosität hatte sich nicht gelegt, im Gegenteil, je näher sie dem Präsidium kam, desto stärker flatterten ihre Nerven. Die vierundzwanzig Stunden in der Arrestzelle hatte sie nicht vergessen.

»Was für eine Planänderung?«

»Sie müssen nicht aufgeregt sein.« Freundlich fasste der Anwalt nach ihrer Hand. Reimers führte Ella ein paar Schritte von der Tür fort. »Herr Klinker ist uns zuvorgekommen. Ich hatte bereits ein Vier-Augen-Gespräch mit dem Inspektor. Es liegt alles auf dem Tisch, die Polizei ist informiert. Es geht also nur noch darum, dass Sie die Aussage von Herrn Klinker untermauern.«

»Also ...« Ella war vollkommen verunsichert. »Was soll ich nun sagen? Wie es war? Oder wie wir besprochen haben?«

»Wie es war. Sie müssen nicht die Unwahrheit sagen.«

Ella atmete auf. Das hörte sich besser an für sie, aber sie hatte das Gefühl, alles durcheinanderzubringen. Hoffentlich kam sie jetzt nicht ins Schleudern und stellte sich dumm an.

»Für Sie besteht keine Gefahr. Die Tatsache, dass Sie Joshua dem Zugriff der Polizei entzogen haben, steht zwar noch im Raum«, fuhr der Anwalt fort, »aber vielleicht können wir etwas aushandeln – schließlich sorgen Sie jetzt dafür, dass der Junge heute hier ist und vernommen werden kann.« Er hielt Ella die Tür auf. »Gehen wir rein, wir werden erwartet.«

Joshua saß in sich zusammengesunken auf einer Bank in der Wache, neben ihm eine schöne Schwarzhaarige, die Ellas Anwalt ihr als seine Frau Ida Reimers vorstellte. Sie hatte den Arm um Joshua gelegt, dem man ein anständiges Hemd und eine passende Hose angezogen hatte. Ella vermutete, dass die Sachen früher einmal Paul gehört hatten und Martha Klinker dafür gesorgt hatte, dass der Junge ein ordentliches Bild abgab. Die Frau von der Fürsorge saß auf seiner anderen Seite. Als der Junge Ella eintreten sah, umspielte ein zartes Lächeln seinen Mund, aber in den Augen erkannte Ella bodenlose Furcht und Traurigkeit.

»Der Inspektor ist so weit.« Ein Uniformierter mit ernstem Gesicht trat zu ihrer kleinen Gruppe und forderte sie auf, ihm zu folgen. Im Gänsemarsch liefen sie durch die langen Gänge des Präsidiums, der Anwalt ging voran, seine Frau mit Joshua und der Dame von der Fürsorge folgte, das Schlusslicht bildete Ella.

Im ersten Stock klopfte der Polizist an eine Tür, öffnete und ließ sie eintreten. An einem großen Tisch saßen Inspektor Thönnes, der schmale Kommissar mit der Goldrandbrille und ein älterer Herr mit enormem dunklem Schnurrbart und einem Zwicker. Er wurde Ella als Polizeipräsident Gustav Roscher vorgestellt, und ihr rutschte augenblicklich das Herz in die Hose.

Ferdinand Reimers allerdings bewahrte die Ruhe, er begrüßte alle Herren souverän, und aus der Art ihres Umgangs miteinander schloss Ella, dass man sich allseits gut kannte.

»Wir möchten zunächst mit der Befragung von Frau Ella

Tomaczowa beginnen und bitten die anderen, draußen Platz zu nehmen.«

Der junge Kommissar Kalweit führte die Befragung durch, Inspektor Thönnes mit dem stechenden Blick und der Polizeipräsident schwiegen. Zunächst befragte Kalweit Ella nach ihren Personalien, anschließend musste sie noch einmal ihre erste Begegnung mit Joshua schildern, anscheinend wollten die Polizisten überprüfen, ob sie nicht von dem abwich, was sie bereits alles zu Protokoll gegeben hatte.

»Nachdem der Junge also aus dem Versteck in der *London Tavern* geflüchtet war, hatten sie keinerlei Informationen über seinen Aufenthalt?«

Ella schüttelte den Kopf. »Nein. Er war einfach weg.«

»Und was hat sie dazu gebracht, ihn zu suchen? Schließlich haben Sie ausgesagt, dass Sie ihn nicht kannten.«

»Mitleid. Er war so klein und elend. Ich dachte, es kümmert sich doch niemand um ihn.«

»Woher wussten Sie, wo Sie suchen sollten? Seine Identität war anfangs nicht bekannt?«

»Von Herrn Klinker. Er hat ihn erkannt.« Der Schweiß brach Ella aus allen Poren.

»Dass Sie den Jungen suchten, haben Sie bei Ihrer letzten Vernehmung verschwiegen.«

Ella warf ihrem Anwalt einen Seitenblick zu. Was sollte sie darauf erwidern?

»Es war meiner Mandantin unangenehm.« Ferdinand Reimers blätterte in seinen Akten. »Wir haben hier die Stelle im Protokoll, wo Frau Tomaczowa in Tränen ausbricht, weil sie bei dem Jungen an ihre kleinen Brüder denken musste.«

»Vertrauen Sie nicht auf die Hamburger Polizei, Frau Tomaczowa?« Inspektor Thönnes lehnte sich nach vorne. »Glauben Sie, dass Sie bessere Chancen hatten, obwohl Sie hier fremd sind?«

»Wir haben ihn ja gefunden. Also fast, sein Lager.«

Der Schnurrbart des Polizeipräsidenten zuckte. Sicher war er wenig darüber amüsiert, dass seine Leute erst so spät erfahren hatten, dass es sich bei dem flüchtigen Verdächtigen um Joshua gehandelt hatte.

»Nachdem Sie zur Untersuchung des Sachverhalts festgesetzt und überführt wurden, einem möglichen Straftäter zur Flucht verholfen zu haben, ziehen Sie also auf eigene Faust los und gehen auf die Suche nach dem Jungen? Anstatt mit uns zu sprechen und Ihre Vermutungen zu teilen?«

»Ich wollte mich erst vergewissern, dass …« Ella musste sich sehr beherrschen, ihre nassen Hände nicht an ihrem Rock abzuwischen. Das Gespräch verlief so katastrophal wie befürchtet.

Der Anwalt sprang ihr erneut zur Seite. »Sollten wir an dieser Stelle nicht besser davon sprechen, was meine Mandantin getan hat, nämlich mich zu benachrichtigen, anstatt darüber zu reden, was sie unterlassen hat? Joshua Weixelbaum ist hier, und er wird Ihnen maßgeblich dabei helfen, nicht nur den Mord an Herrn Mauss aufzuklären.«

Thönnes lehnte sich zurück, Kalweit warf einen Blick auf den Polizeipräsidenten, dieser nahm Ella kurz kritisch ins Visier, dann nickte er. »Bitte fahren Sie fort, Frau Tomaczowa. Sie sind also zu der ehemaligen Villa der Familie gefahren. Was ist dort passiert?«

Ihr Herz klopfte so laut, Ella vernahm das Pochen in ihren Ohren und wunderte sich, dass es nicht im ganzen Raum zu hören war. Sie erzählte, wie sie mit Paul zu dem Grundstück kam, wie sie das Gartenhäuschen und das Lager fanden.

»Spätestens hier war der Zeitpunkt gekommen, uns zu informieren!« Inspektor Thönnes lief rot an.

Ella warf einen Seitenblick auf Anwalt Reimers, auf den der Ausbruch des Inspektors keinen Effekt hatte. Er lächelte. »Dass meine Mandantin und Herr Klinker sich in einigen Punkten nicht korrekt verhalten haben, steht außer Frage. Aber wir hatten uns vorab geeinigt, dass das Endergebnis zählt«, sagte er ruhig.

Thönnes schnaubte und setzte sich wieder. Kalweit guckte verlegen, Gustav Roscher holte ein silbernes Etui aus dem Jackett, klappte es auf und entzündete einen Zigarillo.

Ella fuhr fort und endete schließlich damit, wie sie sich entschloss, den Anwalt zu benachrichtigen.

Am Ende ihrer Schilderung angelangt, wollte der Kommissar noch etwas fragen, aber Gustav Roscher richtete das Wort direkt an Ferdinand Reimers. »Ich denke, wir sollten über etwaige Ungereimtheiten in der Geschichte hinwegsehen. Schließlich geht es hier um weitaus mehr.« Er nickte Ella zu. »Sie dürfen draußen warten, Frau Tomaczowa.«

Nichts lieber als das! Ella erhob sich und lief zur Tür, dort angekommen, warf sie einen Blick zurück. Keiner der Herren sah ihr nach, die vier steckten die Köpfe zusammen und unterhielten sich leise. Was hatte der Polizeipräsident gemeint? Was war »weitaus mehr«? Aber es hatte sie nicht zu kümmern. Sie setzte sich auf die Bank vor der Tür neben Joshua und die beiden Frauen, die mit ihm warteten. Gerne hätte sie dem Jungen etwas Aufmunterndes gesagt, aber er wurde in dem Moment schon reingebeten.

Ella blieb allein vor der Tür. Langsam beruhigte sich ihr Herzschlag, die Ruhe und kühle Temperatur, die in dem langen, weiß getünchten Gang herrschte, halfen. Erschöpft schloss sie die Augen. Wie gerne hätte sie Principessa, das kleine Fellbündel, bei sich gehabt. Sie hatte sich so sehr daran gewöhnt, dass die süße Hündin stets an ihrer Seite war! Keinen Schritt wollte sie mehr ohne sie tun. Über die Gedanken an den Mops fiel Ella in einen leichten Schlummer, seit Tagen bekam sie nicht ausreichend Schlaf. Das war lange so gewesen, in ihrer ganzen Bordellzeit, aber seit ihrer Flucht hatte sie gelernt, ausreichenden und tiefen Schlaf zu schätzen, es war, als müsste sie das Defizit der letzten Jahre aufholen.

Als die Tür sich öffnete, fuhr sie auf, es war der Polizeipräsident, der das Zimmer verlassen hatte und an ihr vorbeilief. Er war noch keine Minute aus ihrem Blickfeld verschwunden, als eine weitere Person im entfernten Treppenhaus auftauchte. Ella erkannte die Silhouette auf den ersten Blick. Paul. Auch er hatte sie erkannt, er schritt energisch aus, hielt auf sie zu, und als er die Bank fast erreicht hatte, lächelte er zaghaft und setzte sich neben sie.

»Was machst du hier?«, flüsterte Ella.

»Dasselbe wie du. Eine Aussage. Es ist besser, alles den Kollegen zu übergeben.«

Sie musterte ihn von der Seite. »Du warst im Waisenhaus, nicht wahr?«

»Ja. Ich musste wissen, wie es sein kann, dass Joshua an Hinnerk geraten ist. Ich habe seine Akte mitgenommen. Angeblich wurde er von einem Ehepaar adoptiert. Aber die Kollegen haben es heute nachgeprüft: Die Leute gibt es gar nicht.«

Ella starrte ihn an. »Wie kann das sein?«

»Das müssen Thönnes und seine Leute rauskriegen. Ich bin noch gestern Nacht zu ihm und habe ihm reinen Wein eingeschenkt.« Jetzt dämmerte Ella, was das »weitaus mehr« war, das Roscher gemeint hatte. Längst ging es nicht mehr nur um den Mord an dem Juwelier. Sondern darum, was im Franziskusheim vor sich ging. Und wie Joshua helfen konnte, die Bande um Hinnerk Macke, dessen Untaten eine breite Spur der Verwüstung in Hamburg hinterlassen hatten, auszuheben. Und um den Mann auf den pornografischen Fotos.

Paul wirkte angespannt. Seine Kiefermuskeln mahlten. Da war aber noch etwas, dachte Ella, als sie ihn beobachtete. Außerdem wich er ihrem Blick aus. Was verheimlichst du, Paul Klinker?

Die Tür öffnete sich, Ferdinand Reimers, seine Frau, Joshua und die Dame von der Fürsorge verabschiedeten sich von den Polizisten. Ella stand auf. Sie wollte Joshua ebenfalls Auf Wiedersehen sagen.

»Joshua kommt zu uns.« Ferdinand Reimers kam ihrer Frage zuvor. »Wir haben eine vorläufige Pflegschaft beantragt. Frau Völkers hat dem zugestimmt.« Er wies auf die Frau von der Fürsorge, die sich mit Ida Reimers unterhielt. »Bis sich jemand findet, der ihn adoptiert, kann er bei uns bleiben.«

Ella fiel ein Stein vom Herzen. »Kann ich ihn vielleicht einmal besuchen? Ich möchte mich nicht aufdrängen, aber ...«

»Kommst du mit?«

Plötzlich stand Joshua zwischen ihr und dem Anwalt. Er sah noch immer hohlwangig und müde aus, aber jetzt war er lebhafter, als wäre ihm durch seine Aussage eine Zentnerlast von den Schultern genommen worden, dachte Ella.

»Ich komme gerne einmal, aber heute ...«

»Warum nicht gleich? Wir holen Lord und du Principessa, und dann können die beiden miteinander spielen?« Joshua sah zu Herrn Reimers.

Dieser lächelte. »Natürlich. Warum kommen Sie nicht zu uns? Sie sind schließlich seine Retterin.«

Seine Retterin. Ella betrachtete den Jungen. Er hatte seine Eltern auf die grausamste Weise verloren und eine peinigende Zeit bei Hinnerk Macke erlebt, er war an Körper und Seele schwer verwundet. Nein, seine Retterin war sie gewiss nicht, bis er wirklich auf der sicheren Seite des Lebens anlanden konnte, würde eine Zeit vergehen. Aber aus eigener Erfahrung wusste Ella, dass man auch das Schreckliche überstehen konnte. Und wenn sie dazu beigetragen hatte, dass er eine Chance auf ein gutes Leben bekam, machte sie das sehr, sehr glücklich.

»Ich komme nach«, sagte sie. »Ich hole schnell Principessa.«

Die Sahnetorte machte ihr Angst. Drei Schichten Biskuit, dazwischen Sahne und Himbeeren – wie würde sie es schaffen, dieses Ungetüm kleinzukriegen, ohne ein Massaker auf dem Teller anzurichten? Auch die Teetasse war ihr ungeheuer. Porzellan so dünn, dass man hindurchblicken konnte. Was, wenn sie ihr aus den Händen glitt? Schlürfte man den heißen Tee, oder war es damenhaft, kein Geräusch von sich zu geben? Und vor allem: Wie schaffte sie es durch den Nachmittag, ohne sich als die plumpe Person zu offenbaren, als die sie sich fühlte? Wie gut hatte es da Principessa, die mit Lord durch den Garten tobte!

»Mögen Sie keine Himbeeren? Oder keine Sahne?« Ida Reimers setzte ein betrübtes Gesicht auf. »Das Mädchen holt Ihnen gerne auch Sandkuchen.«

»Oh! Nein, nein, danke. Machen Sie wegen mir bitte kein Aufheben. Ich war nur in Gedanken.« Ella beeilte sich, mit der zierlichen Kuchengabel ein Stück der Torte abzuhebeln. Elegant war anders, aber schließlich schaffte es die Himbeersahne unfallfrei in ihren Mund.

Sie saßen im Garten des Anwalts. Er und seine Frau bewohnten ein bescheidenes Haus in Winterhude, die drei Töchter hatten, wie Ida erzählte, das Nest in den vergangenen zwei Jahren verlassen. Ferdinand Reimers hatte sein Büro hier ebenfalls untergebracht, er arbeitete allein und nicht in einer großen Kanzlei. Ella beobachtete Joshua, der mit den Hunden durch den Garten tollte. Im Spiel mit den Tieren fiel der Sorgenpanzer von ihm ab, sie sah den Dreizehnjährigen, der er auch war, und nicht nur das traumatisierte Kind.

»Er bringt Leben ins Haus.« Ida folgte ihrem Blick und lächelte.

»Kann er nicht bei Ihnen bleiben?«

Das Ehepaar sah sich an, schließlich antwortete Ferdinand. »Wir haben kurz mit dem Gedanken gespielt. Aber wir haben drei Töchter großgezogen und fühlen uns ein bisschen zu alt

dafür, noch einmal mit einem Dreizehnjährigen von vorne anzufangen.«

»Er sollte in eine jüngere Familie«, bekräftigte seine Frau.
»Vielleicht sogar zu Geschwistern. Wo es heiter zugeht, wo
mehr Leben tobt als bei uns beiden. Aber solange er noch nicht
die ideale Familie hat, sorgen wir gerne für ihn.«

Joshua hatte sich auf die Wiese geworfen, die beiden Hunde
rangelten spielerisch mit ihm, Lord, sein eigener Hund, schien
noch immer außer sich vor Freude, dass er den Jungen wieder-
hatte. Ella hatte das Zusammentreffen der beiden verpasst, aber
Joshua hatte ihr mit hochroten Wangen erzählt, dass Lord ihn
angesprungen und abgeleckt hatte, gewinselt und unaufhörlich
mit dem Schwanz gekreist.

Jetzt stand Ida auf und entschuldigte sich, sie musste im Haus
etwas erledigen.

»Sie haben sich tapfer geschlagen.« Ferdinand Reimers goss
ihr Tee nach. »Ich glaube im Übrigen nicht, dass Ihr Verhalten
ein Nachspiel hat. Die Polizei hat alle Hände voll zu tun, und
es scheint, als wäre der Fall Mauss sehr viel komplexer als gedacht.«

»Sie meinen die Bilder? Und den Mann, der darauf zu sehen
ist?«

»Doktor Gerber, ja. Ich rate Ihnen, mit niemandem darüber
zu sprechen. Die Sache ist brisant, der Mann ist einer der hoch-
rangigsten Politiker in der Stadt. Wenn da etwas dran ist, platzt
eine Bombe.«

»Er hat den Mord an dem Juwelier in Auftrag gegeben, oder
nicht?«

»Das wissen wir nicht. Aber das ist die Vermutung, die im
Raum steht.«

»Und dieser Verbrecher, Macke, der hat für ihn gearbeitet?«
Ella nahm einen weiteren Schluck Tee – er schmeckte köstlich,
fein und zart, sie kannte nur schwarzen Tee, der dick und bitter

war, den man mit Unmengen Zucker trinken musste. »Ich verstehe schon«, kam sie Reimers zuvor, »auch das wissen wir nicht.«

Sie hatte darüber nachgedacht. Darüber, was Paul herausgefunden hatte. Dass dieser Doktor Gerber auch mit dem Franziskusheim zu tun hatte, ja, dass die Existenz des Waisenhauses von ihm als Schirmherr abhing. Und ihr erster Gedanke war, dass es vielleicht kein Zufall war, dass Joshua erst in dieser Einrichtung untergebracht wurde und kurz darauf aus dieser auf seltsame Weise verschwand.

»Sie waren mit Joshuas Eltern befreundet?«

»Ja. Nicht sehr eng, David Weixelbaum und seine Frau waren deutlich jünger als Ida und ich. Aber wir waren Kollegen, da kennt man sich natürlich. Und wir gehörten der gleichen jüdischen Gemeinde an, dort trafen wir uns regelmäßig. Deshalb kennen wir auch Joshua quasi von Geburt an.«

»Was war sein letzter Fall? An was hat er gearbeitet, bevor er ums Leben kam?«

Ferdinand Reimers musterte sie. »Warum fragen Sie das, Ella?«

»Ich habe nur gedacht … Er hatte doch seine Kanzlei im Haus, nicht wahr? Also alle seine Unterlagen. Vielleicht war es doch kein Unfall. Und vielleicht sollte auch Joshua sterben.«

Der Anwalt sog scharf die Luft ein. »Das sind wilde Spekulationen.«

»Vielleicht war es kein Zufall, dass der Junge ins Franziskusheim kam.« Ella wusste, sie sollte den Mund halten. Aber das Ventil war nun einmal geöffnet, sie konnte nicht aufhören, sie musste einmal aussprechen, worüber sie die ganze Zeit grübelte. »Und vielleicht hat Macke ihn deshalb mit zu dem Juwelier genommen, um ihn dort zurückzulassen. Sie konnten ihn schlecht einfach so töten, dann hätte die Polizei Verdacht geschöpft, dass auch mit dem Brand etwas nicht stimmte.«

Hastig nahm sie noch eine große Gabel voll Sahnetorte, um sich selbst den Mund zu stopfen. Der Blick, mit dem der Anwalt sie ansah, war seltsam. Er war betroffen, erstaunt, skeptisch. Aber nicht belustigt. Er schien sie ernst zu nehmen.

»Der Brand wurde nicht näher untersucht. Funkenflug, nahm die Feuerwehr an. Es gab keinen Grund, von etwas anderem auszugehen.«

Ihrer beider Blicke wanderten automatisch zu Joshua, der im Gras saß und die Hunde mit Leckerchen fütterte. Lord machte kleine Kunststücke, er hob mal die Pfote, mal legte er den Kopf auf der flachen Hand des Jungen ab, mal rollte er sich um die eigene Achse. Principessa machte nichts dergleichen. Sie saß auf ihrem runden Hintern und wartete einfach nur auf den nächsten Leckerbissen.

»Ich werde mir die Unterlagen kommen lassen.« Der Gesichtsausdruck des Anwalts war ernst. »Nicht, dass ich glaube, dass die Polizei schlampige Arbeit geleistet hat oder dass an Ihren Spekulationen etwas dran ist. Aber Sie haben einen Zweifel in mir gesät. Einen furchtbaren Zweifel, dem ich nachgehen muss.«

Verlegen kratzte Ella mit der Gabel auf ihrem Teller herum. Sie hatte die Torte bewältigt. Vielleicht nicht mit Eleganz, aber manierlich. »Entschuldigen Sie. Es ist so mit mir durchgegangen. Vielleicht habe ich zu viel gedacht.«

»Auf keinen Fall. Man kann gar nicht genug denken. Sie sind klug. Sie sollten auch einmal darüber nachdenken, ob Brote-Ausfahren Sie auf Dauer glücklich macht.«

Ella sah auf. »Wie meinen Sie das?«

»Ich meine, dass Sie eine ganz außergewöhnliche Person sind. Und ich meine, dass Sie Fähigkeiten haben, von denen Sie selbst gar nicht wissen, dass Sie sie haben.«

Ella konnte nicht anders als breit grinsen. Das war das größte Kompliment, das ihr jemals irgendjemand gemacht hatte. Und das aus dem Mund eines studierten Mannes! Sie hatte keineswegs vor, ihre Arbeit bei den Wieses so schnell an den Nagel zu hängen. Sie mochte die Bäckersleute, und sie liebte es, am frühen Morgen mit dem Lastenrad durch die erwachende Stadt zu fahren.

Aber sie würde sich bilden. Einen Schulabschluss – das setzte sich Ella als nächstes Ziel.

40.

Kurz vor den Gleisanlagen bremste Paul sein Fahrrad ab. Blau leuchteten die wilden Lupinen, die entlang der Gleise wuchsen. Er wollte seiner Mutter einen großen Strauß pflücken, als Entschädigung für die Mühen und Sorgen, die er ihr gemacht hatte. Und als Türöffner für das Gespräch, das ihnen bevorstand.

Vor Kurzem noch hatte er hier gestanden, verzweifelt, wollte sich vor den Zug stürzen. Abgehalten hatte ihn damals der Gedanke daran, Hinnerk Macke zu fangen. Nun, dieses Ziel hatte er nicht erreicht. Im Gegenteil: Seine Jagd auf Hinnerk hatte die Situation für ihn noch verschlimmert. Nun wusste er, dass er seinen eigenen, ehemals geliebten Bruder jagte. Dieser Zwiespalt zerriss ihn: Sollte er alles daransetzen, dass die Polizei Hinnerk fasste? Mit Sicherheit stand am Ende die Guillotine für ihn bereit. Oder sollte er hoffen, dass Michael ihm noch ein weiteres Mal begegnete, als Bruder, um zu erfahren, was es mit seinem Verschwinden und seiner Verwandlung auf sich hatte?

Noch hatte Paul keine Antwort auf diese Fragen. Was er aber wusste: Er war jetzt ein anderer als der, der sich vor Wochen vor den Zug werfen wollte. Auch heute blickte er auf die Fabriken in der Ferne, *Roses Metallfabrik,* die Fischräucherei und die städtische Gasanstalt. Wie damals hörte er das Kreischen der

Güterzüge, der giftige Rauch, der aus den Schloten kam, biss ihm in der Nase.

Aber heute trug er den Kopf oben. Er war glimpflich davongekommen, ja, der Polizeipräsident selbst hatte ihn – zugegeben nach einer ordentlichen Standpauke – für seine Hartnäckigkeit und seinen Spürsinn gelobt.

Noch am frühen Morgen nach seinem Besuch bei Elmar Thönnes hatte dieser eine neuerliche Durchsuchung der Juweliers-Wohnung veranlasst. Die Kollegen hatten den Polizeifotografen Schultheiß mitgenommen, dieser fand unter einer Bodendiele belichtete Platten, die die Jungs von Hinnerk übersehen hatten. Was genau darauf zu sehen war, würde sich noch herausstellen, aber ein wichtiges Indiz konnte gesichert werden.

Außerdem war Eduard Kalweit den Namen und Adressen der angeblichen Adoptanten nachgegangen, wie sie in den Akten aus dem Franziskusheim, die Paul entwendet hatte, verzeichnet waren. Keines der angeblichen Paare existierte. Thönnes überlegte noch, welche Strategie er anwenden würde, um aufzuklären, was in dem Heim vor sich ging – denn offiziell konnten die illegal von Paul beschafften Akten nicht verwendet werden. Aber Paul war gewiss, dass Elmar ein Kniff einfallen würde.

Und am wichtigsten: Joshua hatte umfassend ausgesagt. Er hatte alles erzählt, was ihm in seiner Zeit in der Kinderbande widerfahren war, jede Misshandlung, jeden Einbruch und vor allem, was sich in der Nacht bei Juwelier Otto E. Mauss ereignet hatte. Er wurde nicht länger der Tat verdächtigt, der Mord an dem Juwelier galt als aufgeklärt, der wahre Täter war Hinnerk Macke.

In diesem Moment, wo Paul hier stand und Blumen pflückte, machten sich die Kollegen bereit, den Unterschlupf der Bande auszuheben.

Er war nicht dabei, und zum ersten Mal reute es ihn nicht. Er wollte nicht sehen, wie man seinen Bruder abführte. Wenn sie ihn denn überführen konnten, bis jetzt war er der Polizei noch jedes Mal auf den letzten Drücker entwischt. Vielleicht wünschte er sich sogar, dass es ihm auch jetzt gelang, dachte Paul.

Seine eigene Vernehmung hatte lange gedauert, jedes Detail hatte er ausgepackt, nur über die Sache mit Stackleton geschwiegen. Denn auch diese Tat war aufgeklärt, so viel hatte er mitbekommen, man verdächtigte Viktor Dumont, dessen Armbanduhr im Keller gefunden worden war.

Nachdem die Kollegen mit ihm fertig waren, hatte man Paul gebeten zu warten, Roscher und Thönnes wollten beraten, wie sie mit ihm verfahren sollten. Und sie waren milde gewesen. Da das Franziskusheim keine Anzeige wegen Einbruch erstattet hatte und auch sonst niemand durch seine Ermittlungen auf eigene Faust zu Schaden gekommen war, verzichteten sie darauf, gegen ihn vorzugehen. Er kam mit einer Verwarnung davon. Gustav Roscher allerdings appellierte an Paul, dass er sich bemühen solle, sein Leben wieder in geordnete Bahnen zu lenken und sich nicht als Detektiv zu betätigen. Und er eröffnete Paul, dass diesem nach wie vor eine Arbeit im Präsidium offenstand. Schließlich war Paul auf eigenen Wunsch aus der Truppe ausgeschieden. Der Präsident betonte, dass sie bei der Polizei kluge Köpfe in allen Bereichen brauchen konnten – und wenngleich Paul nicht mehr als aktiver Uniformierter auf der Straße in den Dienst konnte, so war das Präsidium auch eine Behörde. »Ein schöner Arbeitsplatz am Schreibtisch«, so hatte Roscher sich ausgedrückt, sei Paul gewiss. Wenn er denn wolle.

Er hatte sich Bedenkzeit ausgebeten. Paul würde einige Nächte darüber schlafen müssen, denn wenn ihn Schreibtischarbeit auch nicht reizte, so wusste er auch, dass er nicht für immer im Schlachthof bei Eugen bleiben wollte. Ein regelmäßiges gutes Gehalt winkte bei der Polizei, Ansehen und Aufstiegschancen. Seine Mutter würde er sehr glücklich machen.

»Ach, Junge«, Martha Klinker schloss Paul fest in ihre mütterlichen Arme, er spürte, dass die Anspannung von ihr abfiel. Viel war geschehen, seit Ella am Vorabend den Anwalt ins Haus geholt hatte, und Paul wusste, dass seine Mutter den ganzen heutigen Tag gebangt hatte, wie es wohl mit Joshua und ihm ausgegangen war. Erst nachdem sie sich aus der Umarmung löste, beachtete sie den riesigen Strauß blauer Blumen. »Mensch, so eine große Vase habe ich gar nicht«, lachte sie und kramte schließlich einen Blecheimer unter der Spüle hervor, in den sie die Blumen stellte. Die Lupinen brachten die kleine Küche zum Leuchten, gerührt registrierte Paul, dass ein gedeckter Tisch auf ihn wartete. Graubrot, echte Butter sowie selbst eingelegte Gurken und Radieschen aus dem kleinen Gemüsegarten hatte seine Mutter bereitgestellt. Dazu aufgeschnittenen Braten von Eugen.

»Hol mal Bier aus dem Keller«, bat sie ihn, »zur Feier des Tages.«

Paul hatte ihr noch keine detaillierte Schilderung der Geschehnisse abgeliefert, aber sie schien ihm anzumerken, dass er ungeschoren aus dem Schlamassel gekommen war.

Er stieg in den kleinen Erdkeller hinunter, kühle Frische umfing ihn. Kurz erschien das Bild des toten Mortimer Stackletons vor seinem geistigen Auge, aber er konnte es erfolgreich vertreiben. Er hatte ihn nicht getötet, hatte keine Schuld auf sich geladen. Paul nahm zwei Flaschen, hielt eine an sein Gesicht und genoss das Gefühl des glatten und kalten Glases auf seiner Haut. Kurz überlegte er, was er seiner Mutter offenbaren sollte, und entschied sich dafür, ihr zu verschweigen, dass Hinnerk Macke ihr totgeglaubter Sohn war. Den furchtbaren Schmerz, dass

Michael nicht mehr da war, würde die Erkenntnis, dass er einer der übelsten Verbrecher der Hansestadt war, nur verschlimmern. Das hatte sie nicht verdient.

Bevor er die Küche betrat, hielt Paul inne. Er hörte, wie sein Vater einen erneuten Hustenkrampf bekam, und ging statt zu seiner Mutter in das kleine Schlafzimmer, wo der Vater im Bett lag. Paul würde ihn später wieder in die separate Kammer bringen, die sie für Joshua frei gemacht hatten. Die Kammer mit den Geldumschlägen unter dem Bett.

Paul setzte sich zu seinem Vater und flößte ihm etwas von dem Medikament ein, das der Arzt dagelassen hatte. Die Herointabletten waren das Einzige, was gegen die schrecklichen Krampfanfälle des Vaters half. Paul sah dabei zu, wie sein Vater langsam wieder zu Atem kam. Ob er noch etwas davon merkte? Störte ihn der Husten? Der Arzt hatte ihnen gesagt, dass man nicht wissen konnte, was der Vater noch imstande war zu begreifen. Ob er überhaupt etwas hörte, fühlte. Vielleicht war sein Körper nur mehr eine Maschine, die einfach funktionierte. Paul ließ den Verschluss seiner Bierflasche aufploppen und hielt sie seinem Vater an die Lippen. Vorsichtig benetzte er sie, ließ ein kleines Rinnsal in den Mund fließen. Sein Vater schluckte. Lächelte er?

»Schmeckt, Papa, was?« Paul setzte die Flasche ab, strich seinem Vater sanft über die Wange. »Michael ist zurückgekommen«, flüsterte er. »Es ist ein Geheimnis, behalte es für dich, ja?«

Sein Vater zeigte keine Reaktion, Paul stand auf. Er hatte es gesagt. Sein Geheimnis geteilt. Und auch wenn sein Vater nichts begriff – wer wusste das schon? Aber für ihn spielte es eine Rolle. Er trug die Last nicht mehr allein.

Nach dem Abendbrot setzten sie sich in den Hof. Der Abend war mild, nach einem heißen Tag fuhr ein sanfter Wind durch die Blätter der großen Kastanien und brachte angenehme Abkühlung. Friedlich war es, die Hühner des Nachbarn gackerten leise, nur in der Ferne erahnte Paul die Geräusche der an- und abfahrenden Züge im Bahnhof Altona.

»Jeden Monat einer«, sagte seine Mutter plötzlich unvermittelt. »Seit drei Jahren. Ich dachte erst, dass sie von dir sind.«

Verdutzt sah Paul sie an. Die Geldumschläge! Er hatte sich vorgenommen, seine Mutter danach zu fragen, aber nun brachte sie sie selbst zur Sprache.

»Ich mag es nicht ausgeben«, fuhr sie fort. »Vielleicht ist es ein Irrtum?«

Nein, dachte Paul. Ich ahne jetzt, wer das Geld schickt. Jemand, der Ablass für seine Sünden zahlt. Aber auch darüber würde er schweigen. Stattdessen ergriff er die Hand seiner Mutter und drückte sie. Langsam zog Friede in sein Herz.

41.

»Junge Witwe für erlittenes Unglück entschädigt«, las Louise auf der vierten Seite des *Hamburger Echo*. Der Journalist war eingeweiht, und Louise fand, er hatte seine Sache gut gemacht. In dem zehnzeiligen Bericht unter dem Foto, das sie stolz in ihrem Hof mit einer Schatulle zeigte, standen alle nötigen Informationen. Dass Louise Dumont, jung verwitwet, alles verloren hatte, aber ihren Anteil am Grundstück des ebenfalls ums Leben gekommenen Engländers Mortimer Stackleton beanspruchte. Tiefer Fall, arme Frau und so weiter. Max Lauritzen drückte ordentlich auf die Tränendrüse. Zum guten Ende aber nahm der kleine Bericht eine überraschende Wendung: Im Nachlass des Briten hatte die beklagenswerte Frau eine Geldkassette mit einem nicht unerheblichen Geldbetrag gefunden. Ende gut, alles gut!

Bestens. Der Köder war ausgeworfen! Louise riss die Seite aus der Zeitung, faltete sie zusammen und steckte sie in ihre Handtasche. Im Spiegel überprüfte sie ihr Äußeres. Fast hatte sie ihre frühere Eleganz wiedererlangt, aber eben nur fast. Sie war jetzt eine andere, und sie fand, das durfte man durchaus sehen. Ihr entschlossener Zug um den Mund war neu und verlieh ihrem mädchenhaften Aussehen etwas Erwachsenes. Und Grazie. Ihr Haar trug sie unter dem Sommerhut weich aufgesteckt, wie es Mode war, aber sie drehte sich keine Löckchen mehr an der Seite auf – zu verspielt. Der Strohhut war dezent, mit einem blauen Band, kühle hanseatische Eleganz. Von einer Kollegin aus der Hauptpost hatte sie sich eine Seidenbluse geliehen, sehr schlicht, ohne Rüschen und Stickereien. Cremefarbener Chiffon, passend zu ihrem mittelblauen Rock aus ihrem eigenen Kleiderschrank. Sie war mit sich zufrieden. Nun hoffte sie, dass ihr kühner Plan aufging. Und sich Viktor nicht allzu viel Zeit ließ, aus der Deckung zu kommen.

Louise wollte in einem ersten Impuls die Wohnung hinter sich abschließen, doch dann unterließ sie es. Falls Viktor hier hereinwollte, sollte er nicht auch noch das neue Schloss aufbrechen, es hatte sie eine ordentliche Summe gekostet, überall die neuen Schlösser zu installieren. Nein, wenn er kam, sollte er einfach eintreten. Sie hoffte nur, dass er bei der Suche nach dem Geld nicht das Unterste zuoberst kehrte, sie und Ella hatten sich ihr neues Zuhause in den vergangenen Tagen so wunderbar wohnlich eingerichtet, es wäre doch schade darum.

Ella hatte ein Händchen für Gelegenheiten – jeden Tag brachte sie eine neue Errungenschaft nach Hause. Ob Stoff für Vorhänge, duftende Seifenstücke oder eine hübsche Tischlampe – stets hatte sie nur wenige Groschen dafür ausgegeben oder aber die Dinge geschenkt bekommen. Louise schien es, als kenne Ella jeden Menschen auf Sankt Pauli, von den Anheizern vor den Tanzlokalen bis zu den Ladenbesitzern, Kellnerinnen oder Marktfrauen – wann immer sie mit Ella unterwegs war, wurden sie gegrüßt. Kein Wunder, Ella war auch auf dem Kiez mit all seinen skurrilen Bewohnern eine auffällige Person. Sie hatte es aufgegeben, ihre Haare zu bändigen, die dicken Locken standen ihr wie ein Heiligenschein vom Kopf ab. Außerdem hatte sie ein Faible für kräftige Farben entwickelt, Ellas Blusen, Kleider und Röcke waren rot oder grün, jüngst hatte sie ein kornblumenblaues Ensemble erstanden, mit dem sie aus jeder Menge hervorstach. Und erst der Mops! Principessa bekam Tag für Tag ein neues Halsband umgebunden – farblich passend zur Kleiderwahl ihres Frauchens. Natürlich waren die beiden ein Hingucker auf den Straßen.

Gegensätzlicher konnten Louise und Ella nicht sein – Louise strebte nach schlichter Eleganz, während Ella wie ein Knallbonbon daherkam. Früher hätte Louise sich für eine solche Gesellschaft geschämt, jetzt zeigte sie sich stolz mit ihrer Freundin an der Seite.

Heute allerdings war sie allein. Ganz bewusst, die Bahn für Viktor sollte frei sein. Lange hatte Louise darüber nachgedacht, wo sie Viktor am besten erwischte – oder besser: er sie antreffen konnte. Sie wollte keinesfalls in ihrer Wohnung auf ihn warten wie das Kaninchen in seinem Bau, nein, ihr war klar, dass sie sich öffentlich präsentieren musste. Er sollte keinen Argwohn haben, alles sollte so wirken, als rechnete sie nicht damit, dass er auftauchen könnte. Für Viktor musste es so aussehen, als fühlte sie sich vollkommen sicher. Erst dann würde er sich aus der Deckung wagen.

Zielstrebig steuerte sie die *Hamburg-Amerika-Bar* an. Hier hatte sie ebenfalls noch eine Rechnung offen, und wenn sie gleich zwei Fliegen mit einer Klappe schlagen konnte, umso besser.

Tief einatmen, Louise, Kinn hoch, Brust raus, Rücken gerade! Sie öffnete die Tür, steuerte einen Platz mittig an der Bar an und ignorierte die Blicke, die ihr folgten. Aus den Augenwinkeln sah sie, wie der Geschäftsführer auf sie zusteuerte.

»Champagner, bitte.« Louise lächelte die Frau an der Theke liebenswürdig an. Eigentlich sollte sie nüchtern bleiben, aber ein Glas Champagner konnte nicht schaden, mehr als eines überstieg sowieso ihr Budget.

Jemand räusperte sich neben ihr, Louise musste gar nicht hingucken, um zu wissen, wer das war. Sie nahm stattdessen ihre Handtasche, klappte sie auf und zog den Zeitungsartikel hervor.

»Meine Dame, ich muss doch sehr bitten …«

Wortlos schob sie dem Geschäftsführer die Zeitungsseite hin und zeigte auf den Artikel. Im gleichen Moment bekam sie ihren Kelch mit dem herrlich sprudelnden Lieblingsgetränk.

»À la vôtre!« Louise drehte sich zu dem Mann, der gerade noch im Begriff gewesen war, sie hinauszukomplimentieren, und hob ihr Glas.

Offensichtlich hatte er sie auf dem Foto erkannt und auch den Bericht darunter gelesen. Er faltete die Seite zusammen, schob sie wieder zu Louise. »Ich entschuldige mich in aller Form. Das Getränk geht selbstverständlich aufs Haus, Madame.«

Ach, wie gerne hätte sie den kleinen Triumph groß ausgekostet, aber das wäre allzu billig gewesen. Stattdessen nickte Louise nur leicht mit dem Kopf, lächelte und jubilierte im Stillen. Ab sofort würde sie jede Chance nutzen, dieses Etablissement ohne männliche Begleitung zu besuchen – am liebsten mit dem bunten Paradiesvogel Ella an ihrer Seite!

Sie ließ sich ausreichend Zeit mit ihrem Getränk, und statt sich ständig umzusehen, ob sie eventuell bereits beobachtet wurde, konzentrierte sie sich ganz und gar darauf, die Damen hinter der Theke bei ihrer Tätigkeit zu beobachten und versuchte, sich die Namen auf den Flaschen einzuprägen. *Hayman's*

London Dry Gin, Hapsburg Absinthe, Adler-Wodka – wie verheißungsvoll! Sie sah, wie die Frauen Liköre, Schnäpse, Sirups oder Brandys in kleinen silbernen Gefäßen abmaßen, wie sie die Flüssigkeiten in die Shaker gossen, zusammen mit Eis, und kunstvoll schüttelten. Die abgezirkelten Bewegungen übten einen zusätzlichen Reiz aus, um wie viel kunstvoller war das, als nur ein Bier zu zapfen. Wobei auch das eine Kunstform war, Louise fielen die Wirte in London ein, die das dunkle Guinness aus Holzfässern zapften und den cremigen Schaum mit einer Art Messer über dem Glasrand regelrecht abschnitten, sodass die Schaumkrone wie eine ebene weiße Haube über dem Bier saß. Interessiert musterte sie die verschiedenen Formen von Gläsern, ebenso wie Champagner in Flöten oder flachen Schalen serviert wurde, schien es auch für jedes Schüttelgetränk das passende Glas zu geben. Kurze, gedrungene Kristallgläser mit Schliff, hohe, zylindrische, konvex geformte mit elegantem Stiel.

Louise würde all dies lernen müssen, das Mixen von Cocktails und anderen Schüttelgetränken. Und sie wollte es lernen. Im Geiste sah sie sich hinter dem Tresen ihrer eigenen kleinen Bar, ihrem schicken Etablissement, in dem sie die Regeln bestimmte. Davon träumte sie. Nicht von Heirat und Kindern. Nicht davon, als Fräulein vom Amt zu versauern. Nein, sie wollte Gastgeberin sein, mit Menschen in Kontakt kommen und ihre Geschichten hören. Aber bis dahin musste sie noch einige Hürden überwinden.

Das Glas war leer, Louise verabschiedete sich mit einem Nicken und verließ die Bar. Draußen auf dem Spielbudenplatz herrschte reges Treiben. Unternehmungslustige Paare, einzelne Herren oder mehrere Männer zusammen, sogar kleine Damengrüppchen streiften auf der Suche nach Vergnügungen umher – Frauen ohne Begleitung sah sie nicht. Die einzigen Exemplare dieser Art gingen ihrer Arbeit nach. Da Louise sich dem Verdacht, eine Prostituierte zu sein, nicht noch einmal aussetzen wollte und sie außerdem wusste, dass Viktor, falls er ihr auflauerte, sich ihr gewiss nicht auf dem belebten Platz nähern würde, schlug sie den Weg zur Pfeiffergasse ein. Sie schlenderte, ließ sich Zeit, versuchte herauszufinden, ob sie beobachtet oder gar verfolgt wurde. Blieb vor Etablissements und Schaukästen stehen, aber alles wirkte unauffällig. Ihre beiden ständigen Verfolger beschränkten sich mittlerweile darauf, ihr Grundstück im Auge zu behalten, manchmal tauchten sie tagelang nicht auf. Der Unbekannte schien sich darauf zu verlassen, dass er ihr Wort hatte – sie würde Viktor anlocken, das hatte sie ihm versprochen. Nun, sie bemühte sich.

Als sie sich ihrer Wohnung näherte, schauderte sie. Das geduckte Haus mit der Kneipe und der Wohnung darüber lag dunkel da, nur wenige Passanten liefen daran vorbei. Louise verlangsamte ihre Schritte. Würde er auf sie warten? Heute? Morgen? Übermorgen? Plötzlich schob jemand seinen Arm unter ihren.

»Mein schönes Fräulein, darf ich wagen, meinen Arm und Geleit Ihr anzutragen?«

Viktor. Seine Stimme nah an ihrem Ohr – Louise bekam Gänsehaut, ihr Herz schlug laut, sie wagte nicht, zu ihm zu sehen. Welche Chuzpe er doch besaß! Sich ihr auf offener Straße zu nähern! Und dann noch aus Goethes *Faust* zu zitieren, ganz wie ein Bildungsbürger. Am liebsten hätte sie ihm vor die Füße geworfen, dass sie wusste, dass er der Sohn eines Besenbinders war, Reinhard Pagel aus Oldenburg. Aber sie musste das Spiel mitspielen, er sollte sich in Sicherheit wiegen.

Louise blieb stehen, entzog ihm vorsichtig ihren Arm und drehte sich zu ihm. Stumm sah sie ihn an. Was erwartete er? Dass sie weinen, schreien, zusammenbrechen oder ihn gar küssen und umarmen würde? Welche Reaktion war angemessen, was sollte sie ihm vorspielen? Oder vielmehr: Wozu war sie in der Lage?

Louise entschied sich für Ehrlichkeit.

»Viktor. Ich bin nicht sehr überrascht.«

Er lächelte sie an, so, wie er sie stets angelächelt hatte, wenn er sie bezirzen wollte. Ihr seine Liebe gestand. Wenn er sie anlog, wie sie heute wusste. Wie er sich verändert hatte. Er trug keinen Schnurrbart mehr, war glatt rasiert und schien jünger. Das dunkle Haar hatte er blond gefärbt, das ließ ihn braver wirken, jungenhafter. Er trug ein weißes, lockeres Hemd ohne Binder, recht verwegen, und eine helle Hose. Kein Jackett, keinen Stock, keinerlei Ballast – so blieb er beweglich, durchzuckte sie der Gedanke. Er würde jederzeit fliehen können, was auch immer geschah.

»Du bist nicht überrascht? Dabei hast du der Zeitung von deinem Elend als junge Witwe erzählt und den Tod deines Mannes beklagt.«

In Viktors Rücken entdeckte Louise jetzt zwei Männer mit Hüten, die auf sie zusteuerten. Sie wusste genau, um wen es sich handelte. Die Pinkertons. Diese beiden würden ihre Pläne durchkreuzen. Wenn sie versuchen wollten, sich Viktor zu schnappen, hier auf offener Straße, wäre alles vergebens. Sie war nur wenige Meter vom Eingang der Kneipe und zum Hof entfernt.

»Was willst du?« Sie drehte sich von Viktor weg und ging raschen Schrittes von ihm fort. Wenn er etwas von ihr wollte, und sie wusste, dass es so war, durfte er die Männer nicht bemerken und musste ihr folgen.

»Dich. Ich musste dich sehen.« Viktor kam ihr nach. So dicht lief er hinter ihr, dass sie seinen Geruch in ihrer Nase hatte. Diesen unvergleichlichen Duft von Old Spice. Früher war sie verrückt danach gewesen, jetzt verursachte er ihr Übelkeit.

»Das musst du mir nicht weismachen. Ich bin dir gleichgültig. Bin es wahrscheinlich immer gewesen.« Nur noch wenige Meter, dann hatte sie es geschafft. Wenn sie ihn erst einmal in den Hof gelotst hatte, war ihm der Fluchtweg versperrt. Louise hatte es gerade bis zum Eingang der Kneipe geschafft, Viktor folgte auf dem Fuß. Nur noch drei Schritte, dann waren sie fort von der Straße und im Innenhof. Aber zu spät! Ihre beiden Verfolger hatten an Tempo zugelegt, sie standen nun direkt hinter Viktor und versuchten, ihn zu packen.

»Das ist eine Falle«, hörte sie Viktor zischen. Er drehte sich behände zu den Männern um, rammte dem einen von ihnen die Faust in den Bauch, der klappte mit einem Stöhnen zusammen, sein Partner jedoch zog einen Revolver. Louise drückte sich flach an die Mauer ihres Hauses.

»Keine Menkenke.« Der Mann mit der Waffe bedeutete Viktor gestisch, dass er sich in den Hof bewegen sollte, auf der Straße waren Leute, noch hatte allerdings niemand bemerkt, was hier los war.

Viktor blickte zwischen Louise und dem Fremden, der ihn bedrohte, hin und her, er wollte etwas sagen, aber Louise kam ihm zuvor.

»Hilfe!«, schrie sie, »Hilfe, hier!«

Ihre Stimme überschlug sich, und dann geschah alles gleichzeitig. Sowohl der Revolvermann als auch Viktor zögerten einen Moment, bevor Viktor versuchte, über die Pfeiffergasse zu entkommen. Der Mann mit Hut zielte auf ihn, doch im selben Moment erschienen die Beamten von Elmar Thönnes. Sie waren in Zivil, hatten sich als Passanten getarnt und schnitten Viktor den Weg ab.

Dieser fackelte nicht lange, sprang zurück, packte Louise am Handgelenk und riss sie an sich. Er drehte ihr einen Arm auf den Rücken und drückte ihr etwas an die Schläfe. Louise gefror das Blut in den Adern – war das eine Pistole? Er bedrohte ernsthaft ihr Leben? Wenn sie noch einen letzten Beweis dafür gebraucht hätte, dass dieser Mann sie nicht mehr liebte, vielleicht nie geliebt hatte, so war dieser nun erbracht.

Sowohl die beiden Detektive als auch die Polizisten hielten inne. Viktor zog Louise in festem Griff, weiterhin die Waffe an ihren Kopf gedrückt, mit sich in den dunklen Hof.

Louise fühlte nichts. Keine Wut, nicht einmal Furcht. Sie war vollkommen erstarrt, konnte nicht denken, nahm weder Geräusche noch Gerüche war, sie war eine willenlose Puppe.

Schritt für Schritt ging Viktor rückwärts, seine Verfolger im Blick, mit dem Rücken in die Schwärze des Hofes. Langsam kehrte das Leben in Louise zurück, und sie begann fieberhaft zu überlegen, was sie tun konnte. Er würde nicht schießen, dachte sie mit Gewissheit. Viktor hatte sich den Rückzug sichern wollen, aber nie und nimmer würde er ernsthaft auf sie schießen. Aus dieser Überzeugung heraus nahm sie ihren Mut zusammen und begann, sich gegen ihn zur Wehr setzen. Sie versuchte, sich aus seinem Griff zu winden, und in dem Moment, als Viktor die Hand mit der Waffe sinken ließ, um Louise weiter festzuhalten, tauchte eine Gestalt aus der Dunkelheit des Innenhofes auf.

»Jetzt mach keine Dummheiten.«

Unverkennbar die knurrige Stimme des Inspektors. Louise atmete auf, wagte aber dennoch nicht, den Kopf zu drehen, doch plötzlich wurde Viktors Griff schwächer, er ließ sie los.

Und es wurde hell.

Eduard Kalweit war da, reichte ihr die Hand, Louise ging zwei Schritte auf ihn zu, warf einen Blick zurück und sah, was geschehen war. Wie verabredet hatte Elmar Thönnes mit seinen Leuten im Hof Posten bezogen. Er selbst stand breitbeinig da und hatte eine Waffe auf Viktor gerichtet, während Kommissar Brenner auf der anderen Seite sich bereitmachte, Viktor Handschellen anzulegen.

»Waffe fallen lassen!«, forderte Elmar Thönnes Viktor auf.

In einem Halbkreis um die Gruppe standen zehn Uniformierte, jeder von ihnen mit einer entzündeten Karbidlampe, und beobachteten mit Argusaugen das Geschehen. Viktor aber starrte nur Louise an. Er sah ihr in die Augen, hob die Hand mit der winzigen Waffe, einem kleinen silbernen Damenrevolver, und mit einem Knall versank alles um Louise herum in Dunkelheit.

Später

42.

Der Knall hallte durch den Raum, die Gäste jubelten, als hätten sie nur auf diesen Startschuss gewartet. Sekt schäumte aus der Flasche, deren Korken Ella soeben mit Kraft herausgedreht hatte. Nun goss Louise das perlende Getränk in den obersten Kelch der Pyramide, so lange, bis auch die untersten Gläser gefüllt waren. Sie hatte sich diesen Aufbau in der *Hamburg-Amerika-Bar* abgeguckt und beeindruckte nun hiermit ihre Eröffnungsgäste. Kaum hatte sie zwei Flaschen feinen Rieslingsekt auf diese Weise geleert, verteilte Ella die gefüllten Gläser. Die Bar war mehr als gut besucht, sie war zu Ellas und Louises Freude rappelvoll. Und die Laune im Publikum war ebenso überschäumend wie der Sekt.

Jemand schlug einen Löffel gegen ein Glas, und rasch verstummten die Gäste. John stieg auf einen Stuhl, hielt sein Sektglas hoch und rief: »Einen Toast!«

Lachen und Applaus, Ella lachte und klatschte, Louise lächelte stolz. Während der Artist eine kurze Rede auf die beiden Frauen hielt und sie in der Gemeinschaft der Gaststättenbetreiber auf Sankt Pauli willkommen hieß, ihnen viel Erfolg wünschte und seiner Hoffnung Ausdruck gab, dass der Fluss an belebenden Getränken niemals versiegen möge, sah Louise sich um. Alle waren sie gekommen, Freunde und Nachbarn. Neben John und Samantha die Betreiber des *Caféhaus Nicola*,

Pauls Chef Eugen Baumwald mit seinen Männern – auch wenn Louises Etablissement vermutlich nicht die Art von Kneipe war, die die Metzger normalerweise frequentierten, so hatten sie sich doch für diesen Anlass herausgeputzt. Louise war den Männern außerordentlich dankbar, ohne deren tatkräftige Unterstützung hätten sie es niemals geschafft, binnen drei Monaten nach der Verhaftung Viktors zu eröffnen. Aber während sie mit ihrer Verletzung im Krankenhaus lag, war Ella aktiv geworden. Sie hatte die kräftigen Gesellen aus Baumwalds Betrieb tatsächlich dazu gekriegt, den Umbau der *London Tavern* in Angriff zu nehmen, und zumindest die gröbsten Aufgaben waren erledigt, als Louise wieder nach Hause zurückkehrte. An den Feinheiten der Inneneinrichtung hatten Ella, Paul und sie in den letzten vier Wochen jeweils nach Arbeitsschluss gearbeitet. Das Gerümpel von Stackleton in der Lagerhalle war Gold wert, einiges hatten sie für die Einrichtung der kleinen Bar brauchen können – die hohen Stühle mit rotem Samtpolster oder kleine Kristalllüster, einer hing an der Decke, andere zierten die Wände. Paul konnte mit Elektrik umgehen, er verlegte Leitungen und installierte Lampen. Das alte Mobiliar der *Tavern* hatten sie herausgerissen, alles, bis auf den Tresen und die Zapfanlage. Louise hatte sich eine verspiegelte Wand hinter dem Flaschenregal gewünscht und sie bekommen. Außerdem strichen sie den kleinen Raum in geheimnisvollem Dunkelrot. Die schäbigen hölzernen Paneele hatte Ella mühevoll gesäubert und nachtblau überstrichen. Der Raum wirkte noch ein wenig kleiner als zuvor, dafür hatte Louise sich durchgesetzt und zwei Durchbrüche machen lassen, wo sie schummrige Separees einrichtete. In einem davon saßen vier ihrer Kolleginnen aus dem Hauptpostamt und nahmen tuschelnd jeden männlichen Gast ins Visier. Louise lächelte ihnen zu. Weibliche Gäste waren ihr herzlich willkommen – ob allein oder in Gruppen, und sie hoffte, dass sich dieses Angebot herumsprach. Jede Frau sollte sich in ihrer kleinen *Bar Fatal* zu Hause fühlen.

Der Name war ihr im Krankenhaus eingefallen. Sie hatte unbedingt etwas Ausländisches haben wollen. *Bar Americain* hätte ihr gefallen, aber das war der *Hamburg-Amerika-Bar* zu ähnlich. Ella hatte für *Bar Ahoi* plädiert, aber diesen Vorschlag schmetterte Louise in hohem Bogen ab. Zu wenig weltmännisch, zu wenig geheimnisvoll. Dann war ihr der Begriff Femme fatale in den Sinn gekommen, und der Name für ihr Etablissement war geboren.

Viktor hatte ihren Arm getroffen, ein glatter Durchschuss, kein Knochen verletzt – sie hatte Glück im Unglück gehabt. Auch jetzt noch trug Louise den Verband am linken Arm, und sie trug ihn wie eine Trophäe. In dem ärmellosen und tief ausgeschnittenen Seidenkleid, das sie sich hatte schneidern lassen, konnte jedermann sehen, wo Viktor sie getroffen hatte – nicht ins Herz!

John beendete seine Rede und stieg unter Applaus vom Stuhl, als Paul sich zu Ella und Louise hinter die Theke stellte. Er überprüfte, ob noch Bier im Fass war, zapfte sich selbst ein kleines Glas und wollte sich gerade wieder auf die Straße begeben, als ein unerwarteter Gast eintrat. Inspektor Thönnes gab sich die Ehre! Er grüßte und sah sich interessiert um.

»Sie haben den Laden ordentlich umgekrempelt, Frau Dumont.«

»Das war meine Absicht. Sekt?«

Der große Blonde schüttelte sich. »Mädchenbrause. Geben Sie mir ein ordentliches Bier und einen Klaren.« Er setzte sich an den Rand des Tresens und sah sich um. »Schön gemacht. Und nette Gäste. Hoffentlich bleiben die Saufkumpane von Stackleton Ihrem hübschen Laden fern.«

»Dafür habe ich den besten Mann engagiert.« Louise stellte dem Inspektor sein Gedeck hin und zeigte mit dem Kinn auf Paul. »Er lässt nicht jeden rein.«

Sie beglückwünschte sich dazu, dass sie auf die Idee gekommen war, den ehemaligen Polizisten als Türsteher zu engagieren. Auf Sankt Pauli trieb sich nicht wenig Gesindel herum, und es würde sich schnell herumsprechen, dass die Bar von zwei Frauen betrieben wurde. Paul war sofort einverstanden, sich am Abend ein paar Groschen dazuzuverdienen. Jetzt wechselte er ein paar Worte mit seinem ehemaligen Chef und bezog dann wieder Position an der Tür.

Louise nippte an ihrem Sektkelch und musterte Elmar Thönnes. Ein gut aussehender Mann. Einer der Eindruck machte. Ob sie ihn als Gast gewinnen konnte? Es käme ihr zupass, wenn ab und an Polizisten bei ihr einkehrten, das hielt Ganoven fern. Und von diesen hatte sie wahrlich genug.

»Sind unsere Freunde noch einmal bei Ihnen aufgetaucht?«

Er meinte die Pinkertons. »Nie wiedergesehen. Gottlob.« Trotzdem ertappte Louise sich hin und wieder dabei, wie sie hinter sich guckte, um zu sehen, ob sie verfolgt wurde oder nicht. Schließlich hatte sie dem Unbekannten zwar das gegeben, was sie ihm versprochen hatte – ihren Mann anlocken –, aber das war nicht, was er erwartet hatte. Er hatte Viktor haben wollen und konnte nicht damit zufrieden sein, dass der sich in Haft befand und ihm ein ordentlicher Prozess gemacht wurde. Wer der mysteriöse Unbekannte war, hatte Louise nie erfahren. Die beiden Pinkerton-Detektive hatten eisern geschwiegen und waren nach Viktors Verhaftung nicht mehr gesehen worden. Ob er sich damit zufriedengeben würde, dass Viktor der Prozess gemacht wurde? Insgeheim hatte Louise das dunkle Gefühl, dass diese erste Begegnung nicht die letzte mit ihm gewesen sein könnte.

»Ich habe gehört, der Haftbefehl gegen Sie in Frankreich wurde aufgehoben.« Thönnes musterte sie. Weniger durchdringend als bei der Vernehmung, aber dennoch fiel es schwer, unter seinem Blick nicht nervös zu werden.

»Dank des besten Anwalts der Welt«, Louise zeigte auf eines der Separees, in dem Ferdinand Reimers mit seiner Frau und einem anderen Ehepaar saß, »bin ich eine unbescholtene Frau.«

Der Inspektor grinste. »Ich habe durchaus etwas für die Sünde übrig.«

Überrumpelt sah Louise ihn an.

Er hielt ihren Blick. Louise wurde heiß. Das ging ja schon gut los. Ihr erster Abend hinter der Theke, vermutlich musste sie sich an Avancen dieser Art gewöhnen. Sie hob ihr Glas und lächelte. »Auf die Sünde!«

Ella beobachtete Louise und den Inspektor. Dass die Luft zwischen den beiden brannte, konnte sie auf die Distanz spüren. Ein interessantes Paar, dachte sie amüsiert und wandte sich wieder ihrer Gesprächspartnerin Thea Ruland zu, während sie Gläser spülte, abtrocknete und eine Sektflasche nach der anderen öffnete. Davon hatte sie einmal geträumt, dachte Ella. Verkäuferin in einem Laden sein oder eine kleine Gastwirtschaft zu betreiben. Tatsächlich bereitete es ihr Vergnügen, alles ging ihr leicht von der Hand. Und trotzdem spürte sie schon jetzt, am allerersten Abend in Louises Bar, dass dies für sie keine Tätigkeit war, die sie Abend für Abend ausüben wollte. Und nicht nur, weil sie viel zu wenig Schlaf bekommen würde – die Arbeit für die *Bäckerei Wiese* wollte Ella keinesfalls aufgeben –, sondern weil sie über den Verein *Frauenwohl* ein Bildungsprogramm begonnen hatte. Ida Reimers hatte es ihr vermittelt, es war eine Möglichkeit für Frauen aus der Arbeiterschicht, einen Schulabschluss nachzuholen. Dreimal in der Woche ging Ella direkt nach der Arbeit in die Paulstraße und klemmte sich hinter eine Schulbank. Sie lernte von Grund auf das Schreiben und Rechnen. Später würde Unterricht in Geschichte, Politik und Allgemeinbildung hinzukommen. Sie konnte es nicht erwarten. Ella war die eifrigste Schülerin in ihrer Klasse, ihre Lehrerin lachte schon, wenn sie nach der Stunde die Bücher in Empfang nahm, die Ella sich von ihr geliehen hatte. Denn sie verlangte umgehend nach neuer Lektüre, die Lehrerin nannte sie »Bücherfresserchen«. Im Moment las sie ein anstrengendes Buch, *Stolz und Vorurteil,* aber obwohl sie sich bei der Lektüre sehr konzentrieren musste, berührte es sie tief.

So wollte Ella ihr Leben lang ihre Zeit verbringen: Auf dem Bett liegen oder im Sessel sitzen, die Nase in ein Buch gesteckt, die schlafende Principessa zu ihren Füßen oder in ihrem Schoß.

»Herrlich, einfach herrlich«, seufzte Thea Ruland neben ihr. »Diese Umgebung inspiriert mich ungemein!«

Ella lachte in sich hinein. Es gab nichts, wovon Frau Ruland nicht inspiriert wurde. Die Künstlerin und Textilwerkerin hatte die Lagerhalle gemietet, nachdem Ella und Louise die Sachen von Stackleton herausgeräumt hatten. Alles, was sie selbst nicht brauchen konnten, hatten sie verkauft, und es war ein erkleckliches Sümmchen zusammengekommen. Einen Schatz hatten sie allerdings nicht gefunden. Was auch immer Mortimer Stackleton mit seinem Anteil aus den Betrugsgeschäften gemacht hatte – er nahm es als Geheimnis mit ins Grab.

Da sie die kleine, hübsche Halle nicht brauchten, hatten sie Mieter dafür gesucht. Ein Schreiner war interessiert gewesen, aber sie scheuten den Lärm. An einen Seifensieder hatten sie auch nicht vermieten wollen wegen der strengen Gerüche. Thea Ruland aber war perfekt: Sie war eine Frau – eine reiche Frau vor allem, angeblich war sie die Tochter eines russischen Grafen –, und sie beschäftigte nur Frauen. Ihr Handwerk war weder laut, noch stank es, im Gegenteil, es war auch noch wundervoll anzusehen. Es wurde gewebt und geschneidert; wenn Ella nicht arbeitete oder sich der Lektüre widmete, hielt sie sich dort auf.

»Entschuldigen Sie mich«, bat sie Thea und drückte sich an ihr mit einem Tablett vorbei. Sie brachte vier Gläser Sekt in das Separee, in dem Ferdinand Reimers saß.

Dessen Frau rückte sofort ein Stückchen und machte Ella Platz. »Setzen Sie sich doch zu uns, Ella.«

»Ich würde gerne, aber ich möchte Louise nicht im Stich lassen.« Ella sah zu ihrem Anwalt. »Ich wollte mich nur erkundigen, ob es etwas Neues gibt.«

»Noch nicht. Die richtigen Interessenten waren bis jetzt nicht dabei.«

»Ich fürchte, Joshua gewöhnt sich an uns«, ergänzte Ida Reimers. »Und wir uns an ihn.«

Ellas Herz hüpfte ein bisschen. Insgeheim hoffte sie, dass der Junge bei den Reimers bleiben konnte. Er fühlte sich wohl dort. Und sie konnte ihn jederzeit besuchen, manchmal ließ sie Principessa sogar für ein paar Stunden oder über Nacht dort, das würde bei einer neuen Familie sicher nicht möglich sein.

»Ich komme demnächst wieder zu Besuch, wenn ich darf«, sagte Ella und stellte die leeren Gläser auf ihr Tablett.

»Unbedingt.« Ferdinand Reimers lächelte, dann wandte er sich wieder an seine Gesprächspartner.

Ella warf einen Blick durch das kleine, elegante, aber gemütliche Lokal, sie sah, wie Gäste die Köpfe zusammensteckten, sah Frauen lachen und Männer rauchen, die geschliffenen Perlen der Lüster funkelten durch den Qualm, es roch nach Eau de Cologne und teurem französischem Parfüm, nach Zigarren und Bier und Whisky, nach feuchter Wolle und ein wenig nach Briketts. Es war Oktober, der Herbst hatte die Hansestadt fest im Griff, schickte scharfe Winde durch die Gassen und Fleete, aber hier drin, hier in Louises *Bar Fatal*, würde die Wärme wohnen. Der Winter konnte kommen.

Paul fröstelte. Seine Jacke war zu dünn, um den Temperaturen einer Hamburger Oktobernacht standzuhalten. Er würde ab sofort den gewebten Wintermantel seines Vaters anziehen, wenn er seiner Arbeit bei Louise nachging. Wenn die Temperaturen im Winter sanken, stand er natürlich nicht draußen, sondern würde sich drinnen an den Eingang positionieren. Aber solange es ging, stand er lieber an der frischen Luft als drinnen. Heute hatten sie die Tür gar nicht geschlossen, es war ein reges Kommen und Gehen. Er warf einen Blick in die Bar, er sah die aufgeregte Röte in Louises Gesicht, sah, wie der Inspektor sich weit über den Tresen beugte, um näher bei ihr zu sein. Warum auch nicht? Solange Thönnes ihr nicht das Herz brach. Aber Louise war nicht naiv, jeden Tag, an dem sie ihr Ziel, diese Bar zu eröffnen, weiter vorangetrieben hatte, wurde sie stärker, energischer und selbstbewusster. Es nötigte Paul großen Respekt ab, wie eine Frau ohne Mann an ihrer Seite es schaffte, sich innerhalb kürzester Zeit so eine Existenz aufzubauen. Sogar einen Kredit bei der Bank hatte Louise aufgenommen, um die andere Hälfte von Stackletons Grundstück zu erwerben! Manchmal dachte er, er könnte sich von dieser weiblichen Kraft ein Scheibchen abschneiden. Er verharrte noch genau dort, wo er vor drei Monaten gewesen war: Wohnte bei seinen Eltern und arbeitete bei Eugen und suchte nach Hinnerk Macke beziehungsweise nach seinem Bruder. Denn während es den Kollegen gelungen war, dessen Unterschlupf auszuheben und alle Jungen, die sie dort erwischten, in Einrichtungen unterzubringen, war der Kopf der Bande entkommen. Paul hatte nichts anderes erwartet. Michael war in Hamburg, davon zeugten auch die Geldumschläge, die nach wie vor eintrudelten. Paul wusste sicher, dass das Geld von Michael stammte. Früher oder später musste er aus der Deckung kommen. Irgendwann würden sie sich treffen, Paul glaubte sogar, dass Michael das Haus seiner Eltern beobachtete. Vielleicht sogar ihn beobachtete.

Immer wieder erinnerte sich Paul an ihr Zusammentreffen. Wie die Maske des harten Kerls gefallen war, kaum hatte Michael ihn erkannt. Wie er auf die Knie gesunken war, fast ein wenig traurig hatte er gewirkt.

Vor allem aber erinnerte sich Paul an die Warnung, die sein Bruder ausgesprochen hatte: Leg dich nicht mit denen an. Wen hatte er gemeint? Die Männer auf den Fotografien? Doktor Gerber? Und dann war Paul eingefallen, womit er den Namen des Senators noch verband: Doktor Gerber hatte damals die leer stehende Villa Donner gehört. Der Ort, an dem sein Bruder verschwunden war.

Pauls Blick war zum klaren Sternenhimmel gewandert, er erkannte die vier Sterne des Pegasus, sie bildeten ein fast gleichmäßiges Quadrat am Himmel und überstrahlten alle anderen Sternbilder. In der Bar wurde es plötzlich still, er wandte den Blick vom Nachthimmel ab, verwundert darüber, dass alle Gespräche mit einem Mal erstarben. Eine Stimme erklang, die Stimme einer Frau, traurig, mit dunklem Timbre. Sie sang ein französisches Lied, er verstand kein Wort, wusste aber, dass es die Frau aus dem Varieté war, die da sang. Samantha. Ella stand hinter Louise, sie legte die Arme um ihre Freundin und den Kopf auf ihre Schulter. Louise schmiegte sich in die Umarmung, beide Frauen sahen glücklich aus, lauschten ergriffen den wehmütigen Klängen des Chansons, dessen Töne nun aus der *Bar Fatal* hinaus in die Nacht zogen, über die Dächer von Sankt Pauli strichen, hin zu Pegasus, dem leuchtenden Flügelpferd. Es war Paul, als würde die wilde Meile Sankt Paulis für ein paar Minuten den Atem anhalten und sich der Melancholie des Liedes hingeben. Es war der Grundton des Lebens, so fühlte er es, die Trauer, die unter dem Rastlosen und dem Vergnügen lag.

Das wahre Leben.

Eine Stadt, die in Trümmern liegt. Eine Liebe, die Hoffnung schenkt. Eine Vergangenheit, die alles überschattet.

Dresden ist vollkommen zerstört. Die junge Lotte gehört zu den Frauen, die die Stadt mit bloßen Händen wieder aufbauen. So sehr sich Lotte nach einem Neuanfang sehnt, so verzweifelt ist sie auf der Suche nach ihrem Geliebten. Als sie eines Abends einen jungen Mann vor dem Tod bewahrt, kehrt ihre Zuversicht zurück: Jakob weckt in ihr Gefühle, die sie verloren geglaubt hatte. Doch das Schicksal greift auch nach dieser Liebe, und erst Jahrzehnte später wird Lottes Enkelin Hannah die Wahrheit über ihre tragische Familiengeschichte erfahren...

Julie Heiland
Schicksalsjahre. Die Frauen vom Neumarkt
Roman

Klappenbroschur
Auch als E-Book erhältlich
www.ullstein.de

ullstein